rowohlt

JONATHAN FRANZEN

Die 27ste Stadt

Roman

Deutsch von Heinz Müller

ROWOHLT

Die Originalausgabe erschien 1988 unter dem Titel
«The Twenty-Seventh City»
im Verlag Farrar, Straus and Giroux, New York

Hinweis des Übersetzers: Die für das Romangeschehen relevante Mehrdeutigkeit des englischen Wortes *Indians* (dt. Inder und/oder Indianer) lässt sich im Deutschen leider nicht wiedergeben.

Der Autor dankt der Artist Foundation of Boston und dem Massachusetts Council for the Arts and Humanities für deren Unterstützung im Jahr 1986.

1. Auflage September 2003

Satz Stempel Garamond PostScript, PageMaker
bei Pinkuin Satz und Datentechnik, Berlin
Druck und Bindung Clausen & Bosse, Leck
Printed in Germany
ISBN 3 498 02087 0

Die Schreibweise entspricht den Regeln
der neuen Rechtschreibung.

Für meine Eltern

Diese Geschichte spielt in einem Jahr, das vage an 1984 erinnert, und in einer Stadt, die sehr an St. Louis erinnert. Viele öffentliche Errungenschaften, Ereignisse und Gegenstände, die es wirklich gegeben hat, wurden verschiedenen Figuren und Gruppierungen zugeschrieben; diese sollten mit realen Personen oder Körperschaften nicht verwechselt werden. Leben und Ansichten der Figuren sind frei erfunden.

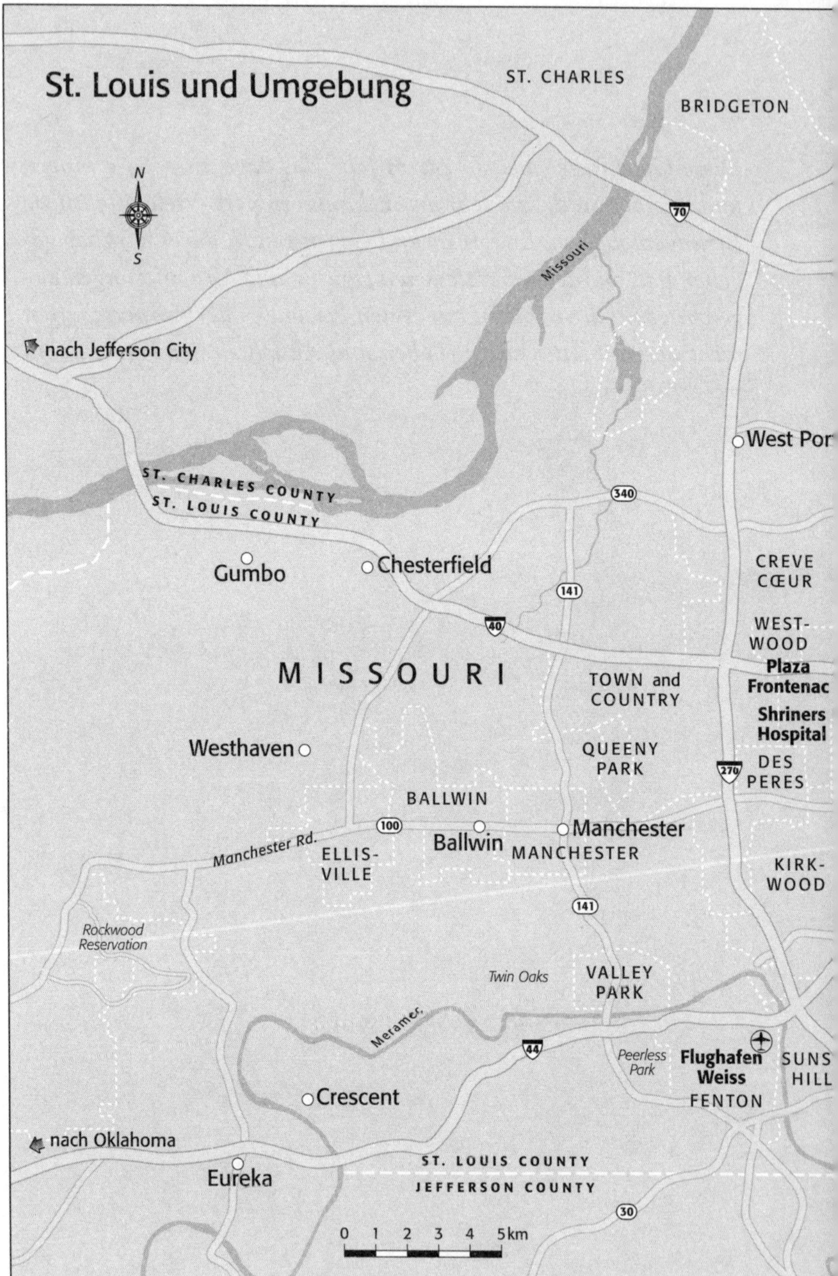
St. Louis und Umgebung
ST. CHARLES
BRIDGETON
N
S
70
Missouri
nach Jefferson City
West Por
ST. CHARLES COUNTY
ST. LOUIS COUNTY
340
Gumbo
Chesterfield
CREVE CŒUR
141
40
WEST-WOOD
MISSOURI
Plaza Frontenac
TOWN and COUNTRY
Shriners Hospital
Westhaven
QUEENY PARK
270
DES PERES
BALLWIN
100
Ballwin
Manchester
Manchester Rd.
ELLIS-VILLE
MANCHESTER
KIRK-WOOD
141
Rockwood Reservation
Twin Oaks
VALLEY PARK
Meramec
44
Peerless Park
Flughafen Weiss
SUNS HILL
FENTON
Crescent
nach Oklahoma
Eureka
ST. LOUIS COUNTY
JEFFERSON COUNTY
30
0 1 2 3 4 5km

FLORISSANT
AZEL-WOOD
BERKLEY
ternationaler Flughafen Lambert
FERGUSON
DELLWOOD
BELLE-FONTAINE NEIGH-BORS
RIVER-VIEW
Riverview Drive
Mississippi
nach Chicago
JENNINGS
270
170
Diese Region umfaßt 32 Gemeinden
ST. LOUIS COUNTY
ST. LOUIS
GRANITE CITY
203
MADISON
70
NORTH SIDE
nach New York
VENICE
MADISON COUNTY
ST. CLAIR COUNTY
UNIVERSITY CITY
Delmar Blvd.
Washington University
«Sag nein e.V.»
Homer-Phillips-Hospital
Chase-Park Plaza
St. Louis
CLAYTON
Forest Park
Art Museum
St. Louis University
Washington Park
Planetarium
Barnes-Hospital
M.L.K.-Brücke
Der Arch
40
RICHMOND HEIGHTS
Arena
BRENT-WOOD
Lafayette Park
EAST ST. LOUIS
44
Big Bend
Kingshighway Blvd.
Grand Blvd.
McKinley Highschool
SOULARD
Highschool
366
Sherwood Drive 236
Chippewa
ILLINOIS
Footballfeld
Des Peres
SOUTH SIDE
CAHOKIA
CENTRE-VILLE
Centreville
Gravois Rd.
55
BELLA VILLA
Lindbergh Blvd.
Mississippi
ST. CLAIR COUNTY
MONROE COUNTY
255
LEMAY
255
St. Louis
Convention Center
M.L.K.-Brücke
Delmar Blvd.
Laclede's Landing
Tucker Blvd.
70
Market St.
Rathaus
Hotel Clarion
Der Arch
Wharf St.
ILLINOIS
Clark Ave.
Stadion
40
Polizei-präsidium
55

1

In den ersten Tagen des Juni gab Polizeichef William O'Connell vom St. Louis Police Department bekannt, dass er in den Ruhestand gehen werde, und ohne die Kandidaten zu berücksichtigen, die von der städtischen Oberschicht, der schwarzen Bürgerschaft, der Presse, dem Polizeibeamtenverband und dem Gouverneur von Missouri favorisiert wurden, berief der Polizeiverwaltungsrat für die fünfjährige Amtszeit eine Frau, die vorher bei der Polizei von Bombay, Indien, tätig gewesen war. Die Stadt war entsetzt, aber die Frau – eine S. Jammu – trat ihren Posten an, ehe sie jemand daran hindern konnte.

Das geschah am 1. August. Am 4. August, als der begehrteste Junggeselle von St. Louis eine Prinzessin aus Bombay heiratete, beschäftigte der Subkontinent die Lokalpresse erneut. Der Bräutigam war Sidney Hammaker, Geschäftsführer der Hammaker-Brauerei, des Vorzeigebetriebs der Stadt. Der Braut sagte man märchenhaften Reichtum nach. Presseberichte von der Hochzeit bestätigten Gerüchte, dass sie ein auf elf Millionen Dollar versichertes Brillantcollier besaß und eine achtzehnköpfige Dienerschaft in das im Vorort Ladue gelegene Hammaker-Anwesen mitgebracht hatte. Anlässlich der Hochzeit fand ein Feuerwerk statt, dessen verkohlte Reste im Umkreis einer Meile auf den Rasenflächen niedergingen.

Eine Woche später begannen die Sichtungen. Eine zehnköpfige indische Familie wurde auf einer Verkehrsinsel einen Block östlich vom Cervantes Convention Center gesehen. Die Frauen trugen Saris, die Männer dunkle Anzüge, die Kinder Turnhosen und T-Shirts. Und alle trugen sie Zeichen verhaltenen Unmuts im Gesicht.

Anfang September gehörten Szenen wie diese bereits zum Alltag. Man sah Inder, die sich ohne erkennbaren Grund auf der Fußgängerbrücke zwischen dem Kaufhaus Dillard's und dem St. Louis Centre aufhielten. Man beobachtete, wie sie auf dem Parkplatz des Art Museum Decken ausbreiteten und auf einem Primuskocher Essen zubereiteten, wie sie auf dem Bürgersteig vor der National Bowling Hall of Fame Karten spielten, zum Verkauf stehende Häuser in Kirkwood und Sunset Hills besichtigten, vor dem im Stadtzentrum gelegenen Amtrak-Bahnhof Schnappschüsse machten und sich um die hochgeklappte Motorhaube eines Delta 88 scharten, der auf dem Forest Park Parkway liegen geblieben war. Die Kinder schienen ausnahmslos gut erzogen zu sein.

Der Frühherbst war auch die Zeit eines anderen, vertrauteren Besuchers aus dem Osten, des Verschleierten Propheten von Khorassan. Eine Gruppe von Geschäftsleuten hatte den Propheten im 19. Jahrhundert durch einen Zauber heraufbeschworen, um für wohltätige Zwecke Spenden zu erwirken. Jedes Jahr kehrte Er – verkörpert in einem anderen angesehenen Bürger, dessen Identität stets ein gut gehütetes Geheimnis blieb – zurück, und mit Seinen überkonfessionellen Mysterien brachte Er heiteren Glanz in die Stadt. Es stand geschrieben:

Auf seinem Throne saß Mokanna, der große Prophet,
gepriesen von Millionen, in blindgläub'gem Gebet.
Sein Antlitz war verborgen, von einem Schleier fein,
denn blenden tat die Sterblichen sein heller Glorienschein.
Aus Gnade trug Er den Schleier und lüftete ihn nicht,
bis die Menschen dort unten konnten ertragen sein Licht.

Es regnete nur ein einziges Mal im September, am Tag der Prophetenparade. Wasser strömte in die Schalltrichter der Tuben, und Trompeter bekamen Schwierigkeiten mit ihren Mundstücken. Die Pompons erschlafften und befleckten die Hände der Mädchen mit

Farbe, die sie, wenn sie ihr Haar zurückstrichen, auf ihrer Stirn verschmierten. Mehrere Festwagen versanken in den Fluten.

Am Abend des Prophetenballs, dem gesellschaftlichen Höhepunkt des Jahres, rissen Sturmböen überall in der Stadt Stromleitungen von den Masten. Im Khorassan-Saal des Hotels Chase-Park Plaza gingen kurz nach dem Einzug der Debütantinnen die Lichter aus. Kellner eilten mit Leuchtern herbei, und kaum waren die ersten Kerzen angezündet, erhob sich aufgeregtes Getuschel: Der Thron des Propheten war leer.

Auf dem Kingshighway Boulevard raste ein schwarzer Ferrari 275 an den fensterlosen Supermärkten und den festungsartigen Kirchen der North Side vorbei. Beobachter hätten hinter dem Steuer eine schneeweiße Robe ausmachen können, auf dem Beifahrersitz eine Krone. Der Prophet fuhr zum Flughafen. Er parkte auf der Feuerwehrzufahrt und eilte in die Lobby des Hotels Marriott.

«Haben Sie 'n Problem?», fragte ein Hotelboy.

«Ich bin der Verschleierte Prophet, du Blödmann.»

Im obersten Geschoss blieb Er vor einer Tür stehen und klopfte. Die Tür wurde von einer großen dunkelhäutigen Frau im Jogginganzug geöffnet. Sie war sehr schön. Sie brach in Gelächter aus.

Als der Himmel aufhellte, weit im Osten, über Südillinois, waren die Vögel die ersten, die es bemerkten. In den Bäumen an den Flussufern, Grünanlagen und Plätzen begann es zu rascheln und zu zwitschern. Es war der erste Montagmorgen im Oktober. Die Vögel der Innenstadt wachten auf.

Nördlich des Geschäftsviertels, dort, wo die ärmsten Leute wohnten, wehte eine morgendliche Brise den Geruch von Suff und saurem Schweiß aus Durchgängen, in denen sich nichts regte; das Knallen einer Tür war blöckeweit zu hören. Auf dem Güterbahnhof in der Innenstadtsenke, umgeben vom Gesumm schadhafter Trafos und unvermittelt bebenden Gitterzäunen, dösten Männer mit Eisenbahnermützen in klotzigen Stellwerkstürmen vor sich hin, während unter ihnen Güterzüge rangierten. Dreisternehotels und Privatkliniken standen verloren am Hang. Nach Westen hin wurde das Land hüglig und gesündere Bäume fassten die Wohngegenden ein, doch das war nicht mehr St. Louis, das war schon die Vorstadt. Auf der South Side drängten sich Reihen um Reihen kubischer Ziegelhäuser, wo Witwen und Witwer in ihren Betten lagen und die Jalousien, in einer früheren Epoche heruntergelassen, den ganzen Tag geschlossen blieben.

Aber kein Teil der Stadt war so tot wie das Zentrum. Hier im Herzen von St. Louis, im Schatten des auch nachts pausenlos dröhnenden Verkehrs auf den vier Schnellstraßen, gab es jede Menge Parkplätze. Hier balgten sich die Spatzen, pickten die Tauben. Hier erhob sich das Rathaus, eine giebelreiche Kopie des Pariser Hôtel de Ville, in zweidimensionaler Pracht aus dem flachen Gelände. Die Luft in der Market Street, der Hauptstraße von St. Louis, war mild. Zu beiden Seiten hörte man die Vögel singen, einzeln und im Chor – wie auf einer Waldwiese. Wie in einem Garten.

Die Hüterin dieses Friedens hatte die Nacht schlaflos in der Clark Avenue verbracht, ein wenig südlich vom Rathaus. Im fünften Stockwerk des Polizeipräsidiums breitete Chief Jammu die Morgenzeitung unter der Schreibtischlampe aus. In ihrem Büro war es noch dunkel, und vom Kragen abwärts sah sie mit ihren schmalen, hochgezogenen Schultern, den knochigen Knien in Strümpfen und den ruhelosen Füßen wie ein Schulmädchen beim Lernen aus.

Ihr Kopf wirkte älter. Als sie sich über die Zeitung beugte, zeigten sich im seidig schwarzen Haar über dem linken Ohr weiße Strähnen. Wie Indira Gandhi, die an diesem Oktobermorgen noch am Leben und indische Premierministerin war, neigte Jammu zu einseitigem Ergrauen. Ihr Haar ließ sie so lang wachsen, dass sie es im Nacken feststecken konnte. Sie hatte eine hohe Stirn, eine schmale und gebogene Nase und breite Lippen, die blutleer aussahen, bläulich. Wenn sie ausgeruht war, beherrschten die dunklen

Augen ihr Gesicht, aber an diesem Morgen waren sie trübe und von Tränensäcken beschwert. Fältchen schnitten in die zarte Haut um ihren Mund.

Sie blätterte den *Post-Dispatch* um und fand, was sie suchte, ein Foto von sich, aufgenommen an einem guten Tag. Sie lächelte darauf, mit gewinnendem Blick. Die Bildunterschrift – «Jammu: Das Persönliche im Visier» – rief dasselbe Lächeln in ihr wach. Der begleitende Artikel von Joseph Feig trug den Titel EIN NEUANFANG. Sie begann zu lesen.

> Kaum jemand wird sich daran erinnern, aber der Name Jammu ist vor fast zehn Jahren in den amerikanischen Zeitungen schon einmal aufgetaucht. Es war das Jahr 1975, und der indische Subkontinent befand sich in Aufruhr, nachdem Premierministerin Indira Gandhi den Ausnahmezustand verhängt und ihre politischen Widersacher in die Schranken gewiesen hatte.
> Neben vielen widersprüchlichen, von der Zensur verstümmelten Berichten geisterte auch eine kuriose Meldung über das so genannte Puri-Projekt durch die westliche Presse. Mit dieser von der Polizeibeamtin Jammu ins Leben gerufenen Initiative war die Polizei von Bombay, so schien es zumindest, in den Lebensmittelgroßhandel eingestiegen.
> Schon damals hörte sich die Sache verrückt an. Aber da Jammu aufgrund einer Laune des Schicksals inzwischen die Polizeichefin von St. Louis ist, fragt man sich hier, ob das Puri-Projekt wirklich so verrückt war, wie es noch heute den Anschein hat.
> Bei einem Interview in ihrem geräumigen Büro an der Clark Avenue spricht Jammu über die Vorgeschichte des Puri-Projekts.
> «Bevor Mrs. Gandhi die Verfassung außer Kraft setzte, war der Subkontinent wie Gertruds Dänemark – durch und durch verrottet. Aber dank der Einführung des Präsidialregimes konnte die Polizei etwas dagegen tun. Allein in Bombay verhafteten wir 1500 Straftäter pro Woche und beschlagnahmten Hehlerware und Gelder im Wert von 30 Millionen Rupien. Als wir nach zwei

Monaten Bilanz zogen, stellten wir fest, dass wir kaum einen Schritt weitergekommen waren», erinnert sich Jammu.
Das Präsidialregime stützt sich auf eine Klausel der indischen Verfassung, die der Zentralregierung in Zeiten des Notstands diktatorische Vollmachten erteilt. Daher wurde die neunzehnmonatige Ära des Präsidialregimes auch als Notstandsregierung bezeichnet.
1975 hatte die Rupie etwa den Wert von zehn US-Cent.
«Ich war damals Stellvertreterin des Polizeichefs», sagt Jammu, «und schlug ein anderes Vorgehen vor. Warum nicht versuchen, die Korruption mit ihren eigenen Waffen zu schlagen, da Drohungen und Verhaftungen nichts fruchteten? Warum nicht selbst ins Geschäft einsteigen, unsere Ressourcen nutzen und einen freieren Markt durchsetzen? Wir entschieden uns für die wichtigste Warengruppe: Lebensmittel.»
Also wurde das Puri-Projekt entwickelt. *Puri*, ein frittiertes Fladenbrot, ist in Indien Grundnahrungsmittel. Am Ende des Jahres 1975 galt Bombay bei westlichen Journalisten als einzige Stadt Indiens, deren Geschäfte gut gefüllt und deren Preise gemäßigt waren.
Natürlich stand Jammu bald im Mittelpunkt des Interesses. Ihr Projekt, über das in der amerikanischen Tagespresse, in *Time* und *Newsweek* ausführlich berichtet wurde, stieß auch bei unseren Polizeibehörden auf Beachtung. Niemand aber hätte für möglich gehalten, dass sie eines Tages Sheriffstern und Dienstrevolver des Polizeichefs von St. Louis tragen würde.
Doch Colonel Jammu, die gerade am Beginn ihres dritten Amtsmonats steht, hält das für die normalste Sache der Welt. «Ein guter Polizeichef betont das persönliche Engagement in allen Bereichen der Polizeiarbeit», sagt sie. «Einen Revolver zu tragen ist Zeichen meiner Dienstauffassung. Sicher», fügt sie hinzu und lehnt sich in ihren Chefsessel, «eine tödliche Waffe ist er auch.»
Jammus offener, mutiger Führungsstil hat sich im wahrsten Sinne des Wortes weltweit herumgesprochen. Als die Suche nach einem Nachfolger für den vormaligen Polizeichef William O'Connell in einem Patt der zerstrittenen Fraktionen zu enden drohte und ein Kompromisskandidat benötigt wurde, fiel ihr Name als

einer der ersten. Und obwohl sie in den Vereinigten Staaten über keinerlei Polizeierfahrung verfügte, wurde ihre Ernennung nur wenige Tage nach dem Vorstellungsgespräch vom Polizeiverwaltungsrat bestätigt.
Für viele kam es überraschend, dass die Inderin die staatsbürgerlichen Voraussetzungen für diese Dienststellung erfüllte. Aber Jammu ist in Los Angeles geboren, ihr Vater war Amerikaner, und ihre Nationalität hat sie stets gehütet wie einen kostbaren Schatz. Schon als Kind träumte sie davon, in Amerika zu leben.
«Ich bin schrecklich patriotisch», sagt sie lächelnd. «Neubürger wie ich sind das oft. Ich möchte viele Jahre in St. Louis leben. Ich bin gekommen, um zu bleiben.»
Jammu spricht mit leicht britischem Akzent, und ihre Gedanken sind von frappierender Klarheit. Ihre zarte und zerbrechliche Gestalt könnte kaum weiter vom Klischee eines rabiaten amerikanischen Polizeichefs entfernt sein. Doch ihre Laufbahn spricht eine andere Sprache.
1969, fünf Jahre nach dem Eintritt in den indischen Polizeidienst, wurde sie Stellvertreterin des Polizei-Generalinspekteurs der Provinz Maharashtra. Fünf Jahre später, mit nur 31 Lenzen, hatte sie es an die Spitze der Polizei von Bombay geschafft. Mit 35 ist sie nun die jüngste Polizeichefin in der Geschichte von St. Louis und die erste Frau in diesem Amt.
Bevor sie zur indischen Polizei stieß, erwarb sie einen Abschluss in Elektrotechnik an der Universität Srinagar in Kaschmir. Im Anschluss studierte sie drei Semester Volkswirtschaft in Chicago.
«Ich habe hart gearbeitet, aber auch viel Glück gehabt», bekennt sie. «Ohne die gute Presse für das Puri-Projekt hätte ich diesen Job wohl kaum bekommen. Das Hauptproblem war natürlich immer, dass ich eine Frau bin. Es war nicht einfach, gegen fünftausend Jahre geschlechtlicher Diskriminierung anzukämpfen. Vor meiner Beförderung zur Kommissarin trug ich eine Männeruniform», erinnert sie sich.
Erfahrungen wie diese spielten offenbar eine Schlüsselrolle bei der Entscheidung des Verwaltungsrats. Für eine Stadt, die nach wie vor gegen ihr «Verlierer-

Image» ankämpfen muss, ist die unorthodoxe Wahl ein geschickter PR-Schachzug. St. Louis ist jetzt die größte Stadt der USA mit einem weiblichen Polizeichef.
Der Vorsitzende des Polizeiverwaltungsrats, Nelson A. Nelson, meint, St. Louis könne sich etwas darauf zugute halten, dass Frauen Zugang zu städtischen Regierungsämtern hätten. «Das ist Gleichstellung im wahrsten Sinne des Wortes», stellt er fest.
Jammu hingegen scheint von dem Thema nichts zu halten. «Ja, ich bin eine Frau. Na und?», sagt sie lächelnd.
Eins ihrer Hauptziele ist es, die Straßen sicherer zu machen. Zu den Leistungen ihrer Vorgänger auf diesem Gebiet will sie nicht Stellung nehmen, aber sie sagt, dass sie in enger Zusammenarbeit mit dem Rathaus ein umfassendes Konzept zur Bekämpfung der Straßenkriminalität entwickeln wird.
«Die Stadt braucht einen Neuanfang, ein gründliches Großreinemachen. Wenn wir die Unterstützung der Wirtschaft und der Bürgergruppen bekommen – wenn es uns gelingt, den Menschen vor Augen zu führen, dass es sich um ein die ganze Region betreffendes Problem handelt –, dann bin ich überzeugt, dass wir die Straßen in sehr kurzer Zeit wieder sicher machen können.»
Polizeichefin Jammu sieht keinen Grund, ihre Absichten zu verhehlen. Dabei ist anzunehmen, dass alle ihre Bemühungen auf erbitterten Widerstand stoßen werden. Aber ihre Verdienste in Indien beweisen, dass sie kein Fliegengewicht ist, sondern eine politische Kraft, die man im Auge behalten sollte.
«Nehmen Sie das Puri-Projekt als Beispiel», sagt sie. «In einer Situation, die aussichtslos schien, haben wir eine ganze Reihe neuer Maßnahmen ergriffen. Vor jedem Bahnhof errichteten wir Basare. Damit haben wir unser Image verbessert und auch das Arbeitsklima. Erstmals seit Jahrzehnten hatten wir keine Schwierigkeiten mehr, qualifizierten Nachwuchs anzuwerben. Die indische Polizei galt als korrupt und gewalttätig, was vor allem auf den Mangel an gut ausgebildeten und verantwortungsbewussten Beamten zurückzuführen war. Das Puri-Projekt brachte die Dinge ins Rollen.»
Kritiker äußern die Befürchtung, dass eine Polizeichefin, die an die autoritären indischen Verhältnisse ge-

wöhnt ist, nicht das nötige Feingefühl für die rechtlichen Belange der Bürger von St. Louis mitbringt. Charles Grady, Sprecher der örtlichen Sektion der Amerikanischen Bürgerrechtsunion ACLU, geht sogar so weit, die Entlassung Jammus zu fordern, bevor es zum «Verfassungsdebakel» komme.
Jammu weist diese kritischen Stimmen energisch zurück. «Die Reaktion der liberalen Gruppierungen hat mich ziemlich überrascht», sagt sie. «Ihre Befürchtungen, so glaube ich, gründen sich auf ein hartnäckiges Misstrauen gegenüber der Dritten Welt. Sie übersehen, dass die indische Regierungsform zutiefst von westlichen Idealen geprägt ist, in erster Linie natürlich von den britischen. Sie übersehen den Unterschied zwischen den gewöhnlichen indischen Polizeibeamten und dem nationalen Offizierskorps, dessen Mitglied ich war. Unsere Ausbildung entsprach den Normen des britischen Staatsdienstes. Die Anforderungen waren hoch. Wir waren ständig hin und her gerissen zwischen der Loyalität gegenüber unseren Beamten und der Treue zu unseren Idealen. Meine Kritiker übersehen, dass es genau dieser Konflikt war, der mir eine Tätigkeit in den USA attraktiv erscheinen ließ.
Heute», fährt sie nach einer Pause fort, «fällt mir am Puri-Projekt auf, wie amerikanisch unser Ansatz war. Einer bankrotten und fehlgeleiteten Ökonomie haben wir eine kräftige Dosis freie Marktwirtschaft verpasst. Bald waren die Vorräte der Hamsterer nur noch die Hälfte des Einkaufspreises wert. Die Schwarzhändler bettelten um Kundschaft. Was wir erreicht haben, war ein echtes *Wirtschaftswunder* im kleinen Rahmen», sagt Jammu in Anspielung auf den deutschen Aufschwung nach dem Zweiten Weltkrieg.
Wird sie in St. Louis ähnliche Wunder vollbringen können? Ihre Vorgänger haben beim Amtsantritt vor allem auf Loyalität, Qualifikation und technische Ausstattung gepocht. Für Jammu heißen die wesentlichen Punkte: Erneuerung, harte Arbeit und Selbstvertrauen. «Unsere Beamten haben zu lange ihre Aufgabe darin gesehen, den Verfall von St. Louis so korrekt wie möglich zu verwalten», sagt sie und fügt sarkastisch hinzu: «Auf die Stimmung in der Stadt hat das Wunder gewirkt.»

Wie nicht anders zu erwarten, reagierten viele, besonders die älteren unter den städtischen Beamten, auf Jammus Berufung mit Skepsis. Aber die Ansichten ändern sich bereits. Die wohl häufigste Einschätzung, die man in der Stadt zu hören bekommt, lautet: «Sie ist in Ordnung.»

Nach fünf Minuten Gespräch mit Joseph Feig hatte Jammu ihren Achselschweiß wahrgenommen, einen muffig-animalischen Geruch. Feig hatte eine gute Witterung; einen Lügendetektor brauchte er nicht.

«Ist Jammu nicht eine Stadt in Kaschmir?», fragte er.

«Im Winter ist Jammu die Hauptstadt.»

«Aha.» Ein paar lange Sekunden musterte er sie eindringlich. Dann fragte er: «Wie ist das, wenn man mitten im Leben einfach in ein anderes Land geht?»

«Ich bin schrecklich patriotisch», sagte sie lächelnd. Sie war überrascht, dass er die Frage nach ihrer Vergangenheit nicht weiter vertiefte. Diese Interviews gehörten zu den Initiationsriten in St. Louis, und Feig, ein erfahrener Redakteur, galt als Nestor des Lokaljournalismus. Als er mit seinem zerknitterten Jackett und dem wochenalten Bart, grau und grimmig, in ihr Büro trat, hatte er sie so sehr an einen Detektiv erinnert, dass sie rot geworden war. Sie war auf das Schlimmste gefasst gewesen:

FEIG: Colonel Jammu, Sie behaupten, dass Sie der Gewalttätigkeit der indischen Gesellschaft entkommen wollen, dem menschlichen Elend und den Kastenproblemen. Aber es bleibt eine Tatsache, dass Sie fünfzehn Jahre lang einer Polizeimacht vorstanden, die für ihre Brutalität berüchtigt ist. Wir sind nicht auf den Kopf gefallen, Colonel. Wir wissen Bescheid über Indien. Zerschmetterte Ellbogen, gezogene Zähne, Vergewaltigungen mit Waffengewalt. Kerzen, Säure, Stockschläge, Elektroschocks –

JAMMU: Die Missstände waren, als ich den Dienst antrat, im Wesentlichen beseitigt.

FEIG: Colonel Jammu, wenn man sich klar macht, dass Mrs. Gandhi ein fast obsessives Misstrauen gegen ihre Untergebenen hegt, und sich vor Augen führt, welche zentrale Rolle Sie selbst im Puri-Projekt gespielt haben, dann stellt sich die Frage, ob Sie nicht irgendwie mit der Premierministerin verwandt sind. Anders kann ich mir nicht vorstellen, dass eine Frau Polizeichefin wird, erst recht eine Frau mit einem amerikanischen Vater –

JAMMU: Ich sehe nicht, welche Bedeutung meine Verwandtschaftsverhältnisse für St. Louis haben sollten.

Aber nun wurde der Artikel gedruckt, unumstößlich, unwiderruflich. In den Fenstern von Jammus Büro wurde es Tag. Sie stützte das Kinn in die Hände und ließ die Druckbuchstaben verschwimmen. Mit dem Artikel war sie zufrieden, doch Feig machte ihr Sorgen. Warum erging sich dieser offenkundig intelligente Mann in Plattitüden? Das konnte nicht mit rechten Dingen zugehen. Vielleicht knüpfte er schon die Schlinge und «gewährte» ihr das Interview wie eine letzte Zigarette im Morgengrauen, während er seine Enthüllungen hinter ihrem Rücken zu einem effizienten Hinrichtungskommando formierte ...

Ihr Kopf sank vornüber. Sie knipste die Lampe aus, und mit einem trockenen Klatschen sackte ihr Oberkörper über der Zeitung zusammen. Sie schloss die Augen, begann sofort zu träumen. In dem Traum war Joseph Feig ihr Vater. Er interviewte sie. Als sie von ihren Triumphen sprach, dem köstlichen Nachgeschmack der Lügen, die die Leute hören wollten, der Flucht aus Indien mit seiner stickigen Atmosphäre, lächelte er. In seinem Blick entdeckte sie das traurige, geteilte Wissen um die Leichtgläubigkeit der Welt. «Du bist eine Kratzbürste», sagte er. Sie schob sich über den Schreibtisch, schmiegte den Kopf in die Ellenbeuge. Kratzbürste, dachte sie. Dann hörte sie den Interviewer auf Zehenspitzen hinter ihren Sessel schleichen. Sie streckte die Arme nach hinten, um nach seinen Beinen zu tasten, aber ihre Hände griffen ins Leere. Sein stachliges Gesicht strich ihr Haar beiseite und streifte ihren Nacken. Seine Zunge kam aus dem Mund. Schwer, warm, wie Teig drückte sie gegen ihre Haut.

Schaudernd wachte sie auf.

Jammus Vater war 1974 umgekommen, als ein Hubschrauber mit ausländischen Journalisten und südvietnamesischen Militärs nahe der kambodschanischen Grenze von einer Rakete der Kommunisten getroffen wurde. Ein zweiter Hubschrauber filmte den Absturz und entkam nach Saigon. Jammu und ihre Mutter hatten die Nachricht aus der Pariser Ausgabe der *Herald Tribune*, dem einzigen Verbindungsglied zwischen dem Mann und ihnen. Mehr als zehn Jahre zuvor hatte Jammu erstmals seinen Namen erfahren, aus einer Zeitung, die über eine Woche alt war. Seit Jammu Fragen stellen konnte, war die Mutter ausgewichen und hatte, wann immer Jammu auf ihren Vater zu sprechen kam, jede Auskunft brüsk verweigert. Dann, im Frühjahr bevor sie ihr Studium aufnahm, hatte ihre Mutter das Schweigen gebrochen. Sie saßen beim Frühstück auf der Veranda, Maman mit ihrer *Herald Tribune* und Jammu mit ihrem Mathematikbuch. Maman schob ihr die Zeitung hin und strich mit einem langen Fingernagel über einen Artikel am Fuß der Titelseite.

WACHSENDE SPANNUNGEN AN DER
CHINESISCH-INDISCHEN GRENZE
Peter B. Clancy

Jammu las ein paar Absätze, ohne zu wissen, warum. Fragend blickte sie auf.

«Das ist dein Vater.»

Mamans Ton war sachlich wie immer. Sie sprach nur englisch mit

Jammu, und das mit einer Geringschätzung, als würde sie jedem Wort misstrauen. Jammu überflog den Artikel erneut. Vergeltungsschläge. Separatisten. Düstere Perspektiven. Peter B. Clancy.

«Ein Reporter?», fragte sie.

«Hm.»

Ihre Mutter wollte über ihn nicht sprechen. Sie hatte eingeräumt, dass es ihn gab, doch der Wissbegier ihrer Tochter begegnete sie mit Spott. Da sei nichts zu erzählen, sagte sie. Sie hätten sich in Kaschmir kennen gelernt. Sie hätten das Land verlassen und zwei Jahre in Los Angeles gelebt, wo Clancy irgendeinen Abschluss gemacht habe. Dann sei sie zurückgekehrt, allein mit ihrem Baby, nach Bombay, nicht nach Srinagar, und dort sei sie geblieben. Nichts in ihrem nekrologartigen Bericht ließ vermuten, dass Clancy mehr für sie gewesen war als ein lästiges Stück Gepäck. Jammu begriff – es hatte nicht geklappt. Und es war auch egal. Die Stadt war voll von Mischlingen, und Maman pfiff auf die öffentliche Meinung. Für die Presse war sie der «lachende Immobilienschakal». Weil sie gut lachen hatte, wenn sie zur Bank ging. Sie war Spekulantin und Slum-Lord, und zwar eine der erfolgreicheren in dieser Stadt der Spekulation und Slums.

Jammu öffnete die Schreibtischlade, wählte zwei Schmerztabletten und eine Amphetaminpille aus und spülte sie mit dem restlichen Kaffee hinunter. Ihre nächtliche Lektüre hatte sie schneller beendet als geplant. Es war erst halb sieben. In Bombay war es schon fünf Uhr am Nachmittag – Indien leistete sich die Marotte, eine halbe Stunde zwischen den weltweit üblichen Zeitzonen zu liegen –, und Maman saß wahrscheinlich zu Hause im Obergeschoss und genehmigte sich den ersten Drink. Jammu griff zum Telefon, rief das Fernamt an und gab die Nummer durch.

Während die Verbindung den halben Globus umrundete, rauschte es im Hörer. In Indien rauschten die Ortsgespräche genauso. Maman meldete sich.

«Ich bin's», sagte Jammu.

«Oh. Hallo.»

«Hallo. Gibt's was Neues?»

«Nein. Ohne deine Freunde ist die Stadt wie leer gefegt.» Ihre Mutter lachte. «Heimweh?»

«Eigentlich nicht.»

«Apropos – hat dich die Aufgeklärte Despotin angerufen?»

«Haha.»

«Im Ernst. Sie ist in New York. Die Sitzungsperiode der UN-Vollversammlung hat begonnen.»

«Das ist tausend Meilen von hier entfernt.»

«Na, einen Anruf könnte sie sich leisten. Aber sie lässt es sein. Ja. Sie lässt es einfach sein. Heute Morgen hab ich gelesen ... liest du noch Zeitungen?»

«Wenn ich die Zeit dazu habe.»

«Verstehe. Wenn du die Zeit dazu hast. Ich wollte sagen, dass ich heute Morgen was über ihren Minigipfel mit amerikanischen Intellektuellen gelesen habe. Leitartikel auf der Titelseite. Asimov, Sagan ... Futurologen. Sie ist ein Phänomen. Schau sie dir an, du lernst etwas. Auch wenn sie nicht unfehlbar ist. Auf dem Foto war zu sehen, dass Asimov Rippchen gegessen hat. Aber egal – wie ist es in St. Louis?»

«Gemäßigt. Sehr trocken.»

«Und du mit deinen Nebenhöhlen. Wie steht's mit Singh?»

«Singh ist Singh. Muss jeden Augenblick kommen.»

«Lass ihn bloß nicht an deine Buchführung ran.»

«Er macht aber meine Buchführung.»

«Du Dickkopf. Ich werde Bhandari schicken müssen, gegen Monatsende, damit er alles prüft. Singh ist nicht –»

«Hierher? Du schickst Karam her?»

«Nur für ein paar Tage. Etwa am Neunundzwanzigsten kannst du mit ihm rechnen.»

«Bitte nicht Karam. Ich kann ihn nicht ausstehen.»

«Und ich kann Singh nicht ausstehen.» Jammu hörte ein leises

Geräusch, das Klingeln von Eiswürfeln. «Hör zu, Liebes, wir reden morgen weiter.»

«Na gut. Bis dann.»

Maman und Indira waren blutsverwandt, Kaschmir-Brahmanen mit einem gemeinsamen Urgroßvater auf der Nehru-Seite. Dass Jammu noch im Jahr des Amtsantritts von Indira Gandhi in den indischen Polizeidienst aufgenommen wurde, kam nicht von ungefähr. Natürlich war dann niemandem befohlen worden, sie zu befördern, aber gelegentliche Anrufe aus dem Ministerium erinnerten die zuständigen Beamten daran, dass man Jammus Karriere «mit Interesse» verfolgte. Im Lauf der Jahre hatte auch sie Hunderte solcher Anrufe erhalten, die ähnlich vage blieben, selbst wenn konkrete Anliegen dahinter standen. Ein hoher Justizbeamter des Bundesstaats Maharashtra signalisierte, dass ihm an der Eröffnung eines bestimmten Strafverfahrens gelegen sei, ein Führer der Kongresspartei machte seinem Ärger über die Geschäfte eines bestimmten Oppositionspolitikers Luft. Anrufe von Regierungsstellen oberhalb der Gouverneursebene waren jedoch selten; Indira maß Detailkenntnissen große Bedeutung zu, aber nur im Rahmen der Tagesordnung. Wie jeder Entscheidungsträger war sie darauf bedacht, sich bei fragwürdigen Aktionen möglichst gute Rückendeckung zu verschaffen, und fragwürdig waren Jammus politische Aktionen allemal. Nur einmal hatte sie privat mit Indira gesprochen – kurz nachdem sie mit ihrer Mutter das Puri-Projekt ausgebrütet hatte. Jammu flog nach Delhi und verbrachte siebzig Minuten im Garten von Madams Residenz an der Safdarjang Road. Madam, auf einem Segeltuchstuhl sitzend, musterte sie aufmerksam, die hervorquellenden Augen braun, der Kopf schräg gelegt und die Lippen zu einem Lächeln verzogen, das von Schnalzlauten begleitet war, ein Lächeln, in dem Jammu nichts als Mechanik sah. Madam wandte den Kopf um eine Vierteldrehung zur Seite und richtete den Blick auf das Rosenspalier, hinter dem Gewehrläufe patrouillierten. «Ihnen ist bestimmt klar», sagte sie, «dass dieses Großhandelsprojekt nicht funktionieren wird. Sie sind doch eine vernünftige junge Frau. Aber wir werden es trotzdem finanzieren.»

In Jammus Vorzimmer knarrten Schuhe. Sie fuhr hoch. «Wer …» Sie räusperte sich. «Wer ist da?»

Balwan Singh trat ein. Er trug eine graue Bügelfaltenhose, ein weißes Maßhemd und eine azurblaue Krawatte mit feinen gelben Streifen. Er wirkte so kompetent und Vertrauen erweckend, dass er sich, wenn er zu ihr heraufkam, selten ausweisen musste. «Ich bin's», sagte er und legte eine weiße Papiertüte auf Jammus Schreibtisch.

«Du hast gelauscht.»

«Ich, gelauscht?» Singh stellte sich ans Fenster. Er war groß und breitschultrig, und sein heller Teint verdankte einem mittelasiatischen Vorfahren zusätzliches Gold. Nur eine alte Freundin und Exgeliebte wie Jammu konnte bemerken, wann die Anmut seiner Bewegungen die Grenze zur Affektiertheit überschritt. Nach wie vor bewunderte sie ihn, als Zierde. Für einen Mann, der noch im Juli im Schmutz von Dharabi gehaust hatte, hätte er auffallend – und verdächtig – adrett ausgesehen, wäre er unter seinen so genannten Genossen in Bombay, deren Geschmack eher zu Velours, Kunstfasern und schlampigen Pullovern tendierte, nicht exakt genauso gekleidet gewesen. Singh war ein Marxist der ästhetischen Art, der mit der Idee des Revolutionsexports zum Teil zumindest deshalb kokettierte, weil der den Export europäischer Moden nach sich zog. Sein Herrenausstatter lag am Marine Drive. Jammu argwöhnte seit langem, dass Singh dem Sikhismus in früher Jugend entsagt hatte, weil er einen Bart entstellend fand.

Singh deutete mit einem Nicken auf die Tüte. «Wenn du möchtest, ist da Frühstück für dich.»

Sie nahm die Tüte auf den Schoß und öffnete sie: zwei Schoko-Doughnuts und ein Becher Kaffee. «Ich hab mir ein paar Bänder angehört», sagte sie. «Wer hat die Mikrophone in den Toiletten des St. Louis Club installiert?»

«Ich.»

«Hab ich mir gedacht. Baxtis Mikros klingen wie mit Kaugummi verklebt. Deine kommen ganz gut. Ich hab ein paar brauchbare Gespräche gehört. General Norris, Buzz Wismer –»

«Seine Frau ist ein Miststück», sagte Singh abwesend.

«Wismers Frau?»

«Ja. Bev heißt sie. Von allen Frauen hier, die Asha niemals verzeihen werden, dass sie Sidney Hammaker geheiratet hat, oder Hammaker niemals verzeihen werden, dass er Asha geheiratet hat – und solche Frauen gibt es in Mengen –, ist Bev die Schlimmste.»

«Auf allen Bändern höre ich dieselben Klagen», sagte Jammu. «Zumindest von den Frauen. Die Männer lassen durchblicken, dass sie, was Asha betrifft, ‹schwankend› sind. Immerzu betonen sie Ashas Intelligenz.»

«Womit sie ihre betörende Schönheit meinen.»

«Und ihren märchenhaften Reichtum.»

«Wismer gehört jedenfalls zu den Schwankenden. Bev macht das wütend. Ständig hackt sie auf ihm rum.»

Jammu warf den Deckel des Kaffeebechers in den Papierkorb. «Warum lässt er sich das bieten?»

«Er ist sonderbar. Ein scheues Genie.» Singh runzelte die Stirn und setzte sich aufs Fensterbrett. «Von den Wismer-Jets habe ich zum ersten Mal vor zwanzig Jahren gehört. Keiner baut bessere Flugzeuge.»

«Und das heißt?»

«Das heißt, er ist nicht der Mann, den ich in ihm vermutet habe. Die Stimme täuscht.»

«Du hast dir eine Menge Bänder angehört.»

«Hundertfünfzig Stunden etwa. Was glaubst du, was ich den ganzen Tag mache?»

Jammu zuckte die Schultern. Sie konnte sicher sein, dass Singh nicht übertrieb. Sein Arbeitseifer war über jeden Verdacht erhaben. Da ihn nichts ablenkte (außer gelegentlich ein blonder Boy) und er niemandem verantwortlich war (außer ihr), hatte er genügend Zeit, ein geordnetes Leben zu führen. Ein herrliches Leben. Sie, die zwei Jobs von jeweils sechzig Wochenstunden gleichzeitig erledigte, war in dieser Hinsicht nicht mit Singh zu vergleichen. Ihr Fuß begann aus eigenem Antrieb zu wippen, das Amphetamin wirkte also. «Ich ziehe dich von Wismer ab», sagte sie.

«Ach ja?»

«Und setze dich auf Martin Probst an.»

«Gut.»

«Das heißt, du musst ganz von vorn anfangen. Wismer kannst du vergessen, deine hundertfünfzig Stunden auch.»

«Das waren nur die Bänder. Sagen wir, dreihundert Stunden.»

«Baxti hat mir die Akte von Probst gebracht. Du fängst sofort an.»

«Hast du dir das eben erst überlegt?»

«Nein. Ich habe mit Baxti bereits *geredet*, er hat mir die Akte bereits *übergeben*, und deshalb bist du *hier*. Um sie mitzunehmen.»

«Schön.»

«Also nimm sie mit.» Sie wies mit dem Kopf auf einen teefleckigen Ordner neben der Schreibtischlampe.

Singh ging zum Schreibtisch und nahm den Ordner. «Noch was?»

«Ja. Leg ihn hin.»

Er legte den Ordner wieder hin.

«Hol mir ein Glas Wasser, und dreh die Heizung auf.»

Er verließ den Raum.

Martin Probst war der Bauunternehmer, der den Gateway Arch errichtet hatte, das Wahrzeichen der Stadt. Er war auch Vorsitzender des «Städtischen Wachstumsvereins», einer gemeinnützigen Organisation, die sich aus den Geschäftsführern der großen Firmen und Geldinstitute im Raum St. Louis zusammensetzte. Der Wachstumsverein war ein Muster an Effizienz und Gegenstand fast allumfassender Ehrerbietung. Brauchte jemand Sponsoren für ein städtisches Sanierungsvorhaben – der Wachstumsverein spürte sie auf. Wollte eine Bürgerinitiative den Bau einer Schnellstraße verhindern – der Wachstumsverein zahlte die Verkehrsstudie. Wenn Jammu die Machtstrukturen von St. Louis ändern wollte, kam sie am Wachstumsverein nicht vorbei.

Singh kehrte mit einem Pappbecher zurück. «Hat Baxti vor, neue Welten zu erobern?»

«Hol dir einen Stuhl und setz dich.»

Er gehorchte.

«Baxtis Fähigkeiten sind doch ganz offensichtlich beschränkt. Wozu also die Diskussion?»

Er schüttelte eine Nelkenzigarette aus einer karamellfarbenen Packung, zündete ein Streichholz an und schirmte die Flamme gegen einen imaginären Luftzug ab. «Weil ich nicht verstehe, warum wir tauschen sollen.»

«Ich fürchte, da musst du mir vertrauen.»

«Fürchte ich auch.»

«Worum es geht, weißt du wahrscheinlich – um Probsts charmante Frau Barbara, um seine charmante achtzehnjährige Tochter Luisa. Sie wohnen, was interessant ist, in Webster Groves. Ein reicher Vorort, aber bei weitem nicht der reichste. Sie haben allerdings einen Gärtner, der auf dem Grundstück wohnt ... Baxti bezeichnet die Atmosphäre im Haus als ‹sehr friedvoll›.»

«Mikros?»

«In Küche und Esszimmer.»

«Das Schlafzimmer wäre aufschlussreicher gewesen.»

«So viele Frequenzen haben wir nicht. Und im Schlafzimmer steht ein Fernseher.»

«Schön. Was noch?»

Jammu schlug die Probst-Akte auf. Blinzelnd entzifferte sie Baxtis Hindigekritzel. «Es fängt damit an, dass er keine Gewerkschaftsmitglieder einstellt. In den sechziger Jahren gab es da einen großen Rechtsstreit. Sein Chefanwalt war Charles Wilson, Barbaras Vater, mittlerweile sein Schwiegervater. So haben sie sich kennen gelernt. Probsts Angestellte haben noch nie gestreikt. Er zahlt nach Tarif oder sogar darüber und versichert seine Leute. Berufsunfähigkeit, Arbeitslosigkeit, Rente, manches davon einzigartig in der Branche. Paternalismus vom Feinsten. Probst ist kein Vashni Lal. Er genießt die, in Anführungsstrichen, Reputation, sich auf allen Geschäftsebenen persönlich zu engagieren.»

«Das Persönliche im Visier.»

«Haha. Gegenwärtig ist er Vorsitzender des Wachstumsvereins, seine Amtszeit geht bis nächsten Juni. Das ist wichtig. Außerdem: seit 1976 im Vorstand des Zoos. Vorstandsmitglied beim Botanischen Garten, beim East-West-Gateway-Koordinierungsausschuss. Fördermitglied bei Channel 9. Das ist weniger wichtig. Wie man so sagt, tanzt er auf vielen Hochzeiten. Baxti hat einiges zusammengetragen. Alte Zeitungen durchgeackert, mit Leuten geredet ...»

«Das hätte ich gern gehört.»

«Sein Englisch wird langsam besser. Der *Globe-Democrat* scheint in Probst einen Heiligen des American Way of Life zu sehen – vom Tellerwäscher zum Millionär. 1950 ein Niemand, in den Sechzigern Bauherr des Gateway Arch, parallel dazu der Rohbau des Stadions, dann noch eine ganze Reihe weiterer Projekte. Wenn das nicht bezeichnend ist.»

«Er streckt sich nach der Decke.»

«Tun wir doch alle.»

Singh gähnte. «Und er ist wirklich so wichtig.»

«Ja.» Jammu zwinkerte im Rauch der Nelkenzigarette. «Gähn mich nicht an. Er ist der Primus inter Pares beim Wachstumsverein, und wenn wir wollen, dass das Kapital in die Innenstadt fließt, sind das die Leute, die wir bearbeiten müssen. Er ist parteilos und in seiner Unbestechlichkeit wie Jesus. Er ist ein Symbol. Ist dir aufgefallen, wie sehr diese Stadt in Symbole verliebt ist?»

«Du meinst den Arch?»

«Den Arch, den Verschleierten Propheten, den ganzen ‹Spirit of St. Louis›-Mythos. Und Probst offenbar auch. Wir brauchen ihn, und sei es nur der Stimmen wegen, die er bringen wird.»

«Wann hast du das alles entschieden?»

Jammu zuckte die Schultern. «Ich hatte mich nicht weiter mit ihm befasst, bis ich letzte Woche mit Baxti sprach. Gerade hatte er Probsts Hund aus dem Weg geschafft, ein erster Schritt, Probst in die Krise –»

«Ach ja, die Krise.»

«Obwohl es bis dahin nichts als ein bloßer Terrorakt war. Immerhin, eine hübsche Aktion.»

«Ja?» Singh zupfte einen Fetzen Zigarettenpapier von der Zungenspitze, betrachtete es und schnipste es fort.

«Probst hat seinen Hund spazieren geführt. Baxti fuhr im Lieferwagen vorbei, und der Hund rannte ihm nach. Bei einer Firma für Medizinbedarf hatte Baxti eine Geruchsessenz aufgetrieben. Den Geruch läufiger Hündinnen. Dann einen Lappen damit getränkt und den Lappen vor der Hinterachse befestigt.»

«Hat Probst keinen Verdacht geschöpft?»

«Anscheinend nicht.»

«Was hindert ihn daran, einen neuen Hund zu kaufen?»

«Vermutlich hätte sich Baxti auch um den gekümmert. An dem Punkt musst du die Taktik überdenken. Dass Probst auf den Unfall offenbar nicht reagiert hat, ist für mich Grund genug, dass du ihn übernehmen sollst.»

Das Telefon klingelte. Es war Randy Fitch, der Vorsitzende des städtischen Haushaltsausschusses. Er teilte Jammu mit, er habe verschlafen und könne daher den Achtuhrtermin nicht einhalten. Freundlich und geduldig versicherte ihm Jammu, das sei nicht weiter schlimm. Sie legte auf. «Musst du diese Dinger hier drinnen rauchen?», fragte sie.

Singh öffnete das Fenster und warf den Stummel hinaus. Ein

schwaches Flussaroma wehte mit dem Luftzug herein. Unten auf dem Tucker Boulevard fuhr ein Bus mit Gedröhn auf die Spruce-Street-Kreuzung zu. Die Morgensonne tauchte Singh in orangefarbenes Licht. Er sah aus, als würde er, ungerührt, eine gigantische Explosion verfolgen. «Weißt du», sagte er, «die Arbeit mit Buzzy und Bevy hat mir schon fast Spaß gemacht.»

«Da bin ich mir sicher.»

«Buzz bezeichnet Probst und dessen Frau als gute Freunde.»

«Wirklich?»

«Die Probsts finden sich ab mit Bev. Ich habe den Eindruck, dass es ‹nette› Leute sind. Zuverlässige.»

«Gut. Eine schöne Aufgabe für dich.» Jammu legte ihm den Ordner in die Hände. «Aber keine Mätzchen, verstanden?»

Singh nickte. «Verstanden.»

2

1870 war St. Louis die viertgrößte Stadt Amerikas. Ein bedeutender Eisenbahnknotenpunkt, der größte Binnenhafen des Landes, ein Umschlagplatz für den halben Kontinent. Nur New York, Philadelphia und Brooklyn hatten mehr Einwohner – Zeitungen in Chicago, der dichtauf folgenden fünftgrößten Stadt, stellten allerdings die Behauptung auf, bei der Volkszählung von 1870 seien neunzigtausend St. Louisianer zu viel gezählt worden, und hatten Recht damit. Alle Städte aber sind Ideen. Sie erschaffen sich selbst, und die Welt nimmt sie nach Belieben wahr oder ignoriert sie.

Als St. Louis 1875 von seinen Lokalpropheten zur natürlichen Hauptstadt der Nation erklärt wurde, der es bestimmt sei, zur größten Stadt des Landes aufzusteigen, machte man sich daran, ein entscheidendes Hindernis auf diesem Weg beiseite zu räumen. Das Hindernis war die St. Louis County, der Teil des Staates Missouri, zu dem die Stadt nominell gehörte. Ohne die Stadt war die St. Louis County gar nichts – eine große Fläche Farmland und Wald im Gebiet zwischen zwei Flüssen. Trotzdem beherrschte die County seit Jahrzehnten schon die Stadt. Instrument war eine urtümliche Verwaltungsbehörde, der County Court. Die sieben «Richter» waren notorisch korrupt und gegenüber den städtischen Belangen gleichgültig. Ein Farmer, der eine Straße zu seinem Hof bauen lassen wollte, konnte die Richter billig kaufen – mit Geld oder Wählerstimmen. Wenn aber die Stadt Grünanlagen oder Straßenbeleuchtung brauchte, hatte der County Court nichts beizusteuern. Für eine aufstrebende Provinzstadt war die engstirnige Behörde ein Ärgernis; für die viertgrößte Stadt Amerikas war sie untragbar.

Eine Gruppe einflussreicher Geschäftsleute und Juristen überzeugte die Vordenker einer neuen Verfassung für den Staat Missouri, dass Vorkehrungen für eine Gemeindereform in den Entwurf einzubringen seien. Ungeachtet aller Behinderungen durch den County Court entwarf die Gruppe eine Strategie für die Ausgliederung von St. Louis aus der St. Louis County, über die im August 1876 von den Bewohnern des Verwaltungsbezirks abgestimmt werden sollte.

Vor der Wahl hatte sich die Kritik an dieser Strategie vor allem auf einen Punkt konzentriert – die Ausweitung des städtischen Landbesitzes von einundzwanzig auf einundsechzig Quadratmeilen, wobei so etwas wie Abfindungen gezahlt wurden. Die Landbewohner erhoben Einspruch gegen den «Landraub» der Stadt. Der *Globe-Democrat* sah in der Annexion «von Getreidefeldern und Melonenäckern und in deren Besteuerung als städtisches Eigentum» ein empörendes Unrecht. Die Verfechter der Ausgliederung aber beharrten darauf, dass die Stadt diese Flächen für Parks und Industrieanlagen der Zukunft dringend nötig habe.

Bei einer Wahl, die der County Court durchführte, entschieden sich die Wähler mit knapper Mehrheit dagegen. Betrugsvorwürfe wurden laut. Den Kritikern fiel es nicht schwer, einen Richter des Oberlandesgerichts (einen Louis Gottschalk, der den Reformvorbehalt für die Verfassung von 1875 persönlich ausgearbeitet hatte) dafür zu gewinnen, dass er eine Untersuchungskommission einsetzte und die Wahl überprüfen ließ. Ende Dezember präsentierte die Kommission ihr Ergebnis: Die Ausgliederung war befürwortet worden, mit einer Mehrheit von 1253 Stimmen. Sofort erhob die Stadt Anspruch auf ihr neues Land und gab sich eine neue Gemeindeordnung, und fünf Monate später, nachdem alle Revisionen abgewiesen waren, löste sich der County Court auf.

Jahrzehnte vergingen. Bald zeigte sich, dass die einundsechzig Quadratmeilen nicht ausreichten. Schon 1900 platzte die Stadt aus allen Nähten, und die County weigerte sich, weitere Flächen abzutreten. Die alteingesessenen Fabriken nahmen Reißaus vor den Zerstörungen, die sie angerichtet hatten. Neue Fabriken ließen sich in der County nieder. In den dreißiger Jahren zogen verarmte schwarze Familien aus den ländlichen Südstaaten zu und beschleunigten die Abwanderung der Weißen in die Vororte. Um 1940 schrumpfte die Stadtbevölkerung bereits, und damit sanken auch die Steuereinnahmen. Altehrwürdige Wohnquartiere verkamen und waren nur noch alt. Siedlungsprojekte wie Pruit-Igoe, in den fünfziger Jahren begonnen, scheiterten spektakulär in den Sechzigern. Bemühungen um eine Neubelebung der Stadt führten dazu, dass betuchte Bewohner der County in einige exklusive Wohnlagen zogen, halfen aber der kränkelnden Stadt nicht weiter. Jedermann beklagte den Zustand der städtischen Schulen, doch darin erschöpfte sich der Reformwille schon. Die siebziger Jahre, als riesige Asphaltwüsten die halb leeren Bürogebäude im Zentrum ersetzten, wurden zur Ära der Parkplätze.

Mittlerweile hatten natürlich die meisten amerikanischen Städte ähnliche Probleme. Verglichen mit St. Louis aber war selbst Detroit eine blühende Metropole, war selbst Cleveland eine familienfreundliche Großstadt. Andere Städte hatten Optionen, gute Nachbarn, eine Chance, sich zu behaupten. Philadelphia nutzte sein Umland, Pittsburgh konnte auf die Unterstützung der Allegheny County rechnen. Das abgeschnittene und eingeschnürte St. Louis hingegen war 1980 auf Platz siebenundzwanzig der amerikanischen Großstädte abgerutscht. Es hatte nur noch 450 000 Einwohner, kaum halb so viele wie 1930.

Die Lokalpropheten waren in der Defensive. Hatten sie einst die Vorrangstellung der Stadt beschworen, klammerten sie sich nun an jedes Überlebenszeichen. Vierzig Jahre lang hatten sie gepredigt: «St. Louis schafft den Aufstieg.» Sie verwiesen auf den Gateway Arch (192 Meter hoch und nicht zu übersehen). Sie verwiesen auf das neue Kongresszentrum, auf drei neue Hochhäuser und zwei riesige Einkaufsmärkte. Auf Slumsanierungsprojekte, Verschönerungsprogramme und Pläne für eine Gateway Mall, die der Prachtstraße in Washington Konkurrenz machen sollte.

Aber Städte sind Ideen. Welchen Eindruck gewannen die Leser der *New York Times*, wenn sie sich aus der Ferne ein Bild von St. Louis machen wollten? Vielleicht hatten sie den Artikel über eine neue städtische Verordnung gelesen, die das Wühlen in Mülltonnen unter Strafe stellte. Oder den Bericht über die bevorstehende Einstellung des schwächelnden *Globe-Democrat*. Oder die Geschichte von den Gaunern, die leer stehende Gebäude abrissen, jeden Tag ein anderes, und die Ziegel an Baufirmen außerhalb des Staates verkauften.

Warum traf es gerade St. Louis?

Die Propheten gaben sich nicht geschlagen und verkniffen sich diese Frage. Dasselbe galt für die alten Verfechter des Fortschritts, die die Stadt mit ihren guten Absichten in den Ruin getrieben hatten. Längst hatten sie ihre Wohnsitze und Aktivitäten aufs Land verlegt. Die Frage stellte sich, wenn überhaupt, im Stillen – in der Stille der leeren Straßen und, beharrlicher noch, in der Stille des Jahrhunderts, das zwischen dem aufblühenden und dem toten St. Louis lag. Was wird aus einer Stadt, an die sich kein Lebender erinnert, aus einem Zeitalter, dessen Untergang kein Lebender betrauert? Nur St. Louis wusste es. Die Stadt war der einzige Zeuge ihres Schicksals, einer ganz besonderen Tragödie, die nirgendwo sonst besonders war.

Nach dem Gespräch mit Jammu brachte Singh die dicke Probst-Akte in sein Apartment im West End, las sie von vorn bis hinten durch, rief Baxti achtmal an, um sich Verschiedenes erklären zu lassen, und in der Absicht, den Schauplatz zukünftiger Verbrechen zu besichtigen, fuhr er am nächsten Morgen hinaus nach Webster Groves.

Die Probsts bewohnten eine dreigeschossige Villa an einer langen und breiten Straße, dem Sherwood Drive. Barbara Probst war pünktlich losgefahren. Dienstags, genau wie donnerstags, arbeitete sie in der Beschaffungsabteilung der Universitätsbibliothek von

St. Louis und kam um halb sechs nach Hause. Der Dienstag war auch der Tag, an dem der Gärtner frei hatte. Als das Piepen in Singhs Ohrhörer erstarb und nur noch statisches Rauschen vernehmbar war (Baxti hatte Barbaras BMW mit einem Positionsmelder versehen, der eine Reichweite von einem Kilometer besaß), hörte er die zwei im Haus platzierten Mikrophone ab, stellte fest, dass alles ruhig war, und näherte sich dem Haus zu Fuß. Während der Schulstunden waren Fußgänger am Sherwood Drive so rar wie auf einem Friedhof.

Singh hatte sich als Gasmann verkleidet. Er trug eine Umhängetasche aus schwarzem Leder. In der Hosentasche hielt er OP-Handschuhe zur Vermeidung von Fingerabdrücken bereit. Er stieg eine rote Ziegeltreppe hinab und öffnete die Kellertür mit dem Schlüssel, den er von Baxti erhalten hatte. Die Massen von Gerümpel beeindruckten ihn. Insbesondere die vielen abgefahrenen Reifen, die vielen Plastikblumentöpfe, die vielen Kaffeebüchsen. Er ging nach oben in die Küche. Dem Geruch nach war hier vor kurzem renoviert worden – es roch nach frischer Tapete, frischen Stoffen, frischer Abdichtmasse und frischer Farbe, einer Mischung daraus. Ein Geschirrspüler vibrierte in der Trockenphase. Singh entfernte die Haube des Hitzemelders über dem Herd, ersetzte die Batterie des Senders, steuerte das Mikro aus (was Baxti grundsätzlich vergaß), befestigte die Haube und wiederholte denselben Vorgang im Esszimmer.

Baxti hatte Probsts Arbeitszimmer und Barbaras Schreibtisch und Schränke bereits durchgesehen, die Adressbücher, die stornierten Schecks und die alte Korrespondenz, deshalb konzentrierte sich Singh auf das Zimmer der Tochter Luisa. Er verschoss zwei Meter Mikrofilm, hielt alles fest, was interessant sein konnte. Gegen Mittag war er fertig. Er wischte sich mit dem Ärmel den Schweiß von der Stirn und öffnete eine Tüte M&Ms (machten keine Krümel). Gerade kaute er die letzten, zwei gelbe, als er vor dem Haus eine ihm bekannte Stimme hörte.

Er stellte sich ans Fenster. Luisa kam mit einer Freundin die Einfahrt herauf. Singh schlüpfte in das benachbarte Gästezimmer, schob die Umhängetasche unters Bett, kroch hinterher, und während die Mädchen unter ihm die Küche betraten, zog er die Staubborte glatt. Wortlos öffneten sie Kühlschrank und Küchenbuffet, gossen sich Getränke ein und raschelten mit Plastiktüten. «Die besser nicht essen», sagte Luisa.

«Warum?»

«Meine Mutter merkt das.»

«Und die hier?»

«Nein, lieber nicht.»

Sie stiegen die Treppe hoch, gingen am Gästezimmer vorbei und verschwanden in Luisas Zimmer. Singh lag mucksmäuschenstill. Drei Stunden später hatten die Mädchen das Fernsehen satt und verließen mit Feldstechern das Haus. Singh, wieder am Fenster, schaute ihnen bis zur nächsten Ecke nach. Dann ging er in den Keller und kam, Notizen in sein Zählerbuch machend, die Außentreppe herauf.

In seiner Zweitwohnung in Brentwood entwickelte und vergrößerte er die Fotos. Er blieb drei Nächte und zwei Tage in der Wohnung, studierte die Unterlagen und arbeitete sich durch einen Teil der Probst-Telefonate, von denen bereits mehr als hundert Stunden aufgezeichnet waren. Er wärmte tiefgekühlte Fertiggerichte auf. Er trank Leitungswasser und schob ab und zu ein Nickerchen ein.

Als Luisa am Freitagabend ausging, wartete er auf der Lockwood Avenue in dem grünen zweitürigen LeSabre, den er zwei Monate zuvor geleast hatte. Für sich sprach er den Namen französisch aus: LeSab. Luisa holte vier Freunde aus der Nachbarschaft ab und fuhr nach Forest Park, wo sie sich auf einen Hügel setzten – und hinabrollten, wieder hochkletterten und das Gras zertrampelten –, einen Hügel, der Art hieß. Art Hill. Ganz oben stand das Museum. Als es dunkel wurde, fuhren die Jugendlichen zehn

Meilen Richtung Südwesten zu einem Minigolfplatz am Highway 366, der sich Mini-Links nannte. Singh parkte den LeSab auf der anderen Straßenseite und beobachtete die Jugendlichen, die bunte Bälle durch die Öffnung eines Totempfahls schossen, mit seinem Fernglas. Die Gesichter der zwei Jungs waren weich und flaumig wie die der drei Mädchen. Alle kicherten und zeigten das fröhlich auftrumpfende, in jedem Land abstoßend wirkende Renommiergehabe von Teenagern.

Am nächsten Abend, einem Samstag, rauchte Luisa mit ihrer schulschwänzenden Freundin Stacy Marihuana in einem dunklen Park, danach gingen sie ins Kino und sahen einen Softporno – ein Vergnügen, auf das Singh verzichtete. Am Sonntagmorgen lud Luisa mit einer anderen Freundin Utensilien zur Vogelbeobachtung in den BMW und entfernte sich gen Westen. Singh folgte ihnen nur bis zur Grenze der County. Er hatte genug gesehen.

Auf dem Niemandsland, das von der bogenförmigen Autobahnauffahrt von East St. Louis, Illinois, eingefasst wurde, stand ein Lagerhaus, in dem Singh ein Loft besaß, seine dritte und bevorzugte Wohnung. Besorgt hatte sie ihm Prinzessin Asha – das Haus gehörte zum Immobilienbesitz der Hammaker-Brauerei –, und die Kosten für den grünen Spannteppich in den drei Zimmern, die Kücheneinrichtung und die Dusche im Bad hatte sie übernommen. Das Loft hatte keine Fenster, nur Dachluken aus Mattglas. Die Türen waren aus Stahl. Die Räume maßen gut drei Meter fünfzig in der Höhe, waren brandsicher und schalldicht. Wenn sich Singh ins Innere des Lofts zurückzog, konnte er überall sein. Mit anderen Worten: war er nicht mehr in St. Louis. Daher seine Vorliebe für die Wohnung.

Der dunkle Schatten einer Taube zeichnete sich auf dem Mattglas ab, ein zweiter Schatten gesellte sich hinzu. Singh schlug die Akte Probst auf, die vor ihm auf dem Boden lag. Die ganze Woche hatte ihn Jammu am Telefon gedrängt, einen Plan auf die Beine zu stellen, der Probst auf ihre Seite ziehen würde. Sie hatte es furchtbar eilig. Zusammen mit dem Bürgermeister und einem bestochenen Stadtrat entwarf sie bereits Reformen der städtischen Steuergesetze, Reformen, die nur dann in Kraft gesetzt werden konnten, wenn es in der Zwischenzeit gelang, einen Teil der Bevölkerung mitsamt ihrem Reichtum aus der County Richtung Osten zurückzulocken. Aber die County wachte eifersüchtig über ihre Pfründen. Nichts außer einer Wiedervereinigung mit der Stadt konnte sie dazu bewegen, der Stadt zu Hilfe zu kommen. Und da die Wähler in der County jegliche Kooperation mit der Stadt ablehnten, waren sich Singh und Jammu einig, dass sie die Vereinigung nur befördern konnten, indem sie sich auf Privatpersonen konzentrierten, die in der regionalen Politik das Sagen hatten, die über Platzierung und Gewichtung von Investitionen Entscheidungen trafen. Nicht mehr als ein Dutzend Katalysatoren waren nach Jammus Meinung vonnöten, wenn man sie alle dazu bringen konnte, unwissentlich an einem Strang zu ziehen. Und wenn man Jammus Nachforschungen trauen konnte, hatte sie diese zwölf bereits beisammen. Wie zu erwarten, waren sie alle männlich, nahmen sie alle an Versammlungen des Wachstumsvereins teil, und die meisten von ihnen waren Geschäftsführer, die ihre Aktionäre gut im Griff hatten. Das waren die, die Jammu «rumkriegen» musste.

Was sie machen würde, wenn sie sie «rumgekriegt» hatte, wenn jedes einzelne Gebrechen der Stadt geheilt und sie über ihre Rolle als Polizeichefin hinausgewachsen war, um zur Heldin von Mound City zu werden, der Stadt, die auf dem Boden indianischer Grabhügel stand, verriet sie nicht. Vorerst ging es bloß um das Wie.

Im Kampf gegen ihre Feinde in Bombay und auf Vorteile für ihre Verwandten bedacht, hatte Jammu die Idee entwickelt, ihre Zielpersonen in eine «Krise» zu versetzen, die deren Urteilskraft stark beeinträchtigte. Die mildeste Form der Krise, die in Bombay am leichtesten herbeizuführen war, beruhte auf der Angst vor der Einkommensteuer. Dutzende von Bürgern, auf deren Denken Jammu Einfluss nehmen wollte, wurden auf ihre Veranlassung hin so lange mit maßlos überzogenen Steuerprüfungen gequält, bis sie bei Tag und bei Nacht an nichts anderes mehr dachten als an Steuern. Dann trat sie in Aktion und machte Beute. Sie bat die Zielperson um Dinge, die ihr unter normalen Umständen niemals gewährt worden wären, sie trieb die Zielperson zu Dummheiten, die sie ein halbes Jahr zuvor nicht im Traum begangen hätte, sie veranlasste die Zielperson zu Investitionen, die zu vermeiden es hundert gute Gründe gab ... Natürlich konnte man von dieser Methode keine Wunder erwarten. Jammu brauchte am Anfang irgendeinen Hebel. Oft genügte schon die Anfälligkeit der Zielperson für ihren Charme.

Die Krise hatte gegenüber den üblicheren Formen der Nötigung zwei Vorteile. Erstens wirkte sie indirekt. Sie entstand in einem Lebensbereich, der nichts mit Jammu, der Polizei und oft auch nichts mit der öffentlichen Sphäre zu tun hatte. Zweitens war sie flexibel. Jede Situation ließ sich herbeiführen, jede Schwäche der Zielperson konnte kultiviert werden. Jammu hatte den ihr gefährlichen Jehangir Kumar, einen Mann, der gern trank, in einen unheilbaren Alkoholiker verwandelt. Als Mr. Vashni Lal, der in Poona wiederholt Schwierigkeiten mit seinen unterbezahlten Schweißern bekam, versucht hatte, Jammu um ihren Posten bei der Polizei zu bringen, hatte sie ihm einen Arbeitskampf beschert, einen blutigen Aufstand, den ihre eigenen Polizeikräfte niederschlagen mussten. Sie hatte Linke in Gewissenskonflikte gestürzt, hatte aus Rechten Paranoiker werden lassen. Sie hatte die schlimmsten Ängste tüchtiger Geschäftsleute ausgenutzt, indem sie ihnen schlaflose Nächte bereitete, und von der Esslust eines rivalisierenden Polizeibeamten profitiert, indem sie ihm einen übereifrigen bengalischen Koch schickte, dessen Künsten er eine Gallenoperation und die vorzeitige Pensionierung verdankte. Singh höchstpersönlich war in das Leben eines Playboys getreten, eines Millionärs aus Surat, der bald danach starb, und hatte ihn im Dienste des Puri-Projekts impotent gemacht.

Wegen der Austauschbarkeit von Führungskräften achtete Jammu darauf, dass ihre Zielpersonen in St. Louis funktionsfähig blieben. Sie sollten ihre Positionen behalten, nur ihre Spielräume mussten beschnitten werden. Und an diesem Punkt – an dem es darum ging, nach einem Weg in die Krise, nach Mitteln der Beeinträchtigung zu suchen – bekam Singh Schwierigkeiten mit Martin Probst.

Probst hatte keine Schwächen.

Er war ehrlich, kompetent, ohne Laster und bis zur Selbstgefälligkeit gelassen. Für einen Bauunternehmer hatte er eine sagenhaft reine Weste. Er bewarb sich nur um Aufträge, für die ein klar erkennbarer Bedarf bestand. Er bezahlte unabhängige Gutachter, die seine Arbeit prüften. Jeden Juli schickte er seinen Angestellten einen ausführlichen Geschäftsbericht zu. Die einzigen ihm verbliebenen Feinde waren die Gewerkschaften, die er 1962 verprellt hatte, doch die spielten in der Lokalpolitik von St. Louis keine Rolle mehr.

Auch sein Privatleben schien in bester Ordnung zu sein. Singh hatte sich ein paar häusliche Dispute angehört, aber sie waren nichts als Unkrautpflänzchen zwischen solidem Straßenpflaster. Offenbar war es dieses friedliche Image der Familie Probst, das St. Louis an ihm am meisten bewunderte. Singh hatte sich ein paar Probst-Stellen aus der Bändersammlung herausgesucht, die R. Gopal für Jammu katalogisiert hatte. Auf einem Band sprach Bürgermeister Pete Wesley mit dem Schatzmeister des East-West-Gateway-Koordinierungsausschusses.

Wesley (u. R. Crawford, Samst., 10. Sept., 10.15 Uhr, Rathaus)

P. W.: Nein, ich hab noch nicht mit ihm geredet. Aber ich hab Barbara am Donnerstag beim Baseball gesehen, und ich hab sie gefragt, ob er sich schon mal Gedanken gemacht hat.

R. C.: Beim Baseball.

P. W.: Verrückt, was? Bei einer anderen Frau würde man denken, die hat sie nicht alle.

R. C.: Du meinst, weil sie allein hingeht.

P. W.: Ich verstehe nicht, wie die das macht. Jede andere ... Kannst du dir vorstellen, dass sich so jemand wie Betty Norris ganz allein in die Loge setzt?

R. C.: Was hat Barbara gesagt?

P. W.: Wir haben eine ganze Weile geredet. Wie Martin dazu steht, habe ich nicht rausgekriegt, aber sie war ziemlich entschieden.

R. C.: Wofür?

P. W.: Oh, positiv. Eindeutig positiv. Die Frau ist prima. Und bei dieser kleinen Familie – ist es nicht erstaunlich, wie oft man ihnen begegnet?

Ripley (Rolf und Audrey, Montag, 5. Sept., 22.15 Uhr)

A. R.: Kommt dir Luisa nicht wie eins von den Kindern vor, denen was zustoßen könnte? Sie war so nett heute. Alles an ihr ist perfekt. Denkt man da nicht automatisch, dass ihr was Schreckliches zustoßen könnte? *(Pause.)* Wie eine Puppe, die man kaputt machen kann. *(Pause.)* Findest du nicht?

R. R.: Nein.

Meisner (Chuck und Bea, Samst., 10. Sept., 1.30 Uhr)

C. M.: Das war Martin. Ob wir gut nach Hause gekommen sind. (*Pause.*) Ich bin sicher, er hätte kein Auge zugetan, ohne uns das gefragt zu haben. *(Pause.)* Sah ich wirklich so besoffen aus?

B. M.: Wir alle, Chuck.

C. M.: Komisch, dass man ihnen so was kaum anmerkt. Ich meine, bei ihnen hat man ein gutes Gefühl.

B. M.: Sie sind ein ganz besonderes Paar.

C. M.: Ja. Ein ganz besonderes.

Schade, dachte Singh, dass R. Gopal nicht mehr die Zeit hatte, derartige Mitschnitte zu sortieren und in eine brauchbare Form zu bringen. «Über diese Phase sind wir hinaus», hatte Jammu gesagt. «Für Gopal hab ich was anderes.»

Murphy (Chester, Jane, Alvin, 19. Sept., 18.45 Uhr)

JANE: Weißt du, wen ich heut gesehen habe, Alvin? Luisa Probst. Erinnerst du dich?

ALVIN: *(kauend)* Kann sein.

JANE: Sie ist ein sehr hübsches Mädchen geworden.

ALVIN: *(kaut)*

JANE: Ich dachte, es wäre nett, wenn du sie irgendwann mal anrufst. Sie würde sich sicher freuen, von dir zu hören.

ALVIN: *(kaut)*

JANE: Ich sag ja nur, es wäre nett.

ALVIN: *(kaut)*

JANE: Ich hatte sie als ein bisschen pummlig in Erinnerung. Das sind bestimmt, na, drei Jahre, seit ich sie das letzte Mal gesehen habe. Ich komme ja nicht mehr nach Webster Groves. Aber ihre Mutter sehe ich ständig *(Pause.)* Es wäre, glaube ich, sehr, sehr nett, wenn du sie mal anrufst.

CHES: Hör auf, Jane.

Ein sehr hübsches Mädchen. Ein besonderes Paar. Singh vermied den Rückschluss, dass Probsts Machtposition in der Stadt durch seine nette Familie begünstigt wurde, aber offensichtlich war die Familie eine Quelle ungewöhnlicher Kraft. Und Kraft dieser Art konnte leicht zur Schwäche werden. Das hatte selbst Baxti erkannt. In seinem Abschlussbericht hatte er geschrieben:

UnBestechlich in Jahr 72, und schlimmer.

(1972 hatte ein Mitglied des Slumsanierungskomitees Schmiergeld verlangt, und Probst war mit der Geschichte an die Presse gegangen.)

> Außer Moral hat er kaine Sünden. Wenn er stürbt, ist jeder Mann moralisch. Das ist der Schlüssl. *Tod in der Luft.* Erste Schritt: Hund. Zweite Schritt: Tochter. Dritte Schritt: Frau. Kette von Verluste. Und alleine stehen. Er liebt seine Hund. Gibt ihm Kuschelnahme. Und kaine Hund … ???

Das war Baxtis Denkstil. Sein Informationsstil auf Hindi war etwas leichter zu verstehen.

Singh schloss den Ordner und schaute kurz auf zu den verschwommenen Tauben auf dem Dachfenster. Baxti war unbeholfen, aber nicht dumm. Er hatte die Sache richtig angepackt. Als Bürger der westlichen Welt war Probst a priori sentimental. Um ihn in die Krise zu versetzen, musste man den Prozess der Heimsuchungen vielleicht nur beschleunigen, die Verluste von zwanzig Jahren auf drei oder vier Monate komprimieren. Die Vorfälle würden unzusammenhängend sein, eine «Pechsträhne», wie es Baxti irgendwo anders formuliert hatte. Und der Prozess konnte schrittweise vorangetrieben werden – so lange, bis Probst bereit war, Jammu öffentlich zu unterstützen, und den Wachstumsverein anwies, dasselbe zu tun.

Nun denn, als Nächstes war die Tochter dran. Um die letzte Lücke in Baxtis Recherche zu füllen, hatte Singh Luisas Briefe, Tagebücher und Notizbücher gelesen, er hatte ihre persönlichen Besitztümer sprechen lassen, und obwohl er kein Kenner der amerikanischen Jugend war, fand er Luisa ausgesprochen typisch. Ihr Gebiss war orthopädisch korrigiert. Sie hatte weder Krankheiten noch Parasiten. Sie war, mehr oder weniger, blond und 1,68 groß, und sie wusste ihren Wohlstand wirksam zu präsentieren. Sie hatte schon Freunde gehabt, aber den letzten vor kurzem verabschiedet. Ihr gehörten eine TEAC-Stereoanlage, 175 Schallplatten, kein Auto, kein Computer, ein Schmetterlingsnetz und ein Tötungsglas, ein Diaphragma in Originalverpackung mit einer winzigen Tube Gynol II, ein kleiner Fernseher, über 40 Pullover, über 20

Paar Schuhe. Ihr Sparkonto wies ein Guthaben von 3700 Dollar auf, und sie besaß, obwohl das keine Bedeutung für sie hatte, annähernd 250 000 Dollar auf Gemeinschaftskonten und in Treuhandfonds. Das Verhältnis von 37 zu 2500 war der mathematische Ausdruck für ihren Abstand vom Erwachsensein. Sie schwänzte die Schule und konsumierte Rauschmittel; sie war eine Heimlichtuerin.

Singh musste entscheiden, wie sie sich von ihrer Familie isolieren ließ. «Keine Mätzchen», hatte Jammu gesagt. Das Gegenteil von «Mätzchen» war die Anwendung von Gewalt. Aber es war eine Sache, nach Baxtis Art Probsts Hund umzubringen, und eine andere, gleich als Erstes die Familie zu traumatisieren. Traumata erzeugten Leid, kathartische Weinkrämpfe. Ganz nett. Doch die Krise erzeugten sie nicht.

Auch die anderen Standardtechniken waren für Luisa kaum geeignet. Singh konnte sie nicht entführen; Entführungen bedeuteten zu viel Schrecken und Leid. Schmeicheleien brachten nichts, er konnte ihr nicht einreden, dass sie irgendeine Begabung hatte, weil das nicht zutraf, und sie war nicht naiv genug, um zum Besten gehalten zu werden. Bestechung schied ebenfalls aus. Jammu hatte einen Bankier in der Zürcher Talstraße, der mit Kusshand ein Konto eröffnen würde, aber Luisa fehlte für Geld noch der Sinn. Sie war auch zu jung, um sich à la *Mission Impossible* einreden zu lassen, dass ein enger Bekannter oder Verwandter gegen sie Ränke schmiedete. Für Narkotika war sie natürlich nicht zu jung, und Singh war ein exzellenter Dealer, aber Drogen und Traumata lagen eng beieinander. Politische Indoktrination hätte möglicherweise Erfolg gehabt, doch so etwas kostete zu viel Zeit.

Es blieb ihm wenig anderes übrig, als das Mädchen zu verführen. Obwohl sie als Technik zu den Mätzchen zählte, war die Verführung für liebebedürftige Zielpersonen in einem Alter, in dem man zu Heimlichkeiten und Abenteuern neigt, ideal. Das einzig Schwierige war der Zugriff. Luisa war nie allein – außer zu Hause oder im Auto oder in Geschäften oder beim Vogelbeobachten oder in der Bibliothek (und Singh war klug genug, keine Bekanntschaften in amerikanischen Bibliotheken zu machen). Wo hatte ein Fremder Gelegenheit, sie kennen zu lernen?

Als Mann kam selbstverständlich nur Singh infrage. Einen anderen gab es nicht. Baxti? Eher hätte sie es mit einem Alligator getrieben. Singh war makellos. In härteren Zeiten hatte er als Dressman für Krawatten gearbeitet. Er war Mr. Makellos persönlich. Man sagte ihm, der Grund seien seine Zähne. Gut möglich. Makellos war er auf jeden Fall. Makellos und – um den Punkt nicht zu strapazieren – unwiderstehlich. Im Umgang mit Amerikanern war er ein Profi. Hatte er nicht erst letzte Woche …?

Das Problem war der Zugriff. Egal, womit er Luisa köderte – indem er ihr Gutscheine für eine Bar oder Freikarten für ein Konzert schickte –, immer würde sie eine Freundin mitbringen. Manchmal fuhr sie allein zum Vogelbeobachten, das schon, aber Singh hatte von Vögeln keine Ahnung. Er würde Wochen brauchen, um sich in «Vogelkunde» Wissen anzueignen, und die Vorstellung, seine Zeit für Kreaturen zu verschwenden, die mutwillig Flüssigexkremente verspritzten (Singh war kein Naturfreund), fand er widerlich. Zu schade, dass Luisa nicht Messer sammelte. Er besaß Exemplare, für die ausgebuffte Sammler ihre Schwester verhökert hätten. Das burmesische Häutemesser …

Das Problem war der Zugriff. Eine Stunde allein mit dem Mädchen würde ausreichen. Den Rest besorgte der Zauber des Orients. Jadefiguren, Moët, ein Dutzend Rosen. Dann verführen, nach New Orleans bringen, mit Kokain anfüttern.

Singh streckte sich auf dem weichen grünen Bodenbelag aus.

1. Eine auswärtige Bekannte, etwa eine Brieffreundin, kommt überraschend nach St. Louis. Ruft Luisa an, lädt sie in eine Bar ein. Ist schon weg, wenn sie kommt. Sie lernt einen höflichen Ausländer kennen.
2. Der Redakteur eines bekannten Teenagermagazins, ein

atraktiverMann mit blendend weißen Zähnen, ruft sie an. Er würde sie gern interviewen. Ausführlich. Und ihr die Mitarbeit als Korrespondentin anbieten. Lädt sie zu einer internen Redaktionssitzung ein.

3. Ein Naturfreund von sehr vorteilhaftem Äußeren begegnet ihr an einem Tag, an dem sie allein unterwegs ist, auf freier Wildbahn. Nach einem harmlosen Flirt gehen sie in den dichten Wald.

Singh lag, ganz für sich, auf dem Fußboden, in einem Zimmer, in dem er sich sammeln konnte. Sein Magen knurrte leise, Begleitmusik für die Schattenspiele der Tauben auf dem Dachfenster. Von seinen Jugendfreunden, den Genossen in Srinagar, dem Lesezirkel, saßen mindestens zehn im Gefängnis. Zwölf waren tot und weitere zehn arbeiteten als Drahtzieher in Madras, Sri Lanka, Bombay. Etliche lebten ganz bequem in Westbengalen. Einer war in Angola, einer in Äthiopien, drei hielten sich in Südafrika auf, ein halbes Dutzend noch immer in Moskau und mindestens zwei in Mittelamerika. Doch Balwan Singh, der Vordenker der Gruppe, der den Vizegouverneur mit dem Bajonett getötet hatte, war weiter gekommen als alle anderen. Bis nach East St. Louis, Illinois, wo er nun, auf dem Rücken liegend, den denkbar dekadentesten Umsturz ausheckte. Die einzige vom alten Kader, die es ebenfalls bis in die USA geschafft hatte, war Jammu. Jammuji, die Bergblume, der verdächtige Duft. Sie musste nichts aushecken. Sie sammelte Macht und überließ die Schmutzarbeit den Untergebenen, sodass ihre Würde unangetastet blieb. Singh wollte handeln, handelnd würde er diese Planspiele vergessen. Er wollte auch Luisa Probst, begehrte sie mit krimineller Energie. Wollte sie kleinkriegen. Er streifte einen Schuh ab und warf ihn gegen das Dachfenster. Die Schatten flatterten davon.

Martin Probst war in St. Louis aufgewachsen, in einem alten deutschen Viertel der South Side. Mit achtzehn gründete er eine Abrissfirma, zwei Jahre später begann er, sie in ein Bauunternehmen umzuwandeln. Mit siebenundzwanzig krempelte er die lokale Baubranche um, indem er die Ausschreibung für den Bau des Gateway Arch gewann. Bald war er der meist beschäftigte Bauunternehmer in St. Louis, seine günstigen Angebote machten ihn zum Favoriten der öffentlichen Auftraggeber, seine hohen Qualitätsmaßstäbe waren bei den Privaten sehr gefragt. Die Zeitungen sahen in ihm einen Anwärter auf staatliche oder städtische Ämter – nicht weil er jemals Neigung gezeigt hätte zu kandidieren, sondern weil sich keiner vorstellen konnte, dass er der primitiven Welt der Baustellen für immer treu bleiben wollte. Im Unterschied zu anderen Bauunternehmern war er kein «Original», kein knochiger, knurriger Draufgänger, auch kein rotgesichtiger, Zigarre rauchender Unternehmertyp. Er war eins achtzig groß, ein guter Redner, ein Topmanager aus Missouri, dessen Gesicht man nur deshalb wieder erkannte, weil es seit dreißig Jahren in der Stadt allgegenwärtig war. Wie ein mittelalterlicher Baumeister – unentbehrlich, aber zurückhaltend – war er überall dort zu finden, wo gebaut wurde.

Im Moment spielte sich die Bautätigkeit vor allem in West County ab, einer ländlichen Gegend der St. Louis County jenseits der Interstate 270, des so genannten Outer Belt. In den letzten fünf Jahren hatte Probst das St. Luke's-West-Hospital gebaut, eine Junior Highschool im Parkway-West-Schuldistrikt sowie einen Gewerbekomplex mit Büros, Hotel, Einkaufszentrum und Freizeiteinrichtungen, der West Port hieß. Er hatte die Eigenheimsiedlung Ardmore West errichtet, fünf Landstraßen in westlicher Richtung verlängert und die US-Fernstraße 40 bis zur Westgrenze der St. Louis County verbreitert. Vor kurzem hatte er die Arbeit an Westhaven aufgenommen, einem «umfassenden Wohn- und Gewerbegebiet», dessen schiere Größe von vierzig Hektar Pachtfläche die vornehmliche Aufgabe hatte, West Port zu übertreffen.

Am dritten Samstag des Oktober, eine Woche nachdem Singh seine Pläne für Luisa entwickelt hatte, fuhr Probst in seinem kleinen Lincoln von einer Sitzung des Wachstumsvereins nach Hause und hörte das Samstagabend-Jazzprogramm auf KSLX. Gerade spielte Benny Goodman. Fünf Stunden zuvor, auf der Hinfahrt, war der Vollmond aufgegangen, doch das Wetter hatte sich nicht gehalten. Regen klatschte auf die Frontscheibe, als er durch die Lockwood Avenue fuhr. Er fuhr zu schnell, beschwingt von Goodmans rasanter Klarinette.

Die Sitzung war ein Reinfall gewesen. Um das Zusammengehörigkeitsgefühl zu stärken, hatte Probst die Idee gehabt, sie auf einen Samstagabend zu legen – ein Arbeitsessen, Beef Wellington für fünfundzwanzig Personen in einem Gesellschaftsraum des Restaurants Baseball Star's. Eine Fehlentscheidung. Probst musste Rick Crawford anrufen und ihn bitten, seinen Theaterabend abzublasen, damit sie überhaupt beschlussfähig wurden. Alle tranken, was das Zeug hielt, während sie auf Crawford warteten. Die für den Abend anberaumte Diskussion über den Zustand der Krankenhäuser war konfus und zog sich quälend lange hin. Und als Probst gerade für eine Vertagung plädieren wollte, stand General Norris auf und redete geschlagene vierzig Minuten.

General Norris war der Geschäftsführer von General Synthetics, einem der bedeutendsten Chemiebetriebe des Landes und einem gewichtigen Wirtschaftsfaktor in der St. Louis County. Sein Reichtum und seine extremen politischen Ansichten waren von nahezu mythischen Dimensionen. Er wolle heute Abend über das Thema *Verschwörung* reden, sagte er. Er finde es bedenklich und alarmierend, was im August geschehen sei – innerhalb einer Woche hätten zwei Frauen aus Indien in St. Louis wichtige Machtpositionen besetzt. Er führte aus, dass Indien im Wesentlichen ein Satellit der Sowjetunion sei, und bat die Versammlung, sich doch einmal vorzustellen, was alles passieren könnte, jetzt, wo Jammu über die städtische Polizei gebiete und die Prinzessin über den Direktor und Mehrheitsaktionär der Hammaker-Brauerei. (Zum Glück aller Beteiligten war Sidney Hammaker an diesem Abend nicht da.) Norris sagte, deutliche Indizien sprächen dafür, dass Jammu, unterstützt von der Prinzessin, eine Verschwörung organisiere, um die Stadtverwaltung von St. Louis zu stürzen. Er drängte den Wachstumsverein, eine Sonderkommission einzusetzen, die das Treiben der beiden Inderinnen untersuchen solle, und sprach vom FBI –

Probst wandte ein, das FBI habe Wichtigeres zu tun, als gegen die Polizeichefin und die Gattin von Sidney Hammaker zu ermitteln.

Er sei mit seinen Ausführungen noch nicht zu Ende, sagte General Norris.

Probst sagte, er habe genug gehört, für die anderen gelte das sicher auch. Er sagte, Jammu scheine ihre Sache als Polizeichefin recht gut zu machen; es sei reiner Zufall, dass die Prinzessin um dieselbe Zeit nach St. Louis gekommen sei wie sie. Außerdem müsse der Wachstumsverein, schon aus Prinzip, alles vermeiden, was geeignet sei, die Mitgliederschaft zu polarisieren und Zweifel an seiner strikt gemeinnützigen Zwecksetzung aufkommen zu lassen.

General Norris trommelte mit den Fingern.

Probst gab zu bedenken, Norris selbst habe die Kandidatur Rick Jergensens für den Posten des Polizeichefs unterstützt, und Jergensens Kandidatur – vielmehr der Nachdruck seiner Fürsprecher – sei die Hauptursache für das Patt gewesen, und das Patt habe entscheidend zu Jammus Ernennung –

«Das weise ich zurück!» General Norris sprang auf und zeigte auf Probst. «Ich weise diesen Vorwurf zurück!»

Probst vertagte die Sitzung. Er wusste, dass er den General und seine Freunde brüskiert hatte, aber er versuchte nicht, die Fugen zu verkitten. Ohnehin war Norris bereits davongestapft.

Als er zu Hause ankam, regnete es noch heftiger. Widerstrebend verließ er die warme, von Jazzmusik erfüllte Geborgenheit des Wagens, schloss die Garagentür und eilte über den Rasen zum Haus. Nasse Herbstblätter wehten durch die Luft.

Oben im Schlafzimmer war Barbara schon im Bett. Sie schlief, die letzte Ausgabe des *New Yorker* lag aufgeschlagen auf ihrem Bauch. Der Fernseher lief ohne Ton. Probst vermied es, auf die knarrenden Dielen zu treten.

Im Bad, beim Zähneputzen, bemerkte er ein paar graue Haare an der rechten Schläfe, ein ganzes Büschel sogar. Sie fesselten seinen Blick wie eine eiternde Wunde. Warum, fragte er sich, wurde er plötzlich grau? Er hatte einen Zeitvorsprung beim Bau in Westhaven, war zwar vielleicht ein bisschen knapp mit Arbeitskräften, auch das Wetter machte ein wenig Ärger, aber er lag so gut in der Zeit, dass es keinen Grund zur Sorge gab, wirklich keinen.

Allerdings, er ging auf die fünfzig zu.

Er atmete durch und bürstete energisch, besonders hinter den vier Weisheitszähnen – Problemzonen für Karies. Ihm fiel ein, dass Luisa noch nicht zu Hause war, und er tappte über den Flur zu ihrem Zimmer, das ihm kühler vorkam als das übrige Haus, knipste die Nachttischlampe an und schlug ihre Bettdecke zurück. Er tappte wieder auf den Flur und die Treppe nach unten. Er schloss die Haustür auf und schaltete die Außenbeleuchtung ein.

«Bist du's, Schatz?», rief Barbara aus dem Schlafzimmer.

Probst tappte gemächlich die Treppe hinauf, bevor er antwortete. «Ja.»

Barbara hatte den Fernseher laut gestellt. «Nenne ich dich etwa ‹Schatz›?»

Forty-second Street ist vielleicht nicht der Nabel der Welt, aber –

«Wie war die Sitzung?», fragte sie.

«Totaler Reinfall.»

Ich würd' Ihnen ja die ganze Geschichte erzählen, wenn hier nicht Zensoren –

Probst schaltete das Gerät aus, das Bild schrumpfte zusammen.

Barbara, einen kurzen Moment verärgert, runzelte die Stirn und griff nach ihrer Zeitschrift. Sie trug ihre Lesebrille und ein blassblaues Nachthemd, durch das er ihre Brüste sehen konnte, die Rundungen, die braunen Warzenhöfe. Ihr Haar, das sie neuerdings wachsen ließ, rahmte in einer breiten S-Kurve ihre rechte Gesichtshälfte ein und schirmte die Augen gegen die Leselampe ab.

Als er ins Bett stieg, neigte sie sich ein wenig zur Matratzenmitte, ohne von ihrer Lektüre aufzublicken. Er konnte sich nicht vorstellen, dass sie so konzentriert las. Hatte sie nicht eben noch geschlafen? Er blätterte im Zeitschriftenstapel auf dem Nachttisch und nahm sich eine *National Geographic* vor, die er noch nicht kannte. Auf dem Titelblatt war ein lächelnder Steinbuddha mit blicklosen Steinaugen. «Dein Schwager hat die Sitzung geschwänzt», sagte er. «Das sind die Gefälligkeiten, die ich langsam schätzen lerne.»

Barbara zuckte die Schultern. Ihre ältere Schwester Audrey war mit Rolf Ripley verheiratet, einem der bedeutenderen Industriellen von St. Louis. Weder Probst noch Barbara waren ihm sonderlich gewogen (um es milde auszudrücken), aber Barbara fühlte sich gegenüber Audrey verantwortlich, die anfällig für emotionale Katastrophen war, also musste sich auch Probst Rolf gegenüber zivil verhalten. Einmal die Woche spielten sie Tennis im alten Racquet Club. Auch an diesem Vormittag hatten sie gespielt, und Rolf hatte ihn vernichtend geschlagen. Probst zog die Stirn in Falten. Wenn Rolf Zeit für Tennis hatte, warum dann nicht für den Wachstumsverein?

«Hast du eine Ahnung, wo er war? Hast du heute mit Audrey gesprochen?»

«Gestern.»

«Und?»

«Was und?»

«Hatten sie heute Abend etwas vor?»

Barbara nahm die Brille ab und schaute ihn an. «Rolf hat eine andere. Schon wieder. Bitte verschon mich mit Fragen.»

Probst blickte zur Seite. Es war merkwürdig, dass er sich so gar nicht aufregte. Barbara wurde auf Rolf immer so wütend, dass es für sie beide reichte; er hatte aufgehört, seinetwegen aus der Haut zu fahren. Rolf führte das Ripleycorp-Elektroimperium (nur Wismer Aeronautics hatte eine längere Gehaltsliste) und galt als der größte Finanzkünstler von St. Louis, aber er benahm sich wie ein Playboy und sah dementsprechend mitgenommen aus. Vor zehn Jahren hatte er sich einen britischen Akzent zugelegt, der, mit jeder seiner Affären sozusagen, breiter und breiter wurde. Rolf war zu verschroben, um Probst wirklich zu ärgern.

«Und ich hab heute Morgen mit ihm Tennis gespielt», sagte er. «Wo ist Lu?»

«Komisch, dass sie noch nicht da ist. Ich hab ihr gesagt, sie soll zeitig nach Hause kommen. Ihre Erkältung wird schlimmer.»

«Ist sie mit Alan aus?»

«Meine Güte, Martin!»

«Schon gut, schon gut.» Luisa hatte mit Alan Schluss gemacht. «Wo steckt sie dann?»

«Keine Ahnung.»

«Was soll das heißen, keine Ahnung?»

«Na, was wohl. Ich weiß es einfach nicht.»

«Hast du sie denn nicht *gefragt*?»

«Als sie aufbrach, war ich oben. Sie sagte, sie ist ganz bald zurück.»

«Wann war das?»

«Gegen sieben. Kurz nachdem du losgefahren warst.»

«Jetzt ist es fast zwölf.»

Eine Seite wurde umgeblättert. Regen prasselte gegen die Fenster und rauschte durch die Dachrinnen.

«Ich dachte, es ist unsere Abmachung, dass wir immer wissen, wo sie steckt.»

«Martin, es tut mir Leid. Ich hab nicht dran gedacht. Lass mich noch ein bisschen lesen, ja?»

«Schon gut, schon gut. Mir wachsen Abmachungen schon aus dem Hals heraus. Tut mir Leid.»

Probst konnte nicht leugnen, dass er sich Rolf Ripley gegenüber moralisch überlegen fühlte, denn praktisch, allem Anschein nach, erwiesenermaßen hatte er in seinem Leben kaum gesündigt. Von Anfang an hatte sein Ehrgeiz ihn im Gleis laufen lassen wie einen Güterzug, unaufhaltsam und unbeirrbar. Als er zwanzig war, mussten seine verheirateten Freunde darauf achten, dass er wenigstens einmal im Monat zum Abendessen aus dem Haus ging. Der wichtigste dieser alten Freunde war Jack DuChamp gewesen, der im Nachbarhaus aufgewachsen war und mit ihm die Einsamkeit der McKinley Highschool geteilt hatte. Jack war damals einer von den Jungen, die mit Beginn der Pubertät nichts anderes mehr wollen, als so klug zu sein wie ihre Väter. Ehe und Erwachsensein waren Jacks Evangelium, und in Probst fand er, zwangsläufig, das erste Opfer seiner Bekehrungsversuche. Ernst wurde es an einem schwülen Freitagabend im Juli, in dem winzigen Haus, das Jack mit seiner Frau Elaine gemietet hatte. Jack, noch immer stolzgeschwellter Jungehemann, strahlte Probst während des Essens an, als würde er weitere Glückwünsche erwarten. Während Elaine den Tisch abräumte, öffnete Jack zwei Flaschen Falstaff-Bier und führte ihn auf die hintere Veranda. Die Sonne war im Dunst über dem Güterbahnhof, gleich hinter dem Gartenzaun der DuChamps, verschwunden. Glühwürmchen stiegen aus den Büschen auf. «Tja», ächzte Jack zufrieden. «Das Leben kann machmal ganz nett sein.»

Probst sagte nichts.

«Aus dir wird noch was, Alter, das kann ich dir flüstern», fuhr Jack, ganz überwältigt vom Gewicht seiner Prophezeiung, fort. «So was geht ruckzuck, und irgendwie sieht's gut aus für dich. Ich hoffe nur, wir kriegen dich noch ab und an zu Gesicht.»

«Wie meinst du das?»

«Also.» Jack lächelte väterlich. «Ich werd's dir verraten. Du hast die besten Chancen, und ich weiß verdammt gut, dass wir nicht die Einzigen sind, die das so sehen. Du bist zwanzig, hast endlich ein bisschen Geld in der Tasche, machst was her, bist nicht auf den Kopf gefallen ...»

Probst lachte. «Was willst du damit sagen?»

«Ich will dir damit sagen, dass ich, Jack DuChamp» – er tippte sich auf die Brust –, «dich manchmal irgendwie beneide.»

Probst blickte durchs Fenster in die Küche. Teller plumpsten ins Spülwasser.

«Das meine ich nicht», sagte Jack. «Ich bin glücklich, und ich weiß es. Es ist nur, na ja, wir spekulieren gern.»

«Worüber?»

«Wir spekulieren – willst du's wirklich hören?» Jack zögerte mit der Antwort. «Wir spekulieren gern über dein Sexualleben, Martin.»

Probst spürte, dass er bleich wurde. «Wie bitte?»

«Wir spekulieren. Auf Partys. Eine Art Gesellschaftsspiel, wann immer du nicht dabei bist. Du hättest hören sollen, was Dave Hepner letzten Samstag gesagt hat. ‹Satinbettwäsche und drei auf einmal.› Na, Elaine war richtig böse, weil sie dachte, jetzt kommen Schweinereien.»

«Jack!» Probst war fassungslos.

Ein Moment verstrich. Dann schüttelte Jack den Kopf und schlug Probst auf die Schulter. Er war schon immer ein Spaßvogel, ein Possenreißer, ein Scherzbold gewesen. «Nein», sagte er. «Ich hab dich nur aufgezogen. Manchmal aber machen wir uns Sorgen, du könntest eine Spur *zu viel* arbeiten. Und ... na ja. Wir kennen da ein Mädchen, das dich vielleicht interessiert. Genauer gesagt, meine Cousine. Sie heißt Helen Scott.»

Fast einen Monat lang rührte Probst den Zettel mit der Telefonnummer nicht an, den Jack ihm gegeben hatte, aber aus dem Namen Helen Scott erwuchs allmählich eine so unwiderstehliche

Vision weiblicher Verlockung, dass ihm am Ende keine andere Wahl mehr blieb, als die Nummer zu wählen. Sie verabredeten sich. An einem Sonntagnachmittag holte er Helen von ihrem Wohnheim ab (sie war in die Stadt gezogen, weil sie eine Anstellung bei der Bell-Telefongesellschaft gefunden hatte), und sie fuhren zum Sportsman's Park, um die Browns gegen die Yankees spielen zu sehen. An Helen Scott gab es nichts auszusetzen. Wie Probst gehofft hatte, war sie ihrem Cousin Jack kaum ähnlich. Sie hatte eine kehlige, ländliche Stimme. Ihr Haar war gewellt, und sie trug einen hochtaillierten Rock, wie er der damaligen Mode entsprach – einer Mode, die, demokratischer als die danach, das natürliche Aussehen einer Frau wenigstens nicht beeinträchtigte. Da er schon entschlossen war, sich in sie zu verlieben, nahm er sie nicht genauer in Augenschein. Sie setzten sich auf die Tribüne. Die Browns, die von den Yankees sofort überrannt wurden, waren ideal für ein erstes Rendezvous, denn ihre wackligen Würfe und ihre Schussligkeit verliehen ihnen eine Unschuld, die den Yankees völlig abzugehen schien. Probst, mit einem hübschen Mädchen an seiner Seite, empfand ein Mitleid, das an Freude grenzte.

Nach dem Spiel fuhr er mit Helen ins Crown Candy, bestellte Sandwiches und Milkshakes (und registrierte bei dieser Gelegenheit, dass sie einen breiten Mund und keinen Appetit hatte), dann nahm er sie mit in sein Apartment, das eigentlich der Keller seines Onkels George war. Dort, auf der Klappcouch und mit einer Bereitwilligkeit, die besagte, dass ihr der Nachmittag viel zu lange gedauert hatte, küsste sie ihn. Die Art, wie sie sich in seinen Armen bewegte, machte ihm klar, dass er sie haben konnte. In seinem Kopf begann es zu hämmern. Sie ließ sich die Bluse und den BH ausziehen. Die Schritte des Onkels, gichtig und schleppend, brachten die Dielen über ihnen zum Knarren. Sie öffnete den Reißverschluss ihres Rocks, und Probst küsste sie auf die Rippen und kniff in ihre Brustwarzen, weil Frauen, wie er gehört hatte, das äußerst gern hatten.

«Lass das!»

In ihrer Stimme war Schmerz. Sie rückte von ihm ab, und beide setzten sich auf, schwer atmend wie Schwimmer. Probst glaubte zu verstehen. Er glaubte, zu weit gegangen zu sein. Und wirklich überlegte sie es sich anders. Während er versteinert und irritiert dasaß, zog sie sich wieder an, um sich (wie er es sah) vor seinen groben Männerhänden in Sicherheit zu bringen.

Er fuhr sie zum Wohnheim zurück, wo sie ihn auf die Stirn küsste und ins Haus rannte. Eine Weile wartete er im Dunkeln, irgendwie darauf hoffend, sie werde schon zurückkommen. Er fand es empörend, dass seine beruflichen Erfolge auf der Klappcouch so gar nicht zählten, dass er als Geschäftsmann nicht automatisch ein Weltmann war. Und entweder damals, als er im Auto saß, oder in späteren Jahren, wenn er sich erinnerte, wie er dort im Auto gesessen hatte – wechselweise, mal sah er es so, mal nicht, war die Situation für ihn mit dem Bewusstsein eines Selbstbetrugs behaftet –, beschloss er, mit der Liebe zu warten, bis seine Verdienste so bedeutend waren, dass er als Mann nicht mehr die Initiative ergreifen musste. Er wollte begehrt und genommen werden. Er wollte ganz Objekt sein – und die Macht dazu haben. Derart bedeutend wollte er sein.

Und so kam es, dass er noch unberührt war, als er Barbara kennen lernte, und dass er ihr seither die Treue gehalten hatte.

Barbara knipste ihre Lampe aus.

«Willst du schlafen?», fragte Probst.

«Ja. Du nicht?»

Er versuchte, möglichst gelassen zu klingen. «Nein. Ich glaube, ich warte noch auf Luisa.»

Sie gab ihm einen Kuss. «Hoffentlich nicht mehr lange.»

«Gute Nacht.»

Die Schlafzimmerfenster klapperten im Wind. Es war zwanzig vor eins, aber Probsts Sorge war nicht, ob Luisa auf sich aufpassen konnte. Da hatte er nicht den geringsten Zweifel. Es war schon fast unnatürlich, wie gut sie sich im Griff hatte; das einzige, was sie noch besser im Griff hatte, war das Leben von anderen, das Leben von Freunden wie Alan. Wenn Alan sie besuchen kam, und im Frühjahr war er fast jeden Tag da gewesen, telefonierte sie stundenlang mit Dritten. Alan saß derweil im Frühstückszimmer und nickte und lächelte zu den lustigen Sachen, die er sie sagen hörte.

Rolf hat eine andere. Schon wieder.

Im Juni hatte Luisa mit Alan Schluss gemacht, am Wochenende vor ihrem Flug nach Frankreich. Sie hatte es am Abendbrottisch verkündet. Es klang wie eine geschäftliche Entscheidung, als hätte sie im Vorhinein eine Kosten-Nutzen-Rechnung aufgestellt und Alan schließlich durchfallen lassen. Probst begrüßte die Entscheidung, ließ es sich aber nicht anmerken. Er glaubte, dass sich das Gute am besten entwickelte, wenn es der Strenge ausgesetzt war und durch erzieherische Härten auf die Probe gestellt wurde, doch in Webster Groves, mit einem Vater, der sich ein jährliches Einkommen von 190 000 Dollar gestattete und einen Vollzeitgärtner und eine Teilzeitputzfrau beschäftigte, waren Strenge und Härte schwerlich durchzuhalten. Daher nahm er es auf sich, für Luisa Feindesland zu sein. Er verweigerte ihr einen Wagen. Er sagte nein zur Privatschule. Er hatte sie zu den Pfadfinderinnen geschickt. Er kaufte ihr nicht die beste Stereoanlage, die es gab. Er verhängte Ausgangssperren. (Ihren Wochenendausgang, der um Mitternacht endete, hatte sie schon um vierzig Minuten überzogen.) Sie erhielt ein wöchentliches Taschengeld, das er manchmal absichtlich auf ihrer Kommode zu hinterlegen vergaß. (Sie beklagte sich dann bei Barbara, die ihr immer gab, was sie brauchte.) Er brachte sie zum Weinen, als sie ein «gut» bekam – in Sozialkunde. Er zwang sie, rote Bete zu essen.

Barbara fing ein wenig zu schnarchen an. Als hätte er nur auf ein Signal dieser Art gewartet, stahl sich Probst aus dem Bett und holte Morgenrock und Hausschuhe aus dem Schrank. Er war müde, aber er würde nicht einschlafen, bevor Luisa zurückgekommen war. Um sieben war sie aus dem Haus gegangen und hatte nicht lange wegbleiben wollen. Jetzt wurde es bald eins. Das war die Stunde von Rolf Ripley, die Stunde, in der Frauen vor fremden Widerlingen alle Hemmungen fallen ließen und aufs Ganze gingen.

Auch Luisa? Wo steckte sie? Ihre guten Freunde wussten genau, dass sie sich keine gravierenden Überschreitungen der Ausgangszeiten leisten konnte, also war sie vielleicht ohne sie unterwegs. Sie hatte ihren eigenen Kopf. Sie hatte Probsts Sehnsüchte geerbt, nicht aber seine Nachteile – als Mädchen wurde sie begehrt, ohne sich das erst verdienen zu müssen. Sie musste nicht warten.

Im Parterre war es kalt, der Wind drang durch die Fensterritzen. Mohnwirbel, der Gärtner, hatte die Sturmfenster noch nicht eingesetzt. Probst stellte sich vor, dass Luisa im Regen stand, hinter dem Haus, und es irgendeinem jungen Mann, der es nicht wert war, allzu leicht machte. Er stellte sich vor, dass er sie ohrfeigen würde, wenn sie endlich hereinkam. «Mit dem Ausgang ist es ein für alle Mal vorbei.» Regenschwaden prasselten gegen die Wohnzimmerfenster. Ein Motorradraser bog von der Lockwood Avenue ein und dröhnte den Sherwood Drive entlang. Als er auf Probsts Höhe war, fuhr er mindestens achtzig, und das Knattern verwandelte sich in ein bedrohliches Geheul. Probst spürte einen Luftzug.

Die Haustür war offen. Luisa schlüpfte hinein. Sie drehte mit der einen Hand den Knauf, drückte mit der anderen die Dichtungsleiste an und schob die Tür langsam zu. Die Türangel miaute leise. Er hörte es klicken. Luisa knipste die Außenlampe aus und ging mit behutsamen Schritten auf die Treppe zu.

«Wo bist du gewesen?», fragte er wie beiläufig.

Er sah sie zusammenzucken und hörte, wie ihr Atem stockte. Auch er zuckte zusammen, erschrocken von ihrem Schreck.

«Daddy?»

«Wer sonst?»

«Du hast mir richtig Angst gemacht.»

«Wo bist du gewesen?» Er sah sich mit ihren Augen, in langem Morgenrock, die Arme verschränkt, das Haar grau und zerwühlt, die Pyjamahosenbeine stauchten sich auf den Schlappen. Er sah sich als Vater, und er verübelte ihr das.

«Warum bist du so spät noch auf?», fragte sie, ohne seine Frage zu beantworten.

«Konnte nicht schlafen.»

«Tut mir Leid, dass ich …»

«War's schön?» Er nahm den strengen Geruch nasser Haare wahr. Sie trug eine schwarze Hose, eine schwarze Jacke und schwarze Schuhe, alles nass. Die Hose klebte an den jugendlichen Kurven ihrer Schenkel und Waden, die Nähte glänzten matt im Licht, das von oben kam.

«Ja.» Sie wich seinem Blick aus. «Wir waren im Kino. Und Eis essen.»

«Wir?»

Sie drehte sich weg, musterte das Geländer. «Du weißt schon … Stacy und die anderen. Ich gehe jetzt ins Bett, ja?»

Es war klar, dass sie log. Er hatte sie dazu gebracht und war zufrieden. Er ließ sie gehen.

3 Die Sache war die, dass Luisa sich langweilte. Luisa langweilte sich, seit sie aus Paris zurück war. Auch in Paris hatte sie sich gelangweilt. In Paris küsste man sich auf Boulevards. Aus lauter Langeweile. Sie hatte am Modellversuch «Überall zu Hause» teilgenommen. Der Versuch war gescheitert. Ihre Versuchsfamilie, die Girauds, hatte sich ausdrücklich einen Jungen gewünscht, einen American Boy. Luisa kam sich vor wie der Midlife-«Irrtum» der Madame Giraud. Sie belauschte ein Gespräch, das Madame Giraud mit ihren Nachbarn führte. Die Nachbarn hatten mit einem Jungen gerechnet.

Madame Giraud verkaufte per Telefon Zeitschriftenabonnements an ihre Nachbarn und auch an Fremde. Monsieur Giraud war stellvertretender Direktor einer Saab-Niederlassung. Sie hatten schon zwei Mädchen, Paulette (sie war neunzehn) und Gabrielle (sie war sechzehn). Wegen der Mädchen war Luisa hier. Erwartet wurde, dass man Spaß mit ihr haben konnte. An ihrem zweiten Abend in Frankreich wurden die beiden Schwestern auf Luisas American Express «Fun Card» aufmerksam. Paulette nahm ihr die Karte weg und hielt sie Gabrielle vor die Nase wie ein seltenes, schönes Insekt. Die Mädchen lächelten sich an, dann Luisa, die Kulleraugen machte und zurücklächelte. Sie gab sich Mühe, nett zu sein. Wenn die beiden wegschauten, drehte sie sich um und schnitt dem Publikum, das sie oft in ihrem Rücken spürte, eine Fratze.

Am nächsten Tag gingen sie zu dritt einkaufen, was auf Französisch bedeutete, dass Luisa von einer Umkleidekabine in die nächste eilte, während die Schwestern die Sachen bergeweise von den Ständern rissen. Sie waren gute Verkäuferinnen. Luisa erstand Kleider im Wert von 2700 Francs. Als sie nach Hause kamen, warf Madame Giraud einen Blick auf die Kartons und schlug Luisa vor, ein

Bad zu nehmen. Auf dem Treppenabsatz schnüffelte Luisa an ihren Achseln. Fanden die Franzosen, dass Amerikaner schlecht rochen? Sie glaubte, die Badezimmertür verriegelt zu haben, aber kaum hatte sie sich ausgezogen und war in die Wanne gestiegen, trat Madame Giraud mit einem Handtuch ein. Luisa kauerte sich hin. Sie hatte bereits ein Handtuch. Madame Giraud erklärte ihr, normalerweise würden sie die Wanne nicht so voll laufen lassen. Dann bot sie ihre Hilfe bei der Rückgabe all der gekauften Sachen an und fragte, ob sie in der Nacht gut geschlafen habe. Und ob sie noch immer am *dschet leg* leide. Luisa blickte verwirrt auf ihre Beine. Ach so, Jetlag. Dann wollte Madame Giraud wissen, ob Luisa Leber esse. Es war wie die französische Inquisition: *Manges-tu le foie?* Als Madame Giraud ging, war das Wasser lauwarm. Luisa schrubbte gründlich ihre Achseln. Beim Abendessen, es gab dicke Scheiben Leber, erkundigte sich Monsieur Giraud nach dem Beruf ihres Vaters.

«Mon papa», sagte sie froh, «il est un constructeur. Un grand constructeur, un –»

«Je comprends», Monsieur Giraud spitzte zufrieden die Lippen. «Un charpentier.»

«Non, non, non. Il bâtit ponts et chemins, il bâtit maisons et écoles et monuments –»

«Un entrepreneur!»

«Oui.»

Sie hasste Frankreich. Ihre Mutter hatte sie bekniet, an der Reise teilzunehmen. Ihr Vater hatte sie bekniet, an der Reise bescheiden teilzunehmen, ganz im Sinne des Modellversuchs. Sie bekam, wofür er bezahlt hatte. Also war sie ein Snob. Na und? Die Girauds langweilten sie. Sie hätte in Cafés sitzen mögen, mit Jungs und bunten Drinks. Madame Giraud ließ sie abends nicht allein aus dem Haus. Paulette und Gabrielle hatten die Aufgabe, sie herumzuführen, und gingen mit ihr in eine leere Bar im Quartier Latin, wo eine Jukebox alberne Discomusik spielte. Sie belauerten sie mit Augen, so hart und glänzend wie die Augen von Plüschtieren.

Spaß? Habt ihr jetzt Spaß? Sonntags fuhren die Eltern mit ihr zu Orten wie St. Denis und Versailles. An den Werktagen half sie Madame Giraud im Garten und beim Einkaufen, und zwar mehr, als es die eigenen Töchter je getan hatten. Luisa half ihr sogar mit den Abonnements, bis Monsieur Giraud dahinter stieg. Vierzehn Tage verbrachte sie mit der Familie in einem bretonischen Ferienhaus und nahm fünf Pfund zu, vor allem vom Käse. An einzelnen Stellen bekam sie Pickel, kleine Inselgrüppchen. Sie vermisste ihre Eltern, die richtigen. Es regnete in der Bretagne. Auf einem Acker in der Nähe des Atlantik wurde sie beinahe von einem Schaf gebissen.

Sie langweilte sich im August, langweilte sich im September und langweilte sich auch jetzt, im Oktober. Es war mal wieder Freitagnachmittag. Aus dem Schulgebäude trat sie in den durchsonnten Staub, der vom Footballplatz auf der anderen Straßenseite herüberwehte. Das Wetter war, bei zunehmendem Herbstmond, schön, aber Stacy Montefusco, ihre beste Freundin, hütete schon seit einer Woche wegen Bronchitis das Bett. Sara Perkins bekam gerade eine Erkältung und war gereizt. Marcy Coughlin hatte sich am Vortag bei der Gymnastik den Fuß verknackst. Niemandem war danach, Vögel zu beobachten. Niemandem war nach irgendetwas. Luisa ging nach Hause.

Im Küchenradio liefen gerade die Vieruhrnachrichten. Luisa nahm ihre Post vom Tisch und stieg die Treppe hoch. Die Tür zur Dachterrasse stand offen. Ihre Mutter lag im Liegestuhl, Luisa sah es am Schatten auf der grau werdenden Rattanmatte. Sie zog ihre Zimmertür hinter sich zu.

In der Post fand sie eine Ansichtskarte der Freiheitsstatue. Sie war von Paulette Giraud.

LOUISA,

ICH BIN IN DIE VEREINIGTEN STAATEN! ICH GLAUBE, ICH KOMME AUCH NACH ST. LOUIS!

UNSER GRUPPE BLEIBT EINE NACHT. BIST DU AM 20. OKTOBER ZU HAUSE? ICH RUFE DICH AN!

VIELE GRÜSSEN,
Paulette

Am 20. Oktober? Das war heute. Sie warf die Karte beiseite. Madame Giraud musste Paulette aufgetragen haben, sich zu melden. Luisa wollte sie nicht sehen. Sie legte Musik auf, machte eine Trampolinübung auf dem Bett, Rolle rückwärts aus der Hocke, und nahm sich die übrige Post vor. Wieder ein Brief von der Tufts University und ein dicker Umschlag mit Materialien von der Purdue University. Sie öffnete den Brief von Tufts, da klopfte ihre Mutter. Luisa breitete die Arme aus wie Jesus am Kreuz und starrte zur Decke. «Komm rein.»

Ihre Mutter trug ein weißes Hemd ihres Vaters, mit vorn verknoteten Hemdzipfeln. Einer ihrer Finger steckte in einem Buch. «Du bist früh zurück.»

«Es war keiner da, mit dem ich was hätte machen können.»

«Wie bitte?»

Luisa sprach lauter. «Alle sind sie krank.»

«Von wem ist die Postkarte?»

«Hast du sie nicht gelesen?»

«Sie war nicht an mich.» Ihre Mutter hatte unverschämt gute Manieren.

«Von Paulette Giraud. Sie kommt heute in die Stadt.»

«Heute?»

«Schreibt sie jedenfalls.»

«Wir sollten sie zum Essen einladen.»

«Ich dachte, du gehst mit Daddy weg.»

«Wir wollten ins Kino, aber das ist nicht so wichtig.»

«Ich will sie nicht hier haben.»

«Gut.» Ihre Mutter verlor das Interesse an dem Gespräch: Sie seufzte unhörbar, ließ die Schultern sinken. «Wie du willst.» Aus einem Wäschehaufen neben dem Schrank zog sie zwei schmutzige Oberteile. «Ich muss mich zum Tennis umziehen. Bist du zum Essen noch da?»

«Vielleicht.» Luisa beförderte ihr Mathebuch mit einem Fußtritt zu Boden. «Hat Daddy noch mehr so alte Hemden?»

«Daddy hat fünfzig davon.»

Luisa drehte die Musik lauter und wartete, dass ihre Mutter mit ein, zwei Hemden zurückkam. Zehn Minuten später hörte sie den BMW die Auffahrt hinuntersurren. Keine Hemden. Hatte ihre Mutter es vergessen? Sie ging ins Elternschlafzimmer, und dort, auf dem Bett zusammengelegt, lagen drei der Hemden, die sie im Sinn hatte. Sie zog sich den Pullover aus und probierte ein weißes an, verknotete die Zipfel und krempelte die Ärmel auf. Vor dem Spiegel ihrer Mutter öffnete sie den zweiten und dritten Knopf und schlug den Kragen hoch. Sie hatte eine gute Brustpartie. Das Hemd stand ihr. Sie spreizte die Hände auf den Hüften und warf das Haar zurück. Dann zog sie an ihren unteren Lidern, machte blutunterlaufene Vampiraugen. Zog an den Augenwinkeln, machte Chinesenaugen. Sie lächelte in den Spiegel. Ihre Zähne waren hübscher als die ihrer Mutter.

Um halb acht, kurz nachdem sich die Eltern mit einem zweistimmigen Adieu verabschiedet hatten, klingelte das Telefon. Eine Stimme, die von Paulette, im Hintergrund Bar- oder Restaurantgeräusche. «Louisa?»

«Bonjour, Paulette.»

«Jaja, hier ist Paulette. Hast du … meine Karte bekommen?»

«Oui, Paulette. Aujourd'hui. *À quatre heures.* Merci beaucoup.»

«Ja. Ich, äh, bin auf der Euclid Avenue?»

«Du bist wo?»

«Äh, Euclid Avenue? Ist das in der Nähe?»

«Hm. Nein, nicht direkt. Ich wohne nicht in der Stadt.»

«Ich bin in einer Bar? Ja?»

«Du kannst französisch sprechen», sagte Luisa.

«Diese Bar heißt Deckstair.»

«Na, könntest du nicht ... Hast du eine Möglichkeit, aus der Stadt rauszukommen?»

«Nein. Nein. Komm du zu der Bar. Deckstair? Ja?»

Luisa konnte sich nicht erinnern, dass Paulettes Englisch auch nur annähernd so gut gewesen war. Andererseits hatten sie selten englisch miteinander gesprochen.

«Ja?», wiederholte Paulette.

Vielleicht hatte sie ihrer Mutter versprechen müssen, dass sie anrufen würde. Immerhin hätte sie das Versprechen brechen können.

«Na gut», sagte Luisa. Sie wusste, wo das Dexter's war. «Bist du in zwanzig Minuten noch dort?»

«Ja! Ja! Genau hier. Deckstair.» Paulette lachte.

Luisa rief bei Marcy Coughlin an, um sie zum Mitkommen zu bewegen, aber die Leitung war besetzt. Sie versuchte es bei Edgar Voss und Nancy Butterfield. Ebenfalls besetzt. Die Besetztzeichen klangen schwach, als wäre das Telefon kaputt, aber das war offensichtlich nicht der Fall. Sie schrieb ihren Eltern einen Zettel und nannte die Bar.

Es war fast halb neun, als sie in Central West End ankam, einem Stadtteil, in dem es eine ganze Reihe neuerer Bars und Restaurants und Geschäfte gab. Sie parkte den BMW in der Ladezone der Baskin-Robbins-Eisdiele und überquerte den Durchgang in Richtung Euclid Avenue. Abfallcontainer gähnten ihr entgegen. Die Rollos der Wohnungsfenster über ihr waren so tief hinuntergezogen, dass sie sich wellten und seitlich aufklafften.

Seltsam, dass sich eine Reisegruppe aus Europa nach St. Louis verirrte. Andererseits hatten alle, denen Luisa in Frankreich begegnet war, ganz offensichtlich nicht gewusst, wie öde es hier zuging. Selbst die Erwachsenen glaubten, sie würde in San Louie ein großartiges Leben führen und jede Nacht Blues auf einem Riverboat hören. St. Louis war eine brandheiße Stadt, davon schienen die Europäer überzeugt zu sein.

Vor dem vorderen Fenster des Dexter's drängte sich eine Menge feiernder Leute, lärmender Leute Anfang zwanzig; instinktiv spürte Luisa, dass es weder Berufstätige noch gute Studenten waren. Sie umklammerten Drinks. Sie lachten, grelle Neonreklame färbte ihre Frisuren flamingorosa. Luisa schaute durch das Fenster nach innen. Das Lokal war überfüllt. Sie zögerte, nervös, vergrub die Hände in den Taschen.

Ein Mann in weißem Hemd wie sie löste sich aus der Menge. Er hatte ein ausländisches Gesicht, fast hätte sie auf Algerien getippt, nur dass er dafür zu gut angezogen war. Er hob die Augenbrauen, als würde er sie kennen. Sie lächelte matt. Er sprach sie an. «Suchen Sie –?»

Ihr Herz machte einen Sprung, und sie schoss durch die Tür. Sie musste ein wenig hüpfen, um im Gewirr der Füße und Schienbeine die Balance zu wahren, schlängelte und drückte sich an den Gästen vorbei und lauschte auf französische Laute. Alles, was sie hörte, war Englisch. Jedes Wort zog Gelächter nach sich. In jedem Grüppchen schien es eine stämmige Frau zu geben, kleiner und erhitzter als die anderen, die beim Witzeerzählen fast ihr Getränk versprühte. An der stumpfen Ecke des Tresens wurde es so eng, dass Luisa nicht weiterkam. Sie war nicht groß genug, um die Tische und Sitzecken zu überblicken, und stieß nicht bis zu ihnen vor. Und *irgendjemand* hatte am Morgen nicht geduscht. Sie schaltete ihren Geruchssinn aus und schob sich näher an den Tresen. Ein Profil kam ihr bekannt vor, aber Paulette war es nicht. Es war einer aus der Highschool. Doug? Dave? Duane hieß er. Duane Thompson. Vor zwei Jahren war er abgegangen. Er hatte beide Hände auf dem Tresen und vor sich ein Bier. Plötzlich drehte er sich um, als hätte er ihren Blick gespürt, und sie lächelte verhalten. Noch verhaltener lächelte er zurück.

Sie bohrte einem Dicken den Ellbogen in den Bauch und zwängte sich bis zu den Tischen durch. Jetzt konnte sie sie überblicken, aber von Paulette keine Spur. Eine Kellnerin kurvte vorbei. «Entschuldigung –» Luisa hielt sie am Arm fest. «Ist hier irgendwo eine Gruppe Franzosen?»

Die Kellnerin sperrte erstaunt den Mund auf.

Luisa wurde flau. Es ist Zeit, dass ich nach Hause fahre, dachte sie, und sie wäre auch gefahren, wenn der Algerier sich nicht die Nase an der Scheibe platt gedrückt hätte. Noch immer tat er, als müsste er ihr etwas Wichtiges sagen. Er sah gut aus, ein Abschlepper eben. Sie wandte sich wieder den Tischen zu, dann dem Tresen. Duane Thompson starrte sie an. Von überall her diese Blicke! Sie bahnte sich einen Weg zum Tresen, wich einer Schulter aus und stand ihm gegenüber. «Hi!», rief sie. «Du bist Duane Thompson.»

«Ja.» Er nickte. «Du bist Luisa Probst.»

«Stimmt. Ich suche ein paar Franzosen. Hast du hier welche gesehen?»

«Ich bin eben erst gekommen.»

«Ach so», rief sie. Sie spähte noch einmal vergeblich in den Kneipendunst. In ihrem zweiten Jahr an der Highschool hatte er zu den Abgängern gehört. Er war mit einem Mädchen zusammen gewesen, das Holly hieß – eine von diesen linken Künstlerzicken, die Brokatwesten trugen, aber keinen BH, und nie in der Cafeteria zu Mittag aßen. Duane war damals langhaarig, blond und sehr mager gewesen. Inzwischen war sein Haar geschnitten, und er trug eine Jeansjacke, ein Anzughemd, schwarze Levi's und weiße Turnschuhe. Luisa bemerkte auch die gelblichen Spuren eines blauen Auges, und ihr wurde unbehaglich. Wenn man einen nicht jeden Tag auf dem Schulflur oder in der Cafeteria traf, wusste man nicht, wie er lebte, welche Probleme er hatte.

«Gibt es noch einen anderen Raum?», rief sie.

Duane drehte sich überrascht zu ihr um. «Du bist ja noch da.»

«Gibt es hier noch einen Keller oder so was?»

«Nein, das ist alles.»

«Kann ich hier bei dir stehen bleiben?»

Er musterte sie über die Schulter, lächelnd mit gekrauster Stirn. «Wozu?»

Beleidigt und um eine Antwort verlegen, machte sie einen Schritt zur Tür. Der Algerier lauerte immer noch draußen und beobachtete sie. Sie sandte ihm einen giftigen Blick, trat an den Tresen zurück und stützte den Ellbogen auf. Ein Barmann mit Glitzerhemd stellte sich kurz neben sie. «Ich kann dich nicht bedienen», sagte er.

«Und was ist mit ihm?» Luisa deutete in Duanes Richtung.

«Er? Der ist mein Freund.»

«Du bist noch nicht einundzwanzig, oder?», fragte sie Duane.

«Nicht ganz.»

Der Barmann entfernte sich. Es wurde Zeit für sie zu gehen, aber nach Hause wollte sie noch nicht.

«Wartest du auf jemanden?», fragte sie Duane.

«Eigentlich nicht.»

«Willst du mich zu meinem Auto bringen?»

Seine Miene wurde förmlich. «Klar. Mach ich gern.»

Draußen, nach all dem Zigarettenqualm, schmeckte die Luft wie reiner Sauerstoff. Der Algerier war verschwunden, hatte sich wahrscheinlich auf dem Rücksitz von ihrem Wagen versteckt. Stumm lief Luisa neben Duane die Euclid Avenue entlang. Ob er eine Freundin hatte?

«Wohnst du hier irgendwo in der Gegend?», fragte sie ihn.

«Ich hab ein Apartment in Uni-Nähe. Bin gerade aus einem Wohnheim ausgezogen.»

«Studierst du jetzt?»

«Das ist vorbei. Ich hab's abgebrochen.»

Er sah nicht wie ein Studienabbrecher aus, aber sie riss sich zusammen und fragte nur: «Vor kurzem?»

«Dienstag vor einer Woche.»

«Du hast es richtig geschmissen?»

«Ich war ja gerade erst immatrikuliert.» Er ging langsamer,

fragte sich vielleicht, welches Auto an der Euclid Avenue ihr gehörte.

«Immatrikuliert zu sein, hat dir das nichts bedeutet?»

«Klar», sagte er, aber begeistert klang er nicht. «Sie haben mir das Jahr in München angerechnet. Ich war letztes Jahr in München.»

«Ich bin gerade aus Paris zurück.»

«Und, hat's dir gefallen?»

«Ohne Ende.» Luisa wies mit dem Kopf in den Durchgang.

«Das ist dein Auto?»

«Ja. Gehört aber meiner Mutter.» Sie steckte die Hände in die Gesäßtaschen und schaute ihm ins Gesicht. Eine viel sagende Pause entstand, doch sie dauerte zu lange. Duane sah gut aus, seine Augen lagen tief, wirkten im schwachen Licht fast schwarz. Ihr fiel das Veilchen ein. «Was ist mit deinem Auge?»

Er berührte das Auge und drehte sich weg.

«Hätte ich das nicht fragen sollen?»

«Ich bin gegen eine Tür gerannt.»

Es klang wie ein Witz, den Luisa nicht verstand. «Jedenfalls danke, dass du mich gebracht hast.»

«Klar. Keine Ursache.»

Er lief zurück auf die Straße, sie schaute ihm nach. Was für ein lahmer Typ. Luisa hätte sich die Chance, mit einem Mädchen, wie sie eins war, ins Auto zu steigen, nicht entgehen lassen. Sie schloss auf und stieg ein, startete, gab Gas. Sie war ziemlich bedient. Nun hieß es nach Hause fahren, sich vor den Fernseher hocken und Trübsal blasen. Sie hatte ihm nicht einmal erklärt, was genau sie in der Bar gewollt hatte. Wahrscheinlich dachte er, dass sie auf Abenteuer aus war und nun enttäuscht nach Hause fuhr. Sie bog in die Euclid Avenue ein und hielt vor der Bar.

Duane stand rauchend auf dem Bürgersteig. Luisa ließ das Beifahrerfenster herunter: «Soll ich dich irgendwohin mitnehmen?»

Er war so überrascht, dass ihm die Zigarette aus der Hand sprang und gegen die Mauer fiel, worauf orange Funken stoben.

«Soll ich dich irgendwohin mitnehmen?», rief sie erneut und überdehnte sich schmerzhaft bei dem Versuch, die Beifahrertür zu öffnen und gleichzeitig den Fuß auf der Bremse zu lassen.

Duane zögerte kurz, dann stieg er ein.

«Du hast mich erschreckt», sagte er.

Sie gab Gas. «Bist du etwa paranoid oder was?»

«Klar. Paranoid.» Er lehnte sich in den Sitz und griff durch das offene Fenster, um den rechten Außenspiegel zu justieren. «Bei mir läuft es etwas komisch in letzter Zeit.» Er ruckelte am Spiegel. «Kennst du Thomas Pynchon?»

«Nein», sagte Luisa. «Kennst du Stacy Montefusco?»

«Wen?»

«Edgar Voss?»

«Nur vom Namen.»

«Sara Perkins?»

«Nein.»

«Aber du wusstest, wer ich bin?»

Er ließ den Spiegel in Ruhe. «Deinen Namen kannte ich.»

Immerhin. «Du warst doch zusammen mit – wie hieß sie noch gleich?» Luisa hielt die Luft an.

«Holly Cleland? Das ist Jahre her.»

«Oh. Sag mal, wo fahren wir hin?»

«Am Lindell Boulevard nach links. Ich wohne gleich hinterm Delmar Boulevard in der University City.»

Sie brachte ihn also nach Hause. Mal sehen, wie es weiterging.

«Ich hab mein Bier nicht bezahlt», sagte Duane.

Sie beschloss, ihm die Bemerkung durchgehen zu lassen, und fuhr mit Würde den Lindell Boulevard entlang, erhaben wie eine Königin. Zähes Schweigen machte sich zwischen ihnen breit. Eine Minute verging.

«Bist du immer noch paranoid?», fragte sie.

«Nur in der Nähe von Türen.»

«Was?»

«Türen.»

«Oh.» Sie begriff nicht.

Duane räusperte sich. «Welches Zeug hast du so?»

«Zeug?», fragte sie möglichst gelassen. Sie waren schon mitten im Stadtteil University City, profitierten von einer grünen Welle.

Er räusperte sich heftiger. «In der Schule.»

«Stören dich die offenen Fenster?»

«Nein.»

«Wir können sie zumachen.»

«Nein.»

«Ich war vielleicht sauer über den Frost letzte Woche.» Sie warf das einfach ein. «Die meisten Käfer, die du mit dem Netz kriegen kannst, waren hin. Ich bin eher für Netze. Ich meine, beim Sammeln. Letzten Herbst hatte ich Insektenkunde, und wenn du gut bist mit dem Netz, kannst du richtig Punkte machen. Aber Mr. Benson dachte dann, ich wäre sein Schützling oder so was. Im April hat er mich nämlich gefragt, ob ich mit ihm Larvenstadien sammeln will. Larvenstadien! Ich hatte das ganze Schuljahr kaum ein Wort zu ihm gesagt. Er dachte, es wäre eine Art Bonbon für mich. Ausgerechnet ich sollte mit ihm Larvenstadien sammeln, weil ich mich so für Käfer interessiere.»

Duane reckte den Hals. Wahrscheinlich, dachte Luisa, fuhr sie gerade an seiner Straße vorbei.

«Also sind wir morgens um sechs raus zu diesem Teich bei Fenton, und ich denke, o Gott, er wird mich belästigen und in den Teich werfen. Er sieht jedenfalls ziemlich gruslig aus. Ich sah schon die Schlagzeile vor mir. KÄFERSAMMLER KOPULIERT MIT KÄFERSAMMLERIN. ERTRÄNKT SIE IM TEICH.»

Das hatte sie sich im April ausgedacht. Duane lachte.

«Aber stattdessen gab er mir so spezielle Gummistiefel, die etwa vierzig Nummern zu groß für mich waren, und dann sind wir durch den Modder gewatet, mit seinem Spezialgerät zum Larvenfangen. Er tunkt das Ding ins Wasser – ich meine, es ist der reinste

Modder, kein Wunder, dass es da von Larven wimmelt. Er tunkt es rein, und das Erste, was er hochholt, ist so ein ekliges Ding, was weiß ich. Irgendeine seltene Libellenlarve. Die hält er mir unter die Nase und fragt: ‹Willst du die haben?› Als Bonbon für mich. Verstehst du? Mir kam es fast hoch. Ich sage: ‹Das da?› Wahrscheinlich hab ich ihn tödlich beleidigt, was mir nur recht sein kann, dann lädt er mich eben nicht mehr ein. Bei Larven kann ich nur sagen: Nein, danke. Vorher hat er noch gemeint: ‹Das wird sicher sehr interessant für dich. Als richtige Insektenkundlerin musst du *alle* Larvenstadien sammeln.› Und ich hab mich nicht getraut zu sagen, dass ich genau aus diesem Grund niemals Insektenkundlerin sein werde.»

«Und was ist mit Raupen?»

«Das sind auch Larven. Glitschige.»

Frostblaue Hammaker-Bier-Reklame blinkte am rechten Straßenrand auf, offenbar ein Getränkeladen. Luisa fuhr an die Seite, bremste scharf und kam an einem Hydranten zum Stehen. «Holst du ein bisschen Wein?», fragte sie.

Duane blickte sie an. «Welche Farbe?»

«Blanc, s'il vous plaît. Einen mit Schraubkappe.»

Sie wendete den Wagen und ließ Duane auf der anderen Straßenseite wieder einsteigen. In einer Tasche auf dem Rücksitz steckten Pappbecher. Sie goss zwei Becher voll und reichte einen Duane.

«Wohin jetzt?», fragte er.

«Sag du.» Verkehrslärm drang herein, der schmatzende Dauerkuss von Reifen auf Asphalt.

«Mein Entscheidungszentrum ist gelähmt.»

«Du redest ja komisch!»

«Ich bin eben nervös.»

Das wollte sie nicht hören. «Was ist los? Bist du wieder gegen eine Tür gerannt?»

«Ich bin das nicht gewöhnt, mit solchen wie dir.»

«Was heißt, mit solchen wie mir?»

«Solchen, die tanzen gehen.»

Luisa blinzelte, unsicher, ob das als Kompliment gemeint war, und legte den Gang ein. Sie konnten ja zu den Lagerhäusern fahren.

«An welchen Unis willst du dich bewerben?» Duane räusperte sich wieder, als hätte die Frage seine Kehle verstopft.

«Stanford, Yale, Princeton, Harvard, Amherst. Was noch? Swarthmore. Und Carlton. Carlton als Notnagel.»

«Weißt du schon, was du studierst?»

«Biologie vielleicht. Ich hätte auch nichts dagegen, Ärztin zu werden.»

«Meine Eltern sind beide Arzt», sagte Duane. «Und mein Bruder studiert Medizin.»

«Mein Vater hat den Gateway Arch gebaut.»

Autsch.

«Ich weiß», sagte Duane.

«Hat man in Webster Groves darüber geredet?»

Er blickte sie an, mit leerem Lächeln. «Nein.»

«Aber du wusstest es.»

«Ich lese Zeitung.»

«Hast du dich deshalb an mich erinnert?»

«Du lässt wohl nie locker, was?»

Für einen Moment stockte ihr der Atem. Sie bog in den Skinker Boulevard ein, gekränkt, als hätte ihre Mutter sie kritisiert.

Ein Feuerzeug klickte.

«Das Rauchen lass lieber sein», sagte sie.

«Schon klar.» Duane schnippte Funken aus dem Fenster. «Eine ganze Weile hatte ich aufgehört. So anderthalb Monate. Ich kam von Deutschland zurück und war geschockt, wie gesundheitsbesessen die Leute hier sind. Meine Familie besonders. Ich schätze, sobald ich Webster Groves innerlich hinter mir habe, lass ich's bleiben. Aber bis dahin macht es irgendwie Spaß. Wenn ich allein bin, leisten mir die Dinger Gesellschaft.»

«Wieso rauchst du dann jetzt?»

Er warf die Zigarette aus dem Fenster. Luisa folgte einem Tankwagen in die Manchester Road. Rechts säumten bernsteinfarben glühende Signallichter einen Bahndamm. Vier Straßen weiter östlich bog sie von der Straße ab. Die Reifen wühlten Kies auf, er prasselte gegen den Unterboden. Zwischen zwei Wellblechschuppen parkte sie.

«Wo sind wir?», fragte Duane.

«Vor einer Baustelle.»

«Mann!»

Sie schaltete die Scheinwerfer aus. Das kalkige, vom Mond beschienene Weiß des Geländes leuchtete auf. Auf schwarzen Lkw-Anhängern hinter dem Bauzaun stand PROBST in großen roten Lettern. Duane zog eine Pocketkamera aus der Jackentasche und stieg aus. Luisa folgte ihm mit ihrem Pappbecher Wein. «Was soll die Kamera?»

«Ich bin eine Art Fotograf.»

«Seit wann?»

«Seit ... was weiß ich. Seit ein paar Wochen. Ich hab versucht, was an den *Post-Dispatch* zu verkaufen.»

«Und, hat es geklappt?»

«Nein.»

Die Kette am Tor war so locker, dass sie sich mühelos durchzwängen konnten. Sie stiegen ein paar hölzerne Stufen zum Skelett des Lagerhauses hinab, das hundert Meter lang und fast genauso breit war. Etwa alle sechs Meter ragte ein Stahlträger in die Höhe, und hier und da gab es vorfabrizierte Eisentreppen, die sinnlos zwischen den Querträgern des Obergeschosses endeten. Baulampen waren an Pfosten oberhalb des Fundaments aufgereiht.

«Du darfst hier nicht fotografieren.»

«Warum nicht?»

«Wir haben hier nichts zu suchen.»

Sie standen zwischen achtlos aufgetürmten Sperrholzverschalungen und gebündelten Rippenstahlstangen, durchhängend und knorrig. Duanes Turnschuhe brachten, als er eine der Treppen hinaufrannte, die nackten Stahlstufen leise zum Klingeln. Luisa dachte an ihre Eltern im Kino. Sie waren in *Harold and Maude* gegangen. Wahrscheinlich lachte ihre Mutter, und ihr Vater saß mit versteinertem Gesicht neben ihr.

Durch die eisernen Parallelogramme über ihrem Kopf konnte sie das W der Kassiopeia erkennen. Nach Süden hin konkurrierten zwei senkrechte Fernsehturmlichterketten wie die beiden Sender, zu denen sie gehörten. Lkws rumpelten auf der Manchester Road vorbei, und Luisa schwankte im Dunkeln und trank ihren Wein, Duane fest im Blick.

Am nächsten Morgen wachte sie um sieben auf. Ihr Vater würde erst zur Arbeit und dann zum Tennis fahren, sein Samstagvormittagsprogramm, und im Badezimmer hörte sie ihn pfeifen. Die Melodie kam ihr bekannt vor. Es war die Titelmelodie der Fernsehserie *I Love Lucy.*

In der Küche traf sie auf ihre Mutter, die den Börsenteil des *Post-Dispatch* las, vor sich eine leere Kaffeetasse. Wie jeden Morgen seit neun Jahren kaute sie, anstatt zu rauchen, ihre Nägel. «Du bist ja schon wach», sagte sie.

Luisa ließ sich auf einen Stuhl sinken. «Ich bin krank.»

«Erkältet?»

«Was sonst?» Sie griff nach dem bereitgestellten Glas Orangensaft und hustete.

«Du warst ziemlich lange weg.»

«Mit einem aus der Schule.» Brockenweise erzählte sie, was in der Bar passiert war. Sie stützte das Kinn auf die Hand, den Ellbogen auf das karierte Tischtuch.

«Hast du getrunken?»

«Das ist kein Kater, Mutter. Ich bin krank.»

«Dann geh wieder ins Bett.»

Sie wollte nicht. Ihr Bett war glühend heiß.

«Kann ich dir was zum Frühstück machen?»

«Ja, bitte.»

Sie war in ihrem Zimmer und sah *Bullwinkle*, als ihr Vater vom Platz zurückkam. Noch immer pfiff er die Titelmelodie von *I Love Lucy*. Sein Gesicht, gerötet vom Tennis, erschien in der Tür. «Deine Mutter sagt, du seist krank.»

Sie rollte sich auf den Rücken, bemühte sich um Freundlichkeit. «Mir geht's schon besser.»

«Aufstehen ist stets die schlimmste Variante.» Daddy erging sich wieder in Redensarten.

«Toll. Hast du gewonnen?»

Er lächelte. «Dein Onkel ist ein guter Spieler.» Sein Blick schweifte ab, sein Lächeln gefror. Onkel Rolf besiegte ihn immer.

«Wie war der Film?», fragte sie.

«Oh, sehr lustig. Eine gute Wahl. Deine Mutter war begeistert.»

«Und du?»

«Mir gefiel die Maude. Sehr gut gespielt.» Er schwieg einen Moment. «Ich geh jetzt duschen. Kommst du dann zum Essen runter?»

Der Platten und des Fernsehens überdrüssig, verbrachte sie die Mittagszeit kniend vorm Fenster, das Kinn auf den verschränkten Händen. Die Bäume waren in Bewegung, rundliche weiße Wolken trieben am Himmel. Mr. LeMaster von gegenüber übertraf sich beim Laubharken selbst. Ein Mann in blauem Lieferwagen warf die Wochenendausgabe des *Post-Dispatch* in die Einfahrt. Luisa ging nach unten, um sie zu holen.

Ihr Vater telefonierte in seinem Arbeitszimmer, bestellte gerade achtzehnmal Beef Wellington für irgendeine Versammlung. Ihre Mutter war beim Backen. Luisa hörte die Teigrolle klappern und den Sprechrhythmus der Nachrichten um drei.

Die Luft draußen war warm und kalt zugleich, wie Fieber mit

Schüttelfrost. Mr. LeMaster, der Luisa für verwöhnt hielt, grüßte sie nicht.

Sie streifte die Hülle vom *Post-Dispatch* ab, und bis auf die große Comic-Beilage und den Hauptteil, der jeden Tag ein paar Witze enthielt, ließ sie alles am Fuß der Treppe liegen. Beides nahm sie mit hoch zu sich ins Bett. Sie wollte mit der Lektüre der Witze beginnen, aber das Foto auf dem Titelblatt machte sie stutzig: das Foto eines Schwarzen, der dem Fotografen den Finger zeigte. Als Quelle war *D. Thompson/Post-Dispatch* angegeben.

Luisa schauderte. Wie konnten die so ein Bild drucken? Und so schnell? Duane hatte doch gesagt, er habe noch gar nichts verkauft?

EIN SAMSTAG IM FOREST PARK lautete die Schlagzeile. Andere Bilder zeigten namenlose Wochenendler, und im Hintergrund von Duanes Foto spielten ein paar Kinder auf dem Sportplatz am Planetarium Football. Der Mund des Schwarzen im Vordergrund war höhnisch verzerrt. Sein Finger zeigte auf den unsichtbaren Fotografen. *Nackter Finger und angezogene Leute*, stand unter dem Foto. *Benjamin Brown (im Vordergrund) ist seit November arbeitslos. Der Mann rechts im Bild blieb anonym.*

Der Mann rechts im Bild war ein Asiat mit Adlernase und Turban, ein zufälliger Passant. Er blickte so angestrengt zur Seite, dass von seinen Augen nur das Weiße zu sehen war. Er sah aus wie ein Blinder.

Acht Stunden spater, es regnete, küssten sich Luisa und Duane im Blackburn Park. Als der Regen zu heftig wurde, küssten sie sich im silberfarbenen Audi, den Duane sich für den Abend von seiner Mutter geborgt hatte, weiter. Die Scheiben beschlugen so sehr, dass Fußgänger an der Glendale Road nicht sehen konnten, was im Auto vor sich ging.

Luisa hatte Fieber, so um die 38 Grad, aber krank fühlte sie sich kein bisschen. Es war Duane, der immer wieder fragte, ob sie nicht nach Hause müsse. Als sie dann nach Hause kam, war schon alles dunkel; sie war froh, dass sie nur eine Stunde Verspätung hatte. Aber kaum hatte sie die Haustür hinter sich geschlossen, wurde sie von ihrem Vater überrascht. Erst erschreckte er sie, dann wurde er auch noch gemein. Sie begriff nicht, wie sich jemand wegen einer Stunde so aufregen konnte. Vor dem Einschlafen beschloss sie, Duane noch eine Weile für sich zu behalten, selbst wenn sie wieder würde lügen müssen.

Als sie am Morgen aufwachte, schien die Sonne, und in Fensternähe war es viel wärmer als am Abend zuvor. Nach dem Frühstück sagte sie zu ihrer Mutter, sie fahre mit Stacy Vögel beobachten. Ihrem Vater sagte sie, seine Hosen seien zu kurz. Dann fuhr sie hinüber zur University City, holte Duane ab und rief von einer Tankstelle bei Stacy an, um sich von ihr Rückendeckung geben zu lassen.

Mitten auf einer großen Wiese im Washington State Park breitete sie eine Decke aus und legte sich hin. Eine halbe Meile entfernt, weiter oben am Hang des Flusstals, ringelte sich der Rauch verlöschender Lagerfeuer in den Himmel. Camper schütteten Wasser in die Glut, packten ihr Zelt in den Kofferraum. Für sie war es die Stunde der feucht gewordenen Schlafsäcke und der Trostlosigkeit, ihre Gedanken waren schon bei den Verpflichtungen am Montag, während Luisa strahlend in der Sonne lag. Die Augen ihres neuen Freundes glänzten. Er habe gut geschlafen, sagte er. Und diesmal eine größere Kamera mitgebracht, eine Canon.

«Psch-psch-psch-psch-psch-psch-psch.»

«Was soll das?»

«Vögel mögen so was», sagte sie. «Psch-psch-psch-psch-psch-psch-psch. Psch-psch-psch-psch-psch-psch-psch.»

«Welche Vögel?»

«Alle. Sie werden neugierig. Sie wundern sich, was da los ist. Siehst du?» Sie zeigte auf das Weidengebüsch, in dem es rotweiß aufblitzte.

«Was ist das für einer?»

«Die Rötelgrundammer. Einer meiner Lieblingsvögel.»

«Wie viele –»

«Pst! Sch-sch-sch-sch-sch-sch-sch.»

«Wie viele Arten kennst du denn?», flüsterte er.

«Dieses Jahr hab ich hundertzwölf gesehen. Etwa hundertfünfzig will ich irgendwann gesehen haben. Was nicht besonders viel ist.»

«Klingt aber so.»

«Wirklich?» Sie lehnte sich gegen ihn und warf ihn um. «Wirklich? Wirklich?» Fieber und Medikamente machten, dass sie sich schwer fühlte, eine warme, erstickende Decke. «Wirklich? Wirklich?» Sie legte sich auf ihn, Arme auf Arme, Beine auf Beine. Sein steifes Glied drückte gegen ihren Hüftknochen. Lange blieben sie so liegen. Luisa konnte sich selbst sehen: wie sie dalag und aus einer Perspektive schaute, die undenkbar gewesen wäre, hätten ihre Eltern gewusst, mit wem sie zusammen war. In derselben Minute bereitete ihre Mutter in Webster Groves das Abendessen vor, und ihr Vater sah Football. Sie erwarteten ihre Tochter bald zurück.

«Hör mal!» Duane wand sich unter ihr.

Gänse riefen. Luisa rollte sich auf den Rücken und sah eine V-förmige Staffel Kanadagänse nach Süden fliegen. Sie musste niesen, vom Staub, von der Sonne.

«Setz dich mal kurz hin», sagte Duane. Er schraubte ein kompakteres Objektiv auf.

«‹Gesundheit› heißt das.»

Er legte sich auf den Bauch und machte ein halbes Dutzend Fotos von ihr. «Was für Gänse sind es?»

Sie sah ihnen nach.

«Sieh nicht hin. Lächle. Wisch dir den Schnurrbart ab.»

Sie lächelte die davonziehenden Gänse an. «Komme ich in die Zeitung?»

«*Lächeln!* Du bist ein Traum. Lächle *mich* an!»

«Dich?» Sie hörte auf zu lächeln und blickte zu ihm. «Wieso?»

«Damit keiner auf die Idee kommt, er sieht was anderes als ein Bild. Ich möchte als Fotograf in dem Bild enthalten sein.»

«Ich glaube, das hast du dir zurechtgelegt», sagte sie.

«Kann schon sein.»

«Hast du das auch denen vom *Post-Dispatch* erzählt?»

«Gar nichts erzählt hab ich denen. Ich bin mit ein paar Fotos hin, und sie haben mich mit Sprüchen abgespeist. Und dann, gestern Morgen, setzen die mich auf ihre *Lohnliste*! Und ich dachte, sie würden mir mitteilen, sie hätten meine Bilder verschlampt.»

«Du hast wirklich Glück.»

«Ich weiß. Du bist mein Glücksstern. Jetzt kann ich meine Miete zahlen.»

Miete? Wie seltsam! *Die Miete zahlen*. Wie langweilig.

«Magst du mich?», fragte sie.

«Was meinst du?»

«Warum magst du mich?»

«Weil du schlau bist und schön und im richtigen Moment zur Stelle warst.»

«Willst du zurück in deine Wohnung?»

«Später vielleicht.»

«Dann lieber gleich. Ich muss um sechs zu Hause sein.»

4

Hinter dem ersten Abschlag des 18-Loch-Golfplatzes im Forest Park kam der Starter aus seiner Hütte und rief zwei Namen auf.

«Davis und White?»

RC White und sein Schwager Clarence Davis erhoben sich von einer Bank und ließen sich ihre Karten geben.

«Ein Zweier», sagte der Starter missbilligend. Er heftete seinen Blick auf die linke Schulter. Er hatte keinen linken Arm.

«Wir spielen langsam», beruhigte ihn RC. «Wir haben Geduld.»

«Na ja. Aber warten Sie, bis die Jungs da oben abgeschlagen haben.»

«Machen wir gern», sagte Clarence.

Fünf oder sechs Flights tummelten sich hinter ihnen, warteten auf ihren Abschlag. Es war Samstagmorgen, und obwohl die Sonne erst in einer halben Stunde über den Bäumen auftauchen würde, war die Luft schon diesig. RC öffnete eine Büchse Hammaker, nahm einen Probeschluck und klemmte sie am Gurt seines Trolleys fest. Er zog die Hülle von seinem Driver und machte ein paar wuchtige Übungsschläge zum Aufwärmen.

«Pass doch auf», sagte Clarence und wischte sich taufeuchte Grasfetzen vom Ärmel. Er trug schwarze Baumwoll-Chinos, ein gelbbraunes Sporthemd und weiße Golfschuhe. RC war in Jeans und Turnschuhen und T-Shirt. Er warf einen prüfenden Blick auf die Golfbahn, auf der sich die Spieler einer jungen weißen Vierergruppe verteilt hatten und gegenseitig nicht aus den Augen ließen. Das erste Grün schwebte fern und kaum sichtbar in Par-vier-Distanz über dem Gelände, ein flüchtiger Nebelfleck, den die Vierergruppe einkreisen und festnageln wollte.

Clarence schwenkte die Hüften wie ein Pro. Er war der älteste

Bruder von RCs Frau und hatte RC seinen alten Satz Golfschläger vor zwei Jahren zu Weihnachten geschenkt. Seitdem musste RC jeden Samstag mit ihm spielen.

«Auf geht's. Du hast den ersten Schlag», sagte RC.

Clarence fixierte den Ball und hob den Driver mit einstudierter Lässigkeit. Wie's im Buche steht, dachte RC. So war Clarence nun mal. Als er gespannt wie ein Bogen war, entlud sich sein Schlag. Der Driver pfiff. Clarence traf den Ball und nickte zufrieden, als würde er ein Kompliment entgegennehmen.

PC platzierte Tee und Ball, und ohne vorher zu proben, schlug er ab. Er taumelte rückwärts und spähte in den Himmel. «Mist.»

«Wenn das mal nicht 'ne Meile hoch ist», sagte Clarence. «Du hast gewaltigen Auftrieb, das muss man dir lassen.»

«Das war von unten. Ich hab ihn von *unten* erwischt.»

Der Ball landete in weniger als sechzig Meter Entfernung, so nahe, dass sie den matten Aufprall hören konnten. Sie steckten die Driver in die Taschen und liefen los. Es stellte sich heraus, dass Clarence einen Bunker getroffen hatte. RC, der mit seinen Eisen gut zurechtkam, erreichte das Grün in drei Schlägen. Sie mussten Platanenblätter beiseite schieben, bevor sie putten konnten. Schon waren RCs Füße nass. Als er puttete, bewegte sich der Ball gebremst und mit leisem Zischen wie eine Farbrolle durchs Gras, spritzte Tröpfchen in alle Richtungen.

Nach dem nächsten Loch spielten sie an denen, die vor ihnen waren, vorbei, was ihnen Bogeys bescherte. Da sich am dritten Abschlag eine Fünfergruppe aufhielt, setzten sie sich auf eine Bank. Das Loch, ein Par drei, erforderte einen langen Schlag über einen Bach und einen steilen, kahlen Hang hinauf. Die Fünfergruppe schoss Ball auf Ball ins Hindernis. Clarence zündete sich eine Zigarre an und schaute ihnen mit verhaltenem, aber viel sagendem Lächeln zu. Er hatte schwerlidrige, gütige Augen, seine Haut traf etwa den Farbton von Pekannüssen, seine Augenbrauen und Koteletten waren angegraut. RC bewunderte Clarence – eine Möglichkeit, zum Ausdruck zu bringen, dass sie verschieden waren und er die Unterschiede billigte. Clarence hatte eine Abrissfirma und jede Menge Aufträge. Er sang im Baptistenchor, er war Mitglied der Urban League, einer Schwarzen-Organisation, er richtete Straßenfeste aus. Der Bruder seiner Frau war Ronald Struthers, ein Stadtrat, der eines Tages Bürgermeister sein würde, und diese Verbindung schadete Clarence und dessen Firma nicht im Geringsten. Sein ältester Sohn Stanly war an der Highschool ein gefeierter Halfback. Seine Frau Kate war die schönste Frau, die RC kannte, schöner noch als seine eigene Frau Annie (die kleine Schwester von Clarence), obwohl nicht halb so verführerisch. Annie war erst sechsundzwanzig. In den drei Jahren seit seiner Heirat hatte sich Clarence des Öfteren «um ihn gekümmert». Manchmal, etwa als er RC seine Golfschläger schenkte, wirkten seine Freundschaftsgesten vorbedacht, ein wenig zu sehr davon diktiert, dass RC seinen einzigen Bruder in Vietnam verloren hatte. Aber Annie gab RC zu verstehen, er solle sich nicht zu viel auf die Golfschläger einbilden, denn Kate hätte gegen die Anschaffung neuer protestiert, wäre Clarence noch im Besitz der alten gewesen.

«Hast du gehört? Bryant Hooper?» Clarence sog genüsslich an seiner Zigarre.

«Was ist mit ihm?»

«Kopfschuss», sagte Clarence. «Am Donnerstagmorgen.»

«Mein Gott!» Hooper war Polizeidetektiv. Drogendezernat. «Tot?»

«Nein, er wird's schaffen. Hat eine Wange und 'nen Zahn verloren. Hässliche Wunde, hätte aber schlimmer kommen können. Gestern Abend war ich im Krankenhaus.»

«Wie ist es passiert?»

«Oh, reine Routine, RC. Reine Routine. Ein bewaffneter Dealer. Ein Exdealer.»

«Wieso?»

«Sie haben ihn kaltgemacht.» Clarence schloss die Augen. «Da waren noch sieben andere im Gebäude. Das ist so ein Treffpunkt, nördlich vom Columbus Square. Ein Extreffpunkt.»

«Wieso?»

«Der Besitzer hatte 'ne Razzia beantragt, und als es Hoop erwischte, haben seine Leute Tränengas eingesetzt. Der Laden ist abgebrannt bis auf die Grundmauern, in null Komma nichts.» Clarence drehte sich zu RC um. «Und weißt du, was komisch ist?»

RC zuckte die Schultern.

«Das Komische ist, dass das Haus Ronald Struthers gehört.»

«War es versichert?»

«Klar. Bombengeschäft für ihn. Eine Menge Kohle für nichts und wieder nichts.»

«Klingt aber wie 'n Zufall», sagte RC und trank sein Bier aus.

«Klar war es ein Zufall. Aber da steckt was dahinter, Bruder. Da steckt was dahinter.»

Die Leute am Abschlag winkten Clarence zu. Clarence legte die Zigarre auf die Bank, griff nach seinem Siebenereisen und dankte ihnen. Nach ein paar sanften Übungsschwüngen schickte er den Ball mit einem perfekten Schlag aufs Grün.

Das Bild des aalglatten Stadtrats Ronald Struthers im Dreiteiler kam RC beim Abschlag in die Quere. Er schloss die Augen und – *tief ansetzen, Junge!* – schlug den Ball zu flach. Der aber schaffte das Hindernis trotzdem und hüpfte den Hang hinauf. Clarence lochte eins unter Par ein. RC schlug den ersten Putt meilenweit daneben. Er schlug den zweiten daneben. Und auch den dritten. Clarence stand mit an die Brust gedrückter Richtungsflagge da und machte ein Gesicht, als würde er beim Ersäufen junger Hunde zuschauen. Ein paar aus der Fünfergruppe räusperten sich. RC fühlte sich von Gott und der Welt verlassen. Die aufsteigende Sonne blendete ihn, und der Bierschwips bewirkte, dass sich seine Arme anfühlten, als wären sie zwei Meter lang. Er toppte seinen vierten Putt. Da er nun schon weit über Par war, tief im Bogey-Land, fing er an zu hasten, zu schludern, zu versagen, und es kümmerte ihn weniger und weniger. Wenn Clarence unruhig wurde, sagte RC nur: «Steck ihn ein.»

Der Ball war noch sechzig Zentimeter vom Loch entfernt, als Clarence sagte: «Den Schlag schenk ich dir.» RC schoss den Ball aus dem Grün.

Ganze acht Golfer standen beim vierten Abschlag. Clarence zog RC hinter ein buschiges Gebüsch. «Du spielst ja mit geschlossenen Augen, Mann!», flüsterte er ihm zu.

RC schloss die Augen. «Ich weiß.»

«Kopf runter, Auge am Ball. So ist die Regel.»

RC spuckte aus. «Ich weiß. Ich muss mich nur sammeln. Wart's ab.» Mit einem Tee kratzte er das angetrocknete Gras aus den Ritzen des Schlägerkopfs. An einen Driver *gehörte* kein Gras.

«Kopf runter, und du sparst dir zwanzig Schläge pro Runde.»

«Also, wie war das mit Struthers?», fragte RC.

Clarence gab seiner Zigarre erneut Feuer und musterte sie fachmännisch. Winzige Schweißtröpfchen glitzerten an seinen Koteletten. «Ronald», sagte er, «hat sich sehr verändert.»

«Der ändert sich nie.»

«Doch», widersprach Clarence. «Er hält jetzt zu unserer neuen Polizeichefin.»

«Woher weißt du das?»

«Allein schon die Art, wie er redet und sich benimmt. Wie ein *Roboter*, RC. Der Mann ist falsch. Und von irgendwo fließt Geld. Das kleine Büro an der Cass Avenue? Ist nicht mehr. Jetzt hat er 'ne ganze Etage gemietet, da bei den Adventisten. Seit dem ersten Oktober hat er neun neue Angestellte, und er macht kein Geheimnis draus. Ich sage zu ihm, he, Rondo, hast du im Lotto gewonnen? Da wird er ganz förmlich und sagt, alles Provisionen, Clarence, Gesetze werden hier nicht gebrochen.»

RC nickte.

«Genau so», sagte Clarence. «Als hätte ich ihm was unterstellt. Ist mir aber egal. Ich hab 'n dickes Fell. Doch dann frage ich, du weißt schon, die übliche Höflichkeitsfrage: Wer kauft denn hier von wem? Verstehst du? Und da *hat* der mich angeguckt!» Clarence machte den Blick nach, ein tückisches Schielen. «Und dann sagt er, gewisse Kunden. Als wär ich nicht sein Schwager, sondern von der Steuerfahndung. Also sage ich, okay, Rondo, wir sehen uns, und er, Moment mal, Clarence – und das war nicht der Ronald Struthers, der das Homer-Phillips-Hospital retten will –, er also sagt, nächsten Monat werden sie hier massiv Häuser abreißen. Ich sage: Wirklich? Er: Ja. Ich frage: Wer genau? Da sagt er: Leute, denen man keine Fragen stellt. Und ich: Für solche Typen will ich nicht arbeiten. Sagt er: Du wirst sie schätzen lernen, bevor das Jahr zu Ende ist.»

«Sag ihm, er kann dich mal», meinte RC.

Clarence schloss die Augen und leckte sich über die Lippen. «Ich weiß nicht, Bruder. Ich weiß nicht. Ich hab vier halbwüchsige Kinder. Und du hast mich nicht nach Jammu gefragt.»

«Jammu.» RC hatte genug von dem Thema. Er wollte wieder an den Ball.

«Genau. Jammu. Diese Razzia am Donnerstag, bei der es Hooper erwischt hat, so was hätten die unter Bill O'Connell niemals gemacht. Zu gefährlich, und wozu auch? Aber jetzt rollen sie die Gegend auf, ein Haus nach dem andern, setzen die Junkies und die Penner und sogar Familien auf die Straße. Und zäunen alles ab. Letzte Woche hab ich 'n paar Zweifamilienhäuser abgerissen, die waren über drei Meter hoch eingezäunt. Drei Meter zwanzig! Und ich brauch kein Genie zu sein, um zu kapieren, wo sich Ronalds neue Kunden eingekauft haben. In diesem maroden Viertel östlich der Rumbold Avenue, da tut sich auch was. Jammu führt 'nen richtigen Häuserkampf, und *irgendwer* kauft derweil die Grundstücke auf. Ronald steckt da mit drin, das schwör ich dir. Und noch jemand. Cleon.»

Cleon, so viel wusste RC, konnte nur Cleon Toussaint sein, ein skrupelloser Slum-Lord und alter Feind von Ronald Struthers. Er saß im Rollstuhl, aber niemand bedauerte ihn. «Wer sagt das?», fragte RC und befingerte seinen Driver.

«Der Stadtklatsch. Mr. Toussaint ist jetzt stolzer Besitzer von ein und einer viertel *Meile* Straßenfront südlich der Easton Avenue, wovon ihm vor vier Wochen noch nichts gehörte. Ein ganzes Viertel, RC. Sogar die Mülldeponie an der Easton hat er gekauft. Alles nach dem ersten Oktober. Und ihm ist scheißegal, ob es die ganze Welt erfährt.»

«Woher hat er das Geld?»

«Auf die Frage hab ich gewartet. Keiner weiß, wo er das Geld herhat, ich nicht und keiner sonst. Aber ich weiß, wo sein Bruder arbeitet.»

RC, ins Schwitzen geraten, fröstelte. John Toussaint, der Bruder des noch widerlicheren Cleon, war Kommandant des 7. Polizeireviers und war es schon nicht mehr. Jammu hatte ihn im September befördert und in die Zentrale geholt.

«Schon die Art, wie Ronald über Jammu redet. Als wär sie 'ne Heilige. Sie ist –»

Hinter den Büschen kam ein Golfer zum Vorschein. «Jungs, ihr könnt an uns vorbeispielen.»

Clarence blickte den Mann verwundert an. «Das ist nett von Ihnen.» RC flüsterte er zu: «Wir kommen später drauf zurück.»

Die Männer am Abschlag hantierten ungeduldig mit den Schlägern, vielleicht bereuten sie ihr Entgegenkommen. Clarence setzte das Tee, spuckte in die Hände, nahm Aufstellung und schickte einen Steilschuss über den Art Hill, das stattliche erste Teilstück dieser Par-fünf-Distanz. Der Teich am Fuß des Hügels lag still wie frischer Aspik. Blätter, unbewegt, betupften ihn. Auf dem Hügel ergriff die Morgensonne Besitz vom Mauerwerk des Museums. Mit gesenktem Kopf, die Augen am Ball, lieferte RC den ersten sauberen Abschlag dieses Tages. Sein Ball ging neben dem von Clarence nieder und rollte den nächsten Hügel hinauf. «Weiter so», riet Clarence.

Nachdem Clarence seinen Ball zwischen die Pappeln an einem Seitenarm des Teiches geschossen hatte, schlug RC den seinen mit einem prächtigen Fairway-Holz über den zweiten Hügel und außer Sicht. In der Hoffnung, ihn irgendwo in der Nähe der Flagge zu finden, stieg er über die Kuppe. Statt des Balls sah er jede Menge Platanenblätter. Sie bedeckten das Grün und das davor liegende Fairway. Weißlich und glänzend, sahen sie aus wie Golfbälle.

Er begann das Grün abzusuchen. Clarence' dritter Schlag flog über ihn hinweg gegen einen Platanenstamm und prallte günstig ab.

«Ist er weg?» Clarence war guter Dinge, als er übers Grün lief. Die Schläger in seiner Tasche klapperten. «Siehst du meinen?»

Im Kreis gehend, kickte RC Blätter fort, bis ihm schwindlig wurde; das Grün fing an zu schwanken. Er blickte in den Himmel und sah das Negativmuster von Millionen Blättern. Schließlich musste er einen neuen Ball in den Bunker droppen, die Strafe schlucken und von dort weiterspielen.

Clarence verpatzte seinen Annäherungsschlag, aber es gelang ihm, den Ball zu einem Bogey einzulochen. Als er an der Flagge zog, um ihn herauszuholen, erstarrte er. «RC, Junge!», sagte er zu etwas in dem Loch. «Jetzt mal ganz ehrlich. Was für einen Ball hattest du gespielt?»

RC überlegte. «Einen Wilson. Drei Punkte.»

«Mit *zwei* Schlägen eingelocht.» Clarence beugte sich immer noch über das Loch. «Ein Albatros. Hast du 'n Schwein, Junge!»

Sechs Monate nach Abschluss der Highschool war RC eingezogen und nach Fort Leonard Wood geschickt worden, wo Feld webel ihm all das beigebracht hatten, was er brauchte, um für Vietcong-Rebellen zu einem guten Kanonenfutter zu werden. Als sich seine Kompanie einschiffte, wurde er jedoch zu den Sanitätern abkommandiert, was ihm eine lange Reise ersparte. Dankbar für sein Glück und von Natur aus genügsam, verlängerte er zweimal den Dienst. Seine Kriegserfahrung bestand einzig und allein im Abtippen von Krankenblättern. Trotzdem, als er nach St. Louis zurückkehrte, fiel es ihm schwer, sich wieder einzuleben. Zwar hieß es, dass die Armee kleine Jungen zu Männern mache, oft aber verwandelte sie Männer in Säuglinge, weil sie, im Unterschied zu einem Kloster, einer Universität oder einer Firma, kein Ethos kannte. Ließ der Druck nach, hing man faul herum, das kam ganz automatisch. RC trank nicht oft, aber wenn er trank, dann richtig. Sein häufigstes Wort war «Möse». RC blödelte und kicherte und schlief bei jeder Gelegenheit. Es war die Moral des Abschaums. Alte Freunde in St. Louis gingen ihm aus dem Weg, mögliche neue blieben misstrauisch. Wenn sie ihn nach seinem Namen fragten, zuckte er die Schultern und sagte: «Richard, glaube ich.» Glaubst du? Sie versuchten es mit Ricky, Rick, Rich, Richie, Dickie, Dick, White und White Man. Sie nannten ihn auch Ice, weil er einen Job bei der Eisfabrik an der North Grand Avenue gefunden hatte. Er war nicht dumm, nur unentschlossen. Schließlich legte er sich auf den Namen RC fest, was für Richard Craig stand, seine beiden Vornamen. Er wurde Vorarbeiter in der Eisfabrik. Als er dreißig war, lernte er die junge Gabelstaplerfahrerin Annie Davis kennen. Vier Jahre später hatten sie eine gute Wohnung und einen dreijährigen Sohn, und dann, im Juli, dem Monat, in dem man es am wenigsten erwartete, machte die Eisfabrik dicht. Clarence bot RC sofort eine Anstellung an, die er sofort ablehnte, denn entweder musste Clarence jemanden entlassen, um Platz für ihn zu schaffen, oder er bezahlte ihn, ohne etwas von ihm zu haben, nur aus Mitleid.

Seit drei Monaten also arbeitete RC jetzt als Parkplatzwächter für den Radio- und Fernsehsender KSLX in der Stadt. Es war ein Witz von einem Job, als Notbehelf allerdings akzeptabel und nicht ohne gewisse Herausforderungen. Der Sender hatte sein Personal in den letzten zehn Jahren um mehr als ein Drittel verstärkt, ohne den Parkplatz zu vergrößern. RC musste eine Menge

Autos jonglieren, und das mit Tempo, besonders während der Stoßzeiten morgens und abends. Wenn die Autos vier Reihen tief geparkt waren und er eins aus der hinteren Reihe holen musste, war das wie bei einem der Schiebepuzzles, bei denen man nur ein Feld frei hat – mit dem gewichtigen Unterschied, dass Autos nicht seitwärts zu bewegen sind. Man musste genau im Auge behalten, wer zu welcher Zeit welches Auto benötigte, und immer ein wenig Spielraum lassen. Im August hatte Mr. Hutchinson, Generalintendant der Sendeanstalt und des Senders Spitzenmann im Mittelwesten, vier Stunden nach der Ankündigung, er werde für drei Tage nach New York fliegen, um seinen Lincoln gebeten, und RC befreite den Lincoln in weniger als fünfzig Sekunden (er stoppte die Zeit), indem er drei viertürige Schlitten in Parklücken zwängte, in die er zuvor nicht einmal gewagt hätte, ein Fahrrad zu stellen.

Am Montagmorgen aber, nachdem er Clarence mit seinem Albatros gedemütigt hatte, es war der Morgen des Tags vor Halloween, verlangte ihm ein VIP das Unmögliche ab. Dieser VIP, ein dunkelhäutiger Ausländer, hatte Stein und Bein geschworen, er werde seinen Skylark nicht vor zwei Uhr am Nachmittag brauchen, er habe auf Geschäftsführungsebene zu tun. Also wies ihn RC auf einen Platz für mittellange Parkzeiten gleich vorn an der Straße und ließ Cliff Quinlan seinen Alfa davor parken. Quinlan, der Starreporter des Senders, hatte von einem Zehnuhrtermin gesprochen und seine Schlüssel mitgenommen. RC hatte nichts dagegen gehabt, schließlich lagen zwischen zehn und vierzehn Uhr ganze vier Stunden.

Um halb zehn kam der VIP aus dem Gebäude und forderte seinen Wagen. RC verkniff sich den ersten Impuls, nämlich loszubrüllen, und bat den Mann, sich eine halbe Stunde zu gedulden.

«Nein, guter Mann!» Der VIP zeigte auf den Skylark, als wäre er ein Stock, den RC apportieren sollte. «Holen Sie sofort mein Auto.»

RC kratzte sich am borstigen Hinterkopf. Wegen seiner kräftigen Augenbrauenbogen, seiner großen Ohren und seiner delikaten Nase hielt er es für angebracht, sein Haar kurz zu halten. «Sie haben da 'n Problem», sagte er, «das ich nicht lösen kann.»

Es war ein grauer, drückend heißer Morgen in St. Louis. Passanten auf der Olive Street hatten ihre Schritte gebremst, um einen Blick auf den Skylark zu werfen. Der VIP wartete, bis sie außer Hörweite waren. Dann richtete er seine Krawatte, ein silberglänzendes Ding, das zu einer wahren Kartoffel von Knoten gebunden war, und sagte: «Hören Sie, ich bin vom Indischen Staatsrundfunk. Ich mache hier einen Höflichkeitsbesuch. Also erwarte ich Höflichkeit.» Eine ausgestreckte Handfläche streckte sich RC entgegen. Auf ihr lag ein Fünfzigdollarschein.

«O Mann, Sie sehen das falsch, Mann! Das hat nichts mit Wirtschaft zu tun, nur mit Physik.»

Die Hand wich nicht zurück, zitterte auch nicht.

«Na gut», murmelte RC und nahm den Schein. «Ich sag nicht, dass das leicht wird.» Er quetschte sich an Cliff Quinlans Alfa vorbei, stieg in den Skylark und rieb sich die Hände. Fünfzig Mäuse! Der Typ sollte lieber die Wechselkurse studieren. RC konzentrierte sich. Wenn er das Baby so lange vor und zurück schaukelte, bis er es zwei Fuß nach links bewegt hatte, konnte er Gas geben und mit den Vorderrädern die Parkschwelle überwinden und dann so lange rangieren, bis er auch mit den Hinterrädern über die Schwelle kam, scharf bremsen und auf dem Bürgersteig zurücksetzen bis zu dem VIP.

Er startete den Motor, drehte das Lenkrad bis zum Anschlag nach links und rollte so weit wie möglich auf das Eisengeländer zu. Vorsicht, Vorsicht! Er drehte das Lenkrad ganz nach rechts, bis die Lenksäule ächzend protestierte, näherte sich dem Alfa auf einen Millimeter und wiederholte den Vorgang. Sechsmal setzte er vor und zurück. Dann kam der schwierige Teil. Er musste Gas geben und, mit Hilfe der Bremse, über die Betonschwelle hüpfen und sofort stoppen. Und nun war Quinlans Kotflügel in Gefahr, nicht mehr die Stoßstange. RC ruckte in kleinen Sprüngen zurück, ein paar Zentimeter, noch ein paar. Er war schon dicht am Kotflügel, stieß aber noch ein winziges Stück weiter zurück. Da hörte er den Knall.

Die Wirkung war katastrophal.

Die Erde bebte das Auto bebte das Gebäude dröhnte ihm im Schädel. Vor Schreck gab er Gas, statt zu bremsen. Die schmerzende Taubheit ließ nach. Er hörte Glas und Metall, große Brocken, in die Autos krachen.

Das andere Ende des Parkplatzes war ein Inferno aus schwarzem Rauch und gelben Flammen. RC stieß die Tür auf, zerkratzte sie an der Parkschwelle und rannte zu dem VIP. Der Mann lag flach auf dem Boden, hatte die Hände über dem Kopf. Er lag mitten in einer Ölpfütze. Die Flammen prasselten und donnerten, manche sichtbar nur als Turbulenzen in der Luft. Jetzt sah RC den Ursprung des Infernos: Mr. Hutchinsons Lincoln. Die vorderen zwei Drittel waren nicht mehr vorhanden. Mr. Stroms Buick Regal war umgekippt. Ringsum fehlten den Autos Front- und Seitenscheiben.

Schon näherten sich Sirenen. RC blickte sich um. In seiner Hilflosigkeit sprang er auf und ab.

Der Mann rührte sich. RC kniete sich hin. «Alles in Ordnung, Mister?»

Der Mann nickte. Seine Augen waren weit aufgerissen.

«Jesus, Jesus, Jesus», sagte RC. «Was ist passiert?»

«Nichts –»

«Nichts?»

«Ich habe nichts *gesehen*. Eine Explosion.»

«Jesus!» Oder hatte der Mann etwa eine andere Religion? RC zögerte. «Nichts für ungut», sagte er dann.

Es war, als hätte die bloße Luft Direktalarm ausgelöst. Ein Löschzug traf ein. Die Feuerwehrleute begannen das Desaster zu besprengen, Männer, die eine riesige Wiese mit riesigen Schläuchen wässerten, noch bevor sie überhaupt aus ihrem Fahrzeug gestiegen waren. Ein Streifenwagen bog von der Olive Street ein und hätte RC und den Mann beinahe überfahren. Er bremste scharf. Türen öffneten sich.

«Sind Sie hier angestellt?»

RC blickte auf. Die Frau, die ihn ansprach, war Jammu. «Ich parke Autos», sagte er.

«Ist der Mann da verletzt?»

«Soviel ich sehe, nein.»

RC musterte Jammu, als sie sich über den VIP beugte. Wie klein diese Frau war! Noch kleiner als auf den Fotos. Sie trug einen hellgrauen Trenchcoat. Ihr offenes Haar war hinter die Ohren gesteckt. Obwohl selbst nur ein Weltergewicht, staunte RC. So eine winzige Frau.

Der Mann rappelte sich hoch. Auf seinem Anzug zeigte sich ein großer, knittriger Ölfleck.

Jammu wandte sich an RC. «Wem gehörte der Wagen?»

«Mr. Hutchinson. Er ist der –»

«Ich weiß, wer er ist. Wie ist es passiert?»

«Keine Ahnung.»

«Was heißt, keine Ahnung?»

RC schwitzte. «Ich wollte den Skylark von dem Mann hier rausholen, ist ziemlich eng, der Parkplatz, wissen Sie, und das Nächste, an das ich mich erinner ...»

Er erzählte ihr alles, was er gesehen hatte. Geschen hatte er nichts. Trotzdem ließ sie ihn nicht aus den Augen. Als wollte sie sich sein Gesicht einprägen, dachte er. Nachdem er ihr Namen und Adresse genannt hatte, bedankte sie sich und strich ihm im Gehen über das Handgelenk. Die Haut glühte. Jammu ging zu dem rauchenden Wrack, das schon abgesperrt war. RC blickte hilflos umher. Er wusste noch immer nicht, was er machen sollte. Ihm fiel auf, dass der Mann und der Streifenwagen verschwunden waren.

Er hatte eine Beule in Cliff Quinlans Kotflügel gefahren, das war das Schlimme. Er wusste es, ohne nachsehen zu müssen. Dieser Job war ein Witz, aber keiner, über den er noch lachen konnte, und RC war kein Dummkopf. An der Polizeiakademie nahmen sie Bewerbungen entgegen.

Nachmittag, Viertel nach eins. Jammu stand am Fenster eines Zimmers im zweiundzwanzigsten Stock des Hotels Clarion und schickte ein Gähnen zu den Kohlen- und Getreidesilos über den Mississippi. Diesseits des Flusses trotteten Teilnehmer eines Jungunternehmerkongresses mit Strohhüten aus Papier zum Gateway Arch. Jammu betrachtete das Spiegelbild ihres Gastes in der Fensterscheibe. Karam Bhandari saß am Fußende des Doppelbetts und pellte die Silberfolie von der Flasche Mumm zwischen seinen Beinen. Bhandari war der Anwalt und gelegentlich auch spirituelle Berater ihrer Mutter. Obwohl er aus einer Jain-Familie kam, war er Fleischesser durch und durch, mit dicken Lidern und saurierähnlich facettierter Haut. Jammu hatte ihn nie gemocht, fühlte sich aber verpflichtet, ihm den Aufenthalt in St. Louis so angenehm wie möglich zu machen. Am Vormittag hatte sie ihn eine Bombe zünden lassen.

Der Korken knallte. Bhandari trat mit zwei sprudelnden Plastiksektkelchen ans Fenster. Er hatte das ölverschmierte Hemd gewechselt, nicht aber das Unterhemd, und das Öl durchtränkte allmählich den Stoff des frischen Hemds. Er hob das Glas und zeigte seine kleinen, scharfen Zähne. «Auf dein Vorhaben», sagte er.

Jammu erwiderte den Toast mit den Augenbrauen und leerte ihr Glas. Bhandari hatte ein handfestes Interesse an ihrem Vorhaben. Wenn sie heute müde wirkte (und sie war es tatsächlich), lag das an der nächtlichen Besprechung mit Bhandari in ihrem Büro. Bhandaris Spezialität waren undurchsichtiges Schweigen und übellaunige Seufzer. Maman hatte ihn geschickt, damit er die Verwaltung ihrer Investitionen überprüfte, mit Jammu und mit Asha Hammaker konferierte und, so nannte sie es, «ein Gespür für die Lage» entwickelte. Maman hatte das Recht, ihn zu schicken, da sie vierzehneinhalb Millionen Dollar in den Immobilienmarkt von St. Louis pumpte und weitere fünfhunderttausend für Schweigegelder hergab. Nun aber war Bhandari der Gast der Person, deren Kompetenz er bestätigen oder in Abrede stellen sollte. Das führte zu Spannungen.

«Ganz und gar unmöglich», sagte er gerade. «Du brauchst einfach einen Vollzeit-Buchhalter.»

«Aber ich sagte dir doch, ich habe Singh», wandte sie ein. «Ich habe Ashas –»

«Verstehe. Darf ich fragen, warum dieser … Mr. Singh heute Abend nicht da ist?»

«Balwan Singh, Karam. Du kennst Balwan. Er ist heute Abend in Illinois.»

«Ach so, *dieser* Singh. Dem ist nicht zu trauen, Essie. Bestimmt gibt es noch andere.»

«Wir haben Ashas Buchhalter und ihre Anwälte, die sie dir leider nicht vorstellen will. Aber Singh ist ein fähiger Mann. Und egal, was Maman dir erzählt hat: Er ist absolut vertrauenswürdig.»

Bhandari zog, zwinkernd, ein Eselsgesicht. «Bestimmt gibt es noch andere.»

Wieder mit der Mumm-Flasche in der Hand, langte er, das Kinn an Jammus Schulter, um sie herum und schenkte ihr nach. Heute war er besserer Laune, schließlich hatte sie ihm die Bombe anvertraut. Sie gab seiner Wange einen mütterlichen Klaps. «Danke, Karam», sagte sie und nahm einen Schluck. «Hast du den Sender?»

Er trat einen Schritt zurück und kramte in der Jackentasche, holte den Sender heraus und legte ihn aufs Fensterbrett. «Ja. Hier ist er.»

Sie schwiegen. Der Himmel wurde ein wenig dunkler.

«Ist der Sender dein Werk?»

«Nur der Bauplan.»

«Und du findest immer noch die Zeit, Polizeichefin zu sein.»

Jammu lächelte. «Der Bauplan ist alt. Ganz normaler Standard.»

«Und das Auto?»

«Es gehörte einem Mann namens Hutchinson, dem Generalintendanten der Sendeanstalt.»

«Und du versuchst, äh, ihn zu erpressen? Darf ich darin einen Akt der Erpressung sehen?»

«Nein. Wir stellen keine Forderungen.»

Ein Regenschleier trieb von Westen her ins Blickfeld, legte sich auf den Arch. «Keine Forderungen», wiederholte er.

«Genau. Das wäre sinnlos.»

«Aber du hast mich gebeten, darauf zu achten, dass niemand verletzt wird.»

«Noch tun wir den Leuten nichts. Wir wollen ihnen Angst machen. In diesem Fall galt das Hutchinson. Aber wir werden so weit gehen, wie es nötig ist.»

«Ich muss gestehen, ich verstehe nicht richtig.»

Letzte Nacht hatte er nicht verstanden, was sie mit den North-Side-Immobilien vorhatte. Ist doch ganz einfach, hatte sie erwidert. Da nicht einmal Maman ausreichend Mittel besaß, eine gut fundierte Panik auszulösen, kauften Ashas Leute kleinere Grundstücke in der Gegend zwischen Fluss und westlicher Stadtgrenze auf und erweckten damit den Eindruck, dass irgendwelche Insidertipps die Runde machten. Und sie verstärkten diesen Eindruck noch, indem sie nur Grundstücke kauften, die den lokalen Banken gehörten. Auf diese Weise blieb so viel Land wie möglich in den Händen schwarzer Geschäftsleute, was politisch notwendig war, während die Banken in den Glauben versetzt wurden, dass die Summe aller Investitionen die vierzehn Millionen Dollar weit überstieg. Denn wer kam schon auf die Idee, jemand könnte es darauf angelegt haben, Grundstücke ausschließlich bei Banken zu kaufen?

Bhandaris Fingerspitzen strichen über die Ölflecken auf seiner

Hemdtasche. Das eigentliche Problem war seine angeborene Unfähigkeit, Gedanken zu begreifen, die eine Frau geäußert hatte; er zog sich in ein inneres Refugium zurück, das immer stickiger zu werden schien, je länger Jammu redete. Sie beschloss, ihn weiter zu quälen. «Formalismus», sagte sie. «Du weißt doch. Immobilienspekulation ist Formalismus, Karam. Vom Wesen her ahistorisch. Kommt sie erst einmal in Schwung – ich meine, haben wir sie erst einmal angekurbelt –, dann läuft sie ganz von selbst und zieht Politik und Wirtschaft mit. Der Terror funktioniert genauso. Wir wollen Hutchinson in die Krise versetzen. Wir wollen seine Welt um zwei Dimensionen beschneiden, wollen eine Situation schaffen, die ihm die Verdrängungstechniken abgewöhnt, dank deren er normal, so heißt es doch, denken kann. Hörst du mich, Karam? Hörst du, was ich dir sage?»

Bhandari schenkte ihr nach. «Trink nur, trink», sagte er. Sein eigenes Glas führte er so ungeschickt zum Mund, als wollte er den Sekt nicht schlürfen, sondern hinunterstürzen. Offenbar nachträglich hob er das Glas. «Auf dein Vorhaben.»

Jammu musste ein ernstes Wort mit Maman reden. Sie war überzeugt, dass Maman, hätte sie gewusst, wie Bhandari sich benehmen würde, ihr einen fähigeren Spion geschickt hätte. Oder selbst gekommen wäre. Jammu schob den Ärmel ihrer Strickjacke hoch. Vierzehn Uhr. Der Tag verging schnell. Sie holte tief Luft, und als sie ausatmete, steckte Bhandari, der hinter ihr stand, seine Hände unter ihren Armen durch und legte sie ihr auf die Brüste. Sie sprang zur Seite.

Bhandari, wieder ganz Anwalt, verlässlicher Berater der Familie, richtete sich auf. «Ich gehe davon aus», sagte er, «dass im Hinblick auf unsere Neger-V-Leute angemessene Sicherheitsvorkehrungen getroffen wurden.»

Jammu blickte lächelnd auf den Fluss. «Ja», sagte sie. «Boyd und Toussaint waren kein Problem. Sie hatten ohnehin schon eine Menge Dreck am Stecken. Aber Struthers, wie gesagt, war teuer.

Er ist genau der Richtige – Immobilienmakler und Politiker, ein beliebter Stadtrat, der fast was Missionarisches an sich hat. Wir konnten allerdings eine Schmutzgeschichte ausgraben, eine Geliebte, die er sich seit fast zehn Jahren hält. Es war klar, dass er wegen der Familie der Frau, die ziemlich wohlhabend ist, in eine ganze Reihe von Interessenkonflikten geraten ist und entsprechende Verstöße begangen hat. Also hatte ich etwas in der Hand, als ich an ihn herantrat, genug, um mich zu schützen für den Fall, dass er nicht mitspielen wollte. Genauso war es dann auch – bis wir aufs Geld zu sprechen kamen. Maman hat die Schmiergelder übrigens persönlich gezahlt. Wir knausern nicht, wenn es um meinen Kopf geht.»

Jammu spürte im Nacken Bhandaris Atem. Seine Nase wühlte in ihrem Haar, seine Lippen suchten ein Ziel. Sie drehte sich in seinen Armen und ließ sich auf die Kehle küssen. Über sein zurückgekämmtes Haar hinwegblickend, sah sie den «luxuriösen» Bettüberwurf, den «modernen» Kunstdruck, die «aparte» Rauputzdecke des Hotelzimmers. Er öffnete die oberen Knöpfe ihrer Bluse, schnaufte. Die wahrscheinlich beste Metapher für die Krise war sexuelle Gier. Eine alles in Bann schlagende Parallelwelt, ein heimliches Organisationsprinzip. Für ein paar Muskelkontraktionen im Dunkeln versetzten Männer Berge.

Das Telefon klingelte.

Bhandari zeigte keine Reaktion. Er merkte nicht, dass es klingelte. Jammu griff nach der Hand, die an ihrem BH nestelte, und machte sich los. Sie ging zum Telefon, doch kurz davor hielt sie inne. «Es ist besser, du nimmst ab», sagte sie.

Bhandari dehnte behutsam seine Nackenmuskulatur und setzte sich aufs Bett. «Hallo?» Er lauschte. «Aber ja!»

An seinem gönnerhaften Ton erkannte sie, dass es Prinzessin Asha war. Eine weitere Terminverschiebung? Sie knöpfte die Bluse zu und ordnete ihr Haar. Im Büro wurde sie wahrscheinlich schon vermisst.

«War es ein *offener* Sarg?» Bhandari lachte nervös. So lachte er seit vierundzwanzig Stunden. In der Nacht hatten sie sich irgendwann über JK Exports unterhalten, Mamans Wollfirma und wichtigster Geldkanal zwischen Bombay und Zürich. Bhandari hatte von einem aktuellen Vorfall erzählt. «Letzte Woche sind ein paar *Sikhs* in eine Lagerhalle deiner Mutter eingedrungen.» Das Wort *Sikhs* hatte er ausgesprochen, als würde er von Kleidermotten reden.

Er hielt den Hörer zu und sagte: «Asha kann erst am Abend kommen. Sollen wir uns verabreden?»

«Ich habe heute Abend zu tun. Sag ihr, nach Mitternacht. Sag ihr, um eins.»

Am selben Abend fuhr Jim Hutchinson, der Generalintendant des Senders KSLX, mit seiner Frau Bunny nach Hause, die, wie es der Zufall wollte, in der Stadt gewesen war, als die Bombe explodierte. Sie war die Ruhe in Person. Als sie eine Stunde nach der Explosion in seinem Büro auftauchte, war sie nicht, wie vielleicht andere Frauen in der Situation, ein Nervenbündel. Sie wirkte mürrisch, fast eingeschnappt. Sie rümpfte die Nase. Sie schritt auf und ab. Sie gab ihm keinen Kuss. «Nur gut, dass du nicht im Auto warst», sagte sie.

«Verdammt gut, Bunny.»

Nachdem sie sich überzeugt hatte, dass er unverletzt war, ging sie einkaufen und kam erst gegen halb sechs zurück, um ihn abzuholen. Er ließ sie fahren. Kaum hatten sie sich in den Verkehr auf dem Highway 40 eingefädelt, fragte sie: «Weiß man, wer es war?» Sie betätigte die Scheibenwischer. Regen fiel aus dem vorzeitig dunkel gewordenen Himmel.

«Nein», sagte er.

«Nur gut, dass wir eine Polizei haben, der wir trauen können.»

«Meinst du Jammu?»

Bunny zuckte die Schultern.

«Jammu ist in Ordnung.»

«Wirklich?» Eine Kette von Bremslichtern, rot wie ein Lavastrom, leuchtete vor ihnen auf. Bunny bremste.

«Vielleicht hast du was gegen ihre Nationalität», sagte Hutchinson, bevor ihm einfiel, dass Jammu Amerikanerin war, «aber sie hat das ganze Bomben- und Branddezernat auf den Fall angesetzt.»

«Würde das nicht jeder machen?»

«Genau das ist der Punkt, meine Schöne.»

«Was haben sie gefunden?»

«Nicht viel Brauchbares. Jemand hat der Polizei früh um sechs einen Tipp gegeben, aber der war nicht sehr aufschlussreich.»

«Mm?»

«Hörst du überhaupt zu?»

«Jemand hat der Polizei früh um sechs einen Tipp gegeben, aber –»

«Sie wussten nicht, was sie damit anfangen sollten. Jemand rief an und sagte: Wenn es passiert, waren das wir. Der Mann in der Zentrale war so geistesgegenwärtig, nicht gleich aufzulegen. Er fragte den Anrufer nach dem Namen, und der sagte nur *Ok!* Der Mann fragte noch einmal, und der Anrufer sagte *Ok!* Das war der ganze Tipp.»

«Ein toller Tipp.»

«Ich wüsste nicht, dass ich Feinde hätte. Der Polizei habe ich gesagt, es kann eigentlich nur Zufall sein. Allerdings –»

«Allerdings waren in der Innenstadt viele Autos geparkt.»

«Also warum gerade unseres?»

Bunny wechselte auf die rechte Spur, die ihr schneller vorkam.

«Es gab praktisch keine Zeugen», fuhr Hutchinson fort, «und von der Bombe war fast nichts übrig. Aber sie haben rausgekriegt, wie sie gelegt wurde. Der Ermittler, mit dem ich nach dem Mittagessen sprach, meinte, es war eins von diesen Kassettenradios, die die schwarzen Jugendlichen mit sich herumschleppen. So ein

Wummerding.» Gleich zieht sie über die Schwarzen her, dachte er. Aber sie tat es nicht. «Es hieß», sagte er weiter, «sie hätten Teile davon auf dem ganzen Parkplatz gefunden. Wahrscheinlich wurde das Ding ausgehöhlt und mit Sprengstoff gefüllt, dann unter den Wagen geschoben und ferngezündet. Dynamit aber war es nicht.»

«Mm?»

«Es war Plastiksprengstoff. Was merkwürdig ist. Spricht nicht für Amateure.»

«Aha. Kannst du darüber was im Sender bringen?»

«Warum nicht? Ist schließlich eine Story. Wir können bringen, was wir wollen.»

«Cliff Quinlan vielleicht?»

«Damit er Jammus Laden was anhängen kann? Ist das die Idee?»

«Bis jetzt sind in St. Louis meines Wissens noch nie Autos explodiert. Das ist alles.»

Eine halbe Stunde später, an der Ausfahrt Clayton Road, verließen sie den Highway 40. Es regnete noch immer. Riesige Halloween-Kürbisse aus Plastik grinsten in den Schaufenstern der älteren Geschäfte an der Clayton Road.

Zu Hause in der Küche schwatzte Lee, ihre jüngste Tochter, mit Queenie, der Köchin und Haushälterin. Zwei fernsehergroße Kürbisse warteten neben der Küchentür darauf, geschlachtet zu werden. Lee spielte mit einem warzigen Zierkürbis aus einem herbstlichen Dekokorb. Bunny und Hutchinson wuschen sich die Hände und gingen ins Esszimmer, aber der Tisch war nicht gedeckt. Offenbar hatte ihn Queenie noch nicht fertig gewachst. Sie hatte den Tisch im Frühstückszimmer gedeckt. Sie schnitt den Braten auf und begoss jedes Stück mit Sauce Béarnaise. Dazu gab es gedämpften gelben Kürbis und einen Salat aus Endivien, Lauchzwiebeln und Palmherzen.

Nach dem Tischgebet, gemurmelt von Lee, machte sich Hutchinson über seinen Rinderbraten her und erzählte Lee die Bombengeschichte, obwohl sie schon alles im Fernsehen gesehen hatte. Bunny starrte entmutigt auf ihre Kürbisscheiben. Sie hörte einen Hubschrauber, vielleicht den KSLX-Verkehrshubschrauber. Es klang, als ob er in der Nähe wäre, oder aber es war der Regen oder Wind, der das Geräusch herübertrug.

Nein. Er war sehr nahe, genau über dem Haus. Sie hörten sowohl das Dröhnen des Motors als auch das Fächeln der Rotoren. Lee lehnte sich zurück und schaute aus dem Fenster. Sie konnte nichts entdecken.

«Ich frage mich, was *das* wieder soll», sagte Bunny.

Als Hutchinson die Schultern zuckte, begann das Schießen. Die Wohnzimmerfenster barsten zuerst. Im Gekreisch metallener Hubschrauberteile zerbarsten sie fast lautlos. Geschosse krachten auf die Haustür, trafen auf Messing und schrillten.

Als würde er einem Drehbuch folgen, zog Hutchinson seine Tochter zu Boden und duckte sich mit ihr unter den Frühstückstisch. Bunny sank auf die Knie und folgte ihnen. Sie keuchte, aber das hörte auf, als sie sich erbrach. Das Chopsuey, das sie mit Cliff Quinlan im Bett gegessen hatte, klatschte auf den Boden. Sie schloss die Augen. Queenie war in der Speisekammer und schrie.

Die Esszimmerfenster zersplitterten. Geschosse schlugen in die Wände ein. Der Glasschrank mit der Porzellansammlung stürzte mit sanftem Klirren um. Die Zimmertanne neben der Küchentür kippte vom Ständer. Hutchinson umklammerte Lees Kopf.

Sekunden später kam der erste Streifenwagen aus Ladue. Schon war die Straße voll von hysterischen Nachbarn, den Fussels, den Millers, den Cox', den Randalls, den Jaegers – alle mitsamt Hauspersonal. Blaulicht zerteilte die Dunkelheit. Ein paar Löschfahrzeuge trafen ein, doch nichts brannte. Ein Rettungswagen wendete enttäuscht und fuhr davon. Niemand war verletzt worden.

Im Vorgarten der Hutchinsons fand die Polizei Flugblätter verstreut, Xerokopien auf Glanzpapier, bedeckt mit kindischem Gekritzel. Chief Andrews hob eins auf.

Befreit das Land!

OK = Osage-Krieger = Tod den Bleichgesichtern

Befreit das Land!

Gott ist rot! OK!

Andrews beauftragte zwei Streifenpolizisten mit dem Aufsammeln der Zettel und ermahnte sie, keine Fingerabdrücke darauf zu hinterlassen. Dann benachrichtigte er die Polizei von St. Louis per Funk. Chief Jammu, hieß es, sei schon unterwegs.

Anwohner sechs anderer Gemeinden in und um St. Louis – Rock Hill, Glendale, Webster Groves, Affton, Carondelet und Lemay – berichteten, in den Minuten nach dem Feuerüberfall einen tief fliegenden Hubschrauber gehört zu haben. Die Verkehrspolizei von Illinois wurde alarmiert, zu spät. Der Hubschrauber war östlich des Mississippi im Dauerregen verschwunden.

«Das FBI beunruhigt mich nicht besonders. Die haben Jahre gebraucht, um diese Puertoricaner in Chicago zu fassen, und selbst dann haben sie alles verpfuscht. Wir haben hier eine Zweimannshow, Gopal und Suresh, sie haben keine Identität, ihre Aktionen folgen keinem Muster, und alle Hilfsmittel haben sie sich schon vor sechs Wochen zusammengestohlen. Die Einzige, die Gopal bei irgendwas erwischt hat, bin ich. Das FBI ist aus dem Spiel. Im Spiel ist es dann, wenn sich in der Stadt Dinge ereignen, die ich organisiert habe, aber selbst wenn sie Nachforschungen anstellen, was sie nicht tun, finden sie nicht viel, ein paar Sender vielleicht, doch die Empfangsstation können sie nicht ermitteln. Auch die Relaisstationen nicht, nur ein Profi weiß überhaupt, was das ist. Und die Profis, die forschen nicht nach. Manchmal bin ich versucht, den ganzen Elektrokram abzuschaffen, aber er verhindert eher, dass wir entdeckt werden, als dass er es begünstigt. Unsere Leute – Singh, Baxti, Sarada, Usha, Kamala, Devi, Savidri, Sohan,

Kashi – brauchen die Informationen für ihre Arbeit und ihre eigene Sicherheit. Der Versuch hätte was, aber vergiss es.

Wer immer in Ashas North-Side-Erwerbungen ein System entdeckt, wird auf den Namen Hammaker stoßen. Es ist Mamans Geld, aber Hammakers Konto – in dieser Stadt die beste Tarnung. Und bei den Medien bin ich beliebt. Genauso bei der Justiz, all die jungen Leute bei der Staatsanwaltschaft sammeln Skalps. Die Zahl der Verhaftungen steigt, und Urteile führen zu Beförderungen. Es gibt keinen Grund, mir zu misstrauen. Als schlimmste Sünden der Polizei gelten Prügeln und Schmieren. Wir aber prügeln nicht, und wir kassieren keine Schmiergelder, zumindest nicht in den oberen Etagen. Regt sich meine Mutter auf?

Ja, die Citylagen sind teuer, die Stadt ist eingezwängt und kann nicht expandieren, aber was die Reichen der County wirklich abschreckt, das ist die Kriminalität. Eine Angst, die durch den Rassismus noch genährt wird. Die Stadt-County-Kluft hat etwas Diskriminierendes. He, der Ellbogen. Überraschend ist, dass die Stadt genauso wenig am Zusammenschluss interessiert ist wie die County. Die Schwarzen haben Angst, sie könnten in einer regionaler ausgerichteten Regierung überstimmt werden, erst recht, da sie ja noch nicht mal die Stadt im Griff haben. Unglaublich, aber wahr: St. Louis hatte noch nie einen schwarzen Bürgermeister. Bis dahin ist es nur eine Frage der Zeit, bei der nächsten oder übernächsten Wahl, und dann schafft es keiner mehr, Stadt und County wieder zu vereinigen.

Die Industrie hat sich längst im Umland etabliert, warum sollte sie da weg? Genau. Aus Geldgier. Wir haben Abhörbänder, auf denen Banker ihren Freunden Tipps geben. Sie empfehlen City-Immobilien als brandheiße Spekulationsobjekte. Aber nicht etwa aus Gefälligkeit. Den Banken liegt was an hohen Grundstückspreisen, am Reichtum der Stadt. Sie besitzen den Hauptteil der städtischen Anleihen. Deshalb haben wir die Banken schon auf unserer Seite.

Im April kann Maman für mindestens dreißig Millionen verkaufen. Ein Viertel davon behalten wir als Steuern, bleiben ihr noch immer fünfzig Prozent. He, der Ellbogen! Es gibt ein Gesetz, das Missouri 353 heißt und jedem, der in Sanierungsgebieten investiert, langfristige Steuerabschreibungen gewährt. Sanierungsgebiet, das kann alles heißen – vor zehn Jahren wurde die ganze Innenstadt zum Sanierungsfall erklärt, du siehst schon. Und unser neuer Steuerentwurf versüßt uns den Deal noch. Hörst du mir überhaupt zu?

Natürlich, die städtische Steuerpolitik ist nicht Sache des Polizeichefs, aber woher soll ich das wissen? Ich bin neu hier. Und die Strafe für meine politischen Aktivitäten ist Medienpräsenz und Popularität! Der totale Widerspruch. Dass ich mir in meinem Amt Freiheiten herausnehmen kann und dass mich niemand fürchtet, hat ein und denselben Grund: Ich bin eine Frau, ich bin Ausländerin, ich bin eine Randfigur. Du weißt doch, das Kamasutra gebietet Verweilen.»

Bhandari wälzte sich zur Seite. Er zog das Betttuch, das an seinem feuchten Rücken klebte, mit sich fort, sodass es Jammus rechten Arm bis zur Schulter freigab. Sie ließ ihre Hand zwischen ihren Beinen liegen. Für einen Augenblick war sie wieder ein störrischer, sich mit Autoerotik begnügender Teenager. Sie starrte an die Decke, auf die die Nachttischlampe einen konischen, von seltsamen Strichen, den Schirmspeichenschatten, durchbohrten Lichtschein warf.

Sich im Schlaf räkelnd, streifte Bhandari ihre Hüfte. Sie hatte die unangenehme Gewissheit, dass er bei Maman, wenn sie ihn zu sich rief, ein beredter und charmanter Liebhaber war.

Aber morgen würde Jammu wieder frei sein, und die Funken ihrer Vergangenheit, von Bhandari zu Flammen angefacht, würden erkalten, sobald sie in ihre dunkle Rolle, in die Intrige, ins ferne St. Louis zurückschlüpfte. Ihr Schauder kam und ging unbemerkt.

Asha sollte um ein Uhr nachts kommen. Jammu blickte auf die Uhr, ihr einziges Kleidungsstück. Es war zwanzig nach zwölf. Sie tastete den Fußboden ab, fand ihre Unterwäsche und schwang die Füße aus dem Bett.

Es klopfte.

Sie stand auf und riss Bhandari die Decke weg, der wie ein gestrandeter Wal, die Flossen halb im Lakenschlick vergraben, dalag. Sie gab seinem Kopf einen Knuff. «Aufstehen», sagte sie. «Sie ist da.»

Benommen richtete er sich auf, starrte ihr auf die Brust.

Das Klopfen wurde heftiger, und der Türknauf klapperte. Das klang nicht nach Asha. Jammu schaffte es kaum, ihre Bluse zu richten. Sie zog den Reißverschluss ihres Rockes zu. Zögernd verknotete Bhandari die Gürtelenden seines Bademantels. «Geh endlich an die Tür, verdammt!», zischte sie und stürzte ins Badezimmer. Kurz darauf hörte sie ihn zur Tür schlurfen und aufschließen. Es folgte ein Aufschrei – seiner.

«Was willst *du* denn hier?»

Jammu, am Waschbecken stehend, wandte sich um. In der Badezimmertür, direkt vor ihr, stand Singh. Entsetzt sah er sie an, und es schmeichelte ihr, dass sie einen Mann noch immer aus der Fassung bringen konnte. Sie rollte mit den Schultern, präsentierte ihm stolz, wie zerzaust sie war.

«Indira ist tot», sagte er. «Erschossen.»

«Was?»

«Sie haben sie erschossen.»

«Die Sikhs!», rief Bhandari. Er stand jetzt hinter Singh, und mit aufwallendem Hass auf die Sikhs erhob er gegen den jüngeren Mann die Faust. Mit einer eleganten Wendung, fast mit Grazie, schleuderte ihn Singh an die Wand und drückte ihm mit dem Arm die Kehle zu. Er ließ von ihm ab, und Bhandari blickte verstört umher. Dann rannte er zum Telefon am Bett.

«Vermittlung! Vermittlung!»

«Ich dachte, es könnte dich interessieren», sagte Singh zu Jammu.

«Romesh?» Bhandaris Stimme zitterte. «Romesh, bist du's? Hör zu. Die Akten. Alle Akten. Hörst du? Alle Akten mit C – mit C wie Chandigarh –, *alle* Akten. Verstanden? Alle Akten …»

Irgendetwas stimmte nicht mit Jammus Mund. Eine Verhärtung von Zunge und Gaumen verhinderte, dass sie ihn zubekam und Luft ein- und austreten konnte. Sie spürte eine Kugel im Rücken und konnte nicht mehr atmen.

5

«Barbie?»

«Hallo. Gerade wollte ich dich anrufen.»

«Hast du zu tun?»

«Nein, ich hab noch nicht angefangen. Ich muss einen Kuchen backen.»

«Sag mal, ist das Päckchen angekommen?»

«Ja. Am Montag.»

«Die Quittung steckt in der Schachtel.»

«Es wird ihr gefallen, Audrey. Sie hat neulich so was Ähnliches bei Famous gesehen, und das gefiel ihr.»

«Ah, gut. Habt ihr heute Abend was Besonderes vor?»

«Lu geht nach dem Abendessen zu einer Freundin und übernachtet dort.»

«Mitten in der Woche?»

«Sie hat Geburtstag. Warum sollte sie hier bleiben wollen?»

«Ich meinte ja nur. Sonst hast du dir immer was einfallen lassen ... Wie geht's dir so?»

«Ziemlich müde. Ich konnte nicht schlafen wegen der Erkältung. Immer, wenn ich zu schnarchen –»

«Du schnarchst?»

«Wenn ich erkältet bin, schnarche ich. Martin hab ich damit schon in den Wahnsinn getrieben. Diese schreckliche Infektion, die ich hatte, die dreimonatige, ich weiß noch, wie er mich mitten in der Nacht mit so einer irren Miene geweckt und in etwa gesagt hat: WENN DU NICHT SOFORT MIT SCHNARCHEN AUFHÖRST – Pünktchen, Pünktchen, Pünktchen.»

«Dann was?»

«Dann schläft er auf der Couch.»

«Wirklich *lustig*.»

Als Barbara den Hörer aufgelegt hatte und Audrey wieder für ein paar Tage losgeworden war, setzte sie sich auf den Küchenstuhl, ruhte aus. Es war der 1. November, und sie musste noch einen Gewürzkuchen backen, bevor Luisa nach Hause kam. Obwohl Luisa nach dem Abendessen weggehen wollte, hatte sie sich ihren Sinn für kindliche Rituale bewahrt (die Begeisterung für Hotel-Swimmingpools, für Hähnchenkeulen), und es konnte sein, dass sie, sobald Martin zurück war, auf einer alten Gepflogenheit bestehen würde, etwa Filme von sich laufen zu lassen (andere gab es nicht) oder gar Kniffel zu spielen (durchaus denkbar). Auf jeden Fall aber würde sie einen Cocktail fordern (und erhalten), und Martin würde das Geschenk herausholen, das Barbara für ihn besorgt hatte (eine Schreibmaschine), und es zu den anderen Geschenken legen, denen der Verwandten und Barbaras eher schlichten (praktisch-mütterlichen) Gaben (Socken, Pullover, tropenfarbenes Briefpapier, Schweizer Schokolade, ein Seidenkimono, die viel diskutierte Vogelstimmensammlung, Jane Austen in gebundener Ausgabe und, sei's drum, Wallace Stevens als Taschenbuch), damit Luisa, nicht ohne vorher einen weiteren Cocktail gefordert (und erhalten) zu haben, an das Auspacken gehen konnte. Dann würden sie zu dritt Konversation betreiben, als wäre Luisa die Erwachsene, obwohl die Geschenke zu ihren Füßen, deren unmittelbares Genussversprechen, ganz deutlich zeigten, dass sie es noch längst nicht war. Großeltern wären an diesem Abend eine Hilfe gewesen, aber Barbaras Eltern hatten gerade eine vierwöchige Reise nach Australien und Neuseeland angetreten, und Martins Mutter war, noch bevor sie selber starb, höchstens zu Beerdigungen aus Arizona angereist. Martin würde an diesem Abend keine Hilfe sein. Er hatte sich vor kurzem mit Luisa überworfen. Am Montagabend war er tief in Gedanken versunken nach Hause gekommen (wegen des Westhaven-Projekts, sagte er), und am Esstisch, immer noch in Gedanken, immer noch bei seinen Zeitplänen und Bautrupps, hatte er Luisa mit der Frage gelöchert, welches Hauptfach sie am College denn belegen wolle. Sein Gelöcher zog sich über zehn Minuten hin. «Englisch? Wenn jemand mit einem Abschluss in Englisch eine Stelle bei mir will, schüttle ich nur den Kopf.» Er schnitt seinen Kalbsbraten zu einem hübschen Rhombus zurecht. «Astronomie? Wozu soll das taugen?» Er spießte eine Bohne auf. Luisa starrte verzagt auf die Kerzen.

«Lass sie in Ruhe», sagte Barbara.

Er blickte von seinem Teller auf. «Ich meine es doch nur gut.» Er wandte sich an Luisa. «Hab ich dir zu sehr zugesetzt?»

Luisa warf ihre Serviette in die Marsalasauce und rannte hinauf. In diesem Herbst hatte sie ihren Appetit eingebüßt und mit ihm einige Pfunde, auf die sie (nach Barbaras Ansicht) kaum verzichten konnte. Beim Frühstück am Geburtstagsmorgen hatte sie viel älter als achtzehn ausgesehen. Kurz davor hatte Barbara einen Traum gehabt, in dem Luisa als Skelett in einem fleckigen weißen Hemd vorkam und die Hände, die sie trösten wollten, die Hände der Mutter, graue Knochen waren.

«Kann ich dir ein paar Waffeln machen?»

«Vielleicht Kaffee?»

«Ja. Und Waffeln?»

«Na gut. Bitte.»

Es tat weh zu sehen, wie sie die Waffeln in den Mund schob. Ganz offensichtlich war sie nicht hungrig. Sie hatte eine verschleppte Erkältung, und obwohl sie sich noch nicht dazu herabgelassen hatte, es zuzugeben, schien sie, vermutlich seit dem Abend vor zwei Wochen, als sie sich mit dem französischen Mädchen hatte treffen wollen, einen neuen Freund zu haben. Das französische Mädchen war nicht gekommen. Und von ihrem Freund stammte das Foto, das in der Samstagsausgabe der Zeitung abgedruckt gewesen war. *D. Thompson*, lautete die Quelle, und die Bildunterschrift: *Indian Summer. Luisa Probst aus Webster Groves genießt das schöne Wetter im Washington State Park. Am Himmel eine Schar Kanadagänse*. Martin hatte zwanzig Exemplare der

Zeitung gekauft, und Luisa war, wenn auch reichlich spät, mit der Erklärung herausgerückt, dass sie mit Duane und Stacy aufs Land gefahren sei. Barbara konnte nachvollziehen, dass Luisa ihre Gefühle für Duane eine Weile geheim hielt. Sie selbst war unter strenger Aufsicht (ihrer Mutter und der römisch-katholischen Kirche) aufgewachsen und hatte darunter gelitten. Außerdem war Luisa noch immer viel mit Stacy zusammen, so wichtig konnte ihr Duane also nicht sein.

Der Himmel war bewölkt. Zwei männliche Rotkardinäle, Wintervögel, hüpften im Futterhaus vor dem Fenster des Frühstückszimmers von Stange zu Stange. Barbara hörte langsame Kratzgeräusche von der Südseite des Hauses, wo Mohnwirbel mit der Laubharke über Beton strich. Er steckte in seiner roten Wolljacke, seinem Wintergefieder, seinen Kardinalsfarben. Auf dem Grundstück, in der kleinen Wohnung über der Garage, hatte er seine Bleibe und schien sich heimischer, zumindest unbefangener am Sherwood Drive zu fühlen, als Barbara es je gelingen würde.

Sie schluckte Aspirin mit einem Scotch und räumte das Glas in den Geschirrspüler. Sie trug einen weiten Schottenrock, einen dunkelroten Seidenpullover, nicht mehr ganz neue (von Luisa übernommene) Knöchelstiefel, einen silbernen Armreif und silberne Ohrringe. Jeden Tag, egal, ob sie krank war oder nicht, zog sie sich gut an. Im Frühling und im Herbst (Jahreszeiten der Rückschau, Jahreszeiten, in denen sie andere Männer heiratete) schminkte sie sich.

Als sie das Radio einschaltete, eingestellt auf den Sender KSLX («Info-Radio»), begrüßte Jack Strom gerade den heutigen Gast des 14-Uhr-Talks. Der Gast war Dr. Mickey McFarland. Arzt. Professor. Jünger der Liebe ... Und Autor des Bestsellers *Du, nur du allein*. Barbara band sich eine Schürze um.

«Dr. McFarland», sagte Jack Strom, «in Ihrem neuesten Buch beschreiben Sie, was Sie die Sieben Stadien des Zynismus nennen – eine Art Stufenleiter, die man bis zur Midlife-Crisis hinabsteigt, und dann erörtern Sie die Möglichkeiten, diesen Prozess umzukehren. Nun, vielen Ihrer Leser ist sicher aufgefallen, dass sich die von Ihnen gewählten Beispiele sämtlich auf mittelalte Männer beziehen. Das war bestimmt kein Zufall, und daher möchte ich Sie fragen, ob auch Frauen von dieser Gefahr des Zynismus betroffen sind, die Sie, glaube ich, einmal als die Herausforderung der achtziger Jahre bezeichnet haben.»

«Jack, ich bin froh, dass Sie mich das fragen», knarzte McFarland.

Immer, immer waren sie froh, dass Jack sie fragte.

«Vielleicht erinnern Sie sich noch: Als 1979 *Ein Freund in der Not* herauskam – vielleicht erinnern Sie sich, es wurde Nummer eins der Bestsellerliste – etwas, was ich nie vergessen werde. Na, ich weiß nicht, ob das schon jemand vor mir gesagt hat, aber der erste Bestseller ist wie das erste Kind – man liebt es abgöttisch, und immer bleibt es Ihr Liebling. Aber egal, sicher erinnern Sie sich, dass ich in *Ein Freund in der Not* (wo ich übrigens das Problem der weiblichen Depression behandelt habe) auch auf die besondere Rolle eingegangen bin, die Frauen zukommt, wenn es gilt, die Herausforderung der achtziger Jahre zu bestehen.»

«Und welche Rolle war das?»

«Jack, das war die Rolle der Fürsorge.»

«Die Rolle der Fürsorge.»

Jack Strom ging mit Bestsellerautoren streng ins Gericht, beschämte sie mit seiner honigsüßen Stimme. Diesen 14-Uhr-Talk veranstaltete er, solange Barbara zurückdenken konnte, seit gut und gerne zwanzig Jahren, und seine Stimme hatte sich nie verändert. Ob sich auch Gesichter nie veränderten?

«... ich bin froh, dass Sie mich auch das fragen, Jack, denn ich glaube, dass die in unserer Verfassung garantierte Religionsfreiheit das kostbarste Gut dieses Landes ist. Ich glaube, was uns in all den Glaubensrichtungen begegnet, ist der massenhafte Schrei nach Liebe. Ich weiß nicht, ob Sie schon einmal darüber nachgedacht haben, aber im Mittelpunkt jeder, ich betone, *jeder* Religion steht das Gebot der Fürsorge, sei es eine westliche, eine östliche oder was weiß ich. Und ich glaube – das ist meine ehrliche Überzeugung –, es gibt da einen gemeinsamen Nenner, dem wir alle miteinander zustreben.»

Tiefsinniges Schweigen.

«Dr. Mickey McFarland, Autor von *Du, nur du allein*. Gleich nach der Ansage lassen wir unsere Hörer zu Wort kommen.»

Mohnwirbel war von der Seite her in Barbaras Blickfeld getreten, während er sich, im Garten hinter dem Haus, mit der Harke an der Efeurabatte entlangarbeitete. Es gab genug Efeu, genug Grundstücksfläche, um ihn den ganzen Tag und auch den nächsten Tag harken zu lassen. Seine größte Stunde hatte er vor einer Woche gehabt, als Fotografen vom *House*-Magazin erschienen waren, um den Rasen und den Garten aufzunehmen. Zum ersten Mal seit elf Jahren hatte Barbara erlebt, dass Mohnwirbel in Aufregung war. Er hatte mitten im Garten gestanden wie ein Hund inmitten eines zornigen Bienenschwarms, durchdrungen von einer allumfassenden Verantwortung, bedroht von Eichhörnchen, die Zweige fallen ließen, und Bäumen, die Blätter abwarfen.

«Hallo, Sie sind auf Sendung.»

Barbara maß Butter ab.

«Dr. McFarland?»

«Er ist ganz Ohr. Schießen Sie los.»

«Doktor, mein Name ist Sally.»

«Haben Sie eine Frage oder eine Bemerkung für Dr. McFarland?»

«Ich höre Ihnen zu, Sally.»

Sie öffnete die Zuckerbüchse. Irgendetwas an dem weißen Zucker – was? – überraschte sie. Die Sinnlosigkeit. Sie senkte die Schaufel in den Zucker.

In einer durchschnittlichen Woche las sie vier Bücher. In der Bibliothek katalogisierte sie vierhundert von ihnen. Einmal ging sie zum Training, und dreimal spielte sie Tennis. In einer durchschnittlichen Woche bereitete sie sechs Frühstücke, packte fünf Lunchpakete und kochte sechs Mahlzeiten. Sie fuhr über hundertfünfzig Kilometer mit dem Auto. Sie starrte fünfundvierzig Minuten aus irgendwelchen Fenstern. Sie aß dreimal zu Mittag in Restaurants, einmal mit Audrey und zweimal in verschiedenen Zweierkonstellationen mit Jill Montgomery, Bea Meisner, Lorri Wulkowicz (ihrer letzten guten Freundin aus College-Tagen), Bev Wismer, Bunny Hutchinson, Marilyn Weber, Biz DeMann, Jane Replogle, diversen Bibliothekarinnen und Gelegenheitsverabredungen. Sie verbrachte sechs Stunden mit Einkäufen, eine Stunde unter der Dusche. Sie schlief einundfünfzig Stunden. Sie sah neun Stunden fern. Sie telefonierte zweimal mit Betsy LeMaster. Sie telefonierte dreieinhalbmal mit Audrey. Sie telefonierte mit anderen Freundinnen insgesamt vierzehnmal. Das Radio lief den ganzen Tag.

«Sechs-drei-drei-neunundvierzig-einhundert ist unsere Nummer. Für Anrufer aus Illinois acht-vier-zwei-elf-einhundert. Hallo, Ihre Frage oder Bemerkung für Dr. McFarland?»

Mit dem Teigschaber kratzte sie die cremig gerührte Butter vom Schüsselrand. Sie holte Buttermilch und Eier aus dem Kühlschrank und schlug die Eier in die kleinste Schüssel des Schüsselsatzes. Als sie die Schalen in den Abfall warf, dachte sie an Martin. Er hätte die Schalen nicht einfach weggeworfen. Er hätte sie mit dem Zeigefinger ausgewischt, um auch kein einziges bisschen Eiweiß zu vergeuden. Immer wenn er sonntags Rührei machte, bekam sie es zu sehen.

In den ersten Wochen ihrer Ehe hatte sie eine zweimal gelesene Zeitung in den Papierkorb geworfen, und er hatte sie wieder herausgenommen. «Die brauchen wir noch», hatte er gesagt.

Er brauchte sie nie. Bevor er seine Hände einseifte, drehte er den Warmwasserhahn zu. Er legte Steine in den Spülkasten der Toilette. Das alte Haus am Algonquin Place war vorwiegend mit Vierzigwattbirnen beleuchtet worden. Er hob die nicht verbrannte

Grillkohle auf. Hatte sie alte *Time*-Magazine entsorgt, schmollte oder schimpfte er. Er steckte aus Restaurant-Aschenbechern die Streichholzbriefchen ein. Wenn er den Rasen sprengte, führte er die undichten Schlauchverbindungen über die Sträucher statt über den Betonweg, damit die Sträucher auch ein wenig abbekamen.

Er bewahrte. Aber sein konservatives Bewahrenwollen war etwas Privates, beinahe Widerborstiges. Als er in den sechziger Jahren versucht hatte, seine Arbeiter von den Gewerkschaften fern zu halten, staunte die Lokalpresse, dass Barbaras Vater ihn vor Gericht vertrat. Damals wurde er von allen bestreikt, von den Kraftfahrern bis zu den Dachdeckern, und die Streiks griffen auf ähnlich gesinnte Unternehmen über. Normalerweise hätte Barbaras Vater einen solchen Fall abgelehnt (zu seinen Spezialitäten gehörten Entschädigungen für Arbeitnehmer), aber zu einem Firmenchef, der in Schaftstiefeln und khakifarbenen Arbeitshosen in getäfelte Büros einmarschierte, konnte er schwer nein sagen. Martins Kampf gegen die Gewerkschaften war etwas Privates, nichts Ideologisches. Er schien verwundert, Anlass allgemeinen Durcheinanders zu sein, und schien es nur normal zu finden, dass er den Prozess, mit Hilfe ihres Vaters, auch gewann. Und als er am 4. Juli zur Unabhängigkeitsparty bei ihren Eltern aufkreuzte, wurde Barbara auf ihn aufmerksam.

Sie hatte gerade das College abgeschlossen und ein Stipendium bekommen, um an der Washington University Physik zu studieren. Nach weniger als einem Jahr gab sie das Studium auf und heiratete Martin. Sie brauchte keine Naturwissenschaft, um sich von anderen abzusetzen, nicht, wenn sie Martin Probst hatte. Sie mochte es, wenn er in Konzertpausen mit ihren alten Bekannten vom Mary Institute plauderte. («Sehen Sie die Posaunen?», fragte er zum Beispiel. «Ich liebe Posaunen.») Sie mochte es, wenn er mit ihren College-Freundinnen Rock 'n' Roll tanzte. Auf Wohltätigkeitsbällen suchte er die Gesellschaft von Baufachleuten und redete über Kastenträger und Armierungen und Betonpfeiler, während

Damenflor und Seidencharmeuse wesenlos an ihm vorüberrauschten. Sie mochte es, in seiner Nähe zu sein.

An einem Sonntagnachmittag, etwa am Ende des dritten Ehejahrs, nahm er Barbara mit zum Gateway Arch, der noch nicht fürs Publikum geöffnet war. Er schloss zwei Tore auf, eine Metalltür, noch ein Tor, noch eine Tür und blieb vor einem verzinkten Schaltkasten stehen. Er bewegte sich mit einer Großspurigkeit, die Barbara nicht an ihm kannte, und warf abschätzige Blicke auf sein Werk. Er betätigte reihenweise Schalter und Hebel. In dem dreieckigen Schacht, der über ihnen gähnte, gingen Lichter an und erhellten Treppengerüste, Kabel und die T-Klammern für die Führungsschienen des Aufzugs. Für Barbara hatte Martin keinen Blick. Er hätte ein Vorkriegssüdstaatler sein können, der beim Appell seiner Sklaven jede Liebenswürdigkeit verlor. Er rüttelte am Treppengeländer, als ob er dessen Stabilität prüfen wollte, und begann mit dem Aufstieg. Während sie ihm folgte, hasste sie ihn ein wenig. Sie roch kaltes Schmierfett, kalte Schweißnähte, durstigen Beton. Echos pflanzten sich summend in den dünnen Stahlstufen fort. Wenn sich die Treppe der Wand näherte, strich Barbara über den harten Flussstahl, über Tropfen aus erstarrtem Beton, über handgeschriebene Kennzahlen und sah den bläulichen Metallglanz der Bohrspäne und Rippen. Abrupt führte die Treppe auf die andere Seite der Aufzugsgleise hinüber und gleich wieder zurück, um sich den beängstigenden Neigungen der Vertikale anzupassen.

«Kassierst du, wenn ich hier abstürze?»

«Stürz nicht ab», erwiderte er knapp. Es war ein Befehl, aber sie befolgte ihn gern. Diagonale Muster – die Schwellen und Klammern der Aufzugsschienen, die Querstreben und Halterungen für die Treppe – verschoben sich von Absatz zu Absatz zu immer verdrehteren und verkrampfteren Gebilden. Als sie (zufällig) in die Tiefe blickte, sah sie ein paar der Treppenabsätze, die sie hinaufgestiegen waren, aber bei weitem nicht alle. Sie bewegten sich auf einer Zickzackstrecke aufwärts, die durch irgendein Krümmungsgesetz aus der Fasson gebracht worden war. Die Farben waren primitiv, der Rostschutzanstrich orange, die Plastikfolien babyblau, die Spannmuttern rot und gelb, die Stromkabel grün. Weiter oben, als sich die Krümmung des Schachts verstärkte, kletterte sie lange Wendeltreppen hinauf, die von Zwischenabsätzen aus schmalen Laufstegen mit dünnen Eisengeländern zusammengehalten wurden. Innehalten und Nachdenken konnte Absturz bedeuten. Sie folgte Martin. Überall war Metall, war sein flüssiger Urzustand in diesem metallischen Gehäuse, in der Erstarrung konserviert: Sie sah die Versklavung des Stahls zur Form. Gewunden biss er sich selbst in tödlicher Umklammerung, biss er und biss. Winkeleisen wie die Arme gefrorener Lakaien hielten Streben, und die Streben hielten die Laufstege, und die Laufstege hielten Martin. Zuvor war seine Macht nur ein Phantom gewesen, etwas, womit sie spielen konnte. Nun, aus der Nähe und aus größerem Abstand (die Wahrheit ist befremdend), liebte sie ihn sehr.

Plötzlich war da blaues Tageslicht. Sie betraten die sonnenhelle Aussichtsplattform. Und nachdem sie den Fernblick nach Osten und Westen genossen hatte, nachdem sie ein einzelnes Fahrzeug, einen roten Lieferwagen, der am alten Gericht entlang und durch leere Innenstadtstraßen fuhr und hinter Häusern verschwand und wieder auftauchte, beobachtet, ja sogar (wie sie glaubte) noch auf der Olive Street bis hinaus zur Grand Avenue gesichtet hatte; nachdem sie in die Höhe gesprungen war, um die Festigkeit der Bodenplatten zu testen; nachdem sie sich mit dem Rücken zur Sonne aufs Fenstersims gesetzt hatte, die Schenkel auf dem warmen Blech, und die Schuhe abgestreift und Martin sich zwischen ihre Beine gestellt und ihr einen Kuss gegeben hatte: nachdem sie protestiert hatte, die Leute könnten sie sehen, und das von ihm verneint worden war, knöpfte er ihre Hose auf und zog sie herunter. Er machte es auf dem Fußboden mit ihr. Die kalten Stahlplatten waren V-förmig gerippt. Er quetschte und schob ihren Körper, während sie wieder und wieder versuchte, sich aufzurichten. In

Spasmen sträubten sich ihre Schultern gegen den Bodenkontakt. Kannte sie diesen Mann? Sie geriet fast außer sich. Das Beste daran war, dass er nicht lächelte.

«Mickey McFarland, Autor von *Du, nur du allein*. Dr. McFarland, wir freuen uns, dass Sie heute Nachmittag bei uns zu Gast sein konnten. Sie sind sicher ein sehr gefragter Mann.»

«Oh, für KSLX habe ich immer ein Stündchen Zeit.»

«Wir danken für Ihr Kommen. Ich bin Jack Strom. Von drei bis vier Uhr spreche ich mit dem Seismologen Dr. Ernest Quitschak, der uns von den drei größten Erdbeben in der Geschichte Amerikas berichten wird und auch vom nächsten großen Erdbeben, das sich jederzeit ereignen kann … hier und jetzt bei KSLX-Radio in *Saint* Louis, Missouri, ist es … fünfzehn Uhr.»

Gong!

Sie schob die drei Formen ins obere Fach des Backofens, stellte die Uhr und ließ sich auf einen Stuhl sinken. Sie war erschöpft. In ihren Ohren klingelte es. Mohnwirbel war irgendwohin verschwunden, die Harke lag, die Zinken nach unten, im Efeu.

New Delhi. Der indische Premierminister Rajiv Gandhi gehörte zu den Hunderttausenden, die heute –

Bei der Nachricht vom Tod Indira Gandhis am Montag hatte Barbara unwillkürlich an Jammu gedacht, die Polizeichefin von St. Louis. Jammus gebieterische Erscheinung war so deutlich am Vorbild Indira Gandhis orientiert, dass deren Ermordung eine, wie Barbara glaubte, verstörende Wirkung auf sie haben musste. Aber gestern Abend im Fernsehen, bei einer Diskussion auf KSLX-TV über Ursachen und Folgen des Attentats, hatte Jammu ihre Worte mit der für sie üblichen Gelassenheit gewählt. «Es ist erstaunlich, dass diese Frau so lange überleben konnte. Feinde hatte sie zur Genüge.» Das kalte Lächeln, mit dem sie den Interviewer bedachte, stieß Barbara ab.

«Danach kannst du nicht urteilen», sagte Martin. «Wer weiß, wie sie privat darüber denkt.»

Ja, niemand wusste es, so war das nun einmal. Barbara hielt es sogar für möglich, dass Martin jetzt, wo er grau wurde, Angst vor dem Sterben hatte. Aber erfahren würde sie es nie. Das Leitprinzip seines Charakters, die Summe seiner inneren Existenz war der Wunsch, in Ruhe gelassen zu werden. Wenn er in all den Jahren Aufmerksamkeit oder gar den Reiz des Neuen gesucht hatte und wenn er noch immer Gefallen daran fand, dann nur deshalb, weil er in der Aufmerksamkeit sein Anderssein erlebte und mit dem Anderssein die Einsamkeit beginnt.

Ihr fiel die Party ein, die sie gefeiert hatten, als sie noch am Algonquin Place wohnten, am Abend, als Humphrey die Präsidentschaftswahl verlor. Die Animals wüteten im Wohnzimmer, die Niedrigsemester tanzten im Foyer. Barbara hatte oben nach Luisa geschaut. Am Fuß der Treppe sah sie Martin mit Andrew stehen, dem jungen Schwager von Biz DeMann, einem dicklichen Jurastudenten mit Blazer und Hornbrille.

«Harvard», sagte Martin gerade. «Harvard ... Ich dachte immer, das ist ein Restaurant.»

Der junge DeMann: «Dass du nie davon gehört hast, glaube, wer will.»

«Hör mal zu, Andrew.» Martin legte ihm den Arm um die Schulter und zog ihn näher zu sich heran. «Ich habe eine Frage, die mir noch keiner beantworten konnte. Vielleicht hilfst du mir weiter. Was heißt Alma Mater?»

«Genau weiß ich das nicht. *Unsere Mutter* oder so.»

Martin zog die Stirn kraus. «Wessen Mutter?» Er spielte wieder den Idioten.

«Im metaphorischen Sinn. Etwa in der Art: Harvard ist meine Alma Mater.»

«Verstehe. Harvard ist deine Unsere Mutter.»

Andrew lächelte nachsichtig. «Klar. Warum nicht?»

«Warum nicht?» Martin packte ihn beim Kragen und stieß ihn gegen die Haustür. «Weil es *Nährmutter* heißt, du Arschloch.»

Barbara wurde bleich und zerrte Martin ins Esszimmer. «Martin, Martin, Martin …»

«Ich frage den, wo er zur Schule gegangen ist», flüsterte er verächtlich. «Ich weiß selber, dass er in Harvard war, ich wollte bloß höflich sein. Und der sagt zu mir: ‹Oh, so eine kleine Schule bei Boston.›» Martin riss sich los. «Den misch ich auf!»

«Er ist unser *Gast*, Martin.»

Sie schob ihn auf die Terrasse hinaus und drückte ihn auf einen Stuhl. Sie sah, dass er völlig nüchtern war. «All diese Typen», sagte er. «All diese Typen, die sich um die Armut sorgen. Die haben nicht die geringste Ahnung, was arm sein bedeutet … All diese studierenden Typen. Mich macht das krank. Das kommt mir so … *kleinkariert* vor. Was wollen die überhaupt? All diese Typen. Die mussten noch nie im Leben einen Job annehmen, der ihnen nicht gefiel.»

All diese Typen, das waren Barbaras Freunde und Verwandte.

Wenn sie ihn nicht bremste, waren sie sie los.

Sie bremste ihn nicht länger. Die Partys hörten auf. Sie blieben zu Hause, Barbara bekam eine Nebenhöhlenentzündung. Männer umkreisten den Mond, und sie hockte auf einem Küchenstuhl und wünschte sich, sie könnte etwas schmecken. Es war die schlimmste Entzündung ihres Lebens. Unter der Dusche leckte sie den Seifenschaum von ihren Lippen und fand, dass er süß schmeckte wie ein mundgerechtes Gift. Kochen war wie Arbeiten im Chemielabor. Erhitztes Rindfleisch wurde grau, erhitztes Hühnerfleisch weiß. Brot bot, wenn man an ihm rupfte, geringen Widerstand. Aus einer Orange konnte man Flüssigkeit pressen, ein Glas etwa, 150 Milliliter.

Der Februar ging vorbei, doch die Entzündung dauerte an, der Frühling war nur eine Veränderung des Lichts, eine Verminderung der Kälte, sonst nichts. Sie suchte einen Arzt auf, der ihr sagte, es handle sich um Viren, sie müsse viel schlafen und den Dingen ihren Lauf lassen. Irgendwann konnte sie wieder frei atmen, aber ihr

Geschmackssinn blieb gestört. Sie fing wieder an zu rauchen. Der Rauch war dick und fast zu kauen, und das Brennen in ihrer Kehle, losgelöst von Aroma, hatte eine elektrische Qualität, wie Kriechstrom aus einer undichten Leitung. War es möglich, dass man die Wörter schmeckte, die man aussprach? Es war möglich. Die Wörter hausten in ihrem Kopf wie Hammerköpfe, die auf ihren starren Krallen umherpurzelten. Martin gab ihr die Schuld. «Was ist los mit dir?» *Lass mich, ich bin erkältet.* «Du solltest mal richtig ausschlafen.» *Lass mich.* Ein Steak konnte ein wenig gebogen werden, ein Rettich nicht. Jeden Morgen leckte sie hoffnungsvoll an der Seife, und dann, im April, tat sich etwas – in ihrem Schrank roch es nach Mottenpulver. Genauso, wie sie den Geruch in Erinnerung hatte. Aber jetzt stellte sich mit jedem Geruch, den sie wieder entdeckte, das Gefühl ein, ihn zu besitzen. Geschmack und Geruch waren für sie kein Gemeingut mehr, von dem sich jeder nach Bedarf und Veranlagung bediente. Sie waren Privateigentum. Barbara las Sartre, und er traf sie wie ein Steinhagel. Sie kam sich ungezügelt vor. Sie entdeckte Innenwelten, und damals waren es keine Orte der Einsamkeit. Martin, über diese Jahre befragt, hätte eine andere Geschichte erzählt. Ihre war einfach: Sie hatte angefangen, für sich allein zu leben, nicht für beide. Ihr war bewusst geworden, dass sie eine Tochter hatte.

«Und wie unterscheidet sich das von der Sankt-Andreas-Falte?»

«Die Sankt-Andreas-Falte befindet sich an der Bruchkante der Kontinentalplatte – diese Platten sind starre Segmente der Erdkruste, aus denen die Kontinente und Meeresböden bestehen …»

Der Backofen wärmte die Küche, aber Barbara roch nicht den Kuchen, nur die Hitze ihrer Nebenhöhlen. Das Geschirr schien aus der Spüle herauszuwachsen und über das Küchenbuffet zu wuchern, sonderbare Untertassen, hölzerne Löffel. Im Dezember würden noch mehr Leute vom *House*-Magazin kommen, um die Inneneinrichtung des Hauses zu fotografieren, darunter ein Autor namens John Nissing, den Barbara bisher nur vom Telefonieren kannte. Sie hätten heute kommen sollen, dachte sie, dann hätten sie das Haus *au naturel* erleben können, Barbara auf ihrem Küchenstuhl, vor lauter Verwirrung vorgebeugt und den Blick auf die mehligen Handgelenke in ihrem Schoß gerichtet. Letzte Nacht im Traum hatte Luisa diese Hände gehabt, diese Ringe, diese Runzeln.

Als Audreys jüngere Tochter Mara in Luisas Alter war, war sie schon dreimal von zu Hause weggelaufen. Sie war vom Mary Institute verwiesen und wegen Ladendiebstahl und Drogenbesitz verhaftet worden. Besorgte Verwandte, nämlich Barbara und deren Vater, kamen überein, dass sie (um das mindeste zu sagen) im Haus der Ripleys nicht gut aufgehoben sei, und Barbara schob Martins Einwände beiseite und schlug vor, das Mädchen aufzunehmen, bis es sich gefangen oder die Highschool beendet hatte. Obwohl es Barbara peinlich war, hatte Mara immer zu ihr aufgeschaut und in ihr den Inbegriff einer Erwachsenen gesehen, die man ertragen konnte. Mara nahm das Angebot an, und Barbara bemühte sich, eine verständige und gute Pflegemutter zu sein, den Schaden ein wenig zu reparieren. Nach zwei Monaten jedoch, an einem Sonntag im März, kam sie mit Martin von einem Brunch nach Hause und fand Luisa, die damals zehn war, mit finsterer Miene in der Küche sitzen. Luisas Manöver war gut durchdacht.

«Manchmal muss ich an all die Zimmer denken, die wir nicht benutzen», sagte sie. Ihr täten die unbenutzten Räume Leid. All die Sachen darin. Zum Beispiel im Keller. Und im Dachgeschoss. Sei es nicht komisch, dass sie nie dort hinaufgehe? Und Mommy auch nicht? Gebe es dort nicht eine alte Nähmaschine mit Pedal? Und die vielen Dinge von Daddy? Ein altes Sofa oder so?

Barbara schälte ihr in Ruhe einen Apfel und schickte Martin ins Dachgeschoss, wo Mara (die angeblich irgendwo hingegangen war) und ein gleichaltriger Junge hastig in die Kleider schlüpften. Martin sagte, Mara müsse gehen, und Barbara stimmte zu. Sie war zu der nüchternen Erkenntnis gelangt, dass nur Luisa sie etwas anging, dass ein Kratzer auf der Psyche ihrer Tochter sie mehr bekümmerte als ein eiterndes Geschwür auf der von Mara. Wusste Luisa, dass die Koffer in der Diele das direkte Resultat ihres Eingreifens waren? Stellte sie eine Verbindung zwischen Sex und Hinauswurf her? Wusste sie, dass es ihretwegen geschah? Ein merkwürdiger Zweifel machte sich in Barbara breit: Wie viel halten wir wirklich vor ihr verborgen? Eine Menge oder nur ein bisschen? Sie wünschte sich einen Verstand, der die Gesetzmäßigkeiten in Luisas Entwicklung nicht so klar durchschaute, oder einen Körper, der ihr mehr als nur ein Kind gestattete, irgendetwas, das dazu beitrug, die erschreckend deutliche Sprache ihres Gewissens ein wenig abzumildern. Wenn es nur nicht so genau darauf angekommen wäre, was aus Luisa wurde, wohin und auf welche Weise sie sich entwickelte, aufgrund welcher Schwächen und Stärken Barbaras. Warum war sie nicht wie Audrey, der alles wie von ungefähr passierte, oder wie Martin, den das alles nicht zu interessieren schien?

Über sich hörte sie Schritte. Das Plumpsen von Büchern. Luisa war durch die Haustür hereingekommen und gleich in ihr Zimmer hochgegangen.

Drei Wochen verstrichen. Es war der Tag vor Thanksgiving, die Highschool war in Aufruhr. Nach der fünften Stunde zogen die Jubeltrupps, die Aktiven und die Kombattanten, nach Lust und Laune durch die Flure. Sie schleppten orange und schwarze Schmähplakate, warfen orange und schwarzes Konfetti, hefteten orange und schwarzes Krepppapier an die Deckenplatten. Es war Pep-Mittwoch, der Tag vor dem Spiel der Statesmen gegen die Kirkwood Pioneers. Für drei Uhr war die Kundgebung geplant, um acht, wenn sich fünfhundert Getreue auf dem Moss Field eingefunden hätten, um an der symbolischen Verbrennung von Kirk E. Wood teilzunehmen, sollte der Scheiterhaufen angezündet werden. Wood, ein wahrhaftiger Pionier, würde im Feuer braten und seinen zuckenden Totentanz vollführen, während Rauch und Geschrei die Stimmung an der Schule zum schmerzvollen Höhepunkt trieben. Dem morgigen Höhepunkt. Morgen war der Tag des Truthahns.

Mr. Sonnenfeld schloss die Tür. Er richtete seine geröteten Augen auf die Klasse. Er schob die Unterlippe vor und blies Luft durch sein schütteres Stirnhaar. «Noch fünfundvierzig Minuten», sagte er. «Bin heilfroh, wenn alles vorbei ist.»

Die Klasse schaute nicht auf. Alle nahmen seine Worte stumm und gelangweilt zur Kenntnis, als demütigende Bemerkung. Ja, Sir, genau wie Sie sagen. Das Neonlicht beleuchtete ihre müden Haare, ihre müden Jeans, ihre müden Taschen. Als Gruppe waren sie genauso grau wie die kalten Wolken draußen. Sie waren hier, weil Sonnenfeld niemanden, der regelmäßig kam, durchfallen ließ. Der Junge neben Luisa in der hintersten Reihe war so tief in den Sitz gesackt, dass seine Knie von unten gegen den Tisch stießen. Er hieß Archie. Ein Schwarzer. Er malte mit dem Bleistift auf den Tisch, malte an einem grauen Punkt, der langsam größer wurde.

Luisa zog den Handrücken unter der Nase durch. Wenn sie das tat, konnte sie Duane riechen. Händewaschen überdeckte den Geruch, aber nicht lange. Duane kam von innen. Sein rauchiger Menschengeruch nistete sich immer tiefer in ihrer Nase, in ihrem Gehirn ein.

Ihre Mutter hatte gefragt: «Was machst du da immerzu?»

«Was mache ich denn?» Sie hatte ihre Hand runtergenommen und sich zwischen die Beine geklemmt. So schnell konnte man eine unappetitliche Gewohnheit entwickeln.

«Du schnupperst immer an deiner Hand.»

«Mach ich nicht.»

Mr. Sonnenfeld befeuchtete seine Fingerspitzen und ging durch die Reihen, um Gedichtkopien zu verteilen. «Ich habe vier Gedichte zur Einführung in das Werk von William Carlos Williams ausgesucht», sagte er. Luisa nahm die Blätter, aber hütete sich, sofort Interesse an ihnen zu zeigen. Sie war nur hier, weil sich der

Kurs gut in ihren etwas wirren Stundenplan fügte. Sie kam sich vor wie auf dem Präsentierteller. In der übernächsten Reihe, ganz am Rand, saß Janice Jones und beobachtete sie. Das Mädchen trug weite Jeans ohne Gürtel, eine Motorradjacke und ein besticktes Oberteil aus Indien, dessen obere vier Knöpfe offen waren. Sie hatte winzige, immer bekifft aussehende Augen. Ihr Name stand überall in der Schule an Garderobenschränken und Wänden. JANIS JONES BLÄST GUT. JJ = JOBS. Jeden Tag starrte sie Luisa an, ohne erkennbaren Grund; keine Boshaftigkeit, wenn sich ihre Blicke trafen, kein Lächeln, nichts.

«... wenn Sie sich diese Gedichte ansehen, werden Sie, glaube ich, viele Ähnlichkeiten mit Ezra Pound und den anderen Imagisten feststellen, mit denen wir angefangen haben.» Sonnenfelds Hemdkragen schnitt tief in seinen fetten Hals ein, als er die Kopien über zwei leere Tische hinweg zu Janice Jones hinüberschob. Beinahe hätte er das Gleichgewicht verloren. Archie prustete. Er schien es bemerkt zu haben, ohne aufzuschauen.

«Also: Wer hat schon mal was von Williams gelesen?» Sonnenfeld trat rasch rückwärts und setzte sich auf die Kante des Lehrertischs. Er zupfte an den Hosenbeinen, um sie zu lockern.

Weiße Blätter wurden hin und her gewendet. Niemand antwortete. Es war Luisas einziger Kurs, in dem sie kaum einen kannte. Die, die sie kannte, hätten etwas gesagt.

«Weiß jemand, wovon Williams gelebt hat?»

«Das is'n Schwuler», murmelte Archie.

«Archie?»

Archie, weiter an seinem Punkt malend, lächelte und schwieg. Zwischen ihm und Sonnenfeld braute sich etwas zusammen, seit der Kurs zwei Wochen zuvor begonnen hatte, und heute drohte die Stimmung zu kippen. Normalerweise war Archie während der Stunde still. Erst auf dem Flur, wo alle schwarzen Jugendlichen ihre Schüchternheit verloren, drehte er auf. Sie machten Luisa Angst. Sie mochten sie nicht, und Luisa fürchtete, nie die Lockerheit aufbringen zu können, um ihre Neutralität zu zeigen, ihnen wenigstens ein kleines Signal zu geben, dass sie nicht unbedingt gegen sie war.

Sonnenfeld stützte die Hände auf die Hüften und gab sich enttäuscht. «William Carlos Williams war Arzt. Er verbrachte sein ganzes Leben in Paterson, New Jersey. Wir werden später noch sehen, dass amerikanische Dichter nicht selten einen anderen Beruf ausübten. Viele waren Lehrer. Wallace Stevens, vielleicht der bedeutendste amerikanische Dichter dieses Jahrhunderts, ein sehr schwieriger Dichter, arbeitete bei einer Versicherung. Er war ihr Direktor, als er starb. Sylvia Plath, von der ihr sicher alle schon gehört habt, war Hausfrau und Mutter.»

Ein vages Schuldgefühl regte sich in Luisas Magen. Das Buch von Wallace Stevens, das sie von ihrer Mutter bekommen hatte.

«Archie?»

Archie schüttelte beharrlich den Kopf. Luisa betrachtete seine langen, kantigen Finger. Sie dachte an Duanes Hände. In ihrer linken Handfläche stand mit schwarzem Kugelschreiber sein Name geschrieben. Das hatte sie in Mathe gemacht, beim Dösen. In der Nacht hatte sie kaum geschlafen. Zum dritten Mal in diesem Monat war sie heimlich abgehauen, um sich mit Duane zu treffen. Aus ihrem Fenster war sie auf die Dachterrasse gelangt, und von der Dachterrasse war sie, die Knie knackend, die Beine zitternd, die treppenartigen Mauervorsprünge in den Vorgarten hinuntergeklettert. Es ging erstaunlich leicht, wie der Griff in eine offene Ladenkasse, wenn keiner hinsah. Nach elf kamen ihre Eltern nie mehr ins Zimmer. Der letzte Bus von der Lockwood Avenue in die U-City fuhr um null Uhr fünf. Sofern sie wollte, konnte sie Duane jede Nacht besuchen, und nachts, wenn sie sich selbst sehen konnte – ein bleiches Spiegelbild in der Fensterscheibe des Busses, das ihr ins Gesicht starrte und immer neben ihr blieb, ungeachtet der Lampen und Neonreklamen, die es durchzogen –, fuhr sie lieber. Duane wartete an der Haltestelle, den Schal bis unters Kinn, eine

Locke in der Stirn. Er schüttelte den Kopf. Nie glaubte er daran, dass sie tatsächlich im Bus sein würde.

«... Amy Lowell und Ezra Pound, die beide Williams prägend beeinflusst haben.»

«Blablabla», sagte Archie und schnappte nach einer imaginären Fliege.

«Archie?» Sonnenfeld wurde wütend. Die Tonlage seiner Stimme war höher als zuvor.

Janice Jones war eingeschlafen.

Luisa blickte auf die Blätter, die vor ihr lagen. DIE ROTE SCHUBKARRE. *So viel hängt ab von einer roten Schubkarre, feucht glänzend neben weißen Hühnern.* Das war ja nun leicht. Sie mochte kurze Gedichte. Sie nahm sich das nächste vor, und da sie es genauso leicht fand, las sie weiter. Erst als sie spürte, dass eine unbeantwortete Frage in der Luft hing, hielt sie inne. Sonnenfeld hatte etwas gefragt. Sie rief sich die vergangenen Sekunden ins Gedächtnis und hörte von ferne: «Was war nochmal Imagismus?»

Ohne die Hand zu heben, rief sie: «Freie Verse, kräftige Bilder, die das Gefühl direkt ansprechen.»

«Was haben Sie zu mir gesagt?»

Sie blickte erschrocken auf. Sonnenfeld hatte sich vom Lehrertisch erhoben. Er meinte nicht sie. Er meinte Archie. Er hatte ihre Antwort nicht einmal gehört. Archie vergrößerte den grauen Punkt und lächelte.

«Was haben Sie gesagt?»

«Schwuchtel», sagte Archie.

«Ich habe nicht richtig gehört.»

Luisa grub ihre Nägel in den Handballen und starrte genauso, wie alle anderen es taten, auf ihren Tisch. Sie wollte, dass die Röte von ihren Wangen wich. Was für ein Idiot sie doch war! In den Fluren hatte sich der Lärm für einen Augenblick gelegt. Sonnenfeld kam durch den Mittelgang. Sie hörte das gemächliche Kratzen von Archies Bleistift. Dann ein Gerappel, das Poltern eines der metallenen Tischbeine auf dem Linoleumboden, das Klappern eines Bleistifts. Sonnenfeld hatte Archie beim Kragen gepackt und zerrte ihn zur Tür. Er gab ihm einen Stoß und folgte ihm hinaus. Von draußen hörte die Klasse: «Was haben Sie zu mir gesagt?»

Da war ein Gemurmel von Archie.

«Was?»

«Schwuchtel.»

«Was, Nigger?»

«Schwuchtel.»

«Nigger!»

SCHWUCHTEL!

NIGGER!

Dann war es vorbei. Höchste Zeit. Sonnenfeld schleppte Archie zum stellvertretenden Direktor. Noch immer unter dem Eindruck, beobachtet zu werden, legte Luisa eine Wange auf den Tisch und schloss die Augen. Draußen näherte sich die Jubelparade zur Melodie von «Old Wisconsin».

Webster voran, Webster voran
In die Schlacht, in die Schlacht, in die Schlacht

Die Trompete musste jaulen und blöken, um mit den Sängern Schritt zu halten. Als der Trupp an der Tür vorbeikam, hörte Luisa Schritte. Ein Teil der Klasse desertierte. Sie hörte ein Streichholz ratschen und hob den Kopf. Janice Jones zündete sich eine Zigarette an.

Angeblich wollte Luisa am Abend zum Feuer gehen und dann bei Stacy übernachten. Tatsächlich würde sie mit Duane essen gehen und die Nacht mit ihm verbringen. In den letzten drei Wochen hatte es dieses Angeblich-Tatsächlich oft gegeben. An ihrem Geburtstag war es kompliziert geworden. Stacy hatte sogar Luisas Mutter angerufen und gefragt, welche Art von Frühstück und welche Geschenke Luisa am liebsten mochte. Stacys Mutter gehörte wie die von Duane zur bequemen Sorte, sie arbeitete den ganzen Tag, und man konnte ihr einreden, in ihrem Haus hätte eine Party stattgefunden, selbst wenn es gar nicht stimmte. Luisa hatte nicht so sehr Angst vor dem Ertapptwerden; was sie vor allem fürchtete, war, dass sie in ihrer Müdigkeit vergaß, wo sie sich gerade befand, und zu Hause etwas Dummes tat, ihrer Mutter einen Zungenkuss gab oder ihren Vater «Liebling» nannte. Sie spürte Ungeduld in sich. Warum küssten sich Leute, die sich liebten, nicht ununterbrochen? Warum mussten Menschen lügen? Sie fühlte sich ehrlicher und verhielt sich unehrlicher als vorher. Es war eine gefährliche Mischung, wie Benzin und Wein, wie Fieber und Schüttelfrost. Sie hatte immer noch eine Erkältung, eine Art Dauererkältung, und ihr war, als ob nichts von dem, was ihr einmal etwas bedeutet hatte, noch etwas bedeutete. Sie konnte machen, was sie wollte. Sie konnte einfach sagen: «Gib mir eine Zigarette.»

Janice Jones wirkte überrascht. «Die sind mit Menthol.»

Luisa zuckte die Schultern. Als ihr das Streichholz hingehalten wurde, zog sie nur leicht, um nicht zu husten. Zum Glück war der Rauch mild, wie der Geruch von Mottenkugeln. Janice faltete ihre Gedichte zusammen und stopfte sie nachlässig in die Tasche. Sie blickte Luisa an. «Tschüs», sagte sie. So freundlich war sie noch nie gewesen.

«Bis dann.» Während Luisa rauchte, fühlte sie sich fast genauso lässig wie Janice. Leider waren die Einzigen, die sie im Raum jetzt bewundern konnten, Alice Bunyan, sie zeichnete im Unterricht immer Pferde, und Jenny Brown, die große traurige Augen hatte und lispelte, Latzhosen trug und nie eine Antwort wusste. Beide kümmerten sich nicht um Luisa. Sie machte die Augen zu. Sie nahm einen leisen Luftzug wahr, ein federleichtes Kribbeln auf dem Bauch – die Asche war heruntergefallen. Sie öffnete die Augen.

Sonnenfeld.

Er stützte sich mit beiden Händen auf den vordersten Tisch in ihrer Reihe. Er starrte sie an. «Darf ich fragen, was Sie da tun?»

Sie antwortete nicht. Sie ließ die Zigarette fallen und zertrat sie mit dem Absatz. Sonnenfeld legte ein grünes Kärtchen auf ihren Tisch. *Rauchen i. d. Klsse*. «Schade», sagte er eisig. «Von Ihnen hätte ich mehr erwartet.»

Sie sammelte ihre Bücher ein und schulterte die Tasche. Irgendwie konnte ihr Körper nicht glauben, dass er sich in Bewegung setzte. Der stellvertretende Direktor konnte sie wegen Rauchens für drei Tage vom Unterricht ausschließen, und ein Anruf bei den Eltern war nahezu garantiert. An der Tür blieb sie stehen und blickte auf den Korridor hinaus. Auf dem Boden waren geplatzte Orangen und an den Garderobenschränken der Footballspieler Millimeterpapier-Plakate. Der Pep-Club hatte plumpe Karikaturen von den Spielern angefertigt und mit Kommentaren versehen. NR. 65 WILLY FISHER «MR. HEIMTÜCKE». Die Schränke sahen aus wie Gräber. Verunsichert drehte sich Luisa zu Sonnenfeld um.

Der saß auf der Kante des Lehrertischs, in der Hand ein Buch. Er leckte über einen Finger, blätterte um und wandte sich an seine zwei verbliebenen Schülerinnen.

«So viel ... *hängt ab*», sagte er.

«Diese Felder bleiben frei, White.»

«In Ordnung. Was sagen wir? Gateway Arch?» RCs Finger spielten auf der Tastatur. *Gateway Arch*. «Adresse?»

«Kannst du vergessen.»

«Ein Schuss ins Bein, stimmt's?»

«Sehr witzig. Der Südschenkel, Ostseite, beschädigt durch automatisches Feuer.»

... *automatisches Feuer*. «Das bedeutet?», fragte RC.

«Ein großkalibriges Automatikgewehr mit Stahlmunition.»

... *Stahlmunition.*

«Angriffsziel unbekannt. Besondere Beobachtungen: Die Einschüsse bilden die Buchstaben O und K. Das restliche Feld frei lassen.»

... die Buchstaben O und K. «Also, *ich* kenne die Verdächtigen», sagte RC.

«Klappe, White. Ich diktiere. Verstanden? Name unbekannt, Geschlecht männlich, Größe eins fünfundsiebzig bis eins fünfundachtzig. Alles andere unbekannt.»

Unbekannt. Unbekannt. Unbekannt.

«Untere Spalte. Drei Uhr sechzehn, November und so weiter. Donald R. Colfax vom Gateway-Wachdienst, DeBaliviere Avenue 1360, Telefon drei drei sechs eins eins sieben eins, meldet das Geräusch von Gewehrschüssen am Südschenkel des Gateway Arch. Absatz. Drei Uhr achtzehn. Die Beamten Dominick Luzzi und Robert Driscoll – mit Doppel-z und i, White – per Funk zum Tatort beordert. Absatz. Drei Uhr zwanzig. Colfax sagt aus, gleich nach den Schüssen sei er von seinem Arbeitsplatz im unterirdischen Foyer des Nordschenkels in diese Richtung geeilt.»

«Im unterirdischen», sagte RC, «Foyer des *Nordschenkels?»*

«Beim Eintreffen am Tatort sah er –»

... in diese Richtung geeilt.

«... den oben bezeichneten Verdächtigen zwischen den Bäumen hindurch nach Süden fliehen. Laut Aussage von Colfax trug der Verdächtige –»

«Luzzi, Telefon!», bellte der Dienst habende Sergeant McClintoch.

«Mach 'ne Pause, White. Denk an die Umstände, meine Frau ist im zehnten Monat schwanger. Entspann dich, mach 'ne Pause.»

RC entspannte. Er schaute in die Lunchtüte, die Annie ihm gefüllt hatte. Eiersalat auf Roggenbrot, Schokokekse, ein Apfel. Er hatte Hunger, wollte aber später essen, weil er von sechs bis acht den Kurs in Rechtspraxis an der Polizeischule hatte. Morgen war dann frei. Morgen war Thanksgiving. Daher die hektische Atmosphäre im Revier.

Der Mann am Nachbarschreibtisch, suchend und pickend, knurrte. RC, der Millionen Krankenblätter in der Army getippt hatte, war ein Zehnfingermann. Auch am Maschinengewehr war er in der Army ausgebildet worden. *«Zielen, nicht ballern. Ziel fixieren, fünf Schuss, nächstes Ziel, fünf Schuss. Jawoll, das haut hin.»* Aber Maschinengewehre waren keine Präzisionsinstrumente, man brauchte verdammt kräftige Arme, wenn man damit schreiben wollte, und seien es nur die Initialen einer Terrorgruppe. Sollte RC jemals zu einem Duell im Morgengrauen antreten müssen, würde er als Waffe eine Schreibmaschine wählen. Rattattatt. Rattattatt. Das Alphabet auf zehn Schritt Distanz.

Er sah noch einmal in die Lunchtüte. In zehn Minuten, sagte er sich und zupfte am aufgeplatzten Schaumgummipolster seines Stuhls. Zwei Schreibtische weiter rechts, an der grünen Wand, hing ein 30 × 40 cm großes Hochglanzfoto von Polizeichefin Jammu mit Sergeant Luzzi, aufgenommen im August auf der Freitreppe des Reviers. RC hatte mit der Chefin nur dieses eine Mal nach der Explosion gesprochen, kurz bevor er in die Polizei eingetreten war, und persönlich gesehen hatte er sie nur ein weiteres Mal – bei der Begrüßung der neuen Polizeianwärter nach der Einführungswoche. Von dem, was sie gesagt hatte, hatte er kein Wort behalten, nur den Eindruck, dass es gut gewesen war. Und darüber, wie sie ihn behandelten, konnte er nicht klagen, sah er von einigen Hochnäsigkeiten der jüngeren weißen Beamten ab. Die Dienststelle war ein strammer Laden, viel spannender als die Eisfabrik und nicht halb so bescheuert wie die Army. Als er seinen Waffentest bestanden hatte, musste er mit dem Schießtraining aufhören und dafür umso länger im Büro arbeiten. Er leistete dreißig Wochenstunden ab – Ausbildung durch Arbeit, eine Idee der Chefin. Da noch die Kurse hinzukamen, hatte er alle Hände voll zu tun. Aber nach dem Abschluss im Februar würde sich die Lage ein wenig entspannen.

Luzzi telefonierte immer noch. Es sah nicht so aus, als würde seine Frau bald niederkommen. Luzzi hätte fast eine Stunde für den Bericht gebraucht (die Zeit am Telefon nicht mitgerechnet), den RC in zehn Minuten schaffen konnte. Soviel RC wusste, war er der viertbeste Schreiber im ganzen ersten Revier. Er hatte Beamte sagen hören: «Ist eilig? Geh damit zu White, wenn dich seine freche Klappe nicht stört.»

Den einzigen wirklichen Zwist hatte er mit Clarence. «Bei Gott, dass mir dein Aufstieg nochmal Leid tun könnte, hätt ich nicht gedacht», sagte der. «Selbst die Eisfabrik war besser als die Polizei. Dass du dich für deren Spiel einspannen lässt.» *Deren Spiel* war das Spiel der Polizeichefin. In letzter Zeit schlug Clarence seine Golfbälle zu kurz. Mit Stadtrat Struthers hatte er sich überworfen, und sein Geschäft lahmte. Nicht zu sehr (in dieser Stadt gab es immer genug abzureißen), aber trotzdem, es lahmte. RC konnte Clarence von der fixen Idee, dass die Polizeichefin dahinter steckte, nicht abbringen.

«Lies nochmal den letzten Satz, White.»

Luzzi war wieder da, und RC wandte sich der Schreibmaschine zu. «Laut Aussage von Colfax», las er, «trug der Verdächtige ...»

«Eine Waffe», sagte Luzzi. «Eine Waffe.»

«Ach wirklich?», sagte RC und erwartete auch schon, ermahnt zu werden.

In seinem Büro in South St. Louis beobachtete Probst, wie Bob Montgomery und Cal Markham, seine Juniorchefs, hereinkamen und sich setzten. Sie waren da, um die Planung des Projekts Westhaven zu besprechen. «Nun?», sagte Probst.

«Bei diesem Wetter», sagte Cal, «kriegen wir Probleme. Das sieht nach Schnee aus.»

Draußen, vor einem fast schwarzen Nachmittagshimmel, breitete eine Taube die Flügel aus und wurde, wie eine sich auseinander faltende Zeitung im Wind, langsamer. Die Tauben scharten sich immer um das Polizeirevier gegenüber.

«Es schneit doch nicht etwa in Ballwin, oder?»

«Nein», sagte Cal.

Bob blickte ihn scharf an. «Doch. Schneeschauer.»

«Wie sind wir denn da reingeraten?», fragte Probst.

«Wir wussten nicht, wie riesig das Ding ist. Wir wussten es, aber wollten es nicht wissen.»

«Oder wie weit draußen es liegt», sagte Bob. «Besonders die letzten drei Meilen.»

«Ich werde euch sagen, was es ist. Wir haben nicht geglaubt, dass wir diesen Auftrag kriegen.»

«Denken wir kurz nach», sagte Probst.

«Ich denke schon den ganzen Monat nach», sagte Cal.

«Denken wir nach.»

Die Schwierigkeit war der Beton: Wie bekam man 17 500 Kubikmeter davon gemischt, nach Westhaven transportiert und in die Fundamente gegossen, und das alles in den nächsten vier Wochen? Ab Weihnachten oder Neujahr konnte man wegen Schnee und Eis nicht mehr betonieren, und ohne Fundamente konnte man nicht weiterbauen. Aber es musste weitergebaut werden. Laut Vertrag mussten die ersten Musterhäuser im April stehen, das Ensemble im Oktober. Und Cal hatte Recht. Sie hatten es gewusst, aber sie hatten es nicht wissen wollen. Sie hatten gewusst, dass es sich um eine riesige Fläche handelte, sie hatten gewusst, dass sie viel zu weit draußen lag (und die Straße auf den letzten drei Meilen war zum Verrücktwerden), sie hatten gewusst, dass sie unter Zeitdruck standen, aber kein einziger dieser Faktoren hatte ihnen das Projekt unmöglich erscheinen lassen. Sie hatten ein günstiges Angebot gemacht, alle Zahlen gut gepolstert, nur die Zeitplanung nicht. Jedenfalls hatten sie die Ausschreibung gewonnen, und nun steckten sie in der Klemme. Die nahe liegende Lösung –

«Verzeihen Sie die Störung, Mr. Probst», sagte Carmen, seine Sekretärin, durch die Sprechanlage, «aber Ihre Frau ist am Apparat.»

«Sagen Sie ihr, ich habe eine Besprechung. Ich rufe zurück.»

Die nahe liegende Lösung war ein Subunternehmer. Aber

Probst hasste es, Aufträge abzutreten, hasste es, Geld auszugeben, hasste es, die Kontrolle über die Qualität seiner Arbeit zu verlieren, hasste es, seinen Ruf als Alleinunternehmer aufs Spiel zu setzen. Es gab auch ein Finanzierungsproblem. Der Bauherr Harvey Ardmore musste das zweite Viertel der Vertragssumme erst nach Fertigstellung der Fundamente zahlen, und Ardmore war bekannt dafür, dass er nicht nachverhandelte. Probst wollte den Subunternehmer nicht aus der eigenen Tasche bezahlen. Noch schwieriger war es, jemanden zu finden, der bereit war, gegen die Gewerkschaften anzutreten. Nur Probst konnte sich das ungestraft leisten, eigentlich nicht einmal er, denn die alternative Lösung des Betonproblems war, vier Wochen Sonderschichten einlegen und alles selbst machen zu müssen. Doch dafür brauchte er Fahrer. Fahrer waren bei der Gewerkschaft. Selbst wenn sie sich bereit fanden, für ihn zu arbeiten –

«Tut mir Leid, Mr. Probst», sagte Carmen durch die Sprechanlage, «aber sie sagt –»

Probst griff zum Hörer und übernahm das Gespräch. «Ist es sehr dringend?»

«Nein, das nicht», sagte Barbara. «Obwohl –»

«Ich ruf dich zurück. Tut mir Leid.» Er legte auf. Barbara wusste verdammt gut, dass er es nicht mochte, wenn seine Gedankengänge unterbrochen wurden; erst am Morgen hatte er ihr gesagt, wie angespannt er war …

Die Fahrer. Falls sie überhaupt mit sich reden ließen – er hatte sie noch nie fragen müssen, und wahrscheinlich lehnten sie schon aus prinzipiellen Gründen ab –, würden sie den Preis hochtreiben. Und womöglich die Erlaubnis fordern, bei Probsts Leuten erneut für die Gewerkschaft zu werben. Und das mindeste, was er zu erwarten hätte, wäre Trödelei. Wollte Probst also keinen Subunternehmer anheuern, blieben ihm nur die eigenen Leute, mit denen die Arbeit in acht Wochen zu schaffen war, sofern ihnen das Wetter keinen Strich durch die Rechnung machte. Cal, der Draufgänger, neigte zu dieser Variante. Bob war eher für einen Subunternehmer. So oder so opferten sie etwas – entweder den Ruf oder die Sicherheit. Die Schwierigkeit war Westhaven selbst, die Größe der ihm zugrunde liegenden Idee. Das Projekt war zu umfassend, zu weit abgelegen in der westlichen Provinz, und der Markt dort draußen gnadenlos. Harvey Ardmore setzte Fristen (nicht, dass man ihm das vorwerfen konnte, auch er musste seine Konkurrenten und Gläubiger schließlich zügeln), die Probst nicht einhalten konnte, ohne seinem eigenen Ansehen zu schaden.

«Hast du dich bei den Fuhrunternehmern umgehört, Bob?»

«Ja.»

«Und?»

Bob lächelte. «Eher würden die für den Teufel arbeiten als für uns.»

Von den schwarzen Bäumen an der Swon Avenue wirbelten Schneeflocken wie winzige Liebespärchen, sie trafen und trennten sich, fielen zu Boden, schmolzen dahin. Luisa zitterte in ihrer Jacke, sie atmete freier in der kalten Luft. Von Sonnenfeld war sie direkt zum Büro des stellvertretenden Direktors gegangen, aber der war, um die Kundgebung zu beaufsichtigen, schon weg gewesen. Die Sekretärin schickte sie zur Schulpsychologin, und die Schulpsychologin akzeptierte Luisas mit lächerlichem Ernst vorgetragene Entschuldigung und sagte: «Diesmal lassen wir's durchgehen.» Luisa war gerettet; sie hatte eine Sonderbehandlung bekommen; ihr ging es gut.

In der Grünanlage, die Naturschutzpark Plant Memorial hieß (der Name bezog sich auf einen Mr. Plant, nicht auf die Pflanzen), blieb sie stehen und hielt beiläufig Ausschau nach Vögeln. Sie entdeckte ein Kardinalweibchen und einen Specht, aber überwiegend gab es Eichelhäher und Stare. Seit sie Duane kennen gelernt hatte, war sie nicht ein einziges Mal mehr Vögel beobachten gegangen.

Ein Windstoß trieb Schneeflocken vor sich her. Der Park war das Ziel vieler Spaziergänge gewesen, die ihr Vater mit ihr gemacht hatte, als sie noch klein war. Sie erinnerte sich, dass sie jedes Mal überrascht war, wenn er die Hand ausstreckte und fragte: «Kommst du mit mir spazieren?» Na klar, dachte sie, aber wir gehen doch nie spazieren. Dabei war es offenkundig, dass sie oft spazieren gingen. Doch irgendetwas stimmte nicht daran. Ihr Vater schien eine andere Tochter im Sinn zu haben.

Sie lief weiter, die Jefferson Avenue hinauf. Gegenüber Duane hatte sie sich bis jetzt sehr kritisch über ihre Eltern geäußert. Sie hatte ihm Gründe liefern müssen, warum er nicht bei ihr anrufen oder vorgestellt werden sollte, und wirkliche Gründe gab es nicht. Also erzählte sie ihm, wie ihr Vater sie und Alan behandelt hatte: mit geheucheltem Respekt. Um sie aufzuziehen, hatte er sich benommen, als wären sie und Alan schon ein Brautpaar. Damit hatte er alles lächerlich gemacht. Vielleicht musste er Luisa ständig vor Augen führen, dass ihre Freunde nicht so bedeutend waren wie er, dass er den Gateway Arch gebaut hatte und niemand sonst.

Ihre Mutter war genau das Gegenteil. Von Anfang an hatte sie sich verpflichtet gefühlt, Alan noch interessanter zu finden, als Luisa es tat. War er nicht süß und witzig und lieb? Und hochintelligent dazu? Luisa fand das peinlich. Ihre Mutter war einsam.

Mit einem Schmerz im Hals überquerte sie die Rock Hill Road, die so verlassen dalag, dass sich die Schneeflocken gleichmäßig und von Reifen unbehindert über den Asphalt verteilten. Die Gründe, Duane vor ihren Eltern geheim zu halten, waren nicht gewichtig genug, um zu rechtfertigen, dass sie aus dem Fenster kletterte und sich die Nächte um die Ohren schlug. Eigentlich hatte sie nur keine Lust, von ihm zu erzählen. Aber jetzt erwog sie es doch. Vielleicht konnte sie, wenn sie nach Hause kam, ihre Mutter ein wenig einweihen. Nicht sagen, dass sie gelogen hatte, nur dass sie Duane ein paar Mal bei Stacy begegnet war und ihn richtig mochte. Der Schmerz in ihrem Hals verschwand. Stattdessen kribbelte es in ihrem Bauch. Sie war nicht sicher, ob sie den Mut haben würde, gleich nach ihrer Rückkehr auszupacken.

Die dunklen Wolken rissen auf, ein Dreieck aus blauem Himmel zeigte sich über dem Haus. Mr. Mohnwirbel grub die Ziegelkante des Fußwegs aus. «Tag, Mr. Mohnwirbel.»

Er blickte hoch. «Tag», erwiderte er in seinem schroffen deutschen Tonfall.

«Gehen Sie morgen zum Spiel?», fragte sie laut.

Er schüttelte den Kopf.

«Gibt es Truthahn bei Ihnen?», fragte sie noch lauter.

Er schüttelte den Kopf.

«Nehmen Sie den Tag frei?»

«Ich mache Ferien.»

«Sie machen Ferien? Wirklich? Wo denn?»

«Illinois.»

«Toll.» Luisa wippte auf den Absätzen. «Da wünsche ich Ihnen eine schöne Zeit.»

Er nickte und hob den nächsten Stein.

In ihrem Magen kribbelte es noch stärker. Sie lief ums Haus, fasste Mut und stürmte hinein.

Es war dunkel in der Küche, und es roch. Ihre Mutter hatte geraucht. Es roch wie an den Nachmittagen nach der Grundschule, als ihre Mutter ständig geraucht hatte. Jetzt saß sie am Tisch und sah schlecht aus, ganz bleich und verkniffen. Das war wohl nicht der günstigste Zeitpunkt, ihr etwas zu erzählen.

«Hallo», sagte Luisa.

Ihre Mutter warf ihr einen klagenden Blick zu und wischte Asche vom Tisch. Hatte die Schulpsychologin etwa doch angerufen?

«Was ist?», fragte Luisa.

Ihre Mutter musterte sie nochmal. «Ich verstehe dich nicht.»

«Was?» Vielleicht ging es gar nicht um die Zigarette. Vielleicht … Ihr Magen krampfte sich zusammen.

Ihre Mutter blickte auf die Spüle. «Ich war bei Straub's und hab den Truthahn abgeholt», sagte sie wie zu einer nicht anwesenden Person. «Ich stand in der Kassenschlange. Die Frau vor mir drehte sich um. Sie kam mir vage bekannt vor. Sie sagte, Sie sind doch Barbara Probst, oder? Ich sagte ja. Sie sagte, ich glaube, unsere Töchter sind gut befreundet. Ich sagte –»

Es reichte. Luisa rannte durch den Flur und schloss sich ins Badezimmer ein. Im Spiegel sah sie, dass sie an ihrer Hand schnupperte, und drehte sich weg.

«Luisa!» Die Stimme ihrer Mutter klang hart. «Luisa, was soll das Theater?»

«Ich *muss* mal!» Sie hoffte, das Plätschern werde die Mutter vertreiben. Ein Gespräch kam nicht infrage. Jedes Wort von ihr würde zur Demütigung werden.

Sie zog die Hosen hoch und spülte. Während das Wasser rauschte, räumte sie die Keimvasen ihrer Mutter vom Fensterbrett und schob den Vorhang beiseite. Es schneite wieder. Vom dunklen Badezimmer aus wirkte der Himmel hell und grenzenlos.

Die Spülung verstummte.

«Luisa, tut mir Leid, diesmal bringe ich kein Verständnis für dich auf. Zum einen, weil ich dich nicht verstehe, und zum anderen, weil ich nicht glaube, dass du das überhaupt willst. Aber wenn du möchtest, dass ich dich wie eine Erwachsene behandele, dann komm lieber raus und benimm dich dementsprechend. Was machst du da drinnen überhaupt?»

Luisa hörte kaum hin. Für sie war es nur albernes Gekeife. Sie kam sich gemein vor und hatte Sehnsucht nach Duane. Sie war froh, dass sie gelogen hatte. Und enttäuscht, ertappt worden zu sein.

«Stell dir vor, wie mir zumute war», sagte ihre Mutter. «Ich stehe da, versuche zu lächeln, auf sie einzugehen, und diese Frau, *die ich nicht mal kenne*, erzählt mir –»

Luisa spülte ein zweites Mal, des Geräusches wegen, und entriegelte das Fenster. Glücklicherweise klemmte es nicht. Sie schob es hoch und klappte das Sturmfenster auf. Der Toilettenkasten leerte sich gurgelnd. Sie stieg mit einem Fuß aufs gekachelte Sims, quetschte sich durch das Fenster und sprang ins Eibengebüsch. Die Mutter redete noch immer.

6 Singh strahlte über das ganze Gesicht; wie ein junger Erfinder hatte er das Wort «Resultate» in der letzten halben Stunde ein Dutzend Mal wiederholt. Sich den Rauch der unvermeidlichen Nelkenzigarette aus seinen Augen blinzelnd, drückte er die Rückspultaste, nahm einen Zug und schnippte die Asche auf Jammus Büroteppich. Mit einer gemächlichen Drehung des Fußes zertrat er sie zu Staub. Soeben hatte er Jammu die Szene der Ankunft von Luisa Probst im Apartment ihres Freundes Duane Thompson vorgespielt, mitsamt dem Anruf kurz danach: einem Wortwechsel zwischen Thompson und Barbara Probst. «Richten Sie ihr aus, dass ich angerufen habe», hatte Barbara gesagt. «Ich denke, sie kennt unsere Nummer. Und wenn ihr's euch wegen morgen anders überlegt, kommt einfach vorbei. Wir würden uns freuen.»

Jammu hatte ihren Daumennagel so weit abgeknabbert, dass nur noch eine einzige Zellschicht das rote Fleisch vom Bluten abzuhalten schien. Der Schmerz, obwohl nicht stark, war wie ein Jucken, das nach mehr verlangte. Sie presste die scharfe Kante eines Nagels gegen das geschundene Fleisch und spürte den Druck weit entfernt, im Anus.

Die Stimme von Barbara Probst hatte sie noch nie gehört – auch keine andere hiesige Stimme, die sich des Abgehörtwerdens offenbar so sehr bewusst war und sich mit so viel Verachtung darüber hinwegsetzte. Die Stimme war beherrscht und leidenschaftslos, unmelodisch und doch rein, als würde ein Filter im Hals dieser Frau die Obertöne herausnehmen, das Kratzen und Beben, das Näseln, Flattern, Ängstlichsein. Die Klarheit machte Jammu nervös. In den vergangenen fünf Monaten war ihr nicht ein einziges Mal der Gedanke gekommen, dass es in St. Louis versteckte Kontrollkräfte geben könnte, ja dass hinter Martin Probst nicht etwa eine schrille Bunny oder fade Biz stand, sondern eine Frau, deren Stimme so klang wie ihre eigene. Wie konnte es sein, dass sich eine solche Stimme auf das Aussprechen häuslicher Dinge beschränkte? Das war unmöglich. In der Tonbandaufzeichnung spürte Jammu das Wirken einer verdeckten Operation, die dem Erhalt der Ordnung diente. Das Mädchen wollte nicht ans Telefon gehen, aber die Mutter versicherte dem Freund mit einschmeichelnden, wenn auch unpersönlichen Phrasen, dass alles zum Besten stehe. Ganz offensichtlich gab es eine Gedankenpolizei in St. Louis, und Singh hatte, mit geradezu absurder Treffsicherheit, die Stimme einer Meisteragentin aufgespürt.

«Hast du letzte Nacht überhaupt geschlafen?», fragte Singh.

«Spiel mir diese Stimme nie wieder vor.»

Das Band war zurückgespult. «Barbaras Stimme? Du hättest sie hören sollen, bevor sie –»

«Nie wieder. Verstanden?»

Es war der Vormittag von Thanksgiving. Um drei musste Jammu im Haus des Bürgermeisters zum Dinner erscheinen, zu einem Tête-à-Tête, auf das sie sich noch vorbereiten wollte. Schon war abzusehen, dass fürs Zähneputzen keine Zeit mehr blieb, ganz zu schweigen vom Auswählen der Garderobe. Kein Zweifel, es würde darauf hinauslaufen, dass sie mit der ausgebeulten Strickjacke und dem tristen Wollrock ging.

Singh räusperte sich. «Ich wollte noch sagen –»

«Was ist das für ein Scheiterhaufen?»

Er seufzte. «Nicht von Bedeutung.»

«Wer ist Stacy?»

«Nachname Montefusco. Eine alte Freundin von Luisa. Sie hat Luisa zuliebe gelogen.»

«Wo wohnt Thompson?»

«University City.»

«Wie kommt sie zur Schule, wenn sie dort übernachtet hat?»

«Mit dem Bus, vermute ich.»

Jammu nickte. «Vermutest du. Der Direktor der Verkehrsgesellschaft schuldet mir noch etwas. Wenn sie eine Buslinie zur Highschool braucht, lass es mich wissen.»

«Danke. Es gibt eine gute Verbindung. Nachts nimmt sie den Bus, um mit ihm zu schlafen. Seit dem zweiundzwanzigsten Oktober hatten sie elfmal Geschlechtsverkehr. Fünfmal davon konnte sie die Nacht bei ihm verbringen. Einmal draußen bei Tageslicht, die restlichen fünf Male am Abend in seinem Apartment.»

«Danke fürs Mitzählen, Singh. Ich weiß deine Gründlichkeit zu schätzen. Aber warum hat sie ihrer Mutter nichts erzählt? Hätte sie etwas erzählt, hätte sie sich nicht davonschleichen oder weglaufen müssen. Wie hast du das arrangiert?»

«Wie ich das arrangiert habe?»

«Ja.»

«Die Heimlichkeiten haben allmählich begonnen», sagte Singh. «Da gab es ein Gespräch – achter November. An einem Abend. Barbara wollte Luisa zum Reden bringen und hat die ‹coole› Masche ein bisschen übertrieben. Die Reaktion des Mädchens konnte ich verstehen.»

«Und die war?»

«Ein schwerer Seufzer. Als wäre es für Erklärungen zu spät. Also log sie. Einzelkinder fühlen sich manchmal unterdrückt, und sehr oft neigen sie zu Doppelzüngigkeit. Sie kennen keine Geschwisterrivalität. Luisa muss nicht befürchten, in der Gunst ihrer Eltern zu sinken, deshalb nimmt sie sich, was sie will. Sie macht auch gerade eine typisch pubertäre Rebellionsphase durch.»

«Dann ist die Familie weniger glücklich, als es den Anschein hat.» Jammu lächelte matt. «Wer ist Duane Thompson?»

«Das weißt du nicht?»

«Wie sollte ich? Du hast es mir nicht gesagt. Ich hatte zu tun.»

«Hast du nicht seine Fotos gesehen?»

«Behandle mich nicht wie ein Kleinkind, Singh. Ich hab seine Fotos gesehen. Aber wer ist er? Wie gut kennst du ihn?»

Singh rollte einen Bürostuhl an Jammus Schreibtisch, setzte sich und blickte sie über die Papiere hinweg an. «Überhaupt nicht. Bin ihm nie begegnet. Er ist keiner von uns. Luisa kennt ihn aus der Schule. Für mich ein böser Schock, weil ich eine ganze Woche gebraucht habe, ein Treffen mit ihr zu arrangieren.»

«Um sie zu verführen.»

«Genau.»

«Gut.» Jammu sah es gern, wenn ihre Leute im Einklang mit ihren Fähigkeiten arbeiteten. Singh war attraktiv, und es gefiel ihr, dass er das zu nutzen wusste.

«Ich hatte sie in eine Bar gelockt, und sie kam allein, was für sich genommen schon erfreulich war. Leider war ich gerade auf der Toilette. Als ich herauskam, redete sie bereits mit Thompson. Sie klebten gewissermaßen zusammen. Ich hatte keine Chance. Und achtundvierzig Stunden später –»

«Hatten sie Geschlechtsverkehr, ich weiß. Warum warst du auf der Toilette?»

«Es war ein Fehler.»

Interessant. Normalerweise vermied Singh solche Fehler. Seine Blase hatte er unter Kontrolle. «Ich frage noch einmal», sagte Jammu. «Wer ist Thompson?»

«Ein Jugendlicher. Er hat nichts mit uns zu tun, bis auf den Umstand, dass ich ihm den Fotojob verschaffen konnte.»

«Wann?»

«In der Nacht, als sie sich begegnet sind.»

«Warum?»

«Wenn ein Mann eine Million Dollar gewinnt, küsst er die erste Frau, die er sieht.»

«Also hattest du nichts gegen diese Verbindung einzuwenden.»

Singh lächelte. «Ich war nicht auf Gefummel aus. Dein Spruch, Chefin. Keine Mätzchen. Eine Affäre mit einem Einheimischen ihres Alters war eindeutig vorzuziehen. Eine Frage der Glaubwürdigkeit. Wenn ich mir etwas zugute halten darf, dann nur, dass ich sie in die Bar gelockt habe. Dort hat sie ihn getroffen.»

«Woher wusstest du, dass er Fotos zu verkaufen hatte, wenn du ihn vorher nicht kanntest?»

«Ich habe gelauscht. Thompson hat ihr was vorgejammert. Ich ging los, überprüfte die Sache beim *Post-Dispatch* und machte alles klar.»

«Das nenne ich flink. Wird sie nach Hause zurückkehren?»

«Urteile selbst. Für mich klang es so, als würde sie einen längeren Aufenthalt planen.»

«Gibt es Präzedenzfälle dafür? Ich meine, soziologisch?»

«Ja und nein. Für Mächen, oder Jungen, aus den ‹besseren› Kreisen ist es nicht normal, vor Abschluss der Highschool das Elternhaus zu verlassen. Probst jedenfalls findet das unnormal. Barbara hingegen gibt sich große Mühe, es zu akzeptieren. Ihre Nichte – Ripleys Tochter – ist mit fünfzehn ausgezogen. Damit gibt es einen Präzedenzfall in der Familie. Allerdings», fügte Singh hinzu, «ist die Nichte psychisch krank.»

«Sie wird Heimweh kriegen. In einer Woche ist sie wieder zu Hause.»

«Ich gebe zu, es ist schwer vorstellbar, dass sie auf die ‹Feiertage› verzichten wird. Aber bis dahin könnte sie ohne weiteres durchhalten. Sie hat ihren Stolz. Sie war schon mal von zu Hause weg, in Frankreich. Einen Monat, glaube ich. Dreißig Tage. Das gibt uns Zeit.»

«Zeit wofür?»

«Angenommen, die Krise entwickelt sich –»

«Dafür hast du mir noch keine Hinweise geliefert.»

«Nun, die Anzeichen sind natürlich noch gering. Aber ich gehe davon aus, dass sie etwas zu bedeuten haben, nachdem Probst sowohl seinen Hund als auch seine Tochter verloren hat. Schon am vierundzwanzigsten Oktober hörte ich Barbara etwas sagen, was vorher, jedenfalls in den Aufzeichnungen vom September, nicht vorgekommen ist: ‹Was ist los mit dir? Du hörst mir überhaupt nicht zu.›»

«Barbara», wiederholte Jammu unwirsch.

«Er hat angefangen, Luisa Moralpredigten zu halten. Klingt immer ein bisschen wütend dabei, redet von ‹Chancen› und ‹Selbstdisziplin›. Das heißt, er haut mit Bravour daneben, er passt nicht auf. Andere Männer reden über ihn – sie sehen ihn sogar in Opposition zu dir, als gäbe es de facto schon zwei Lager, deins und seins. Und ich höre ihm täglich zu, warte auf Anzeichen, ob er merkt, was du mit der Stadt im Schilde führst, ob er zur einen oder anderen Seite tendiert, ob er auch nur einen Hauch historisches Bewusstsein hat – aber Fehlanzeige. Null. Alles noch wie letztes Jahr oder wie das Jahr davor. Dein Name fällt einfach nicht, außer um jemandem zu sagen, dass er auf dich nicht zählen soll. Zu glauben, dass wir Resultate bekommen, ist keineswegs abwegig.»

Jammu musterte Singh lange und streng. «Und wie im Einzelnen willst du erreichen, dass er für uns arbeitet? Welchen Schritt hast du als nächsten geplant?»

«Wir sollten ihn frontal angehen», erwiderte Singh. «Jemand von deinem Syndikat muss ihn bearbeiten. Bürgermeister Wesley zum Beispiel. Noch bevor Luisa Heimweh kriegt – also irgendwann in den kommenden Wochen –, muss Wesley ihm einen schweren Schlag versetzen. Erst einmal hat Probst Schwierigkeiten in Westhaven. Die kann Wesley ausnutzen, wenn du meinst, dass er der Richtige ist. Er sollte auf Stadterneuerung drängen, auf Kräfte verweisen, die neues Wachstum bringen, einen neuen Zusammenhalt. Aber deinen Namen halt da heraus, und kein Wort über die Fusion von Stadt und County. Probst soll seine Schlüsse selber ziehen.»

«Alles in allem meinst du also, Probst ist in der Krise und empfänglich für unsere Vorschläge.»

«Alles in allem, ja. Die Falle ist aufgestellt, er muss nur noch hineintappen. Man könnte sagen, er sitzt im Zug und schläft. Wenn er aufwacht, erzählst du ihm, er ist in Warschau, und er wird polnisch sprechen.»

«Vorausgesetzt, dass er die Sprache kann.» Jammu drehte sich mit dem Stuhl und schaute auf die Wanduhr. Es war zwölf. «Schreib ein Konzept», sagte sie. «Ich treffe Wesley um drei, also brauche ich es um zwei. Aber glaub nicht, dass ich deinen Plan auch nur annähernd akzeptabel finde.» Sie schob ein paar Papiere in den Schredder, um ihre Worte zu unterstreichen. «Du sagst, Probst kennt so gut wie nicht mal meinen Namen. Erwartest du, dass ich dir dafür gratuliere? Du sagst, er ist zerstreut und trifft den Punkt nicht, wenn er mit seiner Tochter spricht. Mir sieht das nach einem ganz normalen Vater aus. Du sagst, das Töten seines Hundes und das Durchbrennen seiner Tochter hätten ihn nicht aus der Bahn geworfen. Na und? Vielleicht hat er eine dicke Haut. Du sagst, ihm fehlt historisches Bewusstsein. Nenn mir doch einen Mann in St. Louis, bei dem das nicht der Fall ist. Der Mann, den du mir beschreibst, Singh, ist *in bester seelischer Verfassung*.»

Singh hatte einen Ausdruck würdevoller Taubheit angenommen, der an Karam Bhandari erinnerte. Jammu fuhr fort.

«Du sagst, Probst hat Ärger mit seiner Frau. Aber vielleicht ist das nur die Oberfläche. So, wie sie klingt, hat sie noch immer was zu melden. Vielleicht ist *sie* die Wachsame – *für ihn*. So, wie sie klingt, kann er sich auf sie nur schlecht verlassen. Ich möchte, dass er auf *meine* Stimme hört, auf das, was *ich* tue.»

«Dann triff dich mit ihm.»

«Keine Zeit. Noch nicht. Ich brauche einen Vorwand.»

«Gut.» Aus seiner Hemdtasche zog Singh eine ungewöhnlich dicke Nelkenzigarette. Er betrachtete sie und steckte sie zurück. «Sollte Probst noch nicht in der Krise sein, ist da mehr, was sich tun lässt. Ich kann jederzeit einschreiten und mir Barbara holen. Der Boden ist bereitet. Aber ich möchte lieber erst sehen, wie Probst auf Wesley reagiert. Du solltest Wesley möglichst bald instruieren, für den Fall, dass sich Probst von sich aus an ihn wendet. Und wenn das bis zum Vierzehnten nicht passiert ist, kannst du Wesley bitten, nach der Sitzung des Wachstumsvereins an ihn heranzutreten.»

«In Ordnung.» Jammu stand auf. «Bring mir das Konzept nach Hause. Gegen zwei.»

Barbara zupfte Sehnen mit der Pinzette. In den Beinstummeln des Truthahns zeigten sich weiße Punkte. Sie drückte das rosa Fleisch nach unten, das einen von ihnen umgab, brachte die Pinzette in Stellung und begann zu ziehen. Das Telefon klingelte. Die Sehne rutschte weg.

«Mistding!»

Sie bekam die Sehne erneut zu fassen und zog fester, während das Telefon ein zweites und drittes Mal klingelte.

«Wenn das Audrey ist ...»

Mit einem Ruck löste sich die Sehne und glitt heraus, steif und bläulich wie ein winziger Penis, behaftet mit ein paar bräunlichen Fetzen Fleisch. Sie griff nach einem Geschirrtuch, einem sauberen, und wischte sich das Fett von den Händen. Dann nahm sie ab.

«Hallo», sagte sie.

Am Schweigen erkannte sie sofort, wer es war.

«Ach, du bist es. Wo steckst du?»

«Bei Duane.» Die Stimme klang kleinlaut.

«Alles in Ordnung?»

«Ja.» Das Volumen der Stimme wurde voller, als wäre die Leitung entlastet worden. «JA. UND BEI EUCH?»

«Uns geht's gut. Daddy ist gerade zum Footballspiel. Ich mache den Truthahn fertig. Er ist riesig. Willst du mit Duane nicht kommen?»

«Nein», sagte Luisa nach einer Pause. Sie schluckte.

«Kein Problem. Ihr müsst ja nicht. Ich dachte nur ... War ich so schrecklich zu dir?»

«Quatsch.» Ein langer Schniefer folgte. «Doch.»

«Dann tut es mir Leid. Ganz ehrlich. Kannst du mir nochmal verzeihen?» Barbara hörte ihre Tochter weinen. «Ach, Kleine, was ist denn? Soll ich kommen? Ich kann sofort kommen.»

«Quatsch.»

«Nicht, na gut. Ich mache mir Sorgen, weißt du.»

Der Truthahn, der am Wasserhahn gelehnt hatte, plumpste ins Spülbecken.

«Kocht Duane dir was Schönes?»

«Ja. Ein Huhn. Er füllt es gerade.» Luisa schluckte. «In der Küche.»

«Wir haben uns richtig nett unterhalten gestern Abend.»

«Sagt er auch.»

«Er war wirklich bezaubernd. Ich würde ihn gern kennen lernen, irgendwann. Ich hatte –»

«Ich ruf dich wieder an, ja?»

Die Leitung war tot.

Barbara blickte umher, als wäre sie aufgewacht, am Morgen, und es wäre gleißend hell. Sie legte den Truthahn zurück auf seine gummiartigen Flügel und fand eine weitere Sehne. Das Telefon klingelte.

«Kann ich morgen kommen und ein paar Sachen holen?»

Da es mit dem Parken schwierig werden würde, lief Probst zu Fuß zum Stadion. Aus den Schornsteinen der Häuser an der Baker Avenue stieg Rauch auf, der nach ein paar Metern, weil er abkühlte, wieder sank und sich zu bläulichen Tümpeln über den Rasenflächen sammelte. In den kleinen Läden am Big Bend Boulevard – Porters Farbengeschäft, Drugstore Kaegel, SF-Buchhandlung – brannte kein Licht, das es mit dem hellen Sonnenschein auf den Schaufenstern hätte aufnehmen können, aber Schnucks, der Supermarkt, war noch geöffnet. Probst ging hinein und kaufte die saure Sahne, um die ihn Barbara gebeten hatte. Dann schloss er sich dem

Strom der Fans an, der in den Eingeweiden von Webster Groves entsprang.

Vor den Moss-Field-Toren herrschte Andrang. Die Gästetribüne war dicht mit rot gekleideten Pioneer-Fans besetzt, die viel größere der heimischen Fans war auch fast voll. Unterhalb der Presseloge saßen die Webster Groves Marching Statesmen, messingne Schalltrichter und silberne Tasten glitzerten in der Sonne. Probst fand einen guten Platz am Rand der Tribüne, nahe der südlichen Endzone, in der dritten Reihe von oben. Rechts von ihm saß eine Gruppe Zigaretten rauchender Mädchen in zerschlissenen Jeans, links ein rotwangiges Pärchen um die vierzig, das orange trug. Er fühlte sich unerkannt und sicher.

«Sind Sie für Webster?», fragte die Frau zu seiner Linken. Mrs. Orange.

«Ja.» Probst lächelte höflich.

«Wir auch.»

Er nickte in einer Weise, die klar zum Ausdruck brachte, dass er nicht gekommen war, um sich mit Fremden zu unterhalten, und ließ den Beutel mit der sauren Sahne zwischen seinen Knien bis auf die Betonschwelle hinab, auf der die Bank befestigt war. Vor den Türen zu den Schwimmbad-Garderoben oben, in denen sich die Mannschaften umzogen, drängten sich Halbwüchsige, als gäbe es dort etwas umsonst. Unten am Spielfeld stießen die Cheerleader der Statesmen, ein Dutzend Mädchen in elfenbeinfarbenem Dress, ihren ersten Schlachtruf aus:

Die Pioneers, die Pioneers,
die denken, sie sind Spi-hitze,
und wenn sie sich am größten fühl'n,
hau'n wir sie auf die Mü-hütze!

Probst hielt Ausschau nach Luisa, obwohl er wusste, dass sie nicht da war. Vielleicht saß sie mit Duane Thompson beim Spiel der

College-Mannschaft? Barbara machte ein Getue darum, dass Duane an der Washington University studierte; ständig überschätzte sie den, der bei Luisa gerade hoch im Kurs stand. Probst ließ sich nichts vorgaukeln. Ihm war bewusst, dass ein Mädchen, das aus dem Badezimmerfenster sprang, radikal andere Vorstellungen von ihrer Zukunft hatte als er. Für seine Begriffe konnte dieser Thompson auch ein Versager sein.

Gewaltiges Gebrüll empfing die Pioneers, die mit wiegenden Schritten, als wären sie Marines, die Treppe zum Spielfeld hinunterstiegen. Die Statesmen folgten, und das Gebrüll verstärkte sich. Mr. und Mrs. Orange schnellten hoch, streckten die Fäuste in die Luft. «All right!», schrien sie. Jeder stand auf. Probst stand auf.

Die Kirkwood-Mannschaft gewann den Münzwurf, und ein Passfänger von den Pioneers, ein galoppierender junger Schwarzer, nahm den Kickoff an der 10-Yard-Linie an. An der 35er stellte ihm einer der Statesmen von hinten ein Bein, sodass er sich überschlug und eine böse Kopflandung machte. Der Ball flog ins Aus.

«All right! All right! All right!», brüllte das Orange-Pärchen. Auf der Kirkwood-Tribüne war betroffene Stille. Trainer und Betreuer rannten zu dem gestürzten Spieler, der sich auf dem Rücken liegend wand.

«ALL RIGHT!», krähten die Orangegekleideten. Probst warf ihnen einen tadelnden Blick zu. Strohblonde Haare klebten an ihren Köpfen wie Perücken, und die orangefarbenen Webster-Jerseys, die sie trugen, erhöhten den Eindruck des Aufgesetzten nur noch mehr. Die Wangen der Frau waren scharlachrot, ihre Lippen blau und verkniffen. Der Kopf des Mannes ruckte vor und zurück, als die Statesmen-Cheerleader einen neuen Kampfruf anstimmten –

Das ist all right!
Kein Grund zu klagen!
Wir werden euch
auch trotzdem schlagen.

– eine unpassende Botschaft, da die Pioneers soeben einen ihrer besseren Spieler verloren hatten. Auf einer Bahre trugen Trainer und Betreuer ihn vom Platz.

Nach zwei Ballverlusten und einem nicht abgefangenen Pass musste Kirkwood den Ball abgeben. Die Statesmen nahmen ihn an ihrer 20-Yard-Linie auf, und Probst war froh, sich ins Spiel zu vertiefen, zählte die Downs im Stillen mit und verfolgte das Hin und Her der Kampflinie. Er war froh, nicht zu Hause zu sein. Zu Hause hatte ihm Barbara in der vergangenen Nacht zu verstehen gegeben, dass er wegen Luisa etwas unternehmen sollte. *Schließlich sei er ein tatkräftiger Unternehmer, oder etwa nicht?* Sei streng mit ihr! Zeig dich gekränkt! Hol sie zurück! Oder tröste deine Frau wenigstens ... Aber er konnte nichts tun. Luisa regte ihn auf wie eine Frau, nicht eine Tochter. Beim Wachliegen im Bett beherrschte ihn ein einziger Gedanke: Ich habe die Kraft, ohne Egoismus und Heimlichkeiten zu leben, sie hat diese Kraft offensichtlich nicht. Er wusste, dass Barbara, die neben ihm lag, diesen Gedanken nicht gelten ließ. «Sie kennt Duane erst einen Monat», sagte sie. «Er ist sicher nett. Ihm kann ich nichts vorwerfen. Du kennst Luisa doch. Sie wäre nicht dort, wenn sie's nicht wollte ... Ach, Martin, das zerreißt mich so.»

Probst kannte Luisa nicht. Er strich Barbara übers Haar.

Die Orangegekleideten sprangen auf. «ALL RIGHT! ALL RIGHT!»

Ein Schiedsrichter warf die Arme hoch, und die Marching Statesmen schmetterten die Schulhymne. Ein Touchdown. Herrlich.

In der Annahme, dass er sie liebte, oder die Hohlheit seines Verlangens, falls er sie nicht liebte, ignorierend, hatte Barbara mit kalten, kräftigen Fingern nach unten gelangt und seinen Penis in den richtigen Winkel gebracht, ihn eingeführt. «Morgen rufe ich Lu an», log er flüsternd. Sie wandte den Kopf ab. Ihr Mund öffnete sich. Er verstärkte sein Drängen, und plötzlich, als er ihre Zähne sah, fiel ihm ein Spätnachmittag im September ein. Ein Freitag. Ein

Lieferwagen mit kaputtem Auspuff fuhr durch den Sherwood Drive. Dozer, sein dreijähriger Retriever, rannte ihm nach. Ausgerechnet Dozer, der niemals jagte. Ein Aufprall und ein Jaulen. Der Fahrer hielt nicht an, wahrscheinlich hatte er nichts gemerkt. Probst kniete sich auf die Straße. Dozer war tot, und seine Zähne, die Schneidezähne und Reißzähne und Backenzähne, grinsten ihn zynisch an, und der Hundekörper war heiß und schwer, die zersplitterten Rippen stachen, als Probst ihn hochhob. Die Umarmung war schrecklich. Er beeilte sich, nach Hause zu kommen, stoßen, stoßen, stoßen, aber es war zu spät: Dozer war zum Bösen geworden, das mit irrem Blick zu Boden starrte, und der Boden bäumte sich seinen Füßen mechanisch entgegen. Er ließ ihn auf den Rasen fallen. Schließlich verlor Barbara die Geduld, schob ihn von sich und rollte zur Seite.

Die Statesmen stellten sich zum nächsten Kickoff auf. Mrs. Orange umklammerte den Arm ihres Gatten und streifte Probst und die Leute hinter ihm mit einem strafenden Blick, als würden sie es nicht verdienen, in Webster Groves zu leben, wenn sie nicht einmal bei einem Kickoff aufstanden.

Kirkwood nahm den Touchback und startete an der 20-Yard-Linie. Schon seit dem ersten Spielzug regnete es Luftschlangen und Konfetti von den Tribünen. Ein Verteidiger der Statesmen hatte einen Pass erwischt und brachte ihn zum Touchdown zurück. Mrs. Orange verfiel in wilde Zuckungen. «ALL RIGHT! ALL RIGHT! ALL RIGHT! ALL RIGHT!»

Probst hatte genug. Kurz entschlossen stand er auf. «ALL RIGHT!» Er schob sich hastig an Knien und Ellbogen vorbei. «ALL RIGHT!» Das Geschrei war nun leiser. Am Ende der Reihe stieg er zur schwarzen Aschenbahn hinab. Dort fiel ihm auf, dass er nichts in den Händen, dass er die saure Sahne unter der Sitzbank vergessen hatte.

«He, Martin!»

Es war Norm Hoelzer, der in der zweiten Reihe saß. Hoelzer

war ein kleiner Krauter, Küche und Sanitär. «Ja, hallo», sagte Probst.

«Das ist ein Spielchen, was?»

«O ja. Es ist ...» Er wusste nicht, was es war.

«Sind Sie mit Barbara hier?»

Wieso maßte der sich an, seine Frau beim Vornamen zu nennen? Er schüttelte den Kopf: Nein, er war nicht mit Barbara hier. Hoelzers Frau hieß Bonnie. Züchtete Rosen. Probst zwängte sich durch einen Trupp Halbwüchsiger in Vereinsjacken.

«He, Martin!» Eine Hand winkte ihm zu. Joe Farrell. War offenbar mit Tochter und Schwiegersohn gekommen. «Ja, hallo», sagte Probst. (Auf die Distanz konnte Farrell ihn natürlich nicht hören.) Er lief weiter. Das Gewühl war groß, die Cheerleader nahmen die halbe Aschenbahn ein, die Fans, zumeist Kinder, drängten sich an der Absperrung zwischen den Cheerleadern und der Reservebank der Statesmen. «He, Martin!» Wieder rief ihn jemand von der Tribüne. Probst – ja, hallo! – achtete nicht darauf. *«Martin!»* Der Lärm war kaum auszuhalten. Das Anfeuerungsgeschrei ertönte in Wellen, wie der auf- und abschwellende Gesang der Wanderheuschrecken. Die meisten Cheerleader standen gerade untätig herum, manche machten Luftsprünge aus schierer guter Laune. Was für Figuren die Mädchen hatten. Probst folgte einem Mann im Wollmantel, zufrieden, dass er wenigstens einmal im Schritttempo vorankam.

«Martin!» Eine Pranke packte seinen Arm. Der Mann im Wollmantel hatte sich umgedreht, und als ihm Probst ins Gesicht sah, stöhnte er innerlich auf. Es war Jack DuChamp, sein alter Freund von der Highschool. Seit über zehn Jahren hatte er ihn nicht gesehen.

«Und ich wundere mich, wer mir in die Hacken tritt!» Jack griff nach Probsts anderem Arm und strahlte ihn an.

«Nun!», sagte Probst. Mehr fiel ihm nicht ein.

«Hätt ich mir denken können, dass du dir das Spiel hier nicht entgehen lässt», sagte Jack.

«Eigentlich bin ich schon mehrere Jahre nicht mehr da gewesen.»

Jack nickte, ohne ihm zuzuhören. «Ich wollte mir eine Cola holen, aber die Schlangen waren zu lang. Kommst du mit zu meinem Platz?»

Die Einladung schnappte zu wie ein Tellereisen. Sich mit Jack DuChamp auf die Tribüne zu setzen – sich über ihre South-Side-Jugend und ihre auseinander strebenden Karrieren auszutauschen – war das Letzte, wonach ihm der Sinn stand.

«Nun!», sagte er erneut.

«Oder bist du mit anderen hier?»

«Nein. Doch, ich ...» Jacks flehender Blick war mehr, als Probst ertragen konnte. Er hatte zu viel Lebenszeit mit ihm verbracht, um ihn einfach so zu belügen. «Nein», sagte er. «Ich bin allein da. Wo sitzt du?»

Jack zeigte zum nördlichen Spielfeldende und lachte. «Auf den Dreidollarplätzen.»

Probst hörte sich kichern.

«Mensch, Martin, das ist ja eine Ewigkeit her!» Jack hielt noch immer seinen Arm. Sie stiegen die Tribüne hinauf.

«Zehn Jahre müssen es sein», präzisierte Probst und bedauerte es sofort.

«Aber wir lesen deinen Namen ständig in der Zeitung ...»

Vom Spielfeld hörte Probst das wortlose Getümmel eines anderen Kampfes, vereinzelte Schnaufer, das Reißen von Stoff, aufbrandenden Jubel. Jack DuChamp war mit seiner Familie etwa zur gleichen Zeit nach Webster Groves gezogen wie Probst. Zu seinem Pech musste das Haus, das er gekauft hatte, kurze Zeit später dem Bau der Interstate 44 weichen, und die Häuser, die damals in Webster Groves zum Verkauf standen, überstiegen seine Finanzkraft bei weitem. Also zog er mit seiner Familie nach Crestwood, einer neuen Vorstadt, einem neuen Schulbezirk, und Probst, dessen Firma die Planierungsarbeiten für die Interstate übernommen und demzufolge auch die Häuser abgerissen hatte, fühlte sich verantwortlich dafür. Genau betrachtet, fühlte er sich schuldig.

«Isses nich so?» Jack war auf halber Höhe der Treppe stehen geblieben und blickte suchend in die Menge rechts von ihnen.

«Bitte?»

«Ich sagte, du bist ganz der Alte.»

«Nein.»

«Immer in höheren Regionen.»

«Was?»

«Entschuldigen Sie», sagte Jack. Eine junge Familie in Schottentracht erhob sich und ließ sie vorbei. Probst versuchte, zu Boden zu blicken, aber der dunkle Raum unter der Sitzbank erinnerte ihn an die saure Sahne. Er überlegte, nach wie vielen Minuten er frühestens die Flucht ergreifen konnte. Würden fünf genügen? Fünf Minuten, um zehn Jahre Funkstille wieder gutzumachen?

Jack blieb stehen. «Martin, das ist Billy Wonder, Freund von mir. Bill-y, das ist Martin Probst, ein uralter Freund von mir. Er, äh –»

«Angenehm!» Ein grobknochiger Mann mit vorstehenden Zähnen sprang auf. «Angenehm! Ist mir eine Ehre!» Er griff nach Probsts Hand und schüttelte sie eifrig.

«Ihren Namen habe ich nicht verstanden», sagte Probst.

«Angenehm, Windell. Bill Windell. Freut mich, Sie kennen zu lernen.»

Probst starrte auf die vorstehenden Zähne.

«Ist hier noch ein bisschen Platz?», fragte Jack. Windell zog Probst in eine schmale Lücke auf der Bank. Jack zwängte sich umständlich neben ihn, seine Miene verriet: Mission beendet. Windell schlug Probst mit einem Flachmann im Lederetui gegen die Brust. «Lassen Sie bloß die Finger von dem Zeug! Ja hahahahahahaha!» Er bohrte seinen Ellbogen in Probsts linken Bizeps.

«Bill ist mein Chef», erklärte Jack.

«Das glaubt keiner, der uns bei der Arbeit sieht», sagte Windell.

«Hör nicht auf ihn.» Jack langte an Probst vorbei und schraubte den Deckel vom Flachmann. «Die Einsvierzig hat er ganz alleine geschafft.»

«Hundertdreißig vielleicht.» Windell zwinkerte Probst fachmännisch zu, und Probst, der nicht unbedingt verstehen wollte, wovon verflixt nochmal die beiden redeten, hatte auf einmal die Gewissheit, dass Windell ein Scoutführer war. Seine Augen, die blau waren, zeigten einen milchigen Schimmer, wie so oft bei Männern, deren Beruf es ist, moralische Werte einzupflanzen. Außerdem hatte er einen Bürstenschnitt. «Martin Probst also.» Windell saugte an seinen Zähnen und nickte philosophisch.

Probst wusste nicht, wohin mit seinen Ellbogen. In der Absicht, einen Höflichkeitsschluck zu nehmen, hob er den Flachmann an den Mund. Er musste würgen. Es war Apricot Brandy. Mit angepressten Ellbogen reichte er die Flasche an Jack weiter, doch der schüttelte den Kopf. «Danke. Nicht so früh am Tag.»

Er wollte die Flasche an Windell zurückgeben, doch Windell sagte: «Nein. Bedienen Sie sich.»

Probst nahm einen langen Schluck, wischte sich den Mund ab und schaute zu Jack, um den Schraubdeckel einzufordern. Jack schien ihn nicht zu haben. Probst entdeckte den Deckel zwischen seinen Füßen und griff nach unten, aber beim Bücken streckte er die Beine und schob den Deckel über den Rand und unter den Sitz der Reihe vor ihnen. Er ging in die Hocke, tastete herum.

«Nicht doch. Dort … nein», sagte Jack. «Lass mich das machen.»

«Nein, nein. Hier.» Probst machte sich lang, bis seine Finger den Boden berührten, kippte dann unerwartet nach hinten und landete auf dem Hintern im Schatten der Fans, die in dem Moment in die Höhe sprangen, weil sich auf dem Spielfeld etwas tat. Kälte drang durch seine Hose, aber dort unten ging es ihm besser. Seine Hand reiste weit, auf der Suche nach dem Deckel. Sie bekam einen Turnschuh zu fassen und zuckte über den rauen, feuchtklammen Beton zurück, stieß nun auf etwas Weiches – einen Apfelrest. Vereinzelte Schreie übertönten das gedämpfte Spektakel. Es war so eng, dass er nicht sehen konnte, wohin er griff. Windells Scoutführerblick im Nacken, tastete er weiter. Probst und DuChamp waren zusammen bei den Pfadfindern gewesen, hatten oft das Zelt geteilt, waren den Weg bis zum höchsten Abzeichen gemeinsam gegangen.

Ja, hallo! Der Deckel. Er hatte den Deckel gefunden. Seine Hand umschloss ihn. Er rappelte sich hoch. «Dann werd ich mal aufbrechen», sagte er.

Ein verzweifelter Laut krächzte aus Jack hervor. «Neiiin.»

«Bleiben Sie wenigstens bis zur Halbzeit», sagte Windell.

Probst erinnerte sich an die eigenartige Macht, die Jack ausüben, den Whirlpool der Schuld, in den er seinen erfolgreicheren Freund ziehen konnte. «Wie lange ist das noch?», fragte er.

«Vier Minuten», sagte Jack vorwurfsvoll.

Ein wirrer Durchbruchsversuch kam vor ihnen zum Erliegen. Es stand noch immer 13:0. Probst wandte sich an Windell. «Und, äh, wo wohnen Sie, Bill?» So ungefähr wusste er schon, welchem Beruf Windell nachging, schließlich war er Jacks Vorgesetzter, und Jack hatte einen mittleren Posten bei Sears.

«Seit sechs Jahren wohnen wir in West County.» Windell lachte.

Was war daran lustig?

«Aha. Und wo etwa?»

«Ballwin, Cedar Hill Drive. Nicht weit von, wie hieß das gleich? West...»

«...haven. Westhaven.»

«Genau. Etwa eine Meile weiter östlich. Ich fahre immer daran vorbei. Sehe Ihren Namen ziemlich oft.»

«Tja.» Probst seufzte.

«Scheint ein großes Ding zu werden.»

«Allein hunderttausend Quadratmeter Fundamente.»

«Ha!» Windell starrte aufs Spielfeld, wo die Strafenflaggen niedergegangen waren. Jack saß auf seinen Händen und begnügte sich damit, Probsts Anwesenheit für sich sprechen zu lassen. Seine Nase war rot. Kleine Büschel aus glattem grauem Haar verdeckten seine Ohren.

«Da haben Sie ja einen langen Weg zur Arbeit», sagte Probst.

«Hm? Oh, nicht so schlimm. Man gewöhnt sich.»

«Na, wenn wir so weiterbauen in West County, wohnen Sie bald sehr günstig. Wer weiß, vielleicht verlegt Sears seine Verwaltung auch dorthin.»

«Sears?»

«Ich … ich dachte, Sie arbeiten bei Sears», sagte Probst.

«Nein. Ich bin bei Penney, seit ich, du meine Güte, zwanzig war. Jack hat bei Sears gearbeitet. Vor fünf Jahren ist er zu uns rüber.»

Jack schniefte und schluckte. Er schien nicht zuzuhören, sagte nach ein paar Sekunden aber, ohne herüberzublicken, mit lauter, tiefer Stimme: «Stimmt.»

«Wir …» Probst meinte, platzen zu müssen wie ein Ballon, falls er noch eine Minute länger sitzen blieb. «Wir haben ein bisschen den Kontakt verloren, seit Jack von Webster weg –»

«Jawoll! Das haut hin!», rief Windell, ihn unterbrechend.

«Starkes Spiel», pflichtete Jack ihm bei.

Das war der Moment, auf den Probst gewartet hatte. Schnell stand er auf. «Dann werd ich mal», sagte er. «Bill, war nett, Sie kennen zu lernen. Wenn Sie mal in Westhaven sind, zeigt Ihnen einer meiner Männer die Baustelle. Und Jack, du und ich, wir …» Die Rettung war so nahe, fast war sie mit Händen zu greifen. Er blickte auf Jack hinab, der den Kopf gehoben hatte, ihm aber nicht in die Augen sah. «Wir müssen uns mal wieder treffen.» Er klopfte ihm leicht auf die Schulter und setzte sich in Bewegung.

«Martin!», sagte Jack plötzlich. «Könnte sein, dass ich eine Karte übrig hab für das Spiel der Big Reds am Sonntag. Nächste Woche. Bill geht mit seinen Scouts campen, und –»

Probst drehte sich um und spürte, wie sich sein Gesicht aufhellte. «Sie sind Scoutführer?»

«Das ist das allermindeste, was ein alter Sünder für die Welt tun kann», sagte Bill, der weder alt war noch sündig wirkte.

«... die Redskins», sagte Jack. «Wir könnten ein bisschen quatschen, vorher was essen gehen –»

«Klar, in Ordnung. Das ist gut», sagte Probst und starrte auf Bill.

Rolf Ripley mochte Frauen mit Mumm, und Devi, seine neueste Erwerbung, war so eine. Letzte Nacht, in ihrer Suite im Flughafen-Marriott, hatte sie zu ihm gesagt, er habe eine richtige Säufernase.

«Eine Säufernase, Kleine? Pass auf, dass Rolf dir nicht den Po versohlt.»

«Und Husten wirst du kriegen.»

«Keine Sorge, Kleine. Ich huste nie.»

«Nein?»

«Nein», sagte er. «Nach jahrzehntelangem Experimentieren habe ich gelernt, ohne Kopfkissen zu schlafen. Auf diese Weise bleibt das Zeug – na, du weißt schon, der *Schleim* –, wo es hingehört. Kein Husten.»

Devi lachte.

«Was gibt's da zu lachen?»

«Eine Erkältung breitet sich nicht durch Schleim aus. Sondern durch Blut.»

«Und woher weißt du das?»

«Aus dem Radio.»

«Dann erklär mir doch bitte, warum ich nie Husten kriege.»

«Dein Körper ist vielleicht genauso dumm wie dein Gehirn.»

Sie war ein Schatz, ein echter Schatz. Und wenn es ihm zu viel wurde, musste er nur auf die Bremse treten: «Nimm das zurück.»

«Ich nehm's zurück.»

So eine wie sie hatte er noch nie gehabt. All die Schnecken in seiner Vergangenheit, die Tricias und Maudes und Amandas, die

Sexferkel und Dallas-Zicken und heißen Schulmädchen, die dumpfen Nutten, vernachlässigten Chefgattinnen und Verkäuferinnen auf Millionärsfang, die Gefälligkeitslieben, zynischen Sekretärinnen, die Hotelschlampen – alle verblassten sie vor Devi. Selbst die paar, die er in London und New York gehabt hatte, waren keine Originale gewesen, sondern Importe, Landeier, die nur für Geld und nicht aus Geilheit sündigten. Männer aus den Weltstädten behielten das jeweils beste Stück für sich, und obwohl Rolf ihnen in jeder Hinsicht überlegen war, hatte ihn das Schicksal nach St. Louis verschlagen. Oh, die Mädchen von St. Louis! Weiß Gott, er hatte es Pygmalion nachgetan und alles versucht, sie zu erziehen; sie blieben wie die Schweine und ihre Reden ordinär. Einer Devi konnten sie nicht das Wasser reichen. Sie war seine ästhetische Erfüllung, lehrreich und gelehrig, scharf wie die Glitzerstadt Bombay und in ihrer Unterwürfigkeit älter als die Alte Welt, ein Objekt der Lust und ein Engel zur Andacht. Fast hätte er sich in sie verliebt, und wäre sie keine Inderin gewesen, wäre er noch weiter gegangen und hätte sich ihretwegen zum Trottel gemacht. Aber da nahm er sich in Acht. Nicht nur, dass Devi mit S. Jammu und Prinzessin Asha Hammaker unter einer Decke steckte, sie war außerdem gefährlich indiskret. Neben anderen Leckerbissen hatte sie ihm schon anvertraut, dass Jammu um die Gunst des Bürgermeisters buhlte, dass Asha, die inzwischen bestens versorgt war, auch auf Buzz Wismer ein Auge warf – und dass die beiden orientalischen Schönheiten vorhatten, in den Slums von St. Louis eine Immobilienpanik zu inszenieren. Sehr interessant.

Was Autos betraf, so mochte er sie klein und schnell. Sein Lotus fuhr ihn flugs vom Marriott nach Hause, zu einem ausgedehnten Winterschläfchen, und an Thanksgiving fuhr sein Ferrari ihn und Audreylein in den Club, zu gepflegten Mittagsdrinks und einer kurzen Zurschaustellung der Festtagsetikette. Immerhin hatte er Familie. Mit Devi im Club aufzukreuzen empfahl sich nicht. Es saßen zu viele Aktionäre an der Bar, und neuerdings war Rolf seinen Aktionären gegenüber ein bisschen empfindlich geworden. Zum ersten Mal seit Jahren stand es wacklig um seine Finanzen. Wenn nur einer der Grogs kippenden Clubgäste das Vertrauen in Rolfs gesundes Urteil verlor, tat es vielleicht auch ein anderer und noch einer und noch einer, bis es sich an der New Yorker Börse herumsprach, und er würde weder Toaster noch Trägheitsnavigatoren mehr herstellen und sein Hauptquartier weder in der County noch in der Stadt haben, sondern müsste auf Dauer in Barbados oder Lincolnshire leben statt in Ladue. Es war also besser, Devi außen vor zu lassen. Diese alten Böcke waren vernarrt in Audreylein, warum auch nicht?

Chester (3,7 %) Murphy kam angeschlendert und gestand, dass Audreylein wieder blendend aussehe, was auch beinahe zutraf, nur war ihr Armani-Kostüm für eine Frau mit Speckbuckel in Höhe des fünften Nackenwirbels gemacht. Um sie und Chester über Frieden, Hoffnung und Barmherzigkeit plaudern zu lassen, verließ er den Raum und überraschte Devi in ihrer Suite im Marriott mit einem amourösen Anruf. Er verabschiedete sich, indem er den Hörer, der noch warm vom Atem seines Vorgängers war, mit Küssen bedeckte. Bei seiner Rückkehr sah er Audreylein gerade den Weisheiten des Baseball-Stars lauschen, der einen grünen Blazer trug, nur einen Hauch heller als der, den Rolf anhatte, und da der Baseball-Star mit Julian (5,5 %) Woolman und Chuck (Hauptgläubiger) Meisner befreundet war, fand er es ratsam, auf einen Drink an die Bar zu gehen. Das Fieber wegtrinken, die Erkältung wegtrinken. Ihm war grässlich zumute, als hätte er Wasser inhaliert. Das Einzige, was dagegen half, war die wiederholte Einnahme von Glenlivet. Seine Muskeln schmerzten weniger, wenn er sie mit Alkohol umspülte, aber sein Du-bist-schuld-Gefühl hielt an. Die Erkältung verdankte er Audreylein. Vor zwei Wochen war sie die reinste Rotzfabrik gewesen, besonders aktiv zur Nachtschicht, und hatte geschnieft und geschnauft und geschnoddert, als heulte sie. Offenbar hatte Barbie sie angesteckt. Rolf stellte fest, dass die

Nackenbeule ihres Armani-Kostüms in die Gegend der rechten Achsel gewandert war. Armes Kind. Der Club summte immerwährend in der Nachmittagssonne vor sich hin.

«Wie fühlst du dich?», fragte Audreylein eine Stunde später, als sie durch das schäbige Geschäftsviertel von Webster Groves rasten.

«Ziemlich mies, danke.»

«Zu dumm», sagte sie kühl.

«Oh, es ist nicht die Erkältung», log er. «Nur der Gedanke an ein weiteres Essen mit Martin, Barbie und dem Gör.» Als er in den vierten Gang schaltete, um die große Kurve der Lockwood Avenue zu nehmen, sah er mit Befriedigung, dass Audreylein auf eine imaginäre Bremse trat. «Eigentlich», fügte er hinzu, «sollte ich verdammt dankbar sein, dass deine Alten in Pago Pago sind.»

«Ich verstehe nicht, was das jetzt soll. Wir hätten auch im Club essen können.»

«Nur hätte Martin dann gesagt: ‹Äh, wollen wir nicht lieber in den Saint Louis Club? Äh, die haben da, äh, traditionelles Essen. Gans, Truthahn, äh, mit allem Drum und Dran. Hättet ihr Lust?›» Martin hielt den neuen Saint Louis Club für das schickste Lokal der Stadt. Rolf äffte ihn mal wieder nach.

«Außerdem sind sie in Neuseeland, nicht in Pago Pago.»

«Mea culpa.» Er blickte nach links und sah den Sherwood Drive vorbeihuschen. «Mist, warum hast du nichts gesagt?»

«Mm?»

Rolf knurrte. Natürlich hatte sie nichts gesagt. Hilfe bekam er von ihr nie. «Dann müssen wir eben wenden, was?» Dreißig Meter hinter der Eisenbahnbrücke überfuhr er die linke Fahrbahnkante mit einem gekonnten Ruck. Im zweiten Gang jagte er den Motor hoch und schoss über den Mittelstreifen. Die Reifen wühlten sich in den Asphalt. Unter der Brücke startete er bis zum Sherwood Drive noch einmal durch, während Audreylein umherflog wie ein Blatt im Wind.

Auf dem Plattenweg zur Haustür der Probsts rannte sie fast. Rolf warf einen Blick auf seine Tourneau. Zwanzig vor vier. Er hatte nicht vorgehabt, so pünktlich anzukommen. Audreylein klopfte mädchenhaft an die Haustür («Wir sind's nur!»), und Martin musste sie und ihn schon gesehen haben, denn die Tür schwang sofort auf. Er winkte sie herein, nahm Audreyleins Hand, und vor Bewunderung lächelnd küsste er sie auf die Wange. Er drehte sich um. «Rolf. Hallo.» Er trug einen hellroten Pullover und eine dunkel karierte Wollhose.

«Schön, dich zu sehen, Martin!» In der Tat! Martin sah erbärmlich aus, verkniffener Blick, zerzaustes Haar. Schon fühlte Rolf sich besser.

Audreylein tuschelte mit Barbie, und als Rolf die beiden nebeneinander sah, trübte sich seine Laune wieder ein. Audreylein verblasste, wenn sie neben ihrer Schwester stand. Er schob sie zur Seite und beugte sich vor, um Barbies Kuss zu empfangen. «Barbara, Liebes.» Er zwickte sie vorsorglich ins Hinterteil.

«Herrgott nochmal!»

Er richtete sich auf. «Wie bitte?»

«Rolf, gib mir deinen Mantel.» Martin nestelte an seinen Schultern, und er schüttelte den Mantel ab. Barbie war die Frau mit Mumm. Er hatte die falsche der beiden Schwestern.

Die Frauen zogen sich unauffällig in die Küche zurück. Martin hatte arge Schwierigkeiten, die Mäntel im Schrank zu verstauen, in dem Rolf Jacken aus den sechziger Jahren sah. Ein goldglänzender Anorak stach ihm besonders ins Auge. Der Marsianerlook. Martin, der Marsianer. «Diese alten Jacken nehmen ganz schön Platz weg, was?», sagte er hinterhältig.

Martin gab auf, er hängte Rolfs Mantel und Schal quer über die anderen Sachen und schloss hastig die Tür.

Sie gingen ins Wohnzimmer und blieben am Kamin stehen, wo Kleinholz unter feuchten Scheiten knackte. Ein Luftzug streifte Rolfs Knie. Martin und Barbara hatten das Zimmer seit seinem letzten Besuch im August umdekoriert, und warum sie nicht fertig geworden waren und keinen Teppich verlegt hatten, verstand er nicht. Der Raum war gemütlich wie eine Kathedrale. Martin stocherte mit dem Schürhaken im Feuer. Sonnenlicht, grün gefärbt von Efeuranken, offenbarte die Streifen und Flecken auf der bleiverglasten Fensterfront in der langen, nach Westen gehenden Wand. Darunter stand eine Sitzbank mit limonenfarbenen Kissen, und rechts neben Rolf war das Klavier, das Barbie mit weniger Präzision und mehr Gefühl spielen konnte als Audreylein. Offenbar hatte die Umgestaltung ganz allein in Barbaras Hand gelegen. An der Wand über dem Sofa, die Martin mit Versandhausdrucken von Fasanen und Jagdhunden verziert hätte, hatte sie drei überdimensionale Stillleben aufgehängt. Die Gemälde, alle vom selben Maler, dominierten den Raum. Das erste zeigte eine Ananas, die in der Mitte durchgeschnitten war; die Rinde war Gabardine, das Fruchtfleisch gelber Tüll. Auf dem zweiten waren Bananen, fette, bedeutungsvolle Stauden auf einem Meer aus Grau und Weiß, und auf dem dritten, eine – was? Eine Kiwifrucht. Geviertelt und smaragdgrün, mit schwarzen Stippen, erinnerte sie an ein Meereswesen. Düster betrachtete er die drei Gemälde. Es war kalt und bedrückend hier. Er fühlte sich nicht wohl.

Martin wischte sich Staub und Asche von den Händen, und Rolf schloss die Augen. Gleich würde er ihn fragen, wie die Geschäfte gingen. Immer fragte ihn der Blödian, wie die Geschäfte gingen. Er wartete. Die Frage blieb aus. Er öffnete die Augen und sah Martins finstere Miene.

«Guten Tag gehabt?», fragte Rolf, sicher, dass das Gegenteil der Fall war.

«Bin zum Spiel Webster–Kirkwood gegangen, das war's auch schon.»

«Hat dich Luisa mitgenommen?»

Martin hustete, seine Miene wurde noch finsterer. «Nein. Sie ist übers Wochenende woanders.»

«Sie ist nicht da? Das ist aber schade!»

«Was kann ich dir bringen, Rolf?»

«Scotch, wenn du hast, Martin.» Als wäre daran zu zweifeln gewesen.

Martin marschierte davon und kam Momente später mit den Getränken zurück. Er hob sein Glas. «Happy Thanksgiving.»

«Ganz recht.» Rolf wandte sich dem jämmerlichen Kaminfeuer zu. Eines der Scheite stöhnte. «Hübsches Feuerchen habt ihr hier.»

«Hat Barbara gemacht», sagte Martin trocken.

«Wo sind die Mädels?»

«In der Küche.»

«Und Luisa?»

«Sie verbringt das Wochenende bei ihrem Freund.»

Rolf schaute von seinem Glas auf. Martins Augen waren glasig. «Ich gestehe, ich bin überrascht, Martin.»

«Komm, Rolf, sehen wir ein bisschen Football.»

«Wirklich überrascht.»

Sie verließen das Wohnzimmer und sahen Football. Martin wollte einfach nicht zur Kenntnis nehmen, dass Rolf krank war. Nicht dass Rolf Mitleid brauchte, aber hier im Familienzimmer, während die hominidenartigen Bears und die hominidenartigen Jets aufeinander prallten, überkam ihn das Gefühl, dass er eigentlich ins Bett gehörte, mit Heizkissen, einer tröstenden Flasche und im Fernsehen dem einschlägigsten Kabelkanal. Football war nicht sein Ding. Drüben in der Küche plapperten die Frauen, dass einem schlecht werden konnte, und die sinkende Sonne schickte kränklich dürre Strahlen durch die Fenster. Und mit einem Mal war das Licht verschwunden. Es war Nacht, obwohl der Himmel über Chicago irgendwie glühte, die Wölkchen noch violett und rosa waren. Hatte Martin das Spiel aufgezeichnet? Rolf sank tiefer und tiefer in den mit Cord überzogenen Sessel. Ein quälender Hustenreiz bohrte in seiner Brust. Er hustete.

«Du bist erkältet?» Martin musterte ihn streng.

Rolf versuchte zu lächeln, bis er begriff, dass er bloß aufgefordert wurde, die Hand vor den Mund zu halten. «Ja.» Er schickte einen satten Huster in Martins Richtung.

Audreylein, ihre Rückenbeule jetzt eine dritte Brust, erschien in der Tür und rief zu Tisch. Rolf schätzte, dass es mindestens acht sein musste. Er blickte auf die Uhr. *Halb sechs!* Das war die Hölle.

Barbie hatte allerdings ein stattliches Mahl bereitet. Der Truthahn ruhte auf einer großen Platte vor Martins Platz, und auf dem weißen Tischtuch reihten sich silberne Schüsseln und Schalen mit Süßkartoffeln, Erbsen und Maisgrütze, Pilzfüllung, dampfender Soße, einem undefinierbaren weißen Etwas und klumpigem Kartoffelbrei. Eine Flasche edler Muscadet stand bereit. Rolf rückte seiner Frau den Stuhl heran, vermied es aber, sie zu berühren, und setzte sich auf den Platz gegenüber. Er rieb sich die Hände. «Lecker!»

«Barbara hat dir Austernauflauf gemacht», sagte Audreylein.

«Mir?» Er runzelte die Stirn. Audreyleins Gesicht verging in Kerzenflammen. Wusste sie nicht, dass er Austern hasste? Klar wusste sie das. «Das muss ein Irrtum sein», sagte er. «Keinen … Plumpudding?» Auf den war er versessen.

«Magst du keine Austern?», fragte Barbara und machte Austernaugen.

«Och, essen tu ich sie schon –»

«Rolf!», krächzten die Kerzen. «Sei höflich, hörst du? Barbara hat ihn extra für dich gemacht.»

«Lang zu», gurrte Barbara. «Nimm dir reichlich.»

Während Martin sich darauf konzentrierte, mit dem Tranchiermesser keinen seiner Finger abzutrennen, schaufelte Rolf pflichtschuldig eine Portion Auflauf aus der Backform und ließ sie auf seinen Teller plumpsen. Sie würden sandig sein. Austern waren immer sandig.

Die anderen Schüsseln machten die Runde, und Martin belud jeden Teller mit gezackten Bratenscheiben. Rolf sah sich mit bergeweise Brauchtum konfrontiert. Er hustete es an – sein persönlicher Segen. Dann, mit Rücksicht auf Barbie, senkte er die Gabel in den Auflauf und nahm einen Happen.

Igitt.

Eine fette Auster, und sandig dazu.

Keiner aß. Er blickte auf. Audreylein räusperte sich. Guter Gott! Sie war im Begriff, das Tischgebet zu sprechen.

«Vielleicht sollten wir uns bei den Händen halten», sagte sie.

Eher betete er, als die Auster zu schlucken. Er griff nach der Serviette, aber sie warteten, dass er beim albernen Ritual des Händehaltens mitmachte. Er streckte die Arme aus und zuckte zusammen, als seine linke Hand auf Martins rechte traf, die bedrohlich angespannt war. Aber Barbies Hand war klein und muskulös und warm.

«Lieber Herr Jesus», flötete Audreylein, «sei unser Gast und segne, was du uns bescheret hast ...»

Er schob seine Finger tiefer in Barbaras schweißfeuchte Hand und verstärkte seinen Griff.

«Wir danken dir für diese Ernte. Für den Reichtum und die Fülle deiner Gaben, für den Segen, der auf unserer Familie und Heimstatt ruht ...»

Barbara erwiderte den Druck, ihr Brillantring stach durch Haut und Knochen. War sie nicht ein Schatz? Er wollte seinen Griff nicht lockern. Sie lockerte ihren.

«Wir gedenken auch der Pilgerväter und des ersten Erntedankfests und des Kolonisten Miles Standish und der Indianer, gedenken deines liebenden Beistands in Zeiten der Not ...»

Geradezu putzig, dieses Schulmädchengebet. Er kaute weiter an der Auster, zwischen seinen Zähnen knirschte es. Er streichelte Barbaras Handfläche mit dem Daumen. Sie zog ihre Hand weg.

«... an Mom und Dad in Neuseeland, an Luisa und an Bill und Ellen, und in New York, in New York ...» Natürlich flennte sie wieder. «So lasst uns beten.»

Seine Finger krochen auf der Suche nach Barbaras Hand um das Soßenschiff. Dann, heftig und ohne Vorwarnung, musste er husten.

«Dein Himmelreich komme, dein Wille geschehe …»

Er betete, dass alle die Augen geschlossen hielten. Er betete, dass die Auster auf dem Teller gelandet war. Jetzt war er sie jedenfalls los.

«Und erlöse sie von dem Übel. Amen.»

«Amen!», blökte Martin und klatschte in die Hände. «Rolf, würdest du vielleicht einschenken?»

Niemand sagte ein Wort, während er die Gläser füllte. Die Auster lag in seinem Kartoffelbrei. Audreylein schniefte und hielt stumme Zwiesprache mit ihrem Gott, der sich in ihrer Serviette zu verbergen schien. Der Abend versprach einmalig verkorkst zu werden. Ohne das Gör wurde die Stimmung eher noch feindseliger. «Schade, dass Luisa nicht hier sein kann», sagte er. «Guter Tropfen übrigens, der Wein. Ich hätte ihren Beau ganz gern in Augenschein genommen.»

«Hör auf, so zu reden», flüsterten die Kerzen.

Barbara sandte ihm ein gespenstisches Lächeln, das keines war. «Sie sagt, es tut ihr Leid, dass sie euch nicht sieht.»

«Ach wirklich? Wie nett von ihr.» Er häutete seine Scheibe Brust und breitete den Hautfetzen dekorativ über den Austernauflauf. «Junge Liebe, was?»

«Stimmt», sagte Martin. «Hast du genug Soße?»

«Massig, danke.»

Nachdem er die Konversation hatte entgleisen lassen, wandte er sich dem Essen zu und stopfte sich den Bauch, während Martin die Minuten mit einem seiner gefürchteten technischen Monologe stopfte. Zum Thema des Abends hatte er die Obszönität namens Westhaven gewählt. Wiederholt stieß Rolf sein Messer in Martins Richtung, um ihm beizupflichten. *Jawohl,* das Grundflächenangebot sei fabelhaft. *Jawohl,* die Investition der beteiligten Vorortbanken beeindrucke. *Jawohl,* Westhaven werde die Infrastruktur der

Gegend mit einem Schlag verändern. *Jawohl*, es werde hundert Jahre dauern, bis der städtische Verfall dorthin gelange. *Jawohl, jawohl, jawohl* – Martin hatte offensichtlich keinen Schimmer von den Plänen der Hammaker-Clique. Er glaubte immer noch, dass die Westexpansion der County nie ein Ende haben würde. Onkel Rolf, der über die bevorstehende Trendwende bei den County-Grundstückspreisen informiert war, hatte sich rechtzeitig seine zwölf Blocks in North Saint Louis gesichert und kostete die Belehrungen dieses Schwachkopfs über die wirtschaftliche Zukunft der Region genüsslich aus. Sobald Barbara jedoch mit dem Abräumen begann, meldeten sich seine Triebe. «Kann ich mal dein Telefon benutzen, Martin?»

«Aber ja doch, nur zu.» Martin nickte in Richtung Küche.

«Das Telefon in deinem Arbeitszimmer. Ich muss meinen Broker anrufen.»

«An Thanksgiving?»

«Morgen hat die Börse geöffnet.»

«Du machst wohl nie Pause, was? Der Lichtschalter ist oben auf dem Treppenabsatz.»

Im Arbeitszimmer standen mehr Bücher, als Martin Probst jemals lesen konnte, selbst wenn er fünfmal so lange lebte. Es gab ausladende Sessel, einen grüngoldenen Läufer, auf dem Schreibtisch das Foto einer jüngeren Barbara in einem Chromrahmen. Die Kälte hier oben ernüchterte Rolf. Sich mit Martins Bürosessel drehend und in Gedanken schon bei seinem Anruf, blätterte er in den Papieren, die sich auf dem Schreibtisch und zu Füßen des Bücherschranks türmten. Westhaven, Westhaven, Westhaven. Er nahm den Hörer ab und wählte. Während es klingelte, öffnete er die mit einem Schlüssel verschlossene unterste Schreibtischlade und zog sie heraus.

Da lagen Briefe. Er wühlte sie durch. Ganz hinten fand er drei kleine Bündel, zusammengehalten mit grauem Seidenband. Liebesbriefe?

Er war enttäuscht, Barbaras Handschrift zu entdecken, enttäuscht, dass es nicht die Briefe einer anderen waren. Aber er löste einen dickeren Brief aus der Packenmitte heraus und steckte ihn sich in die Brusttasche. Vielleicht konnte er ihm nützlich sein.

Devis Telefon klingelte und klingelte. Wo zum Teufel steckte sie? Er schloss die Schublade und ging die Papiere auf dem Schreibtisch durch. Er stieß auf einen Stapel Seiten aus dem *Post-Dispatch*, ein gutes Dutzend, und auf jeder das Gesicht des Görs. Welcher Trottel hob so viele Exemplare auf? Das Gör hatte die Nase ihrer Mutter. Er hustete verdrossen.

Nach dem zwanzigsten Klingeln etwa nahm Devi ab.

Sie sei im Bad gewesen, sagte sie. Zwanzig Klingelzeichen lang? Sie sagte, sie werde wohl die Grippe bekommen. Rolf legte die Stirn in Falten. Aber es gehe ihr schon besser, sagte sie, allein von seiner Stimme, und ob er nicht vorbeischauen könne? Rolf versicherte ihr, das liebend gern tun zu wollen. Er werde ihr sogar ein paar kleine Beweise seiner –

Sie machte ein Kussgeräusch und legte auf. Offensichtlich war sie schlecht gelaunt.

Als er, bevor er ganz nach unten ging, auf dem Treppenabsatz Halt machte, fiel ihm auf, dass aus dem Schlafzimmer ein schwacher Lichtschein drang. Ob sich das Gör vielleicht dort versteckte? Auf leisen Sohlen schlich er sich an. Das Schlafzimmer war leer. Eine Lampe brannte über Barbaras Frisiertisch.

Aus dem Esszimmer hörte er gedämpftes Gemurmel wie von einem munter sprudelnden Springbrunnen. Er hörte deutlich Audreys Stimme. Und aufs Neue das Gemurmel. Alle lachten.

Vom Frisiertisch nahm er einen von Barbaras Kämmen und legte ihn wieder hin, weil er fürchtete, weinen zu müssen, wenn er an ihm roch. Er berührte die Parfümflakons eines nach dem anderen. Er registrierte die unterschiedlichen Füllhöhen – Zeugnis kontinuierlichen Erwerbs und Gebrauchs, Zeugnis einer Auswahl und Variation von Duftnoten, die nur dieser Frau zu Eigen waren, einzigartig auf der Welt. Weiter hinten, zwischen Lotionen und Cremetöpfchen, stand ein Triptychon aus neueren Görenfotos. Rolf fuhr zusammen und starrte, Luisa starrte zurück, blond und unbefangen, ein Mädchen aus dem verbotenen Bestand, ein Mädchen, das man nicht anfassen durfte. Offen und einnehmend, wie die Kiwi im Wohnzimmer eine Treppe tiefer.

Aber der Gedanke war dumm. Heftiger zusammenfahrend, schüttelte er den Zauber ab und öffnete die unterste Schublade der Frisierkommode. Sie bot ein reiches Unterwäschensortiment. Er entschied sich für ein schwarzes Höschen und drückte es sich, tief einatmend, ans Gesicht. Würde es Devi passen? Ganz bestimmt.

7

Montagabend, der Tag nach Thanksgiving. Jammu schaltete das Blaulicht an, als sie auf die Überholspur des Highway 40 wechselte. Die Pfosten der Leitplanken huschten, blau angeblitzt, vorbei. Sie fuhr hundertdreißig.

Ihr Tag hatte mit einem Anruf von Nelson A. Nelson begonnen, dem Vorsitzenden des Polizeiverwaltungsrats. Nelson hatte erfahren, dass sie seit September hundertneunzig Schwarze für den Polizeidienst rekrutiert hatte und nur fünfunddreißig Weiße. «Ja, und?», fragte sie. Nelson brummelte eine Weile, bevor er seinen Einwand vorbrachte: «Meinen Sie nicht, dass es da eine Ungleichheit gibt?» O ja, sagte sie. Fünfunddreißig Weiße seien zu viele. Bloß zehn Prozent der Bewerbungen seien nämlich von Weißen gekommen. «Und warum», wollte Nelson wissen, «bewerben sich so wenig Weiße?» Jammu versprach eine gründliche Untersuchung. Anrufe von den anderen Mitgliedern des Verwaltungsrats folgten. Selbst Jammus Fürsprecher waren verärgert, obwohl sie ihren Vorschlag, das Personal aufzustocken, im August einhellig unterstützt hatten. Und jetzt, nachdem sie tätig geworden war, wurde sie abgekanzelt wie ein dummes Weibsstück, ein ungezogenes Ding. Es kostete sie Kraft, nicht aus der Haut zu fahren. Für den Mittwoch war eine Sitzung anberaumt.

Am Nachmittag hatte die Finanzbehörde ihren tintenfleckigen Finger erhoben und, ohne rot zu werden, ein «Haushaltsloch» von 2,4 Millionen Dollar konstatiert. Die Polizeiverwaltung hatte Jammu Ende August mit allen Amtsvollmachten ausgestattet. Nun erkannte Jammu, dass es ein taktischer Fehler gewesen war, die finanzielle Verantwortung zu übernehmen, bevor sie ihre Herrschaft über den Polizeiapparat ausreichend gefestigt hatte. Der Finanzbuchhalter Chip Osmond, der zu Rick Jergensens Freunden zählte, war angesichts des Machtvakuums übermütig geworden. Rick Jergensen hatte sich noch im Juli auf den Posten des Polizeichefs Hoffnungen gemacht; das «Haushaltsloch» sah nach Sabotage aus. Der Buchprüfer der Stadt tauchte mit abfälliger Miene bei Jammu auf, dicht gefolgt vom Vorsitzenden des Haushaltsausschusses Randy Fitch. Osmond brachte all seine Bücher auf einem Aktenkarren in ihr Büro, und zu viert stritten sie bis in den Abend um die Zahlen. Schließlich verlor Jammu die Geduld und stellte kaltblütig fest, dass der Bürgermeister ihren Etat um 2,4 Millionen Dollar aufstocken müsse.

Der Buchprüfer sagte: «Schöne Neuerungen also.»

Osmond rief zu Hause seine Frau an.

Randy Fitch kicherte.

Der Buchprüfer sagte, der Bürgermeister werde nicht mitziehen. Jammu wusste, dass dem nicht so war.

Randy Fitch kicherte weiter.

Als die Männer ihre Aktenkoffer zuklappten, kam Singh ins Büro geschlendert. «Wer sind Sie?», fragte der Buchprüfer. «Der Hauswart», erwiderte Singh und zündete eine seiner Nelkenzigaretten an. Jammu wies ihn zurecht, sobald sie allein waren. Seine Antwort: «Deinem Führungsstil fehlt es an Arroganz.»

Am Barnes-Hospital fuhr sie vom Kingshighway ab. Ein Krankenwagen schoss lautlos vorbei. Über Funk rief sie den Dispatcher an. «Wagen eins», sagte sie. «Über Nacht bin ich zu Hause.»

«Verstanden, Wagen eins.»

Sie parkte Wagen eins in einer Ladezone und schlug ihren Jackenkragen hoch. Der Nachthimmel hatte einen städtischen Orangeschimmer, die Luft auf ihrer Zunge einen metallischen Geschmack. Im Durchgang hinter ihrem Apartment beschimpften sich zwei schwule Kellner des Restaurants Balaban.

Zu Hause angekommen, sortierte Jammu die Post und hörte den Anrufbeantworter ab. Nur Gopal hatte angerufen. Er sprach ein mit Codewörtern untermischtes Marathi. Er sagte, er habe einen Lkw-Anhänger voller Äpfel auf einem unbebauten Grundstück in der Nähe des Soulard Market gesehen. Die Polizei möge auf der Hut sein. *Äpfel* bedeuteten Kordit.

Aus dem doppeltürigen Kühlschrank nahm Jammu eine Flasche Wodka sowie die Hühnerkeule heraus, die vom Thanksgiving-Dinner mit dem Bürgermeister übrig war. Eine lockere Scheibe in einem der Schlafzimmerfenster vibrierte im Lärm der Fernsehwerbung eine Treppe höher. Jammu streifte ihre Schuhe ab, streckte sich auf dem Bett aus und öffnete den Federal-Express-Umschlag von Burrelle, einem Ausschnittdienst in New Jersey. Der Umschlag enthielt einen fingerdicken Stapel von Artikeln, deutlich mehr als in der Woche zuvor. Gestärkt mit einem Schluck Wodka, begann sie zu blättern.

KONGRESS DER MODELLEISENBAHNER ZU GAST IN ST. LOUIS
SW Bell-Dividenden im freien Fall
Snow Bunnies, ein Musical, im Mittelwesten uraufgeführt
SW Bell-Dividenden auf Tiefstand
Abfüller lehnen Vertragsangebot ab
Museum von St. Louis plant Ankauf von zwei Degas-Gemälden
Veränderungen bei Ripleycorp
RIPLEYCORP ERWEITERT PRODUKTPALETTE
Parker übernimmt Vorsitz der Cheese Commission

Jammu entfaltete einen langen Artikel der *New York Times* von Erik Tannenberg, der sie zehn Tage zuvor zum Mittagessen bei Anthony's eingeladen hatte.

> Am selben Tag wurde Mr. Hutchinsons Privathaus im Vorort Ladue von Maschinengewehrfeuer aus einem kreisenden Helikopter unter Beschuss genommen. Zwei Tage später wurde der Hauptsendemast von KSLX durch einen dritten Anschlag für fünf Stunden außer Betrieb gesetzt, diesmal unter Einsatz von Handgranaten …

In dieser angespannten Lage richtet sich die Aufmerksamkeit auf die neue Polizeichefin von St. Louis, S. Jammu, die Mitte Juli ihre Führungsposition bei der Polizei von Bombay, Indien, aufgab, um die Leitung der Polizeikräfte von St. Louis zu übernehmen.

Colonel Jammu, eine 35-jährige Frau, die sich ihre amerikanische Staatsbürgerschaft erhalten hat, erregte bereits 1975 in Bombay mit ihrem «Experiment Freie Marktwirtschaft» Aufsehen, einer Polizei-Offensive gegen die Korruption im privaten Sektor.

Anfänglich äußerten hier viele Lokalpolitiker Zweifel, ob Colonel Jammu, als Frau und ohne amerikanische Polizeierfahrung, ihrer neuen Rolle gerecht werden könne. Doch mit einem Geschick, das ihre Kritiker umgehend zum Schweigen brachte, hat sie begonnen, die Polizeiarbeit in St. Louis neu zu beleben und ihre Behörde in eine politische Plattform zu verwandeln.

Persönliche Präsenz

Colonel Jammu, die an der Universität Chicago einen Abschluss in Volkswirtschaft erworben hat, macht persönliche Präsenz zu ihrem Markenzeichen. Sie zeigt sich regelmäßig und überall in der Stadt und bezieht Stellung zu den unterschiedlichsten Themen – von der Familienplanung bis hin zu rechtlichen Fragen des Waffenbesitzes.

Seit Mitte September tragen die Polizeistreifen himmelblaue Ansteckplaketten an ihren Dienstmützen, eine Anspielung auf die «St. Louis Blues», den von der populären TV-Serie *Hill Street Blues*

inspirierten Spitznamen der Polizeitruppe. Ein entsprechender Aufkleber, gestiftet von örtlichen Gewerbetreibenden, ziert die Streifenwagen …
Noch vor dem Beginn der Anschlagserie erbat und erhielt Colonel Jammu Vollmachten, das Polizeipersonal um 30 Prozent aufzustocken. Etliche Lokalpolitiker zeigten sich befremdet über das Ausmaß der geplanten Neueinstellungen, aber jetzt, wenigstens für den Moment, sieht es so aus, als hätte Jammu die Argumente auf ihrer Seite.
Die Zahlen für das dritte Quartal weisen einen Anstieg der Verhaftungen von insgesamt 24 Prozent und, bei Gewaltverbrechen, von 38 Prozent aus. Gerichte und Staatsanwaltschaft haben ihre Mithilfe zugesagt und plädieren für eine Verschlankung der Verfahren, um die Zeitspanne zwischen Verhaftung und Verurteilung bis zum Jahresende «wesentlich zu verkürzen».
Dies hat die Amerikanische Bürgerrechtsunion ACLU dazu veranlasst, eine Sammelklage beim Achten US-Appellationsgericht einzureichen. Ihr Ziel ist es, die durchschnittliche Verfahrensdauer so lange auf dem derzeitigen Stand einzufrieren, bis die Justizbehörden beweisen können, dass der Rechtsanspruch auf einen fairen Prozess nicht verletzt wird.

«Wir haben Angst»

«Die Bürgerrechtsverbände von St. Louis sind durch all das, was seit Jammus Amtsantritt passiert ist, absolut überfordert», sagte Charles Grady, der örtliche Sprecher der ACLU. «Uns steht das Wasser bis zum Hals. Wir haben Angst.»

> Bei einer Rede vor Studenten der Washington University forderte Mr. Grady letzte Woche erneut Jammus Entlassung. Sein Grundsatz: «Indisches Recht für Inder, amerikanisches Recht für Amerikaner.»

Jammu hörte auf zu lesen. Sie warf die angebissene Hühnerkeule in den Papierkorb und nahm einen weiteren Schluck Wodka. Vor zwei Wochen hatten die Ausschnitte sie noch amüsiert und aufgebaut; jetzt wurde ihr übel davon. Die Journalisten wussten zu viel. Es gab verräterische Untertöne in Tannenbergs Artikel, in der beiläufigen Verwendung von Wörtern wie «Präsenz» und «Geschick». Tannenberg kannte sich aus. In New York waren Erscheinungen wie sie nichts Neues. Mit der Oberflächlichkeit seiner Darstellung hielt er sie als auch St. Louis zum Besten, indem er Raum für die Vermutung schuf, sie könnte diese Mittelwestler an der Nase herumführen – unter dieser Sonne haben viele Städte Platz –, und zugleich ließ Tannenberg seine New Yorker Leser in dem Glauben, dass es keinen Grund zur Sorge gebe, dass die Nation als Ganzes Gesetzen unterliege –

Vor dem Haus hielt ein Auto. Eine Wagentür schlug zu. Jammu ging ins Wohnzimmer und spähte durch die Jalousie. Es schneite, und im Licht der Straßenlampen und Taxischeinwerfer schien der Schnee in dem Moment, wo er fiel, aufzusteigen. Die Scheibenwischer des Taxis verschmierten den schmelzenden Schnee. Es klingelte.

Lakshmi? Devi? Kamala?

Jammu öffnete, und Devi Madan trat ein. Ihr Haar steckte unter dem Kragen des langen Rotfuchsmantels. «Das Taxi wartet», sagte sie.

«Du kannst es wegschicken. Hier gibt es genug Taxis.»

«Nein.»

«Los, schick es weg.»

Devi knallte die Tür hinter sich zu. Jammu räumte kopfschüttelnd den Wodka beiseite und stellte den Teekessel auf den Gasherd. Devi Madan hatte den Fehler ihres Lebens begangen, als sie ohne Wissen ihrer Eltern auf eine Annonce in *The Bombayite* («Das Spaßblatt») geantwortet hatte.

GIRLS!
Du siehst gut aus? Bist emanzipiert und selbständig?
Möchtest für Mode aus Amerika/Japan/Frankreich als
Model arbeiten? Spitzenverdienst bei seriöser Agentur.

Devi rüttelte an der Tür. Jammu lief aus der Küche und ließ sie ein. «Gib mir deinen Mantel», sagte sie.

Devi zog die Schultern hoch. «Nein.» Sie wollte ihr Haar nach hinten werfen, aber nichts tat sich; der Kragen drückte es fest an ihren Kopf. Ihre behandschuhten Hände zitterten, sie suchten Halt in ihrem Gesicht, ihrem wirklich schönen Gesicht, und fanden keinen.

«Wie geht es dir?», fragte Jammu.

Devi warf sich aufs Sofa und vergrub die nassen Stiefel in den Kissen. Sie streifte die Handschuhe ab und knüllte sie zusammen. «Das weißt du doch.»

«Du kommst sehr früh.» Jammu bekam keine Antwort. «Warte hier.»

Der Safe befand sich unter dem Küchenbuffet. Ein zweiter Safe mit dem unverschnittenen Heroin, das sie aus Bombay mitgebracht hatte, war in Illinois versteckt. Der Vorrat hier war auf sechs Prozent gestreckt. Sie tippte die Zahlenkombination ein, entriegelte die Tür und zog die Schublade heraus. Durch das Drahtgitter, auf dem die Drogen und Pässe lagerten, waren die Gasbrenner zu sehen, die sich, falls ein Unbefugter am Safe hantierte, einschalten würden. Jammu hatte Devis häufige Besuche satt. Sie machte sich nicht die Mühe, die übliche Menge abzuwiegen, und kehrte mit einem Fünfziggrammbeutel zurück.

Im Wohnzimmer roch es aufdringlich nach Parfüm. Devi riss ihr den Beutel aus der Hand und schloss sich im Badezimmer ein.

Während das Teewasser heiß wurde, teilte Jammu den Vorhang des winzigen Küchenfensters und hob die Jalousie. Auf dem Sims lag Schnee. Unten im Durchgang splitterte Glas. Ein Angestellter des Balaban warf Flaschen in den Container. Auf den Fußspitzen stehend, griff er ihnen hinterher. Seine Schulter ruckte. Es krachte, klirrte, krachte. Er zerschlug die Flaschen aneinander.

Devi kam aus dem Badezimmer, den Pelzmantel über dem Arm, die Tasche in beiden Händen. «Ich möchte über Nacht bleiben», sagte sie.

Jammu setzte sich aufs Sofa und goss Tee ein. «Ich stehe um halb sechs auf.»

«Ich kann auf der Liege schlafen. Hast du eine Zigarette?»

Jammu nickte in Richtung Küche. «Auf dem Kühlschrank.»

«Willst du auch eine?»

«Nein.»

Devi konnte ihre Jugend nicht verhehlen. Sie war zweiundzwanzig. In Bombay war Jammu mit ihren Arbeitskräften sorgsam umgegangen, hatte ihre Mädchen bemuttert, anstatt sie zu verschleißen. Sie hatte Devis Leben geregelt, ihre Finanzen verwaltet, ihr ein Taschengeld gegeben und die monatliche ärztliche Untersuchung bezahlt. Jetzt, in St. Louis, versuchte sie Devi zu entwöhnen.

Devi kam, tänzelnd und den Zigarettenrauch durch die Nase einsaugend, zurück. «Die schmecken fade.»

Jammu lachte. «Wo sind denn deine?»

«Ich hab gestern aufgehört. Ich bin Schütze.» Sie schnippte Asche auf den Teppich. «Was bist du?»

«Löwe, glaube ich.»

«Wann hast du Geburtstag?»

«Am neunzehnten August.»

«Also ganz am Anfang des Hauses. Meiner ist nächste Woche.

Am Dienstag.» Sie sah den Tee und zog ein Gesicht. «Hast du noch was anderes?»

Jammu nickte wieder in Richtung Küche und starrte trübsinnig auf Tasse und Untertasse in ihrem Schoß. Sie wollte schlafen. In der Küche zischte eine Bierflasche. Mit einem Amstel light und der Zigarette in der einen Hand und einem Glas Oliven in der anderen kehrte Devi wieder. Sie trank aus der Flasche, und Jammu fuhr zusammen, als sie sah, wie gefährlich nahe die Glut Devis einem Auge kam.

«Das sind fünfundneunzig Kalorien, aber alles Kohlenhydrate. Bis jetzt bin ich noch unter tausend.» Sie versuchte, den einen Stiefel mit Hilfe des zweiten abzustreifen, geriet ins Taumeln und wurde ihn schließlich los, indem sie den Absatz hinters Sofabein hakte. Sie strahlte Jammu an. «Lieber dreißig Oliven als einen Martini. Das ist dieselbe Menge Kalorien. Neulich hab ich gehört, wie sie die Zahl der Kalorien messen. Mit einem Kalorimeter. Rolfs Firma produziert die.»

Devi zögerte. Nicht darauf eingehen, sagte sich Jammu.

«Sie *verbrennen* das Essen. Sie verbrennen es, und dann messen sie, wie viel Hitze entsteht.» Devi stellte die Flasche fahrlässig auf der Sitzfläche des Schaukelstuhls ab und befreite sich vom anderen Stiefel. «Also fragte ich: Und wie verbrennt man Milch? Ich dachte, jetzt hab ich ihn. Er sagte, man erhitzt die Milch, bis sie kocht und dann verbrennt. Ich hab mir ausgemalt, wie die Wissenschaftler in ihren weißen Kitteln rumstehen und zugucken, wie die Milch verbrennt, und ich weiß nicht, warum, aber ich musste lachen, und da hat er mich verdroschen.» Düster betrachtete sie den Zigarettenstummel in ihrer Hand.

«Sag ihm, er soll das sein lassen.»

Devi lächelte und formte geräuschlos einen Satz.

«Was?»

«Ich erschieße seine Frau.»

Jammu schloss die Augen.

«War nur Spaß.»

«Das ist nicht witzig.»

«Ich sagte doch, es war nur Spaß.»

Als Jammu Devi am Kühlschrank hörte, schaute sie wieder hin. Devi fuhr mit einem Löffel in einen Joghurtbecher. «Direkt zwischen die Augen, Audreylein.»

«Iss das nicht», sagte Jammu.

Erschrocken riss Devi die Augen auf. «Warum nicht?»

«Weil ich es sage.»

Unschlüssig balancierte Devi den beladenen Löffel über dem Joghurtgefäß. Jammu setzte ihre Teetasse ab. Sie machte den Kühlschrank zu, nahm Devi den Löffel aus der Hand und klatschte den glitzernden Joghurt zurück in den Becher. «Hör zu», sagte sie. «Du bist sicher erschöpft. Ich rufe dir ein Taxi, und du kannst dich bei dir richtig ausschlafen, und noch etwas. Wir werden sehen, ob du nicht zu deinem Geburtstag nach Hause fliegen kannst. Nach Bombay.»

Devi schüttelte den Kopf. «Er ist mein einziger Freund», sagte sie.

«Er ist ein Dreckschwein.»

Die Ohrfeige traf Jammu unvorbereitet. Sie taumelte gegen die Spüle, und der Schmerz schnellte wie eine Hand, die zurückschlug, aus ihrer Wange hervor. Unter schweren Lidern blickte sie über die Schulter.

Devi war auf die Knie gesunken. «Er liebt Barbie.»

Irgendetwas stimmte nicht. Normalerweise war Devi nach dem Schuss brav wie ein Lamm. «Hast du dir nun was gespritzt oder nicht?»

«Bitte, lass mich bleiben.»

«Nein.» Jammu zerrte sie an den Haaren hoch. Eine einzelne Träne hinterließ eine schwarze Spur auf Devis Wange. Jammu rief ein Taxi und wischte ihr die Wimperntusche mit dem Geschirrtuch ab.

Devi krauste die Stirn. «Wie spät?»

«Zieh die Stiefel an.» Jammu folgte ihr ins Wohnzimmer. «Du sagst, Rolf liebt – eine andere?»

Devi nickte und stieg mit stoischer Trägheit in ihre Stiefel. «Barbie.»

«Welche Barbie?»

«Du weißt schon. Die Schwester.»

Jammus Übelkeit wurde schlimmer denn je. Sie musste sich sehr beherrschen, um nicht zum Wodka im Kühlschrank zu rennen. «Barbara Probst?»

«Wir haben Martin und Barbie gespielt.» Devi zog den Reißverschluss ihrer Cordhose auf und zupfte am schwarzen Stoff ihrer Unterhose. «Siehst du?»

«Mach die Hose zu», sagte Jammu.

Auf der Straße hupte es. Devi ließ sich in den Mantel helfen. Jammu drückte ihr die Tasche in die Hand. «Nicht verlieren.»

Devi nickte gehorsam.

«Alles wird gut.»

Es war der Fehler des Subunternehmers. Der Beton klebte wie Haferbrei. Es war der Fehler des Subunternehmers. Probst rannte über das frisch gegossene Westhaven-Fundament. Er folgte einer Fußspur, um den Mann zu erwischen, der sie hinterlassen hatte. (War es der Subunternehmer?) Eine Regenpfütze bedeckte den Beton, in der sich der blaue Himmel spiegelte, aber der Himmel war nicht blau; er hatte die Farbe von Beton. Ein roter Vogel flog darüber, spitzzüngig meckernd und keckernd. Probst rannte weiter und erreichte den Gipfel eines Betongebirges, zu dessen Füßen ein Betontal lag. Die Fußabdrücke, hineingemeißelt in den Hang, führten zu einer Gestalt weit unten in der Senke. Es war Jack DuChamp. Der rote Vogel kreiste am schlackigen Himmel. Martin! Der Schrei kam von Jack, aber er klang wie von einem Vogel. Die Fußspuren zogen Probst abwärts. Als er näher kam, sah er, dass Jack bis zum Bauch im Beton steckte und seine Augen mit Blut verkrustet waren. Es waren faltige, zugeschwollene Höhlen. Die Augäpfel waren ausgehackt. Probst blieb stehen. Martin?, fragte Jack mit angsterstickter Stimme. Probst konnte nicht sprechen. Er packte Jack unter den Armen, um ihn herauszuziehen, da merkte er, dass Jack keine Beine hatte. Probst setzte ihn wieder ab, und Jack wimmerte: Muss ich sterben? Probst konnte nicht sprechen. Er legte ihm die Hand auf die Stirn und berührte versehentlich die verkrusteten Augen. Sie waren weich. Sie fühlten sich wie Brüste an, und Martin begann sie zu streicheln. Brustwarzen versteiften sich unter seiner Hand.

«Sie können hier nicht parken, Mann. Nicht ohne Aufkleber.»

Er wollte im Zentrum auf dem KSLX-Parkplatz parken. Seit fünfzehn Jahren genoss er das Vorrecht, sein Auto am Wochenende hier abzustellen. Das war eine persönliche Geste von Jim Hutchinson. Normalerweise war der Parkplatz leer, und wenn der Wächter überhaupt nach seinem Namen fragte, brauchte sich Probst nur auf Hutch zu berufen. Er zog die Handbremse an. «Denken Sie, ich habe eine Bombe im Kofferraum?»

«Das haben Sie gesagt.» Der Wächter hatte eine picklige, verschlagene Visage, die Visage eines kleinen Geldfälschers oder Schleichhändlers. Er forschte in seiner Nase und erforschte den Ertrag.

«Gibt's ein Problem?» Ein schwarzer Polizist näherte sich.

«Der Typ denkt, er kann hier parken», sagte der Wächter.

«Sehen Sie ...», begann Probst.

«Und ob er das tut», sagte der Polizist.

«Der macht hier ‹Witze› über Bomben.»

«Ach ja?» Der Polizist schob den Wächter beiseite und beugte sich so dicht ans Fenster, dass Probst seinen Kaffeeatem roch. «Wer sind Sie?»

«Martin Probst. Ein guter Freund von Mr. Hutch...»

«Afton Taylor, erstes Revier», sagte der Polizist schnalzend und gedehnt. «Sehr erfreut, Ihre Bekanntschaft zu machen, Mr. Bobst. Wenn Sie Ihren Wagen jetzt bitte von diesem Parkplatz entfernen wollen. Auf Anordnung der Polizeichefin ist das Parken hier eingeschränkt. Ich bin sicher, Sie kennen die Gründe.»

Probst schloss die Augen.

«Mr. Bobst, es gibt jede Menge öffentliche Parkplätze. Jede Menge. Was denken Sie, wo die andern alle parken?» Wachtmeister Taylor trat einen Schritt zurück und wies ihn mit seinem Leuchtstab auf die Straße. Der Wächter winkte ihm hämisch nach. Niemand hatte ihn erkannt, nicht einmal seinen Namen.

Er war spät losgekommen an diesem Morgen. Ewig hatte er an der Tankstelle in Webster warten müssen (die Schlange an der anderen Säule war auch nicht schneller gewesen), und das nach einem zu langen Getrödel daheim. Barbara hatte sich verwundert gezeigt. «Du gehst mit Jack DuChamp?»

«Ja.»

Sie zog eine Grimasse. «Jack DuChamp?»

«Ja. Ich glaube sogar, dass es ganz nett wird.»

«Warum auch nicht», sagte sie. «Ich dachte nur, den hättest du abgehakt.»

«Na ja.» Wenn sie eine seiner großzügigen Launen durchkreuzte, wusste er nie etwas zu erwidern. «Wir werden sehen.» Von dem Traum erzählte er nichts. Sie wäre wahrscheinlich zu demselben Schluss gekommen wie er, nämlich dass er sich Jack gegenüber schuldig fühlte. Ja, er fühlte sich schuldig. Und doch waren es die Brüste, die ihm nicht aus dem Kopf gingen.

Auf der Market Street parkte er vor einem Hydranten, nahm einen möglichen Strafzettel in Kauf. Am Sonntag würden sie ihn schon nicht abschleppen.

Der Himmel spuckte ein paar Regentropfen aus, während Probst zum Stadion lief. Jack, in seinem Wollmantel und dem beigefarbenen Schal, wartete wie verabredet am Denkmal des Baseball-Stars. Auf den Absätzen wippend, schaute er vergnügt in die gleichgültige Welt. Als er Probst entdeckte, veränderte sich sein Ausdruck nicht im Geringsten.

«Tut mir Leid, dass ich zu spät bin», sagte Probst.

«Maaacht nichts. Macht nichts, macht nichts», besänftigte ihn Jacks Verkäuferbariton. «Denkst du etwa, die fangen ohne uns an?» Er reichte Probst das Ticket und folgte ihm zum Eingang, immer einen Viertelschritt hinter ihm. Der Arm eines Drehkreuzes streifte Probsts Unterleib. «Bis ganz nach oben», sagte Jack.

Die Plätze waren nicht schlecht. Hinter ihnen wehte der Wind durch die Stadionrückwand, durch Zierbögen, die dem großen Bogen, dem Gateway Arch, nachgebildet waren, dessen Spitze jenseits vom Spielfeld aufragte, dunkelgrau und sehr nahe. Da der untere Teil verdeckt war, schien er nicht sechs Straßen entfernt, sondern auf dem Vorplatz des Stadions zu stehen, sich dort hochzurecken und auf den bläulichen Kunstrasen hinabzuschauen, wo sich Cardinals und Redskins bereits ineinander verkeilt hatten. «Wir haben den Kickoff verpasst», sagte Jack. «Das ist der zweite Down.»

Probst verschränkte die Arme und beugte sich vor. Die Big Reds hatten den Ball auf ihrer 17-Yard-Linie. Ein viel versprechender Auftakt. Die Redskins in roten Hosen und weißen Jerseys zertrampelten entspannt und selbstbewusst den Rasen. Den Titel der Eastern Division hatten sie sich schon gesichert, während die Big Reds – «nu hau dem Ottis eine rein», brummelte Jack – bereits das zweite Jahr den vierten Platz verteidigten.

«Bummer brakenbarki, Barkty Brarkerbark, bielt für die Brarkinals», dröhnte der Lautsprecher. Die Akustik war nicht die beste hier oben.

«Das ist ja wohl ...», brauste Jack auf. «... nicht zu fassen!» Er schüttelte den Kopf, als ein Cardinal-Punter einen guten Ball an der 40-Yard-Linie der Redskins ins Aus beförderte. Dann schaute er Probst an, wartete, dass der seinen Blick erwiderte, und lächelte. «Wie geht's Barbara? Wird sie später dazustoßen?»

Probst hatte ihm vorgelogen, nicht mit Jack gemeinsam zum Spiel fahren zu können, weil er danach mit Barbara ausgehen werde. Er war auf die Frage vorbereitet. «Nein», sagte er. «Sie hat es sich anders überlegt. Ich treffe sie dann in Clayton. Sie –»

«Was sind so ihre Pläne in letzter Zeit?»

Barbara war niemand, der irgendwelche «Pläne» hatte.

«Sie ist ganz rührig», sagte Probst. «Wie geht's –»

«Ihr geht's großartig», sagte Jack. «Einfach großartig. Hab ich dir erzählt, dass sie ihren Abschluss an der St. Louis University nachgeholt hat?»

«Nein, wirklich?» (Elaine, natürlich. Elaine.)

«Es hat ihr so gefallen, dass sie gleich weitergemacht hat. Im Juni kriegt sie ihr Master's Degree.»

«Ambriff Bummer berki, Bork McRuckuck ...»

«Betriebswirtschaft. Weiß der Teufel, was sie damit will. Wir hatten die Abmachung, dass sie weiterstudieren darf, wenn die Kinder auf die Highschool kommen. Weißt du noch? Hatte ich total vergessen, um ehrlich zu sein, aber sie ist voll eingestiegen. Büffelt von früh bis spät. Hab so manches Hemd gebügelt seitdem. Aber es hat uns gut getan, Martin, so was von gut getan. Die Frauen heutzutage, die brauchen diesen besonderen ... diesen besonderen, was weiß ich, diesen Egokick, na endlich, jetzt wird ein Spiel draus, das sollten die öfter machen!» Zum ersten Mal wurde das Publikum ein wenig lauter. «Siehst du den rechten Linebacker da?»

Probsts Kopf machte eine kreisende Ja-nein-Bewegung.

Jack bedeckte sein kantiges Kinn mit der Hand und studierte den Platz. Spielstand? Null zu null. Probst beobachtete verstohlen, wie sich in Jack die nächste Frage zusammenbraute, rollende Augen, ruckende Schultern, knetende Finger, bis sie hervorbrach: «Luisa muss ja bald ans College kommen.»

«Berkenberki, Dwight Eigenrarkman ...»

«Sie bewirbt sich gerade.» Probst hoffte, nicht gefragt zu werden, wo.

«Wär schon toll, sie mal erwachsen zu sehen. Als ich sie das letzte Mal sah, war sie nicht älter als vier oder fünf. Ist fast wie gestern, nicht? Ich weiß noch, wie du mit ihr immer spazieren gegangen bist und ich sie mal gefragt habe, ob sie mit ihrem Daddy gern spazieren geht. Weißt du, was sie da sagte? ‹Er ist zu langsam.› Und das mit dieser Stimme. Werd ich nie vergessen. ‹Er ist zu langsam.›» Jack schlug Probst aufs Knie. «Aber jetzt hat sie ihre Verehrer, was?» Jack lächelte aufs Spielfeld hinunter. «Und nicht zu knapp.» Sein Gesicht wurde ernst. «Hat sie einen Freund?»

«Sie ...»

«Na, mindestens zehn! Wenn das mal reicht. Und jede Woche 'nen andern. Sie wird ... John-son! Was zum Kuckuck macht *der* denn? Das ganze Spiel geht nach links, was macht *der* denn?»

Probst zog seinen Mantel aus und faltete ihn über dem Schoß, sodass ihm der Wind um die Schultern strich. «Nun ja», sagte er. Rechts von ihm goss ein stilles Pärchen um die sechzig behutsam Kaffee aus einer Thermosflasche in Styroporbecher. Die Frau blickte auf die Becher, als würden sie keinen Kaffee, sondern etwas Wertvolleres enthalten, ihre Augen strahlten Güte und Fürsorge aus. Es war lange her, dass Probst eine so schöne ältere Frau gesehen hatte.

Gelbe Flaggen flogen, Trillerpfeifen schrillten. Die Menge grummelte enttäuscht.

«Meine Damorkunhorken, die Polizark tark mit ...»

Stille senkte sich auf die Tribünen.

«Laurie geht mit demselben –»

Probst umklammerte Jacks Arm. «Pst.»

«... die Starkionleikung. Es besterk kern –»

«Sie geht jetzt seit –»

«Psst!»

Das Stadion hielt den Atem an, die Spieler verwirrt, das Feld ein angestoßenes Schachbrett.

«Was ist los?», flüsterte Jack.

«... Sicherhaukskofte. Bitte. Keine. PanikbeweenSiechzumnerksn Ausgork.»

Das war das Ende. Probst spürte, dass sich sein Körper, still wie der Tod, von seiner Seele löste und gen Himmel stieg, die Seele als kalten Klumpen auf dem rosa Plastiksitz zurückließ, wo sie den lang vorausgeahnten Feuersturm erwartete. Eine Frau hinter ihm stöhnte. Das Stadion begann zu summen. Gemurmel. Stimmen wurden höher und lauter. Sirenen in den Straßen heulten, Echo auf Echo auf Echo. Leute standen auf. «Komm», sagte Jack.

Flucht war sinnlos. Kein Durchkommen in Sicht.

«Komm schon!» Jack zog ihn hoch.

«Das ist Schwindel», knurrte ein Mann. «Ein gottverdammter Schwindel.»

Probst wandte sich an Jack. «Was ist los?»

«Bombendrohung.» Er nickte Richtung Gang. «Gehen wir.»

Eine Bombendrohung? Probst klappte beschämt den Mund zu. Er hatte an Schlimmeres gedacht.

«Meine Damorkunhorken, wir wiederhork die Dorksork. Nark Informark der Polizark betoff möglenn Bommaschlork semmiunse zwork, das heuti Spill zwinn Warninghorn Rorskins unn St. Louis Brarkinals abzubrork ... Bitte beweenSiechzumnerksn Ausgork. Beforkn Sie die Anweisork der Sicherhaukskerft.»

Die Stadionuhr zeigte an, dass vom ersten Viertel noch 7:12 Minuten zu spielen waren, 7:11, 7:10, 7:09. Keiner hatte sie angehalten. Auf der Hauptanzeigetafel blinkte eine Mitteilung:

RUHE BEWAHREN. KEINE PANIK.

EINE BOMBENDROHUNG.

ZEIT IST REICHLICH VORHANDEN.

Fans in den Reihen ober- und unterhalb von Probst lachten. Etliche ahmten gestikulierend die Explosion einer Bombe nach und machten speichelsprühende Geräuscheffekte.

6:54, 6:53, 6:52 ...

Und wenn die Bombe in einer bestimmten Spielminute hochgehen sollte?

Quatsch.

Ein paar Redskins auf dem Spielfeld übten Würfe, hechteten nach Bällen, verfolgten Tumulte auf den Tribünen. Ganze Abschnitte waren jetzt rosa, die Farbe der Sitze, da die Fans zu den Ausgängen strömten. Die Cardinals waren längst verschwunden.

Durch ein Tor jenseits der Endzone der Besuchermannschaft fuhren blaue Streifenwagen ins Stadion – sechs, acht, zehn, ein Dutzend, ohne Martinshorn, aber mit Blaulicht. Die Nachhut bildeten Polizisten zu Fuß. Dem Fangespiel wurde ein Ende gesetzt. Die Redskins trotteten, sich Bälle zuwerfend, zum Spielfeldrand.

6:25, 6:24, 6:23 ...

Die Uhr nicht aus den Augen lassend, rempelte Probst die Frau, die neben ihm gesessen hatte. «Entschuldigung», sagte er.

Sie drehte sich um. «Nichts passiert.» Ihre Zähne waren perfekt, perlenartig, winzig. Sie senkte bescheiden den Blick. «Trudy Churchill», sagte sie.

«Mach schon, mach schon», rief ihm Jack ins Ohr.

Probst schaute ihr in die aufblitzenden Augen. «Martin Probst.»

Mrs. Churchill lächelte noch immer. «Ich weiß.»

Er nahm ihren Arm und bemerkte, dass sie kräftige Muskeln hatte. «Es geht weiter», sagte er.

«Oh!» Sie sah über ihre Schulter.

Etwas krachte.

Ein lauter Knall. Sie lag in seinen Armen, ihr Gesicht grub sich in seinen Pullover. Er spürte die Explosion bis in die Brusthöhle. Seine Organe standen Kopf. Ein Blitz hatte die Bögen am oberen Stadionrand erleuchtet. Da war ein Poltern, entferntes Rumsen und Geschrei. Hinter dem Stadion stieg eine schwarze Rauchsäule auf.

«Weiter, verdammt!», schrie ein Mann.

Probst strich Mrs. Churchill ungelenk übers Haar, die Augen auf ihren Mann gerichtet, der sich im selben Moment umwandte und ihn mit leerem Blick musterte.

«Weiter!», schrie der Mann verzweifelt.

Es ging nicht voran. Ein spitzes Kinn, es gehörte Jack, stieß gegen Probsts Hinterkopf. Er hielt Mrs. Churchill fest im Arm.

«Fünfzigtausend sind das hier!», rief ihm Jack mit seiner Nicht-zu-fassen-Stimme ins Ohr. «Und wir kommen als Letzte raus!»

Drei Hubschrauber gingen, schwankend und ruckend wie Libellen, im Stadion nieder, die Rotoren verschwammen vor den tief liegenden Wolkenbänken.

«Scheiße, so eine Scheiße!»

Oberhalb von Probst kreischten Leute. Er drehte sich hin, hielt Mrs. Churchill etwas weniger fest –

5:40.

«Mein Hals!»

Eine Woge von Leibern kam von oben herunter, ein Massensturz, der ihn und die Frau, die er hielt, und Jack und alle anderen und –

Ahhhh!

Sie stürzten kopfüber. Ein fettes Bein hatte sich wie eine Würgeschlinge um Probsts Hals gewickelt. Seine Augen quollen hervor, die rosa Sitze rasten auf ihn zu, bohrten sich in seine Rippen. Der kleine Finger seiner linken Hand verfing sich in einer Armlehne. Er knickte weg und brach. Körper keuchten, stöhnten, röchelten. Der Dicke sprang, wild um sich tretend, in die Sitzreihe darunter. Durch einen Tränenschleier sah Probst den Himmel, Rauchfetzen und Vögel.

Jack saß aufrecht auf einem Sitz und atmete schwer. Nicht viele waren in dieser Reihe gelandet. Mrs. Churchill lag neben Probst in einer Colalache. Er wollte sich aufsetzen, aber der Schmerz in seiner Hand hielt ihn am Boden. Er beugte sich zu Mrs. Churchill hinüber. Blut quoll aus einer Schürfung an ihrem Kinn. Er legte den Finger auf die Stelle. «Etwas gebrochen?», fragte er.

«Ja.» Ihre Stimme versagte. «Mein Bein, glaube ich.»

Er warf einen Blick auf das schlanke Bein im Karostoff. Zu ihrer Hüfte bildete es einen unnatürlichen Winkel, unter dem Sitz, auf dem Jack saß, war ihr Knöchel eingeklemmt. Hinter ihr rappelte sich der Ehemann hoch und klopfte sich mit altersfleckigen Händen ab.

3:47, 3:46, 3:45 …

Überall tauchten die Köpfe benommener Fans zwischen den Sitzen auf. Das dickste Menschenknäuel lag drei Reihen weiter oben, wo zwei Polizisten über zerbeulte und zerschrammte Gliedmaßen staksten, Leuten auf die Beine halfen und sie zum Ausgang winkten. Das Gedränge am Ausgang hatte nachgelassen.

«Alle, die können, bitte zu den Toren», rief ein Polizist. «Immer weitergehen. Die Verletzten werden versorgt. Gehen Sie bitte weiter.»

«Sollen wir?», fragte Jack.

«Diese Frau ist verletzt.» Probst breitete seinen Mantel über sie.

Ihr Mann tupfte ihr das Blut mit einer Serviette vom Kinn. «Trudy», sagte er. «Kannst du laufen?»

Sie schüttelte den Kopf. Ihr Mann, bleich, das weiße Haar zerzaust, blickte zu Probst und Jack auf. «Lassen wir sie kurz ausruhen. Ich werde Hilfe brauchen.» Er machte sich daran, ihren Fuß unter dem Sitz hervorzuziehen.

Von oben näherte sich ein Hubschrauber. Überrascht erkannte Probst auf einer Seite das Logo von KAKA-TV, dem Hauptkonkurrenten des Senders KSLX. Er hatte einen Polizeihubschrauber vermutet. Eine Videokamera ragte aus der linken Luke.

Jack rief etwas. Er deutete auf die große Anzeigetafel.

ACHTUNG VÖLKERMÖRDERSCHWEINE
GOTT = BIG RED
WIR OK! SIND REDSKINS
WIR ROTHÄUTE BEFREIEN DAS LAND VON DEN
IMPERIALISTISCHEN US-NAZIS
TOD DEN AROGANTEN BLEICHGESICHTERN

Die Polizei auf dem Spielfeld hatte es ebenfalls gesehen. Ein kleiner Trupp von Männern in Blau blickte zur Anzeigetafel hinauf, und einige rannten zu den Wagen. Mehr als zwanzig Polizeifahrzeuge befanden sich jetzt auf dem Spielfeld, die Hälfte davon fuhr auf der Aschenbahn im Kreis. Fast das gesamte Stadion war rosa.

2:36 … 2:36. Die Uhr war stehen geblieben.

Probst starrte auf die Leuchtziffer. Seine Adresse. Sherwood Drive 236.

«Helfen Sie mir bitte tragen», rief Mr. Churchill.

Probst versuchte seinen verletzten Finger zu bewegen. Es ging nicht. Jack und Mr. Churchill fassten Mrs. Churchill unter die Arme, hoben sie an und legten sie für die Rettungstrage zurecht. Sie gab keinen Laut von sich. Probsts Mantel drohte von ihr herunterzurutschen. Er kam sich nutzlos vor, sein Finger tat verteufelt weh.

Im kavernenartigen Erfrischungsbereich gab es Radiolautsprecher. Man hatte sie angebracht, damit die Fans beim Getränkekauf den KSLX-Livebericht vom Spiel verfolgen konnten, aber jetzt sprach Jack Strom. Seine Stimme war ernst und getragen. «… achtzig, neunzig Prozent der Besucher haben das Stadion verlassen, doch viele von ihnen befinden sich noch in unmittelbarer Nähe. In den umliegenden Straßen, besonders auf der Walnut Street und dem Broadway, stauen sich die Massen, da die Polizei dazu aufgefordert hat, sich möglichst weit von der Gefahrenzone zu entfernen. Der Verkehr ist völlig zum Erliegen gekommen, nur die Spruce Street wird freigehalten, als Stadionzufahrt für Polizei und

Feuerwehr. Für diejenigen, die sich jetzt erst zugeschaltet haben: Es gab eine Bombendrohung gegen das Footballstadion im Stadtzentrum von St. Louis, wo gerade ein Spiel stattfand. Eine kleinere Explosion hat es bereits auf dem Vorplatz des Stadions gegeben. Die Polizei scheint, äh, war offenbar im Voraus gewarnt, die Erschütterung war überall im Stadtzentrum zu spüren, aber Schwerverletzte sind nicht gemeldet. Ich wiederhole: Auch andernorts sind bis jetzt keine Schwerverletzten gemeldet, und die Evakuierung des Stadions dürfte in fünf bis zehn Minuten beendet sein. Wir – einen Moment ... Soeben haben wir die Bestätigung erhalten, dass die als Osage-Krieger bekannte Gruppierung tatsächlich für den Anschlag verantwortlich ist –, wir schalten nun um zu Don Daizy, der vor der Kommandozentrale am Polizeipräsidium steht. Don?»

«Jack, wie es aussieht, *ist* die Lage unter Kontrolle. Gerade konnte ich mit Polizeichefin Jammu hier *in* der Kommandozentrale sprechen, die Sprengsätze unter dem Stadion *sind* lokalisiert worden, und es *sieht* so aus, als ob sie tatsächlich ausgereicht hätten, die angedrohte Wirkung zu *erzielen*, nämlich alle Besucher des Stadions zu *töten*. Noch ist keineswegs geklärt, ob die Sprengsätze echt sind, das Branddezernat ist damit beschäftigt, sie zu *entschärfen*, aber nach der Einschätzung, die ich von Polizeichefin *Jammu* habe, ist die Bedrohung durchaus *ernst*. Es hat einige *schwere* Zwischenfälle auf den Tribünen gegeben, als die Besucher zu den Ausgängen drängten, aber wie Sie bereits sagten, *wird* die Spruce Street von der Polizei freigehalten, sodass die Rettungswagen zum Stadion *durchkommen*, und zwar in genügender Zahl, um mit ... mit dem Problem *fertig* zu werden. Die Polizei hat *sehr* schnell reagiert und bis jetzt eine ausge*zeich*nete Arbeit geleistet, die Evakuierung ist wie erwartet *reibungslos* verlaufen und ...»

Im heißen Atem des Mobs spürte Probst, wie seine Knie nachgaben. Er griff nach den Rohren unter einer Trinkfontäne und fiel zu Boden, sich nur noch einer tiefen Traurigkeit bewusst.

INFORMATION

Wörter schlängeln sich zu Sätzen, Menschen schlängeln sich einzeln durch ein einziges Tor. Das Gedränge ist konstant, die Flucht ohne Ende. Zeit ist reichlich vorhanden. Aus Bewegung geboren, von Syntax geborgen, Fremder heiratet Fremde, strömen sie ins Leere …

Probst kam zu sich. Das Geschiebe vor ihm hatte nachgelassen, die Fans, in Eile, auf der Hut, hatten ihre Hände auf den Schultern derer liegen, die vor ihnen liefen. Er blickte zur rostig verfärbten Porzellanunterseite der Trinkfontäne auf. An den Rohrmuffen hatten sich kristalline Krusten gebildet.

Er setzte sich hin und sah ein glühendes Wort zwischen den Köpfen auftauchen, verschwinden, wieder auftauchen. Das Wort lautete INFORMATION. Auf der anderen Seite des Ganges befand sich ein Auskunftstresen.

«Wir schalten jetzt um zu den Vierzehnuhrnachrichten, danach berichten wir sofort weiter über die Lage im Stadion, ich bin Jack Strom, Info-Radio KSLX, St. Louis, es ist – vierzehn Uhr.»

«Hier bist du, Halunke!» Jack hob ein Bein, um das Gleichgewicht zu halten, und trank einen Schluck Wasser von der Fontäne.

«Ich glaube, ich bin ohnmächtig geworden», sagte Probst und wischte sich einen Spritzer von der Stirn.

«Mein Gott, Martin, das ist ja eine grässliche Wunde.»

Jacks Blick war auf Probsts Nacken gerichtet. Probst griff sich unter den Kragen. Seine Hand war nass. Jetzt spürte er, wie sich das Blut an seinem Hosenbund staute, aber die Wunde spürte er nicht. «Wo sind die Churchills?»

«Ich hab sie zum Fahrstuhl gebracht. Aber lass mal sehen. Warum bloß hast du nichts gesagt?»

Probst ließ ihn seinen Nacken begutachten. «Ui», sagte Jack. «Tss.» Probst spürte noch immer nichts. In seinem kleinen Finger pulsierte es, dann und wann ein Zucken. Jacks Schuhe knirschten auf dem Beton. «Tss. Ooooh. Martin. Tss.»

«Was siehst du?»

«Tss.»

«Ich glaube, wir sollten gehen.»

«Tss. Hast du ein Taschentuch?»

Probst stellte fest, dass sein Taschentuch mit dem Mantel verschwunden war – wie auch der Autoschlüssel. Barbara würde die Ersatzschlüssel mitbringen müssen. Sie musste sowieso in die Stadt. Ihr Mann blutete.

8

Früher einmal war das Land ein Jagdgebiet der Cahokia-Indianer gewesen, amerikanischer Ureinwohner, deren Leben so wenig mit der nachfolgenden weißen Kultur des östlichen Flachlands gemein hatte, dass man denken konnte, sie hätten, als sie verschwanden, auch ihr Land mitgenommen. Geschichte lebt oder stirbt mit den Bauwerken, und die Cahokia bauten nicht mit Stein. Auf der anderen Seite des Flusses in Illinois und weiter flussabwärts in Missouri hatten sie riesige Grabhügel errichtet, die überdauerten, um über den nachgeborenen Stämmen wie die abgeschliffenen Gipfel eines versunkenen Atlantis aufzuragen; hier oben in den Hochlagen jedoch war kaum eine Spur von den Cahokia geblieben, und nur Pfeilspitzen markierten die Epoche der späteren Iowa und Sauk und Fox, jener moderneren Amerikaner, die fälschlicherweise als Indianer bezeichnet wurden.

Erst die Weißen hatten über das Land ein Gitternetz gelegt. Im neunzehnten Jahrhundert holzten sie es ab, transportierten die Stämme fünf Meilen ostwärts zum Mississippi und flößten sie nach St. Louis, wo sie auf Dampfschiffen verfeuert oder zu Bauholz wurden. Die Weißen versuchten sich auch im Ackerbau, aber das Getreide gedieh nicht auf dem steinigen, unebenen Gelände. Zur Jahrhundertwende fiel es dann Gläubigern in die Hände, die es nach Art von Gläubigern verkommen ließen, die niederen Lagen versumpften, die Hochlagen verkarsteten, bis die von den Pionieren hinterlassenen Narben allmählich verschwunden waren.

1939 hatte Buzz Wismer zwei Parzellen gekauft, eigentlich nur, weil er auf Grundstückswerte setzte, die krisenfester waren als seine junge Flugzeugfabrik. Zehn Jahre später, als der Krieg seinen Reichtum ein für alle Mal besiegelt hatte, bot ihm das Land eine Sicherheit anderer Art. Er ließ einen geräumigen Luftschutzbunker in die Nordflanke der höchsten Erhebung graben, eine Winterzuflucht für die Monate, in denen der Wind vor allem von Norden kam. Sein Sommerbunker befand sich im Ozark-Gebirge, war also ideal gelegen, um sich vor Strahlen aus der Richtung sowohl der Raketensilos als auch der städtischen Zentren zu schützen. Vorausgesetzt natürlich, der Wind spielte mit.

Die Landschaft war schön. Sekundärbewuchs aus Krüppeleiche und Pappel, Platane und Sassafras, Weißdorn und Sumach war aus den schützenden Schluchten emporgekrochen und schob sich, in die Breite und in die Höhe wachsend, von Jahr zu Jahr weiter in die brachliegenden Kornfelder vor. Nadelbäume bauten diesen Geländegewinn aus, Brombeergestrüpp und Binsen eroberten wieder die Sümpfe, die alte Apfelplantage ließ sich gehen und berauschte sich an der süßen Fäulnis ihrer Früchte, und niemand durfte auch nur einen Zweig berühren ohne die Erlaubnis von Buzz. Er hatte das Ganze mit einem zwei Meter fünfzig hohen Zaun umgeben, den Stacheldraht krönte, und an den wenigen Durchlässen für das Hochwild unmissverständliche Verbotsschilder aufgestellt. Im Innern ließ er wachsen, was wachsen wollte. Auch Pfade sollten nicht entstehen; lieber bahnte er sich den Weg durchs Gestrüpp und wehrte die Dornen mit seiner Machete und seinen Stiefeln und Handschuhen ab. Weiter oben, an den steinigeren Hängen, fiel das Gehen leichter.

Mit sechzehn war Buzz ein fliegendes Wunderkind gewesen, hatte sich aus der Warren County in die Stadt aufgemacht und war von dort quer übers Land getourt. Er hatte den oberen Mittelwesten überflogen, Alberta, Toronto, Quebec. Über Neuengland war er auf Tragflächen balanciert, war dicht über die Dächer von Aurora gebrummt und mit Taschen voller Geld und dem Spitznamen Buzz auf dem Flugzeugrumpf nach Hause zurückgekehrt. Bei einer Flugschau in St. Charles sprang er aus zweihundert Meter Höhe mit dem Fallschirm ab und brach sich beide Beine. Er ordnete sein Leben neu, heiratete eine Krankenschwester namens

Nancy George und wurde Geschäftsmann. Das Geschäft blühte, aber seine Nancy, die wie die Flugmobile, die er später bauen sollte, in fast senkrechter Flugbewegung in sein Leben getreten war, verließ ihn bald wieder. Nun war sie mit einem Ölmagnaten verheiratet, einem Mann mit dem Namen Howard Green.

Buzz' gegenwärtige Frau Bev war seine dritte. Die Leute mochten sie nicht, und obwohl Buzz sie inzwischen auch nicht mehr mochte, verdross ihn die sich darin offenbarende Lieblosigkeit der Welt. Um bei Tage zusätzlich zu den gelegentlichen Mittagessen mit Barbara Probst ein wenig Gesellschaft zu finden, musste Bev sich mit Bridgepartys für die Ehefrauen der rangniederen Ingenieure über Wasser halten, die sich geehrt fühlten, dass Wismers Gattin sich für sie interessierte. Da abendliche Einladungen gänzlich ausblieben, ließ sich Bev von Buzz zum Dinner in den St. Louis Club ausführen – für ihn eine Verpflichtung, die er seit vielen Jahren verabscheute und nach besten Kräften mied. In diesem Herbst jedoch waren die Abende im St. Louis Club viel angenehmer geworden, da neuerdings Prinzessin Asha Hammaker dort regelmäßig mit ihrem Gatten Sidney Hammaker zu Abend aß.

Buzz war wahrhaft begeistert von dieser indischen Zugereisten. Jammu ließ ihn kalt, Asha Hammaker hatte Tiefe. Bei der Wahlparty des Clubs hatten er und Bev sich mit den Hammakers einen Fernseher geteilt. Sie hatten bei der Hochzeit der Murphy-Tochter alle miteinander an einem Tisch gesessen. Und am ersten Sonnabend im Dezember war es endlich dazu gekommen, dass Buzz an der Bar des Clubs ein paar Minuten mit der Prinzessin allein sein konnte – «nennen Sie mich Asha» –, während Bev sich frisch machte und Sidney von Desmond, dem Chefkoch des Clubs, aufgehalten wurde. Mit graziöser Gebärde strich sich Asha ihr schwarzes Haar aus der Stirn mit dem Punkt und raffte es mit beiden Händen hinterm Kopf zusammen. «Ich habe ein Geheimnis über Sie erfahren», sagte sie und beugte sich näher hin zu Buzz. «Ich habe gehört, dass Sie Grundstücke in der Stadt gekauft haben.»

«So? Nun ja, es stimmt.»

«Das höre ich gern.» Mit zwei sanften Fingerspitzen berührte sie sein Handgelenk. «Haben Sie Pläne?»

«Mit den Grundstücken?»

«Ja.»

«Oh. Vielleicht.»

«Vielleicht.» Mit einem Fingernagel zog sie eine lange, wohl überlegte Linie vom Handgelenk quer über seine Handfläche und ließ sie an der Barriere seines Eherings enden. «Darüber würde ich gern mal mit Ihnen sprechen. Aber –» Sie erhob sich abrupt. «Unter vier Augen.»

Buzz blickte über seine Schulter und sah, dass General Norris, das Whiskyglas in der Hand, die Zigarre im Mund, ihn beobachtete. Buzz lächelte, und Asha eilte davon. Der General kam an seinen Tisch geschlendert und schlug ihm einen Jagdausflug vor.

Den ganzen Herbst schon hatte sich der General mit unerklärlicher Hartnäckigkeit in Buzz' Leben eingemischt, ihn hier und da zu einem Gläschen genötigt, von den Freuden und Nöten unternehmerischer Führungstätigkeit geredet, ihm Zigarren angeboten und endlos über seine indische Verschwörungstheorie schwadroniert. Buzz verstand nicht, warum Norris plötzlich so viel daran lag, seine Zeit mit ihm zu verbringen. Der General hatte viele Getreue und eine Armee von Speichelleckern, und über Buzz schien er immer ein wenig die Nase zu rümpfen. Man konnte sie schwerlich Freunde nennen.

Doch nun waren sie zusammen auf dem Landsitz von Buzz, um elf Uhr an einem Dienstagvormittag, und machten sich bereit für eine Mittagspirsch. Die beiden Männer saßen auf Safari-Hockern auf der Veranda des Bungalows, hundert Meter hügelabwärts vom Bunker. Das Land war so still wie eine Kirche am Werktag, der Himmel von blassblauer Färbung.

Der General öffnete sein Gewehrfutteral und präsentierte seine Waffe. «Ein großer Kerl braucht einen großen Kolben», sagte er.

Er trug eine schwarzrot karierte Holzfällerjacke, eine grüne Hose und gigantische Sumpfstiefel. Sein großer Daumen streichelte die Nussbaumschäftung. «Das ist eine Sonderanfertigung, vom Lauf bis zum Schaft. Raten Sie mal, was die gekostet hat.»

Buzz lud das Magazin seiner Sako.

«Bei drei Tausendern liegen Sie richtig», sagte der General.

«Das ist eine Menge», sagte Buzz.

«Aber sie ist es wert, auf Heller und Pfennig. Wollen Sie mal durchs Zielfernrohr gucken? Hier, schauen Sie sich das an.»

Mit Anstrengung – die Flinte war schwer – hob Buzz das Zielfernrohr ans Auge. Ein helles, flaches, längliches Sichtfeld, Weitwinkel, Parallaxenausgleich, mit einem zarten Fadenkreuz. Aber es war und blieb ein Zielfernrohr. «Nicht schlecht.» Er gab dem General das Gewehr zurück.

«Genau, was ich brauche, Buzz. Genau, was ich brauche.» Er zögerte. «Gibt's hier so etwas wie eine Toilette?»

Eine Toilette? Buzz' Grundbesitz war gut dreihundert Hektar groß. «Oben im Bunker.»

«Da muss ich kurz mal austreten.»

Der General stieg mit gezierten Schritten die Verandatreppe hinab. Buzz steckte eine Hand voll Patronen in die Jackentasche und folgte ihm. Am Bunker öffnete er drei Schlösser und zwei Türen und schickte Norris auf die Toilette, die in zwanzig Jahren kaum zweimal benutzt worden war. Er hoffte, dass sie schnell etwas vor die Flinte bekamen, damit sie bald in die Stadt zurückkehren konnten und ihm nach einem späten Mittagessen noch acht Stunden Arbeitszeit blieben. Ein paar junge Männer von R&D hatten ihm eine Serie von Programmen geschrieben, mit denen sich Luftströmungen simulieren ließen. Er arbeitete an einer relativistischen Wetterprognose, die sich auf die wechselnden Koordinaten eines eigens entwickelten Drucksystems stützte – jede neue Turbulenz hatte ihre Auswirkungen, zumindest in «einfachen» meteorologischen Gegenden wie den Great Plains. Gegen sieben würde er die Treppe hinabrufen und sich ein Reuben-Sandwich, Pommes frites, Gürkchen und eine Flasche Guinness bringen lassen.

Hier oben auf dem Gipfel schwiegen die Bäume sich aus. Die kahlen Kronen waren durchsetzt von Eichhörnchennestern, Wucherungen und im staubigen Sonnenlicht schwatzenden Eichelhähern. Es wäre ein wunderschöner Tag für einen Spaziergang gewesen. Bis auf den kurzlebigen Schnee der vergangenen Woche hatte es schon seit der Zeit vor Thanksgiving keinerlei Niederschläge mehr gegeben. Das Land war trocken. Laub wirbelte auf und raschelte leise, wenn man hindurchwatete, der rote Lehmboden darunter leuchtete warm.

Norris knallte die Tür hinter sich zu und wischte sich die Stirn und die graublonden Augenbrauen mit einem gästehandtuchgroßen Taschentuch ab. «Dann wollen wir mal was schießen. Haben Sie ein Seil?»

«Verdammt. Das hab ich im Bungalow gelassen.»

«Geht auch ohne. Ich will jetzt los.»

Auf dem Gipfel wandten sie sich nach Westen, der General, der sichtlich besserer Laune war, schritt forsch voran, und Buzz hastete hinterher. Seine Machete schlug ihm gegen den Schenkel, und die langen Gummistiefel, die nicht für Gewaltmärsche gedacht waren, rieben ihm die Knöchel wund. Der Boden war nur noch ein verschwommenes Gelbbraun. Wenn er jagen ging, zog er es vor, bei Sonnenaufgang hinter dem Jagdschirm zu hocken, Kaffee zu trinken, mit seinem Schwiegersohn Eric zu plaudern und irgendwann, vielleicht, auf ein Reh zu zielen. Der General blieb stehen. Buzz holte ihn gerade noch rechtzeitig ein, um seine Frage zu verstehen: «Ist das Osage-Land?»

«Äh, eigentlich nicht.»

Der General setzte sich wieder in Bewegung. «Aber so einen Stamm gab es doch?»

«O ja. Genau genommen waren es zwei, und dann … die Missouri. Die mit ihnen verwandt waren.» Buzz sog Luft in seine Lungen. «Als die Franzosen kamen, lebten sie im unteren Missouri-Tal. Die Missouri und die Kleinen Osage, sie blieben am Fluss. Wurden beinahe ausgerottet von den Windpocken und den Stämmen an den Großen Seen –»

«Und vom Whisky.» Norris blickte starr geradeaus.

«Sicher, auch vom Whisky. Aber die Großen Osage, sie haben bis ins zwanzigste Jahrhundert durchgehalten. Unten im Ozark-Gebirge. Dann in Oklahoma. Sie sind reich geworden. Vom Verpachten der Ölquellen. Können wir kurz Pause machen?»

Norris blieb stehen.

«Irgendwann waren sie der reichste Indianerstamm der Welt. Aber die neue Generation –»

Norris schnüffelte. «Woher wissen Sie das alles?»

«Lesen Sie nicht den *Post-Dispatch*?»

«Das waren doch Wilde.»

«Na ja. So wild waren sie auch wieder nicht.»

«Mir hat noch keiner das Gegenteil bewiesen», sagte Norris. «Das waren Wilde.»

«Schon richtig. Ist aber eine voreingenommene Betrachtungsweise.»

«Blutrünstige, nackte Wilde.»

«Das ist schon wahr, obwohl –»

«Zwölf Verletzte gab es im Stadion, Buzz. Zwölf Schwerverletzte. Und was lesen wir im *Post-Dispatch*? Wie dankbar wir sein dürfen, dass diese Krieger harmloser sind, als ihr Geschrei vermuten lässt. Ich möchte wetten, diese zwölf Leute im Krankenhaus –»

«Eigentlich dreizehn. Auch Martin Probst –»

«Probst.» Der General spuckte aus und traf einen Amberbaum.

«Ja. Es hat ihn ganz schön erwischt. Ein gebrochener Finger und eine Schnittwunde am Hals. Er glaubt, dass er etwa einen halben Liter Blut verloren hat, und Barbara hat ihn –»

«Hatte er etwa einen Messbecher bei sich?»

«Im Ernst. Er war da genau mittendrin.»

«Und hat die Damen in den Logen hofiert.»

«Nein, General. Sie mussten ihn ins Krankenhaus schaffen. Ich verstehe nicht, was Sie gegen ihn haben.»

«Er ist ein bisschen zu affektiert für meinen Geschmack.»

«Ich dachte, Sie wären Freunde.»

«Falsch gedacht.»

«Erzählen Sie mir nicht, dass Sie ihm den kleinen Disput bei der Vereinssitzung übel nehmen. Ich bin sicher, den hat er längst vergessen. Es gibt absolut keinen Grund –»

«Ein bisschen zu tuntig.»

«Augenblick mal, General. Geben Sie dem Mann eine Chance. Ich stehe auf Ihrer Seite, vergessen Sie das nicht, und *ich* sage Ihnen, dass Sie diese Indergeschichte überschätzen. Und entschuldigen Sie, aber Probst ist einer der patriotischsten, großzügigsten und maskulinsten Männer, die ich kenne. Er war am Sonntag im Stadion, er wurde ziemlich schwer verletzt, sie brauchten zwölf Stiche –»

«Moment. Er hat *geblutet*?»

«Das sagte ich doch.»

«Ja, wenn er geblutet hat ...» Norris runzelte die Stirn. «Vielleicht hab ich da. Vielleicht hab ich. Hmmmm.»

Buzz verdankte Martin und Barbara eine Menge, und sei es nur deshalb, weil sie in einer Zeit, als viele andere begannen, Bev und ihn von ihrer Gästeliste zu streichen, freundlich zu Bev geblieben waren. Er ließ nicht locker. «Ich glaube, es bringt nichts, einen Verbündeten wie Martin zu verprellen. Ist einfach sinnlos.»

Nachdenklich befingerte Norris die Mündung seines Gewehrs. «Er hat geblutet für die Sache ...»

«Wenn Sie so wollen.»

«Für die Sache.»

«Wollen Sie ihm nicht eine Chance geben, General?»

Der General stapfte weiter, und wieder musste ihm Buzz im Laufschritt folgen. Der Wald wurde dichter, es ging bergab. Sie waren eine halbe Meile gelaufen. Bald kam der Schlammhang oberhalb der großen westlichen Wiese in Sicht, und Norris eilte das Gefälle flink hinab, mit seitlich gesetzten Füßen. Buzz stolperte hinter ihm her. Vom getrockneten Schlamm, einem Labyrinth aus Rissen, wirbelten Staubwölkchen auf, als sie ihn überquerten. Das Land brauchte Regen. Buzz roch Rauch, wahrscheinlich kam er vom Farmhaus gleich hinter der Nordwestgrenze seines Anwesens. Ein junges Selbstversorger-Pärchen hatte sich dort Land gekauft. Das Aroma des Rauchs belebte ihn.

«Ssst!» Der General winkte aufgeregt.

Buzz stellte sich neben ihn auf einen sandigen Hügelvorsprung und blickte auf die Wiese, die sich unter ihnen auftat. Da im Gestrüpp stand Rotwild. Vier, sechs, acht Tiere. Der größere der beiden Hirsche hatte ein preiswürdiges Geweih.

Der General schlich wieder den Schlammhang hoch und verschwand. Buzz behielt die Tiere im Auge. Sie sprangen ohne Eile auf den Wald am Westrand der Wiese zu. Der größere Hirsch blieb etwas zurück. Wenn Buzz im Stehen schösse, würde er ihn kaum treffen. Und wenn er sich hinsetzte, könnte er ihn nicht sehen. Er lehnte sich breitbeinig an einen Ahornstamm, legte an und folgte dem Hirsch mit dem Zielfernrohr. Das Fadenkreuz strich über die Wiese. Der Hirsch verschwand bis zur Schulter im Gesträuch am Waldrand. Buzz entsicherte, konzentrierte sich und drückte ab.

Der Kolben versetzte ihm einen bösen Hieb. Der Hirsch, unversehrt, floh ins dichte Unterholz. Er senkte das Geweih, um unter Ästen durchzutauchen, schlug einen Haken und stürzte krachend nieder.

Der Schuss war von links gekommen. Am Abhang leuchtete eine rote Jacke auf. Der General kam auf ihn zugerannt, und Buzz wies ihm den Weg.

Der Hirsch lag auf der Seite, gebettet auf Eichenlaub und Kiefernnadeln. Blut sickerte aus einem Loch oberhalb des Schulterblatts. Er röchelte. Buzz hatte noch nie einen Hirsch atmen gehört. Das Tier lag still, dann scharrten die Vorderläufe im Laub. Die Hinterläufe waren offenbar gelähmt. Das Geweih ruckte vor und zurück. Helles Blut perlte über Fell und glitzerte auf Blättern. Der Geruch von Rauch, von Holzfeuerrauch, von beißendem Rauch, stach Buzz in die Nase.

Norris sog Luft durch die Zähne.

«Guter Schuss», sagte Buzz.

«Die Kleine kann was. Wollen Sie ihm die Ehre erweisen?»

Buzz' Magen zog sich zusammen. «Nein. Machen Sie nur.»

Norris streckte die Hand aus wie ein Chirurg. Buzz nestelte an seinem Gürtel und legte die Machete in die wartende Hand. Als sich Norris hinkniete, schloss Buzz die Augen. Er hörte Fleisch und Gewebe aufratschen. Er riss ein Auge auf. In einem dicken, schnellen, klumpigen Strom drang Blut aus der geöffneten Halsvene. Norris lächelte. «Na komm.»

Buzz schüttelte den Kopf.

Das Lächeln wurde breiter. «Na komm schon.»

Buzz wandte den Blick ab. Seine Augen brannten. Die Luft schien vom Rauch trübe zu werden. Wieder hörte er ein langes Ratschen. Der General hatte den Bauch des Hirsches aufgeschlitzt. Er erhob sich und legte Buzz den Arm um die Schultern. «Das ist auch deine Beute», sagte er und zog ihn zu der Tierleiche und zwang ihn in die Knie. Das Blut dampfte, roch eisenhaltig, streng. Buzz' alte Schenkel zitterten und gaben nach. Er sackte auf die Fersen.

Staub lag auf den glotzenden Augen des Hirsches.

«Fühl das Herz», sagte der General.

«Was?»

«Befühl es. Ist heißer als jede läufige Inderin.»

Buzz sah das Blut in Wellen aus dem aufgeschlitzten Bauch herausfließen. «Wozu? Wovon reden Sie?»

«Weißt du genau. Los, befühl es.»

«Moment.»

«Mach schon, Buzz.» Der General packte ihn am Handgelenk und stieß die Hand in das Tier, unter den Brustkorb, durch das zerrissene Zwerchfell. Es war heiß dort drinnen. Buzz tastete. Er fand das reglose Herz. Es war heiß, und an seinem ganzen Körper wurde ihm von der Metamorphose schlecht, die Hitze strömte durch seine Brust direkt in sein Gehirn, der Rauch in Lungen und Gesicht, pochte auf den Wegen, versengte seine Haut. Das Tier hatte gekotet. Alles qualmte, und Buzz, verwirrt von der Hitze, stieß auch die andere Hand hinein. ES WAR HEISS.

«Na bitte.» Der General stand über ihm und rauchte eine blutige Zigarre. Buzz riss sich von dem Blutbad los. Seine Ärmel waren bis über die Ellbogen klebrig und rot. In der kalten Luft wurden seine Finger steif. «Du hast bestanden, mein Junge», sagte der General. «Häng dir das Vieh ins Wohnzimmer und denk daran, wenn sie dir das nächste Mal über die Handfläche kratzt.»

Buzz schaute mit einem Schuldgefühl auf, das an Liebe grenzte. Er hatte bestanden. Der General, über ihm aufragend wie ein Turm, zog heftig an der Zigarre und paffte. Aber der Rauch war unsichtbar. Die Luft war weiß. Buzz sah sich um.

«O Gott!», krächzte er.

Eine gewaltige Rauchsäule von unheilvollem Grau stieg im Osten auf, genau über seinem Land. Sein Land brannte.

Der General folgte seinem Blick. «Himmel!»

Buzz wollte aufstehen, kippte nach hinten, stützte sich mit den Armen vom Boden ab und rappelte sich hoch.

Der General rannte schon. Buzz rannte ihm nach, alles zurücklassend, Flinte, Machete, Beute. Der General schwenkte sein Gewehr über dem Kopf wie einen Speer. Für einen sechzigjährigen Geschäftsmann war sein Tempo unglaublich. Er ließ Buzz in einer Staubwolke zurück.

«General, warten Sie!»

Die rote Jacke schwankte und hüpfte am anderen Ende der Wiese den Hang hinauf.

«Warten Sie!» Es war zwecklos. Buzz blieb stehen und hustete und würgte. Dicke Wolken wallten über die Wiese. Die Sonne war zu einem dunstig beigen Stern verblasst.

Die Feuerwehr. Wo war das nächste Telefon?

Die jungen Farmer. Er hatte die Telefonleitung gesehen.

Er rannte zur Grenze seines Anwesens, stürzte auf zweihundert Metern ein Dutzend Mal, landete in den Dornen. Frischrosa Abschürfungen zeigten sich auf seinen blutbefleckten Händen. Er gelangte zum Zaun, fand die Wildpforte und stolperte verzweifelt die alte, überwucherte Straße zum Farmhaus hinab.

Verblichene Arbeitskleidung und vergilbte Unterwäsche hingen an schlaffen Wäscheleinen hinter dem Haus. Er klopfte an die Hintertür und schaute über die Schulter zurück. Der Durchmesser der Rauchsäule wurde größer, sie strebte mit dem sanften Wind nach Süden. An einem solchen Tag breitete sich das Feuer schneller aus, als man laufen konnte. Buzz klopfte erneut, drehte den Knauf und fand die Tür unverschlossen. Er trat ein. In der Küche herrschte ein fauliger Gestank, der aus dem Ausguss zu kommen schien, wo die Reste eines hellorangefarbenen Eintopfgerichts in einem Kochtopf trieben. Buzz sah Kochbücher auf dem Fensterbrett. *Köstliche Vollkornrezepte. Kochen mit Laurel. Indische Standardgerichte. Deenas Kräuterfibel.* An der Wand neben dem Herd war ein Telefon. Buzz wählte die Null und verlangte die Feuerwehr.

Der Brand sei schon gemeldet, erfuhr er. Örtliche Löschtrupps seien benachrichtigt, und ein Mann sei zum Stäuben unterwegs.

«Mit dem Flugzeug?», fragte Buzz.

«Ja, Sir. Wie sieht es mit Wasser aus?»

«Schlecht. Die Bäche sind fast versiegt.»

«Feuerschneisen?»

«Leider keine.»

«Wir tun, was wir können.» Der Mann legte auf.

Buzz rannte aus dem Haus und lief über Weide und Straße zurück. Auf der Wiese blieb er stehen. Die Rauch war noch dicker geworden, türmte sich in Schichten auf, wogte, sank, nahm ihm den Atem. Helfer, Nachbarn brauchte er, aber er kannte seine Nachbarn nicht. Er hatte zu viel Wald, nicht genug freies Feld, mitten auf der einzigen Zufahrtsstraße wuchsen Apfelbäume. Ein Flugzeug brauchte er ...

Er hörte es. Sich von hinten nähernd, tauchte es über den Bäumen auf, noch hoch, aber im Sinken. Batzenweise fiel roter Brandverzögerer herab. Mit Ehrfurcht sah Buzz das Flugzeug über sich hinwegfliegen und auf den Rauch zusteuern. Der Motor verstummte, und als die Tragflächen in die windabgewandte Seite der Rauchsäule schnitten, hörte Buzz einen Schuss. Er hörte zwei weitere Schüsse, im Abstand von zwei Sekunden. Er ging in die Knie und raufte sich die Haare.

Wieder ein Schuss.

«Aufhören, General!», brüllte er.

Noch ein Schuss.

Der Motor heulte auf, und das Flugzeug drehte, nach oben gezogen, gefährlich scharf nach Süden ab, ohne seine Ladung abzuwerfen. Buzz sah ihm nach, bis es zwischen den Bäumen verschwunden war, und der General, sein Magazin war leer, stellte das Feuer ein.

«Martin? Hier ist Norris.»

«Oh.» Probst fielen die Lider zu. «Guten Morgen.» Samstag, acht Uhr. Regentropfen liefen über die Fensterscheiben, die Dachrinnen ächzten, und im Badezimmer, wo Barbara duschte, plätscherte es friedlich. «Was kann ich für Sie tun, General?»

«Martin, haben Sie einen Moment Zeit?»

«Ich habe geschlafen.»

«Weshalb ich so früh anrufe ... Wenn Sie mal auf die Straße schauen wollen?»

«Vielleicht sagen Sie mir, was da draußen ist», sagte Probst.

«Mein Wagen. Ich spreche aus meinem Wagen. Haben Sie zu tun?»

«Um elf habe ich einen Tennistermin.»

«Bis drei oder vier müssten wir zurück sein.»

«Aha.» Probst streckte ein Bein in Barbaras kühle Betthälfte. «Wo soll's denn hingehen?»

«Nach Mexiko.»

«Nach Mexiko, aha.»

«Ich werde alles erklären», sagte der General. «Um Ihr Frühstück brauchen Sie sich nicht zu kümmern. Ich habe vorgesorgt.»

«Sie glauben also, dass ich mit Ihnen nach Mexiko fliege?»

«Kommen Sie erst mal nach draußen. Ich erkläre alles.»

«Hören Sie, General. Ich kann mir nicht einfach den Tag um die Ohren schlagen.»

«Ich hätte Sie gestern angerufen, Martin, aber der Überraschungseffekt ...»

«In der Tat.»

«Ich meine nicht Sie, Martin. Ich meine die anderen. Es dauert nur ein paar Stunden. Das hier ist wichtig.»

«Wenn Sie jetzt wieder mit Jammu anfangen –»

Der General legte auf. Probst trat die Decke beiseite und wälzte sich aus dem Bett. Sein Kopf schmerzte. Am Abend hatten sie scharfe Sezuan-Platte gegessen und dazu viel Bier getrunken, bei Bob und Jill Montgomery in Chesterfield. Er tappte zum Badezimmer und drehte am Knauf. Verschlossen. *Verschlossen?*

«Moment noch», trällerte Barbara.

Wie! Sie hatte abgeschlossen?

Er stapfte zurück durch den Raum, hinaus auf den Flur, um die Ecke und durch die unverschlossene zweite Tür ins Badezimmer. Der mit Badearoma getränkte Dunst legte sich schwer auf seine Brust. Barbara steckte den Kopf durch den Vorhang und runzelte lächelnd, befremdet die Stirn. «Was ist?»

«Ich will mich rasieren.»

Sie runzelte die Stirn noch mehr, gekränkt. «Bitte sehr.»

«Warst du nicht lange genug hier drin?»

Ihr Kopf verschwand. Das Wasser hörte auf zu fließen. Nie machte sie sich klar, wie viel Wasser sie verbrauchte. «Reich mir ein Handtuch.»

Er nahm ein Handtuch von ihrem Stapel und zerteilte den Vorhang. Sie zuckte schaudernd zusammen, damit er sich wie ein Fremder, wie ein Barbar vorkam.

«Tut mir Leid», sagte er. «General Norris wartet draußen in seinem Auto.» Sie wickelte sich in das Handtuch, ohne sich abzutrocknen, und verließ, die Tür zuschlagend, das Bad. Er öffnete die Tür und rief ihr nach: «Es tut mir Leid!»

«Na so was!»

Seit Luisa weg war, gab es Probleme.

Mit einer ungeschickten Schaufelbewegung befeuchtete er sich das Gesicht. Wasser lief über seine Brust und auf den Bund der Pyjamahose zu, und er versuchte es hüftschwingend ins Waschbecken umzuleiten, aber schon rann es an der Innenseite seiner Schenkel hinab, als ginge ein Reißverschluss auf. Er drückte eine Portion Rasierschaum auf sein linkes Handgelenk, knapp oberhalb der Aluminiumschiene, und verrieb ihn mit der rechten Hand im Gesicht. Früher hatte er sich immer mit der linken Hand eingerieben. Sein Gesicht fühlte sich fremd an, voller unzugänglicher Nischen und Spalten.

Nachdem er sich in die Kleidungsstücke vom Vorabend gekämpft hatte (sie rochen nach Restaurant), ging er nach unten in die Küche und ließ sich von Barbara die Schnürsenkel binden. Sie machte doppelte Knoten. Der General in seinem Rolls hupte lange und laut.

Probst hatte schon den halben Plattenweg zurückgelegt, als Barbara seinen Namen sagte. Er drehte sich um. «Rufst du mich an?», fragte sie.

Es hupte erneut. Probst lächelte ihr zu und nickte. Die Haustür fiel ins Schloss, und Barbara begab sich ins dämmrige Grün des Wohnzimmers. Sie sah, wie das Auto, der schwarze Leichenwagen, ihren Mann verschluckte. Sie war allein. Sie ließ den Blick quer durchs Wohnzimmer schweifen, hin und her, und wünschte sich, dass Luisa aus dem Schrank träte, einfach heraussträte und etwas sagen würde, irgendwas. «Der große Napf war zu heiß, der mittlere Napf war zu kalt, aber der kleine war ge-na-a-a-au richtig»: Luisa als Goldilocks, die gekommen war, um den Haferbrei zu stehlen, und den Stuhl zerbrochen und sich wieder davongemacht hatte, um glücklich bis an ihr Ende zu leben, im Land der Menschen ... Mama Bär tappte durch den verwunschenen Wald in die Küche und goss sich Kaffee ein. Sie setzte sich an den Tisch, rieb sich die Augen und schniefte. Sie musste Goldilocks wieder einen Brief schreiben. Zwar telefonierten sie jeden Tag, doch das reichte nicht. Sie schrieb das Datum, 9. Dezember, auf das oberste Blatt des Briefblocks und rauchte eine Winston – ihre alte Abhängigkeit, die sie diesmal bewusst wieder aufleben ließ. Nie bat sie Goldilocks, doch zurückzukehren. Goldilocks war kein Gegenstand, war keine Maschine. Sie war eine eigenständige Person. Jetzt verhielt sie sich so, aber eines Tages, bald, würde sie sich anders verhalten. Vorerst freute sich Mama Bär, dass Papa Bär sein inneres Gleichgewicht verloren hatte. Sie hatte nicht vor, ihm zu helfen. Sie hatte aber genauso wenig vor, den Mund zu halten. In einer Stunde würde sie anrufen. Doch jetzt: Liebe Luisa. Ich habe Weihnachtseinkäufe gemacht.

Der Rauch setzte Probst zu. «Kann ich das Fenster öffnen?»

Der General öffnete sein Fenster und warf die Zigarre in den Regen. Sie landete im gegenüberliegenden Rinnstein, wie ein Stück Hundedreck. Die Ampel schaltete auf Grün. Durch die grün getönten Scheiben wirkte das Signallicht fast weiß. Der Motor summte, als der General beschleunigte und die leere, regennasse Auffahrt zum Inner Belt Expressway hinauffuhr. Probst las noch einmal den Zettel, der ihm beim Einsteigen gegeben worden war.

Sagen Sie nichts. Der Wagen ist verwanzt.
Mexiko ist eine Finte. Wir bleiben in der Gegend.
Ich werde Ihnen alles erklären.

Probst schlug sich auf den Schenkel. «Ist ja ewig her, dass ich in *Mexiko* war!»

Norris warf ihm einen vernichtenden Blick zu, bot ihm aber einen weiteren Doughnut an.

«Wie geht's Betty?», fragte Probst mampfend.

«Gut. Hat jetzt den Vorsitz im Schulbeirat.»

«Schätze, das bedeutet Lehrbuchkonferenzen?»

«Nicht, wenn sie's vermeiden kann.»

Die nördliche Verlängerung des Inner Belt fraß sich durch Neubausiedlungen und moderne, fensterlose Industrieanlagen und bräunliche Parklandschaften. In St. John, es regnete mittlerweile, sah Probst einen großen alten Mann im Bademantel, der an seinem Balkongeländer einen Kranz befestigte.

«Was dagegen, wenn ich Ihr Telefon benutze?», fragte er.

«Nur zu.»

Er tippte die Nummer der Ripleys ein, und Audrey nahm ab. Er konnte nicht widerstehen, ihr zu sagen: «Ich rufe aus einem Auto an.»

«Ach wirklich?» Ihre Stimme klang dumpf.

«Könntest du Rolf ausrichten, dass ich für heute Vormittag absagen muss?»

Mit einem wohligen Gefühl der Verantwortungslosigkeit legte er auf. Er wandte sich zum General, der einen schwarzen Regenmantel und, darunter, ein exquisit wirkendes Baumwollhemd mit breiten Längsstreifen trug, Braun und Schwarz.

«Woher haben Sie das Hemd?»

«Neiman.» Der General fuhr nun durch ein Gewerbegebiet irgendwo östlich des Flughafens. Das Gelände endete an einem hohen Zaun, dessen Maschen mit grünen Plastikbändern durchflochten waren. Am Schiebetor senkte er das Seitenfenster, blickte auf ein Kärtchen und tippte Zahlen in eine Rufsäule ein. Das Tor öffnete sich, und sie fuhren auf einen Parkplatz, auf dem acht oder neun Autos parkten. Hinter den Autos stand ein nicht näher gekennzeichnetes Gebäude mit gewölbten Dachfenstern aus Plexiglas, eine Art Hangar. Der Asphalt führte direkt an den Sockel der Schlackensteinwände heran, als wäre das Haus, genauso wie die Autos, auf dem Belag bloß abgestellt und könnte davongefahren werden.

Beim Aussteigen blieb Probst mit der verletzten Hand an der Tür hängen. Sein Knie zuckte zur Seite und rammte die Tür in den Nachbarwagen, der einen ansehnlichen Kratzer abbekam. Es war ein grüner LeSabre mit Schlammspritzern hinter den Rädern. Probst fühlte sich verpflichtet, einen Zettel zu hinterlassen, aber schon lief er hinter Norris her. Ein bedeutender Wagen war es ohnehin nicht.

Am Eingang tippte Norris weitere Zahlen ein, nach der letzten ertönte der Summer. Drinnen war alles mit Teppichen ausgelegt und dunkel. Ein Umriss oberhalb einer sanft ansteigenden Rampe gab sich allmählich, Schritt für Schritt, als Schreibtisch mit Chromfüßen zu erkennen, an dem ein Mann mit verspiegelter, eng anliegender Sonnenbrille saß. Er saß seitwärts, seine Beine ragten rechts hinter dem Schreibtisch hervor. «Name?», fragte er. Er hatte einen flachen Bürstenschnitt.

«Bancroft», sagte Norris. «Und ein Begleiter. Ich habe reserviert. Suite sechs. Aber ich möchte eine andere.»

«Suite zwölf.» Der Mann schob ein Schlüsselbund über den Tisch. Er drehte sich mit dem Stuhl und blickte auf die Wand hinter ihm. «Zweiter Gang links, die Treppe hoch und wieder links.»

Die Wände waren aus nackten Schlackensteinen, die Decken der

Räume unbestimmbar hoch. Der Teppichboden roch neu. Im zweiten Korridor trafen sie ein orientalisches Mädchen, das nichts als ein T-Shirt trug, wie ihr Schamdreieck war es schwarz. Sie kam ihnen entgegen. Ihre Finger strichen an der Wand entlang. Sie blickte auf, und Probst wollte wegschauen. Sie sah durch ihn hindurch.

«War das Mädchen blind?», flüsterte er.

«Sie sind alle blind.»

«Schrecklich.»

«Das ist ein Dreckladen hier. Aber sehr diskret.»

«Was ist es genau?»

«Ein Fitnessclub.»

Zwischen Korridor und Suite lag, eingeschlossen von zwei mit Riegeln ausgestatteten Türen, ein kleines Vestibül. Die Suite selbst war geräumig. Probst, von einer Zimmerecke aus, nahm sie in Augenschein. Da waren eine Kochnische, ein Allzwecktrainer, ein Doppelbett, ein Fahrradtrainer, ein abgesenkter Whirlpool, eine Höhensonne und mehrere sadistisch anmutende Gerätschaften, deren Sinn er nicht erkennen konnte. Nahe der Tür stand ein weiß lackierter Kasten, ungefähr sargförmig und etwas größer als eine Kühltruhe. Probst klopfte auf den Deckel. «Was ist das?»

«Schwebetank.»

Probst trat einen Schritt zurück. Warmluft strömte aus einem Heizschacht hinter ihm. Die Luft roch seltsam. Würzig.

«Ein Dreckladen», wiederholte der General.

Probst ging zum Bett und legte seinen Mantel darauf. Er blickte zur Decke. Dort befand sich ein Spiegel. Im Spiegel sah er aus wie ein Zwerg.

«Sie haben also etwas gefunden –»

Der General hielt ihm mit einer parfümierten Hand den Mund zu. «Ich weiß nicht einmal, wie hoch der Mitgliedsbeitrag ist», sagte er laut. «Die Karte hab ich von Pavel Nilson geborgt.» Aus seinem Regenmantel holte er zwei schwarze Kästchen, die luxuriös schimmerten. Er drückte einen Knopf. Ein rotes Lämpchen flackerte auf und wurde abgelöst von einem grünen. Er drückte einen Knopf auf dem anderen Kästchen. «Jetzt haben wir Ruhe.»

«Wäre es nicht einfacher gewesen, sich im Wald zu treffen?»

«Ich bin sechzig. Ich lege Wert auf Bequemlichkeit. Ich gebe es zu. Und Sie?»

«Wer täte das nicht.»

Der General setzte sich und zog die Schuhe aus. Probst schüttelte einen flüchtigen ehebrecherischen Kitzel ab. «Aber am Dienstag waren Sie im Wald», sagte er.

«Reden wir nicht davon.» Der General legte sein gestreiftes Hemd aufs Bett, und Probst bewunderte es erneut. «Ich möchte in die Sauna. Sie kommen mit.»

«Sicher. War ich schon lange nicht mehr.»

«Vorweg will ich ein paar Dinge klarstellen. Ja, ich hab auf das Flugzeug geschossen. Ja, es war ein Fehler. Nein, ich bereue ihn nicht. Nein, ich glaube nicht, dass das Feuer von allein ausgebrochen ist. Ja, Buzz Wismer hat sich geweigert, mich in die Stadt zurückzufahren. Ja, es war mir schnurzegal. Der Grund, warum Sie hier sind, ist der: Es hat keinen Sinn, mit Buzz Wismer zu reden.»

«Riechen Sie was?»

Norris schnüffelte. «Räucherstäbchen.»

«Es riecht wie angebrannter Pfefferkuchen.»

«Hab schon Schlimmeres gerochen hier drinnen. Kommt alles durch die Heizschächte.» Norris, nun in Boxershorts, steckte sich eine Zigarre an.

«Sie haben also eine Wanze gefunden.» Probst begann sich auszuziehen. Norris griff erneut in seinen Regenmantel und reichte ihm ein durchsichtiges Plastiktütchen. Probst hatte eine Erleuchtung. Wanzen hießen Wanzen, weil sie wie Wanzen aussahen. Die hier war winzig, der Durchmesser der einer kleinen Münze und nicht einmal doppelt so dick. Acht Kontakte ragten wie Beinchen aus der Unterseite.

«Das ist Hightech, Martin. Feinster Hightech.»

«Wo haben Sie die gefunden?»

«In meinem Büro.»

«Und wie?»

Norris wies mit dem Kopf auf die Metallkästchen. «Abwehrtechnologie. Die ich Ihnen mit Freuden leihen werde.»

Das war Probst zu außerirdisch. Er freute sich, als Norris einen menschlicheren Gegenstand, eine Flasche Whisky, etwas Irisches, aus seinem Regenmantel zog. «Und in Ihrem Auto haben Sie auch eine Wanze gefunden», sagte er.

«Ja. Aber das sollen die nicht wissen. Diese hier hab ich den Wachmann per Zufall finden lassen.»

«Und in Ihrem Haus?»

Norris ging in die Kochnische und schüttelte den Kopf. «Für mein Haus interessieren sie sich nicht.»

«Sie meinen Ihre Konkurrenz?»

«Seien Sie doch nicht blöd, Martin. Sie wissen, von wem ich spreche.» Er wählte ein Glas aus dem Schrank und schenkte sich ein. «Darf ich Ihnen auch etwas einschenken?»

«Was Sie grad zur Hand haben», witzelte Probst.

Er bekam weniger als einen Fingerhut voll. Es war das erste Mal, dass er mit Norris allein war, und er fand ihn weniger borniert als den «General», umgänglicher. In der Sauna saßen sie sich in Erwartung der Hitze schlaff gegenüber. Dampf stieg durch die Bodenlatten auf, ließ das Handtuch des Generals langsam auseinander klaffen und gewährte einen Blick auf die knochenlose Fülle, rosa und pelzig, zwischen seinen Beinen. Seine intimen Körperteile. Mit denen er geboren worden war.

«Früher», sagte er, «konnte ich bei der Polizei anrufen und erhielt Auskünfte. Aber jetzt redet die städtische Polizei nicht mehr mit mir. Auch das FBI wird von Jammu abgeblockt. Die Ermittlungen zum Stadion-Attentat gibt sie nicht aus der Hand. Entweder will sie, wenn sie die Terroristen drankriegt, den Ruhm für sich allein. Oder sie versucht, sie zu decken. Ich behaupte das Letztere. Aber noch ist es möglich, sich in dieser Stadt Fakten zu verschaffen. Im Stadion wurden drei Tonnen Kordit gefunden, verteilt auf zwei Ladungen, jede mit einem Stickstofftank. Außerdem waren da acht kleinere Sprengsätze, genug, um fast alle Tribünen zum Einsturz zu bringen. Und Druckbehälter mit Chlorgas, das ausgereicht hätte, ein ganzes Bataillon zu töten und eine ganze Division zu vergiften. Die Zündvorrichtungen waren separat, Fernzündung gab es nicht. Keine Empfänger. Die Sprengsätze sollten nacheinander, nicht gleichzeitig hochgehen, das Gas zuletzt, um die Zahl der Opfer zu maximieren. Der erste Zeitzünder war auf 14 Uhr 25 eingestellt. Die Explosion, die tatsächlich stattfand, die das Baseball-Denkmal zerstört hat –»

«Das ich nicht vermisse», sagte Probst.

«Panzermine. Offenbar sowjetischer Bauart. Da ist sich das FBI nicht sicher.»

Probst, nass geschwitzt, lehnte sich an die Holzverkleidung und schloss seine brennenden Augen.

«Fassen wir zusammen», sagte der General. «Erstens, die nächtliche Bewachung des Stadions lässt sehr zu wünschen übrig. Aber das wussten wir bereits. Der Umgang mit der Sicherheit stinkt überall zum Himmel. Zweitens, diese Krieger haben internationale Verbindungen. Die sowjetische Panzermine –»

«*Wenn* es denn eine war», sagte Probst.

«Und noch verräterischer, die Stickstofftanks. Das ist Naher Osten. Dort ausgeheckt, dort verbreitet. Drittens, und jetzt wird es richtig übel, Martin, sind Sie auf unsrer Seite?»

«Bin auf unsrer Seite.»

«Drittens: Es wurden sehr gezielte Schritte unternommen, mindestens zehntausend Zivilisten zu töten und dreißigtausend weitere zu verletzen. Stellen Sie sich vor, Martin – ein solches Blutbad mitten in St. Louis.»

Probst konnte es sich nicht vorstellen.

«Inzwischen war eine Bombenwarnung eingegangen bei der städtischen Polizei, um 13 Uhr 17, achtundsechzig Minuten bevor die Sprengsätze hochgehen sollten. Die Polizei brauchte vier Minuten, um zum Stadion zu gelangen, und siebenundfünfzig Minuten, um alles zu lokalisieren und zu entschärfen. Sie haben keinen einzigen Sprengsatz übersehen, sie haben keinen Fehler gemacht. So, wie es gelaufen ist, hatten sie eine Zeitreserve von gerade mal sieben Minuten. Das riecht doch nach Absprache, meinen Sie nicht? Aber es gibt ein weiteres Problem, und das wird glatt unterschlagen, kein Wort davon in den Medien: Warum zur Hölle verschwenden die ein Vermögen an eine ausgeklügelte Sprengvorrichtung, installieren sie unter größten Risiken und geben dann eine Bombenwarnung durch? Warum ein Auto in die Luft sprengen, wenn keiner drinsitzt? Warum mit dem Maschinengewehr nur auf die dunklen Fenster eines Hauses schießen? Warum einen unbemannten Sendemast explodieren lassen? Klar, es ist auch Blut geflossen, und fast beneide ich Sie um das Privileg, Martin, zu denen zu gehören, die –»

«Danke.»

«Aber verzeihen Sie, wenn ich das sage: Es reicht nicht aus. Einschließlich der kleinen Attacke auf den Sendemast gab es vier separate Anschläge und dabei nicht die kleinste Schussverletzung. Irgendjemand geht da ziemlich zimperlich zu Werke. Das riecht nach Frau. Das riecht nach Jammu.»

«Sie kam mir nicht gerade zimperlich vor.»

«Klar. Aber das ist alles Mache.»

«Moment», sagte Probst. «Beides zusammen geht nicht. Wenn die Terroristen zimperlich sind, wenn sie mit glaubhaften Drohkulissen Unruhe stiften wollen, dann kein Problem. Aber wenn sie es ernst meinen, und die Stickstofftanks sprechen dafür, dann macht Jammu ihre Sache gut, und sie haben allen Grund, sich zu verkriechen.»

«Falsch! Grundfalsch!» Der General knüllte sein Handtuch zusammen, warf es in den Dampf, erhob sich abrupt und schritt auf engem Raum umher. «Das ist nicht nur Unruhestiftung. Da steckt zu viel Geld drin, zu viel Ausrüstung aus dem Ausland, zu viel Know-how. Aber wirklich ernst meinen sie es auch wieder nicht. Das ist Jammus Werk, Martin. Und die uralte Masche. Man schafft die Illusion von Terror und lässt sich feiern, weil man ihn beseitigt hat; man kriegt Gelder, man kriegt Macht. Genauso läuft das hier. Jammu fühlt sich verdammt sicher. Schauen Sie sich Jim Hutchinson an. Keiner kapiert, was die Krieger gegen ihn und seinen Sender haben. Und keiner wundert sich, dass er noch lebt. Die Geschichte ist so durchsichtig, ich könnte heulen. *Hutchinson unterstützt Jammu*. Vor zwei Monaten hat er das noch nicht getan. Jetzt ist er ihr größter Anhänger, und man kann nicht mehr mit ihm reden. Genau deshalb ist er noch am Leben. KSLX lässt keine Gelegenheit aus, positiv über die Polizei zu berichten, Etaterhöhungen zu fordern, Jammu zu loben, und Sie wissen genauso gut wie ich, dass jeder Trottel glaubt, KSLX sei die Stimme von St. Louis. Aber das stimmt nicht, KSLX ist die Stimme von Jim Hutchinson. Und da haben Sie's!»

«Aber», sagte Probst. Schweiß hatte sich auf den Weg gemacht, eine Unzahl flacher Würmer. «Mir scheint, dass sich nicht viel geändert hat. Hutch war schon immer links. Jammu ist auch links, zumindest teilweise, so steht es in der Zeitung. Hutch unterstützt sie jetzt. Er ist links geblieben. Norris, vor drei Monaten haben Sie von Verschwörungen geredet. Jetzt reden Sie immer noch davon. Sie haben das Ganze kommen sehen, bevor es anfing. Auch Sie haben sich nicht geändert. Alles, was ich sehe, beruht auf Zufällen. Inder und Indianer. Eine Prinzessin, eine Polizistin, beide aus Bombay. Das erste Spiel der Big Reds, das ich seit Jahren besucht habe, ist gerade das, das zur Katastrophe wird. Zufall, weiter nichts. Ich könnte da was hineininterpretieren, aber was soll's? ‹Gott ist rot.› Wahrscheinlich vermuten Sie die Kommunisten dahinter.»

«Allerdings.»

«Nun, ich sehe nicht, dass sie einen zwingenden Grund hätten, sich derart bemerkbar zu machen. Eher Gründe dagegen. Ich sehe keinen zwingenden Grund, warum Jammu Bomben legen sollte, zumal sie fest im Sattel sitzt. Ich glaube nicht, dass sie überhaupt dazu fähig wäre. Ich glaube nicht, dass sich Menschen tatsächlich so verhalten würden. Ich glaube nicht, dass eine Person allein ... wohlgemerkt, Jammu ist neu hier ... ich glaube nicht, dass sie neben ihrem Beruf die Zeit dazu hätte. Offenbar habe auch ich mich nicht geändert. Dasselbe habe ich schon vor drei Monaten gesagt.»

Der General schwieg. Dunkle Zwischenräume im hellen Dampf waberten und trieben, gingen zu und wieder auf. «Sie haben geschlafen, Probst», sagte der General schließlich.

Die Bemerkung tat weh. Das Vage an ihr.

«Lesen Sie überhaupt die Zeitung?»

Eine Schmerzaufwallung in seinem gebrochenen Finger lenkte ihn ab. Schweiß und Kondenswasser hatten den grünen Mull des Schienenverbands durchtränkt. «Ich, äh.» Er biss die Zähne zusammen, um sich zu konzentrieren. «Gewöhnlich schon.»

«Wissen Sie über die Immobiliengeschäfte in der North Side Bescheid?»

«Die – wie? Tut sich dort etwas?»

«Sie sollten sich dafür interessieren. Wissen Sie Bescheid über die Hammaker-Brauerei?»

«Zum Beispiel?»

«Zum Beispiel über die Pressemitteilung, die sie am Dienstag –»

Am Dienstag hatte Probst Geburtstag.

«– herausgeben werden, nämlich dass die Stadt einundzwanzig Prozent der Firmenanteile überschrieben bekommt, mit anderen Worten ein Drittel des Aktienkapitals, das jetzt im Besitz der Hammaker-Familie ist.»

«Das ist absurd», sagte Probst. «Wovon reden Sie?»

«Von Tatsachen. Stimmt, es sind Sondervereinbarungen, gegen

die gibt es kein Einspruchsrecht. Stimmt, läuft alles hinter den Kulissen ab. Aber es ist ein Geschenk. An die Stadt. Die auf eine Finanzkrise zusteuert.»

«Das können die nicht machen. Das gibt die Satzung gar nicht her.»

«Doch, das können sie.» Die Zähne des Generals leuchteten durch den Dampf. «Auf der Grundlage dieses Paragraphen, den sie eingefügt haben, als sie dachten, sie müssten die Blues kaufen, diese Hockeymannschaft, um sie hier in der Stadt zu halten. Jedes Unternehmen, das, ich zitiere, als städtische Einrichtung in Erscheinung tritt, können sie ganz oder teilweise besitzen. Und Hammaker gilt nun mal als städtische Einrichtung schlechthin.»

«Das ist absurd», wiederholte Probst.

«Alles Tatsachen. Und wer hat jetzt das Sagen bei Hammaker? Dieses adlige Flittchen. Das sich auch an Buzz Wismer ranwirft.»

«Reiner Zufall.»

«Reine Verschwörung. Ich meine das nicht so böse, wie es klingen mag, aber: Sie sind der Vorsitzende des Wachstumsvereins – Sie müssen sich um die Dinge kümmern.»

«Ich kümmere mich, General. Ich kümmere mich um die Krankenhäuser. Ich kümmere mich um die ethnische Gleichstellung. Um die Neuverhandlung der Schuldverschreibungen.»

«Kleinkram, während die Stadt brennt. Während die Roten neunzig Prozent Schwarze für die Polizei anheuern. Während ein paar Weiber die Privatwirtschaft verstaatlichen. Während Ihr Schwager den Wachstumsverein hintergeht. Während irgendjemand Ihre eigene Tochter versaut.»

Die Sauna schien sich zu drehen, Norris in ihrer Mitte, zentrifugal, tangential, ein Hakenkreuz aus Körperteilen. Probst sah ein Bein vor sich, einen Arm in einer Ecke, einen anderen an der gegenüberliegenden Wand, Rumpf, Hals, Kopf türmten sich über ihm, und im Zentrum seines Blickfelds baumelte ein verschatteter, weiß behaarter Hodensack. «Ich hab genug von Sauna», sagte er.

«Ich nicht.»

«Mein Privatleben geht Sie nichts an.»

«Martin, das weiß ich doch. Aber die Leute reden. Man erfährt Dinge. Sie sollten hören, was man so sagt.»

«Lieber nicht.»

«Großer Gott! Noch einer, der den Vogel Strauß spielt.» Norris' Stimme bebte vor Erregung. «Haben Sie noch nie erlebt, dass Sie jemanden auf den Tod nicht ausstehen können, und alle anderen denken, er ist der tollste Typ unter der Sonne? Und Sie wissen, dass Sie im Recht sind, wissen, dass Sie was gemerkt haben? Wie ist Ihnen dann zumute? Alles jubelt dem Jemand zu, und der bringt unterdessen fünfzigtausend Unschuldige in Lebensgefahr. Glauben Sie, es ist ein Spaß, wenn einem beide Beine weggeblasen werden? Die Leute denken einfach nicht nach. Und Buzz Wismer? Klar, er ist nicht mehr der Jüngste, aber er hält seine Firma in den schwarzen Zahlen, Jahr für Jahr. Und ich sehe, wie sich diese asiatische Schwindelprinzessin an ihn ranschmeißt, und er beißt auch noch an. Also unternehme ich was. Verstehen Sie? Ich sehe Gefahr für meine Stadt. Ich tue etwas dagegen. Wir beide sind keine Freunde. Normalerweise hätten wir nichts miteinander am Hut. Aber als ich hörte, dass Sie verletzt worden sind, hat es bei mir gefunkt, und ich hab neue Hoffnung geschöpft. Wir beide, Sie und ich, wir stecken mittendrin.»

Probst hatte sich beruhigt. Die Gefahr war vorbei. Mit Abstraktionen konnte er umgehen. Er hob sein Glas, aber nur ein einziger Tropfen erreichte seine Zunge, wässrig und süß.

«Es sind nicht die Schwarzen, die mich aufregen», sagte Norris. «Auch nicht so sehr die Roten. Es sind die Asiaten, die Japsen mit ihrer Industrie und diese Inder hier. Die haben keine Moral, immer nur ich ich ich ich. Ich Sieger, ich gewinnen. Wussten Sie, dass Japaner nicht mal ins Kino gehen?»

«Komisch, dass Sie das sagen.» Probst lächelte. «Genau das haben die Engländer vor fünfzig Jahren über die Amerikaner gedacht. Keine Kultur, alles nur Geschäft. Keine Fairness. Ist ja auch ein mieses Gefühl, wenn man nicht mehr an der Spitze ist. Mit der japanischen Industrie kommen wir nicht mit. Oder ... oder mit kommunistischen Sportlern. Also halten wir uns an die höheren Werte. Kino. Ethik.»

«Sie meinen die sauren Trauben.»

«Richtig.» So meinte er es nicht. Er war Optimist. Er suchte nach etwas Optimistischem. «Jammu ist ... Haben Sie die Flasche da mitgebracht?»

«Nein.»

«Jammu packt die Probleme an. Sie macht ihre Arbeit gut, ganz unabhängig von der Terrorbekämpfung. Niemand hätte das für möglich gehalten. Aber sie schafft es. Die Kriminalitätsrate sinkt. Auf der nächsten Vereinssitzung reden wir über Zahlen. Ich glaube, Sie sind eifersüchtig auf sie. Ich glaube, wir alle sind ein bisschen eifersüchtig.»

«Ich leugne nicht, dass sie gnadenlos durchgreift», sagte Norris. «Aber was Sie nicht leugnen können, ist, dass es vor ihr bei uns in der Stadt keine Terroristen gab. Ich sehe da nichts Zufälliges.»

«Ich schon. Wie wollen wir verbleiben?»

«Ich sage nur, halten Sie sich die Optionen offen. Arbeiten Sie nicht gegen mich, streuen Sie keine Verleumdungen. Ich habe es bedauert, dass Jammu im Juli das Rennen gemacht hat, aber nicht aus persönlichen Gründen. Im Juli habe ich das alles noch nicht gewusst. Also tun Sie mir einen Gefallen. Nehmen Sie diesen Detektor, und durchsuchen Sie Ihr Haus und Ihr Büro und Ihren Wagen. Machen Sie es heute noch, bevor die das mit dem Gerät herausbekommen. Dann setzen Sie eine Krisensitzung des Wachstumsvereins an. Reden Sie mit Hutchinson, Hammaker, Meisner, Wesley und, in Gottes Namen, auch mit Ripley. Wachen Sie auf. Stellen Sie sich den Fakten. Wir brauchen Sie.»

«Freut mich, dass Sie so denken, General.»

«Sam, wenn Sie wollen.»

«Gut. Sam.»

Nur wenige Männer durften den General mit dem Vornamen anreden; es galt als eine Ehre.

Später, als Probst und der General den Fitnessclub verließen, hatte sich alles verändert. Zehn Zentimeter Schnee waren gefallen, und es schneite weiter, herabschwebende Täler, weiße Gipfel, blaue Wälder, graue Felder. Es war halb elf. Das Auto, das Probst zerschrammt hatte, musste soeben weggefahren sein. Auf dem Asphalt zeigten sich ein schwarzes, schneefreies Oval, ein wenig Auspuffruß auf der hinteren, frischen Reifenspur und Fußabdrücke. Probst starrte durch den fallenden Schnee auf die Fußabdrücke. Sie waren unscheinbar.

«Muss leider passen, alter Knabe. Tut mir Leid. Vielleicht im Januar.» Rolf stieg ächzend in seine Hose und zog den Reißverschluss zu. Mit gespieltem Erschrecken konsultierte er seinen Chronometer. «Verdammt. So spät?»

«Du warst es doch, der noch eine Runde dranhängen wollte», beschwerte sich Probst.

«Im Eifer des Gefechts. Männlicher Kampfgeist.» Rolf kicherte und zog sich den Mantel an.

«Dass ich nicht lache!» Martin, noch in Shorts, ging drohend auf ihn zu. «Vor einer halben Stunde hattest du es noch nicht eilig.»

«Doch, alter Knabe. Ich hab's mir nur nicht anmerken lassen. Aus reiner Höflichkeit.»

«Erzähl mir nichts!» Martin machte noch einen Schritt, und Rolf musste einen Huster loslassen, reich bestückt, zur Selbstverteidigung. Martin wich zurück. «Hand vor den Mund, Mann!»

«Es ging zu schnell.»

«Eine Stunde, Rolf.»

«Ich würde ja gern, aber ich kann nicht.»

Martin packte seinen Arm. Rolf schob die Hand hustend weg,

warf seinen Schal elegant über die Schulter und wandte sich zum Gehen.

«Hör zu, Rolf. Ich weiß nicht, welche Lügen du da verbreitest –»

«Selig sind die Unwissenden, alter Knabe. Ich muss los. Die Geschäfte rufen. Cheerio!»

Und schon ging er durch die warmen, getäfelten Flure des Clubs davon. Erst an der Tür fiel ihm der Snee ein. Er rieselte noch immer aus einem bleigrauen Nachmittagshimmel. Ripley tauchte in ihn ein. Seine Schritte hackten, schief, als er sich die Auffahrt zur Garage hinaufkämpfte. So viel Snee. Snee konnte er noch weniger ausstehen als Hausztiere.

Lügen? Was meinte Martin bloß? Sicher nicht die kleine Geschichte über das Gör. Er hatte nur ausgeschmückt, was ihm Audreylein erzählt hatte. Eigentlich kein Grund, so schnell das Weite zu suchen. Aber wahrscheinlich steckte mehr dahinter. Martin benahm sich ziemlich seltsam heute. Erst hatte er angerufen, um abzusagen. Am Mittag hatte er wieder angerufen und darauf bestanden, trotzdem zu spielen. Sein Spiel war ebenfalls seltsam gewesen. Normalerweise spielte er wie ein Roboter – «He! He! Dein! Punkt!» –, aber heute, vielleicht weil der gebrochene Finger seine Rückhand ruinierte, war er zum Springer geworden. Und dann, in der Garderobe, hatte er Rolf angeblafft wie ein Straßenköter. «Ich muss middir reeeden.» Er hatte doch nicht etwa Wind davon gekriegt? Ti-hi. Aber wovon? Ti-hi.

Rolf rodelte fröhlich im vierten Gang die Warson Road entlang, die Schultern hochgezogen, die Nase an der Windschutzscheibe. Er fuhr nicht nach Hause; Martin könnte ihn dort aufspüren. *Rums!*

Etwas war gegen seine Heckscheibe geflogen. Ein Sneeball?

Rums, rums! Zwei Treffer seitlich. Sie kamen von der Ladue Highschool. *Rums!* Er verlor die Kontrolle über den Wagen. *Rums!* Gott, wie er dieses Zeug hasste. Er schlitterte über eine Kreuzung. Bremsen war zwecklos. Noch mehr Sneebälle landeten im braunen Matsch zu seiner Linken.

Ohne weitere Zwischenfälle erreichte er das Marriott. Er hatte einen Schlüssel zu ihrer Suite und trat leise ein. Sie saß in Unterwäsche, ein Arrangement aus gerundeten Winkeln, das quer über einen Sessel gebreitet war, und las eine Illustrierte. Sie blickte auf. «Wer ist da?»

«Ich bin's, Rolf.» Er zwinkerte ihr zu.

Während sie sich anzog, musterte er die Unordnung im Zimmer, die Verkehrt-herum-Wäsche und verstreuten Tarotkarten, die Tablettendöschen und Aschenbecher. Dann der Currygeruch. Ganz schön verlottert. Er würde die Zügel anziehen müssen, später.

In einem grünen Wollkostüm und flachen Schuhen kam sie zurück. «Also, was führt dich her, an –» Sie runzelte leicht die Stirn.

«An so einem scheußlichen Tag?», ergänzte er.

«An so einem scheußlichen Tag.»

«Ich war in der Gegend», sagte er. «Und dachte, ich schau mal vorbei. Ist Martin nicht da?»

«Nein, er ist bei einem Footballspiel. Gib mir deinen Mantel.» Sie schnipste Snee von seinem Kragen. Er kniff sie ins Hinterteil. «Au! Du *Mistkerl*!», flüsterte sie dicht an seinem Ohr und wollte zum Schrank. Er packte ihre Hand. Sie grub einen Daumennagel in seine Handfläche und riss sich los. «Wie kannst du!»

Plötzlich hustete er und schüttelte den Kopf, um die Spielunterbrechung ungültig zu machen.

«Lungenentzündung», sagte sie.

Er seufzte. «Müssen wir wieder von vorn anfangen?»

«Entschuldigung.» Sie blinzelte. «Es ist so ein scheußlicher Tag heute.»

«Nicht wahr? Du bist sicher einsam hier.»

Sie drehte sich um und wollte den Mantel aufhängen, da zog er mit einem scharfen Ruck ihren Rock herunter.

Ziemlich überzeugend schrie sie auf. «Rolf Ripley!» Sie floh unter die leeren, schaukelnden Kleiderbügel, verfing sich mit ihren

Füßen im Rock und fiel gegen die Rückwand des Schrankes. Er ging auf die Knie. «Endlich», sagte er.

«Oh, Rolf. Oh, Rolf. Hier?»

Er machte sich bereit. «Hier.»

Sie nahm seine Finger in den Mund und beknabberte sie. Sie legte die Stirn in Falten. «Aber wenn Martin –»

«Der ist beim Football. Das Spiel hat gerade erst angefangen.»

Sie gab nach. Ein Kleiderbügel fiel verspätet herunter und prallte von seiner Schulter ab. Er steuerte mit seinem Allzeitbereit nach unten. Sie umfasste die Eichel und begann sie mit langsamen, lockenden Bewegungen ihrer Zeigefingerunterseite zu streicheln. «Oh», sagte sie. «Ich habe dich vermisst.»

Am nächsten Tag war Probst schon im Morgengrauen wach und briet sich um 7.15 Uhr ein Spiegelei. Auf KSLX sangen die Mormonen. Barbara schlief noch. Er hatte, unter Zuhilfenahme seiner Zähne, einfache Knoten in seine Schnürsenkel gemacht.

Er telefonierte, verteilte Termine, Pausen über den Tag, der vor ihm lag. Er trug einen schwarzen Anzug mit schmalem Revers, eine rote Krawatte und ein weißes Button-down-Hemd mit feinen grauen Streifen. Im Badezimmerspiegel sah er diplomatenhaft aus, höherer Dienst. Sein Haar wurde nun endgültig grau, und sein Gesicht war schmaler als gewohnt, mehr Relief, weniger Flächen. Die Hitze, die es verströmte, hatte etwas Unbezwingbares, als er durch die Hintertür in die eisige Luft hinausging. Der Motor sprang sofort an und heulte auf.

Autofahren war an diesem Morgen wie Bootfahren, das Eintauchen und Spritzen, ein Navigieren egal auf welchem Untergrund. Die Straßen waren leer. Unter einer Schneedecke sah die Stadt nach neunzehntem Jahrhundert aus.

Probst versuchte der Informationen, die ihm der General – Sam – am Vortag gegeben hatte, noch immer Herr zu werden. Er brauchte länger dazu, wenn er es allein tun musste, ohne Barbaras

Hilfe. Aus dem Fitnessclub war er mit dem fast körperlichen Bedürfnis nach Hause gekommen, sich zu offenbaren und alles zu besprechen, aber als er sie sah, den schwelenden Vorwurf in ihren Augen, das dunkle Feuer, erstarb das Bedürfnis auf der Stelle. Selbst das Durchsuchen des Hauses machte ihm keinen Spaß (er fand auch keine Wanzen), wenn Barbara ihn nicht beachtete. Lesend und rauchend saß sie da, bis das Familienzimmer wie kanadischer Schinken roch.

«Ontree-vuu», sagte Chuck Meisner und hielt ihm die Sturmtür auf. Probst trat, stapfend und Schnee in den Teppich schlurfend, ein. Selbst an einem Sonntagmorgen sah Meisners Wohnzimmer aus, als hätte gerade jemand gesaugt, gerade Staub gewischt, gerade die Kissen zurechtgeklopft. Chuck trug ausgebeulte Freizeitkleidung, Cordsamt und Wolle.

«Kann ich dir was anbieten? Kaffee? Bloody Mary?»

«Danke, Chuck. Nein.» Sein Körper war versorgt. Er brauchte nichts.

«Ist es ... ist es etwas, was wir oben besprechen müssen?»

«Ja. Das wäre gut.»

Probst und Barbara hatten die Meisners in diesem Herbst ziemlich oft gesehen. Chuck war Vorstandsvorsitzender der First National Bank und einer der Direktoren bei First Union und Centerre. Wenn es Personen gab, die Probst aus welchen Gründen auch immer Informationen vorenthielten, dann gehörte Meisner wahrscheinlich dazu. Privat war Meisner natürlich verschwiegen wie ein Totengräber, wenn es um berufliche Dinge ging. Und Probst wickelte all seine Bankgeschäfte über Boatmen's ab, die Bank von Hammaker, die in seinen Augen, ungeachtet seiner Wertschätzung für Chuck, die bestgeführte in St. Louis war. Er hielt nichts vom geselligen Umgang mit Bankleuten. Geld, genauso wie Sex, war Gift für jede Freundschaft. Andere Bauunternehmer in St. Louis pflegten inzestuöse Bankverbindungen mit Brüdern oder Schwägern und hatten oft sehr flexible Kreditlinien, die zwar legal, aber fragwürdig waren; Probst machte so etwas nicht. Er unterhielt sich gern mit Chuck, weil Chuck Demokrat war, und Probst mochte Sonderlinge, Männer, die ein bisschen gegen den Strom schwammen. Ein demokratischer Banker – das war eine kleine Sensation. Wie frische Papaya.

Chuck setzte sich hinter den massigen Antikschreibtisch in seinem Arbeitszimmer und wies auf einen Stuhl für Probst. Vor dem Fenster wirbelte eine Wolke wunderbar winziger Schneeflocken im Sonnenlicht, himmlische Heerscharen, getragen vom Wind, der die Wände des Hauses knarren ließ. Probst hoffte, dass Chuck erwartete, es werde um einen persönlichen Rat, um Finanzierungsfragen, Steuerprobleme, Klärwerksaktien gehen. Es war ihm unangenehm, einen Freund zu überrumpeln, aber nach dem gestrigen Erlebnis mit Rolf drängte es ihn, sein Anliegen unverzüglich vorzubringen. Jetzt war es so weit. Er fasste seinen Freund sorgfältig ins Auge, doch weiter kam er nicht.

Chuck sah furchtbar aus.

Er wusste es selbst. Er war auf Probsts Blick vorbereitet gewesen, mit dem Schuldbewusstsein, der traurigen Offenherzigkeit eines Mannes, der der Verstrickung in ein Laster überführt war. Seine Lider waren geschwollen und faltig, das Weiße in seinen Augen tiefrosa. Auf seiner Oberlippe zeigte sich ein roter Riss. Sein Haar war stumpf.

«Ich sehe nicht gerade prächtig aus, was?»

«Bist du krank?»

«Seit über zwei Monaten habe ich kaum eine Nacht geschlafen.»

Probst bemerkte unterdrückte Wut in Chucks Stimme. *Seit über zwei Monaten.* Das war grausame Eigenpropaganda, ein inwendiger Stachel, eine Klage, wieder und wieder stumm formuliert (weißt du, das Familienzimmer riecht wie kanadischer Schinken), bis sie so mächtig, so gewichtig wurde, dass sie, indem man sie aussprach, nur abgeschwächt werden konnte und sie für sich zu behalten eine Niederlage war.

«So sichtlich müde habe ich dich noch nie erlebt», sagte Probst.

«Manchmal geht es gut.» Chuck schloss die Augen. «Du denkst, es wird schon. Und dann wieder so eine Nacht.» Er schüttelte den Kopf.

«Warst du beim Arzt?»

«Ja. Ich nehme Tabletten. Und Aminosäuren. Letzte Woche war ich beim Hypnotiseur. Bea hat mich zum Analytiker geschleppt. Mit dem Ergebnis, dass ich letzte Nacht ungefähr zwanzig Minuten lang geschlafen habe. Am Dienstag waren es sechs Stunden. In der Nacht darauf – null.» Jedes Wort schien ihm Mühe zu machen. Es strengte ihn bedrohlich an.

«Weiß man, woran es liegt?», fragte Probst.

«Ich habe versucht, den Alkohol zu streichen, dann den Kaffee. Eine Weile auch das Fleisch. Ich bin auf Vollproteinnahrung umgestiegen, zeitweise. Ich habe das Bett getauscht, was tatsächlich geholfen hat, aber bloß eine Nacht. Auf der ABA-Konferenz in San Francisco lief es gut, aber das waren nur drei Tage, und als ich zurückkam – wieder dasselbe. Ich habe es mit Meditation probiert. Joga, Dauerlauf, kein Dauerlauf, heiße Bäder. Warme Milch, Nachtmahlzeiten, jede Menge Valium. Ich bin überhaupt nicht bei mir. Wie im Koma. Aber das mit dem Schlaf, Martin ...» Er hob die Hände und sperrte das, was er beschrieb, mit seinen Fingern ein. «Das mit dem Schlaf klappt überhaupt nicht.»

«Was, glaubst du, ist der Grund?»

«Das ist es ja. Es könnte einfach an allem liegen. In welcher Betthälfte ich schlafe, zu viel Arbeit, zu wenig Arbeit. Muss ich meinen Ärger rauslassen, oder muss ich die Ruhe bewahren? Ist es die Woche oder das Wochenende? Rotwein oder Weißwein? Verstehst du? Irgendetwas muss es ja sein, und jeder Bestandteil meines Lebens, alles, was ich tagein, tagaus tue – es gibt so viele Variablen, so viele Verkettungen. Ich kann das wirklich Wichtige doch nicht durch irgendein Ausschlussverfahren eingrenzen. Was, wenn die Schlaflosigkeit davon kommt, dass ich Zucker esse, zu früh ins

Bett gehe, am Wochenende Sportsendungen sehe? Das könnte ich niemals herausfiltern. Aber ich liege Stunde um Stunde wach und spiele die Möglichkeiten durch. Ich weiß nicht mehr, wann ich jemals gut geschlafen habe. Als wäre es so schon immer gewesen.»

Probst saß in der Klemme. Das war nicht der Zeitpunkt für eine Auseinandersetzung, egal, wie freundschaftlich sie war. Er räusperte sich und dachte an das Kästchen in seiner Tasche. Er holte es heraus und legte es auf sein Knie.

«Was ist das?», fragte Chuck.

«Ein Spielzeug. Hab ich gestern bekommen.» Probst drückte auf den Knopf. Rotes Licht. Das rote Lämpchen! Hatte er es etwa beschädigt?

«Was ist das?»

Probst stand auf und umrundete seinen Stuhl. Als er am Fenster vorbeikam, fing das Kästchen wie ein elektronischer Wecker an zu piepen. Er entfernte sich vom Fenster, und das Piepen hörte auf. «Ich glaube, dieses Zimmer ist verwanzt», sagte er. Er suchte die Wand links vom Fenster ab, machte sich das Piepsignal zunutze, um die Strahlungsquelle zu lokalisieren. An der Wand fand er in Bauchhöhe eine Stelle, wo die Farbe ein wenig heller war als sonst. Er klopfte dagegen. Hohl. Er bohrte einen Finger hindurch: ein Stück Gaze, das über ein Loch geklebt und überstrichen war. Er riss es ab. Das Loch war gut zwei Zentimeter groß und einen Zentimeter tief. In der Mitte, die Beinchen im Putz versenkt, saß die Wanze. Er klappte sein Taschenmesser auf und kratzte sie heraus. Ein haardünner Draht, etwa fünfundzwanzig Zentimeter lang, löste sich aus der frischen Farbe. Er warf die Wanze auf Chucks Schreibtisch.

«Wusstest du, dass hier so was versteckt war?», fragte Chuck.

«Natürlich nicht. Aber vielleicht solltest du wissen, dass Sam Norris in seinem Büro auch so eine Wanze gefunden hat.»

«Ach, wirklich?» Die Schärfe in Chucks Stimme überraschte ihn. «Bist du sicher, dass er sie tatsächlich gefunden hat?»

«Wie meinst du?»

«Ich meine, bist du sicher, dass er sie nicht von einem Freund hat und nur *behauptet*, er habe sie gefunden?» Chucks quakende Stimme war abstoßend. «Sam Norris, wie du ihn nennst, hat nichts Besseres zu tun, als Bobby Caputo und Oscar Thorpe vom FBI zu hofieren. Das Erste, was mir zu diesem Ding hier einfällt» – mit verächtlicher Geste fegte er die Wanze auf den Perserteppich –, «ist der Name Hoover. Norris *traut* mir nicht mehr. Mein Verhalten ist ihm *verdächtig*. Und seit wann steckst du mit ihm zusammen? Ich dachte, ihr sprecht nicht mal miteinander.»

«Nun ...»

«Du fragst dich, warum ich auf das FBI komme? Dann weißt du wohl auch nicht, dass Norris einen Privatdetektiv nach Bombay geschickt hat, der in Jammus Vergangenheit wühlen soll. Oder dass er den Verlag des *Globe-Democrat* kauft, weil niemand seine Artikel druckt. Der Vertrag ist so gut wie perfekt.» Chuck wippte in seinem Sessel und seufzte. Er wedelte schwächlich mit den Händen. «Dann hab ich hier drin also eine Wanze. Wird wohl nicht die Erste sein. Aber was Norris nicht weiß, was das FBI nicht weiß: Nicht ich bin der Schleicher, sondern sie sind es. Ich habe nichts zu verbergen.»

Außer vor mir und Barbara, dachte Probst. Du hast uns verheimlicht, wie schlecht es dir geht. «Dann erzähl mir, was sich in North St. Louis tut.»

«Nicht mehr als das, was Tag für Tag in der Zeitung steht.» Chuck klang gereizt, als hätten ihm schon zu viele Hinterwäldler dieselbe Frage gestellt. «Nicht mehr als das Übliche. Die Leute investieren in uns mehr als nur Geld, Martin. Sie investieren ihr Vertrauen, und das ist keine Kleinigkeit. Wir sind verpflichtet, das Geld – das Vertrauen – unserer Investoren so produktiv wie nur möglich einzusetzen. Täten wir das nicht, wären wir fehl am Platz. Im Moment gibt es meines Wissens keine übertriebene Spekulation in der North Side. Die Immobilienpreise haben angezogen, und die Geldinstitute, für die ich arbeite, sichern ihre Zukunft und die Zukunft des Kunden – des kleinen Mannes, Martin –, indem sie einige ausgewählte und, wie ich glaube, kluge Käufe in der Gegend tätigen. Zusätzlich zu dem, was uns bereits gehörte. Und natürlich zum Ausgleich für das, was wir verkauft hatten, bevor wir die Marktentwicklung richtig einschätzen konnten. Es gibt da oben einige hochwertige Lagen, und es wird Zeit, dass die Stadt was daraus macht. Unser Geschäft ist es, Investitionen anzukurbeln. Das ist Teil unseres öffentlichen Auftrags. Ich glaube, die Zeit ist reif. Auf jeden Fall sind wir zufrieden mit dem gegenwärtigen Stand der Kriminalität.»

Probst, der zweifelnd die Hand schwenkte: «Aber hat das keine nachteiligen Auswirkungen auf die gesamtwirtschaftliche Entwicklung der Region?»

«Seit wann sind steigende Investitionen von Nachteil?» Chuck grinste wie ein Klippschullehrer.

«Nun, zum Beispiel für West County.»

«O Martin. Gerade diese Gegend ist noch *so* gesund! So gesund. In dieser Hinsicht brauchst du doch keine Sorgen zu haben. Ist *das* dein Problem? Meine Güte! West County? Kein Grund zur Sorge, nicht im mindesten.»

Probsts nächster Halt war bei sich in Webster Groves, in der Straße Webster Park, gleich hinter der Bibliothek. Er stapfte den ungefegten Fußweg hinauf und klingelte an der Haustür. Er wartete. Die Klingel hatte er nicht gehört. War sie kaputt? Er klopfte. Bald darauf öffnete ihm ein unrasierter Mann, etwa in seinem Alter, der Jeans und einen grünen, kragenlosen Chirurgenkittel trug. «Martin Probst? Grüße Sie.» Der Mann streckte ihm seine Hand entgegen und zog ihn hinein. «Rodney Thompson.»

Hunderte von Zeitschriften in ineinander übergehenden Stapeln häuften sich entlang der Fußleisten des thompsonschen Wohnzimmers, solche zumeist, die Text statt Abbildungen auf dem Deckblatt haben. Ein strenger Geruch nach alten Pfannkuchen lag in der Luft. Topfpflanzen auf dem Fensterbrett hatten den Holzboden mit Mulch bedeckt, und auf dem Läufer vor dem Fernseher hatte jemand Kaffee verschüttet. Die Tasse lag noch auf der Seite.

«Das Zimmer wird kaum benutzt», sagte Thompson. Er schob die Hände in die Taschen seiner Jeans und ging in die Küche. Probst folgte ihm. «Sie sind also Luisas Vater.»

«Ja.»

«Ich glaube, Ihre Frau hat schon mit meiner gesprochen.» Thompson setzte sich, trank Orangensaft aus einem schlanken Glas und bot, während er schluckte, auch Probst eins an, doch der schüttelte den Kopf. «Und Sie sind der Mann, der den Arch gebaut hat.»

«Nicht eigenhändig.» Seine Standardantwort.

«Natürlich nicht. Trotzdem ist es eine Leistung. Ich bin sehr beeindruckt. Auch von Luisa. Ich mag sie.»

Wie oft kamen die Thompsons denn mit ihr zusammen? Probst hätte gern gewusst, wie er die Frage im Rahmen eines Anstandsbesuchs am besten anbringen konnte.

«Sie spricht oft von Ihnen, sehr wohlmeinend, obwohl ich den Eindruck gewonnen habe, dass Sie sich, aus welchen Gründen auch immer, im Moment nicht besonders gut verstehen.»

«Wie oft sehen Sie sie denn?», fragte Probst.

«Wir haben die beiden ein paar Mal zum Essen eingeladen. Wir versuchen, Kontakt zu halten. Für Kinder sind das schwierige Jahre. Ich weiß, dass Duane gerade sein Leben umkrempelt, Alternativen ausprobiert, seinen eigenen Weg sucht. Wir halten den Kontakt. Nicht, dass Pat und ich viel Zeit hätten. Pat hat übrigens gerade Dienst. Schade, dass sie nicht hier sein kann. Irgendwann müssen wir uns mal zusammensetzen. Alle sechs.»

Thompson schielte auf einen Kalender.

«Aber nicht dieses Wochenende. Ich meine, nicht das kommende. Ich schätze mal, nach Weihnachten. Im Januar. Oh. Oder im

Februar. Sie kommen alle her, und wir machen uns einen schönen Abend. Die Kinder sind ganz versessen auf Pats Paella. Gebrochen?»

«Ja.» Probst zeigte seinen Finger, und dann erzählte er die Stadiongeschichte zum zwanzigsten Mal. Die letzten zehn Male hatte er sie immer gleich erzählt, Wort für Wort.

Thompson nickte bei jedem Satz. Da gab es ein ausladendes Hacknicken, kleinere horizontale Nickreihen, kreisendes Nicken grenzenlosen Mitfühlens und Verstehens, pickendes Nicken in gestreckten Winkeln, leierndes Scheibenwischernicken. «Bei Lu und Duane ist schwer zu sagen, wie ernst es ihnen ist», sagte er, als Probst geendet hatte. «Ich glaube aber, ziemlich ernst. Sie scheint entschlossen zu sein, ihre Unabhängigkeit unter Beweis zu stellen.» Thompson strich die Titelseite des sonntäglichen *Post-Dispatch* glatt und las ein paar Zeilen. «Eine Frage der Auffassung, wenn man's aus der Nähe betrachtet. Die alte Geschichte, nicht wahr? Ich persönlich kann da wenig hinzufügen, bis auf den Umstand, dass wir beide, Pat und ich, Lu sehr gern haben. Mehr noch, wir schätzen sie.» Er blickte auf die Uhr.

Buzz Wismer hatte Martin Probst zwei Wochen nicht gesehen. Vieles hatte sich seitdem verändert. Nur Martin nicht. Er wirkte ausgeschlafen und guter Dinge, als er an diesem Sonntagnachmittag in Buzz' Büro erschien. Die Fingerschiene verstärkte diesen Eindruck nur. Ein Kriegsheld auf Urlaub, so sah er aus.

«Ich dachte, du könntest mir verraten, was Rolf Ripley neuerdings im Schilde führt», sagte Martin. «Ich bin mit seiner Schwägerin verheiratet und weiß weniger als nichts.»

«Nun», sagte Buzz, «es gab ein bisschen Wirbel um seinen neuen Produktionszweig – Verteidigungselektronik. Soviel ich gehört habe, war der allerdings schon eine ganze Weile in Planung.»

«Halt mal», sagte Martin ruhig. «Woher weißt du, dass der in Planung war?»

«Na ja. Ich muss es wohl wissen. Wir konkurrieren um die Fachkräfte. Meine Leute im Personalbüro haben mir schon im März erzählt, dass er für neue Bereiche einstellt. Mehr in Richtung Computer, Kerntechnik –»

«Gut. Was noch?»

«In letzter Zeit, meinst du? Es gibt Gerüchte, dass er Teile seiner Produktion zurück in die Stadt verlegt.»

«Das drucken doch die Zeitungen jeden Tag.»

«Stimmt. Aber ich hab das ernster genommen, weil in diesem Zusammenhang auch mein Name fiel. Etliche Aktionäre erfuhren von dem Gerücht, ich glaube, selbst die *New York Times* hat die Geschichte aufgegriffen, und ich hab sogar Anrufe aus Boston gekriegt. Ich war der Meinung, wir müssten den *Post-Dispatch* nach seinen Informationsquellen befragen, was wie Zähneziehen ist. Um es kurz zu machen – offenbar hat ein hochrangiger Mitarbeiter von Ripleycorp das Gerücht in Umlauf gesetzt und gleich mitgestreut, dass auch wir einen Umzug erwägen.»

«Es ging also nicht von dir aus?»

«Nein und ja.» Buzz erklärte ihm, dass er bei Lautwerden des Gerüchts seine Finanzabteilung angewiesen hatte, die Machbarkeit eines Umzugs zu prüfen. Sie hatte abgeraten, sich aber zugleich mit dem Vorschlag abgesichert, vorsorglich Grundstücke in der Stadt aufzukaufen, bevor die Preise noch weiter in die Höhe stiegen. Buzz hatte dem Kauf zugestimmt. Aus reiner Routine. Aber jetzt, während er Martin das alles erklärte, spürte er, dass er rot wurde, als würde er eine geheime Schuld eingestehen, eine Peinlichkeit, immerhin hatte der Kauf mit Asha zu tun.

Martin lächelte schwermütig. «Danke für die Auskunft, Buzz. Du weißt ja, von Geschäfts wegen muss ich mich auf dem Laufenden halten, und irgendwie hab ich in den letzten Monaten nicht richtig aufgepasst. Schlechte Führung meinerseits, auch das, und gerade dieses Jahr, in meiner Rolle als Vorsitzender des Wachstumsvereins, fühle ich mich besonders verantwortlich. Trotzdem glaube ich nicht so recht an eigenes Verschulden. Waren hier die Trends nicht immer Jahre im Voraus abzusehen, und das für jeden? Denk an Clayton, die Highways, die Uferregion, West County. Es gab mal eine Offenheit, von der ich jetzt nichts mehr merke. Deshalb möchte ich gern von dir erfahren, wie du die Sache siehst.»

Es war nicht, was er sagte, dachte Buzz, auch nicht, wie er es sagte, sondern der Unterton der Ehrlichkeit, das fast plumpe Vertrauen. Dieser Mann war echt. Das Böse befremdete ihn. Er hatte sich nicht verändert.

«Wie ich … die Sache sehe? Ich glaube, es ist alles in Ordnung, wirklich.» Buzz blinzelte. «Die Woche war für mich ganz schön anstrengend, fürchte ich. Manchmal verliere ich wohl den Überblick über –»

«Was hältst du von Asha Hammaker?», fragte Martin unvermittelt.

Eine Sekunde lang hatte Buzz den bestimmten Verdacht, dass Martin nur gekommen war, um diese Frage zu stellen.

«Ich meine nicht als Person», fügte Martin hinzu. «Ich meine als Geschäftsfrau.»

«Was das Geschäftliche betrifft, habe ich keine Ahnung.»

«Hast du irgendwas von einem Aktientransfer an die Stadt gehört?»

«Aber falls es meinetwegen Gerede gegeben hat», fuhr Buzz fort, um sich diese Gelegenheit der Beichte nicht entgehen zu lassen, «sollte ich klarstellen, dass Mrs. Hammaker mir in der Öffentlichkeit tatsächlich des Öfteren Avancen, äh, körperlicher Art gemacht hat, übrigens anderen vielleicht auch, sodass die Gerüchte, die du offenbar gehört hast, darauf zurückzuführen wären.»

Martin lächelte wieder und schüttelte betont amüsiert den Kopf. «Warum passiert mir das nie?»

Ihre Blicke trafen sich. Buzz war, als würde aus ihm ein Lachen herausgezogen wie ein Splitter.

Erst um die Mitte des langen Tags, den Probst sich freigehalten hatte, erst als er, das Wismer-Gelände verlassend, wieder nach Süden fuhr und von seinem Frühstück nur noch diverse Verdauungserscheinungen und ein säuerlicher Nachgeschmack übrig waren – erst da wurden ihm die Tatsachen und Spekulationen, Ahnungen und neuen Gewissheiten dieses Wochenendes zu viel.

Trägheit hatte ihn erfasst. Die tief stehende Wintersonne auf dem Land vor ihm war blendend weiß, unglaublich hell, und die nassen und schneebedeckten Straßen entbehrten jeden Sinns. Klumpen aller Größen und Formen verdeckten die Fahrbahnmarkierungen. Im grellen Gegenlicht war nicht zu erkennen, ob die Ampeln auf Rot, Gelb oder Grün standen. Er bremste vor jeder von ihnen ab, schlitterte über die Kreuzungen.

Und erst als seine Augen im Rückspiegel Entspannung suchten, im dunkleren, belangloseren Geschehen hinter ihm, kam ihm der Verdacht, dass er verfolgt wurde. Es war ein großer alter Chevy, ein weißer. Er meinte, ihn schon einmal gesehen zu haben, in Webster Park, und nun fuhr er dreißig Meter hinter ihm auf der Hanley Road. Die Frontscheibe war ein gleißender Streifen reflektierten Sonnenlichts.

Das Auto folgte ihm in die Clayton Road, und als er rechts in die Maryland Avenue einbog, tat es dasselbe. Er hielt auf dem Parkplatz von Straub's, um sich zu Mittag ein bisschen Obst zu kaufen, und das Auto, dessen Insassen hinter dem Gleißen weiterhin verborgen waren, fuhr vorbei.

Im Wohnzimmer von Jim Hutchinson machte er wieder einen heimlichen Wanzentest, und diesmal leuchtete das Lämpchen grün. Jim kam aus seinem Arbeitszimmer zurück, wo er einen Anruf entgegengenommen hatte.

«Ich weiß», sagte er, «der General findet es verdächtig, dass die Krieger mich noch nicht umgelegt haben. Andererseits verwenden sie scharfe Munition. Wurde irgendwann schon mal auf dich geschossen? Das ist eine Erfahrung, die ich nicht nochmal machen möchte. Zu deiner Information: Der Hubschrauber hat durch die Fenster links von dir geschossen, weil wir normalerweise hier zu Abend essen. Im Gegensatz zu dem, was du wahrscheinlich gehört hast, waren die Fenster nicht dunkel. Die Vorhänge des Frühstückszimmers hingegen waren zugezogen, und außerdem ist das Fenster dort durch Bäume und das Nachbarhaus verdeckt. Was die Autobombe betrifft, bin ich mir nicht sicher. Es gibt Anzeichen, dass sie eine Stunde zu früh detoniert ist. Um elf bin ich an jenem Morgen aufgebrochen. Die Granate, die auf unseren Sendemast abgeschossen wurde, hat ihr Ziel getroffen und war nicht auf Menschen gerichtet. Seitdem bin ich vorsichtiger. Die Polizei ist mir ebenfalls behilflich. Offenbar haben die Krieger ihre Taktik geändert. Mir soll's recht sein. Ich möchte nicht auf offener Straße abgeknallt werden, nur damit der General seine Bestätigung hat. Es stimmt auch, dass ich meine Meinung über Jammu geändert habe. Sturheit bringt uns nicht weiter. Ich hab sie ein paar Mal getroffen und kann dir versichern, sie ist *keine* Terroristin.»

«Woher willst du das wissen?»

«Warst nicht du es, der den ganzen Herbst dagegen angeredet hat? Aber egal, ich hab meinen Riecher. Zwanzig Jahre lang war ich Reporter. Jammu lässt mich nicht in ihre Karten gucken – dazu hat sie keinen Grund –, aber sie ist auch nicht falsch. Nicht so falsch wie Norris zum Beispiel.»

«Stimmt es, dass er den *Globe* kauft?»

«Das möchte er gern. Ob's ihm gelingen wird, weiß ich nicht.»

«Wenn er das also will, warum wird darüber nicht berichtet?»

Jim dachte einen Moment nach. «Kein Kommentar. Sagen wir, berufliche Rücksichten. In diesem Stadium ist das nichts Besonderes. Jedenfalls bin ich sicher, dass der *Post-Dispatch* gegen Ende der Woche etwas darüber bringen wird.»

«Und über den Hammaker-Aktiendeal?»

«Verstehe. Davon wirst du in den Nachrichten hören – in den

nationalen, denk ich mal. Ein gutes Beispiel dafür, dass Jammu mit verdeckten Karten spielt. Asha Hammaker, geborene Parvati Asha Umeshwari Nandaksachandra, ist nicht irgendein asiatisches Glamourgirl. Zum einen ist sie einundvierzig –»

«Was!» Probst schwenkte den Kopf. Er hätte auf fünfundzwanzig getippt.

«Sie hat drei akademische Abschlüsse, Berkeley, London School und was Indisches, war fünf Jahre für die Tata-Familie tätig, schaffte es dort bis ganz nach oben, und dann, 1975, machte sie eine politische und vielleicht auch religiöse Wandlung durch, völlig unerwartet, verbrachte zwei Jahre im Gefängnis, arbeitete drei Jahre als marxistische Agitatorin in Bombay, und dann, noch überraschender, schlug sie wieder eine andere Laufbahn ein, diesmal als Bühnenschauspielerin, und auch das mit großem Erfolg. Vielleicht weißt du nicht, wie der junge Hammaker sie kennen gelernt hat?»

«Ist das etwa bekannt?»

«Bei Dreharbeiten in Mexiko, ihrer ersten größeren Filmrolle, glaube ich. Hammaker hat dort Ferien gemacht. Das war im Februar oder März. Spätestens April.» Jim schwieg, als wartete er ab, ob Probst irgendwelche Schlüsse zog.

Nach einer Weile tat er es. «Jammu wurde erst im Juli nach St. Louis eingeladen. Im April wird sie noch nichts davon gewusst haben.»

«Sie kann es noch nicht gewusst haben», verbesserte ihn Jim. «Bill O'Connell hätte noch vierzehn Monate lang Polizeichef bleiben oder Jergensen hätte ihn ablösen können. Jammu konnte nicht wissen, dass sie hierhin kommen würde.»

«Außer, Asha hatte etwas damit –»

«Mit dem Rückzug von O'Connell *und* dem Gerangel um die Nachfolge? Unmöglich. Sie wohnte noch nicht mal in St. Louis und war noch keine Hammaker.»

«Jim, warum erzählst du das nicht dem General?»

«Zwecklos. Du weißt, wie verbohrt er ist. Und es gibt gewisse

Merkwürdigkeiten, die er für seine Sache ausschlachten könnte. Offenbar kennen sich Jammu und Asha schon aus Bombay. Woher ich das weiß? Ich habe Jammu gefragt. Wenn ich das dem General erzähle, stellt es sich so dar, dass sich nicht nur zwei außergewöhnliche Frauen aus Bombay im Abstand von drei Monaten in unser unscheinbares St. Louis aufgemacht haben, sondern dass sie zufällig auch noch miteinander befreundet sind. Gut möglich, dass sich Jammu für die Stelle interessiert hat, weil Asha schon auf dem Weg nach St. Louis war, und es ist nun mal eine Tatsache, dass Einwanderer sich gern am selben Ort niederlassen. Jammu bildet da keine Ausnahme. Aber es ist und bleibt merkwürdig, und ich habe keine Lust, die Einbildungskraft des Generals mehr als nötig zu füttern.»

«Wie war das also mit den Aktien?»

«Vermutlich stecken Jammu und Asha dahinter. Was Jammu betrifft, ist es ein Machtspiel. Wenn du eine Stadt vorm finanziellen Ruin retten willst, erwartest du ein paar Gegenleistungen, und ich bin gespannt, welche Gegenleistungen sie in den kommenden Monaten einfordern wird. Außerdem muss sie ein kräftig aufgestocktes Personal bezahlen und hat nicht die geringste Lust, die Leute, die sie in den letzten drei Monaten eingestellt hat, wieder zu entlassen. Und die Hammakers, die wird der Deal nicht ruinieren. Ich denke, Asha sieht es so: Sie und Sidney sind die Alleinerben des ganzen Vermögens, Kinder sind nicht in Sicht – selbst wenn Sidney ihr Alter nicht kennen sollte, wird ihm das nicht klar sein –, also wozu sich an Vermögenswerte klammern, die für ihren gegenwärtigen Lebensstil keine Bewandtnis haben? Sie stecken das Geld in die Stadt, streichen den Ruhm ein und vergrößern darüber hinaus ihr Marketing-Potential, das ohnehin schon monströs ist: Hammaker ist eine Institution, es gehört sogar der Stadt, in der das Bier gebraut wird. Sie verlieren nichts von ihrem Einfluss auf das Unternehmen, und wenn Asha nur halb so clever ist, wie sie aussieht, holen sie sich ihre Anteile zurück, wann immer sie wollen – was der Bezeichnung ‹Indian giver› für einen, der sein Geschenk wie ein Indianer irgendwann zurückfordert, neue Bedeutung verleiht. Einstweilen wird die Stadt den ganzen Batzen als Sicherheit für ein Darlehen verwenden, das von –»

«Chuck Meisner beschafft wurde», sagte Probst.

«Er sieht sich als das, was Felix Rohatyn für New York war: als Retter von St. Louis. Aber Chuck ist in Ordnung. Ich glaube, er hat sich übernommen, zum Teil allerdings deshalb, weil sich die ganze Stadt übernommen hat. Du hast ihn vor kurzem getroffen?»

«Heute Vormittag. Hatte nicht einmal Gelegenheit, ihn nach der Hammaker-Geschichte zu fragen. Es geht ihm nicht gut.»

«Schlaflosigkeit.»

«Du weißt einfach alles.»

«Nicht ganz.»

«Jedenfalls mehr als ich. Du solltest ein Nachrichtenblatt herausbringen. Das Abonnement würde ich mich einiges kosten lassen.»

Jim lächelte. «Mein Informationsstand kommt mir gar nicht so ungewöhnlich vor. Wer wissen will, was ich weiß, muss eben nachhaken. Das gilt auch für Jammu. Warum geht ihr nicht einfach hin und redet mit ihr, statt immer nur zu mutmaßen?»

«Ich brauche einen Anlass», sagte Probst und fragte sich, warum er nicht selbst darauf gekommen war. «Aber sag mir, was du über Rolf Ripley weißt.»

«Da weißt du mehr als ich. Ich vermute, er hat dich wegen seines Bauvorhabens angesprochen.»

Probst ahnte Böses. «Bauvorhaben?»

«Ich kenne nur die groben Umrisse. North Side, zwölf Blocks. Büros, Gewerbeflächen, seine Forschungsabteilung, vielleicht auch Produktionsbereiche und natürlich die obligatorischen Wohneinheiten. Keine Hochhäuser, denke ich. Wenn's hochkommt, acht oder neun Geschosse.»

«Davon hat er mir noch nichts gesagt.»

«Also.» Jim musterte ihn listig über den Rand seiner Brille. «Da du nun mal mit Harvey Ardmore abgeschlossen hast –»

«Ardmore?»

«Martin!» Jim dämpfte die Stimme, er flüsterte beinahe. «Du weißt doch, dass Ardmore Konkurs anmeldet, oder?»

Jetzt musste klar sein, dass Probst so gut wie gar nichts wusste.

«Ich hoffe, er schuldet dir nichts», fügte Jim hinzu.

Ardmore, der Westhaven-Bauherr, schuldete Probst ein Viertel der gesamten Kosten. Probst hatte die Subunternehmer im Voraus bezahlt, und Ardmores Rate wurde erst diese Woche fällig. «Konkurs?», fragte Probst.

«Sehr wahrscheinlich. Er war überall hausieren, aber niemand will mit ihm verhandeln. Die kleinen Banken stehen auch so schon unter Druck. Der Boom in der Stadt entzieht der Spekulation in West County den Boden. Wie es aussieht, tut sich in der Stadt so viel wie noch nie. Nicht flächenmäßig, versteht sich, sondern was den Kapitaleinsatz betrifft. Das ist natürlich nur eine Prophezeiung, aber ich glaube, das Ergebnis wird sein, dass die Stadt wieder in die County eingegliedert wird, und zwar zu den Bedingungen der Stadt, nicht umgekehrt. Wart's ab. Und denk dran, wer es als Erster gesagt hat.»

Kaum war Probst im Büro des Bürgermeisters eingetroffen, bekam er einen Anruf von Buzz. Er trat mit dem Telefon ans Fenster und blickte auf die schmutzigen Schneewehen entlang des Tucker Boulevards und dahinter, jenseits der Mall, bis zum Arch, der in der schwindenden Sonne golden war. «Buzz, schieß los.»

«Also», sagte Buzz. «Ed Smetana – du kennst ihn – war eine Weile hier, und wir haben uns deine Wanze angeschaut. Batterie und Schaltung sind amerikanisch; aus der Gegend, um genau zu sein. Ein General Syn Power Seed und ein Ripleycorp-Chip, nicht eigens für diesen Zweck hergestellt, aber offenbar gut genug. Ich vermute, er baut solche Dinger für die CIA. Mikrophon und Gehäuse sind das Raffinierteste an der Sache – keine Ahnung, wo die her sind. Da müsste man ein Kriminallabor fragen. Interessant ist dann noch, dass der Sender eine Reichweite von höchstens dreihundert Metern hat, das heißt, in der Nähe des Fundorts muss es auch einen Empfänger geben.»

«Danke, Buzz. Ich melde mich.»

«Mach das, Martin.»

Probst wollte sich wieder hinsetzen, aber etwas, was er mit halbem Auge auf dem Tucker Boulevard gesehen hatte, trieb ihn ans Fenster zurück. Ein großer weißer Chevy parkte direkt unter ihm, mit laufendem Motor. Der Fahrer war durch das Wagendach verdeckt, auf das der Schatten vom Rathaus fiel.

«Gibt's was da unten?», fragte Pete Wesley.

«Schnee», erwiderte Probst. Er ging zu seinem Sessel, nahm auf dem rissigen Leder Platz. Das Telefon hatte einen wirren Monolog Wesleys unterbrochen, einen Ermunterungsversuch, soweit Probst das beurteilen konnte, typisches Handelskammer-Geschwätz. Probst hatte Wesley nie besonders gemocht. In seinen Augen verteilten sich amerikanische Bürgermeister körperlich auf zwei Kategorien: die ausladenden, lärmenden Fettwänste, die jeden politischen Gegner platt walzen konnten, und die faden Männer oder Frauen von kleinem, schmalem Wuchs, die darauf trainiert waren, sich aus allen Klemmlagen herauszuwinden. Pete Wesley gehörte zur zweiten Sorte. Sein Gesicht erinnerte an Lexikon-Abbildungen des Homo sapiens.

«Wie schon gesagt, Martin, es freut mich, dass Sie hier sind.»

Probst schloss die Augen. Unhöflich. Er öffnete sie wieder.

«Denn für einen Mann, der in der Stadt geboren und groß geworden ist, dessen Firma hier ihren Hauptsitz hat – denken Sie nicht, dass ich Ihre Geschäftsadresse nicht kenne –, haben Sie sich, wenn ich so sagen darf, in letzter Zeit ziemlich rar gemacht.» Wesley zögerte. «Lassen Sie mich zusammenfassen. Lassen Sie mich ein paar Fragen formulieren. Ich habe vor kurzem über Ihre Lage nachgedacht, versucht, mich da hineinzuversetzen. Als Unternehmer sind mir die zentralen Fragen gut bekannt. Zum Beispiel: Wo liegen die Wachstumsgrenzen für ein Unternehmen wie das Ihre? Haben Sie das jemals von der theoretischen Seite her durchdacht? Ich hab es getan, und unterbrechen Sie mich, wenn ich total danebenhaue. Die Wachstumsgrenzen für Sie, Martin Probst, sind erstens bestimmt durch die Unsicherheit des Marktes, zweitens durch die daraus resultierende Unmöglichkeit, unbegrenzt Kapital anzuhäufen, und drittens durch interne Faktoren wie die Notwendigkeit einer straffen und zentralisierten Unternehmensführung. Na, wie finden Sie das?»

Weil die Fragestellung abstrakt war, ließ Probst sich gerne auf sie ein. Er schlug die Beine übereinander. «Nun, ich möchte hinzufügen, dass der Markt sowohl begrenzt als auch unsicher ist und dass mir unbegrenztes Wachstum weit weniger wichtig ist als das: Qualität, faire Bedingungen für meine Angestellten und insbesondere ein gesundes Arbeitspensum für meine Führungskräfte.»

Wesley nickte zu allem. «Richtig. Absolut. Der Markt ist begrenzt. Das Universum ja auch! Aber trotzdem sehr groß, nicht wahr? Ich entwickle mal ein zeitgemäßes Szenario. Gesetzt den Fall, es werden plötzlich eine ganze Menge neue Bürohäuser gebaut, und für jedes braucht man einen Kran. Ich weiß nicht, wie viele große Kräne Sie haben, sagen wir zwei.»

«Einen, genau gesagt. Wenn Sie den Hebebaum meinen, den wir –»

«Einen, gut. Noch besser sogar. Wenn also sechs große Häuser gleichzeitig gebaut werden, können Sie nur eins davon übernehmen. Wenn Sie mehrere übernähmen, müssten Sie die Miet- oder Anschaffungskosten für weitere Kräne einkalkulieren und könnten vielleicht den Preis nicht mehr halten. Hab ich recht?»

«Sie liegen nicht ganz falsch.»

«Sagen wir nun, morgen passiert etwas, was es Ihnen viel leichter machen wird, einen Kran zu finanzieren. Irgendwas, ja? Und sagen wir außerdem, dass Sie in der Erwartung, eine größere Zahl sehr ähnlicher Häuser zu bauen, alle in derselben Gegend, nicht meilenweit, sondern nur ein paar Straßenzüge voneinander entfernt, so um die hundertfünfzig Meter vielleicht, viel wirtschaftlicher arbeiten können und so viel Gewinn herausholen, dass Sie trotz zusätzlicher Kosten Ihren Preis halten werden. Ist es da nicht möglich, dass Sie alle sechs Aufträge übernehmen und die Gewinne, mit denen Sie normalerweise rechnen, verfünffachen?»

«Das hängt ganz allein von den Finanzierungsbedingungen ab», sagte Probst gelassen. In der Schlichtheit des wesleyschen Szenarios, dessen vorgetäuschter Naivität, witterte er die Vorboten eines krummen Geschäfts, und schon immer hatte er Geschick darin bewiesen, seinem Gegenüber so zu begegnen, dass er ihn bis zur Selbstentlarvung trieb.

«Sagen wir, die Finanzierungsbedingungen sind gut», erwiderte Wesley. «Sagen wir, es läge im Interesse gewisser, äußerst einflussreicher Bürger, Sie mit Ihrer Persönlichkeit, Ihren Führungsqualitäten, Ihren gesamten Verdiensten an der Verjüngung der Stadt zu beteiligen, an einer Reihe von Bauprojekten nämlich, die, ganz gleich, von welcher Seite aus Sie es betrachten, im Interesse der Bevölkerung von St. Louis liegen – aller Bewohner, der ganzen Stadt. Ihrer Stadt.»

«Sie sprechen von der North Side.»

«North Side, South Side, West End, egal. Ich frage hypothetisch.»

«Hypothesen interessieren mich nicht», sagte Probst kühl. «Nur Fakten.»

«Also gut. Fakt ist, dass ich von einer Gruppe von Leuten rede, angesehenen Leuten, Leuten, die Sie seit langem kennen und die genau in das Bild passen, das ich Ihnen gerade entworfen habe.»

«Warum sprechen die mich nicht selber an?»

«In gewisser Hinsicht tun sie das ja. Betrachten Sie mich als Abgesandten.»

Jetzt war die Katze aus dem Sack. «Gehört auch Rolf Ripley zu den Abgesandten?», fragte Probst. «Falls dem so ist, dann irren Sie sich, wenn Sie meinen, dass sie mich tatsächlich beteiligen wollen.»

«Martin. Haben Sie jemals darüber nachgedacht, dass es außer dem Baugeschäft noch etwas anderes gibt? Geschäfte, die profitabler sind? Denn dann können Sie sich sicher vorstellen, dass wir unseren Kreis vor der Zeit nur äußerst ungern vergrößern möchten.»

Kreis. Ring. Clique. In Probst machte etwas Klick und zog ihn auf die Füße. «Das war's dann wohl», sagte er.

Wesley starrte ihn an, als hätte er schwerlich zu hoffen gewagt, dass er Probst bereits kampflos überzeugt hatte. «Bestimmt möchten Sie weitere Details.»

Probst streifte sich den Mantel über, und jetzt, im Stehen, fiel ihm auf, dass sich die Spulen von Bürgermeister Wesleys Diktiergerät drehten. «Vielen Dank.» Er warf sich den Schal um den Hals und zog ihn zu wie eine Schlinge. «Mit Cliquen will ich nichts zu tun haben.»

«Setzen Sie sich, Martin.» Wesleys Stimme klang liebenswürdig. «Bitte, setzen Sie sich doch. Ich hab Ihnen offenbar den falschen Eindruck vermittelt. Das ist keine Clique – weiß Gott, so etwas läge mir völlig fern. Die Sache steht jedem offen.»

Probst schaute, ob er seine Handschuhe hatte. Ja, da waren sie. «Nun, dann warte ich lieber, bis ich davon erfahre wie jeder andere auch.»

Wesley schüttelte den Kopf über so viel Begriffsstutzigkeit. «Wir können doch keine Interessenten gewinnen, wenn Männer wie Sie nicht dabei sind.»

«Oh, ich bin sicher, Sie finden jede Menge Interessenten. Denn wenn es stimmt, was Sie sagen, Pete, dann brauchen Sie es doch nur beim Wachstumsverein vorzubringen. Donnerstagabend, sieben Uhr.»

«Ich bin da in amtlicher Funktion.»

«Dann eben Hammaker. Oder Ripley.»

«Martin, Sie wissen verdammt gut, dass Sie es sind, auf den sie hören. Einige von diesen Männern gehen nicht einmal mehr zum Wachstumsverein.»

«Das habe ich gemerkt. Und sie schon angesprochen.»

«Ihnen sollte klar sein, dass diese Männer vor einem Austritt nicht zurückschrecken, falls der Verein ihre Belange nicht bald stärker berücksichtigt.»

«Wenn sie dreimal hintereinander fehlen, sind sie sowieso draußen», sagte Probst. «Also, ich gehe jetzt, Bürgermeister, aber vorher, wenn Sie erlauben, noch eine Frage: Wozu diese Feilscherei? Entweder man braucht mich, oder man braucht mich nicht.»

«Wirklich, Martin. Ich schätze Sie. Ich kenne keinen, der nicht –»

«Blablabla.»

«Nein, warten Sie. Ich sage das zu Ihrem eigenen Besten. Ich meine es gut mit Ihnen, verstehen Sie? Manchmal frage ich mich, ob Sie die Nase nicht ein wenig zu hoch tragen. Die Sanierung findet statt, ob mit Ihnen oder nicht. Sie werden sie nicht stoppen. Aber wir sind Ihre Freunde. Wir wollen, dass Sie mitmachen. Wir wollen Sie in unserem Team. Sie sind ein Partner, Sie würden uns fehlen. Die Unternehmerschaft hält seit mehr als zwanzig Jahren zusammen, immer unter derselben Führung –»

«Die weiße Unternehmerschaft.» Probst wusste selbst nicht, wo er den Ausdruck hernahm.

«Eine Gemeinschaft, die zählt, Leute, die sich für St. Louis wirklich einsetzen. Wir halten zusammen, geben acht auf uns, und das werden wir auch in Zukunft tun. Also bitte nicht diese Töne.»

Probst trat ans Fenster. Der weiße Chevy war verschwunden. Der Arch war schwarz. «Und mein Verhandlungsspielraum?»

«Ganz einfach. Wenn Sie nicht mitspielen, haben Sie keinen.

Wenn Sie doch mitspielen, kriegen Sie alles, was Sie wollen. Sie wären automatisch der Vorsitzende, Sie –»

«Der Vorsitzende wovon?»

«Egal. Sie hätten ständig Zugriff aufs große Geschehen. Sie hätten mehr Aufträge, könnten effizienter arbeiten als je zuvor.»

«Und wenn ich nicht mitspiele?»

«Können Sie nicht mehr allzu viele Aufträge erwarten.»

«Wahre Freunde.»

Wesley stotterte. «Ich wollte nicht –»

«Klar wollten Sie nicht.» Probst drehte sich auf dem Absatz um. «Damit Sie sich nicht täuschen, Bürgermeister. Ich glaube keine zehn Prozent von dem, was Sie gesagt haben. Und selbst wenn alles nur hypothetisch ist, nenne ich das, wovon Sie reden, *Vorteilsgewährung*. Sie werden behaupten, das sei legal, aber diese Sprüche kenne ich zur Genüge. Von wegen legal. Sie können die Sache noch so sehr beschönigen, es ist und bleibt Vorteilsgewährung, für mich oder einen anderen. Das ist nicht meine Art, Geschäfte zu machen, das ist nicht meine Art zu leben. Und noch etwas, Bürgermeister.» Probst merkte, dass er den Tränen nahe war. «Noch habe ich ein Wörtchen mitzureden in dieser Stadt, und ich kann Ihnen versichern, dass ich alles in meiner Macht Stehende tun werde, um zu verhindern, dass die Stadt irgendeinem Syndikat in die Hände fällt, egal, wie nett diese Leute sind, egal, ob ich mit ihnen befreundet bin. Alles andere werden wir später diskutieren, Donnerstag, neunzehn Uhr, und wer nicht erscheint, ist draußen, weg vom Fenster, gefeuert – ich bin auf diesen Posten gewählt worden, Pete –, und wir können weiterreden, wenn noch andere dabei sind. Nicht nur Ihr Diktiergerät.»

«Mist!» Jammu riss die Kopfhörer herunter und warf sie auf den Schreibtisch. «Wieso lässt der ein Diktiergerät laufen?»

Singh nahm seine eigenen Kopfhörer ab und legte sie neben ihre. «Weiß Wesley, dass wir mithören?»

«Nein.» Sie ließ sich gegen die Sessellehne fallen und steigerte sich in eine Wut, die Singh lange nicht mehr an ihr erlebt hatte. «Er weiß doch, dass ich keinen Mitschnitt brauche. Ein Bericht hätte genügt.»

«Er verpfuscht die Konspiration», sagte Singh. «Scheint ansteckend zu sein.»

Jammu stampfte auf, hieb gegen eine Schublade, stampfte abermals auf.

«Am Diktiergerät lag es mitnichten», fuhr Singh mit wohlgesetzten, besänftigenden Worten fort. «Probst war schon aufgebracht genug –»

«Arschloch. Selbstgerechtes *Arschloch*.»

«He, beruhige dich! Bestimmt hast du Hunger.» Er schob ihr einen angebissenen Heidelbeer-Muffin hin, den Rest von zweien, die er ihr mitgebracht hatte.

Sie schlug den Muffin platt und fegte die Krümel auf den Boden. «Verschwinde, Singh. Du gehst mir auf die Nerven. Gleich klingelt das Telefon –»

«Jeden Moment», sagte Singh. «Und dann wirst du hinausstürmen, und unsere ‹Konferenz› fällt ins Wasser. Ich bin ratlos. Ich weiß nicht weiter. Wertvolle Zeit geht so verloren.» Mit Schritten, die sachte über den Teppich strichen, ging er ans östliche Fenster. «Beruhige dich. Wesley hat ihn eben falsch angefasst. Was soll's. Mich wundert's nicht.»

«Wesley ist nicht schuld», zischte Jammu. «Es war dein Probst –»

«Hm, na gut. Wie gesagt. Am Diktiergerät lag es mitnichten. Es war mein Probst. Hätten wir nur ein paar Minuten Zeit gehabt, bevor mein Probst nebenan im Rathaus eintraf, hätte ich dir erklärt, warum mich das nicht wundert.»

«Weil du drei volle Monate vergeudet hast.»

Singh blickte auf die Silhouette des Arch. Die Sonne war untergegangen, aber noch war es hell. «Könnte sein», sagte er. «Obwohl du weißt, dass ich mein Möglichstes getan habe. Dasselbe trifft auf

Wesley zu. Mein Kompliment. Besonders dafür, dass er deinen Namen aus dem Spiel gelassen hat. Das beweist Einsatz. Ein richtiger Kämpfer für unsere Sache. Ich zum Beispiel hätte dir die ganze Schuld zugeschoben – schon beim ersten Anzeichen, dass Probst Schwierigkeiten macht.»

«Ich kann den Kerl nicht ausstehen.»

«Klar, Chefin. Nur zu verständlich.»

«Eine Katastrophe ist er.»

«Wohl kaum.» Singh zündete sich eine Nelkenzigarette an, nahm einen Zug und horchte seinem kraftvoll ausströmenden Atem nach. «Die Informationslage ist gar nicht schlecht. Ich hatte genügend Zeit, sein Haus ruhig zu stellen. Ich gebe zu, es hat mich überrascht, dass er das Mikrophon in Meisners Arbeitszimmer gefunden hat. Aber das kommt uns gut zupass. Jetzt glaubt er, dass die Detektoren funktionieren. In den nächsten Tagen werde ich beide neu verschalten, und wir sind wieder im Geschäft. Nur noch ‹grünes Licht›. Du sagst ja selbst: Alle Lecks dichten sich hier von allein. Und der Datenverlust ist minimal. Mir fehlt nur die eine Stunde, die er bei Wismer verbracht hat. Das ist ein kleiner Preis. Und wo war er heute noch? Ich merke schon, dir liegt die Frage auf der Zunge.»

Unten auf dem Tucker Boulevard entriegelte Martin Probst seinen Wagen, riss die Tür auf, wirkte genauso aufgebracht, wie er geklungen hatte. Sollte mit diesen Türen vorsichtiger sein, dachte Singh. «Er hat Duane Thompsons Vater besucht, ein kurzes, belangloses Gespräch, dann Wismer, dann Hutchinson. Wann immer es ging, habe ich mir erlaubt, mit einem Richtmikrophon zu lauschen. Die Tonqualität ließ zwar zu wünschen übrig, aber das Wesentliche habe ich mitbekommen. Du könntest Gopal bei Gelegenheit mitteilen, dass Bunny Hutchinsons Ehebruch aufgeflogen ist.»

«Das weiß er schon», sagte Jammu. «Er hat das Ganze eingefädelt. Würdest du bitte –»

«Natürlich. Tüchtiger Bursche. Wie dumm von mir. Was würde

ich bitte? Schon klar. Wir können jetzt mit Sicherheit behaupten, dass Probst nicht mehr im Stadium der Winterstarre ist.»

«In der Krise, meinst du. Vor drei Wochen hast du gesagt, er sei in der Krise. Jetzt ist er's nicht mehr.»

«Im Gegenteil. Ist er doch. Dialektik, wie sie im Buche steht. Wirklich. Totale Freiheit, totaler Terror, die Französische Revolution à la Hegel. Das ist der Beweis, nicht die Widerlegung.»

«Würdest du bitte auf den Punkt kommen? Ich habe höchstens noch zwei Minuten.»

«Und die ganze Nacht zu tun.»

«Das ist Anschauungsunterricht vom Feinsten.»

«Schön», sagte Singh. «Ich glaube, dass sich nichts geändert hat. Wir haben damit gerechnet, dass Probst irgendwann aufwachen würde, und das ist der Fall, dank Norris nämlich. Aber Wachsein ist kaum dasselbe wie Begreifen. Hast du meinen Bericht über sein gestriges Treffen mit Norris gelesen?»

«Nein.»

«Bitte tu's. Eine meiner Glanzleistungen. Norris – und dann auch Probst – wusste mehr über das Stadion-Attentat als ich. Aber selbst Norris, der sich ständig darüber den Kopf zerbricht, versteht nicht die Warnung der Krieger.»

«Das will ich doch hoffen.»

«Er kann und wird sie nicht verstehen, obwohl sie im ganzen Gespräch unterschwellig das Thema war. Dasselbe bei Hutchinson. Er scheint einiges über Asha zu –»

«Ich hab ihm bei seinen Recherchen geholfen», sagte Jammu. «Ich wollte, dass er genau weiß, wann Hammaker und sie sich kennen gelernt haben.»

«Das weiß er. Aber ich glaube nicht, dass er rauskriegt, wie –»

«Natürlich nicht. Das weiß niemand außer Asha.»

«Obwohl, wenn du noch einen Moment Zeit hast –»

«Habe ich nicht», sagte Jammu. «Also?»

«Der Privatdetektiv von Norris?»

«Der Mann heißt Pokorny. Bhise hat ihn wegen Alkoholvergehens hochgenommen und in eine Arrestzelle für Sexualstraftäter gesteckt. Drei Tage, und als ihn der Konsul rausholte, hat Birjinder einen Autounfall arrangiert.»

«Tödlich?»

«Nein. Aber er ist mit dem Taxi vom Krankenhaus sofort zum Flughafen.»

«Pokorny. Ist das – ungarisch?»

«Zur Sache, Singh. Ich hab noch fünf Sekunden.»

«Vier, drei, zwei, eins. Ich warte. Na gut, zur Sache. Niemand, nicht einmal ich, kann abschätzen, welche Wirkung die Enthüllungen auf Probst haben werden. Aber er kennt die Fakten. Hutchinson hat ihm von Harvey Ardmore und Westhaven erzählt. Wenn der erste Ärger verflogen ist, wird er einiges von dem, was er heute gesagt hat, revidieren.»

«Das glaube ich nicht.»

«Ist doch kein Unglück, wenn wir den Donnerstag abwarten. Wachstumsverein.»

«Kein Unglück, aber ein Verlust von vier Tagen. Was, wenn die Tochter nach Hause kommt?»

«Wird nicht passieren. Und Zeit brauche ich sowieso.»

«Wofür?»

«Um Barbara zu kriegen.»

«Setz das morgen in Gang, Singh. Ein Rückzieher ist immer möglich.»

«Hatte ich eh vor. Und du stimmst zu?»

«Dass du Barbara angehst?»

Singh nickte.

«Wenn du keine Geschichte daraus machst. Wenn du glaubst, dass es sinnvoll ist.»

«Mach ich nicht. Ist es.»

Das Telefon klingelte. Singh beugte sich vor und blickte auf den Tucker Boulevard hinab. Probsts Auto war nicht mehr da. Es hatte am Straßenrand eine Lücke hinterlassen, greifbare Abwesenheit, die bestehen bleibt, wenn ein Gegenstand von einem Moment auf den anderen verschwunden, weggeblinzelt ist: lebendige Geschichte, die Abfahrt, die der Ankunft vorausgeht.

Das Telefon klingelte ein zweites Mal. Singh drehte sich um. Jammu war schon fort, die Vorzimmertür fiel ins Schloss. Ihr Sessel war leer.

Eine weiße Limousine zeigte sich in Probsts Rückspiegel, als er auf der 18th Street über das Bahngelände fuhr. Das Auto folgte ihm träge, hielt sich dicht an den Schneehaufen am Rinnstein, lag ausgesprochen tief. War das der Wagen, der ihm schon den ganzen Tag über auffiel? Wer schickte ihm seine Ganoven hinterher? Wesley? Norris? In der Hoffnung, dass die grüne Ampel gleich auf Gelb schaltete, nahm er ein wenig Gas weg. Er wollte, dass der Chevy direkt hinter ihm zum Stehen kam. Jetzt war die Sicht besser. Aber die Ampel sprang nicht um. Er rollte über die Kreuzung, fast ohne auf die vor ihm liegende leere Straße zu achten. Der Chevy pendelte in der Spur von einer Seite zur anderen. Vor einer Woche, noch vor zwei Tagen hätte Probst nicht geglaubt, dass der Wagen ihn tatsächlich verfolgte, doch inzwischen hielt er einiges für möglich. Irgendjemand interessierte sich für ihn, blieb ihm auf den Fersen. Die dachten wohl, sie könnten sich alles erlauben. Breiteten sich aus, während er sanft schlummerte, schmiedeten Komplotte, lungerten herum, drückten sich vor ehrlicher Arbeit, vor echten Herausforderungen, schlossen sich zusammen, um ihre Dummheit zu tarnen und ihrer widerlichen Geldgier zu frönen …

An der Chouteau Avenue tat ihm eine Ampel den Gefallen und sprang auf Rot. Er blieb stehen, ein ganzes Stück vor der Haltelinie, und überraschte den Chevy, der im Rückspiegel stieg und stieg, bis dieser voll war. Reifen quietschten. Probst öffnete die Tür und sprang hinaus, und sofort wusste er, dass er einen Fehler gemacht hatte.

Im Auto saßen fünf Jugendliche, zwei vorn, drei hinten. Alle vier Türen gingen auf. Die Jugendlichen hatten hohe Wangenknochen, die ihre Augen zur Hälfte zuzudrücken schienen, gerötete Haut und gelbe Bürstenschnitte, riesige Oberarme. Sie hielten Hammaker-Büchsen in der Hand.

«He, Wichser», sagte der Fahrer, knallte die Tür zu und näherte sich Probst.

Probst wich einen Schritt zurück. Der fünfte Jugendliche, ein Magerer mit dicken Brillengläsern, stieg aus dem Chevy. Probst schaute von einem Gesicht zum anderen. Keiner sagte etwas. Kein Auto kam vorbei. Spät am Sonntag in einer unbewohnten Gegend, jenseits der Interstate 44: Die Lage war ziemlich ausweglos.

«Schwanzlutscher», sagte der Fahrer. Die anderen vier scharten sich um ihn. Sie trugen Jeansjacken, Armyjacken. Probst sah ein Stars-and-Stripes-Tattoo. Der Fahrer würgte und spuckte auf den Lincoln. Keiner von ihnen wusste, wer Probst war. Hatte es nie gewusst, würde es nie wissen.

Der Fahrer versetzte ihm einen Hieb aufs Ohr.

Probst stolperte gegen den Lincoln. «Pass bloß auf», sagte er heiser.

«Pass bloß auf!» Falsettstimme.

«Arschgesicht.»

«Schwuchtel.»

«Pass bloß auf!»

Der Magere urinierte an den Kofferraum des Lincoln. Die anderen johlten. Der Fahrer packte Probst und wirbelte ihn herum, und Probst, endlich geistesgegenwärtig, sagte: «Da kommt die Polizei.»

Während sich alle umdrehten, riss er sich los und sprang in den Lincoln, verriegelte die Tür. Die Jugendlichen hämmerten aufs Dach und gegen die Fenster. Spuckebatzen landeten auf der Frontscheibe, und trotz roter Ampel gab Probst Gas. Etwas polterte übers Dach, und eine Hammaker-Büchse flog links herunter. Hinter ihm schlug die letzte der vier Türen zu. Dem Chevy wuchsen Arme, vier Arme, die alle Probst den Finger zeigten.

Bald war er auf der Innenspur der Interstate 44, und der Chevy fuhr dicht auf. Durchaus denkbar, dass sie ihn rammen wollten. Seine Scheibenwischer verschmierten die Spucke zu undurchsichtigen Bögen. Er fuhr hundertdreißig. Bei diesem Tempo konnte er in zehn Minuten zu Hause sein. Das galt auch für sie. Sein Ohr klingelte. Er durfte die Verfolger nicht zu seinem Haus führen. Sie würden es in Stücke hauen. Wo war die Polizei? Zum ersten Mal wünschte er sich, irgendwo würden Radarwagen lauern. Ihm fiel sein Büro ein, seine Festung, und auf der anderen Straßenseite das Polizeirevier.

Schnell verließ er die Interstate. Er überfuhr eine gelbe Ampel, schüttelte den Chevy jedoch nicht ab. Der trieb ihn die gegenüberliegende Auffahrt zum Expressway hinauf. Vier Hände zeigten ihm noch immer den Finger. Es war ein Albtraum. Wo steckte die Polizei?

Die Punks folgten ihm über das 12th-Street-Kreuz und auf die Interstate 55. In der Dämmerung, die ihn umgab, in den grauen, geduckten Straßen schossen Blaulichter wie Zugfenster vorbei, und es herrschte Stille, als wäre die Stadt jetzt tot, als wäre auch Probst bald tot, und das Einzige, was ihm an Sinnesfunktionen noch zur Verfügung stünde, wären Sehvermögen und Gleichgewicht. Dort war der rauchende Koloss der Brauerei, in deren Schatten er an Helen Scott gescheitert war, dort waren die roten Warnlichter auf den Schornsteinen, dort der Broadway mit seinen Seitenstraßen, die bereits vor dreißig Jahren, als er sie hinter sich gelassen hatte, toter und toter wurden, dort die Chippewa Avenue, dort die Gravois Avenue, Beerdigungsinstitute und die Boatmen's Bank, das Grundstück, auf dem Katie Flynn's Textilgeschäft gestanden hatte, bis ihr zurückgebliebener Sohn mit Streichhölzern hantierte, eine Spielhölle, wo früher ein polnischer Gemüseladen gewesen war –

Und dort die Polizei.

Ein halbes Dutzend Mannschaftswagen blockierte die Gravois Avenue. Probst hielt an. Im Rückspiegel sah er, dass der Chevy gestoppt worden war, wendete und davonfuhr. Blaues Licht vermischte sich mit weißem Licht, der Himmel stürzte ab und zerschellte zu glitzernden Scherben. Sirenen und Funkgeräte, Scheinwerfer, Schnee. Ein Polizist zeigte auf Probst, wedelte mit dem Finger, bewegte die Lippen: Wenden. Probst sprang aus dem Wagen. Er war in Sicherheit.

«Wenden», sagte der Polizist.

«Wohin soll ich denn fahren?», rief Probst.

«Die Straße ist gesperrt.» Hinter dem Polizisten rannten andere mit Gewehren auf eine Straßensperre zu.

«Was ist da los?»

«Wenden Sie!»

Hinter Probst fuhren Mannschaftswagen heran und verstellten ihm den Weg. Weiter hinten wurde der Verkehr auf die Morganford Avenue umgeleitet. Über ihm: ein Hubschrauber.

«Nummer sechs Nummer sechs», quakten die Funkgeräte. «Hohe Geschwindigkeiten auf Kingshighway South. Nummer sieben Holly Hills.»

Probst stieg wieder ein. Er saß fest. Links von ihm war, die Hinterräder auf der Mittellinie, ein anderes Auto gestrandet.

Ein Lieferwagen mit Parabolantenne raste auf der falschen Fahrbahnseite die leeren Spuren Richtung Norden der Gravois Avenue herauf. Kaum hatte er angehalten, öffneten sich die Hintertür und beide Seitentüren und schnitten das KSLX-Logo entzwei. Ein Kameramann sprang auf die Straße, gefolgt von einem Reporter, den Probst erkannte. Es war Don Daizy. Hinter der laufenden Kamera ging er auf die Kette der Mannschaftswagen zu, und jetzt erst entdeckte Probst den Brennpunkt des Geschehens: im Trenchcoat, an einen der Streifenwagen gelehnt, ein schlenkerndes Megaphon in der einen Hand, das Mikro des Funkgeräts in der anderen – Jammu.

Don Daizy nahte mit seinem Kabel schleppenden Gefolge. Ein Polizeibeamter, Pistole im Anschlag, stellte sich ihm in den Weg und wollte ihn zurückschicken. Ein Wortwechsel. Ein zweiter Beamter packte den Kameramann und schob ihn zum Sendewagen. Daizy setzte Kopfhörer auf und lauschte, blinzelnd und nickend. Er stöpselte ein großes Mikrophon ein.

Probst schaltete sein Autoradio an und beobachtete Jammu. Es war dunkel geworden. Die vielen Blinklichter verbreiteten eine fast permanente Helligkeit – wie Grillenzirpen, das zu einem einzigen Ton verschmilzt. Jack Strom sprach auf KSLX. Jammu trug Schneestiefel. Bewegungslos stand sie neben dem Streifenwagen und starrte auf das Geschehen, das sich unsichtbar hinter der Straßensperre abspielte. Zwei Polizisten neben ihr starrten in dieselbe Richtung.

«... nach einem vereitelten Anschlag auf eine Einrichtung der Bell-Telefongesellschaft im Südwesten des Stadtzentrums. Die Anwohner des Gebiets zwischen Chippewa Avenue, Gravois Avenue und dem River des Peres werden aufgefordert, *ihre Häuser nicht zu verlassen.* Ich wiederhole: Die Anwohner des Gebiets zwischen Chippewa Avenue, Gravois Avenue und der Stadtgrenze werden aufgefordert –»

Seine erste Begegnung mit Jammu sollte Probst nicht vergessen. In den nachfolgenden Wochen hob er, wann immer er sein Abenteuer schilderte, besonders hervor, mit welcher Ruhe sie die Situation beherrschte, ja dass sie, indem sie alle paar Minuten einige wenige Worte ins Mikrophon sprach und sich ansonsten fast völlig stumm verhielt, während die Krise ihren Lauf nahm, doch jeden Schritt der Männer um sie herum und auch die der vielen anderen, die sich weiter entfernt im Dunkeln bewegten, zu kontrollieren schien. Nie sollte er vergessen, wie sie gekleidet war, die Schneestiefel und den Trenchcoat, das völlig unaufgesetzte Selbstvertrauen, sollte es selbst dann nicht vergessen, als sie mit nüchternen, grausamen Argumenten den letzten Tropfen politischen

Nutzens aus dieser Stunde – Sonntag, 10. Dezember, zwischen 16 und 17 Uhr – herauspresste …

«Bewaffnet und gefährlich. Wir schalten um zu Don Daizy, der sich an der Straßensperre der Gravois Avenue eingefunden hat. Don?»

… Denn die Straßensperren erwiesen sich als überflüssig. Die Osage-Krieger, in die Enge getrieben, sollten ihr Fahrzeug stehen lassen, das trockene Flussbett durchqueren und der hoffnungslos unterbesetzten und desorganisierten Polizei des im Süden angrenzenden Vororts mühelos durch die Lappen gehen. Jammu sollte in Jefferson City ein bitteres Resümee ziehen: «Wir hatten mit dem Anschlag gerechnet, wir hatten die Falle bis ins letzte Detail vorbereitet, und alles wurde durchkreuzt von Polizeikräften, die meinem Befehl nicht unterstehen.» Probst sollte diese Worte hören, die Demagogie durchschauen und Jammu verzeihen, weil er sie, sie persönlich, in der entscheidenden Phase gesehen hatte, und wer ein Profi war, erkannte er auf einen Blick.

«Die Hauptverkehrsadern sind praktisch gesperrt, und weiter entfernt sehe ich Streifenwagen in die südlich und westlich gelegenen Straßen ausschwärmen …»

Daizy sprach gerade in sein Mikrophon.

«Chief Jammu steht zehn Meter zu meiner Linken und leitet den Einsatz zusammen mit den Beamten im Polizeihubschrauber …»

Daizys Stimme sprach aus Probsts Autoradio.

«Nach allem, was hier zur erfahren ist, hat die Polizei vor etlichen Stunden Hinweise auf den Aufenthaltsort der Terroristen erhalten, und seit zwanzig Minuten verfolgt sie deren Rückzug mit einem hohen Grad an Präzision …»

Daizy gestikulierte, während er zu seinem unsichtbaren Publikum sprach, seine Lippen unruhig im flackernden Licht, während seine Worte, im perfekten Synchronismus, wie Regentropfen gegen Probsts Wagenfenster schlugen.

9 Titus Klaxon and his Steamcats, eine Band aus St. Louis, die groß herausgekommen war und es bis nach L. A. geschafft hatte, spielte exklusiv in Shea's Lounge an der Vandeventer Avenue, ein Ereignis der Muss-man-sehen-Art. RC und Annie brachten ihren Sohn Robbie zu den Kindern von Clarence und Kate und fuhren zu viert weiter, mit Clarence am Steuer, der sie durch einen Deckweiß-Schneesturm manövrierte und den Wagen an einer Stelle parkte, deren Wesen und Zweck (Rasen? Parkplatz? Straße?) sich unter dreißig Zentimeter Schnee verbargen. Das war der zweite Schneesturm in zwei Tagen, und der Himmel hatte sich noch nicht erschöpft. Als sie an dem stummen Türsteher vorbeigingen, beobachtete RC, dass Annies Brillengläser beschlugen. Sie nahm die Brille ab und lächelte, und er umfasste ihre Schultern und gab ihr einen Kuss. Auf der verdunkelten Bühne spielte jemand auf dem Highhat einen schnellen Beat, das Konzert war also noch in weiter Ferne. Ernie Shea, ein Freund von Clarence, führte sie an einen günstig gelegenen Tisch und brachte ihnen persönlich einen Krug Hammaker. Der Highhatter hörte auf zu spielen. RC und Clarence, Kate und Annie plauderten eine Weile über alles und nichts, wie in alten Zeiten bei einem Doppelrendezvous, nur dass es diese Zeiten nie gegeben hatte. RC war zehn und Annie zwei, als Kate und Clarence heirateten.

Bald schob Clarence seinen Stuhl ein Stück zurück für ein Tête-à-Tête mit RC. «Na, Sheriff», sagte er, «wie läuft's?»

RC überlegte. Was den Lauf der Dinge im Moment am meisten beeinträchtigte, war der Umstand, dass er und Annie von Sloane, dem Vermieter, aus der Wohnung gedrängt wurden. Es gab zwar neue Bestimmungen, die die Miete halbwegs erträglich hielten, aber Sloane berechnete Gebühren, ließ leer stehende

Wohnungen nachts und mit viel Lärm renovieren und bot Auszugswilligen ansehnliche Entschädigungen. Viele hatten bereits zugegriffen.

Clarence zog eine Zigarre unter der Nase durch und hakte nach. «Nicht hundert Prozent Sahne?» Wie blutunterlaufen seine Augen waren, zeigte sich sogar in Rauch und Schummerlicht. «Wo hapert's denn, Sheriff?»

«Willst du's wirklich wissen, oder spottest du nur?»

«Ich will's wirklich wissen, Sheriff.»

«Dann hör auf, mich so zu nennen.» Wenn Annie in der Nähe war, machten RC diese Frage-und-Antwort-Spiele nervös. Unterschwellig schien Clarence das zu fragen: Wie läuft's im Leben meiner kleinen Schwester? «Ich kann nicht meckern», sagte RC. «Außer, dass man uns aus unsrer Wohnung drängt.»

«Echt?» Clarence paffte.

«Sloane hat Annie am Sonnabend angesprochen. Angeblich hat er keine andre Wahl.»

«Typisch Sloane.» Clarence' Augen sahen aus, als würde ihm das Sehen Schmerzen bereiten. «Sonst noch was.»

Es war keine Frage, dennoch antwortete RC. «Annie bekommt diesen Job, du weißt schon. Ich bin durch die Prüfung in Kommunikationstechnik, mit Auszeichnung.»

«Da könnt ihr euch die hübsch hohe Miete doch leisten.»

RC trank sein Bier. Die Musiker, die im Bühnenhintergrund zugange waren, trugen Netzhemden und ärmellose Oberteile, während es draußen zum Obdachlosenverrecken stürmte. Es macht keinen Spaß, dachte RC, mit einem Pessimisten herumzusitzen, der seine Voraussagen in Erfüllung gehen sieht, aber so war das mit Clarence, genau so. RC hätte sich am liebsten entschuldigt, für die ganze Welt und ihre Schlechtigkeit. Mit den Hürden und Fallstricken des Lebens kam er zurecht, aber mit ansehen zu müssen, wie Clarence in seinen düstersten Erwartungen bestätigt wurde, ging ihm gegen den Strich.

Gestern erst hatte RC bei Struthers, Alderman und Rondo angefragt, ob sich wegen Sloane nichts machen lasse. Honigsüß, -süßer, am -süßesten sagte Struthers, es würden doch Ersatzunterkünfte gestellt, und RC fragte zurück, wer denn freiwillig in so etwas ziehen wolle, selbst wenn es «gute» Unterkünfte für «gute» Leute seien, wie Struthers behauptete und was wahrscheinlich gelogen war, schließlich kannte man solche Programme, und man kannte Struthers. Struthers sagte, der neue Umsetzungsfonds übernehme drei Monate lang die Miete, allerdings nicht vor Februar oder März, aber mit einer speziellen Bescheinigung könne man sich das Geld leihen. «Na und?», fragte RC. «Wir ziehen also für drei Monate ins Motel. Und dann? Wird es in drei Monaten in dieser Stadt etwa Wohnungen geben, wenn doch alle mit uns im selben Boot sitzen?» Und Struthers sagte: «Keine Sorge, Bruder, das wird sich alles finden. Heutzutage landet keiner mehr in der Gosse.» Struthers, das exakte Gegenteil von Clarence, ließ RC auf die schlimmstmögliche Wendung hoffen. In der Welt von Ronald Struthers, mittlerweile dem reichsten Mann, den RC kannte oder je getroffen hatte, glänzte alles wie Gold.

Annie und Kate betrachteten Fotos, die Kate in ihrer Tasche gehabt hatte.

«Am Dienstag, RC, haben wir ein Haus an der Biddle Street abgerissen», sagte Clarence und machte sein Erzählergesicht – zusammengekniffene Augen, schwebende Zigarre. «Dienstag und Mittwoch. War, wie immer, schon alles rausgeschafft, Leitungen, Sicherungskästen, Armaturen, Türen und Ziegel, bergeweise Ziegel. Dürften schöne alte Türen gewesen sein. Jedenfalls sahen wir zu, dass da nichts mehr zu holen war, und gingen mit der Birne ran, und stell dir vor, wir hatten 'nen kleinen Keller übersehen. Eins von den richtig alten Gemäuern, Lehmboden, zum Lagern von Kartoffeln, Kohlen und Eingemachtem, Jahrhundertwende oder so. Ein *Loch* eben, und ob du's glaubst oder nicht, kommt doch da 'ne dreiköpfige Familie rausgekrochen.»

Clarence lächelte das schreckliche Überrascht-mich-nicht-Lächeln, das er sich in letzter Zeit angewöhnt hatte. «So eine kleine Frau, nicht viel älter als Stanly, mit 'nem dreijährigen Kind und 'nem Säugling an der Titte, der die ganze Zeit, während wir geredet haben, daran rumgenuckelt hat.» Wieder unterbrach er sich, um sicherzugehen, dass RC auch zuhörte. «Solche Sachen gehen mir an die Nieren, RC. Nach wie vor. Ich hab für einen Moment den Bagger abgestellt und mit ihr gesprochen. Sie ist im August aus Mississippi gekommen, Carthage heißt die Stadt, und St. Louis kannte sie nur von irgend so Besuchen, aber den Vater ihrer Kinder, den wollte sie finden. Eins kam zum andern, und im Dezember hauste sie in 'nem Kellerloch und aß in der Suppenküche, zu blöd oder zu schüchtern, was Besseres aufzutreiben, hauste tatsächlich in einem Kohlenkeller. Ich hab gesagt, tut mir Leid, Mädchen, aber wir müssen hier ran, weißt du, wo du hinkannst? Wusste sie nicht. Hatte keine Ahnung. Sheriff. Nicht, dass Leute in Kohlenkellern wohnen *sollen*. Es ist nur, dass ich dort abgerissen hab, um Büroraum zu schaffen. Dass es überhaupt so Leute gibt, und der Winter geht erst los.»

RC kannte Clarence. «Ist sie zurück nach Carthage?»

«Kann ihr nur so viel geben, dass es für 'n Bus reicht.» Plötzlich richtete sich Clarence auf, saß da wie ein Jagdhund. «Guck ma.» Er machte eine Kopfbewegung, und auf der anderen Seite des Saals – spricht man vom Teufel – stand Ronald Struthers. Er trug Rollkragen und Cordsamt und sein Goldkettchen mit dem großen Geballte-Faust-Medaillon und redete mit Ernie Shea. Beide blickten zur Bühne. Hinter die Kulissen hatte sich eine viel versprechende Stille gesenkt. Lichtpünktchen glitzerten auf dem wartenden Schlagzeug, auf Ständern mit den Saxophonen und Trompeten ohne Mundstücke. Der Saal war voll und unruhig, der Rauch so dick, dass es beinahe Teer regnete.

«Uuuuh», sagte Clarence angeödet. «Was sucht der denn hier?»

«Mag die Musik vielleicht», sagte RC sarkastisch, aber auch ein bisschen verschreckt, den Mann zu sehen, mit dem er in eine ungewollte Fehde verstrickt war. Struthers und Shea bewegten sich auf einem politischen Fließband in Richtung Bühne, blieben an jedem Tisch stehen, damit Struthers schmeicheln, grinsen, Hände schütteln konnte. Sie duckten sich unter den Vorhängen durch und wurden zu Klumpen auf Beinen. RC schob seinen Stuhl zurück an den Tisch und tippte Annie auf die Schulter.

«Mm?» Sie lächelte über eine Bemerkung von Kate.

«Hast du Struthers gesehen?»

«Muss ich?» Sie wandte sich wieder Kate zu.

RC goss sich ein, goss den Frauen ein, beugte sich vor und goss auch Clarence ein und winkte der Kellnerin, um einen zweiten Krug zu bestellen. Er würde für sein Trinken büßen müssen, wenn er morgen früh um sechs auf den Bus zur Polizeiakademie wartete. Neuerdings brauchte Annie den Wagen. Er würde schlottern und bibbern und der Schnee scharf wie Eisenspäne sein.

Die Steamcats teilten den Vorhang und nahmen ihre Plätze ein. Der Drummer, ein Rasta oder Möchtegernrasta mit nacktem Oberkörper, legte ein paar selbstgefällige Rhythmen hin, rückte seinen Hocker zurecht, warf einen Stock beiseite und ließ, seinen Wirbel vorbereitend, die flache Trommel schnarren. Nach vorn kam Titus, dicker als je zuvor, in einem Umhang mit Silberpailletten und einem gefiederten Kopfputz, indianisch. Er nickte ins Publikum, in den vereinzelten Applaus. Aber dann, die Menge mit einem Augenzwinkern warnend, machte er kehrt und tauchte wieder hinter den Vorhang.

«Ist der cool», flüsterte Annie.

Clarence kaute auf seiner Zigarre und sah angegriffen aus.

Jetzt bahnten sich Ernie Shea und, von ihm am Ellbogen gehalten, Ronald Struthers einen Weg durch die Musiker, Ernie ein Führer durch feindliches, unwegsames Gebiet. Sie stellten sich vor das Mikrophon und überblickten den Saal. Die Steamcats verschränkten die Arme, zogen buckelnd die Schultern hoch und starrten auf

Struthers, als wäre er ein weißer Bankdirektor. Im Saal gingen die Lichter aus. Spotlights richteten sich auf die Bühne und verflossen zu einer roten Tunke, in der sich die Steamcats unbehaglich wanden und die Lippen leckten. Shea klopfte ans Mikrophon. «Es ist mir jedes Mal ein großes Vergnügen», sagte er, «diese Herren, die so viele kostbare Erinnerungen in mir und sicherlich auch in Ihnen wecken, in ihrer alten Heimat zu begrüßen. Unser Star hat uns nun allerdings mit seinem allzu hastigen Auftritt und Abgang einen Strich durch die Rechnung gemacht …»

Gelächter im Saal.

«Aber wir haben den ganzen Abend Zeit und versuchen es noch einmal. Diesmal wird es klappen. Verehrte Damen und Herren, Mitbürger, Freunde, Römer, hier ist der Stolz von St. Louis – Titus Klaxon!»

Titus kam weniger schwungvoll wieder. Mit gesenktem Kopf lief er auf Shea und Struthers zu, verwandelte sie mit seiner musikalischen Masse in Zwerge. Er stand jetzt zwischen ihnen. Er drückte sie an sich wie Puppen. «Danke», sagte er, als der Applaus allmählich nachließ, «vielen Dank.»

Sterbende Menschen da draußen in dem Schneesturm. In jedem Schneesturm starben welche.

«Ich möchte, wenn ich darf, kurz das Wort ergreifen», sagte Struthers zum Mikrophon.

Sofortige Stille. Beklommenheit im Publikum.

«Ich weiß, dass wir Titus den Empfang bereiten werden, den er verdient», sagte Struthers. «Ich weiß das, weil ich weiß, dass Titus Klaxon ein Mann ist, der seine Wurzeln nicht vergisst, und ich weiß, dass das auch auf jeden Mann und jede Frau hier in dem Saal zutrifft …»

Jemand rechts von RC prustete; links von ihm kaute Clarence auf seinem Daumen, nicht auf dem Nagel, auf dem Daumen.

«Ich erinnere mich noch genau, wie diese Katzen angefangen haben, sie spielten den –»

KLACK. Der Drummer hatte auf den Rand seiner Trommel geschlagen, und Struthers zuckte zusammen. Die Steamcats blickten zur Decke.

«Na dann.» Struthers räusperte sich. «Das klingt, als könnten wir es alle nicht mehr erwarten, wieder in alten Erinnerungen zu schwelgen, machen wir es also kurz ...» Er stellte sich zwischen Shea und Titus, legte die Arme um sie und lächelte in den Saal, als hoffte er, fotografiert zu werden, und schon, mit blauem Blitz, war es geschehen. Waren Kameras hier überhaupt zugelassen? RC reckte den Hals, hielt Ausschau nach dem Fotografen. Dort stand er. Drei Tische weiter, an die Wand gelehnt, war ein Jugendlicher, kraushaarig und weiß, mit einer Kamera und einem Mädchen. Jung, Vorstädter offenbar. Auffällig.

«Das ist der junge Kerl, der Benny Brown fotografiert hat», flüsterte Clarence.

Struthers war verschwunden, und Shea ruderte zwischen den Tischen hindurch auf den Fotografen zu. Sie redeten. Das Mädchen wirkte besorgt. Der Junge zückte eine Visitenkarte, und Shea nickte, aber erfreut schien er nicht.

Während die Steamcats Mundstücke aufsetzten und Saiten zupften, nahm Titus das Mikrophon. «Mein guter Freund Ronald Struthers hier hat mich gerade gebeten, einen Song einer jungen Dame zu widmen, die vielen von euch bekannt sein wird, aber dieses erste Stück ist so gut wie jedes andere.» Titus streckte den Bauch und holte tief Luft, als müsste er mit Gewalt einen Brechreiz unterdrücken. «Das ist ein brandneuer Song. Wir haben die alten Straßen eine Weile nicht gesehen, und es könnte sein – ich bitte euch, das zu bedenken –, es könnte sein, dass ich als Außenstehender nun Sachen sehe, die ihr nicht seht. Sollte das der Fall sein, entschuldige ich mich nicht dafür, weil ich froh bin, richtig froh bin, heute Abend bei euch zu sein. Mein Grundsatz ist ‹Blues is truth›. Also, Jungs, zeigen wir diesem wundervollen Publikum, welchen wahren Blues ich meine.» Der Drummer legte los. «Hier ist der Song für die Dame in Blau, er heißt» – seine Stimme senkte sich zu einem tiefen Bass – «‹Sanierungsblues›.»

Probst war krank. Er hatte eine schlimme Erkältung, die schlimmste seit Jahren, mit Schüttelfrost und rasenden Kopfschmerzen, einem entzündeten Hals und einem allumfassenden Kränkungs- und Ungerechtigkeitsgefühl. Die üblichen Mittel halfen kaum. Am Wochenende hatte er irgendeine Oberfläche angefasst, oder irgendeine Oberfläche hatte ihn angefasst, dann hatte er seine Augen oder seine Nase angefasst, und die Viren waren in ihn eingedrungen. Jede Oberfläche konnte es gewesen sein. Alles hatte eine Oberfläche, und die Krankheitskeime lauerten, hüpften gierig in die Höhe und auf unüberschaubar vieles – auf Kugelschreiber und Sitzkissen, auf Schuhe und Bürgersteige, Straßen und Fußböden, auf Trinkgläser und Handtücher und Parkuhren. Telefone waren über und über verkeimt. Münzen, die man als Wechselgeld herausbekam, waren angewärmt, überschwärmt. Fahrstuhlknöpfe waren Furunkel, glühend vor Virulenz. Rolf Ripley hatte sich den ansteckenden Rotz am Ärmel abgewischt, und Probst hatte ihn berührt. Buzz Wismers Absonderungen waren über sein ganzes Büro verteilt gewesen. Hutchinson hatte Probst den Mantel abgenommen, Dr. Thompson hatte ihm die Hand geschüttelt, Meisner hatte Schnupfen gehabt, und der General – Sam – *hatte ihm Doughnuts überreicht*! Im Nachhinein traute er niemandem mehr.

Es war drei Uhr am Nachmittag, der 12. Dezember. Dick eingepackt in seinen Mantel, den Schal bis ans Kinn, schob er sich durch die zwei Doppeltüren der Plaza Frontenac, dem bevorzugten Einkaufszentrum von ihm und Barbara. Wer mit ihm eintrat, hatte leere Hände und einen federnden Schritt. Die anderen, die es verließen, waren bepackt, Saks-Tüten, die in Wadenhöhe schaukelten, eingewickelte Bücher oder Platten in Armbeugen, gezackte Spitzen kleiner Papiertüten, die aus Manteltaschen ragten. Probst blieb stehen, um sich zu orientieren. Einkaufszentren waren niemals kundenfreundlich, aber um diese Zeit an einem Nachmittag mitten in der Woche fühlte er sich besonders unwillkommen. Normalerweise hätte ihn keine noch so schlimme Erkältung davon abgehalten, ins Büro zu gehen. Doch zu allem Übel hatte er Geburtstag, der schlimmste seit Jahren auch der. Probst wurde fünfzig. Ein Junge in grünem Lodenmantel jagte einem roten Luftballon nach, der direkt vor Probsts Füßen gelandet war, und Probst nieste auf den blonden Strubbelkopf.

«Gesundheit!», rief die altkluge Stimme.

«Nun. Vielen Dank.»

Seine Worte hinterließen bei ihm im Mund einen unangenehmen Nachgeschmack. Leute rempelten ihn an. Er suchte Zuflucht an dem ihm am nächsten gelegenen Schaufenster, hinter dem weiße Torsos schwarze Reizwäsche trugen. Nun! Nun! Nun! Er klang wie sein Vater. Sein Vater hatte das Wort «nun» ständig benutzt, nicht nur als Füllwort, sondern auch als Ausruf, der für Überraschtsein und Zustimmung stand. Wenn ein Kunde im Schuhladen Gamm, wo er arbeitete, seinen Anzug oder seine Krawatte lobte (auf die Kleidung achtete sein Vater sehr), begann er seine Erwiderung mit einem herzhaften, manchmal auch etwas befremdlichen «Nun!». Kamen Ginny oder Martin, weil sie Geld brauchten, in sein Geschäft, drückte das Wort seine Freude darüber aus, dass er eine so hübsche, aufgeweckte Tochter und einen so ernsten und höflichen Sohn hatte. «Nun!» Das Wort versetzte die Kundschaft in den Wartestand; hier waren seine bedeutsamen Kinder, Kinder wohlgemerkt, nicht Enkel. Er brachte auch andere Wendungen aus dem Geschäft mit nach Hause, Wendungen, die damals nichts Besonderes an sich hatten, seinem Sohn aber jetzt, vierzig Jahre später, mit zunehmender Häufigkeit über die Lippen kamen, war er doch bald selbst so alt, wie sein Vater gewesen war, als Martin zum ersten Mal erkannte, dass sein Vater schwächer war als er selbst. Vor kurzem erst hatte er sich dabei ertappt, dass er das Wort «gut» ständig gebrauchte und, schlimmer noch, die «Fragt sich, ob»-Konstruktion, die typisch für einen war, der laut dachte (im lauten Denken steckte etwas Arrogantes), statt mit den Anwesenden zu reden. Wenn etwa Ginny und Martin mit der Mutter beim Abendbrot überlegten, ob sie nicht Ersatz für Shannon beschaffen sollten, den Mischlingsrüden, der eines Abends von seiner Runde nicht mehr nach Hause gekommen war, und den Tisch abräumten und halbe Pfirsiche aus der Dose in ihrem Sirup servierten, saß der Vater schweigend beim Bier, und plötzlich, mit einem Knurren: «Fragt sich, ob es nicht einfacher wäre, Gin ein Stofftier und Martin ein Liebchen zu beschaffen.»

Im Schaufenster, unmittelbar vor Probsts Augen, wurde ein weißer Torso lebendig. Er ruckte und zuckte wie in Verzweiflung über das Fehlen seiner Gliedmaßen; zwei Verkäuferinnenhände hatten ihn beim Halsstumpf gepackt und lösten den Büstenhalter von seinen konischen, alabasternen Brüsten. Probst sah, wie die Verkäuferin das Büstenhalterschildchen las. Sie drehte sich zu einer Kundin um, schüttelte den Kopf und zog die Achseln hoch.

Links neben ihm weinte ein kleines Mädchen. Die Mutter hatte sich hingekniet und zupfte an seinen Locken, als müsste sie ein Bild gerade rücken. Mit dem Daumen wischte sie ihm die Tränen aus den Augenwinkeln, offenbar ohne zu ahnen, dass dies eine ideale Methode war, Viren in den Blutkreislauf ihrer Tochter einzuschleusen. Probst ging weiter.

Er war gekommen, um Weihnachtsgeschenke für Barbara zu kaufen, ja um an diesem Tag wenigstens eine Sache zu Ende zu bringen. Auf seiner Liste standen Bücher, Badeartikel und Brillantohrringe. Außerdem sollte Plaza Frontenac seinen anderen, eher abstrakten Geschenkideen Gestalt verleihen. Zum Glück war Barbara schon immer die Einzige, der er Geschenke kaufen musste.

Gestern Abend, als er seinem Körper hatte zeigen wollen, wer der Herr im Hause sei, indem er Mohnwirbel half, die Einfahrt von den zwanzig Zentimetern Neuschnee zu befreien, hatte ihn

Barbara hereingerufen. Jack DuChamp war am Telefon. Seit dem Vorfall im Stadion hatte Jack nicht angerufen. Er sagte, dass er und Elaine immer – na ja, seit Jahren schon – am Dreiundzwanzigsten eine Weihnachtsparty gäben. Es tue ihm Leid, dass die Einladung so spät komme, aber sie würden sich freuen, wenn Martin und Barbara dabei sein könnten.

Unter Barbaras Aufsicht gelang es Probst, ihm zu sagen, dass es wahrscheinlich nicht klappen werde, Verwandte von Barbara hätten sich angekündigt, Dinge dieser Art eben, aber sie würden es ganz bestimmt versuch–

«Toll, ganz toll», sagte Jack, während Barbara, offenbar zufrieden gestellt, das Zimmer verließ. «Wir freuen uns sehr auf euch. Und bringt unbedingt Luisa mit, es kommen noch viele andere Familien. Unsere Kinder möchten sie wirklich gern kennen lernen.»

Auf dem Weg zurück in den Schnee streckte Probst den Kopf ins verrauchte Familienzimmer. Möglicherweise kämen sie um den Besuch bei den DuChamps herum, sagte er. Möglicherweise? Mein Gott, Martin. Natürlich kämen sie darum herum.

An diesem Morgen hatte er dann eine telefonische Nachbestellung beim Zitrusfruchtunternehmen Florida aufgegeben, das die meisten auswärtigen Geschenkaufträge von ihm und Barbara erledigte. Die DuChamps würden im winterlichen Februar Grapefruits bekommen; die Ankündigung sollte etwa am Tag der Party bei ihnen eintreffen. Probst hoffte, dass die Zitrusfrüchte, ebenso wie die Lieferformalitäten, irgendwie den gewünschten Effekt erzielen würden.

Und der war, dass Jack ihn in Ruhe ließ.

Er wich zwei Kanonenkugeln aus – kräftigen Kerlen in Jeansjacken, die auf eine Videothek zuhielten – und bestieg die Rolltreppe, wo er in die Hand nieste, sich anschließend am Rolltreppengeländer festhielt und es infizierte. Er sah das schwarze Plastikband unter seiner Hand hervoreilen und um den oberen

Wendepunkt herum in der Mechanik verschwinden. Er sah seine Keime sich über das ganze Band verteilen. Er wandte sich um. Zehn Gesichter blickten zu ihm auf, manche von ihnen mit vagen Anzeichen des Erkennens (Morton Priest …?). Er hatte sie alle angesteckt.

Ein Geschäft, das Fülle und wissenschaftliche Ordnung verhieß, ein Tabakgeschäft, stach ihm ins Auge. Glasballons mit angeschrägten Glasstopfen waren etikettiert und in Regalen aufgereiht wie in einem Museum für Bodenproben, manche Tabake waren schwarz wie Iowa, manche rot wie Arkansas, andere karg und hell, wieder andere sandig oder lehmig oder durchmischt. Süßigkeiten und Zeitschriften wurden auch verkauft. Ein Laden gut und fein. Probst trat ein, grüßte den Händler und schüttelte den Kopf – danke, nur umschauen. Hoch und runter über Kaskaden von Süßigkeiten wandernd, blieb sein Blick an den dreieckigen Toblerone-Schachteln hängen. Er drehte eine in seiner Hand und sah Aufschriften auf Deutsch, Französisch und Italienisch, auf jeder Seite eine Sprache.

Kein Englisch? Nun! Wie gewieft, wie viel sagend, wie schweizerisch von diesen Chocolatiers, die drei Schweizer Sprachen zu verwenden. Ein kleines Mysterium – warum waren die Schachteln dreieckig? – war damit geklärt. Er würde ein paar davon kaufen. Es gab sie in Weihnachtsfarben.

Vom Zeitschriftenständer nahm er ein Exemplar des *House*-Magazins. Er wollte einen Vorgeschmack auf die Leute, die am Freitag sein Wohnzimmer, sein Frühstückszimmer und die Küche fotografieren würden. Der Händler tippte den Betrag in die Registrierkasse. Probst fragte ihn, ob er die Toblerone direkt in der Schweiz bestellt habe.

Wieso?

Nun, es stehe kein Englisch auf den Schachteln.

Der Händler legte die Stirn in Falten und schaute nach. «Doch. Hier.»

Probst überzeugte sich. Tatsächlich. Englisch, Deutsch und Italienisch. Wie in aller Welt hatte er Englisch mit Französisch verwechseln können?

«Englisch, Französisch und Deutsch», sagte der Händler. Probst zuckte die Achseln und wandte sich zum Gehen, da sah er, dass sich der Händler mit zwei von den Fingern, die soeben seinen Fünfdollarschein entgegengenommen hatten, über die Nasenlöcher rieb –

«Alles in Ordnung?»

Über die Schulter nickend, rannte Probst gegen einen Gegenstand, griff nach ihm, um ihn abzustützen, und drohte ihn dabei erst recht umzuwerfen, bevor ihm aufging, worum es sich handelte: einen fast lebensgroßen, heftig wankenden Holzindianer. Er brachte ihn zum Stehen. Der Händler schwenkte verärgert und missbilligend den Kopf. Probst hatte seine Kräfte heute überschätzt.

Er durchquerte das Atrium und setzte sich auf eine glänzende Eichenbank unter einem Miniaturbaum mit wächsernen Blättern. Er war nicht in der Verfassung, Einkäufe zu machen. Aber wenn er jetzt keine Einkäufe machte, müsste er ein andermal wiederkommen. Barbara hatte ihn gefragt, wie lange er wegbleiben werde, und er hatte gesagt, mindestens eine Stunde. In die Geburtstagsvorbereitungen durfte er nicht hineinplatzen. Außerdem würde er, wenn er nach Hause ginge, sofort ins Bett gehen müssen. Der Gedanke, ins Bett zu gehen, zumal an seinem Geburtstag, war ihm verhasst.

Was war überhaupt ein Geburtstag? Das Einzige, was er vor sich sah, wenn er sich seine Geburt vorstellte, war sein aus einem Loch zwischen den Beinen seiner Mutter hervorkommender Kopf. Das Bild wurde von Sekunde zu Sekunde lebendiger, als hätte er es im Fernsehen oder in einem Hörsaal gesehen und erinnerte sich daran. Welche Kamera hatte, auf Betthöhe, das Hervorkommen seines Kopfes festgehalten? Es war ein flackernder, alter Film, aufgenommen von einer sehr, sehr alten Kamera. Keine Geschichte schien so vergangen wie diese.

Damals, als ihn Luisa noch mit Fragen gelöchert hatte, hatte sie ihn auch nach seiner frühesten Kindheitserinnerung befragt. Das müsse wohl der Straßenbahnunfall sein, sagte er, als er noch nicht mal drei gewesen sei. Er erinnere sich, durch die Luft geflogen zu sein, gegen eine silbrige Stange. Genau. Er habe auf einem Sitz gestanden, noch nicht einmal drei Jahre alt, und …

Schritte und Gemurmel der vorbeiziehenden Fußgänger klangen ungeduldig, ganz so, wie sie für den, der ausruht, immer klingen, ein so unerträgliches Getrappel, dass nur die Entscheidung, sich dem Strom anzuschließen, Erlösung verspricht. Probst aber widerstand. Sein Hals war ein schmerzender Schlauch. Er musste einfach noch ein Weilchen sitzen bleiben. Dann würde er einkaufen, Badeöl, Bücher und Ohrringe. Vielleicht hatte er heute nicht die Kraft, Rabatte auszuhandeln, aber Erkältungen machten ihn leichtsinnig. Er war krank, er hatte Geburtstag, er konnte tun und lassen, was er wollte. Er konnte daran denken, dass er jahrelang von der Erinnerung an ein Davongeschleudertwerden, an einen Aufprall auf einer Stange verfolgt wurde wie von einem Albtraum, der sich dadurch, dass man ihn als Traum erkennt, nicht vertreiben lässt – ohne zu wissen, dass ihm so etwas tatsächlich passiert war. Unfälle vergisst man, und es war nur Zufall, dass seine Mutter Jahre später von einer Zeit erzählte, als du, Martin, in der Grand-Avenue-Linie durch die Luft geflogen bist und eine Gehirnerschütterung erlitten hast.

Er konnte sogar noch weiter zurückgehen, in die Geschichte seines Vaters. Carl Probst hatte eine Farm und ein Haus in Stillwater besessen, er war jung und schuldenfrei, und ihm gehörten Anteile an der größten Bank der Region, als über Oklahoma die düsteren Zeiten hereinbrachen. Seine Frau starb, und der Regen blieb aus. Die Banken schritten zu Zwangsvollstreckungen, um Hypotheken einzutreiben. Er verkaufte seine Anteile aus Protest (wie er später behauptete, obwohl zweifellos auch er Geld brauchte) und verkaufte sie, was schwerer wog, in Kenntnis dessen, was die ganze Stadt wusste: In der Gegend gab es Öl. 1940 zählte die Bank zu den reichsten von ganz Oklahoma. 1940 lebte Carl Probst in St. Louis und befasste sich mit den Füßen von Fremden. Hätte er seine Anteile behalten, wäre er zwar nicht märchenhaft reich geworden, aber er hätte die Jahre der Dürre überstanden, sein Land verpachtet und es geschafft. Er hatte es nicht geschafft. Probst sah, wie er den roten Lehmboden im Februar zu pflügen versuchte, mit Hilfe zweier Pferde und seines einzigen Sohns – Carl jr. –, um die Saat auszubringen, die keinen oder nicht genug Regen abbekommen würde, während ringsum, an jedem Horizont, auf jedem Stück Land, das nicht auf der schwarzen Liste stand, Bohrtürme in den Himmel schossen. Er hörte ihn zu den kleinen Kindern seiner jungen zweiten Frau sagen, dass er das Rechte getan hatte. Und er erinnerte sich, ihm, als Kind, geglaubt zu haben.

Er schluckte ein Hustenbonbon. Tennisschuhe quietschten auf dem Parkettboden. Das Gefühl, das ihn jetzt befiel, war das Gefühl, das er als junger Mann gehabt hatte, wenn er auf Bänken saß, das Gefühl, ein alter Mann zu sein, der auf einer Bank sitzt und die Welt getrost an sich vorüberziehen lassen kann. Die Welt, das waren Frontenac-Frauen mit tausalzfleckigen Stiefeln, auf die Uhr blickende Schreibkräfte in Hektik, Geschäftsleute, die sich gegenseitig zum Lachen brachten, Kleinkinder, die sich von ihren Müttern losrissen und auf die lavendelfarbenen Elefanten in dem Probst gegenüberliegenden Schaufenster zeigten, es aus der Ferne betatschten. Aber dazu gab es Parallelwelten – Welten des Unsichtbaren, der Viren, des heimlichen Getues, der väterlichen Redensarten. Am Sonntag, als Wesley bei seinem Vorstoß das Wort «Kreis» verwendet und Probst sich entschlossen hatte, sofort zu gehen, war es kein wirklicher Entschluss gewesen. Er hatte sich unterhalb der Schwelle von Ursache und Wirkung wiedergefunden, war einem Impuls gefolgt, der auf kürzestem Wege dem Innersten dessen, was er war, entsprang und die Lebensentscheidung seines Vaters wiederholte: Da mache ich nicht mit; und wenn es mich Kopf und Kragen kostet, da mache ich nicht mit.

Eine ältere Frau mit roten Gummistiefeln setzte sich neben ihn auf die Bank. Er rückte ein wenig zur Seite und hörte sie, ganz deutlich, «bisschen etepetete» sagen. Er vergrößerte den Abstand auf einen Meter.

Jetzt sind wir am Kern der Dinge, Martin.

Probst musste immer noch an den Vormittag in der Sauna mit dem – mit Sam denken. Sam fand es wichtig, dass Probst im Stadion geblutet hatte. Probst fand es seltsam, dass seine Verletzungen weder in den Zeitungen noch im Rundfunk erwähnt worden waren. Je länger er darüber nachdachte, desto merkwürdiger kam es ihm vor. Er war der Vorsitzende des Wachstumsvereins, er war genauso ernstlich verletzt worden wie die anderen zwölf; was musste einem noch alles passieren, damit man mitgezählt wurde? Hatte sich irgendein Polizeibeamter oder Klinikangestellter geweigert, einen dreizehnten Verletzten zu verzeichnen, aus demselben Grund, aus dem Hochhäusern das dreizehnte Stockwerk fehlte? Probst störte es nicht, dass sein Name nicht in den Zeitungen stand, in anderen Zusammenhängen tauchte er dort oft genug auf, aber er fragte sich, warum die Informationsmächte es diesmal für angeraten hielten, ihn zu ignorieren. Wenn sie den Namen und die Adresse und das gebrochene Bein von Trudy Churchill *kannten*, dann mussten ihnen Probsts gebrochener Finger und sein Blutverlust mindestens genauso *bekannt* sein. Hier wurde offenbar etwas vertuscht.

Verschwörung. Zufall. *Verschwörung.*

Jammu gebot über die Polizei. Hutchinson, der ominöserweise professionelle Rücksichten vorgeschoben hatte, gebot über den KSLX. Die Eltern von Duane Thompson waren im Barnes-Hospital, wo Probst behandelt worden war, Schlüsselfiguren. Pete Wesley gebot über das städtische Pressebüro. Die Big-Red-Magnaten hatten vertrauliche Beziehungen zu allen anderen, die eine Rolle spielten, zu Meisner, Norris, Buzz, Ross Billerica, Harvey Ardmore.

Probst traute niemandem. Von irgendwelchen Motiven war ihm nichts bekannt. Wie konnte er Bedeutung haben, wenn er so abgrundtief schlecht informiert war? War er so schlecht informiert, *weil* er Bedeutung hatte? Wenn das zutraf, dann wirkte die Verschwörung zweigleisig: Sie schotteten ihn von den Nachrichten ab und die Nachrichten von ihm. Er war krank. Die Leute mieden ihn. Vor den Fenstern seines inneren Krankenzimmers hörte er sie lachen und schreien und flüstern wie Schuljungen. Er war krank, und er konnte seinen Kopf genauso wenig freibekommen, wie es ihm unmöglich war, ins öffentliche Leben der Stadt zurückzufinden, obwohl er in dessen Mittelpunkt nominell noch immer stand. Plötzlich war alles Verrat, Wesley, Meisner, Ripley, Ardmore, seine eigene Tochter, ein großer Teil des Wachstumsvereins. Sie wollten ihn benutzen, ohne ihn in das Geheimnis einzuweihen. Er zählte nicht, weil die Verschwörung nicht wollte, dass er zählte.

Das tausendstimmige Gesumm der Plaza Frontenac konnte von Krankenhausbesuchern herrühren, von Trauernden in einem Mausoleum, Flüchtlingen, Evakuierten, nächtlichen Reisenden oder Gaffern am Schauplatz eines Unfalls oder Verbrechens, solcher Art war die unerschütterliche Ungezwungenheit dieser kollektiven Stimme. Während Probst lauschte, schien sich eine große Leere im Klangraum aufzutun. Wahrnehmungskapillaren durchwucherten das gesamte Innere, Abstoßungen vornehmend, dumpf schmerzend, allesamt transparent und die von Probst; oder war das Einkaufszentrum etwa geschrumpft, infolge einer krankhaften Verwinzigungsillusion, bis es in sein Ohr passte und die tausend Geräusche zu punktuellen Gehörreizen reduziert waren, in seiner Hirnkapsel verdichtet zum reinen, weißen Rauschen eines leblosen Ozeans? Das Geburtstagsgefühl ließ ihn nicht in Ruhe. Seine Selbstwahrnehmung blähte sich auf und wurde allumfassend. Was, wenn er die Stadt war? Mehr als nur im Mittelpunkt stehend: die Sache selbst?

Geboren in der finstersten Phase der Depression, hatte er sich in eine Art Licht emporgehangelt und -gestrampelt, indem er abriss und platt walzte und baute, immer höher baute, den Gateway Arch, Vorhaben, wie sie jugendlicher und einträglicher nicht sein konnten, das goldene Zeitalter des Martin Probst. Innerlich jedoch war er krank, und auch die Stadt war in ihrem Innern krank, an unverdautem Ehrgeiz würgend, zerrüttet von Lügen. Die Verschwörung vergiftete den Blutkreislauf der Stadt und ließ die Oberfläche unverändert, wütete in ihm und um ihn herum, während er offenbar unbemerkt, ungezählt und unbeteiligt dasaß, und genau hier, in dieser Übereinstimmung seines Lebens mit dem Leben der Stadt, konnte er sich verschwinden sehen. Je mehr er Figur war, umso weniger war er Mensch. Je vollständiger die Übereinstimmung, umso vollständiger schottete sie ihn ab. Es gab zwei Probste, wie es schien, und das schon immer; wer sonst hatte die Kamera im Kreißsaal geführt, und wer sonst saß jetzt auf der Bank und dachte nach? Aber der menschliche Probst war im Verschwinden begriffen. So wie sein Kopf vor fünfzig Jahren aufgetaucht war, tauchte er jetzt ab. Er war selbst ein Verschwörer geworden, genauso verantwortlich für sein Verschwinden wie jeder andere. Er ließ sich von einem Jugendfreund belästigen, von einem alten Streit mit Barbara unterkriegen, er ließ sich von allem und jedem ablenken, und währenddessen purzelten Wanzen aus den Wänden, brachen Existenzen in Wochenfrist zusammen – und überall Inder und Indianer, die Bomben legten, Entscheidungsträger herausforderten, die Presse in die Irre führten und mit Grundstücken spekulierten und den Verkehr lahm legten, Herolde und Furien zugleich, die auf den Pfaden des alten Indianerlands daherstürmten, aus dem es, wie ihm nun die Osage-Krieger bedeuteten, kein dauerhaftes Entkommen gab. *Mit Cliquen will ich nix am Hut haben.* Das war ein Satz seines Vaters. Der Sohn hätte sagen müssen: *Da-*

mit will ich nichts zu schaffen haben. Nichts war mehr sicher vor seiner Xenophobie, nicht mal sein eigenes Herz, nicht mal das Herz seiner eigenen Stadt.

Er hörte einen Wasserstrahl.

Das war die alte Frau mit den roten Stiefeln. *«Lit-tle Miss Know-it-all»*, trällerte sie. *«Lit-tle Miss Know-it-all.»* Sie schaukelte mit den Beinen, ihr Mantel öffnete sich, und in einem blassen Strahl urinierte sie durch die Planken der Bank auf den versiegelten Parkettboden, ergoss sich Urin, als wäre die Frau angestochen worden. Probst rappelte sich hoch. *«Lit-tle Miss Know-it-all.»* Die Frau schaukelte mit den Beinen, noch immer Wasser lassend, bis er außer Hörweite war.

Er landete bei Crabtree & Evelyn, einem Schmuckkästchen von Geschäft, dekoriert in verhaltenen Farben und von Düften durchtränkt, die sich zu einem beinahe beißenden Potpourri vermischten. Im Unterschied zu Barbara verlor Probst seinen Geruchssinn selten. Er sah Schwämme und Bürsten. Seifenkissen. Rosa Kristalle. Er zitterte am ganzen Leib.

«Kann ich Ihnen helfen, Sir?»

«Ja. Ich hätte gern ein Badeöl.»

Eine Frau mit grünlicher Haartönung lächelte, um Hilfe bemüht. Sie wirkte einfach und nett. «Woran hatten Sie gedacht?»

Probst ließ sich willig herumführen. Im Allgemeinen war er nicht ergeben genug, um von Verkäuferinnen Hilfe anzunehmen, aber heute wollte er beraten werden. Er beantwortete Fragen nach Barbaras Vorlieben. Er nahm vier verschiedene Flaschen, lächerlich viele, doch alle diese Düfte hatte er schon einmal im Regal neben der Wanne stehen sehen. Je mehr Flaschen er nahm, umso eifriger wurde die Frau. Indem er kaufte, beruhigte er sich.

«Jetzt wird es ausreichen», sagte er liebenswürdig.

«Oh, ich wollte Ihnen noch die –»

«Danke. Das wäre alles.» Er begleitete sie zur Kasse. Bezahlen tat wohl. Er benutzte seine American Express Card. Die Frau sprach vom Schnee. Viel, bestätigte er. Aber bald werde es tauen. Als sie ihm den Beleg zur Unterschrift reichte, klingelte das Telefon. Sie entschuldigte sich.

Er starrte auf die zwei Wörter, die er zu Papier gebracht hatte. Wie immer hatte er jeden Buchstaben einzeln geschrieben, gleichsam gedruckt. Es waren zwölf insgesamt, pro Name sechs. In jedem Wort sechs. Heute war der 12. 12. Luisa war am 1. 11. geboren und Barbara am 8. 4. «Luisa» hatte fünf Buchstaben und «Barbara» sieben. Martin, am 12. 12. geboren, war sowohl Mittelwert als auch Summe, und er verschwand im plötzlichen Leuchten des Systems. Hier war es so perfekt, dass es restlos aufging und ihm nichts zu tun blieb, als zu sterben, denn sein Leben war erklärt.

«Bitte sehr, Sir, alles erledigt.» Die Frau mit der grünen Tönung redete ihm gut zu. «Einen schönen Tag noch.»

Als er ging, schob er die Karte in das dafür vorgesehene Fach seiner Brieftasche und, als er in die Haupthalle hinaustrat, die Brieftasche in seine Hosentasche. Er musste hier raus. Aber er hatte Barbara versprochen, nicht in die Vorbereitungen zu platzen. Vor Johnston & Murphy, einer kleinen Herrenboutique, wo sich ein Verkäufer wie ein Pinguin in schwarzen Lackschuhen aufgebaut hatte, blieb er stehen. Neiman oder Saks, das war die Frage. Das Saks-Geschäft war größer, aber der Weg dorthin führte an der Frau mit den roten Stiefeln vorbei. Dann also Neiman. Das gestrcifte Baumwollhemd von Sam Norris fiel ihm ein.

Ich liebe dich, Barbara. *Ich liebe dich, Barbara.*

Das war schwierig, aber letzten Endes konnte es ihm gelingen, weil er sich letzten Endes vorstellen konnte, dass sie vergänglich war, sie auf einer Bahre liegen sehen konnte, im Glauben, sie sei tot.

Aber bin ich Martin Probst? *Bin ich Martin Probst?*

Es gab Grenzen – die Lichtgeschwindigkeit, den Augenblick der Geburt –, und vor sich selbst den eigenen Namen auszusprechen, ihn mit Überzeugung zu sagen hieß, die Grenze zu überschreiten, aufgespalten in zwei, und sich beim Geborenwerden zuzuschauen. Er verschwand in der Menge, die er rings um sich sah. Rechts von ihm war ein rot geschminktes Schätzchen mit dicken Strumpfhosen und rosa Laufschuhen und einem langen Nerzmantel. Links von ihm rümpften zwei ältere Damen mit Blusen, die Knöpfe im Nacken hatten, über die Stätte ihres Geschenkekaufs hochmütig die Nase. Und soeben ging ein fetter Schwarzer an ihm vorbei, dessen pendelnde Arme Glottale der Begeisterung aus seiner Kehle pumpten. Wie leicht wäre es jetzt für einen flinken Reporter gewesen, einen Don Daizy oder Cliff Quinlan, sich diesen Menschen, einem nach dem anderen, in den Weg zu stellen mit den Worten: «Sagen Sie mir nicht, wie Sie heißen, ich möchte, dass Sie sich selber sagen, wer Sie sind», und wie leicht für die Kamera, das Gesicht derer einzufangen, die der Bitte nachkamen, ob Überraschung oder Enttäuschung darüber huschte, wenn sie sich einer Welt gegenüber fanden, die nicht eine sphärische Rezeptorenfläche war, auf die Bilder projiziert wurden, sondern eine Ansammlung von Dingen, denen sich die jeweilige Person, wohl oder übel, hinzuzuzählen hatte. Es war eine grässliche Vision: in und außerhalb des Einkaufszentrums eine Unendlichkeit latenter Wahrnehmungsträger. Die Infektion der Erde durch sehende Menschen, die Infektion der Erde, weil ein Mensch den anderen sieht.

Inzwischen hatte Probst Neiman-Marcus erreicht, und er tauchte in die Beinahestille seriöser Geschäfte ein. Er nahm die Rolltreppe, war diesmal achtsam mit seinen Händen. Er sah die Menschen, die ihn umgaben, mit neuen Augen: als Mitverschwörer. Der General hatte Recht. Obwohl seine Sicht zu grobschlächtig war; er konnte nur mit konkreten Dingen umgehen, mit

Abhörvorrichtungen und dokudramatischen Machenschaften. In Probsts Haus gab es keine Wanzen.

Es gab Hemden im Überfluss. Eine Reihe in rustikalen Farben, wollene Mischgewebe von Ralph Lauren. Calvin-Klein-Pastelltöne. Skurriles von Alexander Julians. Der Blick eines stark gebräunten Mannes mit randloser Brille begegnete dem seinen. Die Augen des Mannes weiteten sich ein wenig. Ein Verdacht schob sich zwischen ihn und Probst. Der Verdacht des Wiedererkennens. Probst schaute nach seiner Größe. Medium für Freizeithemden, ansonsten 15½–34.

Es gab keine Wanzen. Aber es gab Schlimmeres – Vorfälle, die zu privat und persönlich waren, um von einem intriganten Menschen herrühren zu können, zu sehr ineinander verwoben, um noch als Zufall durchzugehen. Dass Luisas achtzehnter Geburtstag mit seinem fünfzigsten in dasselbe Jahr fiel, war eine Frage simpler Arithmetik. Aber warum sollte Jack DuChamp ausgerechnet in dem Jahr erneut in sein Leben treten? Warum nicht im Jahr davor, im Jahr darauf oder in gar keinem Jahr? Warum hatte Barbara nach zehn Jahren gesunden Lebens wieder mit dem Rauchen angefangen? Warum war Dozer umgekommen? Warum hatte sich Rolf Ripley plötzlich in einen Ausbund an Niedertracht verwandelt und die ganze Stadt in etwas, das fremd war und bedrohlich? Warum passierte das alles auf einmal?

Es gab eine Antwort. Seidige Karohemden, sechs oder acht Variationen eines rotgelben Themas. Er wollte sie alle besitzen und alle übereinander tragen, um dem Ideenreichtum des Designers zu entsprechen. Er sah einem Mädchen in Luisas Alter ins Gesicht. Sie legte das Hemd, das sie befühlt hatte, wieder zurück und erwiderte seinen Blick. Romeo und Julia. Sie hätte eine Hatfield sein können und er ein McCoy … Hässliche Dior-Hemden, die, wie schon im Regal zu sehen, für Männer mit gewölbten Brustkörben und Wespentaillen gemacht waren.

Es gab eine Antwort: Wenn man Zusammenhänge suchte, fand

man welche. Suchte man nicht, gab es auch keine. Probst war schließlich nicht von gestern. Er wusste, dass es keinen Gott gab, keine Verschwörung, keinen verborgenen Sinn; nichts dergleichen gab es. Nur Hemden. Anziehungskraft offenbar hatte ihn zu den Hemden gelenkt, die ihm gefielen. Drei Farben waren es: Hellbraun und Schwarz, Grün und Schwarz, Gelb und Schwarz. Die beiden letzteren wirkten albern, und ein anderer Mann hatte schon die Hände darauf. Der Mann hatte einen Schnurrbart. *Es war Harvey Ardmore.*

Sie gerieten aneinander. Böse Blicke, verdutztes Gemurmel. Sie wichen zurück.

Der Mann war nicht Harvey Ardmore. Probst machte auf dem Absatz kehrt und verließ die Plaza Frontenac.

Ansehnliche Schneehaufen umringten den Parkplatz. Im Westen sank die Sonne, und im Süden, in den Fenstern des Shriners Hospital for Crippled Children, gingen die ersten Lichter an.

Nachdem er die Päckchen in seinem Arbeitszimmer verstaut hatte, trat er wieder in die Küche. «Vielleicht sollte ich mich mal bei S. Jammu blicken lassen», sagte er.

«Jammu?» Barbara verglich die beiden Seiten des Kuchens, den sie gerade mit Zuckerguss versah. «Wozu das?»

Probst blähte all die kleinen Bläschen in seiner Lunge aufs Neue auf und versuchte vergeblich, mit der Luft, die er ausatmete, Wörter zu bilden. In der warmen Küche, in der Wärme, die Barbara heute ausstrahlte, konnte er die in der Plaza Frontenac entdeckten Zusammenhänge unmöglich ausbreiten. In diesem Haus konnte er nicht denken.

«Willst du die Schüssel auslecken?», fragte Barbara.

«Mal sehen.»

«Hast du im Auto Radio gehört?»

«Nein.»

«Dann weißt du gar nichts von dem Anschlag?»

«Nein.»

«Draußen in Chesterfield, glaube ich. Gegen drei oder so. Die Indianer. Du kannst ja das Radio einschalten. Ich hatte die ständigen Wiederholungen satt.» Sie drehte den Kuchen prüfend in den Händen, offenbar war er fertig. «Jemand wurde verletzt, aber es gab keine Toten. Irgendeine Fernmeldeeinrichtung. Raketen. Von Hand gefeuerte … Raketen. Vielleicht hab ich nicht richtig zugehört.»

«Hm.» Mit einem Löffel kratzte Probst Zuckerguss vom Rand der Schüssel. Barbara zog Folienstreifen unter dem Kuchen ab. Sie hielt nicht viel von Jammu. Manchmal sah es so aus, als hielte sie von keinem viel. «Ich sitze am Februarprogramm für den Wachstumsverein», sagte er. «Ich dachte, wir sollten Jammu einladen. Sie macht sich überraschend gut.»

«Überraschend?» Barbara leckte ihren Daumen ab. «Du meinst, ‹für eine Frau›?»

«Überhaupt. Aber stimmt, besonders für eine Frau. Sie ist sehr fähig.»

Fähig. Wieder so eine überkommene Redensart. Barbara wandte sich ihm zu. Wenn er unsicher geworden war, lag das vor allem an ihr.

«Dann lass dich bei ihr blicken, unbedingt.» Sie tätschelte seine Wange und strich ihm das Haar aus der Stirn. «Wie fühlst du dich?»

«Ich glaube, das werde ich tun. Nach allem, was ich höre, ist sie ziemlich aufgeschlossen.»

Barbara wartete kurz. «Hast du's immer noch im Hals?»

«Würde mich nicht wundern, wenn sie hier einiges auf die Beine stellt», fuhr er fort. «Jedenfalls lässt sie uns ganz schön alt aussehen.»

«Du solltest duschen und dich umziehen. Schaut sicher wer vorbei.»

«Ich glaube, da, wo sie herkommt, machen Frauen so was.»

«Ich wasch nur das da ab, dann mache auch ich mich frisch.»

«Kaum zu glauben, dass sie erst fünfunddreißig ist.»

«Martin.» Sie kniff ihn in beide Wangen, drehte seinen Kopf zu sich herum. «Jetzt halt die Klappe, ja?»

Er wand sich los.

«*Bitte* geh duschen oder was auch immer.»

Er klopfte nachdenklich auf die Kante einer Arbeitsplatte, sich darauf einstellend, aus der Küche zu gehen, die Gefahr vorüberziehen zu lassen. Aber zu spät. Barbara lief wie eine Furie umher, wütend schnappte sie Geschirr und warf es ins Spülbecken, knotete ihre Schürze auf, zerknüllte sie. Was sei nur mit ihm los? (Staunte sie.) Er verwandele sich in ein Ungeheuer. (Behauptete sie.) Sie könne seinen Dickkopf tolerieren, sie könne das Schweigen tolerieren, aber *so* lasse sie sich nicht beleidigen. Tue ihr zwar Leid, dass das ausgerechnet an seinem Geburtstag passiere, aber irgendwann komme halt der Punkt, wo sie nicht mehr anders könne. (Erklärte sie.) Warum stehe er noch da? Warum ziehe er sich nicht um? (Fragte sie.) *Verschwinde!*

Probst legte die Stirn in Falten. «Was hab ich denn gesagt? Ich kann mich nicht erinnern.»

«Du weißt nicht mehr, was du gesagt hast?» Sie trat näher an ihn heran. «Du weißt nicht mehr, was du gesagt hast? Du *weißt* es nicht mehr?»

Ist ja gut. Er war doch nicht taub. Er lächelte ein wenig und merkte, dass dies das Ganze nur verschlimmerte. Die Art, wie sie sich bewegte, änderte sich. Sie lief jetzt im Kreis, die Hände im Kreuz, die Stirn zerfurcht, die Schultern gebeugt, wie der Columbo von Peter Falk. Sie blieb stehen und starrte ihn an. «Warum behandelst du mich wie ein Stück Dreck?»

«Ich habe nur gesagt, dass es vielleicht nicht dumm wäre, sich mal bei Jammu blicken zu lassen. Ich verstehe nicht, was daran falsch sein soll. Ich meine doch nur, aus Bürgerpflicht.»

«O Gott!» Sie sank seitlich auf einen Stuhl.

«Ja, und? Ich verstehe nicht.»

«Geh duschen. Geh, geh, geh, geh, geh!»

Er war kein Tor. Mit ein bisschen Nachdenken, wie er es jetzt tat, konnte er den festen logischen Unterbau seines Verhaltens sehr wohl erkennen. Wenn er Jammu gelobt hatte, dann nicht aus Nettigkeit. Er wollte nur nicht wie ein Baby behandelt werden, wollte kein Tätscheln seines Gesichts. Barbara war «nett» zu ihm, sodass die Explosion, wann immer sie erfolgte, in jedem Fall auf sein Konto ginge. Er war nicht so nett wie sie, aber er war auch nicht falsch.

«Ich habe nie verlangt, dass du den ganzen Tag in der Küche stehst», sagte er.

Daraufhin langten ihre Hände in den Raum rings um Barbara herum, griffen nach unsichtbaren Dingen. Schließlich bekamen sie etwas zu fassen, und ihre Fäuste sanken auf die Knie. «Mein Leben ist in Ordnung, Martin.» Sie überlegte. «Manchmal tue ich etwas, um anderen eine Freude zu machen. Ich verlange gar nicht, dass sie sich darüber freuen, ich möchte nur ein bisschen Anerkennung für meine Mühe, wie sie jeder Normalbürger erwarten darf.»

«Ich weiß noch immer nicht, worum es überhaupt geht.»

«Seit zwei Monaten sage ich dir, dass ich diese Frau nicht leiden kann, und du kommst nach Hause – immerzu kommst du nur nach Hause, merkst du das nicht? Du kommst nach Hause und tust, als hättest du von ihr gerade erst gehört. Als wäre die Welt am Montag erschaffen worden und du hättest das als Erster mitgekriegt. Die benimmt sich doch, als wäre *sie* die Nummer eins. Sie, ach, vergiss es. Dir ist nicht zu helfen.» Barbaras Augen suchten den Tisch ab, ihr Kopf ein träges Echo auf deren Hinundherrucken beim Verfolgen der huschenden, unsichtbaren Dinge. Draußen begann ein Hund zu bellen. «Aber weißt du was, Martin?» Sie schaute mit verwirrtem Lächeln auf, ihr Blick war feucht und strahlend. «Ich hab mich wirklich gern.» Jetzt sprach eine andere aus ihr, eine Barbara, die viel jünger war. Sie strich ihren Rock glatt und raffte den herabhängenden Saum unterhalb von ihren Schenkeln. Dann schluchzte sie. «Ich liebe mich sogar.»

Probsts Krankheit war wie weggeblasen. Wenn sie schluchzte, bekam er Erektionen. «Ich dich auch», sagte er.

«Nein, tust du nicht!» Sie sprang auf und machte einen Schritt nach hinten, wobei sie den Stuhl gegen einen Schrank stieß. «Wie kannst du es wagen, diese Frau mit mir zu vergleichen? *Und mit Luisa!*»

Erschrocken drückte er sich mit dem Rücken an den Kühlschrank. Sie ging mit ausgestrecktem Zeigefinger auf ihn zu, den Kopf abgewandt, als würden von seiner Person Flammen oder ein scharfer Wind ausgehen. «Versuch das nicht nochmal», sagte sie. «Pass bloß auf. Bring diesem Mädchen endlich Achtung entgegen, sonst gehe ich, und sie nehme ich mit. Ich liebe dich auch, aber –» Sie wich zurück. «So sehr nicht.»

«Da bin ich ja froh, dass wir das geklärt haben.»

«Das machst du mir zum Vorwurf, stimmt's? Ich seh's dir an. Du wirst dir das merken.»

«Und was, wenn?» Die Lautstärke seiner Stimme überraschte ihn. «Du weißt, dass ich erkältet bin. Ich bin nicht nach Hause gekommen, um mit dir zu streiten. Ich will keinen Streit. Dein Spiel ist genauso gemein wie angeblich das von mir. Du sagst, ich soll gehen. Weil der Schmerz zu groß ist, wie? Irgend so was. Du bist wie deine Schwester. Alles nur Schau. Ich versuche gar nicht erst zu begreifen, was du eigentlich meinst. Das Spiel mache ich nicht mit. Du willst nur, dass ich nach oben gehe. Ich bin der Böse, wenn ich's tue, ich bin der Böse, wenn ich's nicht tue. Das Ganze ist *deine* Schuld. Du hast es nicht anders gewollt.»

«Hört, hört, das Orakel spricht! Die Sphinx hat gesprochen.»

«Flunze!»

«Nennst du das etwa Würde?»

Er stampfte auf. «Flunze!»

Etwas Hartes, ein Penny oder eine Buchecker, flog gegen das

Fenster über der Spüle, und Barbara schrie auf. Sie nahm seinen Arm und halb schob, halb zog sie ihn zur Tür. «Geh, geh nach oben, geh!»

Er sträubte sich. «Ach. Ich störe wohl?»

Wieder flog etwas gegen das Fenster.

«Geh nach oben, komm zu dir und benimm dich, oder ...» Sie blickte auf ihre Hände. «Oder ich nehme ein Messer und steche zu.»

«Wenn ich dich nicht vorher umbringe.»

Sie blickten sich an.

«Geh!»

Er ging. Er hörte sie die Hintertür öffnen und vermutete, dass es Luisa war, zu seinem Geburtstag nach Hause gelockt, vielleicht auch Duane, und er eilte, zwei oder drei Stufen auf einmal nehmend, die Treppe hoch.

Ein wenig ruhiger nach dem Duschen, ließ er sich beim Anziehen Zeit. Aus den Luftschlitzen der Heizung strömte Wärme ins Schlafzimmer, ein schwacher Duft nach Kindheit, nach frühen Winterabenden, an denen er, bevor die Doppelkopfgäste kamen, nach oben geschickt worden war. Er fühlte sich geläutert und verjüngt. Er mühte sich mit seinen Schnürsenkeln. Die Dielenbretter bebten zum Geräusch der Nachrichten im Erdgeschoss; er hätte Nachrichten sehen sollen, um auf dem Laufenden zu bleiben.

Als er nach unten ging, saß Luisa im Familienzimmer und sah die *10 000-Dollar-Pyramide*. Während der Fernseher ihre Augen und Ohren gefangen hielt, hatte er vom Flur aus einen Moment Gelegenheit, sie unbemerkt zu beobachten. Nach links gelehnt, fläzte sie sich auf dem Sofa, das rechte Bein leicht angewinkelt über dem linken, vom Reibungswiderstand ihrer schwarzen Baumwollhose an Ort und Stelle gehalten, der linke Arm eingeknickt zwischen ihrem Brustkorb und dem Kissen. Es schien, als wäre sie mitten in einem Sturz Richtung Bildschirm zurückgerissen worden. Wenn er sie aufschreckte, würde sie eine bequemere Haltung einnehmen. Sie war ein Stück Wild, keine Tochter; er hatte in Fleisch und Blut, in ihrem natürlichen Habitat, eine exotische Antilope vor sich, wie er sie bisher nur auf Fotografien im *National Geographic* gesehen hatte. Das Studiopublikum murrte. Luisa schüttelte den Kopf, ein einziges Mal, als schüttelte sie Wasser aus dem Ohr. Um keine Heimlichkeit entstehen zu lassen, räusperte sich Probst und begriff sofort, als sie sich umdrehte, welche Art Verstellung nun von ihm erwartet wurde. Er sollte sich verhalten wie irgendein Fernsehvater, sollte mit ernster Miene – und viel sagender Geste – fragen: *Was dagegen, wenn ich mitsehe?* Er verkrampfte sich. «Nun!»

«Herzlichen Glückwunsch», sagte sie trocken.

«Danke.» Er setzte sich auf einen Stuhl in der anderen Zimmerecke. «Was dagegen, wenn ich mitsehe?»

«Ich wollte gerade ausmachen.»

«Ja. Eine dumme Show. Da.» Er schaltete den Fernseher ab. Barbara rührte etwas in der Küche.

«Na?», fragte Luisa. «Überrascht?»

«Ja, sehr.» Er lächelte. «Eine schöne Überraschung. Kommt, äh, Duane auch?»

«Er arbeitet.»

«Kann ich dir etwas zu trinken holen?»

«Das *St. Louis Magazine* will ein paar Fotos von ihm. Die sind für die Januarausgabe, und morgen ist Abgabetermin. Er wird die ganze Nacht in der Dunkelkammer sein.»

«Ach, wirklich. Willst du Bier oder was anderes?»

Ihr Gesicht, ja ihre ganze Erscheinung wurde von einem sanften Tod ereilt, einem für Barbara typischen Verlust an Lebendigkeit. «Im Moment nicht. Danke.» Bald, jede Sekunde konnte es geschehen, würde sie das Zimmer verlassen und einen Vorwurf vor sich hertragen, der sich auch auf sie selbst bezog, denn gehen wollte sie eigentlich gar nicht.

«So», sagte der Fernsehvater. «Er arbeitet also. Gut zu hören.»

Sie nickte. «Aber er verdient noch nicht viel Geld damit.» (Geld? Barbara gab ihr Geld, außerdem hatte sie eine Kreditkarte.) «Ich glaube, ich esse zu viel.»

«Klar. Du wächst ja noch.»

Aus ihrem Lächeln schloss er, dass der Satz gut angekommen war, warum, hätte er allerdings nicht sagen können. Er stellte ein paar unverfängliche Fragen nach ihren Zensuren, der Differentialrechnung, dem Schulweg, becircende Fragen, die die Antilope anlocken, an ein häuslicheres Habitat gewöhnen sollten. Sie lächelte wieder, und als er sich schon fast wie Marlin Perkins fühlte, der berühmte Tierpfleger aus St. Louis, schrillte Barbaras Stimme aus der Küche. «Lu, willst du mir ein bisschen helfen?»

Im Nu war sie verschwunden.

So sehr nicht. Achtzehn Jahre lang, bei Krächen, die schlimmer gewesen waren als der heutige, hatte Barbara es immer geschafft, diese Worte zu vermeiden, und jetzt, überflüssigerweise, waren sie gefallen. Ein sportsmännisches Mitgefühl hinderte ihn daran, sie für diesen Fehltritt zu verdammen. Aber sie würde ihn wieder tun.

Luisa kam zurück. «Mommy sagt, wir sollen ins Wohnzimmer gehen.»

Probst folgte ihr durch den Flur. Als sie sich nach Osten wandte, lief er nach Norden in die Küche. Barbara goss geeisten Daiquiri ein. Sie setzte den Krug ab, und ohne ihm in die Augen zu sehen, küsste sie ihn, krallte sie ihre Nägel in seinen Hals. In sein Ohr sagte sie: «Nach dem Essen will ich mit dir ins Bett.»

Das wollte er auch. Er wollte immer. Aber erwartet hatte er es nicht, er hatte Belehrungen erwartet oder eine Abbitte. Das hier war eine Bedrohung. Es war das große Geschütz, ihr Versuch, den Abend zu retten. Und ein reizvoller Köder.

«Ich möchte dich nicht anstecken», sagte er.

«Du, das ist sicher die Sache, die ich schon hatte.» Sie drehte sich zum Buffet, auf dem die Daiquiris standen. «Bringst du den Brie mit rein?»

Im Wohnzimmer am Kamin, in dem sie Feuer gemacht hatte, stapelten sich die Geschenke. Das zuoberst liegende, sorgsam in Zeitungspapier gewickelt, enthielt offensichtlich Bücher. Probst nahm den letzten Daiquiri vom Tablett und setzte sich. Luisa, stehend, wärmte sich den Rücken, ihr Glas war schon halb leer. Barbara saß in der wachsamen Pose, die sie einnahm, wenn sie mit Gästen Scharade spielten, auf dem Sofa. Die Stille wurde durch Luisa verursacht, die in puncto Befangenheit dazugelernt hatte und in das Schweigen einfiel; vor nicht allzu langer Zeit hätte sie noch munter drauflos erzählt. Sie nippte an ihrem tropischen Getränk. Lichtleisten beleuchteten die Stillleben naiver Malerei. Am Sherwood Drive lebten die Probsts im Dschungel, und die Flammen und Schatten flackerten über die Wände und verliehen dem Raum eine mystische Tiefe. So einen Moment wie diesen hatte es noch nie gegeben. Die Familie hatte sich verändert, und das konnte beides sein – die letzte Zusammenkunft der alten Art oder die erste der neuen, die erste von vielen. Probst kam es vor, als hinge der Raum an einem Faden und trudelte in den sich neigenden und wieder aufrichtenden Flammen langsam vor sich hin. Ihm war schwindlig.

«ALSO, AUF DEINEN GEBURTSTAG», sagte Luisa und hob ihr Glas.

«Ja, Martin, wirklich.» Barbara belud ihre Worte mit beunruhigenden Vorzeichen. Er spürte die gebündelte Kraft ihres Willens auf sich, das im Zaum gehaltene Verlangen und Drohen. Ihre Füße standen auf dem Boden. Ihre Beine waren ein wenig gespreizt.

«Danke. Soll ich das da auspacken?»

Sie bedeuteten ihm, dass dem so sei. Er zog eine Hemdschachtel hervor und riss den Streifen auf. Ein Hemd. Er dankte. Luisa ging hinaus und holte den Krug mit dem Daiquiri; Barbara sagte, sie habe ihn deshalb zubereitet, weil er seinem Hals hoffentlich gut tun werde.

«Tut er», sagte Probst. Er legte die in Zeitungspapier eingeschlagenen Bücher auf seinen Schoß. «Das ist ein Paar Schuhe. Nein, eine Lunchbox.» Er lächelte und las, was auf dem Anhänger stand. *Für Daddy von Luisa und Duane.* Sehr taktvoll. Er hatte diesen Duane noch nie gesehen. Er dachte an Dr. Thompson; warum stand dessen Name nicht auch auf dem Anhänger? Und der von Pat gleich mit? Für Daddy von Pat. Er roch Bratenduft.

«Willst du es nicht öffnen?», fragte Luisa.

Er hatte das Paket zurück auf den Stapel gelegt. «Ich heb es mir auf. Das Beste zum Schluss.»

«Warum öffnest du es nicht, Martin?»

Er platzierte das Paket wieder auf seinem Schoß. Es war angenehm, Befehle von ihr zu bekommen. Oft stellte er sich vor, dass er sein Leben ganz anders hätte gestalten können, zu Hause mehr wie ein Hund, der ihr aus der Hand fraß. «Nun! Danke schön.»

«Was ist es?», fragte Barbara, die plötzlich eine Zigarette rauchte.

Probst schob ihr die Bücher über den Fußboden zu und öffnete einen Briefumschlag aus New York. Die Grußkarte fiel heraus, ein gedruckter Glückwunsch von Ginny und Hal, auch von Sara und Becky und Jonathan. Alle hatten sie unterschrieben, was eine nette Geste war. Ginny tat im Allgemeinen immer das Richtige.

«Hast du beide gelesen?», fragte Barbara Luisa.

«Ja.»

Probst zeigte, mit dem Finger wedelnd, auf die Bücher. «Kann ich nochmal sehen?»

Barbara schob sie zu ihm zurück und fragte: «Für die Schule?»

Paterson von William Carlos Williams. *Ein Wintermärchen* von Shakespeare.

«Mehr oder weniger. Ich schreibe meine Lyrikarbeit über *Paterson*.» Luisa schaute zu Probst. «Duane hat sie empfohlen.»

Ein Kassenbon fiel aus dem Shakespeare. Paul's Books, $ 3,95 plus $ 5,95 plus Mehrwertsteuer. Machte $ 10,50. Ob der Geldverschwendung schmerzte sein Rachen. Er warf das Zeitungspapier ins Feuer.

«Ich dachte, Dad würden sie gefallen.» Sie drehte sich zu ihm. «Wir dachten, sie gefallen dir.»

«Das werden sie, bestimmt.»

«Das große Paket ist von Audrey», sagte Barbara.

«Deren Mann mich ruinieren will.»

«Was?», fragte Luisa, während Barbara, bemüht, auf sich aufmerksam zu machen, den Kopf schüttelte.

«Ganz richtig», sagte er. «Dein Onkel Rolf tut sein Bestes, um mich aus dem Geschäft zu drängen.»

«Warum?»

«Das musst du deine Mutter fragen.» Sein Herz pochte. Als er das nächste Päckchen auf den Schoß nahm, versuchte er, um der Selbstbeherrschung willen Gründe aufzulisten. Der einzige, den er fand, wirklich der einzige, war Barbaras Vorschlag. Ihr hurenhafter Vorschlag.

«Also bleibst du eine Weile zu Hause?», fragte er Luisa. «Oder ist das nur ein Besuch?»

Ein schwarzes Loch tat sich auf. Barbaras Mund.

«Darüber hab ich noch nicht nachgedacht», sagte Luisa, allem Anschein nach aufrichtig.

«Natürlich nicht», sagte Barbara.

«Natürlich nicht? Vielleicht hast du auch noch nicht darüber nachgedacht, wo du die letzten drei Wochen geschlafen hast.»

«Doch, Daddy. Und du weißt es.»

«Jawohl. Du weißt es.»

«Du halt dich da raus», sagte er. Der Befehl, in Luisas Gegenwart ausgesprochen, war wie eine Socke in Barbaras Mund, und sie zuckte zurück. «Hast du mal daran gedacht, dich bei uns zu entschuldigen? Eine Erklärung abzugeben? Zu versprechen, so etwas nie wieder zu tun?»

«Genau das versuche ich gerade doch. Hier geht es nicht um Gut und Böse, Daddy. Verstehst du nicht?»

«Nein. Keine Ahnung, was du damit meinst.»

«Dich interessiert nur, wie etwas nach außen hin wirkt. Du willst, dass ein bestimmter Schein gewahrt bleibt. Nie hast du mich angerufen, nichts. Wir haben … ich habe darauf gewartet. Du solltest dich genauso entschuldigen. Wie soll ich wissen, dass etwas nicht in Ordnung ist, wenn du es mir nicht sagst?»

«Das müsstest du auch so wissen. Ohne dass ich's dir sage. Ich bin sehr, sehr, sehr enttäuscht.»

«Was denkst du denn, warum ich heute gekommen bin?»

«Weiß ich nicht.»

«Weil Mommy gesagt hat, dass du es dir wünschst. Sie hat gesagt, du liebst mich und ich fehle dir. Ich liebe dich und du fehlst mir. So.»

Warum weinte sie nicht?

«Ich kann gehen, wenn du willst», sagte sie. «Willst du, dass ich gehe?»

Barbara meldete sich zu Wort. «Geh nicht. Wenn, dann soll dein Vater gehen.»

«Du sollst die Klappe halten, hab ich gesagt.»

Keine Antwort.

Er wollte tatsächlich gehen. Er stand schon auf. Aber Luisa war schneller. Sie war bereits draußen im Flur, dann kam sie zurück, und zu Probsts Erleichterung, ja Genugtuung, schrie sie Barbara an, vorgebeugt, mit geballten Fäusten, während Barbara einfach nur dasaß. «Warum bringst du ihn nicht zum Schweigen? Warum? Du lässt ihn so was sagen. *Mommy!* Du nimmst so was hin, lässt dir gefallen, dass er dich behandelt wie –» Sie trat Barbara gegen den Knöchel und duckte sich, schlug die Hände vors Gesicht. «Oh», sagte sie. Sie rannte die Treppe hinauf, und ihre Zimmertür schlug zu.

An der Resonanz zuschlagender Türen kann man die Türen leicht erkennen; auch Türschlösser haben eine nur ihnen eigene Frequenz.

Da war ein Aufschrei, Luisa, wahrscheinlich hatte sie etwas mit sich überschlagender Stimme ausgerufen. Ihre Tür ging auf, und nach kurzer Stille landete ein Stapel Zeitschriften am Fuß der Treppe, sie rutschten durcheinander, flogen und schlitterten bis hin zur Eingangstür. (Probst hatte in Luisas Abwesenheit ein paar Sachen in ihrem Zimmer deponiert.) Die Tür schlug wieder zu.

Barbara schüttelte den Kopf.

«Tut mir Leid, dass ich dir den Mund verboten habe», sagte Probst. «Aber ihr seid zusammen über mich hergefallen.»

Sie schüttelte weiterhin den Kopf.

Er war ruhig und müde. Er wollte zur Treppe, sich entschuldigen gehen. Barbara sagte etwas:

«Meine Schuld, was?»

Er stieg die Treppe hinauf und klopfte. Er klopfte erneut.

«Wer ist da?»

Er räusperte sich.

«Ich will nicht mit dir sprechen», sagte Luisa.

Er drehte am Türgriff, aber es war abgeschlossen. Sein Mund war in Bewegung. *Es tut mir Leid. Du bist meine Tochter. Ich hab dich lieb. Es tut mir Leid.* Für ihn zählten diese Worte. Aber sie würden nicht herauskommen, nicht ohne Hilfe, nicht wenn er lauschend allein im Flur war.

Singh hatte Jammu informiert, dass Probst sie aufsuchen wollte. Als es am Donnerstagabend noch immer nicht geschehen war, stand fest, dass er es mit dem Besuch weniger eilig hatte als sie mit ihrer Absicht, über sein Schicksal zu entscheiden, und dass sie diese Entscheidung würde treffen müssen, ohne ihm persönlich auf den Zahn gefühlt zu haben. Sie war verärgert, fühlte sich, merkwürdig genug, versetzt.

Die letzten Türen und Toilettenspülungen in ihrem Gebäude waren verstummt. Der Freitag war schon zwei Stunden alt. Bei sich, in der einzigen Zelle ohne Schlaf, legte sie Singhs Berichte über die Probsts ab – Dokumente der Bosheit und Häme – und ihre eigenen Notizen über den Bürgermeister. Sie sperrte eine Schublade zu und zog eine rote Daunenjacke, eine Wollmütze und «Gelände»-Schneestiefel an. Im Spiegel sah sie sehr amerikanisch aus. Das war nicht ihre Absicht. Ihre Absicht war, es warm zu haben und ihre Gesundheit zu schonen, obwohl das, mit Blick auf die jüngsten Kapriolen ihrer Nebenhöhlen, ein aussichtsloses Unterfangen war. Wenn sie in dieser Woche überhaupt einmal ins Bett gefunden hatte, dann nur, um alsbald wieder aufzustehen und Erkältungstabletten zu nehmen.

Draußen in der bitteren Kälte atmete sie durch den Mund und spuckte häufig aus. Im November hatte man ihr versichert, der Dezember in St. Louis sei mild. Dieses Jahr jedoch war wie für sie gemacht; dieser Dezember war nicht mild. Ein abnehmender Mond versank hinter den Bäumen von Forest Park und verbreitete ein Licht von der Farbe der Magermilch, die sie in Mengen trank. Die meisten Fenster des Hotels Chase-Park Plaza partizipierten an der Milchigkeit, aber in manchen Zimmern brannten noch Lampen. Dass man die Wohngepflogenheiten nachts in der Stadt in einer nach unterschiedlichen Lebensbereichen aufgeteilten Welt, in der die Grundrisse von den Fassaden abzulesen waren, hier das Schlafzimmer, da die Küche, dort das Bad, so mühelos erfassen konnte – diese Möglichkeit, von den Fenstern auf die Nutzung und von der Nutzung auf die Nutzer und vom Bauwerk auf den Menschen zu schließen, stellte für Jammu, zumindest in dieser Nacht, eine Belastung dar.

Als sie den Kingshighway Boulevard überquerte, sah sie einen Sattelschlepper an der Lindell-Kreuzung anfahren. Er quälte sich erst im ersten Gang, dann im zweiten, sodass er sich in einem Schneckentempo näherte, das den Schwung eher zu drosseln als zu steigern schien. Sie sprang über einen schwarzen Kehrichthaufen und joggte mit ihren Bleistiefeln durch den Park. Dieser Dezember war nicht mild. An diesem Wintermorgen, nachts um zwei Uhr fünfzehn, als die kahlen Bäume Wind atmeten wie fossile

Bronchien, konnte Jammu den kontinentalen Boden der Tatsachen deutlich erkennen. Nun hatte sich also doch Widerstand gegen ihr Vorhaben entwickelt, eine natürliche und vorhersagbare Gegenreaktion vonseiten der Kommune, und genau hier und jetzt verlor sie das Gespür für sich selbst. Sie war verschlissen, fühlte sich weitab von ihren motivierenden Hassimpulsen, noch weiter ab gar von ihren belebenden Gelüsten. Martin Probst ging ihr nicht aus dem Sinn. Er hatte auf Wesleys Vorstoß mit einer kopflosen Feindseligkeit reagiert. Auf der Sitzung des Wachstumsvereins sechs Stunden zuvor hatte er Fakten verlangt und jedem der verbliebenen Mitglieder den Auftrag erteilt, Jammus Aktivitäten unter die Lupe zu nehmen. Und er hatte sie in dieser Woche nicht aufgesucht.

Ohne Martin Probst hätte der Widerstand einen äußerst schwachen Kern gehabt, bestehend aus Sam Norris, County Supervisor Ross Billerica und versprengten Sonderlingen. Aber wenn Probst mitmachte, kamen sie nicht mehr als Minderheit daher. Wäre das öffentliche Leben von St. Louis der Hofstaat eines Moguls, dann wäre Probst die Elefantenherde. Jammu musste ihn überrumpeln. Doch indem sie sich selbst verlor, verlor sie auch die Fähigkeit, in anderen bloße Figuren zu sehen. Manche zumindest waren Menschen, und das zu wissen bedrückte sie. Sie brachte es nicht über sich, Singh grünes Licht zu geben, damit er zum entscheidenden Schlag gegen die Probsts ausholte. Was sie hemmte, war nicht Angst, sondern eher so etwas wie Ehrfurcht, die nicht erwünschte Ehrfurcht des Saboteurs, der sich in irgendeiner Schaltzentrale einem Instrument gegenübersicht, dessen Komplexität oder Empfindlichkeit wie ein Bann gegen die Zerstörung wirkt. Unter solchen Umständen wird jedes noch so raffinierte Manipulieren zum Akt der Gewalt.

Eisflächen ausweichend, rannte sie. Ihr Rennen brachte sie durcheinander, dieser Bewegungsdrang aus Kindheitstagen, dieser Holterdiepolter-Spurt auf einem Weg. Einer Polizeichefin stand das nicht an. Ihr Fuß traf auf Eis – schwarzes Eis.

Fliegend lief sie durch die Luft. Sie kippte vornüber und landete auf ihrer Schulter im sauberen Schnee am Wegesrand. Er war gut dreißig Zentimeter tief. Sie stellte fest, dass ihr jetzt warm war.

Sie bewegte die Arme. Sie flatterte mit ihnen: klopfte den Schnee fest, machte Flügel. Fünfundzwanzig Jahre zuvor in Kaschmir hatte ihre Mutter sie zum Skilaufen mitgenommen, an einen Ort, den wenige Inder aufsuchten. Sie hatte amerikanische Kinder rücklings im Schnee liegen sehen, und Maman, die Expertin für alles Amerikanische, hatte ihr erklärt, dass sie Schmetterling spielten; aber für Jammu hatten sie eher wie Engel ausgesehen, christliche Engel mit Gewändern und Flügeln und Heiligenscheinen, die vom Himmel gefallen waren.

Das Bild gefiel ihr. Sie spürte, dass sie wiederhergestellt, aufs Neue unüberwindlich war. Kurz nach drei klingelte sie Singh aus dem Bett und gab ihm grünes Licht.

«Danke, Chefin», sagte er. «Das wird ein Leckerbissen für mich. Ein Zuckerchen.»

10

Ein paar Stunden früher, am Donnerstagabend, hatten Luisa und Duane eine geruhsame Weile im Waschsalon verbracht. Luisa hatte einen ärgerlich kleinen Vorrat an Unterwäsche und Socken; einmal konnte sie ihn durchs Handwaschbecken ziehen, aber das ein zweites Mal zu tun widerstrebte ihr. Ohnehin brauchte man für Bettwäsche und Handtücher eine Maschine. Gegen neun räumten die letzten Studenten und Singles das Feld und vergönnten Luisa und Duane den Luxus freier Trockner. Duane las Annoncen auf dem schwarzen Brett neben dem Eingang. Luisa, ihr Französischheft aufgeschlagen auf dem Schoß, blickte durch die beschlagene Fensterscheibe auf den Delmar Boulevard hinaus und machte erst das eine, dann das andere Auge zu. Im Herbst hatte sich ihre Sehschärfe von Nicht-allzu-gut bis hin zur Korrekturbedürftigkeit verschlechtert. Duanes Vater hatte einen Augenarzt empfohlen, und gestern nach der Schule war sie da gewesen, hatte sich die Pupillen weiten lassen und Verantwortung auf sich lasten gespürt, als Dr. Leake ständig die Linsen wechselte und fragte: «Ist es besser so ... oder so? Jetzt ... oder jetzt?» Am Ende bat sie ihn zu erklären, was er mit «besser» meine. Er lachte und riet, sie solle doch einfach ihrem Gefühl vertrauen. Der Sprechstundenhilfe sagte sie, sie möge die Rechnung an ihre Eltern schicken. Für den Kauf der Brille konnte sie die Kreditkarte nehmen. Duane machte ihr zwar Vorwürfe deswegen, er nannte die Karte antiseptisch, sie persönlich aber fand nichts dabei, sie zu benutzen.

Draußen rauschte ein Bus vorüber. Duane, ohne seine beiden Pullover, schrieb etwas vom schwarzen Brett in sein Tagebuch ab. Immer wenn Luisa ihn mit dem Tagebuch sah, fühlte sie sich einsam. Irgendwann, noch am Anfang, hatte sie ihn gefragt, ob sie es lesen dürfe. Er hatte nein gesagt; wenn er wisse, dass sie es lesen werde, könne er nicht mehr unbefangen schreiben. Sie war gekränkt, aber sie beließ es dabei.

Im zweiten Trockner war einer ihrer grünen Bettbezüge gegen das Bullauge gefallen und schien auf seine rückgratlose Weise über die Socken und Handtücher hinweg ins Maschineninnere zurückkriechen zu wollen. Sie hatten nur einen Satz Bettwäsche. Giftgrün war die erste Farbe, die Luisa sah, wenn um halb sieben der Wecker klingelte. Obwohl sie sagte, er müsse nicht, stand Duane zum Frühstücken immer mit ihr auf.

Er setzte sich in den benachbarten Schalensessel und verstaute sein Tagebuch in der Außentasche seines Rucksacks. «Was macht der Aufsatz?», fragte er.

«Nichts», sagte sie.

«Willst du einen Job? Da hängt eine Annonce. Eine Witwe braucht einmal wöchentlich eine Putzfrau.»

«Ich weiß nicht, wie putzen geht.» Mitten im Satz hörte sie auf zu schreiben und klappte das Heft zu. «Woher weißt du, dass es eine Witwe ist?»

«Weil's dasteht. Es gibt noch eine Annonce: Ein pensionierter Oberst will einen Nova verkaufen. Einen 350er.»

Sie legte den Arm um ihn und hielt seinen nackten Oberarm mit beiden Händen umfasst, wobei sie die Wange an seinem Hals rieb und seinen Geruch tief einatmete. Aus der Nähe sah sein Ohr komisch aus. Sie schlang ihm den Arm um den Hals, schwenkte ein Bein über sein eines Knie und beobachtete die Trockner.

Kaltluft strömte in den Waschsalon. Der Neuankömmling, ein schlanker Schwarzer mit leuchtend gelber Hose und roter Lederjacke, stellte eine Reisetasche auf der erstbesten Reihe Waschmaschinen ab und blickte sich mit theatralischer Langsamkeit um – im Wissen, dass Luisa und Duane ihm zusahen. Er trug einen Rubinstecker im Ohr.

«Guten Abend», sagte er mit leichter Verneigung in Richtung Duane. Dann verneigte er sich vor Luisa und sagte es erneut: «Guten Abend.» Sie selbst verneigte sich ein kleines bisschen. Noch schlimmer, als veralbert zu werden, war es, von einem Mann veralbert zu werden, vor dem man Angst hatte. Sie machte sich von Duane los.

Der Mann öffnete den Reißverschluss seiner Tasche und zog eine grelllila Hose und ein lila Sweatshirt heraus. Beides steckte er in eine Waschmaschine und ging zur nächsten. War das schon alles? Er stopfte dort eine andere Hose und ein anderes Sweatshirt, beide orange, hinein und bewegte sich von Maschine zu Maschine weiter, indem er mit der schwungvollen Geste eines Seidentücher hervorzaubernden Magiers immer neue, farblich passende Kleidungsstücke aus der Tasche zog, grüne, rote, schwarze und blaue, bis er zwölf Artikel auf sechs Waschmaschinen verteilt hatte. Mit Spinnenfingern öffnete er ein Glas mit blauem Pulver und streute ein wenig davon in jede Maschine, wie ein Koch, der das Essen salzte. Dann warf er Vierteldollarstücke in die Maschinen und startete sie. Unisono gluckerte das Wasser, während er das leere Glas in seiner Tasche verstaute, die Tasche schulterte und zur Tür ging. Er blieb stehen. Er machte drei Ausfallschritte nach rechts und schnipste mit seinen Fingern, explosionsartig, direkt unter Luisas Nase.

Sie kreischte auf. Ihre Ohren brannten. Er war schon weg.

Duane vergrub sein Gesicht in seinem Buch, einem Simenon-Krimi, der, von vier oben über den Rand gebeugten Fingern offen gehalten, auf seiner flachen Hand lag. Mit der anderen strich er Luisa übers Haar und massierte ihren Hals.

Ein Trockner blieb stehen. Sie ging nachschauen. «Duane, diese Sachen sind klatschnass.»

«Wie ist die Einstellung?», rief er und blätterte um.

«Mist.» Sie drehte den Schalter auf Normal und warf erneut Geld ein. Sie würden die ganze Nacht brauchen. Immer wieder lief sie, absichtlich mit ihren Turnschuhen dagegen stoßend, um die mittlere Reihe der Waschmaschinen herum. «Mir gefällt's hier nicht», sagte sie, als sie an Duane vorbeikam.

«Such dir doch einen Waschsalon, der Kreditkarten nimmt», sagte er.

Sie drehte sich um. «Arschloch.»

Er blickte langsam von seinem Buch auf. «Wie bitte?»

«Ich sagte, es ist schrecklich hier.»

«Warum holst du dir nicht mehr Klamotten von zu Hause?»

Sie hatte keine Antwort darauf. Sie fing an zu weinen. Dann fasste sie sich. Sie waren in einem Waschsalon. Es blieb ihr nichts anderes übrig, als nach Webster Groves zu fahren und ihre Schränke auszuleeren. Mit Duane war es doch nicht so lustig, wie sie gedacht hatte – oft war es das überhaupt nicht –, aber nach dem, was beim Geburtstag ihres Vaters passiert war, konnte sie sich nicht mehr vorstellen, nach Hause zurückzukehren.

Die Haustür flog auf, in Barbaras Hand. Im entgegenkommenden Luftzug fiel Barbara auf einen Mann zu, der, das zeigte sich sofort, willens war, sie aufzufangen. Es war ein warmer Tag, ein Signal der Schwäche des Winters, seiner Bereitschaft, dass der Frühling kam. Sie schwankte ein wenig.

«Mrs. Probst?»

Ein hellbraunes Augenpaar taxierte schamlos ihre Figur. Sie war so überrascht, dass sie nicht anders konnte, als zurückzustarren.

«Ich bin John Nissing.»

Schon klar, schon klar. Sie ergriff seine Hand. Er nickte zum Lieferwagen in der Auffahrt hin, wo die beiden Fotografen, die schon im Oktober da gewesen waren, Aluminiumkoffer entluden. Er ließ ihre Hand los. «Wir müssen eine Menge Ausrüstung reinbringen.»

Zielstrebig schritt er den Fußweg wieder hinunter, sein Mantel sich blähend und bauschend, seine Tweedhosen wickelten sich um Muskeln in Schenkeln und Waden. Barbara hatte gerade Kaffee getrunken. Sie sah schlecht aus, aber sie hatte nicht geglaubt, dass das eine Rolle spiele. Schon immer hatte sie sich zu ihrem Gesicht bekannt. Sie hatte nichts zu beweisen, und jemanden, dem sie etwas beweisen, den sie gewinnen wollte, hatte sie auch nicht. Aber nach einer Woche hässlicher Streitereien mit Martin war der Termin mit John Nissing eine Grausamkeit. Das Widerstreben gab ihr Halt. Sie atmete die milde, unehrliche Luft.

Einen Koffer in jeder Hand, eilte Nissing den Weg herauf. Ihr entging nicht, wie sorgfältig er die Schuhe auf der Fußmatte abstrich. «Wir werden einen Gutteil des Tages brauchen», sagte er und setzte die Koffer ab. «Ich hoffe, wir kommen nicht ungelegen.» Er hatte einen schwachen Akzent, der zu seinem arabischen Aussehen passte.

«Nein.»

«Hervorragend.»

«Sie sind kein Amerikaner?», fragte sie neugierig.

«Doch!» Er ruckte mit dem Kopf und hob die Augenbrauen. Erschrocken wich sie zurück. «Und wie ich das bin! Ich bin rotweiß-blau!» rief er, diesmal ohne jeden Akzent. Seine Gesichtszüge entspannten sich wieder, mit kreisenden Schultern zog er seinen Mantel aus. «Aber ich bin nicht hier geboren.»

Barbara nahm den warmen Mantel entgegen und behielt ihn im Arm.

«Vince und Joshua kennen Sie schon», erinnerte er sie, als Vince und Joshua mit noch mehr Koffern hereinkamen. «Vince, sagst du hallo?»

«Hallo», sagte der Latino Vince.

«Freut mich, Sie wieder zu sehen, Mrs. Probst», sagte der jugendlich wirkende Joshua.

Nissing strahlte. «Vince meint, dass die Küche Nachmittagslicht abbekommt.»

«Ja. Wenn es klar bleibt», sagte Barbara.

«Und wenn's sich bezieht, ist es sowieso einerlei. Perfekt. Ideal. Wir fangen mit dem Wohnzimmer an.» Er lugte ins Wohnzimmer, trat aber nicht ein. Mit Blick auf Barbara runzelte er die Stirn. «Dunkel!»

«Ja, das ist kein helles Zimmer.»

«Dunkel!» Er hielt Vince, der auf dem Weg nach draußen war, am Ärmel fest. «Wechsel die Birnen. Rote Rosen, roter Wein. Die Herrschaften haben Feuer gemacht. Das muss ausgeleuchtet werden.» Vince ging, und Nissing wandte sich an Barbara. «Haben Sie das Haus schon mal fotografieren lassen?»

«Nur für die Versicherung.»

«Wir müssen den Zeitplan ändern. Mir war nicht bewusst, dass das Zimmer dunkel ist.» Er hätte auch über ein körperliches Gebrechen reden können. Mir war nicht bewusst, dass das Mädchen gelähmt ist. «Wenn Sie zu tun haben ...», sagte er.

Sie zuckte die Schultern, wippte auf den Absätzen. «Ich? Nein.» Dem Impuls nachgebend, das Gefühl körperlicher Unvollkommenheit mit einer Demonstration von Jugendlichkeit zu überspielen, sich wie das leicht irritierbare Mädchen aufzuführen, das sie nie gewesen war, machte sie eine leere Handbewegung. «Mich interessiert das. Ich schaue gern zu.»

«Darf ich die Küche sehen?», fragte er.

«Sicher. Das ganze Haus.»

«Mit dem größten Vergnügen.»

Im Esszimmer, wo sie und Martin das Geburtstagsmenü eingenommen hatten, nicht miteinander, sondern nacheinander, lobte Nissing die bemerkenswerten Nussbaumverkleidungen, und ausweichend verwies sie auf die Holztäfelungen in Mohnwirbels Wohnräumen über der Garage, die die besten des ganzen Anwesens seien. In der Küche, wo die Radiolautsprecher stumm und die Arbeitsflächen unbevölkert und die Fenster klar wie Kristalle waren, beschrieb er eine Mousse, die er am Vorabend bereitet hatte, und bewirkte damit, dass Barbara ihn ans modernere Ende des sexistischen Spektrums schob. Vom Frühstückszimmer aus beobachteten sie Mohnwirbel beim Schärfen einer Heckenschere am Schleifstein der Werkbank, die er in der Einfahrt aufgestellt hatte; sie erzählte von den Tudor-Bögen in seinen Wohnräumen. Vorbei am hinteren Badezimmer, aus dessen Fenster Luisa gesprungen war, traten sie ins Familienzimmer und in die weißen Strahlen der Morgensonne, warfen Schatten auf die ausgeblichen wirkenden Einbände ihrer Bücher. Nissing erklärte, dass er aus dem Iran stamme. Im Wintergarten, dem Lagerraum für die meisten ihrer Weihnachtsgeschenke, ob eingepackt oder nicht, nahm sie sein Gesicht genauer in Augenschein und stellte fest, dass er bedeutend jünger war als sie, vielleicht nicht älter als dreißig. Sie gingen durch das Wohnzimmer zurück. Joshua kniete, in ein widerspenstiges Feuer blasend, vor dem Kamin, und Vince stand auf einer Stehleiter und verstärkte die Wattzahl der Lichtleisten. Barbaras Rundgang mit Nissing schien das Haus rein gewaschen, ihr aus den Händen genommen zu haben. Sie gingen nach oben.

Nissing blieb stehen, um das Gästezimmer zu bewundern, in dem Barbara seit Dienstag schlief (man sah es nicht), und fragte prompt, ob sie in letzter Zeit Besuch gehabt hätten.

«Nein.»

«Seltsam. Normalerweise rieche ich, ob ein Zimmer benutzt wird oder nicht.»

Sie zeigte ihm Luisas übertrieben aufgeräumtes Zimmer und war froh, dass er es nicht betreten wollte. Wohl aber betrat er Martins Arbeitszimmer, verhaltenen Schritts, wie in einem Museum. Er fragte Barbara, womit sie sich tagsüber beschäftige. Sie nannte ihre Arbeit in der Bibliothek und fügte mit einer Zurückhaltung, die ihr über die Jahre zur Geläufigkeit geworden war, hinzu: «Ich lese viel. Ich sehe Bekannte. Ich kümmere mich um die Familie.»

Er starrte sie an. «Das ist schön.»

«Es hat seine Nachteile», sagte sie.

Seine Augenbrauen waren hochgezogen, und sein Gesicht leuchtete, als erwartete er, dass weitere Bekenntnisse folgten oder dass sie die Pointe irgendeines großartigen Witzes endlich begreifen würde.

«Gibt es ein Problem?», fragte sie und bereute zu spät, dass sie ihn nicht einfach ignoriert hatte.

«Nee!» Plötzlich füllte sein Gesicht ihr Blickfeld aus. «Nicht die Bohne!» Er wich zurück und schien das Bizarre seiner Erscheinung erneut abschütteln zu wollen. «Habe neulich eine Menge über Sie gehört.» Er ging in den Flur und legte die Hände aufs Treppengeländer. Seine Haut war goldbraun, nicht dunkelbraun, der natürliche Farbton offenbarte sich in der Rötung seiner breiten Knöchel. Schwarze Härchen bedeckten gleichmäßig seine Handrücken und Finger.

Unten jaulte Vince auf.

«Das hier ist das Schlafzimmer», sagte Barbara und winkte Nissing mit einer Kopfbewegung herein. Martin hatte das Bett nicht sehr gut gemacht. Nissing trat darauf zu und setzte sich. «Kolossales Bett», sagte er und schlug auf die Matratze. Jetzt war sie sicher, dass er wusste, wo sie und Martin geschlafen hatten.

«Wo haben Sie etwas über mich gehört?», fragte sie.

«Ich glaube, wir haben die richtigen Zimmer zum Fotografieren ausgesucht, ach so, wo ich über Sie gehört habe? Na, von einer Frau namens Binky Doolittle, einer namens Bunny Hutchinson», er zählte die Namen an den Fingern ab, «und einer namens Bea Meisner und – he, Sie sind Barbara. Alle mit B! Ist Ihnen das schon aufgefallen? War das irgendwie beabsichtigt?»

«Nein. Nicht direkt. Wo haben Sie diese Frauen getroffen?»

«In ihren Häusern natürlich. In den Häusern, über die wir in einem Sonderbeitrag im Mai ausführlich berichten werden. Den Häusern der stinkreichen Einwohner von St. Louis. Häusern wie Ihrem. Für Tipps bin ich dankbar. Ihr Haus wurde vielfach erwähnt, von diesen Frauen und von anderen.»

«Ist das wahr?»

«Sehr sogar. Außerordentlich. Der Name Probst war in aller Munde, zumindest im Oktober.»

«Ich hatte keine Ahnung, dass unser Haus –»

«Oh, nicht das Haus. Nein. Den Eindruck hab ich nicht gewonnen. Oder nicht *nur* das Haus. Es war das Wohnen, die Wohnatmosphäre. Man hat mir gesagt, wenn ich in St. Louis bin, muss ich unbedingt das Haus der Probsts besichtigen.» Er blickte vom Bett zu ihr auf. «Also haben wir Sie auf die Liste gesetzt.»

«Schlafen Sie mit vielen Ihrer Modelle?»

«Die meisten meiner Modelle sind Architektur.»

«Aber Binky? Bunny? Ich wette, die schwärmen für Sie.»

«Möglich. Aber ich muss meinen Lebensunterhalt bestreiten.»

Wieder unten, sah sie drei Männern beim Herrichten des Vorderzimmers zu. Sie wurde gebeten, nicht zu rauchen. Nissing notierte Raumangaben für Bildtitel und Legenden in ein Buch. Kaum hatten sie die Kameras zum Einsatz gebracht, war alles sehr schnell vorbei, und Barbara stellte mit Überraschung fest, dass es schon Mittag war. Vince und Joshua schleppten Stative und Kabel in die Küche. Nissing schleuste Barbara ins Wohnzimmer. Auf dem blank polierten Tisch standen eine Vase mit Rosen, eine geöffnete Flasche Beaujolais und zwei langstielige Gläser. Vase und Gläser waren von ihr, der Wein von ihm. Er schenkte großzügig ein. «Eigentlich bin ich gar kein Fotograf», sagte er. «Ich habe mich mit Vince bei irgendeinem Auftragsjob zusammengetan, und eins kam zum anderen. Leicht verdientes Geld. Wahrscheinlich müsste ich mehr Ehrgeiz entwickeln, aber lieber nehme ich mir Zeit für meinen Sohn.»

«Ihren Sohn?»

Er klappte eine mächtige Brieftasche auf und reichte ihr ein Foto. Es zeigte ihn in weißem Hemd und blauem V-Ausschnitt-Pullover, und seinen Arm hatte er um einen schmächtigen Jungen mit großen dunklen Augen gelegt. Beide lächelten, nicht aber in die Kamera. Man sah helle Dielen, Teile eines weißen Sofas. Wahrscheinlich bildete sich Barbara das ein, aber das Licht ließ auf ein typisches Apartment in Manhattan schließen, wo das Wohnen im Hochhaus allein schon durch das Vorhandensein Millionen ähnlicher Apartments natürlicher und selbstverständlicher war als anderswo. Sie wusste ja, dass er aus New York kam.

«Wer ist die glückliche Mutter?», fragte sie.

Er steckte das Bild weg. «Meine Frau ist vor vier Jahren gestorben.»

«Das tut mir Leid.» Sie schaute ihm zu, wie er eine von ihren Zigaretten nahm. «Wie heißt er?»

«Terry.»

«Er sieht nicht aus wie ein Terry.» Sie lächelte freundlich, wartete, dass der Schatten seiner toten Frau verflog.

«Das ist ein guter amerikanischer Name», sagte er. «Wir sind gute Amerikaner. Ich bin in Teheran geboren und habe meine ersten sechs Lebensjahre dort verbracht, aber seitdem lebe ich hier. Ich habe in Choate studiert und in Williams. Ich habe meinen Namen anglisiert. Gehe ich etwa nicht als Amerikaner durch?»

«Ihren Tonfall finde ich verwirrend.»

«Weil das nicht meine Stärke ist. Wie Sie sehen, ist mein Amerikanisch perfekt –»

«Bis auf Ihr H.»

«Natürlich. Bis auf die Hs am Anfang. Aber für die Doolittles dieser Welt muss ich den Omar Sharif machen.»

Sie war verblüfft von der Stimmigkeit seiner Feststellung, von seinem Wissen, dass bei einem ehrgeizigen Nichtamerikaner der Wunsch, sich anzupassen, dem Wunsch, sich hervorzutun, schmerzhaft in die Quere kam. Sie begriff, dass die Beherrschung der sozialen Spielregeln hinter der Kenntnis des amerikanischen Idioms zurückbleiben konnte. Die übermäßige Vertraulichkeit, die er zur Schau gestellt hatte, war wahrscheinlich ein Versehen. In ihren Briefen aus Paris hatte sich Luisa beklagt, dass sie Monsieur und Madame Giraud offenbar fortwährend vor den Kopf stieß, und Barbara hatte sich allzu leicht vorstellen können, dass Luisas Sarkasmus, zu Hause täglicher Umgangston, im Ausland als anmaßend empfunden wurde. Also beschloss sie, Nissing mit Nachsicht zu behandeln. Sie zog die Schuhe aus.

«Ihr Mann hat den Arch gebaut.»

«Ja, stimmt.»

«Irgendwie habe ich das nicht zusammengebracht.» Er blickte sie an. «Was sagt man dazu!»

«Nach zwanzig Jahren hat man Bemerkungen darüber ziemlich satt.»

«Aber es ist ein unglaubliches Bauwerk», erklärte er. «Leute, die es nicht selbst gesehen haben, können sich gar nicht vorstellen –»

«Und das ist der Punkt. Mein Mann ist Bauunternehmer. Er hat den Arch nicht entworfen. Damit hatte er nichts zu tun. Er hat zwei bautechnische Neuerungen angewandt, die auch nicht von ihm stammen, und das Ding hochgezogen. Aber wenn man die Leute reden hört, glaubt man, er wäre Saarinen.»

Nissing, schweigend, trat einen Schritt zurück und ließ ihre Worte zwischen sie treten und ihr zum Nachteil gereichen.

«Es ist wahr, dass sein Name eng damit verbunden wird», sagte sie.

«Dafür muss es einen Grund geben.»

«Ja, damals schon.»

«Soso.» Nissing warf einen Blick über seine Schulter in den Garten und sah dann Barbara wieder an. «St. Louis gefällt mir», sagte er. «Eine alte Stadt. Die Häuser sind hier gut platziert. Fast zu gut, wenn Sie wissen, was ich meine. Die Stadt ist in sich so stark gegliedert – die Bauten, die Hügel, die offenen Flächen, die großen Bäume –, dass sie ganz von der Architektur und von der Landschaft beherrscht wird. Ich sage nicht, dass es hier keine Menschen gibt, aber aus irgendeinem Grund verlieren sie sich darin. Vielleicht ist das nur meine Außenseiterperspektive. Ich versuche, die Seele von Orten zu erfassen, im hergebrachten Wortsinn, die Einheit von Wohnort und Persönlichkeit. Der Vorteil dieses Berufs ist es, dass ich Häuser, die mir gefallen, von innen sehen kann. Übrigens möchte ich auch die Zimmer sehen, die –»

Das Telefon klingelte. Barbara entschuldigte sich. Ein plötzlicher Menstruationsschmerz verlangsamte ihre Schritte, als sie den

Raum verließ. Für Nissing mochte es ausgesehen haben, als wären ihre Beine eingeschlafen. Der Briefträger kam mit einer Hand voll Weihnachtskarten den Fußweg hoch. In der Küche polierte Joshua die Zuckerbüchse. Vince hantierte mit einem Stativ.

«Barbie?»

«Audrey, hallo.» Sie ging an den Kühlschrank. «Ist es dringend?» Sie nahm die Milch heraus, ihre Tabletten aber, einschließlich des Motrin, waren von dem kleinen Regalbrett verschwunden. Unterleibskrämpfe hatten offenbar im *House*-Magazin keinen Platz.

«Ich rufe später nochmal an», sagte Audrey. «Du hast sicher die Fotografen da.»

«Stimmt.»

«Geht's dir gut?»

«Ja.»

Beim Auflegen fragte sie Vince nach den Tabletten.

«Esszimmertisch», sagte er, eifrig mit dem Stativ beschäftigt. «Es wäre nett, wenn Sie auch in dem anderen Zimmer nicht rauchen würden.»

Sie hielt inne. «Das war nicht ich.»

Vince gab keine Antwort darauf.

Nissing wärmte sich den Rücken am verlöschenden Kaminfeuer. «Achten Sie nicht auf Vince», sagte er. «Kommen Sie, schauen wir uns die Zimmer drüben an. Ich bin ein echter Tudor-Fan.»

Probst wurde von Barbara überfallen, noch bevor er den Mantel ausgezogen hatte. In seiner Verwirrung krempelte er ein Ärmelinneres nach außen.

«Martin, hör mir zu», sagte sie händeringend. «Wir haben ein ernstes Problem. Ich weiß nicht, was ich tun soll. Es geht um Mohnwirbel.» Sie folgte Probst zur Garderobe. «Das übersteigt einfach … Er hat … Hör mir zu. Er hat Bilder, Fotos, riesig vergrößert, von *mir*! Sie hängen bei ihm an der Wand.»

«Er hat was?» Probst hängte seinen Mantel auf einen Bügel. Der voll gestopfte Schrank ärgerte ihn, umso mehr, als all die Jacken und Mäntel ihm gehörten.

«In seiner Wohnung. Ich musste da mit einem der Fotografen rauf, er wollte ... du weißt schon, die Holztäfelungen. Und Mohnwirbel, ich weiß nicht, wo er gesteckt hat. Er war am Morgen da, jetzt ist er auch da, aber über Mittag war er weg. Ich musste unsern Schlüssel raussuchen. Ich war sicher, dass er nichts dagegen hätte, wenn wir zu ihm hochgehen und uns das anschauen. Ich schloss die Tür auf und versuchte den Schlüssel wieder rauszuziehen – haben wir den je benutzt? Da hab ich Nissing vorgeschickt, den Fotografen, hab ihn schon reingeschickt. Und endlich hab ich den Schlüssel wieder draußen gehabt, und er hat nur so geguckt, o mein Gott, ich bin wie gelähmt! Martin, der Mann ist pervers oder so was. Wir haben einen Perversen über unserer Garage wohnen.»

«Was für Bilder?», fragte Probst.

«Du kannst dir doch denken, dass ich nicht dort geblieben bin und die Bilder zusammen mit einem Fremden –»

«Du bist also angezogen auf den Bildern», sagte er, bemüht, sich verständlich zu machen.

«Ja.»

«Das ist schon mal gut.»

«Wo ist der Unterschied. Das ändert gar nichts. Er ist gekündigt.»

«Ich dachte, du magst ihn», wandte Probst ein. Warum hatte sie nicht ein paar Minuten warten können ...

«Genau wie du. Er war uns nicht unsympathisch. Warum auch? Aber wahrscheinlich hat er Leichen im –»

«Du bist ja nicht wiederzuerkennen.»

Sie trat einen Schritt zurück. «Ja, ich bin entsetzt. Du etwa nicht?»

«Doch.» Aber er meinte, was er gesagt hatte. Sie kam ihm vor wie ein anderer Mensch. Selbst nach Luisas Auszug im letzten Monat hatte sie ihre Sätze zu Ende gebracht und die Ereignisse der Reihe nach erzählt.

«Geh und sieh nach», sagte sie. «Geh und sprich mit ihm.»

«Du hast also nicht mit ihm gesprochen.»

«Ich? Mein Gott, natürlich nicht!»

«Ich stelle fest, dass du mich noch duldest, wenn du mich brauchst.»

Sie schüttelte auf Unheil kündende Weise den Kopf. «Wie du willst.» Und ging und schloss sich ins Familienzimmer ein.

Kanadischer Schinken.

Die Treppe zu Mohnwirbels Wohnung war hinter der Garage. Probst schaltete das Treppenlicht an und stieg hinauf. Die Luft war kalt, es roch nach der Fäulnis ungeschützten Holzes und nach dem Schimmel, der auf überkrustetem Dreck gedieh. Placken alten Linoleums klebten an den geschwärzten Stufen. Hier war er seit etlichen Jahren nicht hinaufgegangen. Mohnwirbel legte Wert auf Autonomie. Sie bezahlten ihn per Postanweisung.

Nach dem mittleren Absatz wurde es wärmer. Auf den oberen fiel Streulicht: Licht aus dem Spalt unter der Eingangstür und aus dem mit einem Vorhang verhängten Türfenster. Probsts Herz hämmerte, als hätte er zwanzig Stockwerke erklommen. Er klopfte, was Schritte nach sich zog. Die Tür ging gerade so weit auf, wie es die Kette erlaubte.

«Heinrich, hallo», sagte Probst. «Kann ich mit Ihnen reden?»

«Was gibt's?»

«Ich möchte gern reinkommen.»

Ein Seufzer drang zu ihm nach draußen, mit ein wenig Stimme darin, und Mohnwirbel sagte: «Sie wollen gern reinkommen.»

«Ich möchte die Bilder meiner Frau sehen.»

Lider schlossen und öffneten sich über kleinen schwarzen Augen. «Jawohl.»

Da hingen viele Bilder, aber im Moment zählte für Probst nur ihr Vorhandensein, nicht ihr Motiv. Er schritt die Wände der Ausstellung ab. Es stimmte: Das waren die schönsten Räume des ganzen Anwesens. Die Decken waren hoch, die Täfelungen aufwendig, die Kochnische antiquiert, aber antik. Durch das Ostfenster sah man die erleuchteten Fenster der Hausnummer 236, und Probst erlebte eine süße Offenbarung, als sich ihm, dank dieser Perspektive, ein anderes Leben zu eröffnen schien. Nie zeigte sich ihm sein Haus aus diesem Blickwinkel. Mohnwirbel wohnte hier schon seit Jahrzehnten.

Ein neuer Gedanke drängte sich auf. War Mohnwirbel erst mal ausgezogen, konnten sie die Zimmer für mindestens vierhundert pro Monat vermieten.

Neben der Schlafzimmertür sah er einen Akt in Seitenansicht, eine Telefotografie von Barbara im Badezimmer. Die schuldbeladenen Kameras hingen an einem Haken nicht weit von dem Schrank, an dem Mohnwirbel, blass, stand und ihn beobachtete.

Auf den restlichen ungefähr ein Dutzend Aufnahmen war Barbara angezogen, trug sie ihr Haar mal so, mal so, Frisuren, die sie in den letzten drei, vier Jahren ausprobiert hatte. Zweimal stand sie in der Küche, einmal im Wintergarten, ansonsten draußen. Bis auf die Küchenfotos waren sie alle aus der Perspektive aufgenommen, die sich vor Probst jetzt auftat, und allesamt, jedes einzelne, erinnerten an Schnappschüsse im *National Enquirer* von Jackie Onassis oder Brigitte Bardot: auf feinem Sand, auf Booten, Landsitzen. Das Körnige, das Ungestellte, das Flächige der Fotos verlieh Barbara Glamour.

«Was hat das hier zu bedeuten, Heinrich?»

«Sie haben die Bilder gesehen. Jetzt gehen Sie.» Mohnwirbel hatte eine karierte Holzfällerjacke aus Wolle und eine merkwürdige Hose an. Es war eine schwarze, sehr abgewetzte Smokinghose.

«Ich bin der Eigentümer», sagte Probst.

«Juristisch gesehen nicht. Ich wohne hier nicht zur Miete. Ich habe Dauerwohnrecht.»

Das mochte stimmen, dachte Probst. «Sie sind entlassen.»

«Ich kündige.»

«Wie viel verlangen Sie, damit Sie hier ausziehen?»

«Ich ziehe nicht aus. Eine andere Bleibe habe ich nicht.» Er präsentierte das als Fakt, nicht als Einwand. «Vielleicht kann ich mal mit der Dame des Hauses sprechen.»

Probst wurde eisig. «Die Dame des Hauses wünscht *Sie* nicht zu sprechen.» Er riss das Nacktfoto von der Wand und in Stücke. «Das ist Schmutz, das ist pervers, hören Sie?»

«Das ist Ihre Frau», sagte Mohnwirbel.

Probst riss ein weiteres Foto von der Wand, Reißzwecken verteilten sich auf den stumpf gewordenen Orientteppichen. Schon griff er nach dem dritten, da drückte ihn Mohnwirbel, der seinen Ellbogen gepackt hatte, gegen die Wand. «Wenn Sie noch eins anrühren, werfe ich Sie die Treppe runter, Martin Probst.» Sein Atem stank kräftig nach Alkohol. «Ich will Ihnen was sagen, Martin Probst. Ich kenne keinen, der so arrogant ist wie Sie. Sie mit Ihren Vorstellungen von normal und pervers, richtig und falsch, gut und böse. Machen die Titten der Dame des Hauses Sie etwa nicht heiß, wenn sie ihr Handtuch aufhebt? Sie nennen das schmutzig und sind doch ohne Gott. Glauben Sie etwa, sie hat für andere Männer keine Augen? Und was bin dann ich? Kommen Sie, Martin Probst. Sagen Sie nicht, dass ich pervers bin.»

«Auf die eine oder andere Art werden Sie von hier verschwinden, Mister. Sie hören von der Polizei, sie hören von unserem Anwalt –»

«Doch nicht so empfindlich, Martin Probst! Sie nach Ihrer Fasson, ich nach meiner. Sie stehen in einem Raum der Freude.» Ein Karoarm wischte allumfassend durch die Luft. «Welche Freude haben Sie denn? Sie haben nicht das Haus, Sie haben nicht die Frau, Sie haben nicht das Gras auf dem Erdboden.» Mohnwirbel blickte zur Seite, scheinbar abgelenkt. «Ich mag Ihre Tochter nicht», sagte er.

«Ich bin sicher, das beruht auf Gegenseitigkeit.» Probst riss sich los und stolperte ein paar Schritte Richtung Fenster. Er schaute hinab auf die freigeschaufelte Einfahrt.

«Wollen wir doch mal sehen, ob Sie mich ins Gefängnis bringen, Martin Probst.»

Durch die dürren Hartriegelzweige sah er Barbara in der Küche telefonieren, den Hörer in beiden Händen.

Es war Luisa. Sie wollte noch andere Dinge abholen. Barbara fragte, ob sie sich da sicher sei. Ja, sie sei sich absolut sicher. Alles andere wäre nicht fair gegenüber Duane.

Das ließ Barbaras Atem schneller gehen, aber sie legte nicht auf. Sie bettelte. Sie flehte. Sie versprach Luisa für den Fall, dass sie nach Hause zurückkomme, völlige Bewegungsfreiheit; sie versprach ihr einen Wagen; sie versprach ihr, Martin im Zaum zu halten. Luisas Antworten wurden matter und matter. Am Ende machte sie einen Kuhhandel: Barbara dürfe sie besuchen, wann immer sie wolle, aber sie sei in Duane verliebt und werde, wenn das in Ordnung gehe, eine Weile mit ihm zusammenleben.

«Ich wäre sowieso bald ausgezogen», fügte sie hinzu.

Das Wochenende war vorbei. Depressiv, mit den üblichen klinischen Symptomen, wachte Barbara um drei Uhr früh im Gästezimmer auf. Der Nordwind rüttelte an der nördlichen Hauswand. Sie presste die Hand dagegen, um sie abzustützen. Ein Vollmond verschwendete sich an die überfrorenen Westfenster. In ihrer Vorstellung hatte sich dieser Raum an der Ecke des Hauses aus dem Mörtel gelöst und schob sich, drauf und dran, mit dem dumpfen Aufprall von etwas Abgestoßenem in die Büsche zu stürzen, ganz langsam aus der Verankerung.

Vom ersten Schock der nissingschen Entdeckung hatte sie sich erholt. Am Samstagvormittag hatte sie mit Mohnwirbel gesprochen und ihn als höflich empfunden. Er entschuldigte sich in aller Form, und später am Tag, als Martin gerade Football sah, kam er mit den Negativen und Abzügen an die Küchentür, Dutzenden und Aberdutzenden in einer Hemdschachtel. Sie bat ihn, bitte, bitte keine Fotos mehr zu machen.

Das hatte er nicht versprechen wollen. «Sie verdienen angemessene Würdigung», sagte er und bewies damit Scharfsinn, wenn nicht gar gesunden Menschenverstand. Trotzdem blieb Martin eisern: Er wollte ihn anzeigen oder verklagen.

Das ganze Wochenende war ihr gewesen, als hätte sie Krebs, als würde sie in Erwartung eines baldigen Todes ihre Angelegenheiten ordnen. Vielleicht sandte die Hemdschachtel mit den Bildern – die sie nicht anfassen, geschweige denn öffnen oder wegwerfen konnte – die tödlichen Gammastrahlen aus. Haushaltsgegenstände hielten sich abergläubisch auf Abstand. Es wäre schön gewesen, mit Hilfe von Dozer den Bann zu brechen, mit ihm von Zimmer zu Zimmer zu toben, ihn schnüffeln, gähnen, lärmen zu lassen. Aber Dozer war tot.

Und doch war ihr jetzt, am Montag, schon besser. Regen trommelte auf Windschutzscheibe und Dach, als sie im Schritttempo die Euclid Avenue entlangfuhr und den Wagen in einer günstig gelegenen Parklücke abstellte. In dieser geschäftigen Gegend war ein freier Parkplatz ein gutes Omen. Sie schlug die Kapuze des Regenmantels hoch, rutschte über den Sitz und machte den Schirm bereit und stieg aus, direkt in einen Strom aus Schmelzwasser. Ein nasser Fuß, na und? Sie warf Münzen in die Parkuhr und rannte, ein Schmatzen bei jedem zweiten Schritt, über die Straße ins Balaban.

John Nissing gab gerade seinen Mantel ab.

«Wundervoll!» Er schob ihre Kapuze zurück und nahm sie bei den Schultern. «Sie sind gekommen!» Er küsste sie auf den Mund, als würde ihn die reine Wiedersehensfreude dazu zwingen. Man wies ihnen einen hinlänglich diskreten Ecktisch zu.

«Ich fühle mich heute supergut», sagte er, als der Pouilly-Fuissé in ihre Gläser plätscherte. «Ein Paket, das 1979 an mich abgeschickt wurde und das ich längst verloren geglaubt hatte, lag am Freitagabend in New York für mich bereit.»

Er lächelte selbstgefällig und wartete. Auch sie wartete. Plötzlich beugte er sich vor. «Schmuck! Und dazu noch Schmuck ohne jeden ideellen Wert.» Er griff in seine Jackentasche. «Das ist für Sie.» Er legte ein Samtkästchen in ihre Hand. «Und das andere ist fürs Auktionshaus Christie's, sagen wir.»

Sie klappte das Kästchen auf. Es enthielt zwei Ohrringe, Brillanten von je einem halben Karat in Weißgoldfassung. Sie hatte sich Brillantohrringe zu Weihnachten gewünscht.

«Die dürfen Sie behalten», sagte er. «Und seien Sie unbesorgt. Die sind nicht alt.»

«Ich habe tausend Fragen», sagte sie.

Der Kellner stellte zwei Schalen Spargelsuppe zwischen sie.

«Ja? Was ist Frage Nummer eins?»

«Wo soll ich die tragen?»

«An den Ohren!» Er richtete sich zur Hälfte auf und tat etwas, was sie von Männern nicht erwartet hätte: von den durchstochenen Ohrläppchen einer Frau die Ohrringe abzunehmen. Ihre Hände hoben sich abwehrend, sanken jedoch in den Schoß zurück. Er ließ ihre Reife in das Kästchen fallen und steckte ihr, die Zunge vor Anstrengung eingerollt, die Brillanten an. «Sie können Ihrem Mann sagen, sie sind ein Geschenk von mir als Anerkennung für den Arch.»

Er setzte sich wieder. Er wies auf ihre Suppe. Hätte sie schon etwas im Magen gehabt, hätte sie es womöglich erbrochen. Aber so griff sie nach ihrem Löffel.

«Und Nummer zwei?» Er führte seinen eigenen Löffel in die Suppe und kostete sie, sein Blick war kennerhaft vernebelt. Mit der Andeutung eines Nickens tauchte er wieder auf. «Nummer zwei ist», antwortete er: «Was erwarte ich wohl als Gegenleistung.»

Sie überließ es ihren Augen, ihm beizupflichten.

«Ein einfaches Dankeschön reicht.»

«Danke schön.»

Am Telefon hatte er ein paar Restaurants in Clayton vorgeschlagen, aber sie war für das Balaban gewesen, weil sie wusste, sie würde sich im West End anonymer fühlen. Im Nachhinein sah sie allerdings keinen Grund mehr, Clayton zu meiden. Niemand, der sie mit Nissing sah, hätte sich etwas dabei gedacht, und wenn, konnte ihr es nicht egal sein?

«Nummer drei?»

Schluss jetzt. Sie schüttelte den Kopf. Aber sie überdachte es nochmal. «Warum ich?»

«Selbst wenn ich wollte, könnte ich es Ihnen nicht erklären», sagte er. «Aber es war mir sofort klar, als ich Sie sah.»

«Das ist nicht genug. Ich fürchte, das reicht mir nicht.»

Der Tisch hinter ihr war frei, aber er senkte die Stimme zu einem kaum hörbaren Flüstern. «Ich soll also meine Motive erklären und Sie nicht, nur weil Sie in einem Schloss wohnen und sich aus sich selbst heraus erklären, während ich in Flugzeugen umherreise und das nicht tue. Ich mache mein Tänzchen, und vielleicht klatscht die Dame ein wenig? Ist sie gerührt? Oder lässt es sie kalt? Dieser müde Hochmut, Barbara, steht Ihnen nicht. Wenn ich Vermutungen über Sie anstellen würde, so wie Sie über mich, dann würde ich so weit gehen zu behaupten, dass Sie, seit Sie verheiratet sind, noch nie eine Affäre hatten. Und das macht Sie kostbar? Mit dreiundvierzig? Das gibt Ihnen das Recht, Erklärungen zu verlangen?» Er warf einen kurzen Blick über ihre Schulter, und schon schaute er sie wieder an. «Sie wissen, dass Sie nicht so reden wie andere Leute. Alle um Sie herum sind völlig verdinglicht. Und das wissen Sie. Sie aber sprechen eine andere Sprache. Sie lassen Ihre Traurigkeit raushängen. Sie wissen verdammt gut, dass Sie sich in einen, der genauso ist wie Sie, verlieben wollen. Verstehen Sie überhaupt, wovon ich rede?»

«So ziemlich», sagte sie. «Aber wechseln wir lieber das Thema, sonst kriege ich keinen Bissen runter.»

Eine Stunde später, Nissing hatte gerade bezahlt, erwähnte er, sein Flug gehe um 15 Uhr 45. Das gab ihr einen Stich, aber dann war sie erleichtert. Sie war erschöpft.

Draußen im Nieselregen ließ sie ihn ohne Kuss stehen, nur mit einem Lächeln und einem Winken aus der Nähe. Sie glaubte nicht alles, was er gesagt hatte, aber sie glaubte sehr wohl, dass sie ihn an der Leine hielt.

An der ersten Ampel nahm sie die Ohrringe ab. Sie musste nach Hause, um Luisas Geschenke zu holen, die sie ihr zum größten Teil an diesem Nachmittag überreichen wollte. Im Licht dieses Mittagessens schien ihr die Aufgabe leichter zu sein, aber es war zu dumm, dass sie den ganzen Weg nach Webster Groves und wieder zurück fahren musste; von dem Ort, wo sie geparkt hatte, war Duanes Apartment keine anderthalb Kilometer entfernt.

Singh stand vor dem Hellwerden auf, absolvierte eine verkürzte Version seiner gymnastischen Übungen, duschte eiskalt und rasierte sich. Am Mittwoch hatte er sein Haar radikal stutzen lassen, sehr kurz hinten und an den Seiten. Das eigene Äußere zu verändern hieß, das Verstreichen der Zeit über Gebühr zu betonen, alten Besitzansprüchen zu entfliehen, sich scheinbar selbst zu gehören. Seine Kleidung wählte er mit ähnlichem Bedacht. Barbara hatte ihn in smartem Kammgarn gesehen, also trug er heute schwarze Jeans und vertauschte das konservative Anzughemd mit einem marineblauen Oberteil ohne Kragen. Er aß ein Bagel mit Butter und putzte sich die Zähne.

Der Tag brach an, verwandelte die Opazität der Dachfenster in blaue Lichtdurchlässigkeit. Der Kühlschrank war nicht gerade gut gefüllt. Singh warf alles weg. Er hatte einen Teller und zwei Gabeln zu viel. Er warf sie weg. Er warf überflüssige Socken und ein schlecht sitzendes Hemd weg. Er las die Probst-Akte durch und schob neunzig Prozent davon in den Schredder. Über das Wesentliche war er nun genauer im Bild als vor zwei Monaten; er konnte sich verschlanken. Auf dem obersten der aussortierten Blätter las er benutzte Wendungen: *dieser müde Hochmut, sich verlieben wollen in einen, der genauso ist wie sie*. Er trug den Müll zum Fahrstuhl und hinaus in die Tonne, auf dem Rückweg brachte er den Staubsauger des Geländes mit. Er saugte das bisschen Staub, das auf dem grünen Spannteppich lag, ein paar Krümel in der Kochecke, ein paar Haarknäuel im Bad. Er rief Barbara an und hörte dann zum zweiten Mal die Gespräche ab, die sie in den letzten vier Tagen geführt hatte, einschließlich sämtlicher Telefonate vom Vorabend. Ihre Selbstbeherrschung war perfekt, aber das sagte schon alles; in der Woche davor war es nicht so gewesen.

AR: Wo warst du den ganzen Tag?
BP: Oh, ich hab Luisa ein paar Geschenke gebracht.
AR: Ich hab mehrfach angerufen ...
BP: Ein- oder zweimal hab ich das Telefon gehört. Ich hab versucht zu schlafen. Ging aber nicht.
AR: Ich dachte, du wärst vielleicht zur Arbeit.
BP: Nein. Erst morgen wieder.

Er löschte das Band. Tauben versammelten sich. Am Telefon wechselte er Vielsilbiges mit Jammu. Erst kürzlich hatte sie einen leichten Anfall von Skrupeln gehabt, eine allergische Reaktion gegen das Sicheinmischen in das Leben anderer, aber davon hatte sie sich erholt, und in nur wenigen Stunden würde Singh das Vergnügen haben, Martin Probsts Frau auf eine Matratze zu drücken.

Er fuhr mit dem frisch gemieteten Pontiac Reliant zu seiner Zweitwohnung in der Brentwood Avenue und holte die Fotomappe. Die Fotos vom Sherwood Drive 236 wirkten, wie das Haus, verhalten und merkwürdig düster, aber offenbar wollte es der Redakteur genauso haben. Singh hatte Joshua und Vince ausgezahlt und nach Chicago zurückgeschickt. Seine Tage beim *House*-Magazin waren vorüber. Er zündete sich eine Nelkenzigarette an, aber überlegte es sich anders. Er spülte sie in den Toilettenabfluss und verließ das Apartment.

Der hilfsbereite Gärtner der Probsts hackte Eis vom Fußweg, als Singh eintraf. Singhs Gruß erwiderte er stumm und mit bohrendem Blick. Singh klingelte, und Barbara bat ihn herein. Er achtete darauf, welchen Eindruck sein verändertes Äußeres auf sie machte, und stellte fest, dass sie das ihre ebenfalls verändert hatte. Sie hatte ihr Haar mit einer Spange hochgesteckt und trug ein enges T-Shirt und eine enge Hose, verschob auf diese Weise den Akzent von «mager» auf «reif». Dass sich ihre Strategien überkreuzten, amüsierte ihn. Für einen Moment vergaß er sein Stichwort. Dann fiel es ihm ein. «Habe ein paar Aufnahmen für dich.»

«Ach, nicht doch», sagte sie, ihn mit schwerelosen Armen umfassend, und küsste ihn. So schnell hatte er damit nicht gerechnet. Sein Gesicht verriet Überraschung. Sie löste sich von ihm. «Ich lege mich hin, ja?»

Sie wandte sich von ihm ab und ging drei Stufen nach oben und blieb, ihm den Hinterkopf zukehrend, stehen.

Er lehnte die Fotomappe an die Eichenkommode im Flur. Sollte er sich ins Wohnzimmer setzen und abwarten, was passierte, abwarten, wie lange es dauerte, bis sie zu ihm kam? Warum nicht. Ihr hochtrabender Ernst langweilte ihn. Er ließ sich aufs Sofa fallen und griff nach dem Buch, das auf dem Couchtisch lag, einem Fotoband von Joel Meyerowitz mit Bildern vom Arch. Letztes Mal hatte der hier nicht gelegen. Er blätterte. Er war im Vorteil. Zusätzlich dazu, dass sie viele Gründe hatte, Martin «untreu» zu sein, war sie im Kern eine Bürgerliche, immer darauf bedacht, gefällig zu sein. Weniger gut erzogene Frauen hätten gezögert, als er sie am Montag angerufen hatte; weniger intelligente Frauen hätten besser geflirtet, ihn auf die Folter gespannt; die humorlose Barbara hatte einfach nur ja gesagt und ein Restaurant vorgeschlagen.

Da war sie schon, am Couchtisch. «Du bist gekommen, um es mit mir zu machen, oder?»

Er legte Geduld in seinen Seufzer. «Ich hatte einen unruhigen Flug», sagte er. «Setz dich doch ein bisschen zu mir.»

Sie setzte sich auf die Sofakante.

«He, entspann dich mal.» Er drückte sich tiefer in die Polster. «Warum so steif?»

«Weil mir das zu billig ist. Und hör endlich auf, mir Anweisungen zu geben.»

«Danke, sehr nett. Aber ich hatte schon was im Flugzeug.»

Barbara presste die Knie an ihre flach dazwischen liegenden Hände. «Du bist lieb, John. Sehr lieb sogar. Aber ich habe keine Lust, hier zu sitzen wie bei einem Rendezvous. Du bist wirklich witzig, aber jetzt will ich das nicht. Du hast gesagt, dass du mich liebst, dass du mich kennst. Also bitte.»

Das hatte sie ihm demnach abgekauft.

«Gehen wir nach oben», sagte sie.

«Das hier ist so ein schönes Sofa.»

«Ich will das nicht. Er kann uns sehen.»

«Oh.» Singh schaute sich zum Fenster um. «Stimmt.»

Die Vorhänge im Gästezimmer hatte sie geschlossen. Er schlug die Bettdecke auf und ließ sich ausziehen. Er blickte an sich herunter. Alles in Ordnung. Nicht, dass er daran gezweifelt hätte. Sie streifte ihr T-Shirt ab und stand in Jeans und Schuhen, die Hände auf den Hüften, vor ihm. Ihr Blick taxierte ihn. Er spürte eine Erregung. Barbara ließ sich rittlings auf ihm nieder und drückte seinen Oberkörper in die Kissen und küsste ihn rings um seinen Mund. Die Erregung verstärkte sich. Er hatte es erwartet, aber das Eigentliche lag noch vor ihm. Er richtete sich auf, sie auch. Jetzt kam der kritische Punkt, an dem mit Charme nichts mehr zu wollen war, die Grenze, hinter der das Simulieren gefährlich wurde. Er packte ihre Handgelenke und lenkte den Blick auf das Speckröllchen über ihrem Hosenbund. Nur eine Sekunde, und die Gefahr war gebannt. Er liebte sie ein bisschen, und seine Brust dehnte sich ihrer Rosigkeit entgegen, Rippe an Rippe, Bauch an Bauch. Der Zensor in seinem Hinterkopf würde jetzt fast alles durchgehen lassen: Sie war sanft. Sie war die beste Frau der Welt. Er streckte die Hand aus und öffnete ihren Reißverschluss, arbeitete sich voran, glitt mit den Fingern durch glitschiges Schamhaar. Sie zog die Hose aus, und mit einem Ausruf, der aus ihrem gesamten Oberkörper zu kommen schien, schaffte sie Raum in sich für ihn. Er zwang sie auf den Rücken, wühlte sie beide in die Kissen. Sie gab keinen Laut von sich. Ihre Fingernägel auf seinem Rücken trieben ihn in sie hinein. Die Arbeit tat sich wie von selbst, und obwohl sie furchtbar lange brauchte, hielt sie ihr Becken schließlich still und wurde steif wie ein Brett. Ihre Rippen trafen auf seine. Sie keuchte und lächelte, mit bis zur Asymmetrie zerdrücktem Mund.

Das Telefon klingelte sich aus, weit weg, zweimal.

Das Wetter schlug um. Schon wieder.

Er wachte gerade ganz allmählich auf, als sie ihm gestand, dass sie ein wenig wund sei. Er schlug ein alternatives Verfahren vor. Sie schüttelte den Kopf. Er ließ die Sache fallen und nahm wieder die Normalstellung ein, vorsichtig beginnend, aber in der Absicht, sie diesmal so zu nageln, wie er es sich vorgenommen hatte. Er wolle sie wohl aushöhlen, sagte sie. Genau das war der Plan. Aber wehtun wollte er ihr nicht. Er ließ zu, dass sie mit ihm die Lage wechselte, auf die Seite, und während sie verzahnt dahinrollten, stellte er Wahrnehmungsprobleme an sich fest. Dagegen war er nicht immun. Er nahm es hin, als Phänomen. Das aktuelle Problem war ein Fernsehgespenst, ein Negativbild, eine Frau mit dunkler Haut und dunklem Haar und blassen Lippen, die sich in Barbara verbarg und mit ihr zur Deckung kam, wenn Barbara sich unbefangen bewegte, aber ausscherte und somit sichtbar wurde, wenn Barbara einen Fehler beging, und dann die richtige Bewegung für sie vollzog. Im Rhythmus des Akts und in dem schwitzigen Moment, wo die zwei mit ihm, Singh, der ein Drehpunkt war, verschmolzen, wurden beide Schemen eins.

Who put the cash in Kashmir
Who put the jam in Jammu?

Ein Liedchen aus seiner Studentenzeit. Er verlor seine Objektivität und verbrachte ein paar Minuten anderswo. Seine Rückkehr war einzig und allein das Resultat von Barbaras Fron. Als er wieder die Augen öffnete, war das Negativbild verschwunden, und jetzt wusste er, wie vollständig sein Sieg, wie eindrucksvoll die Folgen waren. Sie gehörte ihm, und er würde sie nicht mehr hergeben. Er hatte seine Arme quer über ihrem erhitzten Rücken, seine Finger vergraben zwischen ihren Gesäßbacken, hineingezwängt in ihren Po, die Zähne auf ihrer Zunge, die Beine an den ihren wie Schienen und das andere, was da noch übrig blieb, viele Zentimeter tief in ihr, Höhlen durchmessend und Kammlinien stürmend, und er kam ein zweites Mal, in einen neu aufgestöberten Hohlraum hinein, was wie aus Kübeln war.

Sie hörten auf.

Ein Ausdruck reiner, lichter Bosheit sprang ihr ins Gesicht wie ein Springteufel. «Schön, dass du gekommen bist», sagte sie. «Bis dann.»

«Bis dann», erwiderte er, auf ihr Spiel eingehend.

11

Heiligabend. Im Westen, in einer Ecke des Himmels, die noch blau genug ist, um Baumwipfel und Schornsteinsilhouetten hervorzubringen, glüht Venus in grellem Weiß. Perseus, von Düsenjets durchbohrt, steht schwindlig im Zenit; Orion erhebt sich über Sendetürme; die Milchstraße vollzieht ihre nächtliche Verdichtung. Im Zentrum, als die letzten Geschäfte schließen, entschwinden die letzten Kunden von den kalten Bürgersteigen in ihre Autos. Glocken läuten vom Turm einer leeren Kirche. Dampf, der nach rostigen Rohren riecht, strömt hinter Bürogebäuden aus, und die Zweige des Heilsarmee-Weihnachtsbaums ducken und schütteln sich im Wind. In den Wohnzimmerfenstern von Apartmenthäusern – Plaza Square, Mansion House, dem Teamster-Komplex, Darst-Webbe, Cochran, Cochran Gardens – brennen elektrische Kerzen, und Lichterketten lassen die vier Ecken der Fensterrahmen wie in der Quizsendung *Hollywood Squares* blinken und rotieren. Jalousien senken sich, und Vorhänge rucken. Da gibt es ein gedankliches Kreisen, eine Vorahnung, ein Ziel. Auf die meisten Menschen, aber nicht alle, trifft das zu. Die Sheraton-Pagen beobachten die Abreise gut gekleideter Nichtstädter und trinken Cola. Zwei langjährige Reporter, Joe Feig und Don Daizy, sind im Missouri Grill zu einem gemeinsamen Krug Miller eingekehrt und erfreuen sich ihrer inneren Verwandtschaft mit dem Barmann, der den Ausklang des Holiday Bowl im Fernsehen verfolgt.

Weiter unten auf dem Mississippi ist das Dampfschiff *McDonald's* («Ray Kroc, Captain») mit Brettern vernagelt und tot. Eiszapfen hängen an der Dauervertäuung, und Schneepolster kuscheln sich auf Plastikzinnen, Goldbögen, Zierschlote. Treibeis darunter kreiselt und wippt. Frachtschifffahrtsverkehr gibt es nur wenig. Wie weit entfernt dieser Abend von Hitze und Donner des Sommers ist, wenn zur Abendbrotzeit die Sonne heiß und hoch am Himmel steht und die Cardinals ihre Abschläge üben und Touristen, während der Senf von ihren Hotdogs tropft, zu Füßen des Arch ihre Nacken massieren und die Luft wie Teer riecht; wie weit sind diese Stille, diese indigoblauen Tiefen, diese Huckelflächen davon entfernt! Switzers Lakritzfabrik hat ihren Geist ausgehaucht. An den verrammelten Toren ist ein Schild angebracht:

SWITZERS BÜROZENTRUM

ZU VERMIETEN

BÜRO- UND GEWERBEFLÄCHEN

Der Deckel einer Papptasse schlittert, aufgehalten vom dazugehörigen Strohhalm, über einen Bahnübergang. Flitterdekorationen in Schaufenstern, von Straßenlampen ausgebleicht, könnten Jahrzehnte alt sein. Die Leute, die draußen sind, am Fluss, sehen so etwas nicht. Selbst die bei der Polizei, die Wachtmeister Taylor und Onkly, haben Augen nur für ihre Uhr, Gedanken nur für das Abendessen. Um neun ist Dienstschluss. Das Einzige, was ihnen in den nächsten drei Stunden auffallen wird, sind Betrunkene, entweder Obdachlose oder Autofahrer. Sie umrunden einen Block und lassen den Suchscheinwerfer über die Mülltonnen wandern. Das Rauschen der Funkgeräte wird durch nichts gestört. Früh am Tag hat der Dispatcher die ersten Takte eines Weihnachtslieds gesungen und dann gelacht. Für alle, außer für die Kinder, ist das die Jahreszeit der Erschöpfung, der Sentimentalität und Pflicht, aber auf den Straßen im Zentrum gibt es keine Kinder.

Im Bogen nach Süden. Jenseits der Trockenmilchfirma Pet Milk und der Tierfutterfabrik Falston Purina entspannt der zähe Mittelstand in den instand gesetzten Häusern am LaSalle Park, Lafayette Square, an der Soulard Street. Hier, geschützt hinter Reihen doppelt geparkter Autos, spielen Andrew DeMann und Sohn Alex am Computer, während Andrews Frau Liz das Baby füttert, den kleinen Lindsay. Alex, zunehmend müde, tut so, als hätten Spiele keine Regeln. Andrew wird streng und geht in den Keller, um Wein zu holen. Er atmet schwer, sein Herz klopft. Er wählt eine Flasche aus.

Weiter. Auf dem Hill nähert sich die Nachmittagsparty im Haus von Oberstleutnant Frank Parisi, Vorsteher des 1. Reviers, dem Höhepunkt der Ausgelassenheit. Polizeichefin Jammu hat telefonisch ihre guten Wünsche übermittelt. Fünfzig Polizisten mit Familie drängen sich in fünf kleinen Zimmern. Luzzi, Waters, Scolatti und Corrigan grölen zweieinhalbstimmig *God Rest Ye Merry, Gentlemen* am Klavier. In der Küche rührt Parisi frischen Eierlikör an und bewundert die drallen Rumstrudel. Diese Trumpfkarte hat er bereits mehrfach gezogen. Junge Gesichter glühen. Der Lärm ist nicht zu überbieten. Mehr als ein Dutzend Streifenwagen sind vor dem Haus geparkt, auf ihren Scheiben lodern die bunten Lämpchen der fröhlichen Straße, Lichtpunkte, die in den Schnee der sie umgebenden Büsche und Rinnsteine Heiligenscheine brennen. Geschrei dringt nach draußen, und große Wagen schaukeln vorbei. Von oben sehen die Wohnviertel aus wie Ströme leuchtenden Planktons, stellenweise blinkend und durchsetzt von den dunklen Inseln der Produktion und Lagerung und Freizeit. Autos winden sich mit überhöhter Geschwindigkeit durch die Straßen von Forest Park. Heute Abend besteht die Gefahr, übrig zu bleiben. Jeder möchte irgendwo sein. Ein zerbeulter roter Nova, aus dessen Kofferraum die untere Hälfte einer Fichte ragt, hat soeben die Stadtgrenze passiert und bremst auf dem Delmar Boulevard, um links einzubiegen. Er hält. Duane Thompson springt heraus, löst den Riemen vom Kofferraum und zieht den Baum ins Freie. Um diese Tageszeit bekommt man sie für einen Dollar. Zielstrebig, mit federndem Schritt, trägt er den Baum die Treppe hoch in sein Apartment. Luisa telefoniert. Schon vor einer Stunde, als er losfuhr, hat sie telefoniert. Sie winkt ihm zu. Er geht noch einmal nach unten, um Popcorn und Preiselbeeren aus dem Auto zu holen.

Und gleich weiter in den Norden und Osten; in der Gegend, die in der County-Phantasie die düsterste und bevölkertste von St. Louis ist, macht Clarence Davis erschreckend viel Licht und Freiraum aus. Er war einer der letzten, die im Stadtzentrum eingekauft haben. Das Autoradio spielt den *Messias*, und der Hasenfuß, der am Rückspiegel hängt, hüpft bei jedem Schlagloch hoch. Von den neu wirkenden Aluminiummasten fällt frostfarbenes elektrisches Licht in brüchigen Strahlen und zersplittert seine Windschutzscheibe wieder und wieder. Zu beiden Seiten von ihm klaffen Lücken, wo Häuser aus der Straßenfront herausgebrochen wurden. Block auf Block setzen sich die Lampen fort, ohne einen Hauch von Gelb, ohne einen Hauch von Feuer. Sie überstrahlen die Verkehrsampeln, tapfere Jamaika-Farben, unter denen sich noch vor einem Jahr, sogar zu Weihnachten, Jugendliche sammelten, Flaschen schwenkend, bedrohlich wirkend, und die Fahrbahn zum Teil versperrten. Diese Ansammlungen sind längst verschwunden. Auf nicht einmal einen Kilometer ist Clarence an drei Streifenwagen vorbeigefahren. Die bewachen das Nichts. Keine Fußgänger, keine Geschäfte, nur Hunde und ausgeschlachtete Autos. Und Grundstücke. Hohe Zäune zur Straße hin sichern planiertes Bauland und Sperrholzfenster. Ist das wirklich eine Tragödie? Nicht viele mussten hier wegziehen, damit das Land zur Wüste werden konnte; vielleicht kann die Stadt sie ja aufnehmen. Aber Clarence hat Angst, eine abstrakte Angst, nicht zu vergleichen mit der dumpfen Todesangst, die er früher hier verspürt haben mag. Es ist das Ausmaß der Verwandlung: Quadrat*kilometer*große Flächen, eingezäunt und mit Brettern vernagelt, nicht ein menschliches Wesen zu sehen, nicht eine vor Ort gebliebene Familie. Die Hand, die hier aufgeräumt hat, ist keine amerikanische Hand. Kein Amerikaner, kein Rassist aus Idaho, kein Klan-Mitglied aus Greensboro wäre damit durchgekommen. Diese Wüste entstammt der praktischen Weitsicht einer Frau. Das ist ihre Art, Probleme zu lösen. Und sie kommt damit durch, aber wie kann sich Clarence, den Rücksitz voller Geschenke, die noch nicht einmal die Hälfte ausmachen, darüber beklagen? Wie kann sich irgendwer beklagen? Nur die ohne Stimme und Sitz haben zur Klage reichlich Grund. Und bei Tageslicht, an einem Werk- und keinem Feiertag, sehen diese Gefilde anders aus. Weiße Männer und schwarze Männer mit Helmen und Bauplänen tauchen zwischen den Häusern auf, rammen Pfosten ein, verhandeln mit Bauleitern. Clarence hat einige schon erkannt. Brother Ronald, der sich an seinem Helm zu schaffen machte. Cleon Toussaint, der sich die Hände rieb. Leute von der Stadtverwaltung, die auf zukünftige Parkplätze, zukünftige Trinkbrunnen, zukünftige Bauten zeigten. Hohe Tiere, Stadträte und Bürokraten, die proletarischen Kaffee aus Thermosflaschen tranken. Ja, hier tut sich jede Menge. Für manche muss der Anblick sogar schön sein, verdammt schön. Clarence überquert die Grenze zu einem Wohngebiet. Er sieht mehr Polizisten, aber auch Menschen. Er zwängt sich durch seine Straße und versenkt den Wagen in der Garage. Stanly und Jamey sind noch draußen und spielen im Licht aus der Küche Basketball.

Die Stadt wogt nach Norden. Blinkende Lichter werden in dem Moment, wo sie auf den strapazierten Landebahnen niedergehen, zu Düsenflugzeugen. Das Gedränge auf dem Lambert-Flughafen nimmt zusehends ab. Umarmungen ereignen sich, aufplatzend wie Knospen, in den Hallen, an Sperren und Gates, ein Erblühen von Gefühl. Flughelfer karren Gepäck und sind grantig. Taxis fahren leer davon. Hinter ihrem Hotelfenster verfolgt die Süchtige den Luftverkehr mit dem unbeteiligten Blick dessen, der ein Naturschauspiel betrachtet, weidende Kühe, Bäume, die ihre Blätter abwerfen, Flugzeuge, die steigen, sinken, andocken. Sie zündet sich eine Zigarette an und sieht die vorige noch im Aschenbecher glimmen. Einem Schuhkarton-Schrein entnimmt sie einen langen Brief, datiert vom 24. Dezember 1962, und liest ihn, während sie auf Rolf wartet, der, wie sie glaubt, jeden Moment kommen könnte, liest ihn zum zwanzigsten Mal.

Rolf schläft zu Hause in seinem Lieblingssessel einen kleinen Rausch aus. Er träumt von Kloaken. Endlosen, weiten Kloaken. Oben hat Audrey den Pullover eingepackt, den sie morgen bei den Eltern Barbie schenken wird. Sie liebt das Weihnachtsfest. Mit der Schere kringelt sie die Enden des Geschenkbands, und leise summend begutachtet sie ihr Werk.

Fast jeder wohnt nicht mehr als drei Kilometer von den Ripleys entfernt. Sam Norris, dessen großes Haus voll von Kindern und Enkelkindern ist, bewegt sich von Gruppe zu Gruppe, tippt allen auf die Schulter, bittet sie, Platz zu nehmen, und strahlt Zufriedenheit aus, während Betty den Braten bräunt. Drei Straßen weiter sitzt Binky Doolittle in der Badewanne und telefoniert. Harvey Ardmore stolpert mit einem riesigen Jul-Klotz über seinen Hof, Chet Murphy schenkt Rosé-Champagner ein, die Hutchinsons sehen die CBS-Abendnachrichten in verschiedenen Zimmern, Ross Billerica spielt Darts mit seinem Schwager aus Südmissouri. Das Haus von Chuck Meisner jedoch ist dunkel. Chuck liegt mit einem blutenden Magengeschwür im St. Luke's-West-Hospital. Seit er vor drei Tagen im Eilschritt eingeliefert wurde, schläft er wie ein Säugling.

Am Freitag arbeitete Probst bis abends um acht, und als er nach Hause kam, traf er Barbara erhitzt und nur leicht bekleidet an, obwohl es im Haus nicht sehr warm war. Sie servierte ihm das Abendbrot. Während er aß und die Weihnachtskarten durchsah, verließ sie die Küche und kam wieder herein. Sie drückte sich am Buffet entlang und verließ die Küche erneut. Das tat sie mehrere Male.

«Suchst du etwas?», fragte er schließlich.

«Was?» Sie schien überrascht, dass er sie bemerkt hatte.

Abwesend und verdruckst kreiste sie den ganzen Abend durchs

Haus und kam erst zur Ruhe, als er die Nachttischlampe ausgeknipst hatte, da nämlich kehrte sie ohne ein Wort der Erklärung aus ihrem Gästezimmerexil zurück, in einem blassen Flanellnachthemd, in dem sie kindhaft verloren wirkte, und legte sich in ihre Betthälfte. Am Morgen machte sie ihm arme Ritter und presste vier Blutorangen aus, die sie in einem schicken neuen Gemüsegeschäft in Kirkwood gekauft hatte. Der Schaum war rosa, der Kaffee stark. Sie lächelte ihn beharrlich an.

«Was ist?», fragte er irgendwann.

«Montag ist Weihnachten», sagte sie.

«Lass mich raten: Luisa wird kommen.»

«Nein. Wird sie nicht.»

«Was dann?»

«Darf ich dich nicht anlächeln?»

Er zuckte die Schultern. Wenn sie Wert darauf legte, warum nicht.

Am Nachmittag spielten sie zusammen Tennis. Sein Finger heilte, er spürte ihn kaum noch. Barbara galoppierte herum und lachte schrill, wenn sie einen Ball verschlug. Sie verschlug fast keinen. Sie waren gleichrangige Tennispartner, und es gab ihm einen Stich, wenn er daran dachte, wie viel ihm diese Kleinigkeit in all den Jahren bedeutet hatte. Aber sie hatte keine Lust, mit ihm zu schlafen, als sie nach Hause kamen. Sie wollte essen gehen und hinterher ins Kino.

«Kein Problem», sagte er.

Beim Hauptgang im Sevens begann sie, ihm einen Vortrag zu halten. Er klang wie vorbereitet, und sie richtete das Wort vornehmlich an ihre gegrillte Flunder. Luisa, sagte sie, sei jetzt achtzehn. Immerhin. Und wie ein paar andere Mitglieder der Familie sei sie stur. Wenn diese anderen nur ein bisschen entgegenkommender wären, wäre sie es auch, obwohl es natürlich sein könne, dass sie weiter bei Duane wohnen bleiben wolle. Sie komme doch gut zurecht. Sie habe hervorragende Bewerbungsaufsätze geschrieben. Wahrscheinlich könne sie sich ihr College aussuchen. Du liebe Güte, sie sei doch erst achtzehn.

Probst war abgestoßen von Barbaras krudem Optimismus.

Am Sonntagmorgen nach dem Frühstück schmückten sie den Baum. Sie brachte die Kerzen an, und er, der eine Schwäche für den alten Christbaumschmuck seiner Mutter hatte, kümmerte sich um den Rest. Zu Mittag gab es Bier, Sardinen, Knäckebrot, Käse und feinste Äpfel aus dem Staat Washington. Sie spielte mit den Papierhüllen. Die Sardinen lachten sardonisch über die Unterstellung, sie hätten etwas gegen Waffengesetze. Die Äpfel waren Luxushuren, weil man sie für Geld bekam. Meerrettich war entweder eine Volksetymologie oder eine Fehletymologie – ein feiner Unterschied, den Barbara nie begriffen hatte. Sie leerte ihr Glas und schaute Probst an.

«Ja?», fragte er.

«Ich habe am Freitag mit dem Fotografen geschlafen.»

Er sah, dass ihre Hände plötzlich zitterten. «Machst du so was ständig?»

«Martin, du weißt selbst, dass das nicht der Fall ist.»

Die Meerrettichsauce war mit Senföl verfeinert. Die Neuigkeit entsprach der Wahrheit, war aber noch nicht bei ihm angekommen; es waren Momente des freien Falls, in denen seine Worte weder unter seiner eigenen Kontrolle standen noch unter der eines der Situation angemessenen Gefühls, Eifersucht etwa oder Wut, die zwischen seiner Zunge und seinem Willen, seinem Verstand und seinem Temperament eine Verbindung hätten herstellen können. «War es schön?», fragte er.

«Ja.»

«Willst du dir das zur Gewohnheit machen?»

«Nein.» Sie hätte sagen können: Und was, wenn? Er hätte es sich gewünscht. «Sind wir quitt?», fragte sie.

«Du hast mich das ganze Wochenende belogen. Du hast mir etwas vorgespielt.»

«Das ist nicht wahr. Ich will nur, dass das aufhört, ich habe diese Kämpfe satt. Du warst weiter von mir weg als ich von dir. Und bist es immer noch. Ich will, dass du zurückkommst.»

Er stand auf. «Wir werden sehen.»

«Wo willst du hin?»

«Spazieren.»

«Kann ich mitkommen?»

«Ich möchte allein sein.»

«Ich will nicht, dass du allein bist. Ich möchte bei dir sein. Ich liiie–»

«Kein Wort für dich. Kein Wort für mich.»

«Ich liebe dich.»

Sie sagte es, Zimmer für Zimmer, an seinem Arm, an seinem Hals. Je öfter sie es sagte, umso mehr bedauerte er sie. Aber sie ließ ihm keine Ruhe. Als er seinen Mantel anzog, zog sie ihren an. Sie blieb dicht hinter ihm, und dann, als sie den Fußweg hinaufliefen, den sie wenige Augenblicke zuvor hinuntergelaufen waren, gab er nach. «Na gut», sagte er und warf einen Blick über die Schulter. George LeMaster wechselte eine farbige Glühbirne an seinem Gartenzaun. Probst ließ Barbara ein und schloss die Tür. «Na gut. Ich liebe dich auch.»

Sie küsste seine Hand, aber er entzog sie ihr. Auf einmal fing er an, sich betrogen zu fühlen. Barbara war zur Allgemeinheit desertiert, zu deren banalem Optimistischsein, zu deren reibungslosem Mechanismus von Liebe und Reue, und wie alle anderen wollte sie Probst nun auf ihre Seite ziehen.

«Du an meiner Stelle hättest genauso gehandelt. Ich kenne dich, ich kenne dich besser als jeder andere. Bestimmt hättest du genauso gehandelt.»

«Wenn du meinst», sagte er.

«Schau mich an und sag, dass du an absolute Treue glaubst. Das möchte ich sehen.»

Stattdessen ging er nach oben und zog sich um, kam wieder herunter, heizte den Kamin und öffnete die Haustür. Es war halb vier. Gäste trafen ein, alles gute Freunde, als hätte Barbara kurz einmal in die Hände geklatscht. Sie hatte ihr Geständnis gut platziert. Probst konnte gar nicht anders, als zur Tür zu gehen und die Montgomerys einzulassen. Jill und Bob sprudelten. Der Esszimmertisch war beladen mit ansprechendem Gebäck, Obst und Gemüse, winzigen Gruyère- und Roastbeefhappen. Barbara tauchte auf, den Arm voller Schnapsflaschen. Bob machte einen Witz und wandte sich an Probst, um ihm von dem Platten zu erzählen, den er zwei Tage zuvor mitten in der Nacht auf dem Outer Belt gehabt hatte.

Wieder und wieder klingelte es. Cal Markham mit einer neuen Freundin namens Nancy, Barbaras Studienfreundin Lorri Wulkowicz, Barbaras Eltern, beide gut gebräunt. Sally und Fred Anderson und Probsts Sekretärin Carmen und ihr Ehemann Eddie, der grinste und stotterte. Peter Callahan, der verwitwete Chefingenieur, und seine siebzehnjährige Tochter Dana. Noch andere Ingenieure, die Hoffingers, Fox', Waltons, Jones'. Zwei Bibliothekskolleginnen von Barbara mit ihren Männern. Man scharte sich um den Kamin, um die lachende Barbara, um den lächelnden Probst. Geschenkpäckchen häuften sich auf dem Kaminsims. Draußen wurde es dunkel. Cal bot sich an, frische Scheite zu holen, und Nancy setzte sich zu Probst und Dana und Lorri Wulkowicz auf einen der Sessel beim Flügel. Besonders Lorri suchte Probsts Nähe. Sie trug noch immer die kleine runde Stahlbrille, die sie schon in den Sechzigern getragen hatte. Sie aß fünf Gruyèrehappen, trank zwischendurch aus der Heineken-Flasche, und er sah ihr dabei zu. Sie war vor kurzem zur Leiterin ihres Anglistik-Instituts ernannt worden. Zu Besuch bei ihnen war sie seit Ewigkeiten nicht gewesen.

Auf Wiedersehen und frohes Fest. Probst schleppte Mäntel herbei und brachte die Gäste zur Tür. Immer wieder kehrte er zu Lorri zurück, die ihn auf die politische Lage in der Stadt angesprochen hatte. Das Telefon klingelte. Barbara ging hinaus und kam nicht zurück.

Jetzt, gegen sechs, ist nur noch Lorri da. Probst hört Barbara in der Küche telefonieren. Lorri sitzt im Schneidersitz auf dem Fußboden und rollt ihre erste Nachmittagszigarette. «Diese verbiesterte Ausstrahlung», sagt sie. «Für mich steckt sie immer noch tief in der Dritten Welt. Selbst die dümmsten Phrasen besagen etwas, sind da, wo sie herkommt, die größten Offenbarungen. Sie ist auf Kampf programmiert, weißt du. All die Ungereimtheiten. Einerseits dieser naive Sozialismus. Andererseits ist sie wahrscheinlich eine verkappte Banditin wie Indira, ihre Cousine.»

«Cousine?»

«Fünften? Achten? Zwölften Grades? Du und *ich* sind Cousin und Cousine zwölften Grades.»

«Die Leute verklären sie», sagt Probst. «Ich verkläre sie auch. Wie sagtest du gerade? Ihre Ausstrahlung. Vor einer Woche noch war ich felsenfest überzeugt ...» Er schüttelt den Kopf.

«Sprich weiter.»

«Ich dachte, es hat was zu bedeuten, dass sie aus Indien kommt. Inder, Indianer –»

«Die so genannten Terroristen.»

«Aber es ist auch eine Art Aberglaube.» Er erklärt es.

Lorri versichert ihm, dass das für einen intelligenten Menschen einfach nahe liegend sei. «Du kannst Zahlenspiele machen, jedem Buchstaben deines Namens eine Zahl zuweisen. Geburtsort, Geburtsdatum, Tierkreiszeichen. An das, was mich anzieht, gehe ich immer rational ran –»

«Tut mir ja so-o-o-o Leid», sagt Barbara, die endlich zurückgekommen ist.

Lorri zieht ihren Mantel an, den sie hinter einem Stuhl auf den Fußboden gelegt hat, verabschiedet sich von Probst und Barbara mit einem Kuss, und nachdem sie von beiden eingeladen wurde, irgendwann nach Neujahr doch einmal zum Essen zu kommen, bricht sie auf.

«Ich mag sie», sagt Probst.

«Sie dich auch. Immer schon.»

Stille hat sich über die benutzten Gläser und überzuckerten Teller gesenkt. Zum ersten Mal seit achtzehn Jahren können die Probsts an diesem Heiligabend machen, was sie wollen. Sonst hat Luisa um diese Zeit die Werbegeschenke ausgepackt, die Probst von seinen Zulieferern zugegangen sind. «Vielleicht sollten wir ein paar von den Schachteln öffnen», sagt er.

Die Schachteln stapeln sich an der Südwand des Familienzimmers. Er schaltet den Fernseher an und wartet auf Barbara. Die KSLX-Lokalnachrichten beginnen mit dem Besuch einer Suppenküche in der North Side.

Barbara kommt, sich die Hände trockenwischend, herein. «Luisa und Duane sind morgen bei Mom und Dad.»

«Und du hast die ganze Zeit gebraucht, sie zu überreden.»

«Stimmt.» Sie setzt sich. «Hast doch hoffentlich nichts dagegen, wenn ich mich –»

«Warum sollte ich?»

Minnie Sanders wird heute dreiundsechzig. Ihr einziger Sohn, Leroy –

«Duanes Eltern sind in St. Croix.»

Probst schnieft. «Bilde ich mir das ein, oder ist mit denen irgendetwas faul?»

Sie antwortet nicht. Er blickt sie an. Tränen rollen über ihre Wangen.

«Das ist kein Weltuntergang», sagt er. «Wir sehen sie morgen.»

Sie schüttelt den Kopf.

«Soll ich sie anrufen?»

Sie starrt auf den Fernseher, die Hände im Schoß, ihr Gesicht ist streifig und nass. Wie wenig Tränen, denkt Probst, wird sie zwischen Erwachsenwerden und Tod vergossen haben. Eine Tasse voll. In weiter Ferne springt die Heizung an.

Cliff Quinlans Gesicht ist grau. Das Tageslicht modelliert seine schnittwundenähnlichen Grübchen im Hochrelief. «Ich stehe hier an der südlichen Stadtgrenze von St. Louis, hinter mir ist der River des Peres und wiederum dahinter ein ruhiges Wohnviertel, Bella Villa. In meinem ersten Bericht habe ich das Dilemma aufgezeigt, in dem sich die regionalen Polizeikräfte befinden, wenn sie sich Bedrohungen wie den ‹Osage-Kriegern› gegenübersehen. Ganz nahe von meinem jetzigen Standort überquerten die Terroristen den Fluss und entkamen ins Umland. Sie sind noch immer auf freiem Fuß.» Quinlan blickt auf seine Notizen. «Mein zweiter Bericht hat deutlich gemacht, dass Grenzen wie diese es Rechtsbrechern ermöglichen, relativ unbehelligt in die Stadt oder aus ihr heraus zu gelangen, und wie schwer es fällt, diese Rechtsbrecher in einem Verwaltungsbezirk zu verfolgen, der gegenwärtig ein Flickenteppich aus fünfzig eigenständigen Polizeikräften ist. Die Zahl von Einbrüchen in der St. Louis County hat einen historischen Höchststand erreicht. In der Stadt hingegen sinkt die Zahl seit vier Monaten kontinuierlich. Unser Thema heute Abend: Besserung in Aussicht.»

Probst schaltet den Fernseher ab. Barbara weint. Er weiß, was sie bedrückt, die gesamte Matrix von Weihnachtsfesten mit Luisa im Alter von acht, zehn, zwölf, sechzehn. Ein und dasselbe Mädchen in jeder Wachstumsphase und Stimmung. Bald wird er selbst sentimental und traurig werden. Auf dem Fußboden zwischen ihm und Barbara steht eine Schachtel gestochen scharfen Imaginierens: wie sie es mit John Nissing trieb. Nissings vulgäre Sprache, sein anzügliches Lachen. Wer wann wen berührte. Ob Nissing besser war. Wie viel besser.

Aufs Geratewohl greift er sich Schachteln aus dem Stapel (für Luisa war das Auspacken dieser Werbegeschenke eine Wissenschaft, für ihn lästige Pflicht) und schlitzt die Klebebänder mit einem Taschenmesser auf. Weiße Styroporschaben wuseln aus der ersten Schachtel, zusammen mit einem Umschlag. Frohes Fest von Ickbey & Twoll, Fabrikanten. Die Schaben klammern sich an seinen Pullover. Er streicht sie ab, aber sie kleben an seinen Fingern, entwischen ihm, fliehen auf den Rücken seiner geschienten Hand und weiter hoch aufs Handgelenk. Er muss sie absammeln, eine nach der anderen.

In der Schachtel steckt ein Radiowecker. Er schreibt *Radiowecker* auf die Grußkarte, für Carmen, die die Danksagungen erledigen wird.

Frohes Fest von Thuringer Brothers: eine Fünfpfundbüchse Cashewnüsse. Frohes Fest von Joe Katz, Vertreter für Variatech: ein Satz Schraubenschlüssel. Fröhliche Feiertage von Morton Seagrave: *The Soul of the Big Band Era*, Nr. XII. Friede auf Erden von Fulton Electric: eine Zwei-Geschwindigkeiten-Bohrmaschine. Frohe Weihnachten von Zakspeks: Früchtekuchen. Frohes Fest von Pulasky Maintenance: Früchtekuchen. Fröhliche Weihnachten von Dick Feinberg, Caterpillar-Baumaschinenvertreter: eine karierte Jumbo-Thermosflasche und eine dazu passende Decke. Frohes Fest von Camp & Weston: Früchtekuchen.

«Lass gut sein, Martin.»

«Ich glaube, Luisa hat das mehr Spaß gemacht als mir.»

Ihre Haut riecht feucht von den Tränen und süßlich vom Alkohol, als er vor ihr niederkniet und sich zu ihr hinbeugt. Sie rutscht vom Sofa herunter und drückt ihren Mund auf seinen und drängt, streichelt, beißt. Er schließt die Augen. Das ist letztes Jahr. Das ist gar kein Jahr. Er berührt ihre Rippen und Schulterblätter und fühlt sich von der Leichtigkeit, mit er sein Verhalten steuern kann, von der Gesinnungswillkür zugleich getröstet und erschreckt. Wenn es nichts zu streiten, nichts auszugleichen gibt, verschwinden die Zwänge. Spielt da noch eine Rolle, was gewesen ist? Was jetzt ist? Der Abend liegt vor ihnen.

Eine Stunde später erklingt ein Weihnachtslied vor den Fenstern. Das Haus überträgt das Getrappel von Füßen auf dem Gehweg bis hoch ins Schlafzimmer. Es klingelt. Probst küsst Barbaras Haar und bleibt liegen, um ihre Nase und Augen und Fingerspitzen zu küssen.

Unten sind alle Lampen auf die Überreste von jemandes Party gerichtet. Der Refrain von *O Come, All Ye Faithful* wird schwächer, verzagter, aber als Probst die Tür öffnet, fassen die Sänger neuen Mut. Er kennt keins von den Gesichtern, ob jung oder alt, die zu ihm herauflächeln. Bei *Santa Claus Is Coming to Town* gesellt sich Barbara im Bademantel zu ihm. Jetzt wissen alle, selbst die Kinder, was die Probsts gerade gemacht haben.

Obwohl die Straßen von Webster Groves mit denen der Nachbarvororte vernetzt sind und die Gemeinde außer dem Deer Creek im Norden keine natürliche Begrenzung hat, empfinden seine Bewohner es als umfriedetes Gebiet, in dem sich Weihnachten ungestört ereignen kann. Es ist eine Geisteshaltung. Nur wenige verlassen Webster Groves über die Festtage, doch viele kommen zu Besuch, mit dem Flugzeug oder der Bahn oder dem Auto. Und ein Landstrich spiegelt Persönliches. Es gibt hier kein offenes Gelände, keine Hochhäuser oder Wohnwagenkolonien oder gar Einkaufszentren, keine Areale negativen Potentials, die die Weihnachtsstimmung trüben könnten. Alle Häuser sind freundlich und hell, keins steht allein. Alle Straßen greifen ineinander. Webster Acres, Webster Forest, Webster Ridge, Webster Hills, Webster Gardens, Webster Downs, Webster Woods, Webster Park, Webster Knolls, Webster Terrace, Webster Court. Die Luft ist erfüllt von Holzrauch, doch der Himmel ist klar. Glück gehabt, meinen die Anwohner. Das sei ein Zuhause, in dem man zu Hause sei.

Selbst im Haus der Thompsons, der Eltern von Duane, regen sich Wesen. Es sind Einbrecher. Sie kippen Schubladen aus, reißen Matratzen aus den Betten, leuchten in Schränke und Kommoden. Das Tafelsilber haben sie gefunden. Sie haben ein Videogerät aufgespürt. Eine stattliche Münzsammlung ist ans Licht gekommen.

Die Watson Road, ehemals U.S. Highway 66, ist weder belebt noch leer. Oldsmobiles und andere gehobene Marken verkehren in diskretem Abstand. Beim Warten an der Kreuzung Sappington Road, vor einem Crestwood-Einkaufszentrum, das gerade eben für den Abend und den Folgetag geschlossen worden ist, lächeln Fahrer mit Krawatte anderen Fahrern mit Krawatte zu, oder auch nicht, je nachdem. Jack DuChamp tut es zufällig nicht. Er träumt vor sich hin. Elaine sitzt neben ihm auf dem Beifahrersitz, Laurie und Mark und Janet sitzen hinten. Sie folgen einer Einladung zum Abendessen bei Elaines Eltern. Gegen Mitternacht werden sie in die Kirche gehen; Laurie singt im Chor. Jack kommt der Gedanke, dass es von der Sappington Road nur ein Katzensprung nach Webster Groves ist. Er denkt, dass es womöglich eine schöne Idee sein könnte, Martin einfach so zwischendurch einen kurzen Überraschungsbesuch abzustatten, auch wenn er gesagt hat, sie hätten Verwandte da. Das Haus dürfte voll Familie sein. Trotzdem, ein schneller Überraschungsbesuch ... Die fünf DuChamps als Sternsinger vor der Haustür: nur so zum Spaß. Vielleicht werden sie ja hereingebeten. Oder haben Martin und Barbara (Gott segne sie) etwa Bescherung am Heiligabend und nicht am Weihnachtsmorgen? Jack kann sich nicht erinnern. Er hat große Hemmungen, jemanden bei der Bescherung zu stören.

«Dad, es ist Grün.»

Jack tritt aufs Gaspedal.

In diesem Moment hat mehr als die Hälfte der menschlichen Leiber von St. Louis Alkohol im Blut. Die durchschnittliche Körpertemperatur der Stadt-/County-Bevölkerung beträgt 37,04 °C. Die Cholesterinwerte sind saisonbedingt gestiegen. In der letzten Stunde haben drei Entbindungen stattgefunden (zwei der Neugeborenen werden Noel heißen), und fünf Erwachsene sind gestorben, drei davon eines natürlichen Todes.

In einer West-End-Bar namens Dexter's stemmt der nervöse Singh zwei Drinks mit einem strammen jungen Deutschen, der auf dem Weg von Lübeck nach Santa Barbara ist. Stefan trägt einen Seemannspullover und Hosen mit Leopardenmuster, einen lila

Schal und einen Cowboyhut. Sein Haar ist goldblond und von jesusmäßiger Länge. Er und Singh machen sich auf Deutsch, Französisch, Englisch, Deutsch miteinander bekannt; beide lieben die Abwechslung. Singh aber kann sich hier, wo er ein bunter Hund ist, nicht richtig konzentrieren. Er schlägt Stefan einen Szenenwechsel vor, und Stefan rückt seinen Hut zurecht und sagt «Klaro». Sie holen sich scharfe Pastrami-Sandwiches beim 24-Stunden-Deli um die Ecke, und schon bald hat Singh Stefan bei sich in seiner dritten Wohnung, abgefüttert und nackt. Er nimmt den Hörer von der Gabel. Er entledigt sich seiner Kleidung. Ein Vierteldollar fällt aus seiner Hosentasche. Er wirft die Münze in die Höhe, und während sie im rauchigen Licht blinkend Richtung Teppichboden fällt, sagt er: «Kopf oder Schwanz?», und Stefan kichert.

In der Nähe brütet Jammu über den Bebauungsplänen von North St. Louis. Sie ist krank, aber sie hat eine Idee. Die Straßen von St. Louis sind breit, und außerhalb der Innenstadt sind die Häuserblocks klein. Auf einem Areal von sechs Blocks im Quadrat können die fünf dazwischenliegenden Querstraßen bis zu zwanzig Prozent der Gesamtfläche verschlingen. Werden sie als Zugang zu einzelnen Häusern benötigt, müssen sie mit beträchtlichen Kosten erhalten werden. Aber wenn größere Bauvorhaben die Einzelhäuser ersetzen, Projekte wie der Ripley-Komplex und die Allied Laboratories und die Northway-Reihenhäuser, stören die Straßen in manchen Fällen geradezu. Die Stadt kann sie verkaufen. Es winkt ein Millionengeschäft.

Leider funktionieren Jammus Augen nicht, wie sie sollten. Schräg verlaufende Straßen erscheinen ihr parallel, die verschiedenen Besiedlungsdichten gleichen sich an. Sie kennt das von Momenten, in denen sie zu lange und zu intensiv auf einen Fleck starrt; dann ordnen ihre Sinne die Zufallsmuster der Wirklichkeit. Aber jetzt, einerlei, wie oft sie blinzelt oder den Kopf dreht oder wie nahe sie mit den Augen herangeht – alles, was sie sieht, ist das ebenmäßige Raster eines Kreuzworträtsels.

Es liegt an der Erkältung. Dem Amphetamin. Der Erschöpfung. Dem trockenen Wetter, den Schmerzpfeilen, die aus ihren Nebenhöhlen schießen. Wenn sie einatmet, knarren und pfeifen ihre Lungenflügel wie Milchkartons.

Sie schließt die Augen und lehnt sich an die Wand; ihre Beine streckt sie aus, bis ihre Füße unter den Kissen begraben sind. Morgen hat sie wieder ein Essen mit dem Bürgermeister, danach eine Besprechung mit Singh. Bis dahin muss sie ein bisschen Schlaf finden, die hundert Gesichter aus ihrem Kopf verbannen, die sie jede Woche sieht, hagere, feiste, gierige, lüsterne, unterwürfige, kalte Gesichter, die Gesichter der fünfhundert Amerikaner, die sich in ihre Arbeitswoche zwängen und tausend Antworten, Maßnahmen, Vergünstigungen wollen. Aber als sie am Nachmittag endlich eingeschlafen war, hörte sie im Traum das Telefon klingeln. Sie öffnete die Augen und nahm ab.

«Schlechte Nachrichten, Chefin. Zumindest oberflächlich besehen.»

«Sag schon.»

«Barbara Probst reagiert negativ.»

«Vielleicht nur vorübergehend.»

«Nein. Sie bleibt hart. Egal, was ich anstelle. Sie will mich nicht mehr sehen.»

Singh bat Jammu, die Sache selbst zu überprüfen, und obwohl sie müde war und geschworen hatte, sich die Stimme von Barbara Probst nie wieder anzutun, klinkte sie sich ins Modem der Abhörzentrale ein und hörte sich die Mitschnitte aus der Zeit bis drei Uhr am Nachmittag an. Singh hatte Recht. Das klang nicht gut. Die Probsts feierten ein erbärmliches, schmalziges, verheultes Weihnachtsfest, die Sünder waren mit Gott versöhnt und Barbara, deutlicher als je zuvor, eine Agentin der Gedankenpolizei, die ihren Mann mit kalkuliertem Tremolo bearbeitete, seinen Widerstand mit ihrer hausbackenen Aufrichtigkeit unterlief und ihn mit der Behauptung einlullte, dass alles wieder gut sei. Das Instrument der Unterdrückung: «Liebe».

Jammu rief Singh zurück. «Das hast du ja fein hingekriegt. Die sind glücklich wie seit Jahren nicht.»

«Oberflächlich besehen, ja. Aber wenn ich darüber nachdenke –»

«Probst ist nicht annähernd in der Krise, und wir haben schon fast Januar.»

«Wie gesagt. Ich habe darüber nachgedacht, und ich glaube, wir liegen richtig, denn Probst wird ihr nicht mehr trauen. Sie hat hoch gepokert und meinen Namen genannt. Aber sie ist und bleibt genagelt.»

Schon möglich. Doch wenn man so viel Talent, so viel Zeit, so viel Technik und Theorie auf so wenige Figuren verwandte, dachte Jammu, dann durfte man triumphalere Siege erwarten. Sie schmückte sich mit den Skalps von Meisner, Struthers, Hammaker, Murphy, Wesley, Hutchinson, und alle anderen hatte sie fest an der Leine – außer Probst.

Singh redete ihr gut zu. Er las ihr die Widmung eines Gedichts in *The New Yorker* vor:

Für Gary Carter, Frank Perdue,
Bono Vox und S. Jammu!

Dann legte er auf.

Den Bebauungsplan beiseite schiebend, steht sie auf und geht ins Bad. Sie pinkelt nur ein paar Tropfen. Beim Wasserlassen brennt es. Am linken Hahn über der Badewanne stellt sich eine Schabe tot, unbeeindruckt vom Funk-Beat, der durch die Wasserrohre dringt.

Sie betätigt die Spülung, und während sie sich die Hände wäscht und starr geradeaus in den Spiegel blickt, sammelt sich plötzlich alles Böse der Welt in ihren aufgeblähten Backen und bläst sie aus dem Spiegel an. Das Gesicht, das zurückschaut, ist weiß, das Gesicht einer Weißen, zurechtgemacht auf indisch. Hinter der Maske lugt ein amerikanisches Gesicht hervor, und es prallt gegen die Wand, als sie das Spiegelschränkchen aufreißt. Ihre Finger schließen sich um das Thermometer. Die Hitze frisst sie von innen auf.

12 Am Weihnachtsmorgen um elf schlüpfte Luisa in das rote Wollkleid von ihrer Mutter, das sie erst eine Stunde zuvor ausgepackt hatte, Duane zog seinen ihm schon länger gehörenden Nadelstreifenanzug mit einer blau schillernden Krawatte an, und zu zweit fuhren sie im Nova nach Webster Groves. Als Luisa die kleinen Haufen von Geschenken sah, die ihre Eltern bereits geöffnet hatten, war sie nicht wirklich traurig, aber sie fragte sich, was sie dadurch, dass sie nicht früher nach Hause gekommen war, eigentlich beweisen wollte, zumal ihr Vater ganz offenbar beschlossen hatte, wieder nett zu sein. Im Umgang mit Duane war er so selbstbeherrscht, als hätte er den Papst vor sich. Er schüttelte ihm die Hand und *sprang* durchs Haus, um Gott weiß was zu tun, dann setzte er sich drei Minuten zu ihnen ins Wohnzimmer und *sprang* gleich wieder, zum Aufbruch drängend, auf. Bei ihren Großeltern gab es jede Menge Schmortöpfe und zu trinken. Die Großmutter musterte sie mit einem scheelen Blick, bevor sie sie flüchtig auf die Wange küsste und frohe W. wünschte. Der Großvater gab ihr einen richtigen Kuss, und sie dankte ihm für das «Geschenk» – anders ließ sich der Hundertdollarschein auch kaum bezeichnen. Tante Audrey sagte ihr zweimal, wie gut sie aussehe, wogegen nichts einzuwenden war. Sie begrüßte ihre Cousinen und ließ sich von ihrer Großtante Lucy und ihrem Großonkel Ted begutachten. Onkel Rolf hatte den Bambussessel am Kamin wie ein Despot okkupiert, die Beine übereinander geschlagen, das Brandyglas in der Hand wie einen Reichsapfel. Er zeigte Luisa Zähne über Zähne, und sie lächelte und nickte ihm zu. Dann kam ihr Vater ins Bild. Not am Mann. Du wirst jetzt gebraucht. Ihre Mutter machte Duane mit Tante Audrey bekannt. «Aber ja! Natürlich habe ich Ihre Fotos gesehen.» Luisa schlenderte näher und fühlte sich ausge-

schlossen, wie immer. *So* höflich musste Duane nun auch wieder nicht sein. Aber dann zog er sie nach draußen auf den Flur und sagte: «Hilfe, Hilfe.» Zusammen gingen sie zu ihrer Großmutter in die Küche. Die Großmutter sagte, sie habe alles bestens im Griff.

Auf dem Heimweg saß Duane mit ihrer Mutter auf dem Rücksitz und begann ihr die Geschichte zu erzählen, wie er, als seine Eltern gerade in Aruba waren, einen Baseballschläger an den Kopf bekam. Daddy, statt zuzuhören, sprach leise mit Luisa. Er sagte, er habe da an seinem Geburtstag vielleicht ein paar Sachen gesagt, die nicht so gemeint gewesen seien. Auf der Arbeit und beim Wachstumsverein stehe er ganz schön unter Druck. Er hoffe sehr, sie und Duane, den er gern habe, öfter zu sehen.

«Und Peter hat woanders Golf gespielt, also wusste keiner, wo dieser bewusstlose Elfjährige hingehörte oder wen man anrufen konnte.»

Ihre Mutter lachte. «Und dann?»

«Hat es dir gefallen heute?», fragte ihr Vater.

«Ja, war ganz okay.»

«Dann bin ich im Krankenhaus aufgewacht, und eine Schwester kam angerannt, und als Erstes fragte sie *Wie heißt du?*, weil die anderen Jungs nicht mal meinen Namen kannten. Einer meinte, ich könnte Don heißen.»

«Weißt du, deiner Großmutter geht es nicht so gut.»

«Ach, wirklich? Sie kam mir auch irgendwie so ...» Luisa zuckte die Schultern.

«Ich hatte ihnen die falsche Telefonnummer gegeben. Sie riefen pausenlos an, und keiner meldete sich. Endlich, gegen zehn Uhr abends, sind sie auf die Idee gekommen, im Telefonbuch nachzusehen. Aber natürlich stand unsere Nummer da nicht drin.»

«O *nein*!»

«Mittlerweile ist Peter vor Angst fast durchgedreht. Er sollte auf mich aufpassen und hatte keine Ahnung, nicht die geringste Ahnung –»

«Du musst verstehen, dass sie in ihrem Alter die Dinge anders sieht als du oder sogar ich. Ich meine, du solltest dich nicht davon kränken lassen, dass sie deine, deine Situation mit Duane nicht billigt.»

«Schon in Ordnung. Verstehe.»

Im Licht der Scheinwerfer und Highway-Beleuchtung zeigten sich Schneeflocken.

«Aber inzwischen war er nicht mehr dort. Er war schon bei der Polizei.»

«O nein, o nein!»

«Werdet ihr mit Duanes Wagen gut nach Hause kommen?»

«Wir haben Winterreifen.»

«Fährst du mit dem Wagen zur Schule?»

«Manchmal.»

«Bis dann einer im Krankenhaus auf die Idee gekommen ist, die Polizei anzurufen –»

«Worum geht's?», fragte ihr Vater über die Schulter.

Die Weihnachtsferien zogen sich hin. Duane sagte, ihre Eltern gefielen ihm, aber sie gefalle ihm besser. Einmal trafen sie sich mit Sara und Edgar. Sie gingen Schlittschuh laufen. Sie gingen rodeln und wurden bei einem Aufprall kräftig zusammengestaucht. Dann, am Tag vor Silvester, fuhr Duane nach Webster Groves, um zwei Highschool-Freunde zu besuchen, und Luisa blieb, da sie ihre vielen Bewerbungen tippen musste, allein im Apartment zurück.

Sobald sie Duane wegfahren sah, begann sie in Küche und Wohnzimmer und Schlafzimmer auf und ab zu gehen. Noch nie war sie einen ganzen Tag allein im Apartment gewesen, und dass sie ihre Bewerbungen nicht anrühren würde, lag auf der Hand. Sie erinnerte sich, dass sie, wenn ihre Eltern sie zu Hause zurückgelassen hatten, immer, kaum waren sie aus der Tür gewesen, von Langeweile und einem Gefühl der Verantwortungslosigkeit überfallen worden war, und bevor sie mit dem, was sie sich vorgenommen hatte, hatte anfangen können, hatte sie die elterlichen Schubladen durchwühlen oder die Schnapsflaschen durchprobieren oder die Wanne bis zum Rand füllen und ein Bad nehmen müssen, was nach Auffassung ihres Vaters eine geradezu kriminelle Verschwendung war.

Als Erstes rauchte sie eine von Duanes Zigaretten. Als Nächstes ging sie ins Schlafzimmer und suchte nach seinem Tagebuch. Normalerweise ließ er es im Rucksack, zusammen mit seiner Fotoausrüstung, aber heute war der Rucksack leer. Sie sah die Bücherreihe entlang der Fußleiste durch – das Notizbuch hatte einen für Bücher ganz gewöhnlichen grauen Rücken –, aber da war es auch nicht. Sie schaute in den Kommodenschubladen nach, zwischen seinen Abzügen und dem Fotopapier, im Kleiderschrank. Sogar seine leeren Koffer machte sie auf. Nirgends war das Tagebuch. Sie wollte sich schon damit abfinden, dass er es unbemerkt mitgenommen hatte, als sie, nur um sicherzugehen, die Matratze vom Fußboden anhob. Und da lag es.

Dass er sein Tagebuch versteckt hatte, ließ ihr Vorhaben, es zu lesen, noch viel verwerflicher sein.

Sie legte sich auf die Matratze und fing an, nach ihrem Namen zu suchen. Die Enttäuschung stellte sich sofort ein. Der letzte datierte Eintrag war vom 6. Oktober, zwei Wochen bevor sie sich kennen gelernt hatten. Danach kamen nur einzelne Notizen und Preisangaben und Kritzeleien, Bildideen und Formulierungen, die er von schwarzen Brettern oder aus Büchern abgeschrieben hatte. Ihr Name tauchte kein einziges Mal auf.

Sie war froh, dass er ihr Gesicht nicht sehen konnte. Sie ärgerte sich. Auch wenn ihre Beweggründe nun andere waren, entschloss sie sich zum Weiterlesen. Die ersten Einträge stammten vom August.

> Gestern Abend haben wir in der Städtischen Oper *A Chorus Line* gesehen und mitten unter 5000 Riesen gesessen, die ihre Viertelliterkartons Limo und Limettensaft schüttelten und

Strohhalme aus den Papierhülsen polkten. Jeder Einzelne von denen sah aus wie ein amerikanischer Tourist.

Er schrieb, wie er redete. Oder er redete, wie er schrieb. Eine Menge stand da über seinen Studienanfang an der Washington U., was Luisa nur überflog.

Connie hat die letzte Nacht nicht allein verbracht.

Connie? Wer war Connie? Luise blätterte zurück und sah, dass Connie eine aus seinem Wohnheim war.

Ich hab alles gehört, jeden Laut, den sie von sich gegeben hat. Normalerweise spricht sie mit dem Mund (wenn sie sich überhaupt mal dazu herablässt, mit mir zu sprechen), aber gestern Nacht kamen die Laute von weiter unten. (Ich weiß nicht, was so schlecht an mir ist. Vermutlich würde sie mich nehmen, wenn ich ihr irgendwie beweisen könnte, dass ich 35 bin.) Das Gerumpel dauerte ewig. Es war nach Mitternacht, keine Bibliothek mehr auf. Also bin ich los und hab bei Tex angeklopft. Niemand da.

Es gab ganze Seiten über seine Eltern und irgendeinen Nachbarn von ihnen, dann einen sehr ausführlichen Eintrag vom 1. Oktober.

... Ich bemerkte Tex (sein richtiger Name ist Chris) in einer Ecke bei zwei Mädchen, die mit ihren geschminkten Augen wie Hornissen aussahen. Offenbar schockte er sie mit seiner Klapperschlangengeschichte oder der von dem Methaqualon-Freak beim Van-Halen-Konzert:
Rollte sich in die Bassbox und pennte ein.
Gegen elf wurde die Musik besser. Eine lange Reihe von Songs in Moll, *Born Under Punches, Computer Blue, Guns of Brixton,* dazu diese Zehnminutennummer von den Eurythmics. Und

wenn du nach Musik vom Band tanzt & die ist so laut, dass du nichts anderes mehr hörst, fragst du dich: *Woher kommen diese Stimmen in meinem Ohr?* Sie kommen aus niemandes Kehle, sie kommen nicht aus den Lautsprechern, sie sind in deinem Kopf & klingen wie die Stimmen von Toten. Sodass du dich selbst dafür bedauerst, noch am Leben zu sein. Die machen einen traurig, diese Lieder zwischen den Ohren, die man einfach so ausschalten könnte. Weil auch die Welt verlöschen könnte, wie ein Licht, jederzeit. Die ganze Welt könnte verrecken, so wie vorher ein einzelner Mensch. Genau das ist das Atomzeitalter: die Objektivierung des Terrors totaler Subjektivität. Du weißt, dass du jeden Tag verrecken kannst. Du weißt, dass die Welt verrecken kann.

Tex tippte mir auf die Schulter. «Kennst du hier irgendwen?»

Ich schüttelte den Kopf.

«Dann komm. Hauen wir ab.»

Wir gingen hinter ihm die Treppe hoch, die zwei Mädchen und ich, raus in den Regen. Sie hießen Jill & Danielle, waren an der John Burrough's School in der Abschlussklasse. Tex ließ sie in seinem Eldorado hinten sitzen, ich saß vorn. Wir fuhren in eine Bar, die Dexter's hieß, wo Jill tanzen wollte, zumindest mal probieren, ob das da ging & Tex tat ihr den Gefallen. Danielle sagte, ihre Füße tun ihr weh, was ich ihr glaubte. Einer ihrer hochhackigen Schuhe hatte nämlich Blut am Rand. Wir standen in der Nähe der Kasse, mitten im Lärm und Gedränge. Ich erzählte ihr, dass ich ein Jahr in Deutschland zur Schule gegangen bin. Sie erzählte mir, sie hat ein Pferd, das Popsy heißt.

Hat es irgendeinen Sinn, dass ich trotzdem vor allem mit ihr ins Bett wollte? Aber auf einmal war sie weg, ich weiß nicht, wohin, und Darshan wollte mir einen Drink spendieren. Ich sagte, klar. Ich hatte noch nie mit einem Inder gesprochen. Er war vielleicht dreißig. Als ich sagte, dass ich studiere, sagte er, er auch. Ich rauchte Marlboro, er rauchte Nelkenzigaretten & als ich über amerikanische Zigaretten redete, verstand er, was ich meinte, er

kannte das alles und zog dieselben Schlüsse draus. Er *mochte* mich. Er sagte: «Das ist doch der springende Punkt. Man raucht, obwohl man weiß, dass es gefährlich ist.»
Als die Bar zumachte, fuhren wir zu seiner Wohnung in einer schäbigen Seitenstraße des Delmar Boulevard. Im Regen war der Asphalt schwarz und glänzend. Drinnen, am Ende eines langen Flurs mit Türen, die alle zu waren, kam ein Zimmer mit Perserteppichen auf dem Fußboden, einem Wandbehang & das war's schon fast. Er ging in die Küche, Tee kochen. Ich legte mich auf die Teppiche & versank in ihnen. Der Heizkörper knackte beim Warmwerden. Ich weiß noch, dass ich mich auf das Knacken konzentrierte. Ich war ziemlich betrunken, aber der Tee tat gut, und plötzlich, oder eine halbe oder eine ganze Stunde später, lag ich lang & hatte nichts mehr an & die Heizung knackte wieder. Alles hatte dieselbe Temperatur.

Lisa überflog ein paar Seiten, ihre Blicke prallten von den Wörtern ab. Ihr Herzschlag klang, als würde irgendein Fettwanst ein Stockwerk über ihr durch sein Apartment stampfen.

Wenn eine zu Ende ist, will ich sofort die Nächste. Nein, stimmt nicht. Wenn ich eine *anfange*, will ich, noch *bevor* ich sie anzünde, schon die Nächste. So sehr, wie ich ihn wieder sehen will.

Sie übersprang noch ein paar Seiten.

... Ich ging Punkt sechs in den Regen raus, den Delmar Boulevard hinunter, dann zwei Treppen hoch und klopfte an die Tür. Ich sah sein Augenzwinkern auf meinem Handrücken wie Marleys Geist: Poch, poch, poch (als dickenssches Echo auf das knack, knack, knack), aber die Tür war nicht verschlossen. Ich bin einfach rein. Sechs Türen standen weit offen & jedes Zimmer war leer, vollständig ausgeräumt bis auf ein paar Rollen Teppichbelag. Er war ausgezogen. Ich verließ das Gebäude und war noch nicht weit gekommen, einen Block etwa, als zwei Typen auf mich zusteuerten, die ich kannte, als wären es Brüder von mir, weil ich mir seit zehn Jahren ausmale, dass genau solche Typen meine Brieftasche wollen. Äh, keine Brieftasche, keine Kamera, keine 20 $, nichts. Sie lachten kurz und böse, drehten sich um & drehten sich wieder zu mir zurück & schlugen mich, einmal auf den Mund, zweimal aufs Auge & hauten ab, während ich auf dem Fußweg kniete, keine dreißig Schritt von der schicksalhaften Bushaltestelle entfernt, und so beschämt war, dass ich fast dachte, sie hätten mich lieber abknallen sollen, um mir das Aufstehen zu ersparen. Aber ich stand auf & dachte EINE SACHE, und das war: Meine Fresse! Ich muss sofort nach Hause und das aufschreiben.

Luisa legte das Notizbuch hin, trat ans Fenster und schaute auf die Straße hinunter, wo Autos mit schwarzen Scheiben schief zwischen den Schneehaufen parkten. Alles Blut wich ihr aus dem Kopf. Sie stellte sich Duane in den kräftigen Armen eines Mannes vor, den dunklen Armen eines Inders. Sie konnte es sich vorstellen, aber nicht glauben. Einen Mann zu küssen, sich nackt mit einem Mann auf dem Fußboden zu wälzen. Das sah nicht nach etwas aus, was der Duane, den sie kannte, tun würde. Aber er hatte es getan. Deshalb also war er an dem Abend, als Luisa ihn traf, im Dexter's gewesen, um Ausschau nach dem Mann zu halten. Nicht nach ihr oder einer anderen, sondern nach ihm.

Sie dachte eine Weile darüber nach. Dann schob sie das Tagebuch unter die Matratze zurück und verstaute ein paar ihrer Sachen unter der Bettdecke und ging aus dem Zimmer und rauchte eine weitere Zigarette in der Küche.

Das Telefon klingelte. Sie warf den Stuhl um, auf dem sie saß, aber es war nur ihre Mutter. Ob sie morgen mit Duane zum Essen kommen wolle?

«Klar», sagte Luisa. «Er ist gerade unterwegs, aber ... Aber ich bin hier. Also ja.»

Drei Stunden später hatte sie den Küchentisch mit Bewerbungsunterlagen bedeckt. Regisseure, dachte sie, konnten ihre Szenen kaum sorgfältiger vorbereiten, als sie das hier vorbereitet hatte, damit es Duane um fünf, wenn er nach Hause kam, erwartete. Das Eingeständnis, dass ihre Bewerbungen nicht fertig waren, würde sich kaum vermeiden lassen, aber sie wusste genau, von welchen Fernsehsendungen sie ihm erzählen würde, falls er sie fragen sollte, was sie den ganzen Tag gemacht hatte.

Er fragte nicht. Er staunte, dass sie mit ihrer Tipperei so weit vorangekommen war.

Zehn Minuten lang gestikulierte und sprach sie so, als erforderten all ihre Gesten und Äußerungen ein Ziehen an bestimmten Drähten, ganz und gar schlaffen Drähten; ihr Gelächter war ein Quieken oder Röcheln, und ihre Schritte waren die eines Schreibschrankes, der durch ein Zimmer bewegt wurde, aber für Duane war sie ihr altes, langweiliges Selbst, und bald war es keine Frage der Verstellung mehr. Sie war wirklich wieder die Alte, und dasselbe galt für ihn.

Dann kam Silvester. Stacy gab eine Party, aber Luisa war schlecht auf sie zu sprechen, weil sie sich nicht schon in den Ferien, sondern erst am Morgen der Party gemeldet hatte, und außerdem hatten sie und Duane schon andere Pläne. Sie waren von Luisas Eltern mit reichlich Essenvorräten, zusätzlicher Wäsche und der Post einer Woche zurückgekehrt. Im Vergleich zum Sherwood Drive 236 schien ihnen ihr Apartment winzig zu sein. Die Preiselbeeren an dem kleinen Christbaum waren geschrumpelt, und als sie durchs Zimmer ging, um die Post aus ihrer Tasche zu holen, regnete es Nadeln. Sie hatte einen Jeansrock und ein weißes T-Shirt an.

Duane trug das Hawaiihemd, das sie ihm geschenkt hatte. Mit seinem Schweizermesser versuchte er, Scheiben von der Salami ihrer Eltern abzuschneiden. «Die kleine Klinge benutze ich sonst nie», sagte er, «weil ich will, dass sie für solche Extrasachen scharf bleibt. Aber sie ist zu kurz. Ich nehme wohl besser das Tomatenmesser.»

«Wie wär's mit einer Schere?», sagte sie, einen Umschlag öffnend.

«Passenderweise ist Silvester das einzige Fest, von dem meine Eltern was verstehen. Mein Vater hat früher Blitzbomben gekau–»

«Brown hat meine Bewerbung noch nicht bekommen! Einfach nicht bekommen! Die denken wohl, ich will mich bei denen bewerben oder was.»

Ein Luftpostbrief fiel aus der bunten Werbebroschüre der Baylor University. Die Briefmarken waren aus Frankreich. Eine Weihnachtskarte von den Girauds. Luisa riss den Umschlag auf. «Das ist aber nett», sagte sie. «Allerdings wäre mir ein *Elle*-Abonnement lieber gewesen.» Madame Giraud hatte einen langen Gruß auf die Rückseite der Karte geschrieben. «Duane, hör mal –»

«Au au au au au!» Er tanzte, an seinem Finger saugend, auf einem Bein.

«Duane –»

«Das Messer da ist das Papier nicht wert, auf dem's gedruckt ist.»

«Duane, die Mutter von Paulette Giraud, sie schreibt, dass Paulette den Herbst über in England war.»

Er blickte sie an, den Finger im Mund, mit wackelnden Ohren.

«Hier: Étudié depuis septembre jusqu'à décembre en Angleterre.»

«Komisch.»

«Aber sie hat mich doch angerufen.» Luisa las die Karte noch einmal. Konnte es sein, dass Paulette ohne Wissen ihrer Mutter in die USA gereist war? Unmöglich. Für solche Verrücktheiten war Paulette zu blöd. Aber wenn sie nicht in St. Louis gewesen war, wer hatte dann mit Luisa telefoniert? Warum sollte sich jemand für Paulette ausgeben?

«Vielleicht war es Stacy», sagte Duane.

Luisa wollte schon die Schultern zucken, aber dann schüttelte sie den Kopf. «Das hätte sie mir gesagt. Alle, die ich kenne, hätten es mir gesagt, denn an dem Abend habe ich dich getroffen. Das hätten die doch für sich reklamiert.»

«Hm. Stimmt.»

«Das ist so was von irre», sagte sie.

Duane begann den Tisch abzuräumen, wuselte um sie herum.

«Das ist so was von irre.»

Dann packte er ein paar Mohrrüben und Sellerie aus. Er packte Roggenbrot aus, Weißbrot, Cheddarkäse, Dillgurken, Doritos, Dip. Er holte Gläser und nahm den Sekt aus dem Gefrierfach. Er wickelte die Flasche in ein Geschirrtuch, entfernte die Silberfolie, löste den Draht und ließ den Korken knallen.

Er blieb in der Decke stecken.

«He!»

Beide blickten nach oben.

«Hat glatt die Decke durchschlagen.»

«Ist wohl einfach nur Papier oder was.» Als Duane eingeschenkt hatte, stieg er auf den Stuhl und untersuchte das Loch, das der Korken verursacht hatte. Putz rieselte ihm ins Gesicht, und dann fiel etwas aus dem Loch, nicht der Korken, sondern etwas Metallisches. Luisa hob es auf. Es war ein schwerer, glänzender Metallknopf mit winzigen Kontakten auf einer Seite, wie bei einem Mikrophon, und einem losen Draht. «Was ist das?»

Duane nahm es ihr aus der Hand. «Sieht aus wie eine Wanze.»

«Was?»

«Eine Wanze. Meinst du nicht? Vom FBI oder so. Das hier war immer eine Studentenbude. Vielleicht haben hier Extremisten gewohnt.»

Luisa kletterte auf den Stuhl. Der Korken löste sich und traf ihre Nase. «Die Farbe ist frisch», sagte sie.

«Ich frage mich, wer hier vor mir gewohnt hat.»

«Vor *uns*, meinst du.»

«Ja-a-a doch, ich weiß. Aber wir sind keine subversiven Elemente.»

Sie blickte vom Stuhl hinunter auf Duane, den Hausmann, der Putzbröckchen vom Tischtuch fegte und Farbpartikel aus dem Dip fischte. Dann stieg sie vom Stuhl und setzte sich. Ihr war etwas eingefallen. An jenem Abend im Dexter's, als sie Duane getroffen hatte, war sie von jemandem angesprochen worden, den sie für einen Algerier gehalten hatte. Es konnte genauso gut ein Inder gewesen sein, und er sah ziemlich gut aus. Er hatte mit ihr sprechen wollen, war aber draußen geblieben. Wie viele Inder gab es, die sich vorm Dexter's herumdrückten?

Duane zündete die Kerzen an und löschte das Licht. «Ganz klar, das ist irre», sagte er. «Aber genauso klar ist, dass es nichts mit mir zu tun hat.»

«Und mit mir?»

«Auch nicht mit dir.» Er legte die Wanze auf den Kühlschrank. «Wir können das Ding ja nach dem Essen auseinander nehmen.»

An der Kühlschranktür hingen Schwarzweißfotos von Luisa, die Duane, bevor sie zu ihm gezogen war, mit Klebeband befestigt hatte. Sie wandte den Blick von ihnen ab. Jemand hatte einen Anruf vorgetäuscht und eine Postkarte gefälscht. Das war keine Einbildung, die Postkarte gab es wirklich. Vielleicht war es der Freund von Duane. Vielleicht wollte er sie mit Duane zusammenbringen, weil er eingesehen hatte, dass Duane eine Freundin brauchte und keinen Kerl. Aber warum trieb er sich dann vor der Bar herum? Und wozu die Wanze in der Decke? Fand er es spannend, sie und Duane beim Essen zu belauschen? Luisa begriff die Welt nicht mehr.

«Was ist?», fragte Duane.

Sie blickte ihn an. Er hatte keine Ahnung, was sie über ihn wusste, keine Ahnung von den Zusammenhängen, die sie im Stillen herstellte. Auf einmal kam ihr seine Ahnungslosigkeit erbärmlich vor.

«Nichts», sagte sie entschieden und zog den Stuhl näher an den Tisch heran. «Wie wär's mit einem Toast?»

«Klar. Was willst du toasten?»

«Chips. Maischips mit Nacho-Geschmack.»

Er hob sein Glas. «Auf die Chips.»

Kaum hob sie ihr Glas, merkte sie, dass sie mit dem Nachdenken aufhörte. Es ging ganz leicht. Duane hatte ihr erzählt, dass ein Düsenflugzeug, selbst wenn zwei der Triebwerke ausgefallen waren, ganz normal weiterfliegen konnte. Hinter den Kulissen, im Cockpit, herrschte Bestürzung, Piloten, die an Schaltern rüttelten, an Hebeln zerrten, aber die Passagiere in der Kabine beendeten ihre Mahlzeit, als wäre nichts geschehen. Sie aßen Salami und verglichen ihre Eltern mit seinen. Alles wurde gewöhnlich, wenn man aufhörte zu denken. Ihre Begegnung mit Duane hatte nichts von einem Rätsel, und das Besteck im Kerzenlicht war ohne Zauber, und zwischen dem Ausguss in Duanes Küche und dem Ausguss in der Küche ihrer Eltern gab es keinen atemberaubenden Unterschied mehr. Das Essen auf dem Tisch war dasselbe, das alle aßen, und Duane liebte sie, weil sie hübsch und nicht auf den Kopf gefallen war, und hatte seinen Auftritt gerade zur rechten Zeit, und sie war einfach ein Mädchen, das die Eltern belogen hatte und den Freund belog und es, wenn nötig, immer wieder tun würde, so wie es sein mochte, dass sie, weil die blutigen Laken ohnehin schon ruiniert waren, immer weiter auf ihnen schlief. Und dann landete das Flugzeug, ganz sanft und sicher natürlich, und die Passagiere verloren sich im Terminal in der Menge und fuhren zu sich in ihr Durchschnittszuhause und dachten nicht einmal jetzt daran, dass sie erst eine Stunde zuvor noch auf Sitzen gesessen hatten, die zehn Kilometer hoch über der Erde gewesen waren.

13

In den ersten Tagen des neuen Jahres hatte sich eine bitterkalte Wetterfront auf St. Louis herabgesenkt und sich mit einer Serie von Kälterekorden festgesetzt. Die Höchsttemperatur am 3. Januar betrug –18 Grad. Am 4. Januar waren es –17. Am 5. bezog sich der Himmel, und die Temperatur kletterte auf Werte um –10, sodass fünfzehn Zentimeter Neuschnee fallen konnten, doch dann, in der Nacht des 6. Januar, sank das Quecksilber auf –28 Grad. Eine Woche lang wechselten sich Tausalzfahrzeuge und Schneepflüge ab wie Angst und Sorge. Um den 13. Januar lag ein knapper Meter Schnee auf den Rasenflächen der Vororte und den innerstädtischen Baustellen und den Dämmen des zugefrorenen Mississippi. Je länger das schlechte Wetter andauerte, umso rücksichtsloser verdrängte es Mord und Politik aus den Lokalnachrichten, den Schlagzeilen, den Leitartikeln. Es machte sich den Vorteil aller Witterungen zunutze: seine ständige Verfügbarkeit als Thema zum Kommentar.

Anfangs hatte Barbara den Verlauf der Kältewelle in Zirkusgängerlaune verfolgt, aber bald erlag auch sie den Vorauszeichen und begann zu glauben, dass die Berichte auf Inwendiges, Hausgemachtes verwiesen, ganz so, wie eine Zunahme von Missbildungen und Abnormitäten in einer Gegend auf Untergründiges verwies, eine Giftmülldeponie etwa. Windchill, Kältegrade, Niederschlagsmengen, alte Rekorde, so und so viel Tage unterhalb x Grad, unterhalb y Grad, Pluszahlen, Minuszahlen – die Ziffern infizierten, gingen nicht mehr aus dem Kopf. Es gab Rohrbrüche in den Sprinkleranlagen der Lagerhäuser. Engpässe in der Benzinversorgung, Entrüstungsstürme. Steif gefrorene Leichen in East St. Louis. Im Eis stecken gebliebene Lastkähne. Räumungskräfte mit Herzanfällen. Auf den Freeways sich selbst überlassene Autos.

Und immer die Suche nach Vergleichbarem, die Freude darüber, dass man es nicht fand, ja das Gefühl der Besonderheit, die wachsende Überzeugung, dass das Überstehen eines solchen Winters auf außergewöhnliche Kräfte und Fähigkeiten schließen ließ. In den Nachrichten gebärdete sich die Stadt wie ein Augenzeuge. Es gab eine Stimmung. Das Wetter richtete sich aus an den Polaren der politischen Trends der letzten sechs Monate. Alles hatte miteinander zu tun. Eine merkwürdige Wachsamkeit hatte sich in den ersten Wochen des neuen Jahrs auf St. Louis herabgesenkt.

Der 16. Januar brachte jedoch Erleichterung in Form eines Temperaturanstiegs auf einen Wert knapp unter dem Gefrierpunkt und einer Brise aus dem Süden, vom Golf her, die sehr abgeschwächt war. Es war ein Dienstag. Obwohl typisch für den Januar, kam einem das Wetter fast wie Frühling vor, und Barbara mistete aus. Im Hinblick auf ihren Kleiderschrank wandte sie die Zweijahresregel an und warf alle Kleidungsstücke, die sie seit Weihnachten vor zwei Jahren nicht getragen hatte, aufs Bett. Ausnahmen wurden nicht gemacht, weder für Geschenke von Martin noch für das extravaganteste Abendkleid. Wenn ihr etwas gefiel, gewährleistete die Regel, dass sie es in vierundzwanzig Monaten mindestens einmal trug. Ihr Schrank beherbergte keine «Flops», nichts Ungetragenes oder Untragbares, und folglich besaß sie weit weniger Kleidung als Luisa oder Martin, weit weniger, kein Zweifel, als irgendjemand, den sie kannte.

Entlastete Kleiderbügel pendelten aus. Die brauchbaren Röcke und Blusen schob sie ungeduldig nach links. Sie suchte nach Opfern, und in einem albernen Winterkostüm, vier Monate zuvor gekauft, fand sie eins. Sie hatte es nie getragen.

Heraus damit, und mit flatternden Säumen flog es aufs Bett. Es folgten ein an der Taille zu weiter Leinenrock und ein braunes Kleid, das sie nicht mochte, und ein Paar 80-Dollar-Schuhe, allesamt Anstifter zu Impulskaufvergehen.

Jetzt nahm sie sich die Kommode vor und kniete sich hin. Sie warf einen letzten Blick auf Audreys Weihnachtsgeschenk, den Pullover. Sie hatte ihn einmal getragen, letzte Woche beim Mittagessen. Einmal war genug. Arme Audrey. Heraus damit.

Über die Wohltätigkeitskanäle der Kongregationalisten-Gemeinde würden diese Kleidungsstücke in der Innenstadt landen oder im Südzipfel von Missouri. Barbara malte sich aus, in irgendeine Kleinstadt südöstlich von Sikeston zu fahren und sich dort allen Moden des vergangenen Jahrzehnts gegenüberzusehen, all ihren und Audreys und Martins Irrtümern, auf staubigen Straßen spazieren getragen von ärmlichen schwarzen Frauen. Wenn es nach ihr ging, konnten die Sachen aber auch zum Geländeverfüllen verwendet werden. Sie warf einen Arm voll Geschenktbekommenes und gar zu fleckige Unterwäsche aufs Bett.

Im Haus war es still. Mohnwirbel war kurz nach Mittag weggefahren und nicht zurückgekommen. Was für ein rühriger Mensch er doch war. Martin hatte die Absicht, ihn zu verklagen, fallen lassen, und die Schachtel mit den unanständigen Fotos hatte den Weg in irgendeines seiner Ablagefächer gefunden, wo sie wahrscheinlich bleiben würde, bis sie verschimmelte. Barbara spürte das Verlangen, über die Anschläge auf sein Arbeitszimmer und seine Schränke hinauszugehen und sich auch das Dachgeschoss und den Keller vorzunehmen, diese Hochburgen des Gerümpels. Sie träumte von einem Leben ohne die Tyrannei der Dinge, einem Leben, das ihr und Martin die Freiheit geben würde, jederzeit aufzustehen und wegzugehen und dadurch, dass sie blieben, zu beweisen, dass die Wahl, die sie getroffen hatten, eine freie war. In Wahrheit hoffte sie, dass selbst der Tod erträglich wurde, wenn alles, was sie bei seiner Ankunft noch besitzen wollte, in zwei Koffer passte; denn manchmal gingen Koffer bei Flügen verloren, und erst wenn man am Zielort angekommen war, fiel es einem auf.

Sie legte ein Bündel Quittungen zu den Papieren, die sie mit nach unten nehmen wollte, um sie an ihrem Schreibtisch durchzusehen. Ein bisschen Sonne schien auf den Teppichboden. Erster-

Stock-Zweige nickten vor den Fenstern und strebten, dem sanften Druck des südlichen Winds ausweichend, in ihre natürliche Position zurück. Die Eichhörnchen hatten Pause. Im Haus war es sehr still.

Als sie die Schatulle mit ihrem Alltagsschmuck öffnete, stieß sie auf die Ohrringe, die John ihr geschenkt hatte. Sie war nicht einmal auf die Idee gekommen, sie zurückzugeben. Mit Unbehagen sah sie in den Spiegel. Die Augen, die sie anschauten, waren nicht die eigenen.

Ihr Atem stockte. John stand in der Badezimmertür. Sie stampfte auf, wollte ihren Schreck in den Boden stampfen. «Wie kommst du hier rein?»

«Die Tür war auf!»

«Ich hab's dir doch gesagt. Verschwinde. Ich hab's dir gesagt.»

«Ja doch.» Flink trat er ins Schlafzimmer und setzte sich aufs Bett. «Ich weiß, was du gesagt hast.» Er schlug die Beine übereinander und blickte gewinnend zu ihr auf. «Du behandelst mich ständig wie eine Substanz, die aus einem Hahn kommt, den du einfach abstellen kannst, indem du sanft lächelst, Härte zeigst oder auf die Vernunft pochst, nein, nein, John, bitte. Du bist sehr lieb, John, aber. Und trotzdem finde ich dich hier mit meinem kleinen Geschenk ...»

«Ich kann dasselbe mit dir machen», sagte Barbara hitzig. Ihn zu verabscheuen fiel ihr nicht mehr schwer. «Genau dasselbe. Ich kann sagen, du bist ein Mistkerl und Idiot. Du kannst dich zwar ausdrücken, aber du schaffst es nicht, dass ich mich in deiner Gegenwart wohl fühle. Kannst meinetwegen zur Hölle fahren. Raus hier. Und nimm deine verdammten Ohrringe gleich mit. Es gehört sich nicht, durch die Hintertür zu kommen. Du hast eben keine Manieren. Für wen hältst du dich eigentlich?»

Seufzend steckte er die Hände in die Manteltaschen. «Du hast nicht ganz Unrecht», sagte er. «Aber es gibt eine feine Trennlinie zwischen Aufdringlichkeit und simplem Beharren.»

«Verschwinde!» Sie nahm die Ohrringe und ließ sie über seiner Hand in die halb offene Manteltasche fallen. Sie zuckte zurück. In ihren Ohren dröhnte es. In der Tasche war eine Pistole. Sie ging langsam in Richtung Bad.

«Halt.»

Sie drehte sich um und sah, dass die Waffe auf sie gerichtet war. Er war ein Wildfremder.

«Hol einen Koffer», sagte er.

«Hör mal –»

«Ein mittelgroßer Lederkoffer ist ideal. Nimm dein schwarzes Seidenkleid, das grüne mit den Kupferfäden und noch ein Winterkleid. Jeans und deine graue Cordhose. T-Shirts. Die wirst du brauchen. Sechs Garnituren Unterwäsche, Badeanzug, Nachthemd und den leichten Bademantel. Muss ich das etwa machen?»

«John.»

«Drei Pullover, drei Blusen, ein anständiges Paar Schuhe. Die du anhast, sind gut. Und Leinenschuhe, wenn der Platz reicht. Ich hab den Eindruck, du hörst mir gar nicht zu.»

Sie wandte sich erneut ab, um zu fliehen, und hörte nur einen einzigen Schritt, bevor er ihr ins Gesicht schlug. Dann in den Magen. Sie ging in die Knie. Er trat gegen ihr Schlüsselbein und warf sie auf den Rücken. Sie spürte seinen Absatz auf ihrer Kehle. Es war die reine Willkür. Er zahlte es ihr heim.

«Wenn du abzuhauen versuchst, schieße ich dir mit dem größten Vergnügen in die Knie», sagte er. «Und in die Wirbelsäule, wenn du draußen einen Aufstand machst. Das ist mein Ernst, das weißt du.»

Der Absatz wurde weggenommen. Sie hörte John den Koffer aus dem Schrankfach ziehen, hörte ihn packen. Sie hörte das Klirren von Parfümflaschen und das Klicken von einem Schloss.

Was vom Wachstumsverein noch übrig war, füllte kaum das Sitzungszimmer im Büro von Probst & Company. Siebzehn der zweiunddreißig aktiven Mitglieder waren abgesprungen, manchmal ohne Probst auch nur eine Begründung anzubieten. Quentin Spiegelman, der oberste Finanzwächter von St. Louis, ein Mann, dessen Unterschrift unter Tausenden von Testamenten prangte, hatte Probst zweimal versichert, dass er keine Sitzung versäumen werde, und nun fehlte er schon zum zweiten Mal. Seine Lügen waren so kindisch, dass sie nur mit einem verborgenen Hass zu erklären waren. Probst hatte nicht gedacht, Quentins Feind zu sein. Aber jetzt musste er das vermuten. Er war der Vorsitzende, und er fühlte sich brüskiert.

Es war sieben Uhr. Am anderen Ende des ovalen Konferenztischs lugten Rick DeMann und Rick Crawford in der Erwartung, dass es losging, über ihre Lesebrillen.

«Geben wir Buzz noch ein paar Minuten», sagte Probst.

Er hatte die Sitzung in sein Büro einberufen, um den Eindruck reger Teilnahme zu erzeugen und sicherzustellen, dass die Atmosphäre geschäftsmäßig war. An den Wänden hingen Fotos der wichtigsten Bauwerke, die er im Lauf der Jahre geschaffen hatte, gerahmte Exempel städtischen Wachstums: die Poplar-Street-Brücke, das 18th-Street-Verkehrskreuz, das Flughafengebäude des Lambert Airport, das Gebäude der County-Verwaltung, der Loretto-Hilton-Komplex, West Port, das Kongresszentrum. Es roch ein wenig nach Elektrizität und Schreibmaschinenöl.

P. R. Nilson und Eldon Black, erzkonservative Verbündete von General Norris, besprachen etwas mit den Immobilienmaklern Lee Royce und Jerry Pontoon. John Holmes, der einzige Banker, der ihnen treu geblieben war, versuchte, County Supervisor Ross Billerica auf sich aufmerksam zu machen. Jim Hutchinson, noch immer gebräunt von einer Ferienreise, saß zwischen Bud Replogle und Neil Smith, zwei netten Männern, Eisenbahnern, und lehnte sich zurück. Eine ungelenke Bewegung neben Probsts rechter Schulter veranlasste ihn, sich hinzudrehen. General Norris zog gerade einen Wanzendetektor aus seiner Jackentasche. Grünes

Lämpchen. Er steckte ihn wieder ein. «Fangen wir an?», fragte er Probst.

«Ein paar Minuten sollten wir noch warten.»

«Einverstanden.» Der Kopf des Generals schob sich näher an ihn heran. «Schauen Sie nicht hin, Martin», sagte er mit seiner 30-Hertz-Stimme, «aber da drüben auf der anderen Straßenseite gibt es ein paar interessante Salatschüsseln, *nicht* hinschauen, hab ich gesagt», denn Probst hatte sich schon zum Fenster gewandt. «Könnte sein, dass sie direkte Abhörmethoden einsetzen. Wie wär's, wenn Sie ganz unauffällig den Vorhang zumachen würden?»

Probst blickte ihn unwillig an.

«Tun Sie einfach, was ich sage, Martin.» Die Stimme war wie Schlamm – Schlamm, von der heißen Sonne gedörrt und zu Placken zersprungen. «Sicherheit kostet nichts.»

Schüsseln hatte es auf dem Dach des Polizeireviers schon immer gegeben. Es waren Parabolantennen, keine Mikrophone. Probst schloss die Vorhänge, und ein Luftzug drückte sie gegen die Scheiben: Die Eingangstür hatte sich geöffnet. Carmen führte den hustenden, prustenden Buzz Wismer herein. Probst nickte ihr zu. Sie konnte nach Hause gehen.

Buzz streifte seinen Mantel ab und hängte ihn an den Haken in der Nische. Er setzte sich auf den letzten freien Platz, links neben Probst.

«Bin froh, dass du gekommen bist», sagte Probst mit Emphase. Er tätschelte seinem Freund das knochige Knie. Buzz, den Blick gesenkt, nickte.

Vor einer Woche hatte Barbara von ihrem Mittagessen mit Bev Wismer die Neuigkeit mitgebracht, Buzz habe ein Verhältnis mit Mrs. Hammaker. Probst hatte diese Möglichkeit mit einer Handbewegung weggewischt. Alles, was mit Untreue und Heimlichtuerei zu tun hatte, überhaupt das ganze Gerede hatte er satt. Er wollte seine Ruhe haben.

«Martin», knurrte die Schlammstimme.

«Ja, ja.»

«Fangen wir an.»

Probst hob den Kopf und sah graue Augenbrauen, altersscheckige oder frostfleckige Wangen, Brillengläser, die die Leuchtkassetten an der Decke zu Kringeln und Kreisen bogen. Er sah Krawatten in gedeckten Farben, schräg über den Kopf gekämmtes Haar und kahle Stellen, Vorgesetztenhände, die Vorgesetzten-Schreibgeräte gezückt hielten. Der Wachstumsverein im Wartestand. Hier und da hatte sich quer zur Spannungsrichtung ein Lächeln gebildet.

«Ich gehe davon aus, dass wir alle über die große Neuigkeit im Bilde sind», sagte Probst. «Oder hat jemand heute keine Zeitung gelesen?»

Am Vortag hatte das Repräsentantenhaus der Generalversammlung von Missouri den Antrag auf ein bindendes Referendum beraten, das, wenn es beschlossen würde, darüber entscheiden sollte, ob die Grenzen der St. Louis County neu zu ziehen seien, um die Stadt wieder in den Verwaltungsbezirk einzugliedern.

«Dazu gibt es einiges zu sagen», fuhr Probst fort. «Aber vorerst möchte ich an der Tagesordnung festhalten, die Sie gestern erhalten haben. Wir können es uns nicht leisten, wieder den ganzen Abend zu zanken, wie letztes Mal. Wir müssen schließlich unsere Arbeit tun.»

Das provozierte jeden zu wildem Gestikulieren, nur nicht Buzz.

Rick Crawford berichtete als Erster. Die Stadt St. Louis, sagte er, sei nahe am Abgrund, aber schlecht gehe es ihr nicht. Das Rathaus habe die Dezember- und Januargehälter aus Geldern finanziert, die normalerweise dazu verwandt würden, die städtischen Schulden abzutragen. Es habe sich auf diesen Schritt vorbereitet, indem es das neu hinzugekommene Hammaker-Kapital in Verbindung mit dem sensationellen Wertzuwachs der städtischen Grundstücke als Sicherheit für ein Anpassungsdarlehen habe einsetzen können. Der Darlehensfonds der Stadt sei jetzt um ein Vielfaches besser bewertet, und im Wesentlichen habe die Stadt eine zweite Hypothek auf die wertsteigernden Investitionen der Vergangenheit aufgenommen. Dieses Vorgehen, das weder die Zustimmung der Wähler benötige noch zu Scherereien mit der Bankenaufsicht führen werde, sei hauptsächlich das Werk von Chuck Meisner. Er und seine Freunde in den städtischen Bankkreisen hätten praktisch garantiert, dass die erweiterten Anleihen auch Käufer finden würden. Alles sei sehr schnell über die Bühne gegangen. Der «Weihnachtsbotschaft» von der städtischen Zahlungsfähigkeit sei ein 72-stündiges Verhandlungsmarathon vorausgegangen, an dem der Bürgermeister, der Buchprüfer, Meisner, der Vorsitzende des Haushaltsausschusses, Quentin Spiegelman, Asha Hammaker, Frank Jordan von der Boatmen's Bank und S. Jammu teilgenommen hätten.

«Ich glaube, damit ist ziemlich klar, wie Chuck zu uns steht», sagte Probst.

«Und auch, warum er im Krankenhaus ist», sagte Crawford. «Die Konditionen der Refinanzierung sind zweihundert Seiten lang, und sie haben das Ganze in drei Tagen durchgezogen.»

Probst stellte sich die kleine Gruppe bei der Arbeit vor. Dass Frauen beteiligt waren, verstärkte nur sein Gefühl des Ausgeschlossenseins. Es erinnerte ihn an seine Highschool-Zeit, an die Samstagabende, an denen er Steinchen werfend am Fluss gesessen hatte und außer Jack DuChamp niemand da gewesen war.

Der Bürgermeister, sagte Crawford, habe nach allen Seiten hin Versprechungen gemacht, und das einzige bezahlbare Versprechen sei gewesen, gute Ersatzwohnungen der mittleren Preislage für von Räumungen betroffene Familien zu finanzieren. «Ich muss wohl nicht eigens darauf verweisen, dass die spezielle Sonderabgabe genau zur richtigen Zeit erhoben wurde. Jammu – ich meine – ja, in der Tat, *sie* hat die Angelegenheit im November durch die Abstimmung gebracht und in weniger als einem Monat durchgepeitscht. Stellen Sie sich den Aufruhr vor, wenn sie mit dem Vorschlag jetzt gekommen wäre. Was die Finanzierung der anderen Versprechungen betrifft, können wir mit einem Eingriff in die Struktur der städtischen Einnahmequellen rechnen, beginnend mit der Abschaffung der Umsatzsteuer und der Körperschaftssteuer –»

«Diese Hunde», sagte Norris. Mit den Schultern rollend, streifte er sein Jackett ab. Darunter trug er schwarze Hosenträger und eins der taillierten Hemden von Christian Dior, die Probst im Allgemeinen für unvorteilhaft hielt. Bei Norris war das anders. Sein imposanter Brustkorb verlieh dem Hemd Format. Probst fragte sich, wie sich Hosenträger wohl an ihm machen würden.

«... und anschließend mit der Abschaffung der Einkommensteuer für Stadtbewohner. Das ist womöglich nicht so selbstmörderisch, wie es klingt. Die Grundsteuererträge des Steuerjahrs werden allein wegen des Baubooms in der North Side um mindestens vierzig Prozent steigen. Natürlich werden die Erträge, sowie die Bautätigkeit weiter fortgeschritten ist, wieder sinken, weil die Stadt dann mit Volldampf ihr Steuersenkungsprogramm durchzieht. Der Ausweg dürfte ein zweifacher sein. In erster Linie denkt man an eine Anleihe –»

«Etwa hum die Allgemeinkosten zu decken?», rief Ross Billerica dazwischen; Wörter verließen seinen Mund, als wären sie wegen schlechter Führung vor die Tür gesetzt. «*Das* wird aber nicht ohne Verfassungsänderung zu haben sein, befürchte hich.»

«Doch», widersprach Crawford. «Um Gehälter und Verwaltungskosten zu bestreiten, reicht das Steueraufkommen. Die Bestimmungen muss man ein bisschen dehnen, das schon, aber selbst gewöhnliche Instandhaltungskosten, wenn man sie nur lange genug aufschiebt, können in das Anpassungsdarlehen einbezogen werden. Die Wähler werden zustimmen, und die Stadt wird für die Anleihe jede Menge Abnehmer finden. Aber was wirklich zu Buche schlägt, sind die Neuigkeiten von heute. Wenn die Fusion von Stadt und County beschlossen wird, dann muss die County einen

Großteil der städtischen Leistungen finanzieren, und die Stadt kommt vergleichsweise billig weg.»

Crawford schloss seinen Bericht mit einer Vermutung. Die Geschichte des Großraums St. Louis, sagte er, sei ein ständiges Auf und Ab, auf der einen Seite die Stadt, auf der anderen Seite die County, als wäre das Gebiet rings um den Zusammenfluss der zwei Ströme nie in der Lage gewesen und würde es auch niemals sein, beide Seiten gleichzeitig zu ernähren. Der Aufstieg der Stadt und der Niedergang der County seien ein und derselbe Vorgang, gegenwärtig bedingt durch zwei einfache Ursachen: die veränderte Investitionspolitik einiger weniger Firmenchefs und das drastische Absinken der städtischen Kriminalitätsrate.

Alle redeten jetzt durcheinander, aber Probst unterbrach die Debatte und wies mit einem Nicken auf John Holmes. Holmes hatte eine auffällige Ähnlichkeit mit Franklin D. Roosevelt, trug jedoch eine moderne Brille. Seine Bank hatte sich mit Probst, der Boatmen's Bank und einem Dutzend weiteren Gläubigern zu einer Sammelklage gegen Harvey Ardmore zusammengetan. «Wollen Sie uns nun die schlechten Nachrichten überbringen, John?»

Die schlechten Nachrichten betrafen die Finanzen der County. Vor sechs Monaten, sagte er, habe nur eins der fünf größten Unternehmen der Gegend seinen Hauptsitz in der Stadt gehabt, die Hammaker-Brauerei. Noch weitere sechs Monate und es würden drei der großen Fünf in der Stadt residieren: Hammaker, Ripley und Allied Foods. Nur Wismer und General Synthetics würden in der County verbleiben, und nur sie würden weiterhin im Einzugsgebiet der meisten neueren Siedlungsprojekte der County im Spitzen- und Durchschnittseinkommensbereich beheimatet sein.

Die Blicke richteten sich auf Probst, der zwischen den beiden standhaften Riesen eingeklemmt war. Der General starrte, die aufeinander gepressten Lippen vorgeschoben, zur Decke. Buzz Wismer hatte, als sein Name gefallen war, nicht reagiert. Seine Schenkel breiteten sich über den Sitz seines Stuhls wie platte Reifen. Probst staunte über den Gegensatz zwischen Wismers unscheinbarer Gestalt und der Macht, über die er verfügte. Er gebot über Tausende von Existenzen und über Hunderte Millionen Dollar. Auf seinen Brillengläsern waren Schuppen.

Seit Oktober, fuhr Holmes fort, seien neunzehn weitere Firmen wieder in die Stadt gezogen oder hätten diesbezüglich Schritte eingeleitet. Acht von ihnen hätten mehr als zweihundert Beschäftigte. Dies seien Data-Rad, Syntech, Utility Software, Blanders Electric, Newpoint Systems, Hedley-Carlton, Heartland Control und – als größte – Kelly Richardson's Compunow, mit anderen Worten, die Hightech-Industrien, die neuen Firmen, diejenigen mit dem höchsten Lohnniveau. Sie gäben die Marschrichtung vor und scharten sich, wie es aussehe, um Ripleys neue Forschungsabteilung, die bereits in einem provisorischen Bau in der North Side ihre Arbeit aufgenommen habe.

«Von Ripley war das zu erwarten», sagte Holmes. «Der hat in dreißig Jahren Geschäftstätigkeit in St. Louis keinen falschen Schritt gemacht.»

Im November und Dezember war die Neubaurate in der County zum ersten Mal seit der letzten Rezession gesunken, und zwar saisonbereinigt um annähernd zwanzig Prozent. Außerden hatte es eine ganze Reihe Aufsehen erregender Konkurse gegeben – mit Westhaven an der Spitze. Die Grundstückspreise gingen steil nach unten, vor allem in West County, der mit Abstand am stärksten betroffenen Region; das war besonders grausam, weil die erst im August erstellte Reevaluierung des Staates Missouri Rekordwerte für diese Gegend verzeichnete. In den vielen neuen Bürokomplexen westlich der Interstate 270 schrumpfte die Zahl der dort ansässigen Firmen.

«Vor einem Jahr hatten wir einen Leerstand von sieben Prozent, jetzt haben wir bereits sechzehn, bei steigender Tendenz. Für den März rechne ich mit über fünfundzwanzig Prozent, und das bedeutet, dass wir ein Problem haben, meine Herren, ein ernstes Problem.»

Es stimmte zwar, dass die County in vielerlei Hinsicht noch genauso dastand wie vor einem Jahr, Einzelhandel und Dienstleistungsunternehmen im Großen und Ganzen keine Einbußen zu beklagen hatten. Blickte man nach Webster Groves, Ladue oder Brentwood, war nicht zu erkennen, was vor sich ging. Aber die schlechte Entwicklung der Wirtschaftsdaten kreierte sich selbst erfüllendende Prophezeiungen. Ein Leitartikel im *Wall Street Journal* hatte die Anstrengungen der Stadt, Investoren herbeizulocken, in leuchtenden Farben beschrieben, die daraus erwachsenden Probleme der County entsprechend düster gezeichnet und die Fortsetzung des Trends vorhergesagt, hier zum Guten, da zum Schlechten.

«Wir haben nicht weniger als fünf mittelgroße Unternehmen aus anderen Bundesstaaten zählen können, die sich in der County niederlassen wollten oder es zumindest ernsthaft erwogen haben, aber nun auf die Stadt umgeschwenkt sind. Und sie bauen dort, sie mieten nicht. Die Stadt kann am Ende Pleite gehen, doch sie hat es so eingerichtet, dass diese Firmen es sich kaum leisten können, auf die Steuerabschreibungen fürs Bauen zu verzichten. Dass die County nicht ähnliche Anreize geschaffen hat, liegt daran, dass es eine solche Konkurrenzsituation bisher dort nicht gab.»

Probst beobachtete die Reaktion des County Supervisor auf den Bericht. Ross Billerica war ein paar Jahre jünger als er. Sein Haar war von griechischer Schwärze, langer Bürstenschnitt, kurze Gigolofrisur, und die Haarenden neigten sich – alle miteinander, glänzend – wie auf der Suche nach Deckung zur Seite. Als Jurist per Ausbildung und Millionär per Erbschaft der Spirituosenladenkette seiner Familie legte er (HA!) eine Streitlust an den Tag, die viele dazu verführte, ihn für besonders befähigt zu halten. Aber wenn er wirklich so überragend war, drängte sich die Frage auf, warum er gleichzeitig (HA! DA SEHEN SIE MAL!) so hochgradig unsympathisch daherkam und warum er, nachdem man ihm zwanzig Jahre lang nachgesagt hatte, das Zeug zum Senator oder gar Präsidenten zu haben, noch immer in der untersten Countyliga spielte und vor jeder Wahl hart um sein Mandat kämpfen musste.

«Nun mal halb lang, John!!!», polterte Billerica, als könnte er so viel Unfug nicht länger ertragen. «Zu Ihrer Hinformation: Wir fahren immer noch heinen netten Überschuss ein. Sie scheinen zu vergessen, dass sich weder die Steuersätze noch die Schätzwerte verhändert haben.»

Holmes wandte sich ihm gelassen zu. «Ross, ich sage damit nur, dass ich nicht sehe, wie Sie jetzt, wo Grundstückspreise und Gewinne in den Keller fallen – besonders in den noch nicht eingemeindeten Gebieten, die, was die Einkünfte betrifft, für Sie schon immer die verlässlichsten waren –, wie Sie jetzt also weiterkommen wollen, ohne irgendwann die Steuern zu senken. Sie behaupten, dass die Höhe der Einnahmen gleich geblieben ist. Ich kann Ihnen jedoch garantieren, dass das die Unternehmen reihenweise in den Konkurs oder in die Stadt treiben wird. Wenn Sie die Insolvenzrate niedrig halten wollen – was ich doch hoffen will – und wenn Sie wollen, dass die Wirtschaft in der County bleibt, müssen Sie und die meisten Gemeinden in den nächsten ein, zwei Jahren vermutlich gewaltige Abstriche am Kommunenetat vornehmen. Im Interesse der County würde ich vorschlagen, dass das bald geschieht.»

Billerica lächelte, als gäbe er ihm in dieser Sachfrage recht.

Bud Replogle berichtete über die Krankenhäuser. Plötzlich, sagte er, sei die Polizeichefin zur führenden Verfechterin einer Sanierung der zwei städtischen Krankenhäuser geworden. Er betonte das Wort «zwei» und erntete ringsum Lächeln, denn die Wiederbelebung des Zweiten Städtischen Krankenhauses, umbenannt in Homer-G.-Phillips-Hospital, war seit zwanzig Jahren ein energisch verfochtenes Anliegen der schwarzen Bürgerschaft. Seit zwanzig Jahren versprachen Bürgermeister- und Stadtratskandidaten Abhilfe, und seit zwanzig Jahren verkam das Krankenhaus immer mehr, hatte erst sein Renommee, dann seine Anbindung an die medizinischen Hochschulen verloren. Laut einer Studie des Wachstumsvereins war das Krankenhaus nicht mehr zu retten. Doch jetzt benutzte Jammu dieselbe Studie als Grundlage für ihre eigenen, ehrgeizigeren Vorschläge, an deren erster Stelle die Erhaltung und Sanierung des Krankenhauses stand.

«Was in Gottes Namen hat die Polizeichefin mit Krankenhausplanung zu tun?», fragte Eldon Black.

«Sie liquidiert unsere Aktivposten», antwortete Replogle. «Mit dem, was wir seit Jahren in aller Stille machen, geht sie an die Öffentlichkeit.»

Lee Royce mit seinem Bericht über die Schwarzenpolitik kam zu einem ähnlichen Schluss: «Seit zwanzig Jahren versuchen wir, die Beziehungen zur schwarzen Stadtbevölkerung auszubauen, da kommt *die* hier angetanzt und macht sie uns abspenstig, ohne dass sie ein persönliches Interesse an ihnen hätte. Sie lassen sich kaufen, mit einem neuen Homer-Phillips-Hospital, mit Steuervergünstigungen und tausend Gefälligkeiten für schwarze Grundstücksbesitzer. Mit politischen Zugeständnissen. Das ist ein Käufer-Verkäufer-Verhältnis. Wenn sie mit uns verhandelt haben, dann immer auf gleicher Höhe.»

«Emotionales außen vor lassen, Lee ...», drängte Probst.

«Wir haben unsere Bemühungen auf die Tatsache gegründet, dass die schwarze Bevölkerung, da sie in der Stadt nun mal stark vertreten ist, ja sogar die Mehrheit bildet, bei allen ernst zu nehmenden Ansätzen zu einer Verbesserung der Lebensqualität unsere volle Unterstützung verdient. Bis jetzt waren sie zufrieden damit. Es ist *ihre* Stadt, ungeachtet der Hautfarbe des Bürgermeisters.»

«Gelb, hab ich letztens rausgefunden», ließ sich die Schlammstimme neben Probst vernehmen. «Mit rotem Einschlag.»

«Jammu arbeitet darauf hin, dass sie für die Fusion stimmen, glaube ich, und wenn sie es schafft, eine eher regional orientierte

Regierung auf die Beine zu stellen, sind es die Schwarzen, die in Sachen politischer Einfluss am meisten verlieren. Aber ihnen erzählt sie was anderes.»

Rick DeMann steuerte einen Bericht über die städtischen Schulen bei. Der Reichtum des Schuldistrikts von St. Louis beruhe auf Grundstückswerten, sagte er, und der Sektor Schule gehöre damit automatisch zu den Hauptprofiteuren des Grundstücksbooms. «Was mich aber ärgert, was mich wirklich ärgert, ist Jammus Haltung. Bessere Schulen kosten Geld, sagt sie, viel Geld. Nur mit guten Gehältern können wir gute junge Lehrer anlocken, die Klassenstärken vermindern, die Disziplin verbessern. In etwa so: ‹Kapiert ihr Trottel nicht, dass das Geld kostet?› Natürlich kapieren wir es. Aber bis zu diesem Jahr gab es dafür noch nie das Geld.»

Eine Eingemeindung der Vororte in die Stadt, fügte Rick hinzu, würde heikle juristische Fragen aufwerfen, die sich im Zusammenhang der regionalen Aufhebung der Rassentrennung an Schulen schon einmal gestellt hätten. Dies könne ernsthafte demographische Konsequenzen nach sich ziehen. «Wie wir wissen, ist die weiße Mittelklasse vor allem deshalb in die County abgewandert, weil sie gute Schulen wollte und, noch konkreter, aus Angst vor den Schwarzenvierteln. Wenn die Stadt an die County zurückgeht, haben sie keine Ausweichmöglichkeit mehr.»

«Doch. In andere Städte», sagte Eldon Black.

«Um zum nächsten Punkt zu kommen …» Probst hob die Stimme, hastig bemüht, ein neues Thema zu finden. «Ich würde gern einige dieser Fragen aufgreifen. Mir scheint, dass wir, äh, diese Dinge realistisch betrachten sollten.» Genau. Realistisch. Er räusperte sich. «Realistisch. Haben wir als Gruppe jemals einer Fusion von Stadt und County widersprochen? Der jetzige Zustand ist voller Unausgewogenheiten. Hätte jemand diese Fusion vor einem Jahr vorgeschlagen, hätten wir alles in unserer Macht Stehende getan, die Zustimmung der Wähler dafür zu gewinnen. Weil der Plan vernünftig ist. Und wir stehen für alles, was vernünftig ist. Was den angeblichen wirtschaftlichen Einbruch in der County betrifft –»

«Den tatsächlichen Einbruch», sagte John Holmes.

«… ist es nicht unsere Sache, Partei zu ergreifen. Wir sind hier, um zu entscheiden, was richtigerweise zu tun ist. Was Stadt und County als Ganzem nützt. Was vernünftig ist.»

«Martin –»

«Martin –»

«Martin», sagte Holmes, «das klingt, als sollten wir die Hände in den Schoß legen und so weitermachen wie bisher.»

«Einspruch! Ich möchte nur die sauren Trauben aus der Diskussion heraushalten und darauf verweisen, wie stark unsere Präferenz für die County ist.»

«Kinkerlitzchen, und währenddessen brennt das Haus», sagte die Schlammstimme.

Probst überhörte sie. «Jim, du wolltest etwas sagen?»

Jim Hutchinson schaute auf das meterhohe Modell des Arch hinter ihm auf dem Fensterbrett. «Ja.» Er drehte sich wieder zum Tisch. «Wir beobachten seit –»

«Wer ist wir?», unterbrach ihn P. R. Nilson sofort.

Hutchinson duckte sich ein wenig, als wollte er die Frage über seinen Kopf hinwegsegeln lassen, über den Arch und hinaus aus dem Fenster. «Wir vom KSLX», sagte er, «beobachten das Treiben einer Gruppierung namens ‹Hoffnung Stadt› seit ihrer Gründung vor einem Monat. Im Kern scheint das ein Interessenverband von Sanierungsfirmen zu sein, mit engen Kontakten zu Bürgermeister und Stadträten. Privat hat der Bürgermeister die Existenz einer solchen Gruppierung bestätigt, und da niemand auch nur annähernd sagen kann, wer ihr angehört, möchte ich die Vermutung äußern, dass sie aus den Mitgliedern des Wachstumsvereins besteht, die heute Abend fehlen. Den Exmitgliedern also. Nun, ich denke, es könnte von Interesse sein, auszuzählen, wie vielen von uns bereits eine Mitarbeit nahe gelegt wurde.»

«Fragt sich nur, in wessen Interesse!», sagte Norris laut.

«Verbindlichsten Dank, General. In unser aller Interesse. Da wir gerade darüber reden, ob wir Partei ergreifen oder nicht, dachte ich –»

«Na gut», sagte Probst. «Der Bürgermeister hat mich letzten Monat angesprochen und mir irgendeine Rolle bei der Planung und Durchführung einiger Bauvorhaben in der North Side angeboten. Ich habe ihn abblitzen lassen. Natürlich habe ich da noch nicht geahnt, dass allen irgendwelche Privilegien angeboten wurden. Sonst, haha, wäre es ja nichts Besonderes gewesen. Darf ich also um Handzeichen bitten?»

Alle bis auf zwei hoben ihre Hand.

«Also alle außer mir und Hutch», sagte Norris. «Was schließen wir daraus?»

Probst war enttäuscht. Er war nicht der Einzige gewesen.

«Ich schlage vor, dass wir uns die Fakten vor Augen führen», sagte Hutchinson. «Die Stadt steht jetzt da, wo Clayton in den frühen Sechzigern gestanden hat, die County steht jetzt da, wo die Stadt um 1900 gestanden hat. Ja, es stimmt, die County ist nicht am Ende. Aber in einem Zeitraum von bloß sechs Monaten hat eine Neubürgerin von St. Louis die Machtbalance zwischen Stadt und County nicht nur verändert, sondern auf den Kopf gestellt. Die Berichte und das Auszählungsergebnis von heute Abend sind der Beweis für eine weitere Feststellung des Generals: Jammu steht im Mittelpunkt all dieser Vorgänge, und sie weiß um uns. Gesetzt den Fall, dass sie tatsächlich alle Fäden in der Hand hält, ist es meiner Meinung nach höchst unwahrscheinlich, dass sie nicht auch als die treibende Kraft hinter dem Syndikat steckt, das sich ‹Hoffnung Stadt› nennt.»

«Stadt-Krieger, Osage-Hoffnung», sagte Norris.

«Richtig, einige von uns bringen diese Frau auch mit den Terroristen in Verbindung. Aber wenn all ihre anderen Aktivitäten – und, meine Herren, es ist doch absolut bemerkenswert, dass sie erst fünf Monate im Amt ist, das muss ich hier mal sagen –, wenn also all ihre anderen Aktivitäten sowohl legal als auch äußerst effektiv sind, warum in aller Welt soll sie dann mit den Osage-Kriegern in Verbindung gebracht werden? Nun, zu der Tatsache, dass uns offenbar mehr als die Hälfte unserer Mitglieder weggelaufen ist und sich einem quasi kommerziellen Syndikat angeschlossen hat, und zu der Tatsache, dass die Revitalisierung der Stadt allein durch ökonomische Faktoren beschleunigt wird, kommt die heutige Nachricht hinzu, dass die Generalversammlung von Missouri ein Referendum zur Fusion von Stadt und County beschließen will.»

«Beraten will, Jim.»

Hutchinson blickte Probst an. «Sie wird das Referendum beschließen. Wir haben eine erdrückende Mehrheit der Demokraten, wir haben einen demokratischen Gouverneur und auch fast eine demokratische Mehrheit im Senat. Wenn du nicht gemerkt hast, wie sehr das alles nach Parteipolitik riecht, dann hast du nicht besonders gut aufgepasst.»

Probsts Augen verengten sich.

«Weil die demokratische Führung noch nie gravierende Einwände gegen eine Fusion hatte und Jammu weiß, wie sie den paar Gegenstimmen zu begegnen hat. Die sehen die Fusion, und das völlig zu Recht, als Chance, die Republikaner in der County zu entmachten. Und die Zahlen beweisen, dass ihnen das gelingen wird. Bedenke weiterhin, dass der Bürgermeister in diesem Herbst und Winter mehr Presse bekommen hat als alle anderen prominenten Demokraten von Missouri zusammen. Bedenke, dass die Presse zu 95 Prozent positiv war. Bedenke, dass den Demokraten von Missouri so etwas Vorteilhaftes seit Harry Truman nicht mehr widerfahren ist. Bedenke, dass der Bürgermeister von der Zustimmung zur Fusion seinen weiteren Erfolg abhängig macht. Und dann bedenke, dass er seinen Erfolg einer einzigen Person verdankt. Es begann mit der Kriminalstatistik. Die Person steckte hinter der Weihnachtsbotschaft. Auch jetzt ist sie wieder am Ball, und sie will die Fusion. Bedenke wenigstens ihr Geschick als Zeugin bei den Polizeianhörungen im letzten Monat. Ich glaube, wir sollten uns darauf gefasst machen, dass es im April einen Volksentscheid geben wird.»

Alles schwieg.

«Und Sie sind begeistert davon, wie», sagte der General.

Probst räusperte sich, als explodierte etwas. «Das bleibt bestimmt im Senat hängen.»

«Aber Martin», sagte Holmes. «Doch nicht, wenn Clark Stallhamer die Sache unterstützt.»

«Wirklich?» Probst war ein wenig verunsichert. «Wie das?»

«Stallhamer sitzt in denselben Vorständen wie Chuck Meisner», erklärte Lee Royce müde. «Der hat noch nie Rücksicht auf seine Wähler genommen. Der Bruder seiner Frau ist Quentin Spiegelman. Ihm gehört ein Riesenberg Ripley-Aktien.»

«Siehst du, Martin», sagte Hutchinson (jetzt, wo sich die Sitzung in eine Aufklärungsveranstaltung für Probst verwandelt hatte), «deshalb haben die Republikaner der County Probleme. Dass Ripley und Murphy ihre Firmen in die Stadt verlegen, fußt auf schlichtem Geschäftsdenken. ‹Hoffnung Stadt› ist keine radikale Organisation – obwohl Ross der Umstand, dass Meisner ein Demokrat mit Parteibuch ist, nicht gefallen wird. Siehst du nun, womit wir es zu tun haben?»

«Mit einem Doppelschlag», sagte Probst.

«Groschen gefallen. Jemand hat sich die politische Dynamik von Ostmissouri genau angesehen und festgestellt, dass die Gelegenheit, eine Koalition zu bilden, günstig ist. Dieser Jemand heißt Jammu. In der ganzen Geschichte von St. Louis hat es so eine Figur wie sie noch nicht gegeben, nicht einmal annähernd. Sie ist ein Genie.»

Und wieder schwiegen alle – Hutchinson neigte wie jeder Journalist zum Dramatisieren –, was Probst ein wenig Zeit gab, bevor er weitersprach.

«Ich möchte», sagte er, «gern ein paar andere Meinungen dazu hören, ob es Sinn hat, den Gesetzesantrag zu blockieren, oder ob wir uns, wie Jim vorzuschlagen scheint, nicht besser ins Unvermeidliche schicken und auf den Volksentscheid einstellen sollten. Ich für meinen Teil –»

«Glaubst du nicht –» Die leise Stimme, die ihn unterbrach, gehörte Buzz. «Glaubst du nicht», fragte er die Tischkante, «dass wir erst mal überlegen sollten, ob eine Fusion wirklich so schlimm wäre?» Er zog den Kopf ein und hüstelte.

«Guter Vorschlag», sagte Probst. Ihm fiel auf, dass er Hilfe suchend zu Hutchinson hinüberblickte. «Ich würde sagen, das hängt davon ab, wie –»

«Wovon es abhängt?», brauste der General auf. «Dass Wortlaut und Wirkung des Referendums wie alles andere, das in der Stadt seit Juli passiert, den Zielen und der Stärkung einer einzigen Gruppierung dient, angeführt von der Königin der Schwarzen, dem König der Toaster und der Prinzessin der Finsternis (die eine Nutte ist, Buzz, und wir alle wissen es).»

Jetzt stand der General auf. Er hakte die Daumen hinter seine schwarzen Hosenträger. «Und diese Gruppierung, die macht mich verdammt nervös», vertraute er der Runde an, «also sehen Sie es mir nach, wenn ich mir keine Sekunde länger den Mund verbieten lasse.» Er knallte effektvoll mit den Hosenträgern. «Seit zwei vollen Stunden vernachlässigen wir die Hauptsache, und die Hauptsache sind die Motive. Es mag ja nett sein, darüber zu reden, *was* passiert und *wie* es passiert ist, mit Unterstützung von wem oder was auch immer, aber was zählt, meine Damen und Herren, ist das *Warum* und das *Wozu*.»

Er begann zu marschieren, dicht hinter dem Kranz der Köpfe, die bei seinem Nahen wie Gänseblümchen im Regen nach vorne wippten. «Ich hab hier eine Gruppe von Holzköpfen vor mir, die sich alle weigern zu kapieren, dass wir es in St. Louis mit einer Verschwörung zu tun haben, einer Verschwörung, die sich der Anarchie und den sozialistischen Lehren und dem Sturz der Regierung und aller Werte, die uns lieb und teuer sind, verschrieben hat. Wer kann, beweise mir das Gegenteil. Die Tatsache, dass Jammu diese Fusionsschweinerei unterstützt, ist für mich Beweis genug. Die Sache stinkt zum Himmel.»

Er blieb am rückwärtigen Fenster stehen, legte die Hände auf das Arch-Modell und hob es hoch. Er drehte sich um und hielt den Arch mit ausgestreckten Armen vor sich wie ein Mann, der einen Vampir mit Hilfe eines Kreuzes abwehren will. Eins der winzigen Plastikbäumchen am Fuß des Arch löste sich, rollte über den gipsernen Fluss und fiel auf den Teppich. Das Modell war alt und brüchig. Probst atmete auf, als der General es aufs Fensterbrett zurückstellte.

«Nun, einige von Ihnen scheinen immer noch Gründe zu brauchen, um gegen diese Fusion zu sein, und zu Ihrer Bequemlichkeit und Beruhigung zähle ich jetzt die vielen Gründe auf und möchte doch mal sehen, ob Sie es schaffen, auch nur einen davon zu widerlegen.» Er zwinkerte Probst zu. Probst zwinkerte unfreiwillig zurück. «Erstens, das ist ein Machtspiel und nichts sonst. Schon an der Kommunalisierung der Hammaker-Brauerei zeigt sich, dass Jammu die unternehmerischen Strukturen alles andere als heilig sind. Unser Lebensstil und der unserer Beschäftigten interessiert sie nicht. Wenn sie überhaupt was von uns will, dann sind es unsere Wählerstimmen. Denn so, wie sie die Dinge gedreht hat, bietet sich die Fusion als sinnvoll an, aber deshalb wird sie nicht richtiger. Dazu fällt mir nur Adolf Hitler ein. So, wie der die Dinge drehte, war auch der totale Krieg sinnvoll. Na, zweitens wird der ‹spirit of St. Louis› mit Füßen getreten. Ich denke, Sie wissen, wovon ich rede. Martin, lassen Sie sich eine Frage stellen: Wie oft schätzungsweise sind Sie in den letzten vier Monaten belogen worden, nach Strich und Faden, meine ich?»

«So oft, dass ich gar nicht nachzählen möchte.»

«Und davor? Suchen Sie sich ein Jahr aus. 1979. Wie oft hat Sie im Jahr 1979 jemand, dem Sie vertraut haben, belogen?»

Probst nahm an, dass er 1979 überhaupt nicht belogen worden war.

«Richtig. Was sagt Ihnen das über den Geist dieser Machenschaften? Was sagt Ihnen das über die neue städtische Führungsriege, diese Typen von ‹Hoffnung Stadt›, die allesamt zu feige sind, sich heute Abend hier zu zeigen? Wenn sie gute Gründe oder wenigstens ehrenwerte Gründe für eine Fusion hätten, würden sie die hier und jetzt vertreten. Aber sie werden den Teufel tun. Und dann, drittens, gibt es noch einen praktischen Grund dagegen.» Norris vollendete, über Rücken hinwegdozierend, seine Runde um den Tisch. Am Stuhl von Billerica blieb er stehen und überschüttete ihn mit Mitleid und Verachtung. Billerica grinste bizarr, eine Gebisspräsentation, die den General zu verschrecken schien. Er sah auf ein Bild an der Wand, auf Probst und Exsenator Symington, die sich in Washington die Hände gaben.

«Drittens», wiederholte er. «Vermutlich ist es jetzt günstig für die County, sich mit der Stadt zu befrachten, weil die Stadt vermutlich gerade mehr Geld einbringt und die County weniger und das vermutlich die letzte Chance der County ist, ihren Anteil einzufordern. So weit, so gut. Lassen wir nun mal die Möglichkeit beiseite, dass das alles nur ein Strohfeuer ist. Lassen wir beiseite, dass die Fusion nur deshalb so verlockend aussieht, weil Sie diese ganzen Zahlen da *hineinprojizieren*. *Falls* die Unternehmen weiter in die Stadt umziehen. *Falls* die Grundstückspreise in der County weiter fallen. Lassen wir beiseite, dass diese veränderten Zahlen auf einem einzigen kleinen Trick beruhen, dem Umzug von Ripley und Murphy nämlich. Lassen wir einfach beiseite, dass für den Fall einer Trendwende im März – und die wird's geben, Herrschaften, ganz bestimmt –, die County durch einen glatten Schwindel in die Fusion hineingetrieben wird und der alleinige Sieger Jammu heißt. Lassen wir das alles beiseite und fragen wir uns: Ist es wirklich so eine Katastrophe für West County, wenn wir fusionieren? Sind die Wirtschaftskräfte so knauserig und unsere Herzen so zaghaft und glaubensschwach, dass immer nur eine Hälfte der Region obenauf sein kann? Hören Sie. Sehen Sie sich Martin Probst an, der da sitzt und lächelt wie Mona Lisa. Ist er nicht das Ebenbild des ganz normalen Mannes, des Durchschnittsmannes? Ist er nicht *unser* Mann? Er sitzt mittendrin, auf ihn müssen wir schauen, und so frage ich Sie als Unseren Mann, Martin: Wenn es nicht zur Fusion kommt, werden Sie dann wegziehen von – entschuldigen Sie, äh –?»

«Webster Groves.»

«Von Webster Groves? Werden Ihnen die Aufträge wegbrechen? Was würde eine Kürzung im öffentlichen Dienst der County für Sie bedeuten?»

«Mag ja sein, dass er für halle steht», warf Billerica ein, «aber Webster Groves ist nicht Valley Park. Die stadtnahen Vorhorte sind *nicht* das Problem.»

«Auch die anderen Gebiete nicht», sagte Norris. «Ich meine, natürlich sind sie es. Aber zu fusionieren wird ihnen genauso wenig bringen wie nicht zu fusionieren. Die Einzigen, die es wirklich erwischt, sind die Spekulanten und risikofreudigen Grundstücksmakler, nichts für ungut, Lee und Jerry, das geht nicht gegen Sie. Verstehen Sie, Ross? Wir sagen, die Fusion ist *schlecht*. Der Status quo ist *gut*.»

«Völlig meine Meinung, General. Genau, was hich sage.»

Unser Mann dachte an seinen Dezemberbesuch bei Wesley und Wesleys Unverschämtheit, ihm moralische Durchschnittlichkeit und landläufige Skrupel zu unterstellen, ja ihm gar eine Beteiligung am Syndikat anzutragen. Unser Mann brauchte diese lehrreiche Erinnerung, diesen klar erkennbaren Gegensatz von Gut und Böse, um sich zu einer Entscheidung durchzuringen: Die Fusion musste bekämpft werden. Es war die einzig richtige Antwort. Das schuldete er den loyalen Herren rings um ihn herum.

«Wie können wir die Fusion stoppen?», fragte Unser Mann.

Hutchinson versuchte sich an einer Antwort. Er teile nicht den grundsätzlichen Abscheu der anderen vor einer Fusion, sagte er.

Was eine gute Sache gewesen sei, bleibe auch eine gute Sache, das sei nun einmal seine Überzeugung. Er sei allerdings bereit, in beratender Funktion mitzuwirken, solange sein Rat gewünscht werde. In Anbetracht der klugen Entscheidung, den Gesetzesantrag als eine ausgemachte Sache abzuschreiben, schlage er vor, auch die städtischen Wähler abzuschreiben. Der Konsolidierungsplan von 1962 sei in der Stadt ebenfalls gescheitert, natürlich, aber sehr viel knapper als in der County, und die Verhältnisse hätten sich seither geändert, selbst der Bürgermeister sei 1962 dagegen gewesen. Im Hinblick auf die Kräfteverteilung sei es sehr viel klüger zu versuchen, das Referendum in der County zu Fall zu bringen, was (seiner Meinung nach) machbar, wenn nicht sogar einfach sei.

«KSLX führt heute Abend eine telefonische Meinungsumfrage durch», sagte er, «und ich gehe von dem Ergebnis aus, dass zwei Drittel der Wähler in der County gegen die Fusion sind. Aber das Blatt kann sich wenden, wenn das Thema publik wird und sich die großen Tiere – Jammu, Wesley, Stallhamer, die Hammakers – in die Debatte einschalten. Die Popularität von Jammu und der Hammaker-Familie wirkt nicht stärker als der Stadt-County-Gegensatz. Jammu ist beliebt, egal, wie man's dreht und wendet. Um das Referendum zu kippen, ist mehr nötig als das Sümmchen Dollars von Ihren jeweiligen Unternehmen und der Republikanischen Partei. Sie brauchen einen Sprecher, der allseits bekannt und absolut vertrauenswürdig ist, jemanden, der Ihr Anliegen in der Öffentlichkeit vertritt und ihm Gewicht verleiht. Ihr Anliegen braucht eine Stimme.»

Alle Augen richteten sich auf Unseren Mann.

Als er, nach Hause kommend, in die Einfahrt einbog, wunderte er sich ein wenig, dass alles dunkel war. Normalerweise ließ Barbara zumindest in der Küche das Licht an. Er parkte den Lincoln neben ihrem BMW und schlüpfte unter dem sinkenden Garagentor nach draußen. Der Wind war während seiner Heimfahrt schneidend geworden. Er hatte die Bösartigkeit einer gewissen Art zu bluten, nicht des sprudelnden Blutens einer durchtrennten Arterie, sondern des kühlenden Sickerns und Nässens eines zerfleischten Glieds. Er strich über die Dächer und Giebel der Nachbarhäuser, verfing sich an den Schornsteinen, trug Sirenengeschrill und ein Rattern von der Mopac-Bahnstrecke nach Norden. Wie der Wind in Chicago oder Boston, irgendeiner Stadt am Wasser, hinterließ er auf seinen Wangen nicht so sehr ein Stechen, sondern einen Schmerz. Er eilte ins Haus.

In der Küche war es zu warm.

Er merkte es sofort. Die Hitze war so spät am Abend schlichtweg übertrieben. Barbara vergaß nie, vor dem Zubettgehen die Heizung zu drosseln. War sie etwa nicht zu Hause? War sie krank? Verletzt? Weggegangen? War jemand anders verletzt? Tot? Hatte sie einen Schlag bekommen? War sie in der Wanne ausgerutscht? Erstickt? Im falschen Zimmer eingeschlafen? Tot? Die ewig dräuenden Fragen flossen ineinander. Er scheuchte sie fort, aber im Haus war es zu warm. Sie kehrten zurück.

Er ging kurz ins Wohnzimmer, um die Heizung zu regulieren (tatsächlich, 21°), und lief die Treppe hinauf. War sie zu Hause? Er hörte nichts, roch weder Seife noch Zahnpasta wie sonst, wie in anderen Nächten im Flur bei der Badezimmertür. Noch rechnete er damit, sie im Schlafzimmer vorzufinden – das Bett zerwühlt, ihr Körper unter der Bettdecke eine Wölbung –, sich ihrer sofort und vollständig vergewissern zu können.

Aber das Bettzeug war glatt. Damit hatte er genauso gerechnet, wie er damit gerechnet hatte, sie vorzufinden. Bei dieser Hitze konnte sie eben nicht schlafen. Er beugte sich vor und ertastete den Schalter seiner Nachttischlampe. Deren Lichtschein fiel auf einen Brief, der auf dem Kopfkissen lag.

Sie hatte das Schlafzimmer sauber gemacht. Ihre Schuhabdrücke tupften den frisch gesaugten Teppichboden in Systematik verratenden Winkeln. An der Wand neben dem Fernseher standen vier große Einkaufstüten aus Papier, von Schnucks, von Straub's, randvoll mit Kleidung. Ein Zettel war an einer der Tüten festgepinnt. Probst durchquerte das Zimmer und las ihn. CONGREGATIONAL CHURCH stand da.

Würde sie den Zettel anbringen als Erinnerungshilfe für sich selbst? Natürlich nicht. Die Zeit an sich war hier in Panik. Er war kaum sechzig Sekunden im Haus, und schon bekam er den größten Erfahrungsbrocken vorgesetzt, den er gerade noch schlucken konnte. Bis hierhin ging es, weiter nicht. Er nahm die Zeit als etwas Körperliches wahr. Er war eine Menschenröhre mit menschentypischem Durchmesser, die eindimensionale Ausstülpung von der Küche bis zu der Stelle, wo er in seinem schweren Wintermantel reglos in der Hitze stand und sich dann aufs Bett setzte. Mit einer sportlich flinken Bewegung aus dem Handgelenk, wie er nach einem Umschlag erfreulichen Inhalts greifen mochte, hob er den Umschlag an: Vorsicht, er könnte einen Scheck enthalten. Er spielte mit dem Gewicht, dem Schwerkraftzentrum, zuckte die Schultern, drehte ihn um. Zugeklebt. Da, eine Spur Lippenstift. Sie selbst hatte den Umschlag zugeklebt. Er riss ihn mit dem Finger auf und trennte BARBARA PROBST vom Rest des aufgedruckten Absenders.

Lieber Martin,
dies wird so überraschend für dich sein, dass ich kaum weiß, womit ich beginnen soll oder ob Erklärungen überhaupt einen Sinn haben. Ich war oft mit John zusammen, praktisch jeden Tag. Auch am Samstagnachmittag war ich bei ihm. Und an den meisten Werktagen, obwohl du das nicht wissen konntest. Ich hab dir zwar gesagt, dass ich keine Gewohnheit daraus machen wollte, aber nun ist es doch so gekommen. Was nicht heißt, dass wir uns nicht bis ans Ende unserer Tage weiter durchs Leben mogeln könnten, aber jedes Mal, wenn ich still dasitze, höre ich dich sagen, dass ich den Mund halten soll, und mich höre

ich sagen, dass ich dich nicht wirklich liebe, und ich frage mich, was das noch bringt. Ein stumpfsinniges Leben habe ich nie gewollt. Heute Nachmittag reise ich nach New York ab. Vielleicht ist auch das stumpfsinnig. Wenn ich fürchten müsste, dich damit umzubringen oder auch nur dein Leben für eine Weile auf den Kopf zu stellen, würde ich es wahrscheinlich sein lassen. Aber ich glaube nicht, dass dir ohne mich etwas fehlt. Schon das wäre für mich fast Grund genug zu gehen. Ich habe es satt, für dich zu sorgen, wenn du mich überhaupt nicht brauchst. Ich möchte nicht herumschleichen wie alle anderen in dieser Stadt. Du hast anscheinend kaum mitgekriegt, dass Lu ausgezogen ist. Auch meinen Auszug wirst du kaum mitkriegen. Du hast deine Arbeit. Ich rufe dich bald an. Ich achte dich, Martin. Du hast Besseres verdient, als dass ich mich mit meinem Liebhaber im Hotelzimmer treffe. Du hast die Wahrheit verdient, und das ist sie. Warte nicht auf mich.

Barbara

Probst stand auf. Sein Körper wandte sich der Kommode zu, und seine Beine folgten nach. Er warf Brieftasche und Schlüssel auf die Kommode.

«Also, dann», sagte er.

Er steckte seine Hände in die Manteltaschen und zog sich den Mantel eng um die Taille. Sein Brustkorb hob und senkte sich. «Nun.»

Nach einer kurzen Aufwärmzeit spie der Fernseher vielstimmiges Gelächter aus, die Studiogeräusche der *Tonight Show*. Gerade als sich das Bild aufbauen wollte, schaltete er den Fernseher ab. Er knipste Barbaras Nachttischlampe an. Er knipste das Deckenlicht an. Dann schien die kleine Leselampe am Schaukelstuhl Anstoß zu erregen. Er schritt auf sie zu und knipste sie an. «Du –!»

Sein Mund formte Worte, aber die meisten ohne Laut. Bei einem Mann, der den ganzen Tag geredet hatte, war das unlogisch.

Er ging ins Arbeitszimmer und knipste noch mehr Lampen an. In seinen Schritten lag etwas Zögerliches. Er schlug eine Richtung ein und blieb dann, gebremst von einer neuen Überlegung, auf den Ballen wippend stehen. An jeder Lampe hielt er inne und drehte den Kopf zur Seite, als würde er einen inneren Abzug spannen. Erst dann knipste er die Lampe an. «Ich achte dich?» Er nahm Barbaras Porträt vom Schreibtisch und warf es an die Wand. «Ich *achte* dich?»

Im Wohnzimmer schaltete er die Punktstrahler an, die auf die drei Stillleben gerichtet waren. Er machte die Runde durchs Zimmer, und die Decke wurde hell, immer heller. Jede neue Lichtquelle brachte mehr Spinnwebenreste oder Spuren eines gekitteten Risses zutage. Der Staub auf selten benutzten Glühlampen verlieh der Luft einen brenzligen Geruch. Als alle Lampen brannten – die Lampen auf den Seitentischchen, die Lampen im Kaminsims, die Chromröhrenlampe in der Ecke, die alte Banker's-Lampe mit dem grünen Glasschirm, die eingelassenen Deckenleuchten oberhalb der Fensterbank, die kleinen Lämpchen im eingebauten Bücherschrank –, verließ er den Raum.

Im Gemeinschaftszimmer warf er sich, die Absätze seiner Schuhe in ein besticktes Kissen bohrend, aufs Sofa, aber das schien ihn nicht zufrieden zu stellen. Er schwang die Beine auf den Couchtisch. Eine Illustrierte rutschte vom Stapel, eine weitere folgte. Die restlichen beförderte er mit einem Fußtritt zu Boden. *«Du –»* Die Tonlage seiner Stimme war nicht viel tiefer als die einer Frau. Andererseits ist das die von Männern selten. Er zog heftig die Kinnlade zurück. Von ihren Nachbarn bedrängt, überlagerten sich die zwei mittleren Schneidezähne des Unterkiefers ein wenig. Seine Haut, die über viele Jahre ihre straffe Ebenmäßigkeit gewahrt hatte, war fleckig und zerklüftet und wie von dunklem Sand, salzigem Seesand, den man nicht abwischen kann, mit Stoppeln bedeckt. Für sich genommen, waren seine Augen grau und sanft. Augen altern kaum, sie sind das Fenster zur Seele. Aber sein Gesicht verschloss das Fenster mit einem hässlichen Zucken, und Probst dankte seiner Frau von Herzen. Seine Stimme sank auf ein tieferes Register. «Du stinkendes, stinkendes Dreckstück», sagte er. Er sah zum Sekretär hinüber, zu den Fächern, die für die Ablage von Papieren bestimmt waren, er sah den Aschenbecher, den sie ausgespült und abgetrocknet hatte. Er sah in seinem Wintermantel und Jammer wie ein Landstreicher aus.

Er ging Kaffee kochen. «Ich achte dich auch», sagte er, als er Wasser in die Maschine füllte. Er nahm den Deckel von der Kaffeebüchse und zerrte Schubladen auf, eine nach der anderen, und knallte sie wieder zu.

«Wo hat sie die Filter?», flüsterte er.

Wo?

Wo?

Wo?

Er stakste von Zimmer zu Zimmer, brauste auf und beruhigte sich im archetypischen Wechsel von Sturm und Stille, mit Pausen für Whisky, schlammigen Kaffee, Schokoladenkekse, bis es zwischen den Bäumen im Osten dämmerte. Er war ein Mann, der in mehr als zwanzig Jahren nie allein in seinem Haus gewesen war, nicht wirklich allein jedenfalls. Was ihn umtrieb, war nicht bloß Wut oder Trauer, es war etwas Elementareres, vielleicht die Entfesselung seines Selbst. Zuweilen sah es fast aus, als hätte er Vergnügen daran; was er, wenn er allein war, tat, wusste nur er allein. Obwohl die Temperatur in der Nacht nie unter achtzehn Grad sank, ließ er den Mantel, bis oben hin zugeknöpft, an. Es war, als hätten Bürgersteige und offenes Gelände und Wind Zutritt in sein Haus erhalten.

Am Morgen fuhr er zur Arbeit und verbrachte, hauptsächlich ins Telefon bellend, fünf Stunden am Schreibtisch. Das Wetter wurde von Stunde zu Stunde bedrohlicher. Der scharfe Ostwind übersprühte die Stadt mit einem öligen Film aus Wasser, das augenblicklich gefror. Fußgänger hielten sich die Köpfe, und Streifenwagen, die das Revier verließen und westwärts rasten, wurden von ihren eigenen Abgasen überholt wie Frauen, deren Röcke sich bis unter die Achselhöhlen bauschen.

Der Verkehr auf der Interstate 44, der sich um sechs normalerweise entspannt hatte, staute sich. Probst war in der Innenstadt gewesen, um einen Vertrag zu unterzeichnen, und hatte sich fast eine Stunde lang im Schritttempo auf die schwarzen Methangasbehälter am Stadtrand zubewegt. Hier kam die Ursache des Staus in Sicht. Ein ostwärts fahrender Sattelschlepper hatte beide mittleren Leitplanken durchbrochen und war, halb aufgerissen, halb umgestürzt, in Einzelteilen auf der Gegenfahrbahn gelandet, wo mindestens sechs Autos und ein anderer Lkw in die Trümmer hineingefahren waren.

Es hatte Tote gegeben, Probst konnte das sehen. Als er auf der einzigen freien Spur vorbeifuhr, heftete er seine Augen auf die Rücklichter des Autos vor ihm, doch plötzlich bremste es. Eine Tragbahre schob sich in sein Blickfeld und zeigte ihm, keine zwei Meter von ihm entfernt, einen reglosen, völlig zugedeckten Körper. Die Bremslichter waren mit Plastikrippen und -wirbeln verstärkt. Nach einer Weile erloschen sie. Sanitäter entrissen Krankenwagentüren dem Wind, und Probst entkam in die dunklen, unverstopften Spuren.

Er fuhr auf der mittleren Fahrbahn, als er seine Abfahrt sah, Berry Road. Seine Hände wollten das Lenkrad schon herumdrehen, irgendeine Gefahr oder Lähmung aber, entweder das Eis auf der Straße oder die Milchsäure in seinen Muskeln, hinderte ihn, die Spur rechtzeitig zu wechseln. Die Abfahrt blieb hinter ihm zurück. Er setzte sich aufrechter und schaute, wohin die Reise ging. Es ging nach Westen. Er schüttelte den Kopf und verpasste die Abfahrt Big Bend Boulevard, verpasste auch die am Lindbergh Boulevard. Das nächste Kleeblatt schickte den Lincoln gen Norden, auf die Interstate 270.

«Schauen wir mal, wie es hier so aussieht», sagte er eine halbe Stunde später. Er hatte den Wagen vor der Einfahrt zur Westhaven-Baustelle, wo die Mischfahrzeuge bei der Anlieferung des Betons im Dezember tiefe Furchen hinterlassen hatten, im Schnee geparkt. Der Lincoln schaukelte auf seiner Federung im böigen Wind. Schneeflocken, trockene, wehten über die Frontscheibe.

Über dem dicken Vorhängeschloss war mit Draht ein Blechschild befestigt, auf dem EIGENTUM DES KONKURSGERICHTS MISSOURI, ÖSTLICHER BEZIRK. BETRETEN VERBOTEN. ZUWIDERHANDLUNGEN WERDEN NACH BUNDESGESETZ GEAHNDET stand.

Probst stapfte, die Schneekruste mit den Knien durchbrechend, Richtung Süden am Tor vorbei, bis er zu einem Graben kam, der unter dem Zaun hindurchführte. Gegen das Bundesgesetz verstoßend, duckte er sich unter dem Zaun hindurch und stapfte zurück zur Straße. Vor ihm lagen die Westhaven-Fundamente. Es war eine aufgegebene Baustelle, riesenhaft und nun, im Winter, unter Schnee begraben. Sie hinterließ ein großes weißes Negativ mitten im Wald, das Bild einer neuzeitlichen Katastrophe, einer flachgebombten Stadt etwa oder einer wegen Dioxinbelastung zum Sperrgebiet erklärten Viehweide. Die Fläche war gerodet und planiert, die Fundamente waren gegossen, die Stützmauern für die verschiedenen Ebenen hochgezogen. Jetzt klebte Schnee an diesen Mauern, in ovalen Placken, in federig gerippten Farnmustern, in Senkrechtlinien entlang der geteerten Fugen, in allen Formationen der Verwahrlosung. Es war noch trostloser als eine Torfhütte in der Prärie. Es war eine Enttäuschung, die der Zeit entsprach. Kein Projekt wurde mit dem Gedanken ans Scheitern begonnen; der Geist war voll Eifer, doch das Fleisch war sprichwörtlich.

Entschlossen durch den Schnee trottend, bog Probst in einen Seitenweg ein, der sich ins Zentrum einer Ausschachtung hinabwand. Hier sollte (oder würde vielleicht noch?) die Tiefgarage entstehen. Er wühlte sich durch brusthohe Schneeverwehungen, arbeitete sich zielstrebig zur östlichen Außenwand voran. Als es nicht mehr weiterging, drehte er sich um und hob den Kopf. Er war ein Krumen in einer Schüssel. Von dort, wo er stand, sah er nur grauen Himmel und, in wütendem Gestöber, eine Horde schwarzer Flocken, die radioaktiv wirkten, sich aber wie Schnee anfühlten, wenn sie schmolzen und über die Wangen liefen.

Es war noch Nacht. Als er sich auszog, kickte er seine Unterhose über die Schulter und fing sie auf. Er blieb starr stehen. Ein Anflug von Angst huschte über sein Gesicht. Die Unterhose fiel auf den Boden.

Er stieg ins Bett. «Wie geht's euch, Hände?», sagte er zu seinen Händen und zog eine Grimasse. Sein Blick wanderte im Schlafzimmer umher. Als würde er vor irgendetwas zurückschrecken, beugte er sich zur Seite und suchte zum Lesen eine Zeitschrift. Er hörte Mohnwirbels Auto in der Einfahrt, das Knirschen der Reifen auf dem Eis, als es auf den Parkplatz hinter der Garage rollte. Die Wagentür schlug mit dumpfem Geräusch zu. Im Kopf hörte Probst eine deutsche Stimme *Martin Probst* sagen. Das Titelbild der *Time* zeigte gezeichnete Raketen, Raketenschach, schwarze russische Raketen und weiße amerikanische Raketen, das Gesicht des amerikanischen Präsidenten auf der weißen Königsrakete, das Gesicht des sowjetischen Staatschefs auf der schwarzen Königsrakete, und über ihnen die Frage: SCHACHMATT?

Jählings löschte Probst das Licht und zog sich das Kissen über den Kopf.

Es hatte Nächte gegeben, in jedem Jahr ihrer Ehe, da hatte Barbara ihn geweckt und gesagt, sie habe Angst und könne nicht schlafen. Ihre Stimme hatte leise, fast erstickt geklungen. «Ich muss wissen, wann es so weit ist. Ich muss es wissen. Ich halte das nicht aus.» Dann hatte er sie, seine furchtlose Frau, in die Arme genommen. Er hatte sie geliebt, weil er durch die Haut und die

Knochen ihres Rückens ihren Herzschlag spüren konnte, und war traurig gewesen. *Ich achte dich, Martin.* Das war der Punkt. Auch er achtete sie. Sie war die Frau, mit der er schlief und dem Tod entgegensah. Er hatte geglaubt, dass sie darin übereinstimmten. Dass sie modern nur insofern waren, als sie nicht zu den Vitalisten gehörten, sondern sich der Zukunft stellten und hofften, dass die Liebe, wenn sie denn etwas Organisches war, sich auch aus gegenseitiger Achtung synthetisieren ließ, aus der Erinnerung an die Verliebtheit, aus Mitleid, aus Vertrautheit und körperlicher Anziehung und aus der Bindung an die Tochter, die sie beide als Eltern liebten. Dass sie sich nicht verlassen würden. Dass das Ziel zählte. Er hatte geglaubt, das wäre ihre Übereinkunft gewesen.

Wie hatte sie ihn verlassen können? Er schoss die Frage in den Weltraum, in tausend Himmelsrichtungen, und sie traf alles, nur nicht sie. Ein Zauberschild schützte sie, etwas, was er nie zuvor erlebt hatte: die hartnäckige Weigerung, das Geschehene zu glauben. *Nein, hatte sie nicht. Konnte sie nicht getan haben.*

«Gott verfluche dieses Land», sagte Probst.

Der Nachhall drang durch die Schädelknochen an seine Ohren. Er hörte sich von innen. Er hörte das Land antworten, das gedämpfte Hallen, die zahllosen Stimmen. Martin Probst, gehen Sie mit der Zeit. Glauben Sie etwa, sie hat keinen Blick für andere Männer? An das, was mich anzieht, gehe ich immer rational ran. Mr. Bobst, es gibt jede Menge öffentliche Parkplätze. Jede Menge. Die Frauen heutzutage brauchen diesen besonderen – was weiß ich. Avancen, äh, körperlicher Art. Sind wir quitt? Diese Gegend ist so gesund, Martin. Mein Spiel, alter Knabe. Hier geht es nicht um Gut und Böse, Daddy.

Auf dem Wecker sah er, dass es erst halb eins war. Schon wieder war er hellwach. Er lag auf dem Rücken. Sein rechter Arm ruhte auf seinen Rippen, und seine Finger zeichneten die Wölbung seines Brustkorbs nach, bedeckten sein Herz. Seine linke Hand lag flach zwischen seinen Beinen, auf Penis und Schenkel. Hatte er immer so dagelegen? Oder nur jetzt, wo er allein war? Ihn überkam ein Gefühl des Friedens. In den Fingerspitzen spürte er das Brusthaar über seinem Herzen und dessen erstaunliches Pochen. Er spürte seine Rippen. Hände sandten Botschaften über Nervenstränge ans Gehirn. Er spürte das krause Schamhaar zwischen seinen Beinen, das schmiegsame Genitale. Langsam glitt er hinüber in einen vagen Urzustand, denn jetzt wusste er, was seine Hände bedeckten, während er schlief und die Welt nicht schlief und er verletzlich war.

War er wach, wenn die Raketen fielen, hatte er die Chance zu fliehen. Er konnte Schutz suchen, seinen Kopf vor herabfallenden Gegenständen in Sicherheit bringen. Im Schlaf jedoch konnte sein Kopf die eigene Wichtigkeit nicht erfassen. Im Schlaf wurde etwas anderes geschützt. Im Schlaf war er ein Tier. Dieses Wissen wärmte ihn einige Tage lang, während er daran arbeitete, das Stadt-County-Referendum zu kippen.

14

«Mein lieber, lieber Colonel», sagte Rolf Ripley. «Sie kennen sicher die Geschichte von der Henne und dem Ei.»

«Von der Henne und dem Ei.»

«Na, was zuerst da war.»

«Ja.»

«Und? Verstehen Sie, worauf ich hinauswill?»

«Sie verschwenden meine Zeit», sagte Jammu, die Augen auf der Wanduhr. Der Lärm einer ungeduldigen Menge brandete gegen ihre verschlossene Bürotür. «Ohne das, was ich dafür getan habe, hätten Sie Ihren Sitz nicht in die Stadt verlegt. Ich träte nicht für die Fusion ein, wenn Sie und Murphy Ihren Sitz nicht in die Stadt verlegen würden. Das versteht sich von selbst. Aber Tatsache ist, dass die Schwarzen vorher da waren, vor Ihnen genau wie vor mir. Ich glaube, es ist ziemlich kindisch, sich diese Tatsache wegzuwünschen. Jedenfalls begreife ich nicht, welche Art von Unterstützung Sie von *mir* erwarten.»

Ripley hob eine ins Wort fallende Hand und blickte einigermaßen verklärt an die Decke, als ginge ihm gerade sein Lieblingssong durch den Kopf. Seine fetten Hüften füllten den Sitz des Ledersessels aus. «Ich hab eine verblüffende Entdeckung gemacht, Colonel.»

Jammus Sprechanlage summte. «Sekunde», sagte sie dahinein.

«Meiner Einkaufsabteilung ist aufgefallen, dass sich gewisse Schlüsselimmobilien der Stadt in den Händen farbiger Spekulanten befinden. Das schien mir recht und billig zu sein, bis ich feststellte, dass sie die meisten dieser Immobilien erst in jüngster Zeit erworben hatten. Und ich war völlig platt, als ich erfuhr, von wem. Wie es aussieht, hat Mrs. Hammaker seit Oktober zwischen zwanzig und dreißig Millionen Dollar in Grundstücke investiert.»

«Und?»

«Nun, mein lieber, lieber Colonel, ich hatte nicht die geringste Ahnung, dass sie so reich ist.»

«Sie kommt aus königlicher Familie, Mr. Ripley.»

«Dreißig Millionen Dollar, und sie ist, mit Verlaub, kein Einzelkind, und niemand legt, mit Verlaub, alle Eier in ein Nest, und, mit Verlaub, ich glaube nicht, dass ihr Vermögen so groß ist, wie es sein müsste, damit dreißig Millionen nur ein kleiner Teil davon sind.»

«Das kann ich natürlich nicht beurteilen», sagte Jammu.

«Hm. Natürlich nicht.»

«Obwohl ich vermuten würde, dass das Kapital hauptsächlich aus dem Hammaker-Vermögen stammt.»

«Die Fakten scheinen nicht darauf hinzudeuten. Aber sie hat ihre Spuren sehr gut verwischt. Wir werden es wohl nie erfahren.»

«Und das hat seine Ordnung, schließlich geht uns das nichts an.»

«Und ob uns das etwas angeht», sagte Ripley. «Auch das wird Sie jetzt erstaunen – fast alles, was ich sage, erstaunt Sie –, aber ich und die Ripley-Gruppe und ‹Hoffnung Stadt› werden genau mit diesen Grundstücken erpresst. Es gibt kaum eine Citylage, in der Cleon Toussaint oder Carver-Boyd oder Struthers-Immobilien nicht ein, zwei strategisch wichtige Grundstücke gekauft hätten.»

«Ich würde meinen, Pete Wesley kann die Stadt dazu bringen, diese Grundstücke dann, wenn es nötig sein sollte, für Sie zu beschlagnahmen.»

«Der Bürgermeister täte nichts lieber als das. Aber Ihnen ist natürlich nicht bewusst, dass jedes Bauvorhaben, bei dem die Stadt enteignet, zu einem städtischen Bauvorhaben wird und damit die Bautrupps von Anfang bis Ende einer absurden Rassenquote unterliegen.»

«Ich kann mir nicht vorstellen, dass die rassische Zusammensetzung der Bautrupps von Belang ist, solange sie zu einem ordentlichen Preis arbeiten.»

«Nein, natürlich können Sie sich nicht vorstellen, dass es für Geschäftsleute von Belang ist, wenn ihnen bei ihren eigenen Bauvorhaben die Entscheidung aus der Hand genommen ist, wen sie einstellen und entlassen. Das sprengt ganz offensichtlich Ihre Vorstellungskraft.»

«Warum kaufen Sie nicht einfach die Grundstücke, die Sie brauchen?»

Ripley starrte sie an. «Sie wissen verdammt gut, was die verlangen. Die wollen eine schwarze Mehrheit bei ‹Hoffnung Stadt›. Die wollen es schriftlich, dass sie bei der jeweiligen Stellenvergabe proportional berücksichtigt werden – wenn die Stadt zu sechzig Prozent farbig ist, müssen wir in fünf Jahren sechzig Prozent Farbige beschäftigen. Und auf einem unverschämt hohen Anteil farbiger Familien an den von ‹Hoffnung Stadt› finanzierten Wohnprojekten bestehen die auch.»

Es waren 35 Prozent – die Zahl, die Jammu vorgeschlagen hatte. «Einkommensschwacher Familien», korrigierte sie.

«So genannte Einkommensschwache.»

«Gibt es etwa keine weißen Einkommensschwachen in der Stadt? Ich wiederhole Ihnen hiermit, Mr. Ripley, dass ich nicht zwischen Ihnen und der schwarzen Führungsschicht der Stadt vermitteln kann. Meine Rolle ist begrenzt. Ich bin zuständig für die Polizei.»

«Aber Sie sind so *erfinderisch*. Es muss doch Mittel und Wege geben. Denn wenn die einzige Gegenleistung, die ich kriege, der Ärger mit den Farbigen ist, werde ich Ihren Fusionsfeldzug nicht mitmachen, und die Unterstützung der anderen von ‹Hoffnung Stadt› wird hübsch lauwarm ausfallen. Und ohne die Fusion dürfte es für viele von uns sinnlos sein, in der Stadt zu bleiben. Dann werden Sie sehen, wer zuerst da war, die Henne oder –»

«Natürlich», sagte Jammu, als die Stimmen vor ihrer Tür noch lauter wurden, «würde ich die Unterstützung von ‹Hoffnung Stadt› sehr begrüßen, schließlich geht es um das Wohl aller St. Louisianer, in der Stadt wie in der County. Aus informellen Gesprächen mit einigen Ihrer Mitglieder habe ich den Eindruck gewonnen, dass die Fusion sehr positiv beurteilt wird. Ja, die Schwarzen wollen bei ‹Hoffnung Stadt› die Mehrheit stellen. Gegenwärtig sind sie eine Nullminorität. Ja, sie wollen die Chancengleichheit in der Beschäftigungspolitik festschreiben. Gegenwärtig liegt der schwarze Anteil Ihrer Beschäftigten bei elf Prozent, oberhalb des mittleren Einkommens bei zwei Prozent. Wir leben in den achtziger Jahren, Mr. Ripley, und Ihre Firma hat ihren Sitz jetzt in einer Stadt, die zu fast zwei Dritteln schwarz ist. Und ja, es stimmt, sie verlangen, dass Bauvorhaben von ‹Hoffnung Stadt› fünfunddreißig Prozent Sozialwohnungen einplanen. Die Pläne, die mir vorgelegen haben, sehen gegenwärtig zwischen null und zehn Prozent vor. In der Zwischenzeit verlieren durch den Bau der von Ihrer Gruppe geförderten Büros und Luxuswohnungen Tag für Tag acht schwarze Familien ihre Bleibe. Dass Sie sich weigern, Mr. Struthers ernst zu nehmen, erscheint mir alles andere als fair. Vielleicht bin ich noch nicht an Ihre amerikanische Denkart gewöhnt, aber ich sehe für die Unternehmer von St. Louis hier die einzigartige Chance, der schwarzen Bevölkerung eine wirkliche Wohltat zu erweisen.»

Ripley nahm die Belehrung lächelnd und nickend entgegen. «Wenn ich das glauben würde», sagte er, «würde mich Ihre Naivität erschrecken. Aber ich denke, ich habe meine Position deutlich genug dargelegt.» Er stand auf. «Cheerio.» Er öffnete die Tür, in der sich sofort aufgeregte Gesichter zeigten, und verschwand im Gedränge.

«Moment noch!», schnauzte Jammu. «Fünf Minuten. Können Sie nicht *warten*?»

Randy Fitch, das vorderste Gesicht, rief: «Es ist –»

«Fünf Minuten noch. Himmel. Bitte schließen Sie die Tür.»

Die Tür verharrte unschlüssig, trat dann den Rückzug an. Jemand stieß nochmals dagegen, aber da war sie schon ins Schloss gefallen.

Jammu wählte eine Nummer. «Hör zu», sagte sie. «Du kriegst es bald schriftlich, aber ich wollte dich für den Fall informieren, dass du Rolf heute sehen solltest. Er war gerade hier und hat mir gedroht. Sag ihm, dass ich die Drohungen sehr ernst nehme. Sag ihm, ich habe Angst. Aber ich muss noch so tun, als würde ich zu Struthers stehen. Sie stellen drei Forderungen an ‹Hoffnung Stadt›. Rolf soll die ersten beiden erfüllen. Er wird schon wissen, warum ich ihm das nicht selber sagen konnte. Die schwarze Mehrheit bei ‹Hoffnung Stadt› –»

«Ja», sagte Devi.

«Er sollte sie ihnen zubilligen. ‹Hoffnung Stadt› ist sowieso eine Übergangslösung, und wir können sie bei Bedarf durch ein kleines Komitee ersetzen.»

«Und die Beschäftigtenquote?»

«Das ist die zweite Forderung, die er erfüllen soll. Er soll sich von Struthers auf die Quote festlegen lassen, die Struthers will – derselbe Schwarzenprozentsatz in Stadt und Unternehmen. Struthers weiß nicht, dass die Stadt in zehn Jahren rundum weiß sein wird.»

«Du willst Struthers aufs Kreuz legen.»

«So viel kannst du durchblicken lassen. Die Zugeständnisse müssen nicht allzu weit gehen. ‹Hoffnung Stadt› kann die Zahlen drücken. Struthers habe ich gesagt, er soll hoch pokern und auf Entgegenkommen hoffen. Sagen wir vierzig Prozent Schwarze bei ‹Hoffnung Stadt› und die volle Quote in zehn Jahren und nicht in fünf. Rolf hat in puncto Wohnungen immer noch Verhandlungsspielraum. Das ist entscheidend für eine weiße Stadt. Ich denke, Struthers macht einen Rückzieher, wenn Rolf ihm erklärt, dass die Bauvorhaben bei einem Anteil von über fünfzehn Prozent Sozialwohnungen einfach keine Investoren anlocken.»

Devi wiederholte alles der Reihe nach.

«Gut», sagte Jammu. «Ich nehme seine Drohungen nicht besonders ernst. Seine Investitionen hier sind bislang steuerbegünstigt, und wenn er jetzt aussteigt, bringen ihn die Kapitalgewinne um. Ein Wegzug ist ziemlich unwahrscheinlich. Andererseits hat er sich noch nicht auf das Ripley-Center festgelegt –»

«Hat er nicht?»

«Nein. Sowie er das tut, kann er nicht mehr zurück. Am besten lässt du ihn mit diesem Thema allein – verlier einfach kein Wort darüber. Lass ihn glauben, ich sei der Meinung, es gebe von seiner Seite her eine Festlegung.»

«Kein Problem.»

«Dann ist da noch die Krise. Ich glaube, Rolfs Hass auf Probst ist einer der Hauptgründe, warum er bei ‹Hoffnung Stadt› eine derart zentrale Rolle spielt. Wir müssen diese Entwicklung vorantreiben. Bist du noch mit im Boot?»

«Und wie», war die Antwort.

«Gut. Ohne das geht es nicht, und solange Probst den Widerstand organisiert, wird es auch klappen. Verstehst du? Treib die Entwicklung voran.»

«Verstehe.»

Jammu schloss ihren Schreibtisch ab, zog sich den Mantel an und öffnete die Tür. «Tut mir Leid, Joe Feig», sagte sie. «Sie werden mich hassen, aber wir müssen uns jetzt auf vier Uhr vertagen. Kommen Sie vorbei, und Sie kriegen, was Sie brauchen. Randy, sprechen Sie mit Suzie. Ich hab jetzt keine Zeit, das durchzusehen, Suzie, aber Randy braucht es, und du machst das schon. Geh los und hol die Unterschriften ein. Rollie, richten Sie Farr aus, er muss hier heute noch vorbeikommen. Sagen wir, um acht, und wenn ich nicht da bin, ist das sein Bier. Annette, geht's um Leben oder Tod?»

«Irgendwie schon. Strachey war heute Morgen auf der Titelseite –»

«Entwirf schon mal die Garantieerklärung. Kräftige Formulierungen – ich gehe das dann über Nacht durch, und Pete unterschreibt. *Kein* städtischer Angestellter wird durch die Fusion seinen Job verlieren. Kein einziger. Im schlimmsten Fall Versetzungen. Wenn du ein paar zarte Andeutungen auf Zuschüsse einbaust, umso besser. Und die anderen bitte aus dem Weg. Ich bin um halb drei zurück und habe Zeit bis vier. Ich bitte um Entschuldigung, ewige Dankbarkeit Ihnen allen.»

Der Corvette wartete bereits an einem Hydranten auf dem Tucker Boulevard. Jammu stieg mit einem Wort der Entschuldigung zu Asha ein, die ihre Lesebrille abnahm und aufs Gaspedal trat. Sie trug Zobel und Smaragde. Sie schnitt einen Postlaster und fuhr die Auffahrt zum Highway 40 hinauf. Dieser Termin war für Jammu eigentlich der unwichtigste des ganzen Tages, aber da sie Singh immer seltener sah, bedeutete ihr dieses wöchentliche Mittagessen mit Asha von Mal zu Mal mehr.

Die Autos, die Asha überholte, schienen zu stehen, auf der winterfleckigen Straßendecke auf der Stelle zu hüpfen. Im Hintergrund zogen in einem kalten Dunstschleier Häuser vorbei. Asha ließ das Lenkrad los, um ihr Haar zu ordnen, und der Corvette wechselte eigenmächtig auf die Innenspur. Geschwindigkeit war ihr Element – ihre Leidenschaft. Sie hatte eine Fluglizenz, sie ritt und wettete mit Begeisterung auf Pferde. Sie gehörte zu der Sorte Menschen, die den Dal-See in Kaschmir mit Rennbooten befuhren. Auch jetzt legte sie ein scharfes Tempo vor, und als sie die Stadtgrenze passierten und in den Zuständigkeitsbereich anderer Polizeikräfte gelangten, die weit weniger bereit waren, ein Auge zuzudrücken, hieß Jammu sie langsamer fahren.

«Ripley?», fragte Asha.

«Ja.»

«Hättest du im Juli geahnt, dass er so wichtig werden würde?»

«Eher nicht. Er war ein Wackelkandidat. Aber das waren sie alle.»

Jammu dachte an den Juli, jene trauliche, klimatisierte Zeit. Die Vormittage hatte sie in der Polizeiverwaltung verbracht; die frühen Nachmittage an der Bücherausgabe der städtischen Bibliothek, ihren Buch- und Zeitschriftenbestellungen nachschauend, die per Rohrpost in die Magazine befördert wurden; die späten Nachmittage in einem der muffigen Flure des Untergeschosses, um die Kopiermaschinen der Bibliothek mit Münzen zu füttern; die Abende unterwegs mit Asha in der County, in der Innenstadt mit Asha zwischen Hollandaise-Saucieren, auf ihrem Hotelbalkon mit Asha und Bourbon; die Nächte mit der Lektüre der täglichen Fotokopien. Hatte sie das ahnen können? Jede Diskussion über die bürgerlichen Machtstrukturen wurde beherrscht von zwei Wörtern: Städtischer Wachstumsverein. Auf jeder Liste einflussreicher lokaler Persönlichkeiten standen die Namen Wismer, Hutchinson, Ripley, Meisner, Probst, Murphy, Norris, Spiegelman, Hammaker ... Und Asha entlockte Sidney noch weitere Namen, die sie an Jammu weitergab. Alles Wackelkandidaten, aber in der Summe eine sichere Bank. *In nur wenigen amerikanischen Städten werden die Grundlagen der Lokalpolitik von einer so kleinen und eng verflochtenen überparteilichen Gruppierung bestimmt. In nur wenigen amerikanischen Städten hat sich der Politikstil des frühen 19. Jahrhunderts so unverändert bis in die Gegenwart erhalten. Zwar haben die Namen gewechselt, aber die Machtausübung durch eine Hand voll eingesessener, der romantischen Pioniertradition verpflichteter Familien hat sich mit Erfolg bis heute fortgesetzt ...* Akademisches Politisieren, bedeutungsschwangere Schlagworte, sommerliche Gedanken, verheißungsträchtig. Miss Jammu, wir haben beschlossen, Asha, sie haben beschlossen, Maman, ich habe beschlossen. Eine Stadt überwältigen, im Juli.

Asha schüttelte sich ihren Mantel von den Schultern. «Wie geht's Devi?»

«Sie macht sich sehr gut. Aber es ist eher eine Schwachstelle unserer Taktik, dass sie, nur weil Ripley so wichtig geworden ist, jetzt am Schalthebel sitzt.»

«Läuft irgendwas falsch?»

«Nicht, dass ich wüsste. Nicht wirklich, meine ich. Sie hat Verstand, und sie ist zu abhängig von mir, wegen Drogen und auch sonst, um die Sache auffliegen zu lassen. Aber eine andere Agentin an ihrer Stelle wäre mir lieber. Ich glaube, am liebsten wäre mir, das Ganze würdest du übernehmen.»

«Wenn ich könnte, gern.»

«Es war kein Problem, Baxti im Oktober von Probst abzuziehen. Aber in diesem Stadium können wir Ripley nicht zumuten, die Sexpartnerin zu wechseln.»

«Das klingt, als würde doch etwas falsch laufen.»

«Ich weiß nicht. Ripley ist überraschend anspruchsvoll. Ich spüre, dass ich den Kontakt verliere. Zu Devi. Zu ... Du bist so ziemlich die Einzige, die noch den Überblick hat.»

Asha war es gewohnt, Jammus Ängste aufzufangen. Sie hielt den Blick auf die Straße gerichtet. Brentwood teilte sich, um den Highway durchzulassen, die Mauern der flachen Wohnquader sahen aus, als wäre Tausalz bis hin zu ihnen gespritzt. Neues gab es für Jammu nicht zu sehen. «Ist das da nicht die Ausfahrt?»

Sie wurde nach vorn geworfen, als Asha den Corvette über vier Spuren hinweg zur Seite und in die Ausfahrt lenkte. Ashas goldene Armbänder flogen an ihren Handgelenken. «Und Norris?», fragte sie.

«Er ist warmgelaufen, aber nicht am Ziel. Er findet keine neuen Freunde, keinen, den er bekehren kann.»

«Buzz sagt, dass er und Probst sich näher gekommen sind.»

«Probst hat nicht die Verlierermentalität, die man braucht, um an Verschwörungen zu glauben. Er hat die Wanze bei Meisner entdeckt und es dabei bewenden lassen. Seine Tochter hat eine Wanze in der Wohnung ihres Freundes entdeckt, und der Freund hat sie bei seinem Vermieter abgeliefert.»

«Gott ist auf deiner Seite, Ess.»

Jammu sah auf den tief profilierten Reifen eines gewaltigen Kippers. Auf einmal kam ihr der Corvette zerknautschbar vor. Der Kipper war schwarz. In roten Lettern stand PROBST & CO. auf der Fahrertür. Der Fahrer, ein Schwarzer mit Baseballkappe, blickte erst auf die Motorhaube des Corvette hinunter, dann auf Jammu. Er zwinkerte ihr zu. Asha überholte ihn.

«Die Krieger nehmen sich am Sonntag eine Brücke vor», sagte Jammu.

«Au fein.»

«Erzähl mir was von Buzz.»

«Er ist süß», sagte Asha. «Ein richtiger Schatz.»

«Das hast du schon gesagt. Ist das ein gutes oder schlechtes Zeichen?»

«Weder noch. Er gehört weiterhin zu den Wackelkandidaten. Denk an die Zufallsverteilung in Sachen Moral. Deine Theorie. Buzz hat relativ viel davon. Aus Prinzip, wenn nicht gar instinktiv, fühlt er sich dem Wachstumsverein verpflichtet, dem, was davon übrig ist, der alten Ordnung. In der Stadt-County-Frage ist er sehr engstirnig. Oder es steckt mehr als Engstirnigkeit dahinter, es ist –»

«Die Krise. Eine Hypostasierung allerdings der falschen Elemente.»

«Wie du meinst. Es geht nicht um Politik und nur der Form nach um Ökonomisches. Im Kern ist es eine Art Personenkult. Plötzlich, aus heiterem Himmel, bewundert er Probst. Ich finde das frustrierend. Je öfter ich mit ihm zusammen bin, desto mehr interessiert er sich für Probst. Das ist nicht fair.»

«So also.»

«Andererseits hat das mit Persönlichem zu tun, und das in zunehmendem Maße. Wenn du Probst auf deine Seite ziehst, unterstützt dich auch Buzz.»

«Bist du dir da sicher?»

«Wenn ich auf deiner Seite bin und Probst ist es auch – na, dann hast du Buzz.»

«Du bist dir also sicher. Bist dir sicher, dass er seine Zentrale in die Stadt verlegt.»

Asha reckte die Schultern. «Ich weiß nicht, Ess. Da verlangst du ein bisschen viel von ihm. Er wird etwas tun. Wenn er nicht für Probst wäre, würde er sich für die Fusion stark machen.»

«Ich will ihn in der Stadt.»

«Um die Fusion durchzuboxen?»

«Nur um ihn in der Stadt zu haben. Diese Fusion wird als unheilvoller wahrgenommen, als sie es verdient. Ich meine, ja, ich will sie unbedingt. Aber wenn sie platzt, will ich wenigstens die Stadt und die Elite. Also verlier nicht das Hauptziel aus den Augen.»

«Buzz zum Umzug zu bewegen.»

«Genau.»

«Was machst du, wenn du das, was du haben wolltest, hast?»

Jammu lächelte. «Weitermachen.»

Asha kurbelte die Scheibe herunter und entnahm dem Automaten am West-Road-Parkhaus einen Schein. Sie reichte den Schein Jammu. In Blutergusslila war die Zeit aufgestempelt – 13:17. Sie würden eine Stunde fürs Essen haben. «Weißt du», sagte Asha, als sie die Rampe hinauffuhr, «ich war sehr beeindruckt, wie genau Singh im September die Lebensumstände von Buzz erfasst hat. Er hat nicht eingegriffen, nur gelauscht, und trotzdem hat er jedes Detail sicher getroffen, sogar die Rolle der Probsts.»

«Ich habe Hunger», sagte Jammu.

Die hundert Lampen im Speisesaal der Frauenorganisation Junior League hatten in den beschlagenen Fensterscheiben gespiegelte Pendants und beleuchteten die frischen Blumen auf jedem Tisch, das staubtrockene Make-up auf allen Gesichtern. Gläser klirrten, Gelächter schallte. Im Raum roch es schwach karbonisiert. Ein Mädchen in weißem Wollrock und giftgrüner Jacke und rosa Baumwollbluse und geknotetem Schottenschal sprang von einem der Tische auf und schrie: «Asha!»

Plötzlich sah Jammu die Rücken der beiden.

«Ich dachte schon, dein Telefon wär kaputt!»

«Gott, sind die toll!»

«Wenn Joey nichts dagegen hat!»

Asha führte Jammu am Ellbogen zum Tisch. Sie setzten sich. «Die jüngste von den Jaeger-Mädchen», erklärte sie. «Wir gehen morgen tanzen.»

«Kommt das nicht deiner Geschichte mit Buzz in die Quere?»

«Nein.»

Sie gingen ins Hindi über. Der Lärm der speisenden Frauen umbrandete sie, das Wiedergekäu des kommunalen Klatsches, *so* nett, der Süße, lohnende Samstagsshoppingtouren ins Frontenac, Billblass, Konzert in der Powell Hall, ich hab schon Klein-Schlemms erlebt, ich brunche geschieden (Hilary Fontbonne, Ashley Chesterfield), aber hör mal am Mittwoch (toi, toi, toi), Ausverkauf bei Eric, Saks London, krebskrank, Gardinen, Skifahren in Vail, sechs Pfund.

«mere sir mä dard hä»

Jedes Mal, wenn Jammu die Augen von ihrer Freundin abwandte, musste sie sich gegen feindliche Invasionen von den Nachbartischen wehren. «Sündhafte» Desserts auf großen Tellern, sarkastische Blicke. Die Frauen waren lebhaft und attraktiv. Jammu attackierte ihren Salat mit einer Gabel und sagte in ihrem schroffen Hindi: «Singh hat Barbara Probst entführt.»

Ein Kopf fuhr herum. Ohren hatten vielleicht den Namen aufgeschnappt.

«Reden wir später davon, Ess.»

«Nein, jetzt», sagte Jammu. «Wir nennen die Namen eben nicht. Iss weiter. Mach schon. Iss! Hier kommen wir nicht mehr hin. Aber meine Zeit ist knapp. Am Dienstag hat er sie entführt.»

«Wo hält er sie versteckt?»

«In seinem Apartment auf der anderen Seite des Flusses.»

«Das gefällt mir nicht.» Asha betupfte sich die Lippen mit ihrer Serviette. «Das gefällt mir überhaupt nicht. Dieses Gebäude gehört Hammaker.»

«Mir gefällt schon die Idee nicht. Aber sie hat keinen Schimmer, wo sie ist. Singh strickt in New York an so einer Geschichte. Er hat eine Frau gefunden, die ihr hinreichend ähnlich sieht, zeigt sich mit ihr in seinem Wohnhaus, beim Portier, bei den Nachbarn. Wohl dosiert.»

«Aber Entführung? Das verstehe ich nicht.»

«Schön, dass wir einer Meinung sind.»

«Du hältst nichts davon?»

«Doch. Singh hatte eine gute Begründung. P. glaubt, dass sie ihn verlassen hat. Singh wusste nicht, wie das Ganze weitergehen sollte, da blieb ihm nur die Entführung. Die Krise erfordert besondere Maßnahmen. Und B. war bei den P. mein Hauptwidersacher. Krise hin, Krise her, es ist gut, dass sie aus P.s Leben verschwindet.»

«Und sie liegt dort unter Drogen rum?»

«Schön wär's. Ich habe ihm gesagt, er soll sie unter Drogen setzen. Habe ihm das klipp und klar gesagt. Aber er meint, dann funktioniert seine Geschichte nicht mehr. Er gibt sich als persischer Psychopath aus. Er braucht eine Version, weil er B. ja schließlich irgendwann freilassen muss.»

«Nach der Abstimmung. Wenn P. seine Rolle gespielt hat.»

«Vermutlich.»

«Aber das bedeutet ... Was macht er, wenn sie wieder frei ist?»

Jammu legte eine Anschovis auf ihren Tellerrand.

«Schickst du ihn zurück?», fragte Asha.

«Er geht von selbst.»

«Wie findest du das?»

Jammu, kauend, sagte: «Ich kann damit leben.» Sie schluckte. «Er hat sich in letzter Zeit verändert. Was ihn interessiert, ist sehr beschränkt, und ständig diese Sticheleien. Die P.-Angelegenheit nimmt ihn zu sehr in Anspruch. Ich habe ihm gesagt, er soll die Entführung einem Spezialisten überlassen. Aber er wollte nicht. Das alles angeblich nur, damit keine Fehler passieren. Als ob es eine sichere Sache wäre, B. an die Kette zu legen und auf ein paar Türschlösser zu vertrauen.»

«Warum so bitter, Ess?»

Jammu zuckte die Schultern. Singh würde zurückgehen. Mit Barbaras Entführung hatte er die Brücken hinter sich abgebrochen. Wir sind hier in Amerika, Chefin. Du musst bald die Finger von dem konspirativen Zeug lassen, sonst fliegst du auf. Wenn du damit aufhörst, brauchst du mich nicht mehr. Mir gefällt es sowieso nicht in diesem Land. Ich fühle mich hier unwohl. Wenn ich den Eindruck hätte, dass du ohne mich nicht zurechtkommen würdest, ließe ich die Entführung bleiben. Auch wenn ich das Gefühl hätte, dass ich dir ein bisschen fehlen würde. Jede Ankunft ist ein Abschied, Chefin. Wenn du mich brauchst, findest du mich in Bombay.

«Es ist Samstagvormittag. Wir haben uns im Morgengrauen wie die Wilden geliebt, und ich bin übers Wochenende in den Mittelwesten abgereist, um an einer Reportage zu arbeiten. Du stehst spät auf, spülst unter der Dusche meinen Geruch ab und gehst spazieren. Du holst Sachen aus der Reinigung, kaufst dir eine Grapefruit, ein paar Bagels und ein Pfund frisch gemahlenen kolumbianischen Kaffee. Mmh. Riechst du? Du kommst zurück und frühstückst. Rauchst eine Zigarette und ‹sammelst dich›. Es ist leicht bewölkt, nicht zu kalt. Wir wohnen im zwölften Stock, nicht vergessen, der Verkehr ist weit weg. Du denkst darüber nach, was mit deinem Leben passiert ist. Wie viel sich in den fünf Tagen geändert hat, was die nächsten Monate bringen werden. Du fragst dich, was du in der Zeit, wenn ich unterwegs bin, mit dir anfangen sollst. Eine Arbeit suchen? Ein Buch schreiben? Journalist werden wie ich? Zu einem Casting gehen? Du bist ein bisschen einsam, aber das ist spannend. Eine neue Art von Einsamkeit. Du denkst an Luisa. Ihr wird es mit Duane an solchen Samstagvormittagen ähnlich gegangen sein, immer noch. Wie neu ihr das alles sein muss. Du raffst deinen Mut zusammen, weil du sie anrufen willst. Du erinnerst dich an Martins Geburtstagsparty und den Krach, den du mit ihm hattest, vor ihren Augen. So, denkst du, kannst du ihr am besten erklären, warum du ihn verlassen hast. Du möchtest ihr erklären, dass du dir so etwas von deinem Mann nicht bieten lässt. Dass manche Dinge das Maß einfach übersteigen. Luisa soll nicht glauben, dass du ihn aus rein egoistischen Gründen verlassen hast, das willst du auf keinen Fall. Natürlich bist du nervös, weil du ihr eine Menge erklären musst und weil ich, wenn du irgendwas sagst, was du nicht sagen sollst, oder wenn ich den Eindruck bekomme, dass du verschlüsselte Mitteilungen machst, dich erschießen werde und sie das hören wird. Aber du nimmst den Hörer ab.»

Nissing tippte mit der Pistole aufs Telefon. Dann lehnte er sich in seinem Klappstuhl zurück, und Barbara, die ihm auf ihrem gegenübersaß, nahm den Hörer ab. Das Freizeichen ließ sie ein wenig zusammenzucken. Ihr Blick folgte dem Telefonkabel über den Teppichboden ihrer Zelle bis zur verschlossenen Tür. Die Einrichtung war dieselbe wie am ersten Tag, als sie ihren Vorgesetzten in der Bibliothek angerufen hatte. Sie hörte Nissing atmen, hörte im Dachfenster über sich ein Gurren.

«Und du wählst natürlich. Drei, eins, vier …»

Sie wählte die Vorwahlnummer und zögerte, lauschte auf das Rauschen der Fernverbindung.

«Du hast es einfach nicht mehr mit ihm ausgehalten.»

Sie wählte Duanes Nummer.

«Du lehnst dich in meinen Ledersessel. Der ist bereits dein Lieblingsplatz.»

Duane nahm ab.

«Hi, Duane, hier ist Barbaras Probst.»

Bei dem Ausrutscher hob Nissing streng die Augenbrauen. Mit dem linken Zeigefinger drückte er eine Mithörmuschel an sein Ohr. In der anderen Hand hielt er die Pistole. Die Sicherung, ein Metallhebel, war entsichert. In fünf Tagen hatte Barbara gelernt, wann sie es war und wann nicht.

«Sie ist gerade raus», sagte Duane. «Können Sie in einer Stunde nochmal anrufen?»

Nissing nickte.

«Ja, natürlich. Ich rufe wieder an. Wie geht es so?»

Nissing lächelte beifällig.

«Gut», sagte Duane. «Gibt nicht viel Neues. Läuft alles prima. Ich, äh ... sind Sie in New York?»

«Ja, ich bin in New York. Ich denke, Luisa hat mit ihrem Vater gesprochen. Ich –» Die Pistole schwenkte verneinend den Lauf. «Ich rufe also in einer Stunde wieder an. Sagen Sie ihr ruhig, dass ich angerufen habe.»

«Klar. Sie wird sich freuen.»

«Danke, Duane.»

Nissing nahm ihr den Hörer aus der Hand. «Du bist enttäuscht», sagte er. «Du hast dich innerlich aufgestachelt. Deine Hand schwebt nachdenklich über dem Telefon, und während dein Adrenalinschub anhält, beschließt du, den Anruf bei Martin zu wagen, den du so gefürchtet hast. Wenn es gut geht, wirst du auch Audrey anrufen. Es tut dir Leid, dass Martin deine Adresse nicht kennt. Er wird wissen wollen, wohin er seine Briefe *nicht* schicken soll.»

15 RC machte Clarence fertig, er war in Form, war ein Orkan in Turnhosen. Als er den sechsten Punkt in Folge erzielte, mit einem Krepierer in die Ecke, schlug sich Clarence auf den Schenkel und lachte. «Was ist nur los mit mir?» RC antwortete mit einen hohen, harten Aufschlag. Clarence drehte sich strauchelnd um die eigene Achse, angelte nach dem Ball und ließ den Abstand auf 9:1 wachsen. Den nächsten Aufschlag ließ RC flach von der Wand abschmettern, und Clarence hob die Hände schützend vors Gesicht. «Zeit! Zeit!» RC sprang auf der Stelle, um in Schwung zu bleiben, und sah ungerührt zu, wie sein Gegner in die Knie ging. «Dein Spiel», keuchte Clarence.

RC war nicht einmal außer Atem. Er riss den Klettverschluss seiner Handballhandschuhe auf und streckte die gepeinigten Finger. Von den anderen Plätzen drang Gestöhn und Gerempel, hektisches Füßescharren, das erratische Plopp! Plopp! von Racquetbällen, Squashbällen, Handbällen. Clarence kniete immer noch und schüttelte den Kopf, als könnten ihn Selbstvorwürfe zum Sieg verhelfen. Resigniert rappelte er sich hoch. «Komm, Sheriff, gehn wir uns anhübschen.»

Sie zwängten sich durch die kleine Tür und liefen hintereinander den schmalen Gang zu den Duschen entlang. Für frische Handtücher musste man hier bezahlen. Clarence nahm dem Mann im Käfig zwei davon ab und gab eins weiter an RC. Er hatte rote Äderchen in den Augen. «Verdammt gutes Spiel», sagte er. Er drehte sich zu dem Mann im Käfig um. «Mein Schwager war verdammt gut, Corey.»

RC hätte schwören können, dass der Blick, den Corey ihm nachsandte, giftig war.

Er stellte sich unter einen der Duschköpfe und drehte sich zur

Wand, wie er es immer tat, um nicht auf Clarence' speckige Hüften und das Profil seines haarigen Bauches zu sehen. Als das heiße Wasser floss, blinzelte er und ließ den Kopf kreisen, und das, was er sah, war wie ein Film, bei dem die Kamera des Kameramanns zu Boden fiel, trudelnd, schlingernd, ein Durcheinander aus Kachelboden und Dampfschwaden, Zehen und Ellbogen und einem Dritten, der zwei Plätze weiter duschte. Den Soundtrack steuerte Clarence bei; er sang.

. . . All dem barges inner day
Filled it lumber callin hay
An ev-er-y inch of the way we go
From Albany to-oo Buf-fuh-uh-lo, OH!

Heute war der 4. Februar, somit stand RC und Annie in der neuen Wohnung in University City die vierte Nacht bevor. Am Mittwoch waren sie mit einem von Clarence' Lkws umgezogen, und inzwischen waren alle Kartons bis auf die mit dem kaputten Spielzeug, den Sommersachen, dem Grillzubehör, den Flossen und Schnorcheln ausgepackt. Über das neue Gebäude konnte RC sich nicht beklagen. Die Hausgemeinschaft war angenehm durchmischt. Aber die Schritte von oben und die Stimmen von unten klangen geschäftig und fremd, und die Zimmer waren Zimmer, mehr aber auch nicht. Er kam sich vor wie ein TV-Darsteller, der an einem irgendwo hingestellten Tisch mit Gabeln und Löffeln aus der Requisitenkiste aß. Dem, was er tat, fehlte es an Reibungslosigkeit, er bekam die Dinge so, wie sie eine Woche zuvor noch gewesen waren, einfach nicht mehr hin. Gestern Abend, als er und Annie auf der Wohnzimmercouch *Saturday Night Live* gesehen hatten, war er zu ihr hingerückt und hatte ihr die Brille von der Nase genommen. Im nächsten Augenblick lachte der Fernseher, und Annie entwand ihm die Brille und setzte sie sich schief wieder auf. Sie schob sie zurecht. «Ich *seh* doch nichts.»

«Was willst du denn sehn?» RC ließ sich auf den nackten Fußboden plumpsen und hielt den Kopf mitten vor den Bildschirm. «Ich bin's», sagte er. «Live aus der Studentenstadt.»

Annie beugte sich zur Seite. «Kopf weg, Richie.»

«Wir haben heute ein paar ganz besondere Gäste eingeladen –»

«Geh da weg mit dem *Kopf.*» Angespannt saß sie im grauen Licht, die Beine im Schneidersitz, die Arme verschränkt. Seit zwei Monaten, seit sie sich dort, wo sie früher gewohnt hatten, in einer der neuen Firmen hatte einstellen lassen, war sie müde. Sie hatte Textverarbeitung gelernt. Texte wie: Ich bin erschöpft, RC. Die Psyche ist mitgenommen. Wir sind doch jetzt Doppelverdiener ... Aber wenn *sie* schon erschöpft war, dann war RC es erst recht. Er war um zehn nach Hause gekommen, nach einem langen Streifendienst und zwei Stunden Büroarbeit.

«Na gut», sagte er. «Dann nicht.»

«Richie, bitte!»

«He, lass dich nicht stören.»

Er zog seinen Mantel an. Annie sah weiter fern, das Wer-hat-Schuld-Spielchen nahm seinen Lauf. Sie fragte ihn, wohin er gehe, und ihm fiel ein, dass sie ja nicht mehr in der alten Gegend wohnten. Sie wohnten jetzt in der University City. Er wusste nicht, wohin er gehen würde. «Spazieren», sagte er.

Annie streckte ihm die Zunge heraus, und beinahe hätte er, was auch bezweckt gewesen war, gelacht; sein Mund verzog sich, aber das Lachen kam als Husten heraus. «Schlaf 'ne Runde», sagte er. «Dann bist du wieder ausgeruht und lieb.»

Er ging hastig die Straße entlang. Nach ein paar Blocks, als die Gebäude größer, amtlich wurden, sah er die ersten Studenten. In den wenigen erleuchteten Fenstern waren Reagenzgläser, Wandtafeln, grau emaillierte Geräte, Monitore. Mädchen in Jeans und langen Wollmänteln rückten ein wenig enger zusammen, wenn sie an ihm vorbeikamen. Er bog in einen Weg zwischen Bäumen ein, weg von den Gebäuden, und lief quer über die zugeschneite Wiese, die zum Skinker Boulevard hinunterführte. Auf der Anhöhe rechts von ihm standen die mit Zinnen bewehrten Türme, die man vom Golfplatz aus sehen konnte, wenn kein Laub mehr an den Bäumen war. Er kam zum Trampelpfad, der die Wiese zerteilte, blieb stehen und lehnte sich an einen Baum. Das Wasser strömte aus der Dusche auf ihn herab, so heiß, dass es sich kalt anfühlte. Clarence wechselte die Tonart.

Ask any mermaid you happen to see
What's the best tuna?
(Wah wa-wah wa-wah?)
CHICKEN OF THE SEA.

RC war achtzehn, als er es seinem großen Bruder Bradley beim Ringen zum ersten Mal so richtig zeigte. Sie hatten eine Matte, eine Matratze, die sie aufgehoben hatten, nachdem ein Klappbett vom vielen Trampolinspringen zu Bruch gegangen war. Im Haus, das ihrer Mutter gehörte, lag sie im Nebenraum der Garage auf dem Fußboden. Bradley machte Ringen an der Schule und benutzte den Raum als Trainingsstudio. Als er die Schule abbrach, um als stellvertretender Filialleiter eines Kroger-Supermarkts zu arbeiten, behielt er das Studio bei. Außer der Matte besaß er eine Scheibenhantel, die er zu zwei Dritteln komplett am Straßenrand gefunden hatte, und eine von dem Teil seines Lohns, den er nicht bei ihrer Mutter ablieferte, gekaufte Bankdrückmaschine. Die beiden Fenster des Raums zur dunklen Garage hin waren von seiner Bierbüchsensammlung zugemauert. Unter einer losen Diele war eine Sterno-Büchse versteckt, in der sich immer Dope befand, und die Scheuerleisten waren weiß bestäubt mit DDT aus einem vergammelten Pappbehälter von einem Regalbrett in der Garage. Das Mittel hieß DD-Tox. Das sterbende Ungeziefer auf dem Etikett war schwarz mit weißen Augen.

Es war Juni. Inzwischen schlief Bradley auch in dem kleinen

Raum und feierte dort mit seinen Kumpels Partys. Das Transistorradio, immer auf KATZ eingestellt, spielte Songs des toten Otis Redding, als RC an einem Sonntagnachmittag quer über den Hof lief, vorbei an der von ihrer Mutter allsommerlich hochgepäppelten Kapuzinerkresse, vorbei an fünf Kindern gemäßen Massen von Handtüchern und Unterwäsche, vorbei an dem Basketballkorb, der kein Netz mehr hatte, und Bradleys Dodge, und gegen die Mauer klopfte. Er brauchte ein Zimmer für die Nacht.

«Warum?», fragte Bradley.

«Fiona.»

«Das wird Mama nicht gefallen.»

«Mama wird's nicht erfahren.»

Bradley hatte einen verqueren Respekt vor gewissen Regeln. Er lächelte. «Du kannst meine Autoschlüssel haben.»

«Ich will ein Zimmer.» RC war ein hartnäckiger Bursche. Haargenau, ja szenisch sah er vor sich, wie etwas ablaufen sollte.

«Dafür hau ich dich auf die Matte.»

«Was soll der Quatsch, Brad! Was ist schon eine Nacht?»

«Dafür hau ich dich auf die Matte.»

Mit einem Fußtritt beförderten sie die Zeitschriften von der Matte und zogen sich bis auf die Unterhosen aus. RC bekam Punkte für einen Wurf, aber sie zählten nicht mit. Auf der Matte tasteten seine Finger die Oberfläche der runden Muskeln seines Bruders ab, Dellen, Knochen, Sehnen, um irgendwo Halt zu finden. Er verkeilte die Beuge von seinem Arm in der Beuge von Bradleys Knie und drückte mit aller Kraft, den Kopf im Nacken und die Wangen an Bradleys Brustkorb und in der Nase den Geruch nach Kopfhaut, streng, den er für den besonderen Geruch seines Bruders gehalten hatte, den Geruch der Laken im Stockbett über ihm, bis er zwölf wurde und anfing, genauso zu riechen. Bei Ringkämpfen war Bradley nie schön anzusehen. Sein Stil war defensiv, eine Schildkrötentaktik, der Bauch flach auf dem Boden, der Rücken unangreifbar. Es sah nicht danach aus, wie einer ringen sollte; die von der anderen Schule hatten gemurrt und ihn ausgebuht, bis, als sein Gegner den Griff wechselte, Bradley hochschnellte und den Jungen von der Matte hob, ihn auf den Rücken warf, ihn festpinnte. Deshalb war RC auf der Hut. Er bekam Bradley seitlich zu fassen und drehte sich einmal mit ihm im Kreis. Die Knöpfe der Matratze rissen an seiner Haut. Er hielt Bradleys Keuchen für unterdrücktes Lachen, glaubte, Bradley mache nicht Ernst, und dann, plötzlich, zum ersten Mal in seinem Leben, hatte er ihn mit beiden Schultern auf der Matte und kamen Worte aus seinem Mund, vier, fünf, SECHS, SIEBEN, und er war triumphierend und erstaunt, als hätte er den Raum nur mit Glück gewonnen, und ihm wurde klar, dass Bradley tatsächlich gekämpft hatte.

Bradley kicherte ein erschreckend dünnes Kichern, schlug auf die Matte, wies mit dem Finger. «Du hast mich besiegt, Brudi!» Seine Augen waren glitzernde Schlitze. «Fair besiegt.»

In der folgenden Nacht, während seine Mutter und Schwestern schliefen, rang RC mit Fiona wie ein richtiger Mann in einem richtigen Bett. Mit genug Platz, um sich zu wälzen, sodass sich Gerüche und Säfte und Gliedmaßen verschlingen und vermischen konnten. Er leckte hefige, säuerliche, salzige Aromen von ihrem Bauch (fünfzehn Jahre später war sie fettsüchtig und arbeitete am Schalter einer Bank, um die RC einen Bogen machte), mit glitschender, nirgendwo hängen bleibender Zunge, bis sie in ihrem Bauchnabel feststak. Fiona witschte unter ihn, gab Geräusche von sich. Er schloss seine Finger über ihrem Mund und krümmte sie nach hinten. Sex spielt sich im Kopf ab, RC. Später schaute er ihr beim Einschlafen zu. Der Raum war stickig wie ein Karton, und als er ihr Hinterteil und ihre Schultern und ihren Hals betrachtete, begriff er, dass schöne Mädchen, ohne sich zu verändern, plötzlich aufhören konnten, schön zu sein. Einfach, indem sie dalagen. Es war furchtbar. Dass diese Kurven Kurven blieben, jede Bedeutung aber verloren. Dass Annie zur bebrillten Zicke wurde, zu langweilig sogar für einen Ehekrach. Er zog seine Shorts an und ging zwischen den Häusern spazieren, quer durch Unkraut und Nachtgetier. Seine nackten Fußsohlen waren dick genug, um selbst Glassplitter zu verkraften.

Irgendwo schlug ein Hund an.

Es war Juli, und der Garagenraum gehörte jetzt, wo Bradley im Krieg war, ihm. RC rauchte mit anderen Mädchen die Sterno-Büchse unter den Dielen leer und ließ sich von Aktivisten beschimpfen, weil er sich nicht einspannen ließ. Es war September, Oktober, November, und Bradley wurde, noch ehe er Kampfhandlungen sah, zu einer Nummer. In drei Meter Tiefe ertrunken, in einem Panzerwagen, der in einen Hinterhalt geraten war.

RCs eigene Nummer, die Zweiundzwanzig, wurde gezogen. Im Februar, in Fort Leonard Wood, belauschte er die Unterhaltung zweier Leutnants. «Nicht dumm, der Bengel. Sein Bruder kam vor zwei Monaten in einem Sarg nach Hause.» RC wurde in die Sanitätskompanie versetzt, als Schreibkraft und einziger Schwarzer. Er nahm es als fast selbstverständlich hin. Er war nicht dumm.

Ein Scheinwerferpaar schleppte ein Auto hinter sich her, kam über die verschneite Wiese auf ihn zu. Die Stoßstange stoppte einen Meter vor seinen Knien. Uniformierte Weiße, Wachmänner des Campus, stiegen aus. «Können wir helfen?», fragte der eine.

«Nicht nötig», sagte RC. «Wie steht's mit Ihnen?»

«Ham Sie hier zu tun?»

«Geh nur spazieren. Danke.»

«Wolln Sie bitte einsteigen?»

«Ich sagte, nicht nötig.»

«Wir nehmen Sie ein Stück mit.»

«Danke, wirklich nicht.»

«Na los, steigen wir ein.»

«Ich gehe hier spazieren, Mann. Ich bin in St. Louis Polizist.»

Der andere Wachmann sagte etwas. «Komm schon, Junge, einsteigen.»

«RC, du wirst noch zur Backpflaume.» Clarence, gerötet und triefend nass, wickelte seine Seife-an-einer-Schleife ums Handgelenk. Im Duschraum war es still, bei RC plätscherte das Wasser einsam vor sich hin. Er stellte es ab, und sie gingen in die Umkleidekabine.

«Bedrückt dich was?», fragte Clarence.

«Nee. Bloß Zeugs. Der Umzug und so. Als wären wir Vertriebene.»

«Das heißt, der Sheriff hat Kummer?»

«Hör auf mit dem Scheiß.»

«Dass ich das noch erlebe.»

Seit drei Monaten sagte Clarence, dass er nicht gedacht habe, das noch zu erleben. Den Tag, an dem sich der *gar nicht dumme Bengel* beklagte. RC zog seine Latschen aus. «Hast du wirklich Probleme damit, dass ich 'n Bulle bin?», fragte er.

«Ich? Probleme?» Clarence trat vor einen Spiegel und bändigte sein Haar. «Probleme? Ich?» Er betupfte sich die Haut hinterm Ohr und am Unterkiefer entlang. «Mit tut's nur Leid, dass du in dem ganzen Schlamassel drinsteckst.»

Auf der Bank sitzend, merkte RC, wie müde er war. «Nix da Schlamassel», sagte er. «Ich kapier einfach nicht, was du gegen Jammu hast.»

«Stimmt. Du kapierst es einfach nicht. Und Ronald auch nicht, weshalb er mir so auf'n Sack geht.»

«Geh ich dir auch auf'n Sack?»

Clarence seufzte. «Du zählst nicht. Ronald dagegen, der schielt auf den Bürgermeisterposten. Er glaubt, er hat Chancen, auch in der County, nur weil Jammu das sagt. Kriegt man fast Mitleid. Er unterschätzt die Frau genauso, wie du sie überschätzt.»

«Jetzt versteh ich gar nichts mehr.»

«Ich meine, das ist doch dasselbe. Die schert sich einen Dreck um dich oder Ronald oder irgendwen sonst. Sie ist nur 'ne Zeitbombe. Wenn sie explodiert, kriegen wir die ganze Scheiße ab, weil wir zufällig hier leben. Zum Beispiel die Sache mit dem Homer-G.-Hospital. Zwanzig Jahre haben wir um das Ding gekämpft, und jetzt werden wir, von allen, die was zu melden haben, mit Versprechungen überhäuft, und diesmal sind's nicht bloß Versprechungen wie die von Schoemehl, der immer nur Gutachten angekündigt hat. Die werden das Krankenhaus wirklich retten, mit Siegel und Unterschrift, und alles schreit Hurra! Wir stimmen für die Fusion! Wir stimmen für Jammu und Wesley und Ronald! Und verdammt, RC, die sind ja *so was von blind*! Weil das dann gar nicht mehr unser Krankenhaus ist. Das wird 'n First-Class-Krankenhaus für die Weißen werden, weil die ganze Gegend first class und weiß werden wird, die ganze Stadt wird first class werden, und wem gehört sie dann? Du wohnst schon in der University City. Bist doch schon weg vom Fenster. Glaubst du, dass du jemals in die Stadt zurückkommst? Du wohnst jetzt in der County. Glaubst du echt, dass dir die Fusion irgendwas bringt? Noch bist du 'n St.-Louis-Bulle, und ich wette, RC, ich wette, dass du schon mal gedacht hast, ach, im April mit Ja zu stimmen, das wär's doch, schließlich ist das Jammus Wille, und ihr Wille ist dir Befehl. Hab ich recht?»

RC zog seine Hose an. «Du weißt doch, dass ich nicht mal erfasst bin, Clarence.»

Immer wenn es danach aussah, als würden sie einmal über RCs Privatleben reden, drehte Clarence alles ins Politische. So war es den Schwarzen vor fünfzehn Jahren bei den Black Panthers ergangen, so war es mit jedem, immerzu. All die Dinge, die ihm widerfuhren, die aus dem, was Zukunft gewesen war, in seine Gegenwart hinübertrieben, die Todesfälle und Umzüge, die Jobs und Gelegenheiten, guten wie schlechten, die Wendepunkte in seinem Leben – alles musste Teil eines größeren Ganzen sein. Man durfte kein Leben führen, das einem selbst gehörte, es sei denn, man gehörte der Mehrheit an. Das war nicht gerecht. Sein ganzes Leben schon wusste er, dass das ungerecht war, hatte versucht, darüber hinwegzusehen, hatte versucht, auf seine Unabhängigkeit zu pochen. Erst jetzt begriff er, was Clarence und all die anderen von ihm wollten.

Komm schon, Junge, einsteigen.

Er wunderte sich. Warum gerade ich?

Im Februar, dem Zwergenmonat, halb vorbei, bevor er überhaupt begonnen hatte, entbrannte in St. Louis die Schlacht um die öffentliche Meinung. Alles Nötige war zur Hand. Es gab zwei Lager. Sie waren zum Kampf entschlossen. Sie hatten genügend Mann. Sie waren genügend gerüstet. Sie standen sich feindlich gegenüber. Aber selten in der Geschichte der Kriege wurde um ein zweifelhafteres Stück Land gekämpft.

Was würde geschehen, wenn Stadt und County fusionierten? Die wenigen absehbaren Folgen – die Republikaner würden eine Schlappe einstecken, die West County würde an die Zügel gelegt und gedemütigt, Polizeichefin Jammu würde die Demokraten von Missouri zum Frühstück verspeisen, viertausend Countyangestellte zum Mittagessen, den 200-Millionen-Dollar-Haushalt der County zum Abendbrot – konnte man öffentlich nicht diskutieren. Es musste in Phrasen verpackt werden, und hier geriet die Kriegsmaschinerie tatsächlich ins Stocken. Der *Globe-Democrat* warnte, die Fusion («dieser Unfug») könnte auf katastrophale Weise die regionale Wirtschaft destabilisieren. Martin Probst warnte, die Fusion («ein unrealistisches Konzept») würde überhaupt nichts bewirken, nicht einmal die Kosten des Referendums einspielen. Polizeichefin Jammu behauptete, die Fusion («ein Geschenk des Himmels») würde die lokale Verwaltung entschlacken, und zwar auf Kosten einzig und allein von Ungerechtigkeit. Ronald Struthers, ein wenig vorsichtiger, räumte ein, dass vielleicht nicht alle Ungerechtigkeit beseitigt werden könnte, aber versprach seiner Klientel, diesmal nicht wieder den Kürzeren ziehen zu müssen. Bürgermeister Pete Wesley ignorierte gewissermaßen die

Ängste der Countybewohner; er sagte, die Fusion würde die Stadt von der Last vieler Grundversorgungsdienste befreien und ihr die beherrschende Stellung zurückgeben, die ihr von Rechts wegen zukomme. Ross Billerica, der nicht glauben wollte, dass sowohl die Stadt- als auch die Countybewohner das Risiko höherer Steuern durch eine fusionsfreundliche Stimmabgabe überhaupt eingehen würden, reagierte allseits mit Spott. KSLX-TV und KSLX-Radio widersprachen Billericas Theorie und verkündeten die nicht nachlassend interessanten Resultate ihrer wöchentlichen Telefonumfragen.

Die Geschosse plumpsten in den Sumpf, verschwanden. Die öffentliche Meinung, deren Seerosenteppiche und mäandernden Kanäle, konnte nicht im Frontalangriff erobert werden. Und doch wurde sie von der Schlacht berührt. Gerüchte stiegen wie Luftblasen an die Oberfläche, wenn Granaten niedergegangen waren. Raffinierte Entwässerungs- und Flutungskräfte waren am Werk, ungesehen, und nachts flackerten Flämmchen und Blitze in der Luft, die wie Gespenster aussahen.

Nach einem Monat der Ruhe meldeten sich die Osage-Krieger zurück, diesmal weiter draußen in der County, wo das offene Gelände proportional zur Entfernung von der Innenstadt an Fläche zunahm. Am 22. Januar um 3.15 Uhr brachte eine Serie von Detonationen die Pfeiler einer sechsspurigen Brücke des Highway 40 nördlich von Queeny Park zum Einsturz. Der Tribut an Menschenleben hielt sich in Grenzen. Sechzehn Personen wurden verletzt, als sich ein Reisebus, der nach Kalifornien unterwegs war, bei dem Versuch, vor dem unerwarteten Abgrund abzubremsen, überschlug, und ein Motorradfahrer brach sich beim Absturz das Rückgrat, bevor die Polizei die Straße sperren konnte. Unter der Wucht der Explosion zerbrachen im Umkreis bis zu einer halben Meile die Fensterscheiben, was drei weitere Personen verletzte.

Der eigentliche Ärger begann am Morgen danach, als Tausende Pendler aus den abgelegeneren Vororten die schmalen Landstraßen verstopften, um auf Umwegen zur Arbeit zu gelangen. Heftige Schneefälle in der Nacht zum Dreiundzwanzigsten vollendeten das Desaster. Der Bau einer provisorischen Überführung wurde begonnen, aber aus Wochen sollten Monate werden, bevor sich die Lage für die Pendler wieder normalisierte. Hausbesitzer in West County, die schon erhöhte Grundsteuern und die Gefahr von Hypothekenkündigungen auf sich zukommen sahen, forderten Aufklärung darüber, wie es möglich war, dass die Terroristen in dieser angeblich hoch zivilisierten Gegend unbehelligt hatten vorgehen können.

In der zweiten Februarwoche wurden abgelegene Siedlungen am äußeren Rand der County, in Twin Oaks, Ellisville, Fenton, St. Charles und Bellefontaine, mit Maschinengewehren beschossen. Wie gewöhnlich zeigten die Krieger einen auffällig hohen Respekt vor Menschenleben, was sich darin äußerte, dass sie ihre Waffen auf dunkle Fenster und Geräteschuppen richteten, und wie gewöhnlich bekannten sie sich umgehend zu den Anschlägen. Im Gegenzug errichteten Staats- und Countypolizei zahlreiche Straßensperren, aber sie verfügten nur über äußerst vage Beschreibungen der Terroristen, konnten über deren Zahl nur Mutmaßungen anstellen und sahen sich in der Lage, bloß einen kleinen Teil des riesigen Landstraßennetzes abzudecken. Die Straßensperren jedoch machten das Verkehrschaos komplett.

West County sank, ein wenig, in der öffentlichen Gunst.

Unterdessen stieg der Stern Jammus. Obwohl seit Monaten in den Nachrichten, war sie noch immer nicht zu einer Berühmtheit geworden. Wie bei so vielen ephemeren Erscheinungen der amerikanischen Populärkultur vom Funk bis zu den Rollerskates, begann ihr Ansehen erst zu gedeihen, als es in der schwarzen Innenstadtbevölkerung Wurzeln schlug. In ebenjenem Schwarzenghetto war es, dass die ersten Pullunder mit aufgedrucktem Jammu-Porträt auf den Markt kamen. Es war in den Trendläden der Delmar Avenue, dass man die ersten Poster der Polizeichefin verkaufte (sie war vollständig bekleidet), in den fensterlosen Unisex-Friseurläden an der Jefferson Avenue, dass Kraushaar geglättet und Ponys zurückgestrichen wurden, um den strengen, pflegeleichten «Jammuji» zu kreieren, und in den Studios des KATZ-Radios, dass Titus Klaxons respektloser «Sanierungsblues» die Spitze der Hitparade zu erobern begann.

Doch der Jammusiasmus breitete sich aus. Er verbreitete sich unter den jungen Leuten, den Highschool- und College-Gängern. Irgendwie fand Polizeichefin Jammu immer die Zeit, sich an noch mehr Jugendliche zu wenden. Sie sprach auf Konzerten und Basketballturnieren, auf Wissenschaftsmessen und Pfadfinderforen, auf Ausstellungen der Kunstakademie und Podiumsdiskussionen an der Washington University. Ihre Botschaften richteten sich nach den Anlässen. Wissenschaft ist wichtig, verkündete sie etwa. Sport ist wichtig. Pfadfinder sind wichtig. Schach ist wichtig. Bürgerrechte sind wichtig ... Wo immer sie auftauchte, gab es Kameras und Reporter, die Jammus Botschaft unter die Jugend trugen: Ich bin wichtig.

Der Rest der Stadt, die oberen zwei Drittel der demographischen Pyramide, respektierte und bewunderte den eigenen jugendlichen Unterbau. Die Jugend kommt herum, die Jugend weiß, wo's langgeht. Jugend ist Schönheit und Schönheit Jugend. Mehr mussten die reiferen St. Louisianer nicht wissen, um mit von der Partie zu sein. Jammu wurde zum Star der bislang so glanzlosen Stadt. Früher waren ältere Männer mit bestimmten Begabungen oder verheiratete Lokalpolitikerinnen die städtischen «Stars» gewesen; deren Nachtleben zu verfolgen elektrisierte nicht. Jammu aber war eine Nova, gediegenes Gold, eine Lichtgestalt, genauso wie (zumindest in den Augen der St. Louisianer) eine Katharine Hepburn, eine Peggy Fleming, eine Jackie oder Lady Di. Sie war nicht schön, war jedoch immer dort, wo etwas los war. Der typische Vorstädter mittleren Alters konnte ihr nur schwer widerstehen.

Ein solcher Mann war Jack DuChamp.

Jacks Überzeugung, in vielen Kaffeepausen dargelegt, war die: Jammu werde zum demokratischen Kandidaten für den US-Senat nominiert werden, sobald sie für das Amt wählbar sei, und schlage dann jeden republikanischen Konkurrenten mit Leichtigkeit aus dem Feld. Eine vernünftige Sache, meinte er. Sie sei eine gute Polizistin und offensichtlich mehr als das. Er wisse zwar nicht, ob er sie, im Fall des Falles, wählen würde, aber, Teufel nochmal, es könne sein.

Täte er es, wäre seine Stimme millionenschwer. Jack DuChamp besaß die gottgegebene Fähigkeit, Wahlen zu beeinflussen. Wenn man sich die Ergebnisse aller Wahlen in Bund, Staat und Kommune der dreißig Jahre seiner Wahlmündigkeit vornahm und das Wahlverhalten aller Bewohner der St. Louis County untersuchte und dann nach der größten Übereinstimmung fahndete, stieß man auf Jack. Mit einem instinktiven Ruck hatte er Kennedy 1960 ins Amt gehebelt. Nach kurzem inneren Kampf war er in der Senatswahl von 1984, die sehr knapp ausfiel, zu den Republikanern übergewechselt. Ob es um Effektenemissionen, Bürgerentscheide, Referenden, Wahlen für den Gemeinderat von Crestwood ging – immer war er mit seiner Stimme auf der Seite der Sieger.

Er wusste, seine Trefferquote war gut. Er prahlte mit ihr, verwettete auf sie manchmal sogar kleinere Summen Geld. Was er sich nicht klar machte, war das: Sie war hundertprozentig. Zumindest wenn man die Wahlen zugrunde legte, in denen er sich der Mühe unterzog, seine Stimme auch tatsächlich abzugeben. Und die Häufigkeit, mit der er wählen ging, seltener als jedes zweite Mal, war der durchschnittlichen Beteiligung an einer durchschnittlichen Wahl in all den Jahren verdächtig verwandt.

Was die Fusion betraf, schwankte Jack noch. Noch blieben ihm, dachte er, ein paar Monate Zeit, das Für und Wider abzuwägen. Hätte die Abstimmung schon am Valentinstag stattgefunden, nahm er an, dass er für die Fusion gewesen wäre, obwohl er jetzt, wo Martin Probst im Fernsehen dagegen eintrat, die Sache noch einmal ernsthaft überdenken musste. Als jemand, dessen Abstimmungsverhalten typisch war, sah er dieser Aufgabe mit wenig Freude entgegen.

Sam Norris hatte mit der öffentlichen Meinung keine Geduld. Die demokratischen Spielregeln waren schön und gut, wenn nur Politisches zur Debatte stand. Aber Feuer musste mit Feuer bekämpft werden.

Es gab drei Stufen der Umsetzung.

Verkehrsregeln, die unterste Stufe, vertraute man der Polizei an. Das war das Reich der Baukastenvernunft, von Richtig und Falsch, modifiziert von den erforderlichen Kompromissfaktoren wie «die Ampel stand auf Gelb» und so weiter im oberen Grenzbereich, im Nebel der Gesetze und einer sich verflüchtigenden Autorität.

Diese Autorität lag, auf der zweiten Stufe, im Widerstreit mit ihrem Gegenspieler – man nenne ihn Politik, nenne ihn Eigennutz, nenne ihn Wolken, nenne ihn wie auch immer – und schwebte in der Atmosphäre. Die öffentliche Meinung hatte ihren Platz in diesem Mezzanin.

Auf der höchsten Stufe wurden planetarische Gesetze und spielerische Luftgefechte zusammengefasst und transzendiert. Man nenne das Kraft, nenne das Plasma, nenne das kryogenischen Regelkreis. Auf jeden Fall gehorchten die Wirkungen nicht mehr dem strengen Verfassungsdiktat oder dem trägen Hin- und Hergezerre politischer Dynamik, sondern verströmten sich ohne Widerstand, die Verstandesenergie nichts anderes als eine logische Konsequenz des tieferen quantenmechanischen Numens und frei genug, um in der Zeit zurückzugehen. Ein Knopf wurde gedrückt, und zwanzig Millionen Tote entäscherten sich selbst, standen auf, hielten inne und lebten weiter.

Kurz gesagt, Sam Norris witterte sie. Verschwörung. Vom Tag eins an hatte er es gerochen, hatte er es erschnüffelt: Da ging etwas vor. Aber außer ihm konnte es niemand riechen. Selbst Black und

Nilson ließen sich nicht aus der Ruhe bringen, und die anderen waren erst recht schwer von Begriff. Als gutherzige Menschen trauten sie den Sowjets, trauten sie den Sandinisten, trauten sie Jammu. Sie wollten ganz einfach ans Gute glauben. Bestes Beispiel war Martin Probst, dabei war Norris ihm gar nicht abgeneigt. Er war ein klassisches Weichei, ein Held des heimischen Herdes und all der netten Nebenschauplätze, zu denen Norris nach einem langen Tag im Mittelpunkt des Universums zurückkehrte. Aber würden alle Männer sein wie Martin Probst, wäre das Universum ein ungeheuer trauriger Ort. Es würde stockend zum Stillstand kommen. Riech doch, die Blumen. Sieh doch, der Sonnenuntergang. Lies ein Buch.

Es gab eine Verschwörung, doch die Sache war knifflig. Das tröstete Norris. Alle großen Ideen waren knifflig. Alle großen Ideen waren zudem einfach, wie auch diese Verschwörung einfach war: Jammu hatte St. Louis im Würgegriff und würde nicht loslassen. Diese Tatsache war wahr. Und doch war es knifflig.

1. Jammu verhielt sich nicht wie eine Kommunistin. (Das war ein weiterer Beweis für die philosophische Unzulänglichkeit des öffentlichen Lebens.) Auch Asha Hammaker verhielt sich nicht wie eine Kommunistin. Die eine war eine energische Polizeichefin und gemäßigte Demokratin, die andere hatte, selbst in Anbetracht ihres Aktientransfers an die Stadt, eine handfeste nichtsozialistische Biographie.
2. Ashas Verlobung mit Hammaker ging Jammus Berufung voraus, und die Heirat erlaubte keinen Kausalzusammenhang mit Jammus Machtantritt. (Das bewies die Unzulänglichkeit des Kausalitätsprinzips.)
3. Der ausgeklügelte Bombenanschlag auf das Stadion, der gesamte damit verbundene Aufwand ergaben keinen erkennbaren Sinn. (Beweis für die Unzulänglichkeit des menschlichen Intellekts.)

4. Das FBI wollte offenbar nicht ermitteln. Sie behaupteten, keine Anhaltspunkte für ein Fehlverhalten oder eine Unterwanderung zu haben, zudem seien sie weder von der Polizei noch von Washington eingeschaltet worden. (Beweis für die Unzulänglichkeit der Methoden des Mezzanins.)
5. St. Louis fehlte die international-strategische Bedeutung, um für das Reich des Bösen eine verlockende Zielscheibe abzugeben. Im Oktober hatte Norris, auf einen leisen Verdacht hin, seine Beziehungen spielen lassen und das Verteidigungsministerium veranlasst zu überprüfen, wie es bei Ripleycorp und Wismer um den Schutz militärisch relevanter Firmengeheimnisse bestellt war, doch die Inspektoren hatten beiden Unternehmen das denkbar beste Zeugnis ausgestellt. Unterstaatssekretär Borges hatte versichert, er würde sich wünschen, dass alle Unternehmen die für die nationale Sicherheit wichtigen Geheimnisse so gut schützten wie die Firmen in St. Louis. Möglich war, dass Jammu abwartete, bis sie diese Betriebe unter Kontrolle hatte, um dann die Tresore eigenhändig knacken zu können, Norris aber kannte sich in der Welt der Spionage aus. Wenn ihre Auftraggeber hinter Geheimnissen her wären, würden sie wenigstens ein paar kleinere Resultate fordern, bevor sie das Vorgehen weiter finanzierten. Es gab keinen Hinweis auf Spionage, keinen einzigen. Das Rätsel blieb ungelöst: Warum St. Louis? (Beweis für die Bedeutungslosigkeit der newtonschen Raum-Zeit.)
6. Was Ripley und Meisner und Murphy und die anderen zum Verrat am Gemeinwesen getrieben hatte, ließ sich nicht erklären – wenn man von der Tatsache einmal absah, dass sie Schweinehunde waren. Trotzdem blieben sie Geschäftsleute. Konnte das Geld (dieses Edelgas) Gegenstand der Bio-Logik dieser Zeit und dieses Zeitalters sein?

7. Die Verschwörung war zu schnell in Gang gekommen. Am Tag, als Jammu ihr Amt antrat, lag sie bereits in der Luft. Norris hatte den Polizeiverwaltungsrat akribisch genau unter die Lupe genommen – besser gesagt, diejenigen Mitglieder, die ihm keine Loyalität schuldeten – und nicht einen Hinweis auf Unregelmäßigkeiten gefunden. Dass die Wahl auf Jammu fiel, war nicht von Außenstehenden lanciert worden. Der Ausgang musste sie selbst zumindest ein bisschen überrascht haben. Aber die Verschwörung begann sofort nachdem Jammu eingetroffen war. *Sie musste von langer Hand geplant gewesen sein.* Dies bestätigte ein Axiom der norrisschen Seelenalchemie: Individuen waren Vektoren, keine Punkte innerhalb eines Koordinatensystems. Aber es blieb die Frage: Wer hatte die Saat in die Erde gebracht? Ripley? Wesley?

Es ergab keinen Sinn. Die Verschwörung war ein substanzloses Gebiet beißenden Gestanks, der ihn zum Wahnsinn trieb. Es hatte keine Flanken, kein viel versprechendes Einfallstor, versprach nicht im Geringsten, etwas zu bergen. Aber es war Instinkt, der Norris seine silbernen Kriegsorden beschert hatte, und Instinkt sagte ihm, wie er seine Theorie jetzt in die Praxis umsetzen musste.

Seine Kontakte nach Washington rücksichtslos ausbeutend, brachte er sich in den Besitz von Unterlagen der US-Einwanderungsbehörde, die alle indischen Visaempfänger und anderen Einreisen aus Indien seit dem 1. Juni verzeichneten. Die Daten kamen auf einer Diskette, überbracht von einem Boten.

Sein Privatdetektiv Herb Pokorny war auf Telekommunikation spezialisiert. Pokorny nuschelte, wie es ein Schnabeltier täte, wenn es sprechen könnte, und hatte als Schnüffler in Bombay alle möglichen juristischen und linguistischen Schwierigkeiten zu gewärtigen gehabt, in St. Louis aber war er ein guter Mann. Er zapfte die Buchungssysteme der Fluggesellschaften, Hotels und Autovermieter an, wertete Kreditkarten- und Telefon- und Stromrechnungen aus. Was am Ende dabei herauskam, war eine Liste von 3700 Indern, die im Raum von St. Louis lebten und acht Monate zuvor noch nicht da gewesen waren. Selbst als er die Kinder unter achtzehn herausgefiltert hatte, umfasste die Liste noch 1400 Namen. Aber Pokorny verzagte nicht. Gewöhnliche Einwanderer hinterließen eine ganz andere Aktenspur, als es Spione taten, und mochten ihm auch ein paar Verdächtige durch die Lappen gehen, die meisten würde er doch kriegen. Bis Mitte Februar war seine Liste auf unter hundert Einträge geschrumpft.

Pokornys Leute begannen mit der systematischen Überwachung. Wichtigste Ziele waren Jammu, Ripley, Wesley, Hammaker und Meisner. Besonders intensiv kümmerten sie sich um Jammus Büro und Apartment. (Das Apartment, stellten sie fest, besaß eine Einbruchsicherung, deren Magnetkartencode Jammu offenbar täglich wechselte. Die gute Nachricht war, sie hatte etwas zu verstecken. Die schlechte Nachricht war, sie versteckte es gut.) Alle Kontakte der überwachten Personen wurden identifiziert und verzeichnet.

Ein Netz von Beziehungen bildete sich heraus. Die Bestie, die Norris seit Monaten witterte, nahm Gestalt an.

In zäher Kleinarbeit ermittelte Pokorny die Herkunft des Kordits, das für den Bombenanschlag auf das Stadion verwandt worden war. Der Diebstahl hatte sich am 7. August im Lager einer Sprengfirma mit Sitz in Eureka, Missouri, zugetragen. Der Zeitpunkt verwies eindeutig, dieses Mal jedenfalls, auf Jammu.

Am 15. Februar lüftete Pokorny das Mysterium von Asha Hammakers früher Verlobung. Beim Telefonieren mit seinem Bruder Albert, der in New Orleans ein Detektivbüro betrieb, hatte er zufällig die Frage aufgebracht, wie es wohl dazu kommen konnte, dass Asha sich schon im vergangenen April verlobt hatte. Albert kicherte und sagte: Clevere Frau; in ebenjenem April sei sie mit Potter Rutherford verlobt gewesen, dem Effektenmogul von New

Orleans. Sofort alarmierte Pokorny seine Neffen und Cousins und Onkel in den verschiedensten Detekteien des Landes. Und noch am selben Abend meldeten sich fünf von ihnen mit sachdienlichen Hinweisen zurück.

Pokorny rief Norris an und nuschelte drauflos: «Wir haben die Nusch geknackt, Mischter Norrisch. Asha war mit allen heiratschfähigen Hundeschöhnen schwischen Boschton und Scheattle verlobt.»

Norris ballte triumphierend die Faust. So also war das! Aber seine Faust erschlaffte, als sein kosmischer Triumph verletztem Bürgerstolz wich: Wenn Jammu bereit gewesen war, überall hinzugehen, dann hatte allein der Zufall sie nach St. Louis verschlagen.

16

Probst war froh, sich mitten in den Antifusionskreuzzug gestürzt zu haben, nicht aber froh genug, bereitwillig an der Spitze der «Sag nein e. V.» zu stehen. Eine Kampagne zu führen hieß, pausenlos, meritenlos zu arbeiten. John Holmes hatte vor ein paar Jahren die Prop-One-Initiative für nukleare Abrüstung geleitet und zum Ende hin, als er die In-letzter-Minute-Minuzien in eigener Regie erledigen musste (er gab den Sprecher in TV-Spots, schaffte für die ehrenamtlichen Helfer an den Telefonen höchstpersönlich Kentucky-Brathähnchen heran), mehr als sechzig Wochenstunden investiert, weil in der Stunde der Not kein verantwortungsvoller Chef die Verantwortung delegieren konnte, geschweige denn jemanden zum Delegieren fand. Das Scheitern der Kampagne hatte Holmes viel Schulterklopfen, viel tränenfeuchtes Bekunden von Dankbarkeit eingetragen. («Jetzt hast du dir aber einen Monat Halligalli in Acapulco verdient, Junge!») Eine Woche später war sein Einsatz völlig vergessen. In der Parteienwelt bescherte Engagement ein Gehalt und Erfolg einen einträglichen Ruheposten. In der Nichtparteienwelt, der Welt des Wachstumsvereins und seiner Anliegen, gab es nur einen Lohn: das Angebot, die nächste Kampagne zu leiten. Und genau das widerfuhr John Holmes. Probst machte ihn zum geschäftsführenden Direktor der «Sag nein e. V.».

Und trotzdem wusste sich Probst nicht sicher. Wenn die Kampagne anstrengend wurde und die freiwilligen Helfer absprangen, musste er weiter zur Verfügung stehen, und wahrscheinlich bekam er irgendeine besonders unangenehme Aufgabe übertragen, etwa das Rekrutieren neuer Helfer. Die Vorsicht gebot, die Grenzen seines Einsatzes von vornherein abzustecken. Er beschloss, sich als kostspieliges und im Wesentlichen unbewegliches Inventar zu verstehen. Kurz, er verstand sich als weißer Elefant.

Elefanten waren nicht sonderlich kommunikativ. Probst nahm an den Strategiesitzungen der «Sag nein e. V.» nicht teil. Elefanten flitzten nicht herum, apportierten keine erlegten Enten; Probst würde für Holmes keine Botengänge erledigen. Elefanten waren jedoch schwer, und Probst erklärte sich bereit, auf möglichen Einflusspersonen herumzutrampeln. Wenn es sich einrichten ließ, wollte er das per Telefon tun, abends, an seinem Extraschreibtisch in der Zentrale an der Bonhomme Avenue in Clayton. Oft jedoch würde er sich majestätisch von seinem Schreibtisch erheben, Holmes quer durch den Raum zunicken (falls Holmes würde wissen wollen, wohin Probst ging, würde er ihm nachlaufen und fragen müssen, da Probst nicht stehen bliebe) und in gemächlichem Tempo zum Bürgermeister von Richmond Heights oder zum Rektor der Washington University oder zum Vorstandsvorsitzenden von Seven-Up fahren.

Seit der Wachstumsverein an jenem Abend im Januar beschlossen hatte, gegen die Fusion vorzugehen, war Probst mehr und mehr von ihrer Schädlichkeit überzeugt. Dass wirtschaftliches Denken – Spekulation – die treibende Kraft dahinter war, kränkte ihn zutiefst. Der Aufschwung in der North Side war auf Sand gebaut, auf die Erwartung, billig erworbene Immobilien in zentraler Lage später teuer verkaufen zu können. Der Geist der Erneuerung war der Geist der achtziger Jahre: Gewerbe*fläche*, Wohn*fläche*, Parkplatz*fläche*, entworfen nicht von Meisterarchitekten, sondern von Finanzjongleuren. Probst kannte das zur Genüge. Und nun, da Westhaven gescheitert war, hatte er gute Gründe, vom Leder zu ziehen.

Am Mikrophon hatte er sich schon immer gut geschlagen, und wenn er zornig war, lief er zur Höchstform auf. Als Einziger von all den Fernsehgesichtern wagte er es, auf den Parteienstreit hinter dem Referendum hinzuweisen. Als Einziger führte er stichhaltige Argumente ins Feld. Besonnen und detailliert beschrieb er das Syndikat, dessen Mitglied zu werden er abgelehnt hatte. (Zähneknirschend bestätigte Bürgermeister Wesley tags darauf das Bestehen von «Hoffnung Stadt».) Probst erklärte, das Referendum sei so hastig anberaumt worden, dass niemand die Folgen realistisch abschätzen könne. Und wozu die Eile? Warum könne man die Abstimmung nicht verschieben, bis eine gründliche Studie vorliege? Er warnte die Countybewohner davor, den Worten populärer Politiker zu trauen. Glaubten sie wirklich, dass Jammu und Wesley persönlich für ihr Wohl eintreten würden? Und wenn, wo seien die Beweise? Das war die entscheidende Frage, das Zauberwort, das alle Politiker verstummen ließ. Den Journalisten blieb nichts anderes übrig, als das Thema zu wechseln.

Danach, beim Duschen oder Essen, spürte Probst, dass sein Herz ein wenig höher schlug: Er war ein Anarchist!

John Holmes beklagte sich über Probsts Taktik nicht. Die Telefonbefragungen zeigten immer deutlicher einen Stimmungsumschwung zugunsten der Fusionsgegner, und da es bis auf Probsts Auftritte bisher keine wirksamen Aktionen gegeben hatte, der massive Wahlkampf mit Anzeigenkampagnen und Hausbesuchen noch nicht angelaufen war, ging der Umschwung ausschließlich auf das Konto von Probst. Trotzdem fühlte sich Probst ungeliebt. Er war isoliert, ein selbst ernannter Elefant. Er mischte sich nicht unter die ehrenamtlichen Helfer, wie er es früher vielleicht getan hätte, spendierte keine Doughnuts zu später Stunde. Er saß an seinem Extraschreibtisch und las die *Time* und den *Engineering News-Record* und die Lokalpresse. Die Umfrageergebnisse hatten bewiesen, welches Gewicht er besaß, und er lernte – zum Lernen war es nie zu spät –, seine Wünsche zu äußern (einen Extraschreibtisch und keine Verpflichtungen), den Lohn für seine Sonderstellung einzufordern und sich die verdammten Schuldgefühle zu verkneifen.

Er war froh, zwei Vollzeitbeschäftigungen zu haben. Den Tag verbrachte er im Büro seiner Firma, zu Abend aß er bei Miss Hulling's oder First National Frank & Crust, oft zusammen mit seinem stellvertretenden Geschäftsführer Cal Markham, und danach begab er sich in die angemieteten Räume an der Bonhomme

Avenue. Das Haus am Sherwood Drive – so nannte er es jetzt bei sich, als wäre er nicht mehr der Hausherr und führe nur zum Übernachten hin – stand fast immer leer. Seine Tage waren ausgefüllt. Barbara hatte Recht gehabt. Er vermisste sie wirklich nicht, jedenfalls nicht nach Ablauf der ersten Woche. Wenn andere nach ihr fragten, sagte er, sie sei auf Urlaub in New York, und ließ sie rätseln. Erst in Barbaras Abwesenheit hatte er gelernt, ihrem Beispiel zu folgen und zu dem, was er nicht wollte, nein zu sagen und seine Krone ohne Scham zu tragen. Auf ihre wöchentlichen Anrufe hätte er verzichten können.

SIE: Du bist ja zu Hause.
ER: ???
SIE: Ich hab schon mal angerufen.
ER: Da war ich nicht zu Hause.
SIE: Das meinte ich doch. Du warst nicht zu Hause.
ER: Nein.

Ferngesprächsknacken

SIE: Du bist mir noch böse, stimmt's?
ER: Warum sollte ich?
SIE: Ich meine, hat es überhaupt noch Sinn, wenn ich dich anrufe?
ER: Das frage ich mich auch. Aber es ist ziemlich still geworden hier.
SIE: Hast du Kontakt zu Luisa?
ER: Am Donnerstag waren wir essen. Es geht ihr gut. Sie will nach Stanford.
SIE: Ich weiß. Komische Vorstellung. Hast du mit Audrey gesprochen?
ER: Ich dringe nicht zu ihr durch, oder wie soll ich sagen. Rolf steht dazwischen. Es ist sehr kompliziert.

SIE: Also versucht er immer noch, dich reinzulegen. Ja, natürlich, ist ja nicht anders zu erwarten.

ER: Es ist sehr kompliziert.

SIE: Das ist seltsam, Martin.

ER: Sehr seltsam.

SIE: Ich meine, so mit dir zu reden. Ist das nicht seltsam?

ER: Seltsam ist das richtige Wort.

Ferngesprächsknacken

SIE: Warst du gerade beschäftigt? Das klingt, als würde ich dich –

ER: Nein, nein. Hier ist es still.

Als er aufgelegt hatte, war es allerdings weniger still, da er wieder Selbstgespräche führen konnte. Es war Samstag. Mittagsschatten fassten die Topfpflanzen auf dem Küchenfensterbrett ein. Sie starben von den Wurzeln her. Er hatte Emerald angewiesen, sich um die Pflanzen zu kümmern, und offenbar hatte sie ihnen zuviel Wasser gegeben.

Er verspeiste eine stattliche, gerade Anzahl Feigenriegel und zwei Bananen. Dann fuhr er nach Clayton und setzte sich an seinen Schreibtisch, von dem aus er, zu seiner Rechten, einen Blick auf die Bonhomme Avenue und, in seinem Rücken, auf eine Resopal-Trennwand hatte, die ihn von den Aktivitäten des Fußvolks abschirmte. An diesem Nachmittag gab es keine Aktivitäten. Ein Ehrenamtlicher saß auf dem Schreibtisch einer Ehrenamtlichen, eine bezahlte Sekretärin wartete auf Anrufe. Probst arbeitete sich durch die Post, die seit Donnerstag aufgelaufen war.

Um 16 Uhr besuchte er Eldon Black in dessen Haus in Ladue und erbat eine weitere Spende. Um 16.30 Uhr stellte ihm Black einen Scheck aus.

Gegen 17 Uhr war er zurück im Haus am Sherwood Drive und zog sich um. In der Woche hatte er sich endlich bei Neiman ein schwarz-rot gestreiftes Hemd aus ägyptischer Baumwolle zugelegt, wie das vom General, und während die junge Verkäuferin die Quittung geschrieben hatte, war sein Blick auf schwarze verwaschene Jeans gefallen. Sie komplettierten das Ensemble. Sie saßen ausgezeichnet, schmiegten sich an Hintern und Schenkel wie keine andere seiner Hosen seit vielen Jahren. Der Unterschied stach ins Auge. Er sah aus wie vierzig. Wie neununddreißig sogar.

Schuhe, die dazu passten, hatte er jedoch nicht. Auf allen vieren im Einbauschrank umherkriechend, zerrte er verstaubte Paare aus dem hintersten Fach. Nichts als Freizeit- und Schnür- und Gummikappen- und Quastenschuhe.

Er besann sich auf den großen Pappkarton im Keller und wühlte sich durch sechzig Paar Schuhe – Straßenschuhe, Schwimmflossen, Rollschuhe, Gummilatschen, Sandalen, Seehundlederstiefel. Sie rochen nach baufälligem Haus. Grüner Schimmel hatte das Leder befallen. Viele der Sohlen waren löchrig.

Er stieg drei Treppen hinauf ins Dachgeschoss, um in einem der Speicherschränke nachzusehen. Er musste Zeitschriftenstapel und Firmengeschenke beiseite räumen, aber irgendwann fand er, wonach er gesucht hatte: die Exotische Schuhsammlung. Da gab es weiße Espadrilles aus Spanien, bestickte orientalische Pantoffeln, bemalte Pantinen aus Holland, die drei Paar Clogs, die er für die Familie in Schweden gekauft hatte, Mokassins aus einem Sioux-Andenkenladen in South Dakota, Strohsandalen aus Mexiko, Krokodillederne von einer Zwischenlandung in der Karibik, nie zuvor gesehene Ballettschuhe und, genau, wie er sie in Erinnerung gehabt hatte, ein Paar Wildlederstiefeletten aus Italien. Perfekt.

Im Auto umgab ihn die modische Kluft wie eine dünne Hülle aus Selbstgewissheit, wie ein Luftkissen, das sowohl den Reibungswiderstand als auch die Präzision seiner Bewegungen schmälerte. Die Stiefel drängten ihn, stärker als nötig aufs Gaspedal zu treten. Bald tauchte vor ihm die Arena auf, und die

Rauchschwaden, die darüber standen, weiß vor dem abnehmenden Zwielicht, türmten sich beim Näherkommen immer höher in den Himmel. Er parkte. Der Rauch kam von einer langen Reihe von Grillrosten, die vor dem Hintereingang der Arena aufgebaut waren. Die Grills waren halbierte Blechtonnen auf Sägeböcken. Er las die Plastikschrift über dem Portal: ERSTE GRILL- UND FISCHBRATJAHRESPARTY DES LIONS CLUBS, GROSSRAUM ST. LOUIS.

Elefant, sagte er zu sich selbst.

Dreifarbige Girlanden hingen von den Dachsparren und Geländern der Arena bis hinunter vor die unterste Sitzreihe. Die Anzeigetafel wurde von einem Löwenbild verdeckt, und darunter spannte sich ein Spruchband, auf dem L I O N S stand, jede Letter ein Großbuchstabe mit einem Kleinbuchstabenschwanz, *iberty, ntelligence, ur, ation's, afety*. Unten, wo die St. Louis Blues noch vor kurzem übers Eis gekurvt waren, saßen jetzt Eltern und deren Kinder an Aluminiumtischen mit weißen Papiertischdecken und aßen. Wohlfrisierte, wohlrasierte, wohlgenährte Männer mit bekleckerten Schürzen eilten wie dienstbeflissene Kulis durch rückwärtige Türen, die Hereinkommenden mit Schüsseln beladen, auf denen braune Speisen lagen, die Hinausgehenden leere Schüsseln auf Hüften oder Schenkel abstützend. LIMONADE, verkündete ein Transparent über der Serviertheke. ALKOHOLFREIE GETRÄNKE. KRAUTSALAT. Am Fuß des Podiums unterhalb des Riesenlöwen wuselten und raschelten vielleicht tausend Beine. Probst sah orangegelbe Pappbecher, hier und da zeremoniöse Kopfbedeckungen. Der Lärm klang merkwürdig gedämpft.

Er gab seinen Mantel ab, legte einen Zwanziger auf den Zahlteller und ging, ohne auf das Wechselgeld zu warten, weiter. Er fragte sich, warum die Lions ihre Feiern nicht in jeder Stadt gesondert abhielten. Sicher waren nicht allzu viele Leute aus Chesterfield bereit, die lange Fahrt in die Stadt auf sich zu nehmen, zumal der Highway 40 gesperrt war. Das lohnte nicht.

Es lohnte. Als er den Kordon von Stehenden durchquerte, sah er den Grund: Jammu war gekommen. Sie saß inmitten eines Klappstuhlhalbmonds, umgeben von Ronald Struthers, Rick Jergensen, Quentin Spiegelman, ein paar Uniformierten und Lions mit Käppis. Probst erkannte Norm Hoelzer, den Präsidenten der Ortsgruppe Webster Groves.

Er wandte sich ab und suchte in der Menge ein vertrautes Gesicht, fand es in dem von Tina Moriarty, der Pressereferentin des «Sag nein e. V.». Seine Hände wurden feucht. Tina umarmte ein Klemmbrett und reckte den Hals. Sie war eine hübsche, dunkelhäutige Frau Ende zwanzig, ein wenig anfällig vielleicht für eine Art Fernsehmoderatorinnenglätte, aber vermenschlicht durch ihr bezahltes Engagement für den «Sag nein e. V.» (den vermutlichen Verlierer also), vermenschlicht auch durch ihre Knie. Man sah es nicht, wenn sie ging oder Hosen trug, aber wenn sie einen Rock anhatte und reglos dastand, wölbten sich ihre Kniescheiben nach innen und ihre Kniekehlen nach außen. Sie schob sich seitlich an Probst heran und fing, ohne ihn anzublicken, an zu sprechen.

«Da sind Sie ja», sagte sie. «Ich dachte schon, ich bin hier mutterseelenallein. Sehen Sie? Jammu stiehlt uns die Schau. Das macht die Dinge noch schwieriger. Sie haben noch nie mit ihr gesprochen, oder? Ich gerade eben. Diese Hand werd ich nie wieder waschen. John sollte um fünf hier sein, aber ich hab ihn noch nicht gesehen. Ich dachte wirklich, ich bin hier mutterseelenallein. Solche Veranstaltungen sind veraltet, Mart. Ohne Einfluss auf die Wählerstimmung, das schwöre ich. Das hier ist nicht die Presse, auch nicht die Öffentlichkeit, sondern der Lions Club. Das zeigt mal wieder, was ich immer dachte: Der Lions Club ist ein Karnevalsverein. Ringling Brothers, im wahrsten Sinne des Wortes Karneval. Deshalb meine Verwirrung. Genau hier wird ein Zirkus aufgebaut, wenn mal einer kommt, in der Arena, vormals Checkerdome, wiederum davor Arena. Ich glaube, ich hab mal einen in einem Stadion gesehen, den Shriners-Zirkus. An der

Washington University, auf dem Sportplatz da. Das ist aber ein nettes Hemd.»

«Was machen wir jetzt?», fragte Probst. Nachdem er Jammu im Fernsehen kritisiert hatte, verspürte er noch weniger Lust, ihr zu begegnen.

«Ein Bad in der Menge», sagte Tina. «Warten Sie!» Sie hielt ihn am Ärmel fest. «Laufen Sie nicht weg. Ich will Sie nicht aus den Augen verlieren. Oscar war hier, aber ich hab ihn aus den Augen verloren. Er hat seine Ausrüstung dabei, also kriegen wir wenigstens ein paar Fotos. Butch Abernathy, der hat das Ganze organisiert. Vorsitzender der Ortsgruppe Hazelwood, oder? Eben saß er neben Jammu, aber jetzt ist er weg. Übrigens, ich warne Sie vor dem Essen. Beim Salzen haben die eine lockere Hand. Ein Wunder, dass die Frauen da nicht wie Ballons aussehen, wenn sie immer so viel in sich reinstopfen. Ich werd mal Ihren Namen notieren, werd schließlich dafür bezahlt. Probst. Ich mag einsilbige Namen. *East meets West.* Wenigstens sind Sie besser angezogen als Jammu. Aber meine Hand, unglaublich! Die wasch ich nie wieder. Das Verrückte ist, an denen ist gar nichts auszusetzen. Die Leute reden immer von Verrenkungskunst, aber das Wort hat überhaupt keine Bedeutung. Ich hab mich erkundigt. Es heißt gar nichts. Liegt alles im Normalbereich. Was Sie sehen, sind hundertneunzig Grad. Bei den meisten sind es hundertsiebzig. Das bleibt im natürlichen Rahmen.»

Eine Pranke packte Probsts linken Deltamuskel und drehte seinen Kopf in Tinas Richtung. Ross Billerica schob sich zwischen sie und küsste Tina auf die Wange. Nachdem er einen Blick in die Menge geworfen hatte, senkte er verschwörerisch den Kopf. «Hier gibt's halle Hände voll zu tun, Kinder!»

«'n Abend, Ross.»

«Ross, ich hatte schon gedacht, ich und Mart, wir sind hier mutterseelenallein.»

«Ich sagte fünf», sagte Billerica.

«Es ist sechs», sagte Probst.

«Dicht daneben hist nicht zwangsläufig vorbei. Tina, ich hab für dich und mich an Abernathys Tisch Plätze reserviert, da sitzen noch hein paar Ortsgruppenvorsitzende, Hoelzer, Herbert, Manning, DeNutto, Kresch und und und. Martin, hich schla-hage vor, Sie bearbeiten die Massen noch ein bisschen und lassen sich fotografieren.»

«Guter Vorschlag, aber ich glaube, Tina sollte bei mir bleiben.»

«Los, hab mit Ihnen», sagte Billerica.

«John fehlt, Rick fehlt, Larry fehlt. Das ist ja hier von vorgestern. Weder Fisch noch Fleisch, wirklich wahr, ich schwöre. Möchte wissen, wer sich so was ausgedacht hat.»

«Da, Habernathy kommt an den Tisch!» Billerica packte Tina am Handgelenk und zog sie mit sich fort, quer durch die Menge, zum Tisch mit dem Essen. Tina schlenkerte hinter ihm her wie ein angebundener Schlitten.

Probst musterte seine Stiefeletten. Er biss sich innen auf die Wangen.

Martin! Dave, klar, Dave Hepner. Siehst richtig gut aus. Du auch. Darf ich dich mit Edna Hamilton bekannt machen? Martin Probst. Ich dachte, nimm's mir nicht übel, aber ich dachte, du bist tot. (Durch eine Lücke zwischen Jacketts und Hosenanzügen erhaschte Probst einen Blick auf Jammu, die von lachenden Gesichtern umgeben war und von einem offenbar gelungenen Witz rote Bäckchen bekam.) Der Arch gefällt mir immer besser. Mir auch, äh. Dave Nance, Shrewsbury. Super Leute. Wirklich super-hyper. Tut mir Leid, ich. Martin, Sekunde nur, tut mir Leid, Dave, Martin, ich wollte, dass du meinen Sohn und sein Eichhörnchen begrüßt – Dave, das ist Martin Probst. Natürlich, Pfadfinder, das Büffelkommando …

Ringsum wurde es still. Probst drehte sich um. Jammu streckte ihm die Hand entgegen, die er automatisch nahm und schüttelte. An der anderen Hand hielt sie ein kleines Mädchen, nicht älter als fünf. Das Mädchen saugte hingegeben an einem Strohhalm, suchte in einem Becher die Eiswürfel ab. «Nun!», sagte Probst.

«S. Jammu. Sehr erfreut, Sie endlich kennen zu lernen, Mr. Probst.»

«Ganz meinerseits, ganz meinerseits.» Er ließ ihre Hand los. «Wer ist das kleine Mädchen?»

«Das ist Lisa. Quentin Spiegelmans Enkeltochter. Lisa, sagst du hallo zu Mr. Probst?»

Lisas Backen brachen über dem Strohhalm ein. Sie schien finster dreinzublicken.

«Nette Gesellschaft», sagte Probst.

«Reh-ack-sio-nehr», sagte Lisa.

«Kindermund.» Jammu lächelte und nahm dem Mädchen Becher und Strohhalm weg. Sie trug ein schlichtes beigefarbenes Kleid, lavendelfarbene Strümpfe und schwarze Pumps. Probst kam sich falsch angezogen vor. Und ein bisschen verwegen. Jammu schlug zwei Fliegen mit einer Klappe, den alten Politikertrick des Kindertätschelns und den alten Weibertrick des Kindversorgens, während ein Mann wartend danebenstand.

Probst räusperte sich. «Nun.»

«Bleiben Sie dran, Mart», sagte eine Stimme, die von Tina, an seinem Ohr. «Gleich kommt Oscar.»

Jammu blickte auf, und Probst legte seinen Arm um Tina. Jetzt war er an der Reihe. Er vergrub das Gesicht in Tinas Haar. «Ich glaube, wir können die Sache hier für heute vergessen», flüsterte er.

«Sie sind Barbara?», fragte Jammu, an Tina gewandt.

«Christina Moriarty. Ich wurde Ihnen gerade vorgestellt.»

«Sagen Sie», sagte Probst, «wo ist Quentin? Ich möchte etwas mit ihm *bereden.*»

«In der Schlange, glaube ich», sagte Jammu.

«Reh-ack-sio-nehr.»

«Ganz meinerseits, ganz meinerseits.» Probst hatte keine Lust, Spiegelman gegenüberzutreten. Er zog Tina am Klemmbrett herum und schob sie durch die Menge. Er hatte nur einen Wunsch, und der war elementar.

«Äh, Mart?»

«Ich heiße Martin, klar?» Der Wunsch lautete: Nichts wie weg. «Haben Sie einen Mantel?», fragte er, als er sich seinen geben ließ.

«Sollten wir nicht besser zurück? Ich hab Ross mit meinem Teller stehen lassen, als ich Oscar beim Kuchen sah.»

Probst musterte sie streng. «Sie brauchen Ihren Mantel, weil wir jetzt aufbrechen. Wir gehen jetzt was essen.»

«Irgendwie komm ich hier nicht mit.» Sie nahm ihre Garderobenmarke aus ihrem Portemonnaie und gab sie ihm, als wüsste sie nichts damit anzufangen. Sie sträubte sich nicht länger.

In den Restaurants herrschte um diese Zeit natürlich Hochbetrieb. Die Old Spaghetti Factory war brechend voll. Probst und Tina tranken je zwei Erdbeer-Daiquiris in einer der Factory-Katakomben, bevor aus den Lautsprechern «Moriarty, zwei Plätze, Moriarty» drang. Die Hostess brachte sie zu einem Tisch neben einer Kindergeburtstagsfeier. Probst wollte schon protestieren, aber Tina hielt ihn davon ab. Sie zwang ihn mitzusingen, als die Geburtstagstorte kam.

Wieder draußen, auf dem Kopfsteinpflaster vor der Schiffsanlegestelle Laclede's Landing, blieb er stehen, um die nächste Etappe seiner Kampagne zu planen. Tina lehnte geduldig an einem Laternenpfahl, wie ein Gemälde bei einer Auktion. «Wohin?», fragte sie.

Er überlegte. Er wusste, dass er die Worte, die sie womöglich verführen würden, niemals herausbringen könnte. Kein einziges davon. Ein Elefant konnte nicht sprechen. Aber wenn er einfach in den Sherwood Drive fuhr, musste sie mitkommen. «Gehen wir zum Auto», sagte er.

In den engen Straßen liefen sie an lachenden jungen Pärchen vorbei, deren Gesichter vom Trinken fleckig geworden waren. Laue Frühlingsluftwirbel mischten sich mit der heißen Hamburger-Abluft aus den Grillstuben. «Ich hab in Erfahrung gebracht», sagte Tina, «dass ich nach so einem Abendessen nichts anderes mehr vertrage als einen Pernod auf Eis. Das Problem ist ...» Sie rannte ein wenig, und er verzichtete darauf, den Arm um sie zu legen. «Er macht mich redselig. Ich meine, wirklich redselig. Ich schlage vor, wir gehen in eine Bar, und Sie bestellen mir einen Pernod mit Eis, und dann bremsen Sie mich. Tippen mir auf die Schulter und sagen, nein, Tina, nein. Billerica hat ein Alkoholproblem. Das können Sie ganz still für sich behalten. Der Unterschied zwischen Ihnen und ihr liegt übrigens darin, dass sie noch immer in der Arena ist. Sie hält die Stellung, reißt ihre Reden runter. Ich bin ja total vernarrt in sie. Ich glaube, das sind wir alle. Sagen Sie einfach, ich soll die Klappe halten, wenn Sie die Nase voll haben. Ich tue immer so, als wär's nicht wahr, aber es ist trotzdem so. Man hat mir schon ins Gesicht gesagt, dass ich die Klappe halten soll, wortwörtlich. Sie wären also nicht der Erste. Nur damit Sie's wissen.»

«Tun Sie sich keinen Zwang an, und halten Sie einfach die Klappe», sagte Probst und blieb am Kofferraum des Lincoln stehen.

«Aber wenn ich das mache, muss ich an all die Sachen denken, die ich nicht sage. Und Selbstgespräche führe ich, wenn ich allein bin, nun mal grundsätzlich nicht. Gehe ich recht in der Annahme, dass das hier eine Beziehung werden soll?»

Probst schloss die Augen und machte sie wieder auf. «Käme Ihnen das gelegen?»

Tinas Lippen rollten sich, die eine unter der anderen, ein, und ihre schwarzen Augen funkelten. Ein abnehmender Mond, oval wie ein Football, ging über Illinois auf. Sein Licht färbte auf den Flausch ihres Mantelstoffs ab und verlor sich dort, wo sich der Mantel teilte. Probst hielt den Atem an. Barbara hatte ihn wirklich verlassen. Er konnte wirklich machen, was er wollte.

«Um ehrlich zu sein, Mart ...»

Probst zuckte zusammen.

«Mir ist nicht danach.»

Der Raum war nicht einzuordnen. Am ersten Morgen hatte sich Barbara, als sie aus dem ihr im Auto verpassten Drogenrausch erwacht war, auf einer Matratze in Standardgröße wiedergefunden, auf einem Spannbetttuch, dem der katzenstreuähnliche Geruch verpackungsfrischen Bettzeugs anhaftete, ihr Gesicht an der Stelle, wo er sie geschlagen hatte, schmerzend und ihr einer Fuß angebunden. Das also war New York.

Zumindest nahm sie es an. Es konnte überall sein. Durch das Dachfenster drang diffuses Licht, das zu fallen, nicht zu scheinen schien, puderig und rein, frei fließendes Licht, unreflektiert von Landschaft oder Gebäuden. Ihr Knöchel steckte in einer Fußfessel, einem Eisenring, der mit einem zwei Zentimeter dicken Kabel an einer gewaltigen, in der Wand verankerten Öse befestigt war. Am Ende der Matratze stand eine Campingtoilette, die sie benutzte und in die sie sich, ohne etwas herauszubringen, erbrach.

Als sie das zweite Mal aufwachte, glaubte sie, das Licht habe sich verändert, aber nur, weil das die Natur des Lichts war (sich zu verändern) und des Verstands (dies zu erwarten). Der Bodenbelag hatte die Farbe und Textur von Moos, das lange keinen Tropfen Regen abbekommen hatte. Ihr Koffer stand auf der gegenüberliegenden Seite des Raums, neben der einzigen Tür, in deren Mitte sich ein Spion befand. Ein kleines gerahmtes Porträt des verstorbenen Schahs von Persien hing an einer der beiden Wände, die an die ihre angrenzten. Die vierte Wand war leer. Damit erschöpfte sich das Inventar des mittelgroßen, rechteckigen Raums, das war die Summe seiner Eigenschaften. Ein wenig mehr, und er hätte eine besondere Note gehabt, ein wenig weniger, und er wäre nackt gewesen, aber auch Nacktheit war eine Note, die auf die ihr eigene Weise besonders war. Sie konnte daraus nur schließen, dass sie einen Psychopathen vor sich hatte.

Aber als Nissing die Tür öffnete und «Astronautenfrühstück!» sagte, zweifelte sie daran. Er brachte ihr ein Tablett mit Himbeerflocken und einem großen Glas Instant-Vitaminsaft. Die Pistole, halb vom Hemd verdeckt, steckte im Bund seiner blauen Jeans. Durch die Tür, die ein wenig offen stand, sah sie, dass ein schwarzer Vorhang die äußere Türöffnung völlig ausfüllte. Sie fragte, wo sie sich befinde. In Gefangenschaft, sagte er. Was werde mit ihr geschehen? Werde man sehen.

Er servierte ihr drei Mahlzeiten täglich, zum Frühstück immer Flocken und Instantsaft mit, wenn sie wollte, ein oder gar zwei Nachschlägen, zu Mittag lauwarme Suppe und Knäckebrot, zum Abendessen Fertiggerichte. Er sah ihr beim Essen zu, was sie nicht wirklich störte. Im Sherwood Drive 236, in ihrem Schlafzimmer, hatte er sie an den Haaren hochzerren müssen, damit sie aufgestanden war. Aber als er sie in seinem Auto unter Drogen gesetzt hatte, waren Flucht- und Widerstandsinstinkte eingeschlafen und seitdem nicht wieder aufgewacht. Der Schmerz, den sie im Schlafzimmer erlitten hatte, war entsetzlich für sie gewesen. Nissings körperliche Überlegenheit war absolut, monolithisch. Sie glaubte nur zu gern, dass weiterer Widerstand lediglich seinen Sadismus schüren würde, denn solche Schmerzen wollte sie niemals wieder haben.

Eine Weile lang orientierte sie sich am natürlichen Licht, am natürlichen Verlauf der Zeit. Wenn es dunkel wurde, setzte oder legte sie sich hin oder machte im Dunkeln ihre Übungen. Sie bat um eine Lampe und einen Wecker. Er sagte nein. Aber als sie ihn um Bücher bat und er ihr welche brachte, neue Penguin-Taschenbücher, brachte er ihr auch eine Leselampe. Sie bat um Zeitschriften, eine Tageszeitung. Er sagte nein. Sie wollte baden oder duschen, und am dritten Abend, ein paar Stunden nach Einbruch der Dunkelheit, kam er herein, löste die Fußfessel und zog ihr eine schwarze Kapuze über den Kopf. Er führte sie durch zwei Räume, die, wie sie am Hall seiner Stimme erkennen konnte, leer waren. In einem frisch renovierten Badezimmer nahm er ihr die Kapuze ab und setzte sich, die Pistole in der Hand, auf die Toilette, wo er blieb, während sie aus ihren Kleidern stieg, duschte und sich frische Sachen anzog. Er führte sie zurück und legte die Fußfessel wieder an. Alle drei Tage durfte sie duschen. Alle zwei Tage, nachdem sie sich über den Geruch der Campingtoilette beschwert hatte, trug Nissing sie hinaus und brachte sie sauber zurück. Irgendwann merkte sie, dass die Campingtoilette dann mehr als sauber war; jedes Mal war sie neu.

«Wir sitzen im Sardi, das ist so eine Marotte von dir, eine Art Touristenmagnet. Die Erbsen, die du gerade isst, sind Weinbergschnecken in Knoblauchbutter. Ich mache mich über eine Pâté mit Toastwürfeln her. Drei Tische weiter siehst du Wallace Shawn, er wedelt mit der Gabel über einem Teller Spaghetti und spricht mit vollem Mund. Es ist Valentinstag. Den Nachmittag hast du im MOMA verbracht, auf einer Bank vor einem Mondrian. Auf dem Schoß hattest du ein Notizbuch mit Spiralheftung, in der Hand einen schwarzen Filzstift. Jeder will ein Künstler sein. Auch du hattest den Gedanken, und er hat dich gelähmt, das Problem der Kreativität, der Individualität als Markenzeichen, als Ware. Du dachtest, du könntest klein anfangen, ganz konkret, ein Bild beschreiben, das im Museum hängt. Du hast über die Wurzeln der modernen Literatur nachgedacht, über Belletristik und auch die andere Sorte, die ich verfasse. Über das Verhältnis befreiter Männer und Frauen zur neuen Kunst, über die Aneignung neuer Sichtweisen. Aber alles, was du zu Papier bringen konntest, war der Buchstabe H. Ein großes H. Ganz oben auf der Seite. Du hast nicht gewagt, es durchzustreichen, aber was sollte daraus werden? *Hier? Heute? Häufig? Haben?* Du hast um das Problem gewusst. Du hast an mich gedacht und meine Art zu schreiben, meine lässige Art, Maschine zu schreiben, im Arbeitszimmer, in deinem Lieblingssessel. Das Problem war ich. *Ich* hatte dich befreit. Du hattest es nicht selbst getan. Eine Stunde verging. Wie im Stupor hast du dagesessen und die Besucher beobachtet, ihre Gesten, ihre Schritte. Ein Aufseher vertraute dir eine wenig bekannte Tatsache über das Mondrian-Gemälde an und ging weiter. Jetzt, wo ein Wärter dich angesprochen hatte, konntest du nicht länger bleiben.»

«Das ist alles sehr clever, John, aber lass mich jetzt essen.»

«Ist es meine Schuld, wenn deine Geschichte nicht neu ist? Dieses Brathähnchen ist für dich ein Stück Rinderbrust. Zuletzt hattest du Rinderbrust ... am vierten Januar im Port of St. Louis.»

Alle seine Aussagen über sie entsprachen der Wahrheit. Schon am Anfang ihres neuen Verhältnisses, als er ihr einen vorgetippten Brief an Martin gegeben hatte, damit sie ihn auf ihr Briefpapier übertrug, hatte er eine geradezu kriminelle Kenntnis ihres Privatlebens verraten, geradezu zur Schau gestellt. Er wusste genau, was an Martins Geburtstag passiert war, drei Tage bevor sie ihm überhaupt das erste Mal die Hand geschüttelt hatte. Woher er das wisse, fragte sie ihn. Er erinnerte sie daran, dass sie alle Zeit der Welt gehabt habe, ihm ihre Lebensgeschichte zu erzählen, da sie sich Anfang Januar fast täglich gesehen hätten. Sie fragte erneut: Woher wisse er, was an Martins Geburtstag passiert sei? Er erinnerte sie, dass sie sich schon im Oktober kennen gelernt hätten, als er gekommen sei, um den Garten zu fotografieren. Dass sie sich im Gebüsch hinter der Garage geküsst und befummelt hätten wie Schulkinder.

«Nachdem der Kellner die Teller abgeräumt hat, schiebe ich dir eine Samtschachtel über den Tisch. Du denkst an unser erstes Mittagessen, an mein erstes Geschenk. Ich sage: Alles Gute zum Valentinstag. Diesmal bist du gnädig. Du öffnest die Schachtel. Diesmal ist es eine Uhr, eine Cartier mit Silberarmband.»

Er ließ eine silberne Armbanduhr in ihren Schoß fallen. Die Zeiger wiesen auf zehn vor zwei, die magische Stunde des Juweliers. Sie legte die Uhr um ihr Handgelenk.

«Diesmal bist du gnädig, und du bist vorbereitet. Du schenkst mir eine schwarze Seidenkrawatte, die du in einem Secondhandladen an der East Eighth Street gekauft hast. Wir bestellen Champagner. Wir zelebrieren unsere Scheinromanze mit Perfektion. Hemmungslos, fast bebend vor Zynismus, leben wir unsere außereheliche Affäre, leben aus, wovon alle modernen Männer und Frauen träumen. Selbstverwirklichung. Persönlichkeit. Ein Unverbrauchtsein, weil man noch nicht alles gesehen oder gelesen hat.

Ein Ersticken der Flammen des Zweifels unter Bergen von Dollarscheinen. Im Schmerz vereint –»

«Die Uhr geht nicht.»

«Kaputt? Kaputt? Kaputt?»

Nissing sprang auf und schoss. Barbara sah Schwärze, roch Rauch, spürte auf ihrem Nacken ein pfefferscharfes Brennen, und zurück kam der Ton; sie hörte den Knall. Nissing hatte in die Wand hinter ihrem Kopf geschossen. Sie berührte das Loch im Verputz. Es war heiß.

«Wieder bei uns zu Hause, lieben wir uns wie die Wilden.»

Er konnte ihr nichts vormachen. Sie merkte, dass sein unvermitteltes Pirouettendrehen und Geschrei, die freien Hamlet-Assoziationen, nur Schritte hin zum Wahnsinn waren und keinesfalls der Wahnsinn selbst. Sie hatte diese Schritte selbst gemacht, in jüngeren Jahren, als sie sich «verrückt» vorgekommen war und ihre Freundinnen mit ihrer Vielschichtigkeit und Labilität hatte beeindrucken wollen. Seine Schritte waren die gleichen, nur ein bisschen größer. Niemand konnte geistige Gesundheit wasserdicht definieren, aber ihrem Gefühl nach zeigte er Merkmale genau davon. Warum also hatte er sie überfallen und entführt? Die Frage hätte sich gar nicht gestellt, wenn er den Mund gehalten hätte. Aber er riss ihn auf, und sie hörte Gedanken heraus wie ihre eigenen. Die Frage nistete sich ein. Sie hegte sie. Sie versuchte, bei klarem Verstand zu bleiben. Endlich Zeit, *The Faerie Queene* und *Moby Dick* zu lesen, dachte sie im Scherz. Dann kam John herein und brachte ihr Essen und erzählte ihr, was sie den Tag über in New York gemacht hätten. Wenn ihr unterdessen langweilig wurde, fing sie mit ihren Bauchmuskel- und Streckübungen an, bevor er fertig war.

Über Martin nachzudenken war ihr unmöglich. Er war in ihrer beider Vergangenheit eingesperrt, rüttelte an den Gitterstäben einer Beziehung, die nun nicht mehr fortgesetzt wurde, schlich umher zwischen den Wänden gemeinsamer Unternehmungen und Situationen, die wie anorganische Materie alterten, verblassten, statt sich zu wandeln. Ihre wöchentlichen Gespräche bestätigten das. Es war die Schlussfolgerung, zu der Erforscher des Übernatürlichen gekommen waren: Man konnte mit Toten reden, aber zu sagen hatten sie nichts.

Am Anfang hatte sie geglaubt, die Gefangenschaft würde ihr nicht zusetzen, sofern sie ihre Zeit einteilte und den Geist wach hielt. Aber sie setzte ihr zu. Am Ende der ersten Woche fiel ihr auf, dass sie sich angewöhnt hatte, im Dunkeln die Hände zu ringen. Das erschreckte sie. Und immer häufiger verlor sie, im schwachen Schein ihrer Lampe, das Gefühl für die Tageszeit. War es früh am Morgen, oder war es spät am Abend? Sie wusste es einfach nicht. Doch wie konnte man nicht wissen, was man erst eine Stunde zuvor getan hatte? Und dann der Verlust der räumlichen Orientierung. Nissing befreite ihren Fuß nur an den Duschabenden von der Fessel. Das Kabel, etwa zwei Meter lang, gab ihr ein wenig Spielraum, nicht genug jedoch, um sich weit von der Matratze zu entfernen oder sich auch nur umzudrehen. Daher schlief und las und aß sie immer mit dem Kopf näher an der Wand mit dem Schah-Porträt. Sie hatte sich angewöhnt, diese Wand für die Ostwand zu halten. Plötzlich war es die Westwand, dabei hatte sie nur eine Seite umgeblättert. Beängstigend daran war, dass sie unbedingt wissen musste, wo es nach Osten ging. Um ihre innere Kompassnadel auf die korrekte Position zurückzuzwingen, hatte sie sich schon gekniffen, ihren Kopf gegen die Wand geschlagen, wie rasend mit den Beinen gestrampelt, geblinzelt.

«Sonntagmorgen», sagte Nissing, als er mit Telefon und Klappstühlen hereinkam. «Ich bin gerade draußen, drehe meine Joggingrunde im Park. Du hast schon eine Weile nicht mit Luisa telefoniert.»

«Und habe heute Morgen auch keine Lust dazu. Hab ihr doch gerade geschrieben.»

«Ich fürchte, der Brief ist auf dem Postweg verloren gegangen.»

Sie warf ihr Buch zur Seite. *«Was zum Teufel war an dem Brief auszusetzen?»*

Nissing zwinkerte. «Nichts!»

«Und warum ist er dann verloren gegangen?»

Er klappte die Stühle auf. «Liebling, ich habe mit der Post nichts zu tun. Das ist Sache des Postmeisters. Wenn du ihn fragen würdest, bekämst du zur Antwort, dass ein gewisser Prozentsatz von Sendungen, ein winziger natürlich nur, naturgemäß auf dem Postweg verloren geht. Vielleicht hat eine Maschine die Adresse abgerissen. Vielleicht wurde der Brief in den Gully geweht, als der Briefkasten an der Fifth Avenue, in den du ihn eingeworfen hast, mein Schatz, geleert wurde.»

«Du kriegst wohl nie genug von dir, was?»

«Unser erster Streit!»

«LECK MICH AM ARSCH!»

«Es wird unumgänglich, dass du Luisa anrufst. Nach einem solchen Streit, wie? Du hast mein ewiges Reden satt, meine selbstgerechte Art, und wir kriegen uns in die Haare. Ich verliere ein bisschen die Nerven. Ja, wirklich. Ich brülle dich an. Geh doch zurück zu deinem Mann, zu irgendwem, den du dir unterwerfen kannst! Dann knalle ich die Tür zu und gehe laufen. Du denkst an mich und meinen Körperkult, an den Ausdruck lustvoller Qual auf meinem Gesicht, wenn ich den siebten Kilometer in Angriff nehme. Du seufzt. Es ist Sonntagmorgen, der 18. Februar.»

«Ich habe dich was gefragt.» Sie stand da und rang die Hände. «Ich habe dich gefragt, was an dem Brief auszusetzen war.»

«Schatz, versuch erst gar nicht, mit einem Wahnsinnigen zu streiten.»

«Du bist nicht wahnsinnig.»

«O doch!» Er stieß sie gegen die Wand. «Und ob ich das bin! Wahnsinniger als das Wettrüsten!» Seine freie Hand angelte nach ihr und schloss sich um ihren Hals. Seine Finger rochen nach Nelkenzigaretten. Er drückte ihr die Kehle zu. Sie konnte nicht mehr schlucken, und er drückte noch stärker zu. «Du bist nichts als ein Stück Fleisch. Ich könnte dich umbringen, jetzt sofort und mit dem größten Vergnügen, aber das Vergnügen wird noch größer, wenn du rund und fett bist und ich dir die Seele aus dem Leib prügele und du nach mehr winselst.»

Ihre Überzeugung geriet ins Wanken, doch sie klammerte sich an die Worte, die sie sich in den Kopf gesetzt hatte. «Nein, wirst du nicht», krächzte sie. «Weil du's nicht bist!»

Er ließ sie los. Hustend sank sie in die Knie.

«Weil du dir das Ganze da ausdenken musst», sagte sie. «Du musst das üben. Du musst den Impuls irgendwo hernehmen, weil er nicht in dir steckt. Ich kenne dich. So viel Gespür, menschliche Kompetenz musst du mir konzedieren.»

«Oh, konzedieren. Glaubst du, ich habe es nötig, hier zu stehen und mit dir zu streiten?»

«Ja.» Sie hustete. «Das glaube ich. Du machst es ja gerade. Oder etwa nicht?»

«Würg erst mal zu Ende, und dann sprich normal.»

Sie schaute zu ihm hoch. «Du kannst nicht beweisen –»

«Wenn du tot bist, meine Liebe, wenn du nur noch ein Haufen Abfall bist, muss man dir gar nichts mehr beweisen. Du ahnst ja nicht, was hinter der Tür da vorgeht, was in mir vorgeht. Glaub, was du willst, aber hier in diesem Zimmer bin ich bis zu einem gewissen Grad sehr nett zu dir, und wenn dir dein ‹Gespür›, dein ‹Bauchgefühl› sagt, dass ich nicht verrückt bin, dann denk daran, dass du nur das siehst, was ich dir hier auf dieser Seite der Tür vormache.»

Seine Augen waren schwarz und hellbraun, seine Haut noch tiefer gebräunt, von innen her, von irgendeinem Leuchten in ihm drin. Er sah aus wie ein belesener mediterraner Strandstrizzi. Wenn sie ihm nachweisen könnte, dass er normal war, würde sie allmählich auch herausbekommen, warum er ihr all das antat. Sie dachte an Dostojewski, an die aufgesetzte Blindwütigkeit von Studenten. Sie dachte an die Studenten im Iran. Aber war er überhaupt Iraner? Das Schah-Porträt kam ihr mehr und mehr wie ein Witz vor. John war ein Nihilist, kein Monarchist. Hatte er sich aus Mutwillen in den Kopf gesetzt, sie zu entführen? Als ein Experiment des Bösen, der Revolution? Ach, das Schlimmste war ja, dass die Welt von Beweggründen, die sie nicht verstand, nur so überschäumte. Selbst wenn ihre Gefangenschaft rein politisch begründet war, verstand sie nicht, warum ein politischer Wahn oder gar gewöhnlicher Pragmatismus jemanden dazu verleiten konnte, ein solches Risiko einzugehen. Und Politik war nur ein Beispiel für all die anderen Beweggründe, die sie nicht begriff.

«Warum hast du dir ausgerechnet mich ausgesucht?», fragte sie.

«Von all den Frauen, die ich kenne? Du denkst doch sowieso, dass du die Größte bist.»

Und das kleine Rätsel – für sie war es ein großes, aber aufs Ganze gesehen war es klein – stand für das große Rätsel, die grenzenlose Unwissenheit: Warum war sie auf der Welt?

«Und jetzt wird telefoniert.»

«Nein.»

«Aber Liebling. Versprichst du mir, dass du's später machst?»

Er versuchte, über die Maßen jammervoll zu gucken. Seinen Gesichtsausdruck konnte er jedoch nicht in derselben Weise zur Wildheit steigern wie seine Worte, was als Beweis für seinen Wahnsinn nicht infrage kam, denn jeder konnte lernen, wie eine Furie zu reden. Aber war es ihm nicht sowieso egal, ob sie ihn für wahnsinnig hielt oder nicht? Die Frage führte ins Gestrüpp.

«Sei nett zu mir, John», sagte sie.

«Ich war's nicht, es war die Post. Bald wird das zum Motto für unsere Zweisamkeit. Wir vertragen uns wieder, und wir lieben uns, lieben uns wie die Wilden.»

«Sei nett zu mir.»

17

Sie war wieder sauber, geruchlos, eine Ehefrau im Geist. Vor dem Badezimmerspiegel stehend, in einem Morgenmantel, der sich langsam entknotete und, je länger sie die Hände erhoben hielt, weiter und weiter aufging, zupfte sie ihre Brauen. «Au, verdammt», sagte sie, weil es wehtat. Aber Schönheitspflege tat nun einmal weh. «Au, verdammt.» Für jeden tapferen Zupfer gönnte sie sich einen Fluch. Rolf hatte ihr den Beinamen «die Tapfere» gegeben. Im untersten Fach des Medizinschranks, auf einer Dreckschicht aus Staub und Babypuder und ausgelaufenen Salben und den weißen Bröseln vom Drehverschluss aus der Colgate-Tube, lagen Q-Tips, ein Fieberthermometer, Spritzen in aseptischer Zellophanhülle, die üblichen Medikamente. «Au, verdammt.» Gesund war sie natürlich nicht gerade, aber Rolf hatte ihr unwissentlich beigebracht, dass drei Martinis die Symptome der Nachmittagsgrippe linderten, und obwohl die Grippe sie dann trotzdem noch ein bisschen quälte, erwies sie sich mit ihrer Tapferkeit als gestandene Frau. Nach nur zehn Wochen sparsamen Wirtschaftens (früher sagte Mamaji immer, dass Männer nicht sparsam sein könnten, weil sie nach dem Ebenbild der ausschweifenden Götter geschaffen seien) hatte sie zur Vorsorge mehr als dreißig Gramm beiseite gelegt. «Au, verdammt.» Sie glaubte an eine göttliche Videoüberwachung, die alle ihre Bewegungen registrierte, jede Sparsamkeitsgeste, jede Anstandsregung, und die Mamaji eines Tages, wenn sich die Zeit dazu fände, auswerten würde. Sie war eine Zeugin der Maja, der allumfassenden Illusion, und dennoch wahrte sie ihren Glauben. Jammu traute ihr wenig Selbstachtung zu, aber sie war keine Süchtige, keine Gefallene, auch wenn es manchmal, zu gewissen Zeiten, den Anschein haben mochte. «Au, verdammt.» Jammu hielt sie kurz, kümmerte sich nicht um sie, gab ihr jede

Woche aber Drogen, die sie zur Hälfte verbrauchte, weil das Frauenlos kein leichtes war. Alle Frauen taten Dinge in ihrem Badezimmer, von denen keiner etwas erfuhr. Alle. Und Jammu ließ sich besonders leicht in die Irre führen, weil sie so beschäftigt war und, in der Überzeugung, dass Devi ohne sie nicht leben konnte, die denkbar schlechteste Meinung von ihr hatte. Doch ihr anderes Ich würde sich rächen, nur dass es keine Rache, sondern für Rolf (und eines Tages vielleicht für Mamaji) eine Art Lehre sein sollte. «Au, verdammt.» Für den Tag, an dem es allen wie Schuppen von den Augen fallen und sie an Rolfs Seite aus dem Schatten treten würde, arbeitete sie an ihrer Sprache. Sie musste ihm nur noch beweisen, dass sie wirtschaften, dass sie, ganz selbständig und sparsam, einen Haushalt führen konnte.

Fertig. Sie prüfte ihr Werk, betupfte die gepeinigte Braue mit einem Wattebausch Isopropylalkohol, der auf der Haut brannte, und spülte die Härchen in den Ausguss. Sie fing sich gerade wieder die Nachmittagsgrippe ein. Ein hässlicher Anfall von Schüttelfrost brachte ihre Hände zum Zittern, das Lidschatten-Döschen fiel ins Waschbecken und wurde nass, und der Plastikverschluss sprang ab. Der Puder blieb an ihren Fingern kleben und färbte sie grau. Sie setzte sich auf den Klosettdeckel, um zu verschnaufen, und dachte, wie grässlich es doch war, dass der Bademantel immerzu aufging. Sie konnte den Gürtel zuknoten, aber diese Seidenknoten lösten sich von selbst, es sei denn, sie waren festgezurrt, und an festgezurrten Knoten zerbrachen Fingernägel. Sie war nicht verlottert. Der Knopf an der Badezimmertür war ein Nabel, verschlossen. Drück mich. Eine feine Art, ihre hausfraulichen Fähigkeiten unter Beweis zu stellen, indem sie hier im Badezimmer saß, mit grauen Fingern und scheißkleinen Blutstropfen («Sprache!») über den Augen, und zitterte. Rolf gab es nicht zu, aber manchmal, öfter und öfter, weigerte er sich einzusehen, dass sie nicht eine, sondern zwei Personen war. Sie wollte es ihm erklären: Die Miete ist hier zu hoch! und: Saubermachen ist nicht mein Ding, mir ist Größeres zugedacht! Sie hatte vorerst mit dem Fieber und nicht mit dem Haushalten zu tun. Aber gute Haushälter suchten keine Ausflüchte. Sie musste sich große Mühe geben, um noch ein bisschen länger gut zu sein, vielleicht sogar selber etwas sauber machen, bis sie, wenn möglich, sechzig Gramm zur Vorsorge beisammenhatte. Dann konnte sie auf eigenen Füßen stehen. Auf eigenen Füßen! Aber es tat weh, denn Knapsen war fast schlimmer als Hungern, und sie wollte nicht jedes Mal, wenn Rolf zu ihr kam, nach Martinis riechen.

Mit einem Eigenanteil von 41 Prozent an seiner Firma war Buzz Wismer auf dem Papier einer der zwanzig reichsten Männer des Landes. Aber im klassischen Sinne hatte er sein Unternehmen nie diversifiziert, da Aerospace bereits genügend diversifiziert war, um sich an einen wechselnden Markt anzupassen, und das liquide Vermögen der Firma war zwar ausreichend, aber vergleichsweise klein. Einen hohen Anteil des anderen Kapitals machten Forderungsaußenstände vor allem der Fluggesellschaften aus. Sein Reichtum war somit nicht der Reichtum eines Spekulanten oder Ölbarons, der Hals über Kopf sein Geld ausgab. Vielmehr war das Geld fest in die Firma eingebunden, und dementsprechend zugeschnitten hatte er seinen Lebensstil. Er mochte gute Gesellschaft, unberührtes Land, Stille und Frieden. Salzige Kost, kühle Getränke. Er stammte aus einer verzweigten Herzland-Familie, aus dem ländlichen Missouri. Ihn bekümmerte es sehr, dass er nie zum Oberhaupt einer solchen Familie geworden war. Aus seinen drei Ehen waren zwei Töchter hervorgegangen, von denen eine wahrscheinlich lebenslang der Therapie bedurfte. Im Unterschied zu Martin Probst war Buzz beruflich zu eingespannt und von der Konstitution her zu schwächlich gewesen, um die schlichten Freuden des Familienlebens genießen zu können. Je älter er wurde, als desto schmerzlicher empfand er den Mangel. Nach dem Brand auf seinem Land hatte er sich verbissen in die Computerarbeit vertieft. Wie ein Käfer, der seine Beinchen spreizte, krallte er sich an einer großen Kugel aus Wohlstand und Bedeutung fest. Dann kam die Kugel ins Rollen.

«Deviiiii?» Das Scharnier quietschte gedehnt. Onkel Rolf schob den Kopf durch den Türspalt und zog den Schlüssel aus dem Schloss. «Dev–iiiii?» Auf Zehenspitzen schlich er hinein.

Etwas klapperte hinter der Badezimmertür, aber welche Geräusche auch immer sich anschlossen, sie wurden vom Getöse eines aufsteigenden Düsenflugzeugs verschluckt. Es war furchtbar laut; er sah, dass sie ein Fenster offen gelassen hatte. Das Zimmer war zugig wie ein Bahnsteig und roch auch so. Als er zum Fenster gehen wollte, um es zu schließen, sah er auf der Mattscheibe ein Gesicht. Es war Martins Gesicht, in einem Dickicht aus Mikrophonen. Das Getöse verebbte in der Zeit, die Rolf benötigte, um zum Fernseher zu gelangen.

«... ich sage nicht, dass wir so etwas grundsätzlich ausschließen, aber es ist bezeichnend für das, wie sie vorgehen. Debatten lösen keine Probleme, haben das noch nie getan. Sie sind ein Wettstreit Einzelner, und das ist genau die Art von Referendumsverwirrung, die ich gern beseitigt sehen möchte.»

«Ach wirklich?» Rolf schmierte mit der Handfläche über Martins Gesicht. Der Bildschirm war heiß. «Arschloch! Drecksack!»

«Am Donnerstag wissen wir genau Bescheid.»

«Kann's nicht abwarten, der alte Scheißkopf.»

Rolf hatte Martin Probst nie besonders gemocht, aber erst in diesem Winter war ihm bewusst geworden, wie tief die Abneigung in seinem Busen war. Nervös kichernd verscheuchte er Martin mit einem Knopfdruck vom Bildschirm.

Als er sich hinauslehnte, um das Fenster heranzuziehen, wurde es von einem Windstoß erfasst und schwang außer Reichweite. Er stützte sich auf dem Fensterbrett ab und angelte danach. Über ihm, auf einem Sims an der Außenwand oberhalb des Fensters, bemerkte er ein Kästchen, das in Plastikfolie gewickelt war. Er schloss das Fenster und verriegelte es. Er strich sich über den Schnurrbart. Kleines Kästchen. Hm. In Plastikfolie gewickelt. Er öffnete das Fenster wieder und lehnte sich hinaus – besser nicht weiter hachhaken, oder? Nur ein unerforschtes Spielzeug taugte was. Er schloss das Fenster in dem Moment, als sie aus dem Badezimmer kam.

«'n Abend, Rolf», sagte sie mit koketter Schüchternheit.

«Guten Abend, meine Liebste.»

Sie trug eine neue Brille, die Barbaras Lesebrille ähnlich sah, flache schwarze Pantoffeln, damit sie kleiner wirkte, blaue Levi's und ein weites weißes Hemd. Das Original hatte Rolf seit mehr als zwei Monaten, seit den Feiertagen, nicht zu Gesicht bekommen, und sein Blutdruck stieg. Obwohl die Affäre schon fünf Monate dauerte, kriegte Devi es hin, dass seine Knie immer noch jünglingshaft weich wurden. Ihre Hände näherten sich. Er stand da wie gebannt, während ihre Hände ganz langsam auf ihn zukamen, sie schoben das Revers seines Jacketts auseinander, fuhren ihm, über seinen Pullover streichend, unter die Arme, und der Rest von ihr folgte nach, begann ihn in Zeitlupe zu umarmen. Für diese Momente lebte er. Er musste husten.

Sein Blick fiel auf ihr Gesicht. Er stieß sie grob beiseite und würgte an einem zweiten Husten, in seinen Ohren knackte es.

«Tut mir Leid.» Schlaff ließ sie sich aufs Sofa fallen.

Er sah das kleine Pflaster in ihrer Armbeuge, das poröse Makeup. Ihm war egal, was sie machte, wenn sie allein war, aber wenn sie in seiner Gegenwart die Kontrolle über sich verlor …

«Warum hast du mich angerufen?», fragte er.

Sie blickte auf und eroberte ihn mit ihrem perfekten, halb ironischen Lächeln zurück. «Rolf», sagte sie, «ich bin total abhängig von dir. Ich halte keinen Tag aus, ohne deine Stimme zu hören. Nach all den Jahren zählt jeder Tag, jede Minute. Verstehst du nicht? Wir haben so lange aufeinander gewartet.»

Er hielt die Hand vor den Mund und stopfte einen kleinen Huster wieder hinein.

«Sei mir nicht böse, Rolf. Ich bin eine schwache Frau, aber bald wird alles besser, so wie du's dir gewünscht hast. Ich habe Martin verlassen. Die ganze Welt weiß es. All die Jahre, die ich mit ihm verschwendet habe! Immer das Warten. Mir hat etwas gefehlt, etwas, von dem ich wusste, dass andere Frauen es haben, aber jetzt, jetzt hab ich ihn verlassen. Und wie er mich angebrüllt hat! Nie könnt ich da wieder hin.»

«Sprache.»

«Niemals könnte ich da wieder hin. Und du schimpfst mit mir, wenn ich dich im Büro anrufe.» Sie kräuselte die Lippen. Die Ähnlichkeit war frappierend. Rolf ging in die Knie und presste seine Wange an ihre Brust und biss, wie ein zahnloser Säugling, mit den Lippen. Schweiß floss ihm in die Augen.

«Stell dir vor», sagte sie, «Martin könnte sehen, was du hier mit mir machst.»

Kam ins Rollen am Heiligabend, als Buzz noch im Büro zu tun hatte und der Foyerwart anrief, um ihm mitzuteilen, dass Mrs. Sidney Hammaker da sei und mit ihm sprechen wolle. «Schicken Sie sie hoch», sagte Buzz. Während er wartete, unterzog er sich einem Systemcheck und sah in allen Sektoren rote Warnlampen blinken, sein Moralprozessor jagte Fehlermeldungen über den Monitor – FLOATING POINT DIVISION BY ZERO AT 14000822057G –, schadhafte Ventilatoren im Spannungsregler, Ausfall im Stimmgenerator und das ganze Programm TERMINATED BY A SUPERIOR PROCESS, FATAL AOS ERROR, DO YOU WISH A SYSTEM DUMP? Er zog den Telefonstecker heraus und prüfte seine Frisur im grünen Bildschirm, dessen Wölbung die Größe seiner doppelläufigen Nase verdoppelte und seinen Kopf in ein haarsträubendes Queroval verwandelte. Er war ein Monster mit grünem Gesicht.

Asha klopfte an die geöffnete Tür. Sie komme hoffentlich nicht ungelegen. Er sagte, um Himmels willen, aber nein, am Heiligabend solle man doch sowieso nicht arbeiten. Sie setzte sich neben seinem Computer auf die Tischkante. Der Punkt auf ihrer Stirn schien irgendwo unter ihrer glatten, kühlen Haut zu schweben wie der Dezimalpunkt einer LCD-Anzeige.

In den Minuten und Stunden, die ihrer Ankunft folgten, entwickelte ihr Rock ein Eigenleben und wanderte unmerklich und in einem Tempo, das durch den Gesprächsverlauf nicht beeinflusst wurde, aufwärts. Mehr und mehr enthüllte er von ihren Beinen und verschob die Grenze, von der an Schatten die Farbe ihrer anthrazitfarbenen Nylons von Grau zu Schwarz verdunkelten, stetig nach oben. Dann und wann sollte der Rock in seiner Aufwärtswanderung innehalten und eine halbe Stunde, fünfundvierzig Minuten sein Lager aufschlagen, als hätte er sich vorgenommen, keinen Schritt mehr zu tun. Doch dann sah Buzz wieder hin, und ein weiterer Fingerbreit Schenkel war ans Licht gekommen.

Asha, wie sich herausstellte, kannte sich aus in Tensorrechnung. Gespannt hörte sie Buzz bei dessen Ausführungen über seine iterative Methode zu, und als die Dezembersonne in den Schneefeldern der North County versank, entdeckte sie eine Redundanz in seinem Tensor, eine verborgene Symmetrie, und schlug vor, sie durch die Einführung neuer Variablen aufzubrechen. Hammaker, sagte sie, müsse Schritt halten mit der Zeit und sie sei bemüht, ihm das nahe zu bringen. Nur die Coca-Cola-Konzerne könnten sich an seinen Einfällen und Erfolgen im Marketing messen, aber nicht einmal Hammaker habe sich der Grundfrage der Epoche gestellt, der Frage, ob Werbung überhaupt Früchte trage. Verkaufszahlen bewiesen wenig. Marktuntersuchungen – Testreihen mit fernsehenden Biertrinkern, die, nach dem Zufallsprinzip ausgewählt, in schalldichten Konferenzräumen beobachtet würden – seien reinster Schamanismus. Asha schauderte beim Gedanken an das gewaltige Übermaß, das in flächendeckender Werbung steckte, an das hinausgeworfene Geld.

Sie träumte davon, sozusagen mit dem Auge Gottes die Formel ausspähen zu können, die Hammaker-Bier zur Lieblingssorte aller Biertrinker machen würde, nicht von 37 Prozent oder 43 Prozent oder gar 65 Prozent der Biertrinker, sondern aller. Die Formel, sie müsse natürlich mehr sein als nur ein Slogan oder eine Strategie, denn so etwas werde umgehend von den zwei Hauptkonkurrenten Hammakers abgekupfert. Die Formel müsse eine unendliche Serie davon umfassen, eine Maßnahmenvielfalt, die alle Gegenattacken in dialektischer Weise einkalkuliere und automatisch abwehre. Das war der Punkt, an dem Buzz ins Spiel kam. Asha hatte seine Arbeiten über die n-variable Tensorsimulation der meteorologischen Dynamik gelesen. Sie wollte seine Methode anwenden auf den Verkauf von Bier.

«Statt dieses Drucksystem nur auf dem Plotter zu betrachten» – sie leckte sich über die Lippen –, «sollten Sie es mit einem Strategiespiel versuchen. Stellen Sie sich vor, das System gehorcht nicht zufälligen Klimafaktoren, sondern Ihnen selbst, und Ihre Aufgabe ist es, 365 Tage im Jahr für ein gemäßigtes, trockenes Wetter in St. Louis zu sorgen, mit, sagen wir, einem einzigen ergiebigen Regenschauer pro Woche, abends zwischen sechs und acht.» Und Buzz sagte: «Was Sie da beschreiben, ist ein Monopol.» Und die Prinzessin sagte: «Neun von zehn Testpersonen können unser Bier nicht von den Konkurrenzprodukten unterscheiden. Wettbewerb führt nur zu exzessivem Marketing, und wir verschenken pro Sixpack einen Dollar.» Und Buzz sagte: «Psychologische Gesetzmäßigkeiten sind notorisch unbestimmt.» Und sie sagte: «Wenn Sie sich da nicht irren. Die könnten viel bestimmter sein, als Sie glauben.» Im Zimmer war es dunkel, die Isobaren auf dem Bildschirm leuchteten so grün und intensiv, dass sie zu tanzen schienen, und als sich Asha mit aufgestütztem Ellbogen über den Tisch lehnte, um eine Lampe anzuschalten, sah Buzz unter ihrem Rock einen weißen Spitzensaum hervorblitzen.

Audreylein spielte Karten an dem pseudoantiken Sekretär in ihrem Zimmer. Sie trug einen rosa gerippten Morgenmantel. Rolf wartete einen Moment, bevor er sie ansprach, und betrachtete sie nachsichtig. Sie hielt die Kreuzsieben in der Schwebe, als versuchte sie, einem abgelenkten Kassierer ihre Platinum-Kreditkarte schmackhaft zu machen. Sie legte die Kreuzsieben auf der Herzacht ab und schnappte sie sich sofort wieder. Sie schaute über ihre Schulter auf, ihr Blick leer, ein weiblicher Clown mit Nachtcremeschminke.

«Du bist ja noch auf», sagte Rolf.

Sie vernahm das und wandte ihre Aufmerksamkeit erneut dem Kartenspiel zu. Entschlossen legte sie Kreuz auf Herz, deckte die nächste Karte auf, eine Karokönigin, und gruppierte in rascher, komplizierter Folge eine ganze Reihe von Karten um.

«Das flutscht ja richtig, was?»

Auch diesmal nur ein Zucken einer Reaktion. Ihr Kopf ruckte, auf der Suche nach weiteren Ablagemöglichkeiten, hin und her. Rolf kaute die Schnurrbartenden in den Mundwinkeln. Nach dem abendlichen Geschlechtsverkehr besonders milde gestimmt, nahm er erneuten Anlauf.

«Konntest wohl nicht schlafen, wie?»

«Pikzehn», murmelte sie.

Ein paar solche Momente reichten ihm, um Devis Gerede von einer Neuordnung der ehelichen Bande ernsthaft zu überdenken. Aber fast sofort fiel ihm die alte Logik wieder ein – Gemeinschaftskonten, Aufteilung der Aktien, beide Häuser, Aufteilung der Obligationen, die Ländereien in Arizona, Oregon, St. Thomas, lieber Gott, mindestens zwanzig Millionen Dollar –, die natürlich kein bisschen logisch war. Heirate nie eine Anwaltstochter.

«Machst dir wohl Sorgen um Barbie, was? Kaum sinkt dein zartes Köpfchen in die Kissen, malst du dir aus, wie sie für irgendeinen fremden Schönling die Beine spreizt.»

Sie nahm eine Karte vom Ablagestapel auf.

«Nicht schummeln, Audrey, du verdirbst dir den ganzen Spaß.

Und denk an das achthundertste Gebot: Du sollst beim Patiencelegen nicht betrügen. Ich bin ganz sicher, Pater Warner wäre sehr betrübt, wenn er davon erfahren würde.»

Er fand eine Nagelschere auf ihrer Frisierkommode und machte in seinen Mundwinkeln ein wenig Ordnung. Im Spiegel sah er, dass sie ihn nicht beachtete. Im Lüftungsschieber über ihrem Bett begann die Heißluft zu rauschen.

«Ganz schön mollig hier, übrigens. Denken wir einen Moment an Martin. Wollen wir die Köpfe senken? Stell dir vor, er *ganz* allein in dem *großen* Haus, mit dieser *hübschen* Einrichtung, und niemand, mit dem er reden kann. Stell dir das einmal vor.» Rolf sah Martin mit der stummen Wut des gehörnten Ehemanns gegen die Möbel treten oder mitten auf dem Ehebett Patience spielen. Auch das Gör hatte ihn ja verlassen! Endlich ging es diesem Tugendbold an den Kragen, denn seine beiden Grazien waren ihm entwischt, und er machte sich mit seiner Kampagne gegen ein Referendum, das längst entschieden war, zum absoluten Trottel.

Audreylein hatte sich zu ihm umgedreht. Ihr Ausdruck war offen und herzlich.

Er lächelte. «Na?»

«Du bist verrückt, Rolf», sagte sie. «Du hast den Verstand verloren.»

Buzz' Arbeit begann zu leiden, und er suchte Entschuldigungen dafür. Keiner konnte verlangen, dass er in seinem Alter noch originelle Ideen hatte, und dennoch war das, was ihm gelang, auch wenn es weniger war als noch vor Monaten, erste Sahne. Einen anderen Vorwand bot ihm die Arbeit. Jeden Tag instruierte er seine Sekretärin, ihn unter keinen Umständen zu stören. Nachts schaltete er einen Anrufbeantworter zwischen sein Allerheiligstes und die Welt. Seine Wetterforschung, erklärte er Bev, sei in ein Stadium eingetreten, das vollste Konzentration erfordere. Sie glaubte ihm nicht, und er hatte auch nicht die Erwartung, dass sie es tat.

Er ließ sein Allerheiligstes verwaist zurück und fuhr im geräumigen Lastenfahrstuhl ins Erdgeschoss. Während seine Angestellten auf dem Service-Hinterquartier des Firmensitzes Kisten schleppten oder den Besen schwangen, wechselte er ein paar Worte mit ihnen und betonte stets, dass niemand von seinem Kommen und Gehen erfahren dürfe. Er machte dunkle Andeutungen auf hochgeheime Geschäftsverhandlungen auf höchster Ebene. Er schob das schwere Hintertor mit der Schulter auf und stieg von der Laderampe. Asha wartete in ihrem Corvette, nachmittags oder abends, abends zumeist.

Sie war es, die in Cahokia Downs die Pferdewetten abgab, die in dem Truckstop am Autobahnkreuz der Interstates 40 und 70 den Chili aß und in den Imbissrestaurants der Stadt den Kaffee trank. Buzz begleitete sie nur. Er staunte, dass all die Provinzlokale, in die sie ihn führte, der endlose Zug der lahmenden Serviererinnen und abgeschabten Pferdezocker und rotierenden Kuchen- und Tortenstücke die vierzig Jahre seit seiner Jugend überdauert hatten, als er selbst noch ein Provinzler gewesen war. Sogar die Straßen konnten ihn überraschen. Asha fuhr Meile um Meile auf Autobahnen nordwärts, die ihm völlig unbekannt waren, obwohl er sein ganzes Leben lang im östlichen Missouri gewohnt hatte. An den Werktagen verschwand nach Mitternacht aller Verkehr von den Straßen, sodass eine gespenstisch ruhige Leere zurückblieb, die an Neutronenbomben denken ließ. Auf dem platten Land fuhr sie hundertsechzig.

Aber die Sippe der Aufpasser konnte kein Geheimnis für sich behalten. Bev erzählte Buzz, dass die Ehemänner ihrer Freundinnen glaubten, er habe mit Asha tatsächlich hochgeheime Unterredungen. Die Frauen hingegen glaubten, so auch Bev, er habe etwas anderes mit ihr.

Buzz war mehr oder weniger unschuldig, in beiderlei Hinsicht. Er achtete Asha viel zu sehr und legte viel zu viel Wert auf ihre Gesellschaft, als dass er eine körperliche Annäherung riskiert hätte. Und ihr kam offenbar eine solche Möglichkeit nicht einmal in den Sinn. Sie waren einfach Freunde, die gelegentlich übers Geschäft redeten – ein Thema, das Buzz am liebsten vermieden hätte. Jedes Mal, wenn Asha ihn überreden wollte, seinen Grundbesitz in der North Side zu bebauen, verwirrte ihn das. Er persönlich verantwortete das Wohl und Wehe von Wismer Aeronautics. Und er persönlich konnte sich kein Leben mehr ohne Asha Hammaker vorstellen. Im Wort «persönlich» schnitten zwei widerstreitende Kurven eine Asymptote. Das Ergebnis war Chaos.

Als der Februar in den März überging, befassten sich seine Gedanken häufiger mit Martin Probst, dem anderen Menschen, dem er vertraute. Martin stabilisierte die Kurven, indem er die Rahmenbedingungen wieder herstellte. Loyalität gegenüber Martin bedeutete auch Loyalität gegenüber seinem eigenen Ruf, dem Ruf eines ehrenwerten, freundlichen Mannes, als der er immer gegolten hatte. Wieder und wieder rief Buzz bei ihm an. «Hör zu», sagte er, «alles, was du über mich und Mrs. Hammaker gehört hast – ich weiß ja, da kursieren Gerüchte –, ist nicht so, wie es aussieht. Das ist bloß ein nettes Zusammensein. Sidney könnte jederzeit dazustoßen – oder Bev, wenn sie nur bereit dazu wäre. Da gibt es nichts Schmuddliges oder Finanzielles ... Körperliches ... oder ...»

Martin sagte, er verstehe schon.

«Und du musst mir glauben, dass ich bei dem Referendum auf deiner Seite bin. Ich weiß, ich hatte noch nicht die Zeit, mich anders als mit dem Scheckheft nützlich zu machen, aber ich bin strikt für die Wahrung des Status quo. Eine Fusion? Danke, kein Bedarf. Es rechnet sich für mich nicht, die Firmenzentrale in die Stadt zu verlegen – da siehst du wieder, was für eine Art, na, von Gerüchten über mich ... Ich spüre da einen, einen gewissen Druck, die Zentrale zu verlegen ... wie ich dir ja sagte, wir haben das Bauland, haben es immer gehabt – aber für mich war es immer vorrangig, Verwaltung und Technikzentrum eng beieinander zu halten, und das Technikzentrum kann ich nun bestimmt nicht –»

«Buzz, im Ernst. Mach dir keine Sorgen. Du hast mir gesagt, was du vorhast, und ich vertraue dir.»

«Nein! Ich möchte, dass du nachvollziehen kannst, was ich dir sage, jedes Detail davon.»

«Klar. Was du machst, ist absolut sinnvoll. Deshalb bin ich ja in die Kampagne eingestiegen. Das Technikzentrum, absolut vernünftig. Ich glaube dir.»

Rolf stand versonnen vor dem Spiegel und quälte sein Haar mit einem Silberkamm. Verrückt, in der Tat. Auf seinem Brusthaar, sauber und flauschig, ruhte ein Goldkettchen, das sich über die einzelnen Büschel hinauf- und wieder hinunterschlängelte wie eine winzige Achterbahn und dann, in seinem Nacken, unter dem Kragen seines rubinroten Hausmantels verschwand. Sein zerfurchtes, zerklüftetes Gesicht war so ganz anders als die Charlie-Brown-Visagen der Mehrheit der Leute in St. Louis. Er wackelte mit Captain Vielfraß – so hatte Mara als kleiner Fratz seinen Schnurrbart genannt. Die Erinnerung daran verband sie für immer mit der Zeit ihrer Unschuld.

Er ging zur Tür und öffnete sie. Durch die Ritzen von Audreyleins Tür auf der anderen Seite des Flurs drang honigfarbenes Licht. *Und kämmte ihre Locken.* Jedes Mal, wenn er nachts in den Flur hinausschaute, egal, wie spät es war, sah er Licht, und diese Worte kamen ihm in den Sinn. Phantasie war schon was Feines. *Und kämmte ihre Locken.*

Er riss die Fernschreiben vom Drucker neben seinem Wäschekorb ab, goss sich einen Schluck Glenlivet ein und ging ins Bett. Die Uhrzeit, halb eins, verlor sich fast im Goldlabyrinth seiner Gübelin.

Am Morgen würde er ein bisschen länger schlafen, zum Flughafen Lambert fahren und nach San Antonio fliegen, um mit dem Präsidenten von Gelatron zu konferieren, des Plastikkonzerns, den er zu kaufen vorhatte. Seine Finger marschierten an den

Schlusskursen entlang, die ihm sein Börsenmakler durchgegeben hatte.

Gelatrn 7 2061 8¼ 6⅝ 8¼ + 1⅝

Die Katze war also aus dem Sack und die Reaktion günstig, ein solider Vertrauensbeweis für Ripleycorp. In ein paar Monaten würden ein paar Stellen in San Antone gestrichen werden, wenn Gelatron dort die Zelte abbrach und in die North Side von St. Louis umzog. Eine hundertprozentige Tochtergesellschaft. Die Worte, in Verbindung mit dem Whisky, verschafften seinem postakquisatorischen Wohlbehagen zusätzliche Wärmegrade. Er griff nach dem schnurlosen Telefon, um ein bisschen mit seiner hundertprozentig ihm gehörenden Nebenfrau zu plaudern, aber beherrschte sich im letzten Moment. Er rief sie viel zu oft an. Seine geschwätzige, kleine, hundertprozentig ihm gehörende ...

Er machte einen letzten Ausflug zur Toilette. Die Stille auf Audreyleins Hälfte des Flurs schien ein Tribut an ihn zu sein. Er hatte den Gipfelpunkt erreicht. Nie wieder würde er einen Probst fürchten, nie wieder einen Abend bei ihnen durchstehen müssen, und Audreylein würde in Barbies Küche keine Zuflucht mehr finden. Einen Augenblick lang, als es im Becken zu plätschern begann, glaubte er, ohne es sich selbst erklären zu können, dass Barbara tot war. Das konnte ihn nicht jucken. Er hatte Devi, und Martin hatte niemanden. Der Bessere hatte gesiegt. Er spülte. Eine Fensterscheibe vibrierte vom Gebrumm eines nächtlichen Sportflugzeugs.

«Glauben Sie nicht, dass wir, äh, Funkkontakt hätten aufnehmen sollen?»

Jetzt, hinter Ladue, drosselte Asha den Motor und brachte die Cherokee in einen flachen Sinkflug, pegelte sich in einer Höhe von 1800 Fuß über der University City ein. «Um diese Zeit kann man darauf verzichten», sagte sie. «Die Sicht ist hervorragend. Ab und zu fliege ich gern ohne Flugplan. Das ist wie Nacktbaden.»

Sie hielt ostwärts auf die Stadt zu. In New York oder Chicago hätten sie die Hochhäuser gestreift, aber St. Louis war flach und öde, das Straßengitter bildete seltsam pistenartige, knochenfarbene Kreuze. Vereinzelte Autos schoben bleiche Lichtkegel vor sich her. Wenn das ein Bombereinsatz gewesen wäre ... Bei Nachtflügen offenbarten amerikanische Städte eine besondere Verletzlichkeit, so kam es Buzz jedenfalls vor, der daran dachte, dass St. Louis wie ganz Amerika nie bombardiert worden war und nun nichts mehr außer Atomraketen zu erwarten hatte. Das Fehlen einschlägiger Erfahrungen schärfte seinen Sinn für die Fragilität des Kontinents, dessen Bevölkerung keine kollektive Erinnerung an Pestseuchen oder Luftangriffe kannte. Nordamerika, diese wunderbare Illusion, gab Anlass zur erbärmlichsten Angst, der Angst eines Mannes, der wie Buzz kaum je eine Nacht im Krankenhaus verbracht hatte und nun, im Unterschied zu Buzz, einem sicheren grausigen Tod entgegensah.

«Wir fliegen wohl direkt über die Innenstadt?»

«Ich dachte, wir werfen mal einen Blick auf sie», sagte Asha.

«Irgendwie unheimlich, um diese Zeit. Aber ich komme langsam auf den Geschmack.»

«Ich weiß. Für mich ist das genauso spannend. Der Anblick ist mir noch immer fremd. Dass eine Stadt so aussieht. Gründe finden konnte, so auszusehen.»

An Höhe verlierend, folgten sie dem Daniel Boone Expressway gen Osten. Wie alle Hauptstraßen führte auch sie zum Hafengebiet, zum Arch. Es lag am Arch, dass St. Louis so flach wirkte. Buzz betrachtete ihn mit der Faszination eines Kindes, mit einer spontanen Begeisterung an dessen geradezu unwahrscheinlicher Größe, dessen ausladender Dreidimensionalität, dessen stetem Entlangschwingen am Horizont von Illinois. Der Arch ragte fast bis in ihre Flughöhe hinauf. Er verwandelte das Stadtgebiet in einen Innenraum und Buzz und Asha in Vögel, die diesen Innenraum durchquerten. *Martin!* Über der Stadt und zugleich in ihr zu sein: Buzz spürte plötzlich die innere Verwandtschaft mit der anderen Person seines Vertrauens, in deren Sprache und Haltung und Statur die ganze Bildhaftigkeit von St. Louis ihren Ausdruck fand. Dann hörte er, dass der Motor verstummte. Er sah Asha den Steuerknüppel zurückziehen und begriff, was gleich geschehen würde.

«Asha, bitte nicht», sagte er.

Eine städtische Verordnung untersagte es, durch den Arch zu fliegen. Asha konzentrierte sich. Das imposante Stadion öffnete sich unter ihnen, schwarz und weiß.

Es geschah bereits. Behutsam, mit einer Geschwindigkeit, die zu der ihren proportional war, spreizte der Arch seine Schenkel, um sie durchzulassen. Die Wharf Street war eine Gosse, in die sie stürzen würden. Für einen Moment hätte Buzz die stählerne Innenkante beinahe berühren können. Schon waren sie hindurch. Asha riss die Maschine steil nach oben.

Das könnte ich nicht, sagte er sich. Ich bin strikt für die Wahrung des Status quo. Eine Fusion? Danke, kein Bedarf. Es rechnet sich nicht die Firmenzentrale und Technikzentrum eng beieinander und das –

«Beten Sie etwa?», fragte Asha.

«Ich?»

«Ich kann Sie schlecht verstehen.»

Unter ihnen wich der Mississippi zurück, kippte mit East St. Louis, wo Buzz die gelben Flammen winziger Feuer sah, nach unten weg.

18

Probst setzte sich gerade zum Frühstück hin, als er am ersten Sonntag des März zwei Eindringlinge in seinem Garten bemerkte.

Der eine war Sam Norris, ein kleinerer Yeti in blauem Lodenmantel. Der andere war ein Fremder, ein untersetzter Mann in einem grünen Parka mit zurückgeklappter Pelzkapuze. Probst sah Mohnwirbel aus der Garage kommen, zwischen Mantelsaum und schwarzen Gummistiefeln bauschten sich die Hosenbeine seines Pyjamas, und quer über den Schnee auf Norris und dessen Begleiter zustapfen. Worte wurden gewechselt. Probst biss von seinem klebrigen Brötchen ab. Norris zeigte auf eine Stelle im Beet der kahlen Azaleen. Mohnwirbel schüttelte den Kopf und machte aufgeregte kleine Karatehiebe. Norris lächelte und blickte, ohne ein Zeichen des Erkennens, hin zu Probst.

Mohnwirbel kehrte zur Garage zurück. Die Arme in die Hüften gestemmt, standen Norris und der Untersetzte da und glupschten und stampften. Probst sah sich in aller Ruhe weiter frühstücken und die Zeitung lesen, ohne sich darum zu kümmern, was dort draußen vor sich ging. Aber jetzt winkte ihm Norris ungeduldig zu.

Er ging in Hemdsärmeln hinaus. «Morgen, Sam. Was führt Sie her?»

«Herb», sagte der General, «das ist Martin Probst. Martin, ich möchte Sie mit Herb Pokorny bekannt machen.»

Der Untersetzte verschränkte die Arme hinter seinem Rücken. Er trug einen dünnen Helm blonden, feucht aussehenden Haars. Seine Nase war klein und platt, seine Haut pockennarbig wie verwitterter Stein, seine Augen waren Schlitze und praktisch wimpernlos, und seine Lippen hatten denselben beigen Farbton wie sein gesamtes Gesicht. Er erinnerte Probst an die berühmte Sphinx, der Napoleons Soldaten die Nase weggeschossen hatten.

«Angenehm», sagte Probst.

Pokorny blickte Norris an.

«Das Frühstück scheint Ihnen ja zu schmecken», sagte Norris. «Herb und ich, wir haben gerade über ein kleines Loch hier in Ihrem Garten geredet. Herb, zeigen Sie ihm das kleine Loch?»

Pokorny machte einen Schritt und zeigte mit der Spitze seines Schnürstiefels auf ein Häufchen frisch aufgeworfener, schneefreier Erde zwischen zwei Azaleenbüschen.

«Zeigen Sie ihm den Fußabdruck?»

Pokorny zeigte auf einen Fußabdruck im Schnee links von den Azaleen.

«Ist das Ihr Fuß, Martin?»

Ihm fielen verschiedene witzige Antworten darauf ein, aber er sagte einfach: «Nein.»

«Der von Ihrem Gärtner ist es auch nicht.»

Probst blickte in den mäßig aufgewühlten Himmel. Vier Krähen erhoben sich von einem Hickorybaum, ihre Flügelschläge pressten Krächzer heraus.

«Haben Sie den Detektor benutzt, wie ich's gesagt habe, Martin?»

«Das kann ich leider nicht behaupten», sagte Probst. «Nach ein paar Monaten hat sich der Neuigkeitswert gewissermaßen abgenutzt.»

Pokorny runzelte die Stirn über den kleinen Scherz.

«Wann haben Sie das letzte Mal Ihr Haus durchsucht?», fragte Norris.

«Vor drei Wochen vielleicht», log er.

«Das ist interessant. Weil dort in diesem Loch bis letzte Nacht halb drei ein Sender vergraben war.»

«Wir haben die Schignale gehört.»

«Ach wirklich?», sagte Probst.

«Jau. Digitalisiert und codiert, sonst hätten wir Ihnen sagen können, was abgehört wurde. Aber wir können's uns denken.»

«Da war also ein Sender in diesem so genannten Loch. Er hat codierte Signale gesendet. Und nun ist er weg.»

«Wir haben ihn erst gestern geortet. Die hatten hier einen Wahnsinns-Miniprozessor verbuddelt.» Norris nickte zu dem Erdhäufchen hinüber. «Der hat Signale aus Ihrem Haus aufgefangen, digitalisiert, komprimiert auf eins zu hundert oder so und alle zweihundert Sekunden schubweise abgestrahlt, auf wechselnden, sehr hohen Frequenzen – wenn er aktiv war, meine ich. Nicht ein Pieps, bevor Sie nach Hause kamen. Vermutlich stimmaktiviert. Sie können Herb gratulieren. Das Ding war nicht leicht aufzuspüren.»

«Ich bin beeindruckt», sagte Probst zu Pokorny. «Da ist also einer in der Nacht gekommen, hat das Ding ausgegraben, einen einzigen Fußabdruck hinterlassen und ist weggerannt.»

«Bingo.»

«Seien Sie mir nicht böse, wenn ich kein Wort davon glaube.»

«Zeigen Sie ihm die Liste, Herb.»

Pokorny kniete sich in den Schnee und öffnete einen Ranzen aus brüchigem Leder. Er reichte Norris einen Hefter, dem Norris ein paar übereinander gelegte Matrixdrucker-Ausdrucke entnahm. Er gab sie an Probst weiter.

.

.

.

Ahmadi, Daud Ibrahim
*Asarpota, Mulchand
Atterjee, T. Ras
*Baxti, V. L.
Benni, Raju
*Bhandari, Karam Parmanand

«Und?», fragte Probst.

«Verdächtige.»

Er gähnte. «Aha. Inwiefern verdächtig?»

«Alles Personen indischer Herkunft und mit Typ-V-Profil, die sich zwischen dem 1. Juli und ... wie aktuell sind wir, Herb?»

«Dienschtag.»

«... und Dienstag, dem, äh, 27. Februar, nachgewiesenermaßen in St. Louis aufgehalten haben.»

«Was bedeuten die Sternchen?»

«Das sind die, die entweder wir oder verlässliche Zeugen in Begleitung von Jammu gesehen haben. Also, glauben Sie jetzt –»

«Entschuldigen Sie, Sam, mir wird ein bisschen übel davon.»

Die Lider des Generals zuckten. «Wie meinen Sie das?»

«Ich habe nichts dagegen einzuwenden, wenn Sie Illegales wie den Anschlag aufs Stadion untersuchen, aber das hier ist was anderes. Ein Affentheater à la McCarthy, wenn Sie mich fragen. Das ist doch Sippenhaftung aufgrund von Herkommen und Kontakten.»

«Ersparen Sie uns den Leitartikel. Ich möchte, dass Sie das da lesen und mir sagen, ob Sie eine oder mehrere von diesen Personen kennen, persönlich oder vom Hörensagen. Tun Sie mir den Gefallen?»

.

.

.

*Nand, Lakshmi
*Nandaksachandra (Hammaker), Parvati Asha
Umeshwari
Nanjee, Dr. B. K.
*Nissing, John
Noor, Fatma
Patel, S. Mohan
Pavri, Vijay

Probst gab Norris die Liste zurück. «Nur Mrs. Hammaker. Mit den anderen kann ich nicht dienen.»

«Sind Sie sich sicher?»

«Ja.»

Norris wechselte einen Blick mit Pokorny. «Nun, na ja, das ist interessant. Denn soviel ich weiß, hat dieser hier – John Nissing – Bilder von Ihrem Haus gemacht.»

«Ach, hat er?» Norris wusste also, dachte Probst, dass Barbara ihn verlassen hatte. Aber was wusste er noch? Hatte Pokorny sie mit Nissing gesehen? Hatte er in New York herumgeschnüffelt? Probst war nicht geneigt, hier im Garten sein Privatleben zu erörtern, im Beisein des Grimassen schneidenden Pokorny. «Ich habe die Fotografen nie gesehen», sagte er wahrheitsgemäß. «Barbara hat sich mit ihnen, äh, befasst.»

«Und wie geht's Barbie?»

Norris wusste Bescheid. Die ganze Welt wusste es. Probsts Blicke wanderten über den mit Zweigen übersäten Schnee und an der Garage hoch zu Mohnwirbels Fenstern. «Gut. Sie ist in New York.»

«Ach ja?»

«Bei Verwandten.»

Ein Windhauch flüsterte in den Azaleen. Probsts Füße bekamen in den Tennisschuhen, im Schnee, einen Krampf.

«Na, das war's dann», sagte Norris. Pokorny nickte, klappte seinen Ranzen zu und ging zur Einfahrt. «Ich muss mich wohl ein bisschen entschuldigen, Martin.»

«Sam ...» Probsts Stimme versagte; er merkte, dass er wütend war. «Sam, ich würde sagen, dass Sie, wenn Sie sich auf solche Geschichten einlassen, das abkriegen werden, was Sie verdienen.»

«Bitte keine Moralpredigt.»

«Privatdetektive wühlen im Schmutz. Sie geben ihnen die Zeit und das Geld, damit sie –»

«Verdammt, Martin. Halten Sie mir keine Moralpredigt.»

«Eben habe ich zugehört, jetzt sind Sie dran. Wenn Sie Hilfe in einer legitimen Angelegenheit brauchen, wissen Sie, wo Sie mich finden. Aber das hier nenne ich einen Missbrauch von –»

«Sie tun mir Unrecht. Ich entschuldige mich für die Störung, aber Sie tun mir Unrecht. Ich sagte schon, dass mich Ihre Familienangelegenheiten nicht im Geringsten interessieren. Und ich sagte Ihnen auch, dass –»

«Dieser kleine Schnüffler soll von meinem Grundstück verschwinden.»

«Das lass ich Ihnen durchgehen. Hören Sie. Ich habe mich entschuldigt für jede Art von Belästigung. Nehmen Sie meine Entschuldigung an?»

Norris' Finger krallten sich fast verzweifelt an Probsts Ellbogen fest. Probst konnte nicht anders, als sich geschmeichelt zu fühlen. «Schon recht», sagte er.

«Danke. Nur zwei Dinge, bevor Sie weiter frühstücken und Ihren Tag in Clayton verbringen. Zwei Dinge. Wollen Sie mich anhören?»

Probst seufzte.

«Erstens: Sie müssen mir glauben, dass ein Sender in Ihrem Garten vergraben war. Das war keine bloße Mutmaßung. Wenn Sie wollen, kann ich Ihnen das Band vorspielen. Nun vermute ich nicht, dass Sie Herb gestatten – er würde das natürlich sehr ordentlich machen –, und von Nutzen wäre es auch, wenn er also jetzt sofort Ihr Haus durchsuchen –»

«Auf gar keinen Fall.»

«Aber Sie glauben mir, was den Sender betrifft.»

«Schon möglich. Ich glaube auch, dass es einen Südpol gibt. Ich habe ihn nicht gesehen, und er ist mir egal, aber ich glaube, dass es ihn gibt.»

«Sie sollten Ihre Haltung überdenken – aber aber aber aber. Für die zweite Sache braucht's ein einfaches Ja oder Nein. Können Sie beschwören, dass der Name von Mrs. Hammaker auf der Liste wirklich und wahrhaftig der einzige ist, den Sie kennen?»

«Offen gesprochen», begann Probst, ohne zu wissen, was er sagen würde. Er stellte fest, es war ihm gleichgültig. «Ja. Der einzige.»

«Nun gut. Verzeihen Sie die Störung.» Norris wandte sich zur Einfahrt und stampfte Schneeplacken von seinen Schuhen ab. Er drehte sich um. «Sie müssen wissen, dass ich Ihnen glaube. Das müssen Sie wissen.» Und schon war er weg.

Probst ging ins Haus, beendete das kalt gewordene Frühstück und lief in der Küche auf und ab, um sein Zittern loszuwerden, wie er es über Jahre hinweg, wenn an einem Sonntagmorgen Streit aufgekommen war, getan hatte. Er stellte Tasse und Untertasse auf der Gummimatte des Spülbeckens ab. Erst ein paar Tage zuvor hatte er die Matte umgedreht und eine schleimige Substanz entdeckt, gelblich trüb wie Hühnerfett auf einer erkaltenden Suppe.

Er stieg die Treppe ins Arbeitszimmer hinauf, hob eine Pyramide zweitrangiger Post vom Stuhl und nahm sich den Achtzentimeterstapel Bewerbungen vor, den ihm sein Personalchef Dale Winer übergeben hatte. Es gab vier Stellen zu besetzen, eine im Management, drei im Büro. Sein geübtes Auge richtete sich auf Rechtschreibfehler, Anzeichen von Sprunghaftigkeit, Überqualifikationen, Highschool-Diplome von der North Side (für die Quote konnten sie wirklich zwei schwarze Frauen gebrauchen), durchsichtiges Eigenlob, abwegige Karrierepfade. Nicht, dass die meisten Bewerber ungeeignet gewesen wären. Aber man musste wählerisch ein.

Das Telefon klingelte.

Es war Jack DuChamp. Nur so auf Verdacht, sagte Jack. Jetzt, wo Laurie konfirmiert sei, gehe sie nicht mehr zur Sonntagsschule, seitdem gehe er mit Elaine und Laurie zum Spätgottesdienst statt zum Frühgottesdienst, weil die Kinder an den Wochenenden immer mehr zu Langschläfern würden. Auch Elaine schlafe gern ein bisschen länger. Mark habe ein Semester ausgesetzt und mache sein Praktikum an einer Schule für taubstumme Kinder, es gefalle ihm sehr. Aber es sei schon komisch, am Sonntagmorgen eine oder zwei freie Stunden zu haben, ja wirklich komisch, beim Spätgottesdienst andere Gesichter zu sehen, und er und Elaine hätten fürs neue Jahr den Vorsatz gefasst, die zusätzliche Freizeit sinnvoll zu nutzen, aber wirklich zusätzlich sei sie auch wieder nicht, weil sie dafür ja später vom Spätgottesdienst zurückkämen, aber trotzdem, sie seien entschlossen, ein wenig mehr aus den Sonntagvormittagen zu machen, und deshalb rufe er jetzt an.

«Ja», sagte Probst.

Laurie arbeite neuerdings dreißig Stunden die Woche im Kino von Crestwood, neben der Highschool und den Proben für *Brigadoon*, das Frühjahrsmusical, und – Luisa, jobbe sie auch?

«Sie –»

Dann habe sie ja umso mehr Zeit für die Schule. Und es zeige sich an den Zeugnissen, müsse er leider feststellen, obwohl er gedacht habe, dass die Colleges heutzutage mehr wollten als nur gute Zensuren, dass sie vielmehr auf Reife und Selbständigkeit setzten, und wenn nicht, dann sei das sehr bezeichnend für das College, nicht wahr? Jedenfalls hätten er und Elaine, da Laurie arbeiten gehe und Elaine in diesem Semester wenig Kurse gebe, ihre Abende wieder entdeckt und fragten sich nun, ob Probst und Barbara – sie zu viert – nicht an irgendeinem Abend in der Woche – vielleicht ins Restaurant, damit keiner kochen müsse?

Taubstummen Kindern helfen, dachte Probst. Taubstummen Kindern helfen. Taubstummen Kindern.

Oder die Woche darauf, wenn das zu kurzfristig sei.

«Jack», sagte Probst, «Barbara und ich haben uns getrennt.»

Oh.

Es war das erste Mal, dass Probst das Wort «getrennt» benutzte, auch in Gedanken, und das Wort klingelte ihm in den Ohren, als würde er es einüben, nun, nachdem es zur Tatsache geworden war. Jack sagte einiges mehr, auf das er, ohne hinzuhören, antwortete, es sei in Ordnung, alles in Ordnung. Und kaum hatten sie sich wieder gefangen, sagte Jack, dann vielleicht ein Spiel der St. Louis Blues, sie beide, am Samstagabend. Gegen die Canucks.

Danach rief Luisa an. Duane stelle seine Fotos in einer Galerie aus, Eröffnung sei Freitagabend. Ob Daddy kommen könne? Daddy komme gern, sagte er. Er spürte, dass sie nicht zum Reden aufgelegt war, aber er brachte sie trotzdem zum Reden. Er legte eine Schlinge nach der anderen aus, hörte, welche Colleges sie ausgewählt hatte, hörte von ihren Zensuren, ihren Augen, ihrer letzten Erkältung, ihren Gesprächen mit Barbara, Duanes Verhandlungen mit der Galerie, Duanes neuer Auspuffanlage. Als sie auflegten, war es halb elf.

Sofort klingelte das Telefon erneut. Es war eine Frau, Carol Hill vom *West County Journal*, mit der Bitte um Autorisierung dessen, was er ihr am Vortag in einem Interview gesagt hatte.

«... und das Letzte lautet: Grundsätzlich müssen wir das demokratisch sehen Besteuerung ohne Mehrheiten ist ein sehr altes Problem in diesem Land und es ist eine sinnvolle Perspektive sich zu vergegenwärtigen wird die Fusion mehr oder weniger dazu beitragen dass die Bürger dieses Landes repräsentativ in der Regierung vertreten sind und ich glaube die Antwort lautet eindeutig nein.»

«Ja. So ist es gut. Ich weiß zu schätzen, dass Sie das mit mir abstimmen, Carol.»

«Kein Problem. Der Dank geht an Sie.» Ihre Stimme wurde zum Freizeichen.

Probst blickte in den Hickorybaum vor dem Fenster und schrie auf: «Moment! Es heißt weniger! Die Antwort lautet eindeutig *weniger*!» Er schüttelte den Kopf.

MARY ELIZABETH O'KEEFE. Geboren 16.6.59.

Das Telefon klingelte.

Er klemmte den Hörer mit der Schulter ans Ohr und hörte Barbaras Stimme. Er sprach. Sie sprach. Er sprach. Sie sprach. «... vielleicht sollten wir das formeller regeln», sagte sie.

«Wie meinst du das?»

«Na ja, das ist eine unangenehme Situation für uns beide. Ich werde auf Partys gefragt und weiß nicht, was ich erwidern soll.» Auf *Partys*. Sie war wirklich hemmungslos. «Ich möchte keine wunden Punkte berühren, aber wenn wir uns einigen könnten, es –»

«Trennung zu nennen», sagte er. «Ich nenne es Trennung, wenn ich gefragt werde.»

«Das ist wahrscheinlich angemessen.»

Angemessen: der Ausdruck «Trennung» angemessen, weil er Hass zwischen ihnen säte, der andernfalls vielleicht nicht aufgekommen wäre.

«Hör zu», sagte er. «Willst du die Scheidung?»

Da herrschte Stille an ihrem Ende der Leitung. Aber die Stille war nicht absolut, denn Probst hörte Gemurmel, vokalige Brocken mindestens eines Satzes. Nissing war bei ihr im Zimmer! Während sie mit ihm telefonierte! Sie sprach sich mit Nissing ab! Sie sagte wieder etwas. «Es ist gewissermaßen –»

«Weil du mir ein für alle Mal gestohlen bleiben kannst.»

«Martin. Bitte.»

«Bist du allein?», fragte er.

Ihr Schweigen wimmelte von Bildern, den erschrockenen Blicken, die sie ihrem Liebhaber zuwarf, der Hand, mit der sie ihn hinauswinkte, Nissing, der sich Zeit ließ. «Ich ... nein. Und stimmt. Du hast Recht. Das ist nicht der passende Moment, darüber zu reden. Kann ich dich später nochmal anrufen?»

«Lass dir Zeit.»

«Bitte sag das nicht.»

Er drehte sich mit dem Sessel. «Ich will dich nicht sehen, ich will nicht mit dir reden, ich, will, einfach, nichts davon. Ich sitze hier auf meinem Stuhl. Will hier einfach nur sitzen.»

Aus dem Hörer kamen die Worte «Martin, ich liebe dich», und sie legte auf.

Ich liebe dich? Was sollte das bedeuten?

Mit einem Mal befielen ihn Zweifel. Ihre Hast, die Absprachen. Es konnte sein, dachte er, dass Nissing sie gegen ihren Willen in New York festhielt. Dass Nissing ein Krimineller oder Verschwörer war, dass es im Garten tatsächlich einen Sender gegeben hatte. Dass Probst als Vorsitzender des Wachstumsvereins einer Psychofolter unterzogen wurde, um seine Entscheidungen zu beeinflussen, dass Jammu dahinter steckte, dass Norris Recht hatte, wenn er behauptete, in der Führungselite der Stadt gehe verdammt Merkwürdiges vor, und dass Probst seit Luisas Auszug – und seit Dozer von einem Lieferwagen überfahren worden war! – eine Zielscheibe gewesen, ja dass die gegenwärtige Familienkrise nicht das unvermeidbare Produkt ihrer eigenen Vorgeschichte war, sondern von außen gesteuert wurde: dass Barbara ihn liebte.

Hastig wühlte er sich durch die Papiere auf seinem Schreibtisch und fand die Nummer, die sie ihm gegeben hatte. Er hatte sie nie benutzt. Er wählte die 212, dann die anderen sieben fremden Ziffern, und nach einer Pause, die ihm ungewöhnlich lang zu sein schien, kam die Verbindung zustande. «Hallo?», sagte eine energische männliche Stimme.

«Hier Martin Probst. Ich möchte mit meiner Frau sprechen.»

«Dein Mann», sagte Nissing. Probst hörte Barbara lachen.

«Ja?», sagte sie.

«Ich bin's. Bist du allein?»

«Geh bitte raus», hörte er sie sagen, und der Rest war, bis auf ein Lachen Nissings, unterdrücktes Getuschel. Er hörte, wie sich ihr Mund dem Telefon wieder näherte. Sie war außer Atem. «Ich dachte, du wolltest nicht mit mir reden.»

«Will ich auch nicht, das kannst du mir glauben. Aber ich möchte dich kurz sehen und ein paar Sachen mit dir klären. Kannst du es einrichten, diese Woche für einen Tag nach St. Louis zu fliegen?» Umsichtig und auf die Gefahr hin, sie zu verletzen, fügte er hinzu: «Ich würde das auch bezahlen.»

Sie seufzte. «Als ich dich anrief, wollte ich dir eigentlich sagen, dass ich mit John für anderthalb Wochen nach Paris fliegen werde. Wir reisen morgen ab. Am Fünfzehnten sind wir zurück. Also vielleicht danach, wenn du meinst, dass es Sinn hat.»

«Ich weiß nicht. Genau das meinte ich, als ich sagte, dass ich das alles nicht will. Es ist ja nicht so, dass ich nichts zu tun hätte.»

«Nach deiner Abstimmung da, was meinst du. Ich habe Lu gesagt, dass ich sie an meinem Geburtstag gern sehen möchte. Vielleicht dann. Anfang April. Die Zeit vergeht ja so rasend schnell, für mich wenigstens.»

Probst räusperte sich. «Na gut.» Hinter seinen Augen baute sich ein Kopfschmerz auf. «Warum hast du vorhin aufgelegt?»

Nach kurzem Zögern sagte sie: «Martin, lass mal deine Phantasie spielen. Stell dir ein kleines Apartment vor, ja?»

Sie klang nicht wie seine Frau. Sie klang wie eine Fremde. Vielleicht wie die Frau, die sie immer hatte sein wollen. Vielleicht stand das dahinter.

Kaum hatte er aufgelegt, klingelte es schon wieder.

«Probst», sagte er.

«Tag, Mr. Probst. George Snell, *Newsweek*. Verzeihen Sie die Störung am Sonntag. Hätte gern gewusst, ob wir einen Interviewtermin für morgen oder Dienstag ausmachen könnten. Ihre Pressesprecherin meinte, Sie würden dem sicher zustimmen.»

«Nun!», sagte Probst. «Sicher. Mein Terminkalender ist zwar randvoll, aber ich glaube, da lässt sich was machen.»

«Freut mich zu hören. Morgen?»

«Sagen wir lieber Dienstag. Zum Frühstück? Über Mittag? Nach Feierabend? Sie haben die Wahl.»

«Wenn Sie um die Mittagszeit eine Stunde für mich hätten?»

Probst suchte unter den Bewerbungen nach seinem Terminkalender. Seiner Erinnerung nach war am Dienstag noch kaum etwas, aber –

Eine Frau unterbrach das Gespräch. «Hier die Vermittlung. Ein dringender Anruf für 962-6605.»

«Das bin ich», sagte Probst.

«Gut», sagte George Snell. «Wenn ich nichts anderes höre, bleibt es dabei. *Newsweek*.»

«Danke, äh, George.»

Er hängte ein und wartete auf den nächsten Anruf. Es war John Holmes.

«Martin, tut mir Leid. Den ganzen Vormittag habe ich schon versucht, dich zu erreichen. Ich habe eine schlimme Nachricht für dich.»

«Was.»

«Nun, ich werd's dir sagen. Ross ist tot.»

Probst starrte auf den Dienstag. «Verstehe. Ein Unfall?»

«Nein. Er wurde gestern Nacht in seinem Haus erschossen. Spätnachts. Offenbar hat er Einbrecher überrascht.»

Er schrieb NEWSWEEK in die Spalte zwischen zwölf und dreizehn Uhr, als wäre dies die letzte Gelegenheit, es zu tun. «Das kann ich nicht glauben, John.»

«Keiner von uns.»

Zeugen gab es nicht, doch das Haus war halb verwüstet worden. Ein einziger Schuss war gefallen, durch Billericas Kehle, und das allein reichte aus, dass Probst für den Mann, den er nie hatte leiden können, freundschaftliche Gefühle hegte, schließlich ließ der Tod all die Fehler und Taktlosigkeiten, die Billerica begangen hatte, in einem neuen Licht erscheinen: als eine finale, verzeihliche Schwäche. Billericas Eltern kümmerten sich um die Formalitäten, Holmes aber brauchte Probst in der Zentrale des «Sag nein e. V.». Er wollte, dass alle da waren.

Es begann, in Farbe, im August. Aus einem Swimmingpool blickte er ins Gesicht einer fetten, dröge glotzenden Tigerkatze, deren Pfoten auf dem Betonrand lagen und deren Schwanz sich flach und parallel zu einem Bein, dem Bein einer Frau im Hintergrund auf einem Liegestuhl, ausstreckte. Zwei Schuljungen öffneten ihre

Brotbüchsen auf angehobenen Knien und zeigten ihm deren Inhalt, die Äpfel rot, die kleinen Twinkie-Kuchen orange. Die Gesichter waren zu nasenlöchrigen Schemen mit ausgetrockneten Augen und Zahnkaros verblasst. Und die Stadt wurde schwarzweiß. Alles war jetzt Berg oder Tal, die Horizonte, egal wie zerklüftet, wichen an den Rändern seines Blickfelds zurück, als würde sich jenseits davon die Welt zum Sturm zusammenballen. Ein Schwarzer machte eine obszöne Geste, ein Inder versuchte, sich aus dem, was sichtbar war, nach unten herauszustehlen, und weiter hinten spielten Jungen Football, stemmten die Füße auf eine Erde, die nicht stabiler wirkte als ein Schleuderkarussell. Luisa, stark kontrastiert und lächelnd. Wildgänse zogen wie schöne Gedanken an ihrer Schulter dahin. Unter ihrem Hemd fielen ihre Brüste zu beiden Seiten, kullerten auf ihre aufgestützten Ellbogen zu. Warum war Bedrohung in dem Lächeln, das sie ihm zuwandte? Drei Golfer, an ihrer Grauhaarig- und Dicklichkeit als Pensionäre zu erkennen, posierten gut gelaunt und schnitten Gesichter, während ein vierter, etwas unscharf, ihnen mit seinem Schläger die Köpfe einzuschlagen schien. Die Stadt lauerte in den Bäumen jenseits des Tees. Im November neigten sich die Tage nebelig und schnell dem Ende zu. Zehnjährige Ghettokinder schaukelten genau in dem Moment, wo das Seil einer Abrissbirne bei deren Aufprall auf ein in den Himmel zerstiebendes Mietshaus erschlaffte, rittlings auf einer Absperrkette. Die Frauen waren ausgemergelt. Sie sahen aus wie Miniaturen ihrer selbst, neunzig Zentimeter groß, paketbeladen und gut betucht. Eine erzählte ihm etwas, indem sie ihm mit einem Kopfrucken Worte zuwarf. Der Parkplatz der Plaza Frontenac erstarb hinter ihnen an der Blitzlichtgrenze, und weder der Himmel noch die Fenster des Shriners Hospital waren erleuchtet. Er schaute einen jungen Polizisten an und erblickte nichts als Gesicht; über dem Schirm seiner Mütze, hinter seinen großen, bleichen Ohren, unterhalb des fliehenden Kinns, in der Dunkelheit hinter seinem metallenen Schneidezahn, im Gewebe unter seinen glitzernden Augäpfeln lag Terra incognita. Ronald Struthers blähte die Backen, als er ihn sah, und seine Arme ruhten kraftlos wie die Arme einer Vogelscheuche auf zwei größeren Gestalten, der eine ein glatzköpfiger Apoplektiker, der andere ein trauriger Mann mit goldgewirktem Umhang und Paisleytüchern. Was passierte da mit der Stadt? Er sah Luisas nackten Rücken und beachtete ihn so wenig, als wäre er eine Badezimmertür; die seltsamen Muskelreliefs und Schulterblätter verfärbten sich bläulich, als sich sein Starren in die Länge zog und Schneeflocken das Dunkel vor dem Fenster ein wenig aufhellten. Sie war ein Gegenstand. Das war es, was hier passierte. Auf der Aussichtsplattform des Arch gewahrte er eine knubbelige Babyhand, die durch die Scheibe daran gehindert wurde, St. Louis zu berühren. Polizeichefin Jammu und Asha Hammaker standen Arm in Arm vor dem Gebäude der Junior League, Gl'amour, Gl'amour, und Binky Doolittle, aus der Tür tretend, besiegelte ihrer beider Vereinigung mit einem scheelen Blick. Ein jugendlicher Wahlhelfer präsentierte eine Hand voll «Sag nein»-Aufkleber, während ein Mann in einem Polyesteranzug hastig in einen Cougar stieg, um der Beklebung zu entgehen.

Probst war beeindruckt. Er verweilte im vorderen Teil der Galerie, allein zwischen Stellwänden, an denen die Fotos hingen. Hinter den Stellwänden plätscherte Kaffee, Ehrengäste und Freunde plapperten, und Joanne, die Galeristin, gurrte ihre *R*s. Probst hatte keine Lust, mit eingezogenen Ellbogen auf einem Klappstuhl zu sitzen. Er warf einen Blick auf die Arbeiten der jungen Frau, die zusammen mit Duane ausstellte. Duane ist besser, dachte er.

Inzwischen waren, den Geräuschen nach, neue Gäste eingetroffen. «Wenn ich die Zeitung aufschlage, suche ich nach denen immer zuerst», hörte er eine Stimme sagen, die ihm bekannt vorkam. Er trat hinter der letzten Stellwand hervor. Es war die Stimme Jammus.

«Darf ich fragen, wie alt Sie sind?» Sie saß in einem Trenchcoat zwischen Duane und Luisa, die beide in ihrem Schoß Servietten knüllten.

«Ich bin zwanzig», sagte Duane.

Luisa sah Probst hinüberspähen. Jetzt musste er heraus aus der Deckung. «Na, wie findest du's?», fragte sie.

Jammu und Duane blickten auf.

«Großartig», sagte er zu Duane. «Man sieht die Arbeit, die drinsteckt.» Zu Jammu sagte er: «Hallo.»

«Ich hatte gerade das Vergnügen, Ihre Tochter kennen zu lernen.»

Luisa wandte sich ab. Ihr Kleid war aus Seide, dunkellila und dunkelgrün, mit Troddeln am Saum und an den Ärmeln. Es sah nach zweiter Hand aus. Was machte sie mit dem Geld, das er ihr überwies?

«Ich glaube, ich sehe mich mal um.» Jammu berührte Duane am Knie. «Wenn Sie mich entschuldigen wollen.» Probst trat beiseite, um sie vorbeizulassen, aber mit einer Kopfbewegung forderte sie ihn zum Mitkommen auf. «Ich möchte mit Ihnen reden.»

Er sandte Luisa und Duane ein Lächeln des Widerwillens zu: Geschäfte. Jammu hatte sich ihren Mantel über den Arm gelegt. Sie trug ein graues Strickkleid, überraschend gut geschnitten für eine Frau, die er in Sachen Mode eher für unbedarft gehalten hatte, und eine Perlenkette. «Ja?», sagte er.

«Wie ich schon bei unserer letzten Begegnung erwähnte», sagte sie mit sehr leiser Stimme, «finde ich es geradezu lachhaft, dass wir es in sieben Monaten nicht hingekriegt haben, mal miteinander zu sprechen.»

«Ja, skandalös», erwiderte Probst. «Wir sollten uns schämen.» Sie hatte die ganze Stadt und die meisten von Einfluss becirct. Ihn würde sie nicht becircen.

«Im Ernst», sagte sie. «Es wird Zeit, dass wir miteinander reden.»

«Oh, gewiss.» Er wandte sich Duanes Bildern zu, was sie dazu bewog, das Gleiche zu tun, sodass er sie betrachten konnte. Sie war klein, stellte er fest, viel kleiner, als Zeitungsfotos oder das Fernsehen vermuten ließen. Ihrer Figur haftete etwas auffallend Vorpubertäres an, als wäre sie ein Mädchen, das in Erwachsenenkleidern aus der Kostümkiste steckte, und daher wirkte ihr Gesicht, obwohl normal für eine Fünfunddreißigjährige, fast greisenhaft. In zehn Jahren ist sie tot, dachte Probst beiläufig.

Die Galerietür ging auf, und Duanes Eltern, Dr. Rodney und Dr. Pat, traten hastig ein. Luisa sprang auf, um sie zu begrüßen. Duane blieb beim Knabberzeug und den Getränken stehen. Seine Nase verschwand in einem Styroporbecher. Rodney küsste Luisa. Pat umarmte Luisa. Probst nahm es ihnen übel. Luisa brachte Pat Kaffee und stand, die Hände in den Hüften, vor ihr, wobei sie in regelmäßigen Abständen ihr Haar nach hinten warf. Wann hatte sie gelernt, sich so ungezwungen zu bewegen?

Jammu war ohne Probst zu den letzten Bildern weitergegangen. «Wissen Sie», sagte er, als er sie eingeholt hatte. «Nachher habe ich eigentlich nichts Wichtiges vor –»

«Heute Abend?» Jammu blickte auf ihre Uhr. «Ich muss noch einen Besuch im Barnes-Hospital machen. Sie können mich natürlich gern begleiten, aber wenn Sie noch eine Weile hier sind, kann ich danach auch wiederkommen. Ich wohne ohnehin gleich um die Ecke. Wir könnten etwas trinken gehen oder so. Sind Sie allein hier?»

«Ja. Meine Frau ist verreist.»

Rodney und Pat standen jetzt im Mittelpunkt, zwischen Luisa und Joanne, sodass sich auch Duane zu ihnen hinbequemen musste. Luisa drehte sich um und schaute durch Probst hindurch.

«Ich begleite Sie», sagte er zu Jammu.

Sie ließ ihn auf der ersten Etage des Krankenhauses stehen, während sie zum Informationsschalter ging und sich erkundigte. «Der Genesungswunsch», der Mitbringsel- und Geschenkeladen, war hell erleuchtet, aber die Gitter hatte man bereits heruntergelassen. Den Teppichboden des Foyers dominierte ein Fleischton, Hintergrund für die abstrakten Organe in Blassblau und Ocker und Blassgelb, die durch ein Labyrinth aus roten Arterien und dunkelblauen Venen miteinander verbunden waren.

Jammu signierte einem Jungen im Highschool-Alter eine Seite in dessen Notizbuch. Probst hörte, wie sich der Junge bedankte. Er hoffte, dass auch er einmal, bevor er in den Ruhestand ging, um ein Autogramm gebeten würde.

«Wir dürfen nur ein paar Minuten hinein», sagte ihm Jammu.

Das Krankenzimmer war im dritten Stock. Im Bett an der Tür, inmitten eingetopfter Chrysanthemen und einem Wäldchen aus Zimmertannen, lag der Polizist. Bandagen kringelten sich um seinen Kopf, wanden sich von den Ohren an aufwärts. Er hatte kein Kissen. Sein Bart spross seit mindestens einer Woche. Das weiße Zudecklaken war zu sorgfältig über Oberkörper und Beine gebreitet, die geraden Kanten der Säume zu beiden Seiten ließen darauf schließen, dass er sich nicht bewegen konnte. Bei dem Tropfschlauch, der von seiner Hand aufstieg, schien sich sein Arm eine tödliche Schmächtigkeit zugezogen zu haben.

Probst blieb in der Tür stehen, während Jammu am Bett entlangging, bis sie dem Polizisten direkt in die geöffneten Augen sehen konnte. Der Kopf rollte ein paar Grade zu ihr hin.

«Wie geht's Ihnen, Morris?», sagte sie mit fester Stimme.

«Orr», sagte der Polizist.

Probst las das Schildchen am Bett. PHELPS, Morris K.

«Sie sehen gut aus», sagte Jammu. Mit einer militärisch knappen Kopfbewegung zwang sie Probst, zu ihr ans Bett zu treten. «Ich war heute bei Ihnen zu Hause. Ich habe mit Ihrer Frau gesprochen. Wie ich gehört habe, ist sie fast immer bei Ihnen.»

Probst sah zu Boden und fühlte sich gelähmt. Der Blick lag nun auf ihm, allerdings in einer Richtung, die zu der seines eigenen Blickes perpendikulär war. Kein Kontakt war möglich. Aus Angst, herablassend zu wirken, wagte er nicht, seinen Kopf zu heben und dem Blick zu begegnen. «Chiech wech», sagte der Mund. «Chach chie wechechickt.»

«Verstehe», erwiderte Jammu. «Aber sie scheint die Stellung gut zu halten. Und Sie haben ein paar wunderbare Kinder.»

Eine Schwester tauchte hinter ihnen in der Tür auf und hob einen warnenden Finger. Sie ging nicht weg. Es war noch immer fünfzehn vor neun. Probst wünschte, es wäre schon eine Minute vor neun gewesen.

«Das ist Martin Probst.»

Phelps stieß einen Röchler aus. «Chahh.»

Probst war zumute, als würde er in das Wortvakuum stürzen, das in ihm herrschte. Er versuchte es mit «Hallo». Warum hatte sie ihn hierher gebracht? Oder ihn nicht wenigstens gewarnt? Er hätte ihr am liebsten eine runtergehauen. Die Schwester kam einen Schritt näher.

«Würch wie'er chun», sagte Phelps. «Wenn'ch chein nuch.»

«Klar würden Sie das. Sie sind ein guter Mann, Morris. Die stellen Sie bald wieder auf die Beine.»

Die Schwester machte der Sache ein Ende. Im Flur fragte Probst, wie die Prognose sei.

«Wahrscheinlich lebenslanger Pflegefall», sagte Jammu. «Vom Hals abwärts ist er stark wie ein Ochse. Aber eine kleine Kugel im Kopf ...»

Als sie im Erdgeschoss, auf dem Weg ins Freie, das Vestibül durchquerten, bog Probst in die Herrentoilette ab.

Früher am Abend, bevor er in die Galerie gefahren war, hatte er einen Leitartikel des *Post-Dispatch* gelesen.

> ... Bislang hat die Öffentlichkeit von der Diskussion nicht gerade profitiert. Jammus Engagement für eine Fusion wäre weit ergiebiger, wäre sie willens, die Auswirkungen des Referendums auf die County zu disku-

tieren. Die Tatsachen sprechen unserer Meinung nach dafür, dass die gelinden Nachteile durch die Vorteile für die Region, eine Besserstellung der wahrhaft Bedürftigen, einen Aufschwung für Wirtschaft und leidende Infrastruktur, bei weitem aufgewogen werden. Jammu hat keinen Grund, die Tatsachen zu fürchten.

Wir können nur spekulieren, warum Probst, der Recht hat mit seiner Forderung nach gründlicheren Studien, sich beharrlich weigert, seiner Verantwortung nachzukommen und sich einem Streitgespräch mit Jammu zu stellen. Ein Versuch, den Fusionsbefürwortern auf diese Weise die Legitimität ihres Anliegens abzusprechen, ist sicher unter seiner Würde.

Probst behauptet, ein solches Streitgespräch personalisiere den Konflikt zu sehr. Dieser Standpunkt ist zu respektieren. Aber angesichts einer Öffentlichkeit, die nach Argumenten verlangt, muss er sich übertriebene Empfindlichkeit vorwerfen lassen. Er verschanzt sich hinter seinen Skrupeln. Bleibt es bei der gegenwärtigen Konfusion, nur weil ein Mann sich weigert, von seinem hohen Ross herunterzusteigen?

Möge Jammu ihm zugestehen, dass weitere Studien vonnöten sind. Möge Probst in der Wirklichkeit ankommen. Möge der letzte Monat der Kampagne zum Musterbeispiel für einen geistvollen, informativen Diskurs werden.

Der Artikel hatte ihn amüsiert, nicht nur, weil es ihm Spaß machte, den Rat von Redakteuren zu missachten. Auch dieser Text bewies das magische Potential der Öffentlichkeit, seine Person erwartungsvoll zu überhöhen. Der «Sag nein e. V.» organisierte eine saubere Kampagne. Sie hielten sich an Fakten. Wenn ihm der geringste Zweifel kam, ob er in ethischen Fragen ein Pedant war, brauchte er nur die Zeitung aufzuschlagen. Dort stand es schwarz auf weiß: Martin Probst ist in ethischen Fragen ein Pedant.

Er und Jammu fuhren vom Krankenhaus zum Palm Beach Café, einem Restaurant, in das eine Altersgruppe von St. Louisianern ging, der Probst und Barbara eine halbe Generation voraus waren.

Sie bestellten Getränke, und nach einem quälenden Schweigen hob Jammu den Blick und sah ihn an.

«Verraten Sie mir in einem Satz», sagte sie, ohne die Heiserkeit aus ihrer Kehle herauszuräuspern, «was Sie gegen die Fusion einzuwenden haben. Wir können doch ganz privat darüber sprechen, oder? Unsere Persönlichkeiten beeinflussen hier keinen.»

«In einem Satz», sagte Probst. «Weil ich zusammen mit den anderen vom Wachstumsverein schon vorher für die Konsolidierung von Stadt und County eingetreten bin.» Er dachte kurz nach, auf der Suche nach weiteren Gründen. «Weil die County befürchtet, den Anschluss zu verpassen, und das Referendum genau das ausnutzt. Weil der größere Zusammenhang ein freier Politikmarkt ist und es fraglich bleibt, ob dem Markt eine Fusion zuträglich –»

«Nichts davon haben Sie in Ihren öffentlichen Verlautbarungen bisher erwähnt.»

«Brauchte ich auch nicht, das tun Sie schon immerzu. Ich will Ihnen nur zeigen, dass ich Ihre Argumente vor- und rückwärts deklinieren kann. Was darauf hinausläuft, dass ich meinen intuitiven Zweifeln an diesem Referendum – wo doch alles darauf hindeutet, dass ich es befürworten müsste –, dass ich meinen intuitiven Zweifeln sehr viel Gewicht beimesse.»

Jammus Augen weiteten sich. «Das ist Ihre Begründung?»

«Gut, lassen Sie mich das näher ausführen», sagte er. «An erster Stelle steht das Reflexhafte, Geistlose dessen, was hier vor sich geht. Die Leute können nicht vernünftig abstimmen, und man selbst muss sich vor drastischen Veränderungen in Acht nehmen, einem unregulierten Marktplatz der Ideen, genauso wie man sich vor neuen Spielzeugen in Acht nehmen sollte, weil sich die Kinder daran verletzen könnten. Nun, ich traue *Ihnen* ...» Er versuchte Jammus Blick zu begegnen, um sie für sich einzunehmen, doch sie spielte mit ihrem Glas. «Und ich möchte betonen, dass ich diese Position beim Wachstumsverein von Anfang an vertreten habe. Aber was ‹Hoffnung Stadt› betrifft, entsteht der Eindruck, als würde der Wachstumsverein seine politischen Empfehlungen jetzt plötzlich einzig auf die Profitinteressen der beteiligten Unternehmer gründen. Rolf Ripley hat Steuersenkungen zur Ankurbelung der Wirtschaftskraft im Sinn, nach der Devise also, dass niedrige Steuern das Wachstum und somit den Wohlstand aller fördern, was auch meine Devise ist, mit dem Unterschied aber, dass ich Leute beschäftige, während er Leuten mit Immobilienspekulationen die Existenzgrundlage entzieht. Dazu kommt der Umstand, dass er sich mit populistischen Demokraten in öffentlichen Ämtern verbündet, dem Bürgermeister zum Beispiel! Irgendwo spielt hier doch jemand mit gezinkten Karten.»

«Rein gar nichts davon spricht gegen eine Fusion», sagte Jammu.

«Die Sache ist die, dass wir es nicht wissen. Sind nicht auch Ihre Überzeugungen ziemlich intuitiv? Die Steuern werden nicht sinken. Die Ausgaben der Stadt dürften sogar steigen. Aber in Ihren Augen scheint sich das alles irgendwie in eine urbane Utopie zu verwandeln. Die Posteninhaber von heute werden morgen zu Herden zusammengetrieben und müssen auf den Gleisen der South Side Unkraut jäten. Die Schwarzen von der North Side dürfen den Rolf Ripleys frohgemut die Taschen füllen. Das ist es, was ich mit unrealistisch meine. Und in der County ist es noch viel schlimmer. Sie selbst versuchen, die Leute durch Intuition zu ködern. Mit Ihrer Vision von einem vereinigten Groß-St. Louis.»

«Sie sagen damit nur, dass wir die Chance für einen Wandel zum Besseren unterschiedlich beurteilen. Sie sind pessimistisch, ich bin optimistisch.»

Probst gefiel nicht, wie sie das darstellte. Er hatte geglaubt, es wäre genau andersherum. Er zuversichtlich und Mittelwestler, sie griesgrämig und ausgelaugt. Sie (mit den Worten von Barbaras Freundin Lorri Wulkowicz) unverkennbar Dritte Welt. Bei näherer Betrachtung schien alles, was sie trug – die teuren Perlen, das teure Kleid, das teure Make-up – durch ihr Gesicht, durch ihre

Gestalt entwertet. Sie sah aus (Probst hätte nicht sagen können, warum), als würde sie ein Bad brauchen. Er beobachtete, wie sie mit ihrem Wein eine Tablette hinunterspülte. «Antihistaminikum», erklärte sie und ließ ihr Täschchen zuschnappen. Es war ein schwarzes Täschchen mit Schnappverschluss. Wie jemand, der entschlossen ist, die Getränkerechnung zu übernehmen, hielt sie es griffbereit auf ihrem Schoß.

«Wer sind Sie?», fragte Probst.

Sie hustete. «Wie meinen Sie das?»

«Nun, wie lautet zum Beispiel Ihr Vorname?»

«Colonel.» Sie lächelte.

«Nein. Ihr Vorname.»

«Ich mag meinen Vornamen nicht. Er passt nicht zu mir. Ich hätte ihn geändert, wenn sich die Leute nicht angewöhnt hätten, mich bei meinem Anfangsbuchstaben zu rufen, und der ist S. Gegen S. habe ich nichts. Sie können mich Ess nennen. So nennt mich meine Mutter, Ess oder Essie. Darf ich Sie Martin nennen?»

«Ihre Mutter.» Er schlug einen Plauderton an. «Wo ist sie?»

«Sie lebt in Bombay. Das können Sie alles am Sonntag im *Post-Dispatch* nachlesen. Alles, was Sie schon immer über mein Privatleben wissen wollten, aber aus Desinteresse nicht erfragen konnten.»

Er staunte, wie es ihr gelang, alle weiteren Fragen abzublocken. Nach einer kurzen Pause sagte er: «Von Desinteresse kann keine Rede sein, und den Zeitungen traue ich nicht. Überhaupt –»

«Überhaupt sollte ich höflicher sein. Ich bitte um Verzeihung. War ein harter Tag heute.»

Wieder eine clevere Blockade. Er nahm einen letzten Anlauf. «Warum haben Sie Indien verlassen? Wurden Sie das schon jemals gefragt?»

«Ach, alle Reporter fragen das.»

Er gab auf. Noch immer umspielte sanftes Licht die Tische, noch immer sorgte das Klavier für Stimmung, doch für ihn hatte das Lokal jetzt die Atmosphäre, die es um zehn Uhr vormittags haben musste, wenn zusätzliche Lampen brannten und der Staubsauger lief. Tische und Stühle, weiter nichts. Er blickte an Jammu vorbei, um dem Kellner ein Zeichen zu geben, da erst bemerkte er, dass das Pärchen am Nachbartisch zwar miteinander sprach, aber zu ihm und Jammu herüberblickte. Auch andere Leute an anderen Tischen. Sie wurden beobachtet. Er hob die Schultern und zog den Kopf ein.

«Es war ein typischer Fall von Ruderherumreißen», sagte Jammu. «Ich war nicht mehr ganz jung und hatte das Angebot, hier zu arbeiten, und ich habe es angenommen. Ich mag dieses Land – das habe ich auch den Reportern gesagt, aber gedruckt klang es nicht so gut.»

Probst nickte. «Wie kam es, dass Sie Ihre amerikanische Staatsbürgerschaft nicht aufgeben mussten, obwohl Sie ein öffentliches Amt in Indien hatten?»

«Man hat für mich die Bestimmungen gelockert.»

«Verletzt, meinen Sie.»

Sie blickte zum Klavier hinüber. «Unwissentlich, ja. Sie hätten meinen Pass einziehen können, aber meine Mutter war es, die sich immer um die Verlängerung gekümmert hat. Sie hat nie erwähnt, dass ich bei der Polizei war, und die amerikanische Einwanderungsbehörde hat nicht danach gefragt. Jetzt, wo ich kein öffentliches Amt in Indien mehr habe, können sie nichts machen.»

«Hat sich die Polizeiverwaltung hier nicht gewundert?»

«Dort hieß es, wenn ich meine Berechtigung nachweisen könne, sei ich willkommen. Es wurde mir überlassen.»

«Aber wäre die Einwanderungsbehörde wachsam gewesen, hätten Sie die Staatsbürgerschaft im Juli nicht erhalten.»

«Vermutlich nicht. Warum stellen Sie mir diese Fragen?»

«Ich versuche immer noch, Ihnen klar zu machen, was ich gegen die Fusion habe.»

«Also, nur zu.»

«Wie haben Sie den Kampf gegen das Verbrechen gewonnen? Was ist aus den Straßenkriminellen und Heroinsüchtigen geworden? Und der Mafia? Ich kann nicht glauben, dass die alle im Gefängnis sitzen, und pessimistisch, wie ich bin, weiß ich, dass sie nicht umerzogen wurden. Sind Ihre Zahlen echt?»

«Sind sie. Und wie Sie sicher wissen, werde ich wegen dieser Zahlen streng ins Visier genommen. Wir hatten die Polizeichefs von allen größeren Städten hier, die mir dieselbe Frage stellten. Wir hatten Leute von der Bürgerrechtsunion hier, die uns im Nacken saßen. Und dann waren da noch die auf einen Skandal begierigen Medien. Und wie Ihnen sicher nicht entgangen ist, gab es keine ernsthaften Beschwerden. Und warum nicht? Vor allem, weil sich die geringe Fläche von St. Louis ausnahmsweise mal als Vorteil erwiesen hat. Die Stadt ist einfach nicht groß genug, um ständig neue Brutstätten für Kriminalität hervorzubringen. Was in anderen Städten die Dimensionen eines größeren Modernisierungsprojekts hat, wird hier fast zum Totalprogramm. Das Sanierungsgebiet North Side hat gegenwärtig eine Ausdehnung von fünfunddreißig Quadratkilometern. Das ist ein Viertel der gesamten Stadt. In einer Stadt wie Philadelphia oder Los Angeles oder Chicago wären das etwa fünf Prozent. Hier hat ein großer Prozentsatz des Stadtgebiets an Wert so zugenommen, dass die Eigentümer die Bewachung selbst übernehmen. Auf einem Grundstück, das zwölfhundert Dollar pro Quadratmeter kostet, haben Sie, außer Wirtschaftskriminalität, kaum Straftaten. Also sinkt die Verbrechensrate.»

«Aber die Straftäter. Wo sind die jetzt?»

«Das ist wirklich nicht meine Sorge. Die sind viel gleichmäßiger über die Bevölkerung von Missouri und Illinois verteilt als zuvor. Die Zahl der Straftaten ist in Gegenden wie University City und Webster Groves gestiegen, aber damit werden die Polizeikräfte der County spielend fertig. Und wenn einige mittellose Familien in die County gezogen sind, dann haben die dortigen Sozialämter eben ein bisschen mehr zu tun. Das hört sich nicht gerade nett an, aber Sie müssen zugeben, es ist gerechter und effizienter, als den ganzen Bodensatz der Region in der Stadt zu konzentrieren. Klingt das nicht vernünftig?»

Es klang vernünftig. Probst blieb jedoch unklar, wohin all die Furcht einflößenden schwarzen Jugendlichen aus dem Norden von St. Louis verschwunden waren. Er hatte die Gesichter gesehen. Er wusste, dass keins davon in Webster Groves oder in den anderen netten Städtchen der County aufgetaucht war. Wo waren sie hin? Irgendwie war die Realität in den Untergrund gegangen.

«Wie kommt es, dass jeder Sie mag?», fragte er.

«Nicht jeder mag mich.»

«Die meisten offenbar doch. Ich will damit sagen, dass Sie neuerdings der politische Dreh- und Angelpunkt von St. Louis sind, und das, obwohl Sie erst vor sieben Monaten zu uns gefunden haben. Wie schaffen Sie es, dass sowohl die schwarzen Politiker als auch die Quentin Spiegelmans so bereitwillig für Sie arbeiten?»

«Sie arbeiten nicht für mich. Sie brauchen mich nur.»

«Warum gerade Sie?»

«Sie meinen, was ich habe und andere nicht haben?»

«Ja.»

«Ich weiß es nicht. Ehrgeiz. Glück.»

«Leute mit Ehrgeiz gibt es jede Menge. Wollen Sie sagen, es war nur Glück, dass Sie in diese Position gelangt sind?»

«Nein.»

«Wo sind Ihre Feinde? Wo sind die Leute, denen Sie auf die Füße getreten haben? Die sich durch Sie gekränkt fühlen?»

«Es gibt viele, die –»

«Nein. Sie wissen, dass es die nicht gibt. Es gibt nur die Republikaner vom rechten Flügel und ein paar alte Frauen, die Sie aus Prinzip hassen. Und aus Neid. Um es deutlich zu sagen, Colonel –»

«Ess.»

«Die Sache ist die, dass ich verstehe, warum Ripley und Meisner, wenn man bedenkt, welche Entscheidungen sie getroffen haben, mit Ihnen jetzt zurechtkommen, und ich verstehe, warum die Lage jetzt so stabil ist und nur noch die Kriminellen und die Spinner gegen Sie sind, und ich verstehe auch, wieso der Kampf gegen das Verbrechen und der Kampf gegen den städtischen Verfall jetzt Hand in Hand gehen, und ich verstehe sogar die Motive hinter der Koalition von Demokraten und Industriellen. Wir sind an Punkt B. Sie sagen es selbst. Wir stehen vor vollendeten Tatsachen. Alles sehr sinnreich. Aber ich begreife nicht, wie Sie von A nach B gekommen sind. Ich begreife nicht, was so viele meiner Bekannten vom Wachstumsverein zum Absprung verleitet hat. Ich begreife nicht, wo Sie Ihr Wissen und die Mittel hernehmen, diese totale, bizarre Kehrtwende einer ganzen Stadt zu planen und auch herbeizuführen. Ich weigere mich zu glauben, dass eine völlig Außenstehende, möge sie noch so viel Glück und Ehrgeiz haben, einfach angereist kommen und in weniger als einem Jahr eine amerikanische Großstadt umkrempeln kann. Ich weiß nicht, welche Antwort ich von Ihnen zu erwarten habe, aber ich sehe da eine riesige Kluft zwischen der Person, die hier vor mir sitzt, und der Person, die das alles bewirkt hat. Ich frage mich, wie Sie sich selbst sehen.»

«Ich weiß es nicht. Ich habe es einfach getan.»

«Nun, Sie verstehen sicher, warum ich frage, wer Sie in Wirklichkeit sind.»

«Ich weiß es nicht. Was glauben Sie, wer ich bin?»

«Ich weiß es nicht.»

Sie starrten einander an. Das Problem war kein persönliches mehr.

«Ich frage nicht lange», sagte sie. «Ich handle. Ich wollte die Stadt voranbringen. Was ich konnte, habe ich getan. Warum verstehen Sie das nicht? Sie sind doch auch ziemlich erfolgreich hier.»

«Ich bin hier geboren. Und habe mich vor dem College gedrückt.» Seine Stimme bebte bei dem Gedanken an sein Lebensdrama. «Zehn Jahre lang habe ich vierzehn Stunden am Tag geschuftet, und ich habe nichts bewirkt. Ich wollte auf dem aufbauen, was schon da war.»

«Das klingt, als würden Sie sich deshalb an alles klammern, was schon vorher da war. Sind Sie ein bisschen verliebt in die Probleme dieser Stadt? Ist das der Grund für Ihre Fragen? Sie als alter St. Louisianer kennen gar nichts anderes als eine bankrotte, von Verbrechen geplagte Innenstadt, und Sie *wollen* nicht, dass sich das ändert.»

«Ich glaube, Sie irren sich.»

«Ich möchte damit nicht behaupten, dass Sie herzlos sind. Sie sind nur ein Pessimist, das ist alles. Sie spenden für Unicef, aber sie glauben nicht, dass dies die afrikanischen Regierungen davon abhalten wird, Kinder verhungern zu lassen. Sie bauen diese Brücken in St. Louis, aber trotzdem halten Sie daran fest, dass Ihnen die Leute, die mit ihren Autos darüber fahren, zutiefst suspekt sind –»

«Ihnen doch auch.»

«Habe ich Recht? Sind das Ihre Empfindungen?»

«Sie behaupten, dass ich ein Egoist bin.»

«Nur insoweit, als Sie nicht anerkennen wollen, was ich für die Stadt getan habe. Wenn Sie akzeptieren könnten, dass sich die Dinge geändert haben, würden Sie das Referendum unterstützen. Ich sehe Sie schon im Fernsehen sagen: Jawohl, ich, Martin Probst, habe meine Meinung geändert. Wenn wir alle an einem Strang ziehen, wird das eine wunderbare Stadt sein. Wenn wir alle mit anpacken, verschwinden die Probleme wie von selbst.»

Sie setzte sich aufrecht hin, ihr Blick ein Fanal des Guten, Wahren, Schönen. Probst war peinlich berührt.

«Wer ist John Nissing?», fragte er unvermittelt.

«John ...» Sie runzelte die Stirn. «Nissing. Der Autor.»

«Sie kennen ihn also.»

«Ja. Er hat den Artikel im Sonntagsmagazin des *Post-Dispatch* geschrieben, den er ursprünglich im Magazin der *New York Times* unterbringen wollte, aber die haben ihn nicht genommen. Ich kenne den Artikel noch nicht, aber da wird all das drinstehen, was Sie wissen wollten – oh, ich meine ja nur. Den ganzen Schmus über meine Mutter und das brodelnde Straßenleben von Bombay. Ich habe ihm damals zu viele Interviews gegeben.»

«Ist er aus Indien?»

«Nicht, dass ich wüsste. Er ist kein Amerikaner, aber auch kein Inder, glaube ich. Aber er war in Bombay und hat mich mit Fakten bombardiert. Ein wahrer Kosmopolit, unabhängig und vermögend. Ein Snob und Alleswisser. Überall, wo er hinkommt, spinnt er seine Fäden. Antarktis, Ryukyu, Uganda und dergleichen.» Jammu biss sich auf den Daumennagel. «Und in sechsundvierzig der fünfzig US-Staaten. Warum fragen Sie?»

«Nur so. Er hat mein Haus für ein Architekturmagazin fotografiert.» Ein Snob und Alleswisser: genau Barbaras Typ. «Er sah indisch aus», fügte er keck hinzu.

«Eher arabisch, würde ich sagen.»

Später am Abend schaute er ihr beim Ausziehen zu. Das Haar hing ihr in Ebenholzklingen übers Gesicht, als sie sich auf ihre Finger, ihre kurzen, breiten Hände konzentrierte, die mit dem Verschluss ihres Falten werfenden Büstenhalters kämpften. Die Rouleaus waren hochgezogen. Draußen schneite es. Probst konnte nicht glauben, dass er nun alles zu sehen bekam. Sie war noch magerer, als sie bekleidet gewirkt hatte, und als sie ihren Slip nach unten zog, den Stoff zwischen den Fingern spannte wie ein Fadenspiel, war ihm, als würde sein Unterkiefer bis zu seiner Taille nach unten klappen. Sie hatte kein einziges Haar zwischen den Beinen. Da war nur ein Krater mit gewölbtem Rand, ein zweiter Nabel. Sie war Jungfrau. Sie blickte ihn an. «Das ist es», sagte sie. Wo die Kugel eingedrungen ist.

Und die Kugel war Probst.

Das Zimmer war voller Mondlicht. Er hatte geträumt, halb auf dem Rücken liegend, halb sitzend, hochgebettet auf zwei Kissen, Barbaras und seinem. Es war Vollmond. Dass dessen Licht das ganze Zimmer erfüllte, hatte er noch nicht erlebt. Es floss durch die westlichen Fenster herein, so hell, dass das Zimmer puppenstubenhaft klein wirkte. Das Bett stieß fast an allen Seiten an die Wand. Probst schloss die Augen und versuchte, dorthin zurückzukehren, wo er gerade eben noch gewesen war, zu seinem Traum, zu Jammu, um sie zu deflorieren.

Er öffnete die Augen erneut. Da war etwas auf seinem Schoß, unter Decke und Überwurf. Er schlug beides zurück und spürte eine Tatze, eine winzige Tatze, und das Gewicht von etwas Warmem auf seiner Pyjamahose.

Es war ein Kätzchen. Er hatte ein Kätzchen in seinem Bett. Pelzig und anhänglich wie eine Klette, angelte es mit der kleinen Pfote nach seinem Gesicht.

Diesmal wachte er wirklich auf. Er lag auf dem Bauch, die Augen abgeschirmt von den Kissen. Er hatte im Schlaf ejakuliert. Ein Kissen beiseite schiebend, sah er das Mondlicht, im östlichen Fenster, nicht in den westlichen, es schlüpfte unter dem schweren Rouleau hindurch, das er nicht vollständig geschlossen hatte. Es war anders als das geträumte Mondlicht. Es war hart und nüchtern, ein bläulicher Schimmer auf dem Fensterbrett.

Als er am Morgen zur Arbeit ins Büro des «Sag nein e. V.» ging, war der Spaß vorbei. Wie immer boten ihm die Helfer von der ersten Kanne Kaffee etwas an. Während er darauf wartete, spürte er seinem leichten Kater nach, den Spuren des vergangenen langen Abends, die das zweifelhafte Vergnügen an seiner Elefantennummer wie ein Blutegel offenbar aus ihm herausgezogen hatten. Holmes und die anderen hatten ihn zu einer Galionsfigur der Lauterkeit und Richtigkeit der gemeinsamen Sache aufgebaut, und dafür verachtete er sie nun. Als der Kaffee gebracht wurde, winkte er ab.

Gefiederte Zigarettenrauchstrahlen durchbohrten die Luft. Die Drehtüren des Holiday-Inn-Hochhauses auf der anderen Straßenseite arbeiteten wie Herzklappen, schluckten pummlige Reisende mit Gepäck, spuckten andere mit gewaschenen Haaren und rosigen Gesichtern und leichterer Bedeckung wieder aus. Der Anblick hatte etwas Dekadentes. Die Nutznießer der käuflichen Freuden des Hotellebens, des Zimmerservices und der Eismaschinen und des Schwimmbeckens auf dem Dach, waren beliebig austauschbar. Die Türen drehten sich ohne Unterlass.

Mit einem Flugzeug zu fliegen war eine feine Sache. (Millionen dachten so.) Im Hotel zu wohnen war eine feine Sache. Essen zu gehen war eine feine Sache. (Die indischen Bürger gingen eher selten essen.) Der «Sag nein e. V.» hatte Probst mit der Aufgabe betraut, einen Stimmungsumschwung unter der breiten Flugreisen machenden, in Hotels absteigenden, Restaurants besuchenden Mittelklasse zu bewirken. Nein zu sagen war eine feine Sache. Ja zu sagen war eine feine Sache. Kam es wirklich darauf an? Beide Kampagnen liefen wie geschmiert. (Einen Buick zu besitzen war eine feine Sache.) Es war die reine Dekadenz.

Manchmal dachte Probst, man müsse, um die Welt von Kernwaffen zu befreien, sofort handeln, bevor durch irgendeinen Zufall ein Krieg ausgelöst wurde. Dann wieder dachte er, Sicherheit werde einzig und allein durch den Bau von Waffen erzielt, durch eine so Furcht erregende Abschreckung, dass keine Seite es wage, durch Zufall irgendetwas auszulösen. Er wusste nur, dass er sich fürchtete. Er konnte für beide Seiten Argumente finden. Aber er wollte keine Argumente finden. Er fand es albern und anstrengend, dass der *Post-Dispatch* und vielleicht Tausende von Leuten wissen wollten, was er dachte. Dieselben Leute schwärmten für Jammu, und er war mit ihr ausgegangen. Man hatte im Palm Beach Café zu ihnen herübergeblickt. Sie warf ein Silberlicht auf ihn. In seiner Vorstellung war sie eine Silberkette, die er sich gegen seinen Willen ständig durch die Finger gleiten ließ. Barbara hatte ihren kosmopolitischen Liebhaber und ihr neues, befreites Ich. Luisa hatte ihren gefügigen Künstlerfreund. Auch für Probst gab es etwas, das ihn erwartete.

Aufgeregt strebten die Helfer vom Büro ins Konferenzzimmer. Holmes zeigte ein brandheißes Video, eine Serie von Zweiminutenspots, die sie in den nächsten drei Wochen zur Hauptsendezeit laufen lassen wollten. Tina tätschelte Martins Schulter. «Jetzt gibt's Kino, Mart.» Er musterte sie mit einem Blick bar jeden Ausdrucks. Sie machte auf dem Absatz kehrt. (Flachgelegt zu werden war eine feine Sache.) In was für einer Krise er nur war.

19

«Da ist ein Mann.»

«Nein.»

«Ich höre es an deiner Stimme, Essie. Eine Mutter merkt so etwas.»

«Das Geld hast du bekommen, oder?»

«Bestimmt ist das wieder Singh.»

«Ich sehe ihn kaum noch.»

«Na, ist schließlich dein Leben.»

«Ich sagte doch, ich sehe ihn kaum noch. Was willst du mehr.»

«Du kannst es mir ruhig sagen. Ich habe mich damit abgefunden.»

«Ob du das Geld bekommen hast, hab ich gefragt.»

«Was man so Geld nennt, ja.»

«Was soll das heißen? Du hast einen Rückfluss von hundertzwanzig Prozent, und die Rendite ist steigend. Er schickt dir Fotokopien von jedem –»

«Fotokopien, allerdings.»

«Schick doch Karam her, wenn du mir nicht glaubst.»

«Und ob ich das werde. Da kannst du sicher sein. Und ich hoffe, diesmal bist du ein bisschen freundlicher zu ihm.»

«Ich war unfreundlich, soso.»

«Karam ist keiner, der sich beklagt, aber ich hatte den Eindruck. Seine Gefühle waren verletzt. Er ist sensibel, Essie. Sehr zart fühlend, was dich betrifft. Wie ein Vater. Ich nehme an, dass Singh sich danebenbenommen hat. Mich überrascht das nicht. Aber du bist jetzt fünfunddreißig. Es wird Zeit.»

«Es ist vorbei mit mir und Singh, Maman. In einem Monat reist er ab, und ich glaube nicht, dass wir uns jemals wieder sehen.»

«Ein Grund mehr, auf ihn aufzupassen. Mir wurden hundert

Prozent Mindestertrag in Aussicht gestellt. Ich war sicher, du würdest mehr herausholen.»

«Singh unterschlägt dein Geld nicht. Niemand will dein Geld haben. Niemand ist so gierig wie du.»

«Oder so naiv wie du. Denk doch mal nach.»

«Für jeden Dollar, den du im September ausgegeben hast, kriegst du sogar zwei Dollar zwanzig zurück. Der Wechselkurs ist nämlich günstig. Was die Steuern angeht, da hab ich dich gewarnt. Glaub nicht, dass du die Einzige bist, die Steuern zahlen muss. Ich habe genug Ärger mit –»

«Karam ist nächste Woche bei dir. Wenn du Singh vorwarnst, bin ich sehr enttäuscht. Aber nicht überrascht. Eine Mutter merkt so etwas.»

«Denk daran, dass ich Singh seit neunzehn Jahren kenne.»

«Eine Mutter merkt so etwas.»

Wer ist Singh?, fragte Norris.

Keine Ahnung. Tschwölf Schingsch auf unscherer Lischte und fünftschig Decknamen.

Was ist das für ein Geld?

Angeblich gehört'sch Asha, in Wirklichkeit gehört'sch der Mutter.

Können wir sie damit festnageln?

Noch nicht.

Jammu ließ das Licht im Büro brennen, lief geduckt in die Toilette und zog sich eine lange Hose und eine Polizistenlederjacke an. Ihr Haar steckte sie hoch und setzte sich eine Mütze auf, zog den Schirm ins Gesicht. Pokornys Leute hatten sie beschattet – General Norris war reich genug, um sich eine ganze Armee von Spitzeln zu leisten –, sie musste besser auf der Hut sein. Über den Verbindungsgang gelangte sie in die Polizeiakademie und von dort hinaus auf die Spruce Street, wo sie in den zivilen Plymouth stieg, den Rollie Smith dort in der Kurve für sie abgestellt hatte. Zum Glück musste sie Kontrollbesuche nicht allzu oft machen. Sie fuhr zwanzig Minuten, bis sie sicher war, nicht verfolgt zu werden. Dann überquerte sie den Mississippi auf der Martin-Luther-King-Brücke und erreichte East St. Louis, Illinois.

East St. Louis war eine South Bronx, ein Watts, ein North Philadelphia im Kleinformat. Diese Schlaglochstraßen knapp fünf Kilometer östlich des Arch wären für die Bewohner von St. Louis eine Bedrohung oder soziale Herausforderung gewesen, hätten sie nicht der breite Strom und die Bundesstaatengrenze davor geschützt. Singh hatte gut daran getan, Barbara Probst in seinem Loft hier einzusperren. Das Viertel war ein schwarzes Loch im lokalen Kosmos, so heruntergekommen und gefährlich, dass es selbst vom organisierten Verbrechen gemieden wurde. Niemand würde es für möglich halten, dass ein übernervöser Psychopath wie John Nissing seine hübsche Geisel ausgerechnet in diese Gegend verschleppte, wo das Aussteigen aus dem Auto – wo selbst das Loslassen des Gaspedals – den Tod heraufbeschwor. Jammu parkte an der hinteren Laderampe des Lagerhauses und ging schnell zur Tür. Asha hatte ihr ein Schlüsselbund gegeben. In der Dachetage schloss sie eine Stahltür auf, und um sicherzugehen, dass Singh nicht versehentlich auf sie schoss, pfiff sie ein altes Trinkliedchen:

Who put the doxy in orthodoxy,
Who put the sad in saddhu?

Dann trat sie ein.

Singh schaute nicht von den Papieren auf, die er auf dem Fußboden rings um sich ausgebreitet hatte. Mit einem einzigen Finger hämmerte er unbeholfen auf die Tastatur eines Taschenrechners ein. «Welch nette Überraschung», sagte er.

«Meine Mutter glaubt, du vergreifst dich an ihren Gewinnen.»

«Wie geht's der alten Dame?»

«Bhandari kommt nächste Woche wieder zur Buchprüfung.»

«Interessant, dass du mich vorwarnst.»

Sie seufzte. «Ich weiß eben zu schätzen, was du alles für mich tust.»

«Keine Ursache, keine Ursache.» Er strich eine Zahlenkolonne mit Rot durch und stand auf. «Wolltest du die Beute besichtigen?»

«Ja.»

Er öffnete eine Tür und führte sie durch ein leeres Zimmer. «Aber keinen Mucks», flüsterte er. Er teilte einen Vorhang und enthüllte die Tür. Jammu blickte zu dem Guckloch auf, das weit oben angebracht war. Singh verschwand. Mit einer kleinen Trittleiter mit schwarzem geriffeltem Gummibelag kehrte er zurück. Sie stieg hinauf und schaute in den hintersten Raum.

Er war ebenfalls leer, fast leer zumindest, und Wände, Fußboden und Decke krümmten sich in der Gucklochperspektive zu einem runden Ganzen wie die Haut einer Seifenblase. Die Frau und die Matratze schienen, hängend, am Boden zu haften. Sie lag auf dem Bauch und las im Schein einer trüben Lampe. Ihr Haar war offen und wuchernd und schirmte das Licht von ihrem Körper ab. Die Beine, die bis ans Ende der Matratze reichten, und das Kabel, mit dem ihr Fuß an der Wand befestigt war, konnte Jammu nicht recht ausmachen. Aber das Gesicht war unverkennbar. Das war Martins Frau. Jammu wusste vom Hören und Hörensagen, dass sie eine freie selbständige Person gewesen war und sich als solche durch St. Louis bewegt hatte. Nun war sie wie ein Schmetterling, der Jammus Handfläche kitzelte. Jammu wollte sie zerquetschen. Dein Mann liebt dich nicht. Deine Tochter braucht dich nicht. Dein Nissing ist eine Schwuchtel. Jetzt verstand sie nicht mehr, warum sie sich gegen die Entführung ausgesprochen hatte. Der Gedanke, Barbara laufen zu lassen, etwas wegzuwerfen, was so teuer bezahlt worden war, widerstrebte ihr. Ohne Momente wie diese konnte sie gar nicht existieren, ohne dieses Gefühl der absoluten Macht. *Wer sind Sie?* Das war Martins Frage gewesen. In seiner Gegenwart hatte sie die Antwort vergessen, aber jetzt fiel sie ihr ein. Barbara blickte von ihrem Buch auf und starrte zur Tür.

Zufrieden stieg Jammu von der Leiter und durchquerte wieder das Zimmer. Singh folgte ihr. «Genau wie versprochen», sagte er, als er die zweite Tür verschloss. «Wohlbehalten und sicher.»

«Ich weiß, dass sie sicher ist. Solange die Übergabe glatt geht.»

«Klar.» Er stand neben der Wohnungstür, in Erwartung, dass sie ging.

«Wird doch glatt gehen.»

«Sollte klappen.»

«Du bist immer noch ein Psychopath.»

«Aha.»

«Ich will noch gar nicht aufbrechen, übrigens.»

«Oh.» Er ging in die Mitte des Zimmers und setzte sich auf den Fußboden. «Du willst noch an Probst ran?»

Jammu betrat die Kochnische. «Was hast du hier zu trinken?»

«Leitungswasser. Instantsaft.»

«Wie gesund wir doch leben heutzutage.» Sie schob sich eine seiner Nelkenzigaretten zwischen die Lippen und beugte sich über den Gasherd. «Findest du ihn attraktiv, Singh?», fragte sie, einen Zug nehmend, in versöhnlichem Ton.»

«Nein, Ma'am. Das sollte inzwischen klar sein.»

«Immer kann ich es nicht wissen.»

«Als Regel gilt –»

«Deine Berichte haben in letzter Zeit nachgelassen», sagte sie. «Ich möchte keine Routenbeschreibungen mehr sehen. Ich will Auswertungen.»

«Was gibt's da auszuwerten? Nimm bitte einen Teller für die Asche. Es wird immer heisenbergischer. Je mehr wir Probst wegnehmen, umso weniger Anhaltspunkte haben wir, was passiert. Er redet mit fast niemandem. Er hat keine Freunde. Außer dir natürlich, was du sicher weißt und ausnutzen wirst. Aber da wir die meisten Wanzen rausgerissen haben, ist das sowieso egal. Das Anzapfen der Telefone bringt noch was, nur ist die Qualität ganz furchtbar, seit ich die Stromstärke gekappt habe. Für diesen Pokorny müssen wir einen neuen Zwischenfall arrangieren. Bombay wäre dafür der ideale Ort gewesen. Es war ein Fehler, dass wir Bhise gestoppt haben. Hast du bedacht –»

«Nicht so kurz nach Billerica. Pokorny ist ohnehin ersetzbar.»

«Wie du meinst.»

«Du lässt Barbara immer noch bei ihm anrufen.»

«Das hilft auch nicht viel. Sie hat sogar versucht, seinen Verdacht zu wecken, als er ihr am Vierten die Scheidung vorschlug. Sagte nur ‹Ich liebe dich› und legte auf. Unsere einzige Rettung war, abgesehen von meiner Faust, dass er sie so mies behandelt, dass sie einen richtigen Hass auf ihn hat, meistens jedenfalls. Danke, ich weiß. Ich habe nur etwas, was schon im Werden war, weiterentwickelt. Mit einer Verneigung vor deinen Theorien.»

Die Zigarette brachte Jammus Gleichgewichtssinn ins Wanken. Sie hätte Barbara auch mies behandelt, wäre sie mit ihr verheiratet gewesen.

«Der Ton seiner Verlautbarungen hat sich geändert», sagte Singh. «So, wie er in den letzten sechs Tagen eingestellt ist, läuft es auf eine Neutralitätserklärung hinaus. Wenn ich John Holmes wäre, würde ich es mit der Angst zu tun kriegen.»

«Also scheint meine Botschaft bei ihm anzukommen.»

«Keine Sorge, Chefin. Er mag dich. Er findet dich knackig.»

«Nun ist's aber gut.»

«Er geistert nachts durch sein Haus.»

«Ich sagte, es ist gut.»

«Du möchtest sicher, dass wir sein Frauchen nicht wieder hergeben müssen. Dass ich sie im Gepäck mitnehme, wenn ich nach Hause fliege.»

Sie drückte die Zigarette aus und leckte sich den süßen Nachgeschmack des Papiers von den Lippen.

«Aber du würdest ganz gern mit ihm schlafen», sagte Singh.

«Im Interesse der Fusion.»

«Das *meinte* ich doch.» Er überlegte kurz. «Liebe Frau Doktor

Singh. Ich glaube, mein Freund ist echt scharf auf mich, aber er ist ein Hasenfuß. Ich möchte gern mit ihm schlafen. Was soll ich tun? Liebe Leserin, das ist der richtige Moment für handfeste Aktionen. Im Gegensatz zu Baxtis Erwartungen sind ihm trotz der Beschleunigung des Alterungsprozesses durch Verlustsituationen keine grauen Haare gewachsen. Verhaltensweisen und Gesinnung sind bei ihm neuerdings jugendlich und erschreckend egoistisch, was ein Glücksfall ist, weil auch du – wenn du mir die Bemerkung erlaubst – eine jugendliche und egoistische Ausstrahlung hast. Ich habe zwei Ideen und einen Vorschlag.»

«Von denen ich, wenn ich eben gegangen wäre, nichts gehört hätte.»

«Den Umschlag, bitte.» Singh zog einen weißen Umschlag aus der Brusttasche seines Jacketts und riss ihn auf. Er überflog den Inhalt und las laut vor: «Erstens. Dränge ihn dazu, für den ehemals von Billerica bekleideten Posten des County Supervisor zu kandidieren.» Er blickte Jammu an.

«Vielleicht.»

«Zweitens. Er war noch nie der Verschleierte Prophet. Sorge dafür, dass man ihn dazu macht.»

«Vielleicht. Das VP-Komitee ist in erster Linie eine städtische Angelegenheit, und das heißt, viele seiner Mitglieder sind im Moment auf Probst nicht gut zu sprechen.»

«Egon Blanders? Du hast ihm das Grundstück an der Easton Avenue verschafft. Er schuldet dir einen Gefallen.»

«Stimmt.»

«Na dann. Probst ist immer noch beliebt, egal, wie er zur Fusion steht. Er sollte dieses Jahr der Verschleierte Prophet sein. Und County Supervisor. Im Herbst hat er ständig von seinem ‹Ruheposten› schwadroniert, womit er seine normale Fünftagewoche meinte. Wenn du ihm nahe legst, dass er im öffentlichen Leben viel mehr Bedeutung haben könnte … Da bin ich auch schon bei meinem Vorschlag. Schmeichle seiner Eitelkeit. Im

Hinblick auf seine physische Eitelkeit hast du das schon geschafft. Aber die Krise, die im Moment kaum mehr ist als eine quasi jugendliche Verwirrung, muss gefestigt werden. Mein Vorschlag ist: das Schicksal. Er glaubt schon halb, dass ihn das Schicksal dazu bestimmt hat, einen wichtigen Platz in der Geschichte von St. Louis einzunehmen, den man ihm ja auch oft genug einreden wollte. Außerdem soll er glauben, dass er dazu bestimmt ist, sich mit dir zu verbünden – und dass es seiner Familie bestimmt war, ihn nur zu diesem Zweck zu verlassen. Und wenn sich das am Tag nach der Abstimmung als Blödsinn erweist, kann es dir doch egal sein, oder? Wichtiger noch ist der Hintergedanke, dass es Stadt und County bestimmt ist, wieder vereint zu werden. Dass die Fusion keine Willkür ist, sondern eine schicksalhafte Notwendigkeit. Sie musste einfach kommen. Die Sache dürfte dir leicht fallen, denn du auf deine wunderliche Art glaubst doch an historische Notwendigkeiten. Und das Symbolische daran – du die Stadt, er die County – müsste eurer persönlichen Zuneigung förderlich sein. Die Stadt der Symbole, vergiss das nicht. Also: ‹Ran an den Speck!›»

Jammu schwieg. Sie kam sich vor, als ob sie Singh entwachsen wäre. Probst war kein Hochstapler, er hatte Autorität. Sie bewunderte ihn für sein Zögern, für sein kritisches Hinterfragen, für die Türen zur Wahrheit, die er mit seinem behutsamen Nachhaken aufstieß.

«Wie willst du die Ripley-Dynamik am Laufen halten, wenn Probst irgendwann auf seiner Seite ist?», fragte Singh.

«Ripley kann jetzt keinen Rückzieher mehr machen.»

«Und Devi?»

«Die brauche ich noch. Aber sie sitzt schon auf gepackten Koffern. Pokorny und Norris wollen mich unbedingt kriegen.»

«Du hast viel Geduld mit dem General.»

«Du unterschätzt seinen Wert. Der ist mit seinen Theorien völlig ausgelastet. Er hat praktisch nichts gegen mich unternommen.

Aber gefährlicher als er kann uns keiner werden. Wenn wir ihm immer einen Schritt voraus sind, sind wir allen anderen zwei Schritte voraus. Die Sache ist die, Singh, dass alles so gut ineinander greift. Gopal hat Hutchinson bestochen und dann verbreiten lassen, dass die Polizeistärke der County unzureichend ist, hat dem Ansehen von West County Schaden zugefügt, hat geholfen, das allgemeine Klima der Angst zu schüren, *und* er hat ein paar Sachen veranstaltet wie den Anschlag aufs Stadion. Ein Mitarbeiter von Pokorny versucht noch immer herauszukriegen, wo die ganze Ausrüstung herkam und wofür sie gedacht war, zumal wir sie nicht zum Einsatz brachten. Sie war für ihn gedacht. Für die wenigen Eingeweihten, die Informationselite. Für Norris, der niemals kapieren wird, dass er seine Zeit auf den Versuch verschwendet hat, es zu kapieren.»

Singh stand mit einem Knurren auf. «Was geht in deinem Kopf vor, Werteste? Weißt du, dass du immer so klingst, wenn du mit ihr telefoniert hast?»

«Wie klingst?», wollte sie wissen. Was hatte er aus ihren Worten herausgehört? Manchmal dachte er sich so etwas einfach aus.

«In zehn Jahren werdet ihr beide nicht mehr zu unterscheiden sein.»

Sie saß mit verschränkten Beinen und verschränkten Armen da, in blauer Uniform und schwarzem Leder; zumindest würde sie nie so auf Form bedacht sein wie ihre Mutter. Die als junge Frau einen neuen Namen angenommen hatte und mit einem Amerikaner durchgebrannt war und in Los Angeles ein Kind von ihm geboren hatte, sehr wahrscheinlich genau dasselbe denkend wie jetzt sie.

Der Winter kam früh nach Kaschmir, Ende Oktober, wenn das Tal Feuchtigkeit in die Berge hinauftrieb und diese Feuchtigkeit als Wolke, mystischer Nebel wieder hinunterstürzte, um, mit Holzrauch zu einem vorindustriellen Smog vermischt, auf den Prachtstraßen von Srinagar geheimen Einfluss auszuüben. Die Nacht begann mit dem unsichtbaren Untergang der Sonne hinter unsichtbaren Gipfeln, um vier Uhr. Balwan Singh betrat einen Bungalow am Stadtrand, warf seinen Mantel über einen Haken und ging auf die kauernden und rotäugigen Mitglieder des Marxistischen Studentenlesezirkels zu, bereits zu ihnen sprechend, bevor er sie überhaupt erreicht hatte, bevor sie ihn überhaupt hatten begrüßen können.

«Klassischerweise und auf dem höchsten Verallgemeinerungsniveau», sagte er, «entwickelt sich die Revolution im dialektischen Wechselverhältnis von Theorie und Praxis, von Praxis und Theorie. Lenin nahm seine historische Mission wahr, indem er sich zum Führer der bolschewistischen Politik aufschwang, deren praktische Erfolge und Misserfolge zur Weiterentwicklung seiner Theorie beitrugen, besonders auf dem Gebiet der Imperialismuskritik und der kommunistischen Staatsauffassung. Solange Lenin lebte, stand diese Dialektik in engem Einklang mit ihrem Gegenstück, der Dialektik von Handeln und Wahrnehmung, von Subjekt und Objekt. Aber der Tod Lenins, die zutage tretenden Mängel des frühen Staats und vor allem der Aufstieg Stalins schufen eine Krise der Dialektik: Die Praxis zwang die Theorie, vorübergehend zur Apologetik zu werden.»

Seine Genossen hockten auf dem Boden, lehnten an den Wänden, rauchend oder Betelnüsse kauend, wie eine Versammlung meditierender Bootsmänner, die eine Generation älter waren als sie. Die meisten von ihnen waren Söhne wohlhabender Hindus, hatten melancholische Brahmanenaugen und gehorchten der indischen Sitte, schon in jungen Jahren zum Mann zu reifen. Katheder-Marxismus hatte sie initiiert. Sie filibusterten in Seminaren. Sie ließen sich von der Universität verweisen. Sie lachten über Witze, die korrekt waren.

Singh, dessen Witze immer korrekt waren, lachte nie. Er schritt vor ihnen auf und ab, im Mittelpunkt eines Schattenasteriskus, den seine Beine im Licht der Wandlaternen warfen, sein Herumstolzieren wie üblich teils professoral, teils aufrührerisch, überwiegend aber nach Art von Heinrich Heine – und er begann zu spüren, dass man ihm nicht zuhörte. Die Schultern der Genossen krummbuckelten und duckten sich, als spürten sie einen Luftzug. Sie spürten ihn. Jemand Neues war gekommen, hinter ihnen, ein Mädchen, ein sehr junges Mädchen mit knabenhafter Figur und knabenhaftem Kurzhaarschnitt, das im Schneidersitz auf dem Boden neben dem Holzofen saß, in Hosen. Singh unterbrach sich und fragte sie nach ihrem Namen.

«Jammu», sagte sie.

Er begrüßte sie steif und machte der Gruppe vor, wie es ging, sie für die Dauer des Vortrags zu ignorieren. Als die Versammlung zu Ende war, schlüpfte sie aus dem Bungalow wie ein personifiziertes Achselzucken, wie ein mit einem winzigen Wörtchen zu umschließendes Selbst. Er warf einen Blick über die Schulter, um sicherzugehen, dass ihn kein Genosse beobachtete, und folgte ihr.

Sie komme aus Bombay, sagte sie. Sie sei sechzehn und studiere gegen ihren Willen in Srinagar. Das sei keine gute Universität. Ihre Mutter wolle sie mit einem dreiundvierzigjährigen Grundbesitzer aus Kaschmir verheiraten, weil sie ein uneheliches Kind sei und der Grundbesitzer um ihre Hand angehalten habe. Sie studiere Elektrotechnik. Sie könne nicht Kaschmiri. Ihre Mutter wolle Transistorradios in Ahmadabad herstellen und ihr die Leitung des Betriebes anvertrauen. Sie wolle lieber nach London oder Paris, Schriftstellerin werden und nicht heiraten. Sie habe einen Handzettel des Lesezirkels gesehen. Ihre Mutter habe ihr gesagt, ihre Religion sei Neosozialismus. Im Keller ihres Hauses in Bombay habe sie eine Katze im Fensterschacht beobachtet, die fünf nasse Junge aus ihrem Leib gepresst habe. Die Katze sei wütend geworden und habe versucht zu fliehen, sei aber zu schwach gewesen, um aus dem Fensterschacht klettern. Der Wurf junger

Katzen habe sich auf dem trockenen Laub gewunden wie ein Haufen lebender Exkremente. Die Katze habe sich wieder hingelegt und die Nachgeburt gefressen. Sie fragte Singh, wer Trotzki sei.

Sie wäre dem ersten Mann verfallen, der die Skrupellosigkeit besessen hätte, sie besitzen zu wollen, wäre, auf irgendjemandes Drängen hin, zur Faschistin oder Unternehmerin oder Kriminellen geworden, hätte es mit dem drittrangigsten Mitglied des Lesezirkels getrieben. (Und hätte ihn dann zur Figur in einem bissigen Schlüsselroman werden lassen, der halb fertig in einer Schublade gelandet wäre.) Sie war auf eine monströse Weise unschuldig, wie das primitive Hirn einer Zeitbombe. Sie war nicht in der Lage zu lieben, aber verhielt sich wie Singhs Ehefrau, indem sie ihn gängelte («Diese Stiefel kannst du dir nicht leisten») und andere Männer mit unerschütterlicher Gleichgültigkeit bedachte. Sie ging dorthin, wo noch keine Frau gewesen war, sie tat, was nur wenige Frauen taten, daher spielte es keine Rolle, was sie sagte. Wenn man Jammu war, spielte es keine Rolle. Der Lesezirkel, bald neu gegründet als Alternative Sozialistische Front Kaschmirs und danach als Volkslesezirkel, hielt sie für eine Doktrinärin. Auch Singh hielt sie dafür. Er beförderte sie in eine Führungsposition. Im Bett verschmähte er alle anderen. Er und sie trugen die gleiche Kleidung.

Als sie nach Chicago ging (weil sie das politische Klima der Stadt falsch eingeschätzt hatte; es war 1968, und sie hatte einen Krisenherd erwartet; es war, wie Singh erfahren musste, ein typisch indischer Irrtum), machte er sich nach Moskau auf, um dort Maschinenbau zu studieren. Er hatte ein Zimmer in der MGU auf den Leninbergen, dem größten frei stehenden Bauwerk Eurasiens, einem Monument der stalinschen «Mehr ist mehr»-Maxime. Eines Tages fuhr er ins fünfunddreißigste Stockwerk und stieß auf eine vergessene Steinsammlung und die Tür zu einem winzigen Lift, einem Lift, der Raum für höchstens zwei eng aneinander gepresste Menschen Raum bot, sodass sich sein Gesicht, als er so weit, wie es ging, nach oben gefahren war und sich die Tür öffnete, nur wenige Zentimeter vor einem Stahlgitter und einem Schild wieder fand, auf dem auf Russisch BERÜHREN VERBOTEN! stand, illustriert durch einen Totenschädel und über Kreuz liegende Knochen und einen Blitz, der durch die Augenhöhlen zuckte. Er fuhr mit dem Aufzug wieder nach unten zur Steinsammlung. Er hatte eine Affäre mit dem jungen Maschinenbaustudenten Grigor, der halbtags im sowjetischen Patentamt arbeitete und, wenn er zu viel Wodka getrunken hatte, behauptete, er müsse westliche Patente ins Russische übertragen und vordatieren, um den Anschein zu erwecken, dass sie schon etliche Jahre vor dem Original in Moskau beurkundet worden seien. Dann weinte er und behauptete, gelogen zu haben. Aus Chicago schickte ihm Jammu eine Postkarte, auf der nichts weiter als «Du fehlst mir» stand. Wieder in Bombay, stellte er fest, dass sie unbemerkt von ihm in den indischen Polizeidienst eingetreten war. Er hatte keine Einwände. Sie war noch immer seine Favoritin, seine erste und einzige Frau, und da sie ihn daran erinnerte, dass er auch anders konnte, verdankte er ihr das Gefühl der Vielseitigkeit und Macht. Er übte seine historische Mission mit religiösem Eifer aus – sofern man Religion als die Unterwerfung des autonomen Verstandes unter das Ritual versteht. Da auch die gelehrtesten katholischen Theologen die Kommunion empfangen und die Beichte ablegen, fuhr Singh in Bombay fort, zu rekrutieren, zu aktivieren, zu agitieren. Mehrere Jahre wohnte er in Mahul, im Schatten der Burmah-Shell-Raffinerie. Jeden Morgen verließ er seine Bleibe, um durch die Straßen zu streifen oder im Hotel Lady Naik zu bedienen oder sich mit seinen linkesten Freunden in einer Teestube die Zeit zu vertreiben, und auf der Treppe vor seinem Wohnhaus blieb er bei einem verkrüppelten kleinen Zigarettenverkäufer stehen und warf ein paar Münzen auf dessen ausgebreiteten Schal und nahm sich eine Packung echte Pall Mall. Anstelle der Arme ragten dem Mann zwei rabenschwarze Halbkugeln aus den Schultern, die dort dreißig Jahre zuvor *in utero* fixiert worden waren und im roten Morgenlicht glänzten wie poliert. Die Verkrüppelung wollte die Idee, die zwei Armen zugrunde lag, beschämen oder ließ in Singh vielleicht die Sehnsucht des Mannes aufkeimen, Arme zu besitzen. Der Mann war eine Inkarnation Jammus.

In jenen frühen Jahren war Singh häufig bei ihrer Mutter in der Mount Pleasant Road zu Besuch. Shanti Jammu bot abendliche Kostproben der Kreationen ihres paschtunischen Kochs und ihrer eigenen brillanten Beredsamkeit dar. Sie betrachtete sich als Marxistin des reformistischen Flügels. «In unserem Land herrscht das Kastensystem, Balwan», sagte sie augenzwinkernd, als wäre ihm das neu gewesen. «Kein Klassensystem. Die Petits gegen die Patels. Die Kesselflicker gegen die Schneider. Die Sikhs gegen die Hindus, und umgekehrt natürlich auch. Wie lässt sich das ändern? Wer bricht mit den Traditionen? Wer soll die Slums bauen und nach westlichem Muster verwalten? Ein sehr kluger Mann, den ich kannte, sagte einmal, man müsse dieser Generation die Menschlichkeit nehmen, um sie der nächsten zu ermöglichen. Ich verfechte also den kapitalistischen Weg, bin ein Knecht der herrschenden Klasse. Ich erfülle nur … mein historisches Telos!»

«Dein Dharma.»

«Ich bitte dich! Seien wir modern!»

«Genau das ist der Punkt. Du transzendierst nicht den Überbau. Du bist noch immer die Brahmanin, die die Harijans im Namen der Weisheit und der rassischen Privilegien schindet.»

«Und du bist immer noch der überhebliche Sikh. Das ist *für mich* der Punkt. Du und deine Russen! Das sind doch nichts als Franzosen im Nerz. Deutsche mit Samowaren. Wir sind nach wie vor Inder. Wir schütteln unsere orientalische Seele nicht über Nacht ab. Und wenn wir auf den Westen blicken, dann auf England. Das altehrwürdige, sentimentale England der Klassengesellschaft.»

«Die Heimat von Marx und der einzigen sozialistischen Regierung im Nachkriegs-Westeuropa.»

«Nimm dir ein wenig Rind, Essie. Du auch, Balwan. Du siehst blass aus. Wo ist die Arbeiterklasse des ‹sozialistischen› Indiens? Wo ist die industrielle Revolution? Auf die müssen wir noch eine Generation warten.»

«Nicht in Bombay, Poona, Delhi, Bhopal. Und auf die städtischen Ballungsgebiete kommt es an, weil dort die Organe der Unterdrückung konzentriert sind. Russland war 1917 ein feudalistischer Agrarstaat.»

«Na, dann gnade Gott! Auf die Barrikaden! Trag den Aufruhr in die Slums! Aber schreib mir eine Postkarte am Vorabend deiner Revolution.» Sie tippte ihm auf den Arm und zwinkerte ihrer Tochter zu. «Damit ich einpacken kann. Die Kanaille wird bestimmt nicht kapieren, dass ich in ihrem besten Interesse gehandelt habe, oder?»

«Wie heißt es in Amerika: Haben Hühner etwa Lippen? Du sagst es!»

«Aber die Familie wird's schon richten. Essie bewahrt dich vor dem Gefängnis, und du bewahrst uns vor der Guillotine.»

Jammu hielt ihn im Zaum. Sie sagte, auch sie verachte ihre Mutter, auch sie finde sie unerträglich, das sei ihr doch alles nur zu vertraut, warum also darüber streiten? Außer ihrer Mutter habe sie nirgendwo auf der Welt Familie. Deshalb hielt sich Singh zurück, und allmählich verbannte ihn Shanti aus ihrem Haus. Essie zuliebe taten sie beide, Singh und Shanti, so, als wäre ihre gegenseitige Abneigung rein politisch begründet. Es war ihr nicht zuzumuten, dass die beiden einzigen Menschen, die sie liebte, einander schlichtweg nicht leiden konnten, dass ihre Antipathie nicht zu erklären war. Essies diktatorische Fähigkeiten waren daran zu ermessen, dass sich ihr nahe Stehende verpflichtet fühlten, sie vor unangenehmen Tatsachen zu schützen.

In Bombay erwarb sich Singh den Ruf der Unzuverlässigkeit,

weil er ständig von der Bildfläche verschwand und seine Kohorten im Stich ließ. In dreizehn Jahren traute man ihm nicht einmal den Posten eines Bezirksleiters zu. Die Wahrheit war die: Er war Jammu unterstellt, dem aufsteigenden Stern der Polizei von Bombay. Er achtete darauf, dass er, wann immer sie eine Aufgabe für ihn hatte, zur Verfügung stand. Er achtete darauf, sie in dem Glauben zu wiegen, dass ihm die Nächte, die sie miteinander verbrachten, sehr viel bedeuteten. Vielleicht taten sie es sogar. Und vielleicht war ihre Karriere für Indiens Zukunft wichtiger als alle marxistische Agitation. Es war diese Möglichkeit, die ihn bewog, ihr weiter zu dienen. Zukunftshoffnungen in Bombay waren dünn gesät. Jammu war eine Anomalie, ein kultureller Fremdkörper, und Veränderungen, so viel wusste Singh, waren Indien immer von außen aufgezwungen worden, von den arischen Stämmen, von den Moguln, von den Briten. Selbst Gandhi war aus Übersee gekommen. Ein Inder mit sozialer Verantwortung war geradezu verpflichtet, Indien zu verlassen – leibhaftig, im Geiste oder sowohl als auch.

Als der Ruf kam, war er bereit. Der Einsatzort – St. Louis, Missouri – schien kaum den Erfordernissen eines archimedischen Punkts zu entsprechen, aber Jammu meinte, auf die spezifischen Bedingungen komme es nicht an. (Besonders nachdem klar war, dass die Polizei von Bombay, egal ob Jammu ging oder blieb, im Herbst revoltieren würde.) In jedem sozialen Organismus, selbst in einer beschaulichen Stadt des amerikanischen Mittelwestens, gebe es Ungleichheiten, die sich bis hin zum Umsturz steigern ließen. (Umsturz! In ihrer Naivität verwechselte sie Korruption mit Subversion.) Was Indien angehe, so habe sie die Geduld verloren, sagte sie. Sie wollte etwas prägen, einen Ort, eine Kultur, und sie wusste, dass Bombay dafür nicht infrage kam. Fast fünfzehn Jahre hatte sie bei der Polizei von Bombay zugebracht, um zu diesem Ergebnis zu gelangen, das Shanti ihr von Anbeginn vorausgesagt hatte. Natürlich behauptete sie, in ihrem Polizeiposten von vornherein ein Sprungbrett nach Amerika gesehen zu haben. Das war eine Lüge. Sie leide unter Unrast und Langeweile, sagte sie. Das, ja das nahm Singh ihr ab. Er folgte ihr. Es reizte ihn, die Vereinigten Staaten anzugreifen.

Aber das Vorhaben erwies sich als eine Wiederholung ihres Wirkens in Bombay, wo sie als Mitglied des Volkslesezirkels den indischen Polizeiapparat infiltriert und bis in seine bürokratischen Tiefen hinein durchdrungen hatte, bis sie, ausgestattet mit der aktiven finanziellen Unterstützung von Indira und deren Partei, Polizeichefin der größten Stadt Indiens geworden war, nur um ihrem Land dann doch den Rücken zu kehren. Sie hatte ihr Werk, alle ihre Perspektiven, für einen Posten in St. Louis preisgegeben. Und auch hier hatte sie mit einem Tempo, das den Ahnungslosen wie ein Wunder erschien, Geschichte gemacht. Und auch hier warf sie das Tempo aus der Bahn. Sie liebte es um seiner selbst willen, besessen davon und mit einer modernen Verzweiflung, die ihre Geschicke mit dem ebenfalls modernen und tempobesessenen Schwarzenghetto verband. Überraschende Moden, überraschende Todesfälle. Und statt die vielleicht einzige Chance eines Aufstiegs in einem neuzeitlichen St. Louis zu nutzen, indem sie der schwarzen Bevölkerung eine kleine Revolution bescherte, hatte sie den Umsturz umgestürzt. Sie bewegte sich außerhalb der Rechtsordnung. Armut, Bildungsmisere, Diskriminierung und organisierte Kriminalität waren nicht modern. Das waren indische Probleme, die eine Ideologie der sozialen Gegensätze nährten, des sinnvollen Leids, des verzweifelten Dünkels. Bewusstwerdung im Schwarzenghetto von St. Louis war ein ebenso langsamer und schmerzhafter Prozess wie im Kastenghetto Indiens. Jammu hatte keine Geduld. Sie hatte ein paar Industriellenschwergewichte in die Stadt gelockt und das als Lösung verkauft, weil es letztlich viel leichter war, einen reichen fünfzigjährigen Weißen zum Umdenken zu bewegen oder seine achtzehnjährige Tochter auf Abwege zu führen, als einem schwarzen Kind fünfzehn Jahre ordentlicher

Schulbildung zu sichern. Jammu hatte die Schwarzen belogen, sie um ihre Wohnungen betrogen, hatte selbst deren Anwälte mit Bestechung und schönen Worten dazu gebracht, diesen Betrug mitzutragen, und das alles, weil sie schnell sein, den Anschein einer raschen Lösung erwecken, die Macht ergreifen wollte, solange sie sich noch ergreifen ließ.

Dennoch hatte Singh keine fertige Schublade für sie parat. Sie war ihm zu befangen, zu proteisch, zu amateurhaft und eigensinnig, als dass er sie einfach so hätte abtun können. Aber wenigstens sah er jetzt, dass sie und ihre Methoden nicht das leisteten, was er sich erhofft hatte, ihre Methoden nirgends zum Auslöser einer Revolution wurden und sie nicht die Entelechie besaß, die er in ihr zu sehen gehofft hatte, als sie sechzehn gewesen war und mit ihm auf Sand und in Booten hatte Geschlechtsverkehr haben wollen und das Ziel verfolgt hatte, Menschen den von ihr aufgestellten Gesetzen zu unterwerfen. Jetzt gingen ihm die Augen auf. Amerika war der Schauplatz ihres Atavismus. Sie war genauso wie ihre Mutter. All die kleinen Widrigkeiten, die ihn seit den Tagen in Srinagar an ihr gestört hatten – ihr Schlingerkurs, ihre Gleichgültigkeit dem Leiden gegenüber, die Hohlheit dessen, was sie sagte –, waren in St. Louis erst richtig zur Geltung gekommen. Diesem stumpfsinnigen St. Louis. Sie würde hier hängen bleiben, sich mit Methoden, die geeignet waren, Provinzler zu beeindrucken, aber keinen Schritt darüber hinaus führten, auf Dauer einnisten. Sie würde Probst benutzen, weil sie glaubte, sich für ihn erwärmt zu haben, und ihn umgehend fallen lassen, wenn er sich wie ein Mensch verhielt. Singh war froh, die Veränderungen, die sie bewirkte, mitzuerleben, das Geschwindigkeitsspektakel, und in seinem Traktieren der Probsts zeitweise Erfüllung zu finden. Das Ganze machte ihm Spaß, und trotzdem würde er in einem Monat froh sein, wenn er abgereist war.

NICHT MEHR ZU HABEN? Chief Jammu, die viel versprechendste Polizeichefin der Welt, wurde kürzlich, spätabends in den Straßen von St. Louis, in Begleitung des wohlhabenden Bauunternehmers Martin Probst gesehen (diesmal beim Einsteigen in den persönlichen Dienstwagen der Polizeichefin). Gerüchteweise heißt es, die Beziehung habe ihn von seiner Ehefrau entfremdet, mit der er seit zwanzig Jahren verheiratet ist. Aber Jammu behauptet: «Wir sind nur befreundet.»

Als Barbara das Foto zu Singhs Zufriedenheit studiert hatte, nahm er ihr die Zeitschrift *People* wieder weg. «Es war der pure Müßiggang», sagte er und rückte seinen Stuhl näher an ihre Matratze heran. «Du hast an der Kasse des kleinen A&P-Supermarkts Schlange gestanden und in den Zeitschriften geblättert, die dort auslagen. Durch Zufall hast du das Foto und den dazugehörigen Text entdeckt. Aber sofort warst du auf hundertachtzig, wenn das kein zu starker Ausdruck ist. Erst redet er von Scheidung, und nun das. Er gräbt dir das Wasser ab, und das hältst du nicht aus. Er nimmt dem, was du getan hast, die Schärfe und Originalität. Du hast die Dinge nie im Griff gehabt, und du hast sie auch jetzt nicht im Griff.»

Sie legte den Kopf wieder aufs Kissen. Das blaue Auge, das er ihr am Vierten verpasst hatte, war abgeheilt. Es starrte nicht mehr unkoordiniert in die Gegend. «Mein Mann ist schwach, John. Aber meistens schafft er es, sich aus der Affäre zu ziehen.»

«Das sagst du in deinem Hochmut. Wenn der Hass nicht mehr ausreicht, kannst du dich immer in den Hochmut flüchten. Alles, was dich zu etwas Besonderem macht, dir einen Lebensinhalt gibt, dir zeigt, was dir immer gefehlt hat, ist Dankbarkeit. Du öffnest die Eingangstüren unseres Hauses und steigst in den Fahrstuhl, und zum ersten Mal, Schätzchen, zum allerersten Mal siehst du unser Liebesnest, wie es wirklich ist. Du schaust dir die Einrichtung an. Hat das Stil? Und wenn, welcher Stil ist es? Aus welchem Jahr? Nie war die Zeit weniger auf deiner Seite als jetzt. Du bemerkst den Geruch, den Geruch aller Hochhausapartments mit niedrigen Decken und Raumtemperaturreglern, herrührend von den sonderbarsten Depots organischer Dinge, die von der Vollklimatisierung nicht erfasst werden. Du siehst das Foto meiner toten, sehr schönen Frau, und dir fällt wieder ein, wie du, bevor ich dich flachgelegt und dir das wahre Wesen der sexuellen Liebe nahe gebracht habe, voll des Mitleids gewesen bist. Du siehst das leere Notizbuch von jenem Nachmittag im MOMA. Noch immer nichts als ein *H* darin. Von seiner Ehefrau entfremdet. Seit zwanzig Jahren verheiratet. Es ist eine dunkle Sonntagnacht. Ich war das ganze Wochenende unterwegs, seit unserer Rückkehr aus Paris. Du räumst die paar gekauften Lebensmittel in den Kühlschrank und schnupperst. Das Natron, das den Geruch binden soll, wirkt nicht mehr. Das Tandoori-Chicken, das noch vom Restaurantbesuch am Vorabend unserer Abreise übrig ist, leuchtet rot und blau wie ein Tropenfisch. Du wirfst es fort, und die Schaben im Mülleimer gehen in Deckung. Draußen hupen Autos. Du schaust kurz auf den Van-Gogh-Wochenkalender auf unserem Küchentisch. Der Achtzehnte. Seit zwei Monaten bist du von zu Hause weg.»

«Komm endlich zu den Verrücktheiten», sagte sie laut. «Du weißt doch, die höre ich am liebsten.»

«Du meinst die Albträume, die du hier in den ersten Wochen gehabt hast? Dass ich ein Psychopath sein könnte? Der große Unbekannte? Mit Träumen kennst du dich aus, weißt, dass die nur Theater waren, ein seelischer Ersatz dafür, dass ich ein ganz altmodischer, normaler Langweiler bin.»

Sie lachte. «Oh, das ist richtig gut.» Sie griff nach den Zigaretten, die er ihr mitgebracht hatte.

«Stocksauer stehst du in der Küche und rauchst. Dein Mann mit der arroganten neuen Zicke von Polizeichefin! Und –»

«Warum soll ich ihr nicht glauben? Vielleicht sind sie wirklich nur befreundet. Er hält schließlich große Stücke auf sie.»

«Das sagst du laut und hörst Eifersucht heraus. Natürlich sind sie mehr als nur befreundet. Dein Mann ist schwach, und Jammu ist stark. Und keiner wird das vermuten, weil er der Mann ist. Du malst sie dir zusammen aus. Wie sie lachen. Spazieren gehen. Schmusen. Händchen halten. Das Stadtgespräch von St. Louis. Während wir hier an der Ostküste nichts weiter tun, als uns gegenseitig vorm Verrücktwerden zu bewahren. Aber du liebst mich. Du liebst mich, Barbara, wie du ihn nie geliebt hast.»

Sie kratzte Asche auf den Saum ihrer Jeans und verrieb sie.

«Denn was hast du aus deinem Leben gemacht? Wie konntest du dreiundvierzig werden, ohne zu bemerken, dass die Liebe zu ihm reine Selbsttäuschung war? Er hat nie gewürdigt, was er in den zwanzig Jahren an dir hatte. Schlimmer noch, er wird es auch in Zukunft nicht tun. Was ist an deiner Wiege oder hinter den Kulissen bei deiner Erstkommunion geschehen, dass du dazu verurteilt warst, im Schatten eines mächtigen Mannes zu leben, den du geachtet und bewundert und lustig gefunden und auf ein Podest gestellt hast, ohne ihn jemals zu lieben? Welche Verletzung ist dir angetan worden? Dass du dein ganzes Leben als Opfer verbringen musstest, meine ich. Als sein Opferlamm. Dass du in der Zeitschrift *People* als die Frau erwähnt wirst, von der ihn seine Affäre mit Jammu entfremdet hat? In meinen Augen bist du selbst es, die dir Leid tut. Ich bin unterwegs, um eine neue Story auszubuddeln, den nächsten Scheck für die nächste Monatsmiete. Aber nein. Du hörst ein Geräusch im Flur, du drehst dich um, und ich bin's. Ich rufe: ‹Überraschung!› Du machst einen kleinen Luftsprung, und ich gebe dir einen Kuss!»

Singh ging in die Knie und küsste, den Blick auf die länger werdende Zigarettenasche gerichtet, Barbaras Mund. Ihre Lippen blieben unbewegt. «So etwa», sagte er mit belegter Stimme und stand auf.

«Du bist mir zu fremd», sagte sie. Sie wandte den Kopf ab, um den teerigen Filter an ihre Lippen zu führen. «Das meine ich ernst.»

«Wir sind also nicht in Stimmung.» Er nahm wieder Platz. «Uns ist nach Seelenentblößung und Geschichten zumute. Wir setzen uns an den Tisch, und ich erzähle dir eine. Ich erzähle dir, dass ich in den Bergen geboren wurde. Ich bin in den Bergen aufgewachsen und in den Bergen zur Schule gegangen. Ich war ein radikaler Student –»

«In Indien.»

«Natürlich. In Kaschmir. Ich war ein radikaler Student, und es kam die Zeit, dass ich mich beweisen wollte. Ich zog hinauf in die Berge –»

«Auf einem Pferd?»

«Auf einem Motorroller, mit einer jungen radikalen Studentin, die ebenfalls einen Motorroller fuhr. Wir waren fast an der Grenze, als wir zu einem Wildgehege kamen, in der Ferne überragt von einem hübschen kleinen Schloss. Wir stellten die Motorroller ab und liefen tief in das Wildgehege hinein. Wir gelangten zu einer großen Wiese, die von Tannen umgeben war, und setzten uns ins Gras. Dort blieben wir vier Tage lang. Wir schliefen und aßen Pakoras. Andere fleischliche Begierden töteten wir ab. Der Besitzer des Geheges war kein Prinz oder Edelmann, aber ihm gehörten alle möglichen Ländereien, und seine Pächter hatten sehr unter ihm zu leiden. Wie du vielleicht gehört hast, haben Nichtadlige meist kein Herz für ihre Pächter. Bei diesem zumindest war es so.

Nach vier Tagen hörten wir Pferde, wie es meine Gefährtin vorausgesagt hatte. Ich versteckte mich hinter einem Baum, und sie blieb in der heißen Gebirgssonne sitzen. Der Grundbesitzer und sein Leibwächter kamen auf die Wiese geritten. Er glaubte, einen Leibwächter nötig zu haben, da kannst du mal sehen. Die beiden Männer saßen ab und sprachen sie an, als wären sie mit ihr bekannt. Der Wächter half ihr auf die Füße, und sie stieß ihm ein Messer in die Kehle. Ich schnellte hinter dem Baum hervor, und mit einem Bajonett – einem einfachen Bajonett, einem Familienerbstück, verstehst du, einem metallischen Dingsymbol – schlitzte ich dem Grundbesitzer den Bauch auf. Ich musste beide Hände benutzen, aber die Klinge war scharf. Er krümmte sich zusammen, und mir rutschte das Bajonett aus der Hand. Ich stieß ihn ins Gras, und meine Gefährtin beugte sich über ihn und sagte lächelnd: ‹Wir sind die Rache des Volkes.› Er war so verängstigt, dass ich ihm nicht ins Gesicht sehen konnte. Aber sie konnte es. Sie schon. Er krümmte sich wieder und wollte sich aufrichten, da zog ich das Bajonett heraus und stieß es weiter oben in seine Brust, diesmal in seine Herzgegend. Es kam zu recht heftigem Widerstand, als würde man ein lebendes Hühnchen zerschneiden. Sein Kopf klappte nach hinten, und Blut und auch wässriger Schleim liefen aus seinem Mund in die Nasenlöcher. Ich weiß noch, dass ich den Drang hatte, mir die Nase zu putzen. Auf der ganzen Heimfahrt mit dem Motorroller musste ich schniefen. Viele ethische Fragen können mich, wie du weißt, sehr berühren, doch Sein und Nichtsein gehören nicht dazu. Leben ist kein Verdienst, Sterben ist auch kein Verdienst. Dieser Grundbesitzer hatte dreiundvierzig Jahre gelebt, das war etwa die durchschnittliche Lebenserwartung seiner Pächter, aber natürlich weit unter dem Durchschnitt seiner Familie. Er hatte den Tod nicht verdient. Es war nur so, dass sein lebenslanges Tun eine gewaltsame Reaktion erforderte. Und auf unserer Seite der Donau sind gewaltsame Reaktionen an der Tagesordnung. Man härtet sich dagegen ab, aber das ist nicht das richtige Wort. Man wird ein bisschen weniger ängstlich oder ein bisschen dschungelhaft wilder, und wenn du ernstlich darüber nachdenken würdest, könntest du zu dem Schluss kommen, dass ich, obwohl ich nun ein ganz zivilisiertes Leben in Manhattan führe, zumindest deinen Maßstäben zufolge wahnsinnig bin. So wie ich zu dem Schluss kommen könnte, dass du auf passive Art wahnsinnig bist, weil es dir nicht gelingt, deinen Körper anzusehen, deinen Bauch, der einmal geschwollen war, um Luisa zu gebären, aber nie aufgeschlitzt wurde, und deine Brüste, mit denen du, wie ich vermuten möchte, immer annähernd zufrieden warst, wie das mit Brüsten eben so ist, und deine Beine, denen du, wie auch der Dritten Welt, keine wirkliche Aufmerksamkeit zu schenken scheinst – du kannst nicht darauf hinabschauen und es ganz und gar als deins erkennen. Vielleicht würden die Menschen, wenn sie ihren Kopf dort hätten, wo die Füße sind, ihren Körper mehr achten, zu ihm aufblicken, wer weiß. Du würdest staunen, wie viel heißes Blut dein Körper enthält, Organe, Fleisch, graue Gehirnzellen – du kannst dir Luisa nach einem Autounfall vorstellen, ihr hübsches Köpfchen aufgespalten in zwei Teile, aber nicht deinen eigenen, und deshalb denkst du, dass ich dir, um von dir geliebt zu werden, ein bisschen zu fremd bin. Ein bisschen zu … ehrlich? Grausam?»

«Ein bisschen zu anstrengend.»

«Je mehr du redest, desto weniger rede ich.»

20

Bei seinem letzten Auftritt im *Time*-Magazin war Probst in Schwarzweiß zu sehen gewesen, mit schmaler Krawatte und schmalem Revers und kurz geschoren wie ein Astronaut. Für die Bildlegende hatten die Redakteure eine Zeile aus dem Artikel abgewandelt: *Mehr als nur ein Denkmal.* Die Skyline von St. Louis war damals das gewesen: der Gateway Arch, der sich über einem kahlen ausgebleichten Flussufer nach oben reckte, eine Hand voll Hochhäuser noch aus den 1930er Jahren und ein paar flache Wohnbauten, eintönige Fugen zu einem Thema Mies van der Rohes. Die Stadt sah aus, als wäre sie aus dem dunkleren Abschnitt des Jahrhunderts erwacht, aber nicht etwa am frühen Morgen, sondern erst zur Mittagszeit, denn die Sonne von Missouri brannte bereits erbarmungslos auf das unbelebte Gelände nieder, übertünchte, was die Eigenarten des Gebauten unterschied. Der Skalp der Stadt, unter dem Bürstenschnitt und ringsherum, war totenbleich.

Zwanzig Jahre später, innerhalb von nur zwölf Monaten, war die Stadt einem zeitgemäßen Styling unterzogen worden und hatte sich in ein Einkaufsparadies verwandelt, in eine Wirtschaftsmacht aus Stahl und Stein, die sich beständig ausdehnte. Die Farbe kehrte in die Stadt zurück, und das offenbar gefiel der *Time*; sie hatte St. Louis als Thema für die Titelgeschichte ihrer Ausgabe vom 2. April ausgewählt.

Mit seinem elektrischen Remington rasierte Probst den abendlichen Bartschatten von Wangen und Hals. Sofort bildeten sich rote Flecken gereizter Haut. Ein Reporter der *Time*, Brett Stone, wollte ihn um zwanzig Uhr interviewen, in weniger als einer Stunde. Stone hatte nichts von einem Fotografen gesagt, aber Probst rechnete mit einem. Er beugte sich näher an den Badezimmerspiegel heran, reckte den Hals und prüfte die Kinnlinie mit seinen Fingern. Im Erdgeschoss dröhnte eine von einem Spitzenorchester einstudierte Sinfonie. Seit Barbaras Weggang hatte er die Stereoanlage nicht mehr eingeschaltet, und die klassischen Klänge, die aus den Lautsprechern kamen, schienen sich an der Stelle fortzusetzen, wo sie zwei Monate zuvor, als noch Barbara zugehört hatte, verklungen waren. Violinen sägten sich durchs Haus, Celli rumpelten im Gebälk, Trompeten bliesen zur Attacke hinauf ins Badezimmer. Beethoven, wenn er es denn war, der da gespielt wurde, konnte die Gesichtspflege in einen weihevollen Akt verwandeln.

Beim zweiten Satz, Adagio, zog er sich an, und eskortiert von Mollakkorden und aufgewühlten Glissandi stieg er die Treppe hinunter. Dann schaltete er die Musik ab, inspizierte das Wohnzimmer. Er zog die neueste Ausgabe der *Time* aus dem Zeitschriftenstapel am Couchtisch und legte sie ganz nach oben, besann sich eines Besseren und vergrub sie wieder. Er setzte sich aufs Sofa. Er sprang energiegeladen auf. Er ging in die Küche und trank einen Bourbon. Er ging hinauf und putzte sich die Zähne, kam wieder herunter, trank einen weiteren Bourbon und sagte: «Zum Teufel, was soll's?» Brett Stone hatte nicht vor, über den Geruch seines Atems zu schreiben.

Er hatte Dutzende von Interviews gegeben, hatte mit den Herren und Damen von *The New York Times*, *Newsweek*, *U.S. News*, *Christian Science Monitor* und auch von den weniger bedeutenden Blättern seine Zeit verbracht, aber so nervös wie heute war er seit dem ersten Weihnachtsfeiertag, als Luisa Duane zum ersten Mal mit nach Hause gebracht hatte, nicht mehr gewesen. St. Louis würde auf dem Titelblatt der Zeitschrift erscheinen, die das Privileg für sich in Anspruch nahm, die Persönlichkeit des Jahres zu küren. Probst wollte den bestmöglichen Eindruck erwecken. Und er dachte, wie jetzt immer, an Jammu. In den achtzehn Tagen, während deren sie sich näher gekommen waren, hatte er kaum eine ruhige Minute mehr gehabt. Die Nervosität entsprang, Tag für Tag, dem Warten, der Anspannung, wie lange er wohl durchhalten würde, ohne sie anzurufen. Dass er sie anrufen würde, stand außer Frage. Es ging nur darum, diesen Moment hinauszuzögern.

Er setzte sich an den Tisch des Frühstückszimmers und legte die Füße auf einen anderen Stuhl, griff über die Schulter zum Telefon und wählte ihre Nummer.

«Jammu.»

«Probst», sagte er. «Möchtest du was essen gehen?»

«Ich dachte, du hättest zu tun.»

«Um zehn bin ich bestimmt fertig. Ich sehe einfach zu, dass ich bis zehn fertig bin. Meine Sätze habe ich alle im Kopf.»

«‹Es ist einfach nicht realistisch.›»

«Stimmt.» Er lächelte. Sie machte diese Witze ohne einen Hauch von Bosheit; sie bestärkten ihn sogar. «Und ich kann nur sagen, die Antwort lautet mit Nachdruck ‹Weniger›. Und die Frage ist, wer davon profitieren wird.»

«Im Ernst, Martin, du kannst über mich sagen, was du willst, aber ich nehme es dir nicht übel, wenn du meinst, zu deinen früheren Äußerungen stehen zu müssen.»

«Das ist sehr großzügig von dir. In Anbetracht dessen, dass du das Cover-Girl sein wirst.»

Sie hustete. «Eins zu null für dich.»

Der Hörer zitterte in seiner rechten Hand. Er nahm ihn in die linke, die aus irgendeinem Grund vollkommen ruhig war. «Warum ist das so eine große Sache?», fragte er. «Was ist an der *Time*, dass so etwas so viel Gewicht bekommt?»

«Ich glaube, es ist der rote Rand auf dem Titelblatt.»

«Der was? Hm. Aha.»

«Meinen Glückwunsch, übrigens, zu deiner Wahl.»

«Davon darfst du gar nichts wissen.»

«Chet Murphy kann nicht die Klappe halten. Aber es stimmt doch, oder?»

«Ja. Ich muss den Schleier und die Krone tragen, das Zepter halten und im Cabrio fahren, und die Debütantinnen begutachten muss ich auch. Und Weissagungen machen, vermutlich, da ich doch nun mal ein Prophet bin. Aber es kommt so unerwartet. Die meisten im Komitee sprechen nicht mit mir. Ich war nicht mal bei den Sitzungen.»

«Das klingt fast so, als wollten sie dir Schuldgefühle einflößen, damit du deine Haltung zur Fusion überdenkst.»

«Da sollten die mich besser kennen.» Seine rechte Hand, wieder bei Kräften, eroberte den Hörer zurück. «Ess?»

«Was?»

«Nichts.» Er probierte nur aus, ob ihr Name seine Wirkung tat. «Ich sehe dem Sekundenzeiger auf der Küchenuhr zu. Wir haben vier Seiten in *Newsweek*, aber wir kommen nicht aufs Titelblatt. Das jetzt ist für St. Louis *die* Chance. Man wird hier investieren wie nie zuvor.»

«Interessant, dass du dir meinen Optimismus aneignest. Genau den braucht deine Kampagne, weniger Verteidigung, mehr Angriff. Aber ich wünschte, du wärst auf meiner Seite.»

«Du möchtest, dass ich umschwenke?» Er fragte sie, weil er das merkwürdige Gefühl hatte, das Gegenteil sei der Fall. «Willst du, dass ich Stone diesen Gefallen tue?»

«Ja.»

«Nein. Willst du nicht.»

«Doch.»

«Das klingt nicht überzeugend.»

«Ich will nur nicht, dass du mir etwas *schenkst*. Aber um ehrlich zu sein, sage ich ja, weil ich nicht glaube, dass du irgendwas mit mir zu tun hättest, wenn dir der Kampf gegen die Fusion wirklich am Herzen läge. Es ist mindestens eine Woche her, seit du mir von deinen, ich zitiere, ‹intuitiven Zweifeln› erzählt hast.»

Eine Weile lang hatte er sich stets vor Augen gehalten, warum er sie traf: nicht um sich mit ihr anzufreunden, sondern um sie auszuhorchen, ihre Geschichte auf undichte Stellen abzuklopfen. Aber ihre Geschichte war wasserdicht. Wäre er sie gewesen, hätte er in St. Louis fast genau dasselbe auf die Beine gestellt. Was sie tat, hatte Hand und Fuß. Und dann, in einer Anwandlung gegenseitiger Sympathie, waren sie Freunde geworden.

«Du könntest County Supervisor werden, Martin.»

«Ich hab dir erklärt, warum das nicht infrage kommt.»

«Offenbar nicht gut genug. Wenn du als County Supervisor oder auch nur als der Privatmann Martin Probst dein Gewicht für das Referendum in die Waagschale werfen würdest und die Fusion träte in Kraft, dann wäre die Region in mehr als einer Hinsicht vereint. Gib zu, dass du das gern hättest.»

«Ich gebe es zu. Aber was, wenn ich bei meiner Haltung bleibe?»

«Du weißt, das macht mir überhaupt nichts.»

«Warum nicht?»

«Weil mir sehr viel an dir liegt.»

Er lehnte den Kopf an die harte Stuhllehne und lockerte die Zügel in seinem Kopf, ließ seinen Gedanken freien Lauf. Die Decke war reines Weiß, aber bestand aus einer unendlichen Zahl von Pünktchen; ohne seine Individualität aufzugeben, begann jedes davon zu leuchten. «Gehen wir also essen?», fragte er mit Nachdruck.

«Ruf mich an, wenn du mit Stone fertig bist. Ich bin hier.»

Es war zwischen fünfzehn und zehn vor acht, eine krumme Zeit, der Minutenzeiger stand zwischen den Markierungen. Probst erhob sich und aß eine Hand voll gesalzene Erdnüsse aus einer blauen Planter's-Büchse. Er hatte seine Hand schon am Likörschrank, aber griff nicht hinein. Er verstand sie. Sie hatte es nicht eilig. Sie konnte in Ruhe abwarten, dass er John Holmes und den «Sag nein e. V.» im Stich ließ, so wie er in Ruhe abwarten konnte, sie nackt zu sehen: Alles zu seiner Zeit.

Natürlich misstraute er ihr. Er war nicht auf den Kopf gefallen.

Wahrscheinlich hatte auch Quentin Spiegelman zu hören bekommen, dass ihr sehr viel an ihm lag, wahrscheinlich hatte Ronald Struthers zu hören bekommen, das ihr sehr viel an ihm lag, und davor Pete Wesley. Auf diese Weise wurden Bündnisse geschmiedet. Aber jetzt hatte er wenigstens eine vernünftige Alternative zu General Norris' Verschwörungstheorie. Jammu musste keine Wanzen installieren oder Autos in die Luft sprengen, wenn sie handlichere Mittel einsetzen konnte: Sie schaffte es, dass man sie liebte.

Er roch seinen Erdnussatem. Und schon wieder ging es zum Zähneputzen die Treppe hinauf. Sein Zahnfleisch bekam schon wunde Stellen, es war lächerlich. Andererseits konnte eine Aura von Erdnussbutter seine Glaubwürdigkeit bei Brett Stone ohne weiteres untergraben. Er hatte nicht vor, mit ihm über Jammu zu sprechen. Doch er wollte durchblicken lassen, dass ihn ein Sieg der Fusionsbefürworter nicht allzu sehr enttäuschen würde. Vor kurzem hatte er seinem Vergleich mit der Amerikanischen Revolution einen neuen Dreh verpasst, genau das war es, worauf die *Time* ansprang. Als er gerade die Treppe hinunterging, klingelte es.

Auf der Schwelle stand ein rosenwangiger Dreißigjähriger, der ihm gerade mal bis zu den Schultern reichte. Der Fotograf? Atemwölkchen stoben aus seiner Nase davon; der Abend war kalt und nass. Probst sah niemanden sonst.

«Treten Sie ein. Sie sind –»

«Brett Stone.» Nickend trat er ein. Die Hand, die er Probst entgegenstreckte, hatte schwarze Härchen auf den Knöcheln und runzlige, käseweiße Handteller. Einen Fotografen hatte er offensichtlich nicht mitgebracht.

«Kommen wir gleich zur Sache?», fragte Probst.

«Klar.» Stone führte ihn, nickend, ins Wohnzimmer.

«Darf ich Ihnen etwas anbieten?»

«Danke, nein.» Stones Armbanduhr piepste, als es acht wurde. Sein krauses Haar hatte die Farbe von Motorenöl, seine Augen waren blassgrün. Sein Nicken war kurz und kaum wahrnehmbar, als wäre es die Nachwirkung eines Urknalls, der am frühen Morgen oder irgendwann sonst in seinem Vorleben stattgefunden hatte.

Probst war fasziniert. «Hatten Sie Schwierigkeiten, hierher zu finden?»

«Nö.» Stone hatte seinen Aktenkoffer auf den Knien geöffnet und den Mikrokassettenrecorder auf den Couchtisch gelegt. Probst postierte sich am Kamin, und Stone begann mit den Fragen. Warum war Westhaven in Konkurs gegangen? Wie viele Mitglieder des Wachstumsvereins von vor einem Jahr waren heute noch aktiv? Unternahm Probst irgendwelche Anstrengungen, die Runde wieder zu vergrößern? Welche Kriterien galten für die Mitgliedschaft, außer dass man eine Führungsposition innehaben musste? War Probst die Mitgliedschaft bei «Hoffnung Stadt» angeboten worden?

Probst beantwortete die Fragen mit Bedacht, feilte, auf den Recorder blickend, an seinen Sätzen und warf so viele interessante Nebenaspekte ein wie möglich, bevor die nächste Frage kam. Bald schwitzte er vor Konzentration. Doch eine Flüsterstimme in seinem Kopf blieb. Mir liegt sehr viel an dir, Martin. Mir liegt sehr viel an dir ...

Um 20.25 Uhr war Stone mit den einleitenden Sachfragen fertig und legte Stift und Klemmbrett beiseite. Probst setzte sich in den Lehnstuhl neben dem Sofa, schlug ein Bein über das andere und wandte sich Stone zu. Jetzt kamen sicher die heiklen Themen an die Reihe. Stone stand auf. «Danke, Mr. Probst», sagte er.

«War's das schon?»

«Klar.» Stone nickte. «Seien Sie froh. Sie waren sehr entgegenkommend.» Er schaltete den Recorder ab. «Es sei denn, Sie wollen noch etwas hinzufügen.»

«Äh ... nein. Nein. Ich habe mir allerdings zur Stadt-County-Frage noch ein paar Gedanken –»

«Die sind gut dokumentiert.» Stone klappte seinen Aktenkoffer zu und drehte am Zahlenschloss. «*Und* ich hatte heute Nachmittag ein sehr aufschlussreiches Gespräch mit John Holmes. Wir wollen auf keinen Fall Ihre Zeit überbeanspruchen, da wir doch schon so viele Statements von Ihnen haben. Sie waren in der Vergangenheit sehr eloquent.»

Sehr eloquent. Kaninchen wissen instinktiv, was der Schatten eines Falken zu bedeuten hat. Probst spürte den Schatten von New York.

Stone wartete, dass er aufstand. «Aber wenn Sie noch etwas haben, was für uns von Nutzen –»

«Ja. Ich hätte da tatsächlich eine Frage.» Er stand nicht auf.

Stone blickte geduldig auf ihn hinab. «Klar.»

«Was ist das für ein Beitrag, den Sie da schreiben?»

«Nun.» Stone zog seine Hose ein wenig höher. «Sie würden staunen, wie viele Leute die CBS-Highschool-Reportage ‹Sechzehn in Webster Groves› erwähnt haben. Ich glaube, CBS hat die ganze Gegend traumatisiert. Alle haben Angst, dass wir Schlechtes über sie verbreiten. Aber keine Sorge, das hat niemand vor, diesmal nicht. Meine Eindrücke sind durchweg positiv.»

«Darauf wollte ich nicht hinaus.» Probst setzte sich bequemer hin. «Ich meine es mehr spezifisch. Womit Sie die Seiten füllen werden und so.»

«Klar.» Stone vergrub die Hände in seinen Hosentaschen. «Man weiß nie, was die Redakteure daraus machen werden, also kann ich Ihnen das nicht Punkt für Punkt aufzählen, aber Sie dürfen einen Einblick in die, äh, politische Dynamik der Region erwarten. Polizeichefin Jammu natürlich, in vielen verschiedenen Zusammenhängen. Die Innenstadtsanierung und die Philosophie dahinter. Kriminalität, Soziales, der New Federalism. Möglicherweise der Wachstumsverein, dessen Niedergang. Und kein Beitrag über St. Louis ohne den Arch. Neben St. Louis werden wir auch ein paar andere Aufholkandidaten vorstellen. Knoxville, Winston-Salem, Salt Lake, Tampa.»

Der Arch? Probst hatte den Arch gebaut. Vielleicht wusste Stone das nicht. George Snell von *Newsweek* hatte es gewusst. Er hatte Probst neunzig Minuten lang interviewt und ihn in seinem Artikel ausführlich zitiert, auf seine Schlüsselrolle bei der öffentlichen Meinungsbildung hingewiesen.

Stones Uhr piepste wieder.

Probst spielte auf Zeit. «Die Abstimmung?»

«Das Referendum, die Baltimore-Parallele. Klar. Das ist interessant. Das behandeln wir. Aber im Moment hat es nur Nachrichtenwert, weil es die Region spaltet, nicht, weil es sie eint. Und was uns interessiert, sind die Kräfte der Einigung.»

Probst stand auf und ging zum Kamin. Er war so verliebt in sie, dass er nicht mehr klar denken konnte, aber er dachte daran, wie großzügig sie am Telefon gewesen war, wie wichtig sie ihn genommen hatte. «Wollen Sie einen Knüller?», fragte er.

«Einen was?»

Er hob die Stimme. «Soll ich Ihnen was verraten?»

Stone neigte sich ein wenig nach links, als würde sein ewiges Nicken ihm zu guter Letzt das Gleichgewicht rauben. Er grinste. «Klar.»

«Ich gebe morgen eine Pressekonferenz.» Probst befeuchtete sich die Lippen. «Ich werde der ‹Sag nein e. V.› den Rücken kehren und die Fusion unterstützen.»

«Wirklich? Das ist aber interessant. Sie waren doch maßgeblich dagegen.»

«Ja.»

«Damit ist die Sache sicher gelaufen, wenn sie das nicht schon vorher war.»

«Ja.»

«Darf ich fragen, ob Sie vorhaben, sich von Ihrer Frau scheiden zu lassen?»

«Kein Kommentar.»

Als Stone gegangen war, lief Probst im Wohnzimmer und Esszimmer auf und ab. *Polizeichefin Jammu natürlich.* Er konnte noch widerrufen. Er konnte immer noch mit Nein stimmen. Wenn er seine Ankündigung nicht wahr machte, würde es in der *Time* auch nicht stehen. Aber da ihm seine kleine Liebeserklärung in Stones Gegenwart entfahren war wie ein Versprecher, unterlaufen war wie ein schuldbewusstes Erröten, war er, statt einen Rückzieher zu machen, viel eher geneigt, hinauszulaufen und seinen Entschluss an allen Straßenecken der St. Louis County zu verkünden, so froh war er, das Geheimnis endlich preisgegeben zu haben. *In vielen verschiedenen Zusammenhängen.* Sie war überall in diesem Wohnzimmer. Er warf sich aufs Sofa und sah sie, wo sie nie gewesen war, auf der Sitzbank an der Fensterfront ausgestreckt, am Kamin lehnend, neben ihm an der Sofalehne stehend, um die drei Stillleben über ihm genauer anzusehen. Sie stach ihn aus. Er war winzig klein. Er ließ das Telefon lange klingeln, bis er in die Küche schlurfte und abnahm.

«Hallo», sagte er.

«Martin.»

«Was.»

«Ist Stone noch bei dir?»

«Äh, nein.» Es war kein Zufall, dass sie jetzt anrief. Sie wusste, dass er selbst nicht hätte anrufen können. «Mr. Stone ist gegangen. Ich hatte ihm nicht viel zu sagen, und er hat nicht viel gebraucht, weil er das meiste schon hatte. Etwas in der Art.»

«Bei mir war es genauso. Er hat ein paar zitierwürdige Sätze aufgenommen und ein Foto.»

«Ach ja?»

«Ja.»

«Wenn du mich belügst», sagte er, «weiß ich nicht, was ich tun werde. Stone war drei Stunden bei dir, wenn du sagst, es war nur eine halbe Minute.»

Nach einem langen beredten Schweigen sagte sie: «Was ist los?»

«Lies am Freitag die Zeitung.»

«Was hast du über mich gesagt?»

«Du weißt, was los ist.»

«Hast du deine Meinung geändert?»

«Zum letzten Mal, Ess, *mach mir nichts vor*. Natürlich habe ich meine Meinung geändert.»

«Und woher, wenn ich fragen darf, soll ich das wissen?»

Er seufzte. Sie verstellte sich noch immer. «Ist ja doll, wie erfreut du klingst», sagte er.

«Moment mal. Das muss ich erst verdauen. Das ändert die Lage.»

«Nein, tut es nicht.» Er legte Autorität in seine Stimme, um seinen Stolz zu retten. «Wenn ich dem ‹Sag nein e.V.› morgen den Rücken kehre, dann deshalb, weil ich es will und weil ich es für richtig halte. Ich mag dich, aber von so etwas würde ich meine Entscheidungen niemals beeinflussen lassen. Ich möchte, dass das klar ist. Die Fusion war nicht das Einzige, was zwischen uns stand. Ich bin verheiratet. Ich habe eine Frau. Und mit dem Essen habe ich es mir anders überlegt. Das ist der Preis, den du zahlst. Eine Menge Leute lieben dich, aber nur die wenigsten trauen dir. Ich muss mich, was das betrifft, zur Mehrheit rechnen.»

Außerordentlich zufrieden, dass er ihr einfach so seine Liebe gestanden hatte, blickte er auf die Uhr. Eine Sekunde lang glaubte er, es sei neun Uhr morgens. Jammu sagte etwas.

«Ich heiße Susan, Martin. Susan Jammu. Und was mich angeht, so habe ich es mir mit dem Essen nicht anders überlegt. Ich weiß, dass du nicht meinetwegen für das Referendum bist. Ich dachte, so etwas ist selbstverständlich zwischen uns. Ich dachte, wir respektieren uns mehr, als du es jetzt wahrzunehmen scheinst. Ich weiß, du bist verheiratet. Ich wünschte, ich müsste dir das nicht am Telefon sagen. Dass du John Holmes und all den anderen in den Rücken fallen willst, schockiert mich nur deshalb nicht, weil ich gleich gespürt habe, dass du dort nicht hingehörst. Offensichtlich ist das, was du tust, keine leichte Sache. Ich habe Verständnis, wenn du ein bisschen Zeit brauchst, bis sich die Dinge entspannen, so viel Zeit, wie du willst, aber ich glaube, du schuldest mir ein Essen, heute oder nie.»

Susan. Wenn das nicht albern war. Ein Name war etwas so Nebensächliches – so nebensächlich, dass sie nicht geglaubt haben konnte, ihn damit zu beeindrucken, wenn sie nicht selbst beeindruckt gewesen wäre. Sie musste ihn für ihr großes Geheimnis gehalten haben, ihre Trumpfkarte. Probst empfand so etwas wie Mitleid. «In zwanzig Minuten bin ich da», sagte er.

Der Taxifahrer wollte ihr vierzig Dollar auf ihre fünfzig herausgeben, aber sie schlug die Wagentür zu und überließ ihm den Rest als Trinkgeld. Vielleicht war es für ein Trinkgeld zu viel. War es zu viel? Ihre Absätze übertrugen die Erdkräfte mitten hinein ins Zentrum ihrer Fersen, ein angenehmes Gefühl, als sie den rosafarbenen Fußweg zum Eingang von Rolfs Firmenzentrale hinaufrannte. Es war Mittag. Das Foyer war menschenleer. War es zu viel? Vierhundert Prozent! Das war viel zu viel. Aber niemand würde davon erfahren, und beim nächsten Mal wollte sie zum Ausgleich überhaupt kein Trinkgeld geben. Der Mann am Tresen, der sie kannte, lächelte diesmal nicht. Er musterte sie, wie Männer Frauen mustern, die nicht mit Geld umgehen können. Der Fahrstuhl kam, und sie stieg ein, doch sie musste wieder hinaus, weil Leute aussteigen wollten. Sie stieg erneut ein. Am Telefon hatte Rolf … zu ihr gesagt, dann hatte er Devi zu ihr gesagt, aber sie hatten sich vorher gestritten, doch dann hatte das Zimmermädchen gesagt … und dann hatte es am Schalter geheißen, nach vierzehn Uhr werde nicht mehr ausgezahlt, und dann hatte sie eine Arterie getroffen, und dann hatte Jammu angerufen und auf sie eingeredet und ihr die Flugnummer und den Flugsteig und den Flugschalter mitgeteilt, damit sie ihr Ticket dort abholte, und sie hatte auf Jammu eingeredet. Alles passierte auf einmal. Alles war wie immer, als sie ins Bett ging, und anders, als sie am Morgen aufstand. Jammu sagte, Martin sei jetzt auf Rolfs Seite. Unmöglich, hatte sie erwidert. Jammu sagte, sie solle ihre Sachen packen. Die Fahrstuhltür ging auf. Vierhundert Prozent. Das war das Vierfache! Sie rannte durch den Korridor und stieß die Glastür auf.

«Kann ich Ihnen helfen?»

Sie rannte an der Schreibmaschine und den rot lackierten Fingernägeln der ausgestreckten Sekretärinnenhand vorbei und in sein Büro und schloss die Tür. Sie kniete sich hin.

«Also wirklich, Devi ...»

Er verstand nicht. Mit ihm war nicht zu reden.

«Wirklich. Ich hab's dir doch am Telefon gesagt. Du kannst doch nicht einfach darüber hinweggehen, dass wir schon einen verdammten Schritt weiter waren. Sei nicht kindisch.»

Er zerrte sie auf die Füße. Er zerrte sie zur Tür, und sie sagte: Einen letzten –

«Alles vorbei, Devi.»

Er verstand nicht. Einen letzten ... Gib mir einen letzten ...

«Das Spiel ist aus. Wasch dir das Gesicht und spül dir diese affige Farbe aus dem Haar. Dann geht's dir gleich besser.»

Einen letzten ... Sie trug sein erstes Geschenk, und sie nahm seine Hand und führte sie erst nach unten und dann darunter und dann hinein, wobei sie ihre Fingernägel benutzte, um sicherzugehen, dass er sich, bevor er es gespürt hatte, auch ja nicht zurückzog. Das Zimmermädchen war nett. Das Zimmermädchen fragte nach ihr. Das Zimmermädchen hörte ihr zu und sagte: Kürzertreten, was so viel wie Sparsamsein hieß. Schön wär's!

Mit der anderen Hand schloss sie die Tür ab und legte sich auf den Boden. Martin sagte immer, Rolf sei ein Arsch. Rolf erzählte ihr das immer. Jetzt sah sie es selbst. Wie verhasst er ihr war. Sie würde zu Martin zurückkehren und sich entschuldigen müssen. Martin würde mordswütend werden, wenn er hörte, dass dieser Arsch auf dem Fußboden über sie hergefallen war, obwohl er mit ihr Schluss gemacht hatte und sie wusste, dass er die Polizei rufen würde, denn das hatte er am Telefon gesagt. Seine Gebisspartie entspannte sich.

«So, das war's. Glücklich?»

Ja, glücklich. Abschied für immer! (Sie konnte es kaum erwarten, das Geld durchzuzählen.) Als sie wieder durch die Glastür rannte, war die Frau weg, und ihre roten Fingernägel waren auch weg. Es war noch Mittag. Diesmal rannte sie die Treppen hinunter. Sie verlor einen Absatz. Sie blieb stehen, um den anderen abzubrechen, und feuerte ihn ins Treppenhaus und rannte ohne Absätze weiter. Der Mann am Tresen sagte, Sie werden niemals zurechtkommen. Lernen Sie lieber Auto fahren. Sein Telefon klingelte, als sie durch die Drehtür auf den rosafarbenen Fußweg gelangte. Sie rannte schneller.

«Bleiben Sie stehen, junge Frau!»

Sie hörte den Mann rennen, und sie rannte elegant wie ein Reh. Die Kreditkarten waren leicht verderbliche Ware. Er kam immer näher, und sie sah keine Taxis auf dem Rondell. Für die vierzig Dollar hätte der wenigstens drei Minuten warten können! Zum Glück hielt ein weißes Auto vor ihr, und die Tür zum Fond ging auf. Sie stieg ein und drehte sich gerade noch rechtzeitig um, um zu sehen, dass der Mann stehen blieb und seine Hände in die Hüften stützte und seine Brust auf und nieder wogte und seine Backen scharlachrot wurden und sein Mund Huu, Junge, huu sagte. Sie kannte den Mann hinterm Steuer. Er hatte einen Freund dabei, den sie nicht kannte.

«Wir haben schon dein Gepäck abgeholt.»

Sagte er in einer fremden Sprache, die sie, nach Luft schnappend, verstand. Sie würden sie zum Flughafen fahren. Hatte Jammu gesagt. Sie hatte nicht mit diesem fürstlichen Service gerechnet und wollte also auch kein Trinkgeld geben. Sie fuhren auf die Autobahn. Sie sagten nichts, nur dass der Freund sie begleiten werde. Sie schaute in die Brieftasche, die noch warm war vom Gesäß des einzigen Mannes außer Martin, mit dem sie es getan hatte. Die beiden da vorn schluckten Tabletten, und sie gaben ihr eine, die, wie sie bemerkte, anders aussah als die von ihnen. Lächelnd schob sie sie sich in den Mund und griff nach der Büchse Limonade.

«Dramamin für den Flug.»

«Du wirst dich ruhiger fühlen.»

Sie hob ihre Puderdose vors Gesicht, um an ihrer Erscheinung zu werkeln, und spuckte die feuchte, zerbröckelnde Tablette hinein. Sie klappte die Puderdose zu. Am Flughafen stiegen der Fahrer und sein Freund aus und stellten ihr Gepäck auf den Gehweg. Sie stieg aus. Ihre Füße waren flach! Der Fahrer wollte ihr die Handtasche wegnehmen, aber irgendwie riss der Riemen ab, und Leute schauten herüber. Die zwei Freunde wechselten einen Blick und wollten sie überreden, für einen Augenblick noch einmal einzusteigen.

«Kennen Schie diesche Männer, junge Frau?»

Ein Mann interessierte sich besonders. Die zwei Freunde sprangen ins Auto. Sie sagte dem Mann, die beiden belästigten sie, was merkwürdig war, denn das Auto fuhr davon.

«Kann ich Schie irgendwo abschetschen?»

Sie las in Chromlettern COUNTRY SQUIRE. Das Auto da war älter, ein Kombi mit verwitterter Holzimitatverkleidung. Country Squire hieß Landjunker. Der Landjunker hielt ihr lächelnd die Beifahrertür auf. Sie verließen das Flughafengelände. Der Junker fuhr schrecklich schnell.

«Wie heischen Schie?»

Im Moment war sie sich nicht sicher. Sie war dem Junker nie begegnet, und ihre Nachmittagsgrippe fing gerade an. Sekunde nur. Sie klappte ihre Handtasche auf, schob die Brieftasche in ein Seitenfach und traf Vorkehrungen für das, was ihr gut tun sollte. Rechts zog das Marriott an ihnen vorbei. Die Leute verstanden Barbara nicht, und wenn sie ihr deshalb nicht trauten, blieb ihr nur noch einer, an den sie sich wenden konnte: Martin. Sie bezweifelte, dass Martin wirklich auf Rolfs Seite war.

Auf dem ganzen Weg bis in die Innenstadt versuchte der Junker, mit ihr zu reden. Ob sie erkältet sei. Nein, sie habe gerade nur gedacht, sie könnte sich was eingefangen haben. Endlich bremste er an einer Ampel. Sein Mund wurde breiter, ein grinsender Arsch. Sie sprühte ihm Pfefferspray ins Gesicht und sprühte und sprühte, bis es Grün wurde und das Auto hinter ihnen hupte. Sie stieg aus und hielt Ausschau nach einem anderen Taxi. Wird schon besser! sagte sie sich, trotz des Schüttelfrostes hoffnungsvoll.

Im Morgengrauen des Freitags, die Stadt war noch nicht erwacht, ging Probst die Haupttreppe zu seinem Firmensitz in der South Side hinauf. Um zwei oder drei Uhr hatte er seine Versuche, einzuschlafen, aufgegeben. Um fünf hatte er seine Versuche, die Augen geschlossen zu halten, aufgegeben. Selbst mit seinen persönlichen Dingen war er im Büro in Rückstand geraten, und er wusste, dass die Telefone an jedem Ort, an dem er auch nur vermutet werden konnte, um acht zu klingeln beginnen würden. Er spürte, dass er es Cal und Bob, die seine Firma jetzt praktisch leiteten, schuldig war, ins Büro zu kommen und im Namen der Teamarbeit ein paar Frühschichten einzuschieben.

Mike Mansky, im Konstruktionsbüro an seinem Schreibtisch, nickte ihm zu und lehnte sich, die Bewegung einfach fortsetzend, nach vorn, um eine Zigarette im Aschenbecher auf seinem Tischkalender auszudrücken. Sie hatten über Nacht einen Bautrupp draußen, der an der Route 21 eine Brücke instand setzte, andernfalls wäre Mansky gar nicht da gewesen.

Probst tastete sich durch den dunklen, fensterlosen Korridor zu seinem Büro und öffnete die Tür. Carmens wetterfest gemachter Schreibtisch mit der Schreibmaschine wirkte grau im Licht des werdenden Tags. Dasselbe Grau bevorstehenden Unheils lag auf den Wänden, die bald weiß sein würden, dem Bodenbelag, der bald blau sein würde, den Aktenschränken von bald spezifischerem Grau. Schon wagten sich ein paar Farben hervor – ein Tupfer roter Emaille in der Ecke, der kleine elektrische Wassertopf. An kalten Nachmittagen machte sich Carmen gern ein Tässchen Instantbrühe.

Die Tür zu seinem Chefzimmer war angelehnt, in der glänzenden Oberfläche spiegelte sich das helle Rechteck eines seiner Fenster. Er drückte die Tür auf und trat ein.

General Norris saß an seinem Schreibtisch. Er las in irgendeiner großformatigen Bauzeitschrift. Er warf die Zeitschrift hin und schaute Probst an. Probst schaute zu Boden, aber die Gesichtszüge des Generals, die Furchen auf dessen Stirn, rings um Augen und Mund, die Enttäuschung, hatten schon einen Abdruck auf seiner Netzhaut hinterlassen. Probst seufzte. «Es ist Ihre Spezialität, in anderer Leute Privateigentum einzudringen, nicht wahr?»

«Was dagegen?»

«Nei-ei-ei-n.» Probst stellte den Aktenkoffer ab. Er war es nicht gewöhnt, in seinem eigenen Büro erwartet zu werden. Er hatte sehr wohl etwas dagegen.

«Sie haben wahrscheinlich zu tun», sagte Norris. «Ich will Sie nicht aufhalten. Ich wollte Sie nur fragen, warum Sie das getan haben.»

Probst blickte aus dem Fenster, hinüber zum klotzigen Reviergebäude. «Ich glaube, die Zeitungen werden sich klar zu meinem Fall äußern.»

«Zu Ihrem Fall, allerdings. Sehr treffend. Wissen Sie was, Martin? So was wie Sie hab ich noch nie erlebt. Ich habe jede Menge Eigennutz gesehen, Zynismus, Schwäche, aber Sie – Sie sind der Kerl, der das Leck mit der Hand zuhält, und wenn Ihnen jemand einen Keks anbietet, nehmen Sie die Hand weg und knuspern den Keks. Im Wissen, dass Sie ersaufen werden. Sie sind wirklich ein Phänomen.»

«Haben Sie noch etwas zu sagen?»

«Aber ja. Ich will Ihnen einen guten Rat geben.» Der General erhob sich und rollte die Zeitschrift zusammen. «Schieben Sie es auf meinen sechsten Sinn, aber noch gebe ich Sie nicht verloren. Ich möchte gern, dass Sie das, was sehr bald passieren wird, unbeschadet überstehen.»

«Den guten Rat bitte.»

«Werden Sie nicht patzig. Ich bleibe auf dem Teppich, Sie bleiben auf dem Teppich. Mein Rat lautet: Machen Sie mit dieser Frau, was Sie wollen, aber gehen Sie damit nicht an die Öffentlichkeit.»

«So.»

«Auf keinen Fall an die Öffentlichkeit.» Norris tippte mit seiner zusammengerollten Zeitschrift auf eine schwarze Plastikmappe, die auf Probsts Schreibtisch lag. «Ich lasse Ihnen eine Kopie von dem Zwischenbericht da, den wir gestern an die Finanzbehörde und ans FBI geschickt haben, dann können Sie selbst urteilen. Vielleicht geben Sie ja die Mappe an sie weiter. Ich hoffe, Sie tun's nicht. Aber ich verspreche Ihnen, wir kriegen es raus, wenn Sie das tun, und es wird den Ermittlungen nicht schaden, aber ich bin verdammt sicher, dass es Ihnen schaden wird. Seien Sie nicht noch dümmer, als Sie es sowieso schon sind.»

Der General ging.

Probst las das Etikett auf der Mappe. *Vorläufiger Bericht über den Aufenthalt indischer Bürger in St. Louis. Im Auftrag von S. S. Norris. H. B. Pokorny & Söhne.* Er blätterte und sah Listen, Abschriften, Abrechnungen, alles in allem an die 250 Seiten, ein Batzen Papier, der ihm Angst einjagte. Wenn sie sich das alles aus den Fingern gesogen hatten, musste ihre Phantasie auf Hochtouren gelaufen sein. Er beschloss, eine Seite zu lesen. Dort, wo es um eine Art *Who's Who* zu gehen schien, schlug er die Mappe auf.

> MADAN, Bhikubai Devi, geb. 12.12.61, Bombay. Prostituierte. Aufenthaltsort: Airport Marriott Hotel, St. Louis, vom 19.9. bis dato. Visum Nr. 3310984067 (Tou-

ristenvisum), abgelaufen am 14. 11. Indischer Pass Nr. 7826212M. Dokumentierte Treffen mit Jammu: 8. 10., 22. 10., 24. 10., 6. 11. (vor- und nachmittags), 14. 11., 24. 11., 27. 11., 2. 12., 12. 12., 14. 12., 29. 12., 17. 1., 21. 1., 20. 2., 27. 2., 15. 3. (s. Zeittafel, Anhang C). Mit Ripley mehr als 50 Treffen vom 19. 9. bis dato. Wahrscheinlich heroinabhängig und ganz offenbar die wichtigste und vielleicht die einzige Kontaktperson zwischen Jammu und Ripley. (Vgl. Abschrift 14, Anhang B.) Verfolgbare Straftaten: Besitz von Betäubungsmitteln der Klasse I, Verstoß gegen Visabestimmungen (§ 221 [c], Ges. v. 1952, 8 Bundesger. [c]), Prostitution. Strafregister in Indien: nicht zugänglich.

Das Telefon klingelte, und er unterbrach die Lektüre. Er konnte sich denken, wer anrief.

«Was Martin getan hat, erfordert Mut», sagte Buzz Wismer.

Der Freitag war verstrichen, ohne dass Martin sein energisches Bekenntnis zur Fusion vom Donnerstag auch nur ansatzweise zurückgenommen hatte. Inzwischen war es Samstag, und man hatte Martin in letzter Minute dazu ausersehen, auf der Kundgebung der Fusionsbefürworter, die um drei Uhr auf der Mall in St. Louis stattfinden sollte, die Grundsatzrede zu halten.

«Das erfordert wirklich Mut», wiederholte Buzz. Mit dem Löffel drückte er auf die Käsekruste der französischen Zwiebelsuppe, die Bev soeben aus dem Backofen geholt hatte. Er wollte mittagessen, aber das Mittagessen war blubbernd heiß und gefährlich. Der Steingutnapf ließ sich gar nicht erst berühren. «Jawohl», sagte er und knüllte hungrig-verdrossen seine Serviette zusammen. «Das erfordert wirklich Mut.»

Bev strich die Käsefäden unter ihrem Löffel mit einem Knäckebrot ab und nahm den ersten Happen. Ihre Mundwinkel erschlafften. Er hörte aus der Art, wie sie schluckte, Widerwillen heraus. Sie hustete stark und musste würgen. Da, in ihrem Hals. Er beugte sich über den Tisch, um ihr auf den Rücken zu klopfen, aber sie wedelte ihn, hustend und kopfschüttelnd, fort. Kaum hatte sie es ausgestanden, hob sie ihren Napf mit einem Topflappen an und stellte ihn ins Spülbecken. Sie setzte sich wieder und brach das Knäckebrot durch.

«Du hättest uns keine machen sollen, wenn du sie nicht isst», sagte Buzz.

«Ja, das erfordert Mut», sagte sie. «Jetzt, wo er's getan hat, kannst auch du es tun. Stimmt's? Jetzt, wo er das Eis gebrochen hat. Mach es ihm nach. Jetzt wäre es mutig, es *nicht* zu tun, oder?» Sie hatte das halbierte Knäckebrot in je zwei weitere Hälften zerbrochen. Vier gleich große Vierecke lagen auf ihrem Set. Sie nahm ein zweites Knäckebrot aus dem Korb. «Mach es ihm doch nach. Wenn er Pik ausspielt, musst du Pik bedienen. Mach es ihm einfach nach. Nur, dass du seinen Spaß nicht haben wirst. Barbara hat ihm, was das betrifft, den Weg geebnet. Nicht wahr?»

Sie legte sich die acht Vierecke in die hohle Hand, stand auf und warf sie in den Mülleimer. Buzz probierte einen Löffel voll Suppe und bugsierte ihn eine Weile im Mund herum, bevor er sich zu sehr daran verbrennen konnte. Er nahm einen Schluck Guinness. Bev setzte sich wieder. «Ich würde dir ja gern helfen, Buzz. Ehrlich. Dazu bin ich da. Aber es ist meilenweit niemand in Sicht, der mich dir abnehmen würde, niemand.»

«Vielleicht solltest du ein Nickerchen machen.»

«Ich bin gerade erst aufgestanden.»

«Ach.»

Sowie er seinen Napf geleert hatte, holte er den ihren aus dem Spülbecken und aß auch den fast leer. Sie servierte ihm eine große Scheibe Grand-Marnier-Kuchen zum Nachtisch. (Was sie kochte, war ihm zu fett, aber wenigstens hatte sie etwas zu tun, wenn sie pfundweise Butter und tassenweise Raspelkäse verarbeitete.) Er stellte die Näpfe in den Geschirrspüler und nahm sich vor, später, wenn die Maschine durchgelaufen war, nachzuschauen, ob sie die

Käsekruste an den Rändern auch wirklich wegbekommen hatte. (Die letzte Haushaltshilfe von ihnen hatte nach sechs Tagen schon gekündigt.) Es war ein Uhr. Er gurgelte mit Mundwasser, warf sich eine Lederjacke über und rief Bev zu, dass er ins Büro fahren werde. Sie brachte ihm ein Glas Sherry auf Eis an die Tür.

«Du kommst vermutlich, wann du kommst», sagte sie. «Irgendwann werde ich dich sicher wieder sehen. Bis dann also.»

Er lächelte. «So lange bleibe ich nun auch wieder nicht weg.»

Es gab keinen zwingenden Grund für Buzz, in Martins Fußstapfen zu treten und sich öffentlich für die Fusion auszusprechen. Die Kampagne war mit allem, was sie bezweckte und beabsichtigte, am Donnerstagmittag zum Abschluss gekommen. Jetzt galt es nur noch, neun weitere Tage auf das Ergebnis zu warten. Dennoch wollte Buzz etwas tun. Erstens konnte es dem öffentlichen Ansehen und der unternehmerischen Glaubwürdigkeit nicht schaden, wenn er sich auf die Seite der Gewinner schlug. Zweitens hatte Martin einen mutigen Schritt gewagt, und ihn darin zu unterstützen war das mindeste, was er seiner Meinung nach tun konnte, um es wieder gutzumachen («es» war eine Litanei vager spätabendlicher Kränkungen). Drittens war da Asha. Als er die Straße zum Firmensitz hinauffuhr, sah er einen cremefarbenen Rolls-Royce mitten auf dem riesigen, verwaisten Parkplatz warten, und während er auf ihn zuhielt, klangen ihm schon die Abendnachrichten in den Ohren: Edmund «Buzz» Wismer, Vorstandsvorsitzender von Wismer Aeronautics, gab heute überraschend bekannt, dass er seine Firmenzentrale, die ihren Sitz seit vierzig Jahren in der St. Louis County hat, nach St. Louis Stadt verlegen wird. Die Verlautbarung, der eine entsprechende Verlautbarung seines langjährigen Freundes und Vertrauten Martin Probst vorausgegangen ist, erfolgt zu einer Zeit, da Ashas Ungeduld ihm gegenüber von Tag zu Tag wuchs. Dort stand sie mit laufendem Motor, also doch, und er fragte sich, ob sie noch da gewesen wäre, wenn sich seine Ankunft nur um ein paar Minuten verzögert hätte. Das Lächeln auf ihrem international bekannten Gesicht zeigte ihm allerdings, dass sie froh war, gewartet zu haben.

Der Countdown bis zum Tag der Abstimmung war nun in die Phase der einstelligen Zahlen getreten. Alles in allem hatten Probsts ehemalige Verbündete im Wachstumsverein und beim «Sag nein e.V.» lobenswerte Nachsicht und Geduld mit ihm an den Tag gelegt, zumindest ließ sich Derartiges aus ihrem Schweigen schließen. Einige, daran bestand kein Zweifel, erinnerten sich an seine Weigerung, sich in die Niederungen des Stimmenfangs zu begeben. Sie würden seine Tatkraft nicht vermissen, und er hatte sich so unbeliebt gemacht (was er wusste), dass ihn die meisten auch nicht als Person vermissen würden. Obendrein waren die St. Louisianer von Natur aus bereit, einen wohlbegründeten Gesinnungswandel zu respektieren, selbst wenn er überraschend kam und schmerzlich war, und vielleicht galt das erst recht im Falle eines Mannes von derart makellosem Ruf. Die Menschen kannten ihn mittlerweile. Am Ende, so stellte er es sich vor, würden sich ihre Reaktionen auf ein Ojeee belaufen, ein Typisch Martin Probst. Wie gewöhnlich hatten die Ereignisse ihr verschwörerisches Teil dazu beigetragen, dass sein Handeln weiterhin in einem günstigen Licht erschien.

Am Sonntagabend stand ihm nur noch eine letzte, unerfreuliche Aufgabe bevor. Er musste seinen Schreibtisch in der «Sag nein»-Zentrale räumen und die Schlüssel abgeben. Er hatte es hinausgeschoben, so lange es nur ging, und noch ein Weilchen länger; es war Mitternacht, als er sein Haus am Sherwood Drive verließ.

Die Nacht war lau. Mit einem Knopfdruck öffnete er alle vier Seitenfenster des Lincoln und ließ die Luft herein, die von den feuchten, wieder zu Kräften kommenden Rasenflächen und Böschungen voller Osterglocken und Jonquillen und Schneeglöckchen aufstieg. Der Frühling hatte ganz plötzlich und mit aller Macht begonnen, ohne die üblichen Vorboten im Februar oder Januar. Diesen Frühling hatte sich die Stadt verdient.

Probst hatte Pokornys Dokumentation von vorn bis hinten durchgelesen und war nicht davor zurückgeschreckt, Jammu mit jedem Punkt zu konfrontieren. Es handelte sich um schwer wiegende Vorwürfe. Sie begriff, dass sie dazu Stellung nehmen musste, und das tat sie auch, bei Fastfood-Pfannkuchen am Freitagmorgen, beim Abendessen am Samstag im Tony's. Er lauerte auf die kleinsten Anzeichen von Unsicherheit oder Schwindelei. Und stellte keine fest.

«Du musst den Hintergrund verstehen, Martin. Devi Madan ist eine Dreiundzwanzigjährige, die irgendwann im September das Pech hatte, einem raffinierten und skrupellosen Verführer in die Hände zu fallen. Als Erstes nahm ihr Ripley den Pass ab, angeblich zur sicheren Verwahrung. Er brachte sie im Airport Marriott unter und überantwortete sie ihrem Schicksal. Auch nachdem ihr Visum abgelaufen war, ließ er sie nicht nach Bombay zurückfliegen. Das war der Moment, in dem ich auf den Plan trat. Wie Joe Feig in seinem Artikel letzten Monat geschrieben hat, haben sich eine ganze Menge Inder in St. Louis niedergelassen, und einer der Gründe dafür scheine ich zu sein. Indische Familien, die nach Amerika auswandern wollen, finden heraus, dass St. Louis zumindest eine Inderin, nämlich mich, mit offenen Armen empfangen hat. Also kommen sie her und geraten sofort in alle möglichen Bredouillen – manche haben Probleme mit den Gesetzen, die meisten aber stoßen sich an den fremdländischen Sitten, der Sprache, den Ämtern und dem unpersönlichen Klima. Und in Indien gibt es die uralte Tradition der Fürsprache. Vor jedem Amt in Bombay findest du Mediatoren, die gegen ein Entgelt, das manchmal angemessen ist, oft aber nicht, mit dem Bürokraten deine Angelegenheiten regeln. Aber so läuft das nicht in St. Louis, deshalb sind all die Inder, besonders solche wie Devi, hier in einer verzwickten Lage und verfallen, da sie keinen Mediator bezahlen können, prompt auf mich. Ich möchte mich nicht mit Mrs. Gandhi vergleichen, aber auch sie hat sich jede Woche die Beschwerden einfacher Menschen angehört. Das ist ein Brauch aus der Mogulzeit, den sie wieder belebt hat, in ihrer großzügigen Art. Devi ist bei weitem nicht die Einzige, um die ich mich kümmern musste, obwohl sie bis vor ein paar Wochen zu denen gehörte, die mich am meisten in Anspruch genommen haben. Wahrscheinlich verschweigt Pokorny, dass sie am Ende nach Bombay wird zurückfliegen können, nachdem ich alles getan habe, was ich konnte, nur Ripley als Dieb verhaftet habe ich nicht.»

«Hast du ihn erpresst?»

Sie nahm die Frage ernst. «Ich bin keine Erpresserin, Martin. Andererseits bin ich nicht so ein lauterer Mensch wie du. Ich kann dir genau sagen, welche Rolle Devi bei einigen Winkelzügen von Ripley spielte.»

«Erspar's dir.»

Mit Rücksicht auf Norris hatte er ihr den Bericht nicht gezeigt. (Aber sie hatte ihn auch nicht darum gebeten.) Er hatte ihn mit Carmens Papierschneidemaschine in zwei Längshälften geschnitten und die beiden Teile in verschiedenen Abfallcontainern entsorgt, einem im Büro, dem anderen zu Hause.

In den Fenstern des Büros an der Bonhomme Avenue brannte kein Licht. Probst stellte den Wagen ab, fuhr mit dem Fahrstuhl hinauf, ließ sich selbst ein und machte Licht. Das Büro war verwaist. Wie es aussah, war es das nicht nur bei Nacht.

Er lud Stapel gelben Normpapiers in den Aktenkoffer, die Entwürfe seiner früheren Reden. Zum Andenken steckte er ein paar «Sag nein e.V.»-Stifte ein, ein Polaroidfoto, das ihn (in die Arbeit vertieft, mit gesenktem Kopf) am Schreibtisch zeigte, und ein Exemplar von jedem Schriftstück, an dessen Zustandekommen er beteiligt gewesen war. Er nahm das Bild von Luisa ab, das Duane ihm geschenkt hatte. Er ließ die Schubladen halb offen stehen, als ein Zeichen. Dann setzte er sich hin, um John Holmes einen Brief zu schreiben, den er zusammen mit den Schlüsseln hinterlassen wollte.

«Mach dir nicht die Mühe.»

Probst fuhr zusammen und schnellte herum. Holmes persönlich, unrasiert, in Hemdsärmeln, stand direkt hinter ihm.

«Tut mir Leid, dass ich dich erschreckt habe.»

«Schon gut», sagte Probst. «Ich –»

«Ja. Ich wollte eigentlich nur was trinken gehen.» Holmes setzte sich, einen Fuß auf dem Boden lassend, auf die Schreibtischkante. «Ganz schön still hier, was?»

«Es ist schon spät.»

«Vor einer Woche waren nach Mitternacht noch jede Menge Leute da, selbst an Sonntagen.» Holmes lächelte. «In den letzten drei Tagen haben uns etliche Ehrenamtliche verlassen.»

«Meine Schuld?»

«Deine Schuld. Sieht ganz so aus.» Er schüttelte den Kopf. «Ich will dir nicht mit der Schuldmasche kommen. Aber in gewisser Weise dürfte es dich freuen zu hören, dass es wichtig war, dich auf unserer Seite zu haben.»

«Danke, John.»

«Und aus rein egoistischen Gründen habe ich keine Lust, mich zu beklagen. Du und ich, wir sind beide aus dem Schneider.»

«Wie das?»

«Das wird die letzte Kampagne gewesen sein, deren Leitung man mir übertragen hat, und auch die letzte, zu der du hinzugezogen worden bist.»

Dankbar für den Scherz sagte Probst: «Glaubst du, jemand vermutet, wir hätten es so geplant?»

Holmes starrte in die Neonlampen. «Ich nehme dir jetzt die Schlüssel ab, Martin.»

Sanftes Schnarchen bahnte sich unter den Kissen rechts von Rolf hervor und hinein in seine Ohren. Ein fremder Radiowecker blinkte ihn an, und ein gerahmtes Foto von Eltern mittleren Alters spendete seinen Segen über das Bett. Er war plötzlich emporgetaucht, sein wasserblaues Delir wie verschütteter Flüssigsauerstoff verflogen, er selbst hellwach. Eine Ottomane und ein Zweiersofa deuteten sich hinter der zusammengeknüllten Tagesdecke mit Spitzensaum an, in der Wohnecke des kombinierten Wohn- und Schlafzimmers. Im Dunkeln konnte er die Schrift auf dem bestickten Wandbehang neben der Küchentür nicht lesen, aber er hatte sie im Kopf behalten: *Heute ist der erste Tag des Lebens, das du noch vor dir hast.* So eine Art von Mädchen war Tammy. Rolf hatte ihr klar gemacht, dass der weibliche Orgasmus nur eine Erfindung der Trendmagazine war. Sicher, eine bestimmte Sorte Frauen spürte so was wie ... Tammy gehörte nicht zu dieser Sorte. Sie glaubte ihm. Sie hatte sich überzeugt, dass es stimmte.

Die Luft im Zimmer war klar und frisch. Alles in allem betrachtet, konnte Rolf mit seiner Lage überaus zufrieden sein. Gelatron und nun auch Houstronics gehörten ihm. Und er hatte sich so wenig verschuldet, dass er fast rot wurde. Die texanischen Liegenschaften von Gelatron und Houstronics hatte er äußerst steuergünstig abstoßen können, und die Firmen waren auf Ripley-eigenen Boden in St. Louis umgezogen, sodass er es hatte vermeiden können, ihnen in St. Louis Grundstücke verkaufen und sich selbst daher Steuernachteile aufbürden zu müssen. Sein Unternehmen war mühelos gewachsen. Selbst Martin Probsts Wechsel ins Lager der Fusionsbefürworter konnte ihm die Freude an seinen Manövern nicht verderben – denn mit einem Mal, als wäre er aus einem tiefen Schlaf erwacht, war Rolf das, was Martin tat, völlig egal. Er konnte seine Barbie jetzt zurückhaben (wenn er sie denn fand, tihi). Rolf war überaus zufrieden. Nicht jeder konnte sich einen sexuellen Themenpark leisten, mit allen Musterexemplaren, die auf der Straße herumliefen. Nicht jeder konnte seine Verluste so raffiniert mindern, wenn er die Sache irgendwann satt hatte und Schluss damit machte. Für seine rechtzeitigen Ausstiege wurde er sogar noch mehr bewundert als für seine geschickten Akquisitionen. Devi war aus seinem Leben verschwunden, und das hatte seinem Eventualfonds ein Minus von nicht mehr als ein paar hundert Dollar in bar eingebrockt und läppische zehn Minuten Arbeitszeit seiner Sekretärin, die den Diebstahl seiner Kreditkarten anzeigen musste. Ausnahmsweise hatte sich Jammu als verdammt guter Kumpel erwiesen, indem sie ihn am Mittwoch über Devis Drogenabhängigkeit informiert und daran erinnert hatte, dass sie als illegale Zugewanderte keine Rechte besaß. Es konnte natürlich sein, dass Jammu schließlich doch hinter Devis Ausplaudereien gekommen war. Jammu zählte nicht zu denen, die einem aus freien Stücken einen Gefallen taten.

Tammy, andererseits … Sie bewegte sich, rollte sich auf die Seite. Eine leckere Brust sah ihm ins Auge. Tammy war Stewardess bei den Ozark Airlines. Eins seiner Lebensziele war es, ein Mädchen in einer Flugzeugtoilette zehntausend Meter über der Erde zu vernaschen, und er war sicher, dass die Erfüllung dieses Traums in greifbare Nähe gerückt war. Das Leben bot so viele Verlockungen und so wenig Anlass zur Reue. Das finanzielle Fundament von Ripleycorp war heute so stabil wie seit zwanzig Jahren nicht, und in Zukunft konnte es nur noch besser werden, jetzt, wo Ripley als Industriegigant, der in St. Louis das Tempo vorgab, Wismer und General Syn von ihren Spitzenplätzen verdrängt hatte. Sein Geschäftstrieb hatte nichts von der alten Potenz verloren. Wenn er nicht bald wieder einschlief, würde er Tammy wecken müssen; sie würde viel zu beeindruckt sein, um Zicken zu machen.

Das Tollste am Geldscheffeln war natürlich, dass er auf dem Liebesmarkt ziemlich freies Spiel hatte. Devi hatte mit seinem Geld auf großem Fuß gelebt, und sie wusste es. Er hatte ihr viele feine Sachen geschenkt. Sie hätte es kaum besser treffen können, aber schlechter allemal. Das ließ sich bestens verallgemeinern. Wenn er zurückblickte auf all die Hübschen, mit denen er sich in vierzig Jahren verlustiert hatte, konnte er sich in aller Aufrichtigkeit bescheinigen, dass er noch mit jeder ins Reine gekommen war.

«Jack! Wie geht's?»

«Prima geht's mir.» Es war Donnerstagabend, eine Woche nach Probsts Mitteilung. «Komme gerade von der Gründonnerstagsvesper in unserer Kirche. Ein *wundervoller* Gottesdienst. Der neue Kantor hat wirklich Geschmack, du müsstest mal vorbeikommen. Ich war nie ein eifriger Kirchgänger, aber ich sag dir, in den letzten Jahren ... Gehst du noch in diese kleine lutheranische Kirche in der ... wo war die gleich?»

«Nein», sagte Probst. «Nicht mehr, seit ich bei meinen Eltern ausgezogen bin.»

«Oh. Das ist lange her. *Sehr* lange. Äh, hör mal. Du wirst zwar sagen, ich bin mal wieder viel zu spät dran, aber ... hast du zu Ostern schon was vor?»

«Ah.»

«Weißt du, Elaine und ich, wir dachten, wenn du ganz allein bist oder du mit Luisa und. Na ja. Ist schließlich ein Familienfest. Ein besinnliches Fest. Hör dir einfach mal an, was wir uns gedacht haben. Also, *wir* gehen in den Frühgottesdienst – *falls* wir die Kinder aus dem Bett kriegen, aber wir ham da unsre Mittelchen –, dann wären wir gegen halb elf wieder zu Hause. Essen wäre gegen zwei, und zwischendurch, na? – das gute alte Ostereiersuchen auf dem Rasen. Elaine und ich, wir sagen den Kindern, dass sie langsam zu alt dafür sind, aber sie bestehen drauf, jedes Jahr. Ist natürlich mehr ein Spiel jetzt. Wie Bridge halt. Ihnen bedeutet das echt viel, und ich verbringe dann die halbe Nacht mit Eierverstecken. Es gibt da eine Strategie, weißt du? Ob ich sie austrickse, indem ich die alten Standardverstecke benutze, oder eben nicht. Jedenfalls, wenn du meinst, dass Luisa Freude dran hat, könnte sie –»

«Ich weiß nicht, Jack –»

«Sie könnte schon früher kommen. Oder ihr beide. Andernfalls gegen halb eins.»

Probst verdrehte die Augen, bis es schmerzte. «Ich hätte dich wohl früher unterbrechen sollen, Jack, denn ich habe leider –»

«Oh, na dann», lenkte Jack bereitwillig ein.

In Probst schwappte Ärger hoch. «Ich habe nämlich schon was vor. Polizeichefin Jammu kommt zum Essen zu mir.»

«He! Vom Titelblatt der *Time* direkt an deinen Tisch!»

Wollte Jack ihn beleidigen?

«Ich meine, ist doch super! Zwei Leute, die so viel auf dem Kasten haben. Stell ich mir phantastisch vor. Wir haben deinen Namen übrigens in dem Artikel gesehen. Da regt sich noch der alte Nachbarschaftsstolz. Und clever, wie du in letzter Minute von Bord gegangen bist. Total überraschend. Ich glaube, du hast es richtig gemacht, dich auf die Seite der Gewinner zu schlagen. Für mich ist es die Seite der Gewinner, weil ... erinnerst du dich noch, wie gut ich immer im Voraussagen von Wahlergebnissen war?»

«Ja», sagte Probst. Er erinnerte sich nicht.

«In den letzten Jahren bin ich sogar noch besser geworden. Neunzig, fünfundneunzig Prozent Treffgenauigkeit. Jedenfalls, dieses Referendium ist so gut wie gelaufen.»

«Das sagen auch schon die Umfragen.»

«Klar. Und weißt du, was mir auf die Sprünge geholfen hat? Ich und Elaine, wir halten beim Fernsehen immer Ausschau nach dir, wir hören uns an, was du so sagst. Ich dachte immer, du hast gute Argumente – das ist der Martin, wie er leibt und lebt, sagen wir immer –, aber was du am Donnerstag oder wann gesagt hast, das hat mir echt gefallen.»

«Danke, Jack. Ich hoffe, du bist nicht der Einzige.»

Es entstand eine Pause. Probst musste noch Einkäufe für den Sonntag machen, bevor die Geschäfte schlossen, denn es sah nicht danach aus, als würde ihm sein Terminplan in den nächsten zwei Tagen dafür Zeit lassen. «Nun», sagte er.

«Hast du im Moment zu tun?», fragte Jack.

«Jetzt im Moment?»

«Ja. Wir wollen jetzt Kaffee trinken, dazu gibt's Kuchen, und –»

«Leider ...» Probst spürte seine Knie weich werden. Mit plötzlicher Entschlossenheit sagte er: «Hör zu, Jack. Ist dir aufgefallen, dass ich nicht die Zeit hatte, dieses Jahr auch nur eine eurer Einladungen anzunehmen?»

«Nein, Martin.» Die Antwort kam in einer neuen Sarkasmusverpackung. «Ist mir nicht aufgefallen.»

Die konnten ja richtig bösartig werden, einfach so. Schon als Teenager hatte Jack die bittere Erhabenheit des Benachteiligten herausgekehrt.

«Ich versuche nur, ehrlich zu dir zu sein», sagte Probst. «Ich will nicht deine Zeit verschwenden.»

«Kam mir nicht wie Verschwendung vor.»

«Nun, dann will ich eben nicht, dass du meine verschwendest.»

«Verstehe.»

Ich bin Martin Probst. Ich bin Vorsitzender des Städtischen Wachstumsvereins. Ich bin der Erbauer des Arch. Ich bin mit Jammu befreundet, ich bin der Verschleierte Prophet und kann, wenn ich Lust habe, zum neuen County Supervisor werden. «Tut mir Leid, Jack. Ich dachte nur, es wäre besser für uns beide. Es hat nichts damit zu tun, ob –»

Das Freizeichen.

«Idiot!» Probst knallte den Hörer auf. Er griff sich Schlüssel, Mantel, Einkaufsliste und floh aus dem Haus, bevor das Telefon erneut klingeln konnte. Da versucht man, ein Minimum an Höflichkeit aufzubringen, und ...

Die wissen genau, was los ist, und trotzdem ...

Und Barbara hielt ihn für einen Schwächling, tätschelte ihm die Wange. Es würde ihr noch verdammt Leid tun, dass sie ihn verlassen hatte. Er war in Form. Er war in Topform.

Er wollte Lammkoteletts grillen, Kartoffeln backen, einen grünen Salat zubereiten und dazu die Flasche Aceto Balsamico verwenden, die er vor einer Woche in einer silberfarbenen Schachtel im Schrank gefunden hatte. Das war es, was seine Salate im Unterschied zu Barbaras hatten vermissen lassen. In den letzten Wochen hatte er wieder angefangen, Salat zu essen. Von den ständigen Restaurantbesuchen hatte er alle fünf oder sechs Tage ein Pfund zugelegt, und plötzlich war ihm der Platz ausgegangen, wo er die überschüssigen Pfunde verstecken konnte.

Er hielt auf dem Parkplatz von Schnucks, nahm sich einen Einkaufswagen von der Wagenschlange vorm Eingang und betrat den Lichttempel. Er war inzwischen so oft hier gewesen, dass er die Waren auf seiner Einkaufsliste in der Reihenfolge der Gänge gruppieren konnte, in denen sie auslagen. Obst Gemüse Feinkost Kaffee Müslis Saucen Dressings Fleisch. War es zu früh, um die Lammkoteletts zu kaufen? Ganz und gar nicht! Fleisch wurde zarter durchs Lagern, und davon abgesehen konnte es passieren, dass es am Samstagabend ausverkauft war. Er wählte zwei abgepackte Portionen vom Feinsten. Welche Ironie, dachte er, unschuldige Lämmer zu schlachten, um das Osterfest zu feiern. Ihm fiel ein, dass er zu Beginn seiner Bekanntschaft mit Jammu befürchtet hatte, sie könnte Vegetarierin sein.

Die Warteschlangen an den beiden einzigen noch geöffneten Kassen wanden sich um ein weitläufiges Süßigkeitenangebot. Probst legte ein großes, hohles Schokoladenei in den Wagen, essbarer Firlefanz zu Jammus Ehren. (Aber wer ließ sich von diesen hohlen Eiern täuschen? Kinder, wer denn sonst! Nur Kinder konnte man damit täuschen. Die Wirtschaft lebte von der Dummheit der Kinder.) Wie immer hatte er die langsamere der beiden Schlangen erwischt. (Jack, dieser Idiot.) Er besah sich die Süßigkeiten in der Auslage genauer. Die Schokoladenhasen waren in labbrige, bunt bedruckte, zellophanverschweißte Kartons verpackt. Auf jeder Schachtel stand irgendwo *Hohlkörper aus Vollmilchschokolade* und eine Auflistung der Ines und Benzos und

Phosphos und Laktos. Aber das waren keine gewöhnlichen Osterhasen. Es waren lauter verschiedene, und die Abbildungen auf den Schachteln griffen die Kreationen im Innern auf. Ein Häschen auf einem Schokoladenmotorrad hieß Chopper Hopper. Ein Häschen mit Lupe trug den Spitznamen Inspector Hector. Es gab einen Jollie Chollie und, mit einem Tennisschläger, einen Willy Wacket. Auf einem Schokoladenfeuerwehrauto tummelte sich eine Häschenmannschaft mit den Namen Binksville Fire Control; der höhere Preis erklärte sich durch das höhere Nettogewicht. Da gab es einen Rolly Roller auf Rollschuhen. («Entschuldigen Sie!») Einen Super Bunny mit wallendem braunem Umhang. Einen Busy Bigby. Einen Peter Rabbit – also kannte man Peter Rabbit noch? Und die verkauften so etwas an Kinder, ohne dafür ins Gefängnis zu kommen. Einen Little Traveler. Parsnip Pete. Horace H. Heffelflopper. («Entschuldigen Sie!») Einen, der einfach McGregor hieß. Einen Mr. Buttons ... Probst wühlte sich durch die Schachteln, auf der Suche nach weiteren Ohrfeigen. Tatsächlich: Timid Timmy. (Wir sind die großartigste Nation auf Erden.)

«Entschuldigen Sie!»

Probst drehte sich zu der Stimme um, die offenbar ihn meinte. Es war niemand zu sehen. Er senkte den Blick und entdeckte einen kleinen, neun oder zehn Jahre alten Jungen. «Ja?», sagte er.

«Entschuldigen Sie», sagte der kleine Junge. «Sind Sie Mr. Probst?»

«Ja?»

Der Junge schob ihm einen sich kringelnden Kassenbon in die Hand. «Kann ich bitte ein Autogramm haben?»

Probst suchte in der Manteltasche nach einem Stift.

21

Es war ein heißer Tag gewesen, Hitzehöhepunkt eines sich über Tage dahinziehenden Temperaturanstiegs. In der Stadt versuchte Jammu, auf ihrem abgenutzten Drehstuhl ihr Gewicht zu verlagern, weg von den Schwielen, die acht Monate Büroarbeit auf ihrem Gesäß hinterlassen hatten. Sie litt unter Rückenschmerzen, die weder durch Aufstehen noch durch Hinlegen und auch nicht, wie sie vermutete, durch Streckübungen zu beseitigen waren. Nachts war sie jetzt zu müde zum Schlafen, und auch auf Pillen, stimulierende, betäubende, beruhigende, sprach sie nicht mehr an. Sie spürte, wie die Substanzen rotierten und abrutschten, als wären sie Schrauben und sie selbst die Mutter, deren Gewinde mit der Zeit flachgeschliffen war.

Aber sie funktionierte. Im Moment zehrte sie von den sechs Stunden Schlaf, die sie sich Mittwochnacht erschlichen hatte. Sie hatte Martin zu Brathühnchen in ihr Apartment eingeladen. Kaum war ihr Magen voll, fielen ihr die Augen zu. Sie sagte Martin, sie müsse sich ein paar Minuten hinlegen. Drei Stunden später, kurz nach Mitternacht, wachte sie auf und sah ihn am Programmknopf des Fernsehers drehen. Sie fühlte sich nicht krank, trotzdem war ihr, als hätte sie, während er an ihrer Seite saß, ein Fieber ausgeschwitzt. Zu matt, um Verlegenheit zu empfinden, schickte sie ihn nach Hause und schlief drei weitere Stunden, so lange, wie der schwache Beschützergeruch von seinem Besuch her vorhielt. Um vier zog sie sich an, mit klopfendem Herzen. Es gab so viel zu tun.

Sie wollte wieder neben ihm schlafen, einfach schlafen.

Das laue Lüftchen, das durch die offenen Fenster hereinwehte, transportierte etwas von der Hitze, die die Straßen im Lauf des Tages gespeichert hatten. Der Verkehr war spärlich für einen Freitag, die Autos fuhren unten einzeln vorbei, nicht in Kolonnen. Die aktuelle Ausgabe der *Time* lag auf dem Boden zu ihrer Rechten. Titel: THE NEW SPIRIT OF ST. LOUIS. Unter dem Titel: ihr Foto. Ihre Lippen waren schmal und ihre Augenbrauen hochgezogen; die *Time* gab Persönlichkeiten, die der Redaktion bizarr vorkamen, bizarren Ausdruck.

> Sobald sich Jammu von ihrer indischen Herkunft distanziert hatte, wurde, anscheinend in ihrem Gefolge, eine Welle von Einwanderern aus den Stadtzentren von Bombay, Neu-Delhi und Madras an die Ufer des Mississippi gespült. Die wie Pilze aus dem Boden schießenden Currybuden, Saris, Safranroben und insbesondere die Exotenparade, die in Jammus persönlicher Umgebung gesichtet wurden, versetzt viele Einwohner von St. Louis, unter ihnen auch Samuel Norris, den umtriebigen Chef der in der Stadt ansässigen Firma General Synthetics, in paranoiaähnliche Zustände. «Nichts ist gefährlicher als ein Politiker, der vorgibt, er sei unpolitisch», sagt Norris. «Jammu wird von einem eingefleischten und fremdländischen Sozialismus beseelt, und ich sehe keinen Anlass, mich dafür zu entschuldigen, dass es mir Sorgen bereitet, wenn eine Ortsfremde hier in St. Louis das Sagen hat.»
> Jammu ihrerseits sieht keinen Anlass, sich dafür zu entschuldigen, dass …

Sie stellte sich das Interview vor, das Brett Stone stundenlang mit Norris geführt hatte, um ihm wenigstens einen einzigen Satz zu entringen, der für die Presse von Bedeutung war. Sie erinnerte sich an die Zeiten, als sie einen eingefleischten und sonderbaren Widerwillen gegen Journalisten empfunden hatte. Sie erinnerte sich, eine überzeugte, leidenschaftlich zu verschiedenen geistigen Fragen Stellung beziehende Sozialistin gewesen zu sein, wie Singh noch heute einer war. Sie wusste, dass sie die Narben ihres jugendlichen Zorns noch immer zeichneten, erinnerte sich an Momente, in denen sie dieser *Time*-Artikel begeistert, empört, mit kritischen Einsichten überschwemmt hätte. Jetzt tat er das nicht mehr. Sie hatte ihn zweimal gelesen und beiseite geworfen. Sie wollte nur ihre Mission zu Ende bringen. Ihre unideologische, unsystematische, unklare und, nicht zuletzt, gänzlich private Mission.

«Wir hätten eine ganz normale Familie sein können, glaube ich, wenn wir zahlreicher gewesen wären. Von den Geschwistern meines Vaters erreichte keins das Erwachsenenalter, und meine Mutter hatte nur eine Schwester, meine unverheiratete Tante, und sie war blind. Die Armee trieb meinen Vater mal hierhin, mal dorthin, bis er pensioniert wurde und wir uns in Kaschmir niederließen. Um diese Zeit hatten wir überhaupt keine Verwandten mehr – und es lebten weniger Sikhs in Kaschmir als jemals zuvor. Ich hatte einen kleinen Bruder, der starb, als ich vier war. Mein älterer Bruder hatte nichts anderes im Sinn, als Offizier zu werden, in fünfter Generation, die auch die letzte sein sollte. Er war ein Draufgänger. Er wurde zur Militärakademie nach Delhi geschickt, während ich in der Stadt zur Schule ging, also fast ein richtiges Einzelkind war. An meinem vierzehnten Geburtstag wog ich achtundsiebzig Pfund. Ich bekam sehr fettes, buttriges Essen, aber das half alles nichts. Meine Mutter machte sich Sorgen. 1960 fing ich an zu studieren, und binnen drei Jahren kam es zum Ausnahmezustand in Kaschmir und einem hässlichen Grenzkrieg mit China. Mein Vater verließ das Haus nie. Er trug eine Seidenjacke, deren Ärmel er ein Dutzend Mal hochkrempeln musste. Mit runtergekrempelten Ärmeln sah sie aus wie eine Zwangsjacke, die darauf wartete, verknotet zu werden. Mein Bruder wurde Kadett. An sommerliche Jahreszeiten kann ich mich kaum erinnern. In den Straßen war es kalt, der Winter schien immer vor der Tür zu stehen, die Soldaten hoch oben in Ladakh mussten in ihren ungenügenden Unterkünften ständig frieren. Und wenn ich mal nach Hause kam, um meine Eltern zu besuchen, trug ich, was ich immer trug, sodass meine Mutter mit mir schimpfte.

‹Balwan›, sagte sie, ‹es ist kalt draußen. Seit wann räusperst du dich so merkwürdig? Ibraim Masoods zweiter Sohn hat Rückenmarkstuberkulose, und du läufst im Hemd herum! Der Sohn hat sich an schlechte Frauen verschwendet, und statt das Teppichgeschäft zu übernehmen, kann er nun froh sein, wenn er seinen einundzwanzigsten Geburtstag erlebt. Seit seine Beine versagt haben, liegt er im Bett, und sie wollten ihn herumführen, und er klappte nach hinten, Balwan, wie eine verfaulte Banane. Dabei ist ihm der Darm gerissen, weshalb man den herausnehmen musste, und nun braucht er einen Plastikbeutel. Und sie schätzen sich glücklich, dass er den Plastikbeutel hat! Ich hab ihn am Dienstag gehört, zwölf Grad Frost waren es, und er, durchs offene Fenster, rief den Jungen auf der Straße zu: Macht bloß nicht denselben Fehler wie ich! Verschwendet euch nicht an schlechte Frauen!›

Worauf ich antwortete: ‹Bist du sicher, dass es Tuberkulose ist, Motherji?›

Und sie sagte: ‹Dieser Klumpen im Bauch deines Vaters wächst, ich taste ihn jede Nacht, während er schnarcht, ich weiß, wovon ich rede. Es war der schlimmste Fehler meines Lebens, dass ich ihn zu diesem englischen Arzt geschickt habe, zu Doktor Smythe. Er hat einen zehnseitigen Bericht über den Gesundheitszustand deines Vaters geschrieben: alles nur Worte. Und jetzt hat dein Vater etwas gegen mich in der Hand, er hält mir diesen albernen Bericht unter die Nase und sagt, Smythe hat ihm ein prima Gesundheitsattest ausgestellt. Und währenddessen wird, was auch immer er da hat in seinem Bauch, immer größer. Ich kann es tasten. Ich bin doch nicht dumm, egal, was dein Vater dir erzählt, und ich bin sicher, er erzählt die übelsten Sachen. Der Mann ist schwer krank. Und dann die Geschwulst deines Bruders.›

Ich lächelte und fragte: ‹Geschwulst?›

‹Na, in seinem Mund›, sagte sie. ‹Er hatte schon immer Geschwüre im Mund, weißt du, aber das jetzt ist was anderes. Letztes Mal wollte er seinen Mund nicht aufsperren, weil er von der Wahrheit nichts wissen will. Das nenn ich mir einen mutigen Offizier! Nicht mal vor seiner Mutter sperrt er den Mund auf. Diese selbstmörderische Art, Balwan, die tut mir richtig weh. Die weigern sich doch nur, ihre Probleme ernst zu nehmen, und schau dir an, was aus dem Sohn von Ibraim Masood geworden ist.›

Aber ich habe mich gar nicht an schlechte Frauen verschwendet. Immer war ich kerngesund. Wie meine Mutter. Sie welkt nun dahin, in der Bitternis ihrer begründeten Ängste, im Luxus einer üppigen Armeepension. Ihre Gesundheit ist stabil. Die meines Bruders war es auch, bis ihn 1971 in Dacca ein Heckenschütze erschoss. Ich glaube, er hatte eine gutartige Variante von Herpes. Auch der Tumor meines Vaters war gutartig. Und doch starb er daran, 1964, an den inneren Blutungen. Die Magie der Suggestion, wie? Das könnte auch für dein Webster Groves gelten, für deine eigene Familie. Wenn es keine Probleme gibt, muss man sie erfinden. Mir gefällt der Gedanke, dass meine Mutter meinen Vater zu Tode geredet hat. Ich weiß, dass sie ihn nicht leiden konnte.»

Vorausahnend griff sie nach dem Telefon, nahm den Hörer ab und riss ihn so schnell hoch, dass sie nur den ersten Ton des Klingelzeichens hörte. «Jammu», sagte sie. Der Zeiger des Abhördetektors, den sie am Montag installiert hatte, blieb regungslos auf null.

«Kann ich sprechen?»

«Ja, Kamala.»

«Also, es gibt keine Spur von ihr. Eine Möglichkeit wäre noch das Haus in St. Charles.»

«Gopal fährt dort regelmäßig hin.»

«Dann weiß ich auch nicht.»

«Mach dir keine Sorgen. Wir finden sie. Nimm du dein Flugzeug.»

«Ich will aber nicht fliegen, wenn –»

«Flieg.»

«Na gut, ja.»

«Und besuch meine Mutter, wenn du dort bist. Gleich als erstes.»

«Ja.»

«Mach's besser, Kamala.»

«Du auch, Jammuji.»

Und so wurde das im September aufgeschlagene Kapitel Chester Murphy, Vorstandsvorsitzender von Allied Foods, am Ende wieder zugeschlagen. Der Besuch eines Handelsvertreters aus dem Pandschab. Eine manipulierte Röntgenaufnahme im Barnes-Hospital. Ein getürktes Krankenblatt und zwei Kräutergifte. Schließlich der Ausstieg aus dem Wachstumsverein und der überstürzte Kauf eines Ufergrundstücks in der South Side. Gute Arbeit, um die sich Jammu kaum hatte kümmern müssen.

Devi hingegen hatte alles verpatzt. Am Mittwoch hatte sie Jammu angerufen, indirekt von Erpressung gesprochen und aufgelegt, bevor Jammu auch nur auf die Idee kam, den Anruf zurückverfolgen zu lassen. Ein zweiter Anruf blieb aus. Jammu hatte nicht das Personal, das alle Hotels und Absteigen im Großraum St. Louis hätte durchkämmen können. Sie konnte ihre Leute nur bitten, die Augen offen zu halten, in der Hoffnung, dass sich Devi an einem der Treffpunkte zeigen würde. Gopal überprüfte regelmäßig die Geheimquartiere und die Verbindungszentrale, Suresh arbeitete sich langsam durch die infrage kommenden Hotels. Aber die Hauptsorge der beiden war, nicht selbst verhaftet zu werden. Ihre Vorsichtsmaßnahmen behinderten sie.

Eigentlich wäre es an Singh gewesen, Jagd auf Devi zu machen. Aber obwohl Martin inzwischen zu Jammus Verbündetem geworden war, fuhr Singh fort, seine gesamte Zeit Barbara zu widmen. Er hatte einen Trennstrich zwischen Jammu und der Mission gezogen und sich zu Letzterer bekannt. Barbara sei eine größere Gefahr als Devi, sagte er. Sie auf ihre Freilassung vorzubereiten erfordere äußerste Sorgfalt. (Jammu fragte sich, was zum Teufel er dort trieb.) Er verließ nur noch selten sein Apartment. Die Mission müsse sauber kulminieren, sagte er, und Jammus Machtübernahme müsse reibungslos vonstatten gehen. Er sagte, Martin mit Barbara wieder zusammenzuführen könne ihnen mehr Aufschlüsse geben als alles andere, was sie in St. Louis bislang getan hätten. Er hatte gut reden; sein Kopf war es nicht, der in der Schlinge steckte.

Jammu wollte keine Wiederzusammenführung von Barbara und Martin. Sie wollte, dass Barbara verschwand, und zwar für immer.

Auch Martin wollte das.

Aber womöglich änderte er seine Meinung. Das hatte er schon einmal gemacht.

Die ganze Woche war sie drauf und dran gewesen, zum Hörer zu greifen und Singh den Befehl zu erteilen. Es stimmte natürlich, dass Amerika die eigene Sicht auf Dinge verändern konnte. In einem dünn besiedelten Land gewann das einzelne Opfer an Gewicht, genauso das Strafmaß, da der Tod hier fast so etwas wie eine Anomalie zu sein schien. Aber ihre Skrupel hatte Jammu schon vor langer Zeit abgeschüttelt. Die alten Morde hatten sie nicht daran gehindert, sich als die strahlende Lichtgestalt von St. Louis auszugeben, und ein neuer Mord würde sie nicht daran hindern, weiterhin die begehrenswerte Frau zu spielen, die Martin in ihr sah. Ihre einzige Befürchtung war, dass Singh den Befehl, wenn sie ihn denn erteilte, verweigern würde.

Sie wusste nicht recht, wie sie die Aufgabe mit eigenen Händen erledigen sollte. Ihr Platz war der Schreibtisch, die Kommandozentrale. Singh und nur Singh allein hatte die Zeit, das Wissen und die Phantasie, einen unverdächtigen Todesfall zu planen, aber er würde es nicht tun. Barbara hatte ihn ihr weggenommen. Am nächsten Mittwoch würde er sie freilassen. Dann nähme sie ihr auch Martin weg, und Singh würde nach Indien zurückkehren und Martin zu seinem alten Trott.

«Wen kümmert das schon?» Das war der unaufrichtige Singh.

«Du hast ihn jetzt, und nach Dienstag ist es sowieso egal, ob du es tust oder nicht. Wenn du ihn hältst, bewirkst du damit nur, dass Barbara zwischen mir und dir einen Zusammenhang herstellt.»

Er triumphierte. Siehst du, wie glatt die Sache läuft? Wie die Mission jede Eigenmächtigkeit unterbindet? Wenn Jammu mit Martin zusammen war, dachte sie immer nur: Ich kann nicht kontrollieren, was Singh tut.

Wen kümmerte das schon?

Sie. Sie wollte Martin Probst, den Genius Loci, mit dem sie der Zufall zusammengebracht hatte. Sie wollte seine Liebe, seine Ergebenheit. Martin verstand immer noch nicht, was sie in St. Louis zu suchen hatte, woher sie das Recht und die Mittel nahm, sich diese Geltung zu verschaffen. Er war der Schlüssel, den er nicht sah. Sowie er sich selbst als das erkannte, weil sie ihn das erkennen ließ, würde Barbara ohnehin für ihn gestorben sein.

Luisa knallte die Tür hinter sich zu, knallte sie noch einmal zu, damit das Schloss einrastete, und rannte die Treppe hinunter auf die Straße. Aus dem Nachbarhaus lärmte Musik. Durch einige Fenster im ersten Stock konnte sie sehen, dass eine große Party im Gange war; eine Menge Leute, älter als sie, aber nicht viel älter, tanzten mit Bierflaschen. Sie ging zum Delmar Boulevard hinauf.

Der Streit mit Duane hatte nicht lange gedauert. Eine Weile, in der kalten Phase des Winters, hatten sich ihre Auseinandersetzungen Stunden hingezogen, von der Küche ins Schlafzimmer in den Flur; einmal hatte sie, unter Mänteln, auf dem Wohnzimmerfußboden schlafen müssen. Jetzt waren die Wortgefechte wieder ähnlich kurz wie im ersten Monat, als sie Angst gehabt hatte, ein einziger Aufschrei könnte dazu führen, dass sie zurück zu ihren Eltern musste. Jetzt war ein einziger Aufschrei alles, was sie sich abringen konnte.

An diesem Abend hatte Duane geglaubt, die Antwort darauf gefunden zu haben (immer glaubte er, irgendeine Antwort gefunden zu haben), wie man den Faschismus (er wusste nicht, was Faschismus war; sie hatte ihn gefragt) in den extrapolitischen (er liebte es, sich Wörter auszudenken, die nicht im Wörterbuch standen) Institutionen wie religiösen Gruppierungen bekämpfen könne, denn nur ein kultureller Extremismus sei in der Lage, dem bourgeoisen (er solle sich besser an Fremdsprachen halten, die er auch aussprechen könne, sagte sie zu ihm) Liberalismus entgegenzutreten, der sich, wenn er unkontrolliert bleibe, zur nationalistischen Blindheit auszuwachsen drohe, wie es in Deutschland (*was??* Plötzlich redete er über Deutschland im Jahr 1933, als würde sie alles darüber wissen) geschehen sei, wo er die Gestalt des Nazismus angenommen habe. Ich verstehe nur Bahnhof, sagte sie. Kein Wunder, sagte er, wenn sie ihn ständig unterbreche.

Der Streit hatte angefangen, weil es Karfreitag war und er beschlossen hatte, ihr nach dem Abendessen mit einem religiösen Quiz zu kommen. Er glaubte, er habe das Recht, ihr mit solchen Befragungen zu kommen, weil er nun mal älter und gebildeter sei. Das war die sokratische Methode. (Er bezeichnete sich nie wirklich als ihr Mentor, aber immer, wenn sie ihren Ärger auf ihn schüren wollte, wiederholte sie sich im Stillen das Wort: MEN-TOR-TORTUR, MENTOR-TORTUR, MENTORTUR.) Ob sie an Gott glaube, fragte er sie.

«Lass mich in Frieden, Duane.»

Ob sie an die Unantastbarkeit des menschlichen Lebens glaube.

«Ja.»

Warum?

«Weil ich lebe und mich gern hab.»

Aber das reichte ihm nicht. Er druckste und stotterte herum und versuchte es noch einmal anders, um sie zu den Aussagen zu bewegen, die er hören wollte. (Er wollte hören, sie sei Inbegriff dessen, was am *burschoasen* Webster Groves faul sei.) Nach etwa drei Fragen zum Thema Abtreibung (die auf die Antwort hinausliefen, dass es irgendwie heuchlerisch sei, für die Legalisierung zu sein) bewarf sie ihn mit einem Glas Milch. Er saß nickend da, dulderhaft und wütend, während sie sich ihren Pullover überzog.

Sie ging in den Streetside-Records-Laden. Ein Oldie lief auf der Stereoanlage *(Jackie Blue?)*, und ergrauende Männer mit Bärten und Parkas wühlten sich durch die Kästen. Bisher waren es stets etwa zwanzig Gruppen oder Sänger gewesen, deren Platten Luisa, wann immer sie in einen Plattenladen ging, auf Neues oder Raubkopiertes oder Liveaufnahmen hin durchsah. Jetzt waren es nur noch an die fünfzehn. Sie mied die Rolling Stones, weil Duane deren Geradlinigkeit und unverfälschten Sound bewunderte. Sie mied die Talking Heads, weil Duane ihr all deren Songtexte erläutert hatte, und auch The Clash, weil sie immer still sein musste, wenn Duane die auflegte. Sie mied die Eurythmics nur deshalb, weil Duane sie mochte.

Nachdem sie sich für die neue Platte von Elvis Costello entschieden hatte (nach Duanes Meinung war Elvis echt am Ende), beschloss sie, dass sie die nicht mit sich herumschleppen wollte. Sie legte die Platte zurück und verließ den Laden und lief den Delmar Boulevard entlang, Richtung Clayton. Der Abend war fast warm genug für einen Bummel. Sie dachte an das Miniquiz, das Duane zum Thema «Wie benutze ich Deos» mit ihr veranstaltet hatte. Sie musste lachen. Sie zog eine Marlboro light aus der Handtasche und musste noch einmal lachen. Die Lacher waren in Wirklichkeit Zuckungen, etwas Entfleuchendes, in ihrer Brust.

Warum hatte sie es nicht noch ein kleines bisschen länger aushalten können?

Hätte sie nach Weihnachten, als Zigaretten auf einmal rings um sie herumlagen, nicht mit dem Rauchen angefangen, hätte sie jetzt nicht geraucht; eines Tages im Februar, in einer Anwandlung von Gesundheitsbewusstsein, hatte Duane es gesteckt. Wahrscheinlich konnte auch sie es ohne weiteres stecken, aber ihr war nicht danach, solange sie mit ihm zusammen wohnte, und ob ihr danach sein würde, wenn sie nicht mehr mit ihm zusammen wohnte, wusste sie noch nicht. Sie hatte damit angefangen, weil alles sie nervös machte, die Streitereien, die gesamte Situation. Jetzt war sie sogar noch nervöser.

In sechs Monaten würde sie in Stanford, Kalifornien, sein. Wenn sie Duane nicht getroffen hätte, wenn es ihr bloß gelungen wäre, ihr letztes Jahr an der Highschool ohne ihn durchzustehen, hätte sie sich aufs Studium gefreut. Nun ging das nicht mehr. Duane hatte den Zauber zerstört, das war sicher, so sicher wie die Tatsache, dass er im Herbst eigene Bewerbungen schreiben würde, aufgeschlossen und bereit, gute Erfahrungen an einem College oder gute Erfahrungen an einer Kunstakademie zu machen, an deren Möglichkeit er wahrscheinlich nie gezweifelt hatte. Er war flexibel. Er steckte das Rauchen und mogelte nicht. Während sie miteinander einsam und traurig waren, stellte er eine Fotoausstellung auf die Beine, die alle lobten. Er hatte genügend Aufmerksamkeitsreserven, um für sich selbst zu sorgen. Er war stark, weil seine Familie anscheinend glücklich und gut eingespielt war (es tat nichts zur Sache, dass sie beide um das Angstbestimmte, Kranke in ihr wussten).

Während er sein Ding machte, hatte er dafür gesorgt, dass Luisa am College ihren Traummann bestimmt nicht finden würde. Nie würde sie ihren Traummann finden. Sie glaubte nicht mehr an den Traummann. Und da sie schon jetzt nicht mehr bei ihren Eltern lebte, sondern in einer eigenen Wohnung, hatte er ihr auch dieses Abenteuer vermiest.

Wer würde sie ins College fahren? Wahrscheinlich musste sie das Flugzeug nehmen.

Und kein Mensch würde das verstehen. Sie schloss nicht aus, dass sie eines Tages vielleicht glücklich und erfolgreich war, vielleicht sogar verheiratet, obwohl sie sich im Moment nicht einmal ansatzweise vorstellen konnte, wie das passieren sollte. Aber wer konnte schon wissen, ob etwas anders verlaufen wäre, wenn sie es nur ein kleines bisschen länger zu Hause ausgehalten hätte. Sie konnte nicht einmal genau benennen, was sie damals besessen hatte und ihr nun fehlte. Es hatte etwas mit ihren Eltern zu tun, mit ihrer Mutter, die ihr vertraut hatte, und mit ihrem Vater, der auf seine Weise bemüht gewesen war, sie vor Duane zu warnen. Ihre Eltern lebten jetzt getrennt. Ihre Mutter hatte die Stadt verlassen und dachte offenbar nicht daran zurückzukommen.

Ich bin sehr, sehr, sehr enttäuscht von dir.

Sie warf den Zigarettenstummel in den Gully. Die Welt hatte sich verändert, und nicht etwa nur, weil Duane ihr alles vermiest hatte. Plötzlich lebte sie in einer neuen Welt, die für Leute wie ihn gemacht war, Leute, die diese Welt verachteten und trotzdem in ihr Erfolg hatten, Leute, die mit Computern umgehen konnten (alle Schulklassen bis auf die obersten lernten, sie zu bedienen; sie würde es vermutlich in Stanford lernen, müsste aber ein Leben lang mit dem Bewusstsein herumlaufen, dass sie ein Nachzügler war und dass Computerfans früher einmal etwas Abstoßendes an sich hatten), und auch für Leute, die nicht mehr wussten, dass die Innenstadt von St. Louis jemals etwas anderes gewesen war als eine Gegend zum Bummeln- und zum Essengehen, die es gar nicht interessierte zu wissen, dass es dort früher nur den Arch gegeben hatte, der von ihrem Vater gebaut worden war, ja für Leute, die sich, weil sie sich für gar nichts mehr interessierten, nicht einmal stritten.

Irgendwie hatte sie sich das alles selbst vermiest.

Sie sah die Ampel an der Einmündung des Big Bend Boulevards, der Straße nach Webster Groves. Sie wollte nach Hause. Sie hatte es sich anders überlegt. Aber es gab kein Zuhause mehr für sie. Auch ihre Eltern waren in diese neue Welt desertiert. Die Briefe und Anrufe ihrer Mutter waren beschwingt und oberflächlich. Ihrem Vater fiel es schwerer, sich modern zu geben, aber er tat sein Bestes. Sie hatte ihn mit Polizeichefin Jammu aus der Galerie fortgehen sehen, und gleich darauf hatte sie die Nachrichtensprecher über den neuen Martin Probst reden hören. Sie hasste sein Lächeln. Sie hasste alles, was die Welt zu lieben schien. Sie wünschte sich, ihr Vater würde sie wieder anschreien und zum Weinen bringen.

Was Barbara beschäftigte, wenn sie wach lag und ihren angeblichen Liebhaber vermisste, war der Gedanke, dass sich fast gar nichts verändert hatte. Sie hatte ein Gefängnis gegen das andere getauscht. Von ihrer Tochter war sie noch immer weit entfernt. John liebte sie noch immer, und sie liebte ihn noch immer nicht, nicht einmal nach der Bekehrung zu Aufrichtigkeit und Normalität, die er ihr zuliebe vollzogen hatte. Sie verblieb, in Schmerzen, seine Barbara. Wenn es überhaupt so etwas wie Seelenverwandtschaft gab, dann bestand sie zwischen ihr und John. Also war es Nähe, nicht Liebe, die sie mit ihm verband, während sie Martin liebte, ohne sich ihm nahe zu fühlen. Zwischen Herz und Verstand klaffte ein Riss, der nicht einmal durch Sex, vor allem nicht durch Sex, das Ineinanderstoßen von Schwanz und Fotze, gekittet werden konnte.

John würde enttäuscht sein. Er schien unter einem selbst auferlegten Zeitdruck zu arbeiten, das Tempo seiner Enthüllungen und Geschichten fast stündlich zu erhöhen. Vielleicht war es auch kein Zeitdruck, sondern vielmehr das Gefühl eines dramatischen Höhepunktes, den er hoffte, mit ihr teilen zu können. Sie erinnerte sich, mit welcher Bedachtsamkeit Martin darauf hingearbeitet hatte, dass sie kam. Er hatte sein Tempo gesteigert, erst recht, wenn er geglaubt hatte, dass sie kurz davor war. Wenn dem so war, dann hatte seine Mühe Sinn. Wenn nicht, tat es nur weh, als hätten Nerven keine andere Aufgabe, als Hautkontakt und Schmerz, Wärme und Kälte, Druck zu melden. Sie wollte kommen, sie hatte keinen Grund, es nicht zu wollen. Aber es ging nicht.

22

Der Zustrom der nationalen Presse steigerte sich zwischen Donnerstag und Samstag von einem Rinnsal zur Flut, wie man es sonst nur in den Jahren erlebte, wenn die St. Louis Cardinals im Oktober die Endrunde erreichten. CBS, NBC, ABC, CNN und NPR hatten ihre besten Leute geschickt. Alle überregionalen Blätter aktivierten an diesem Wochenende Reporter, um sie nach St. Louis zu entsenden – und viele kleine taten es ihnen gleich. Der *Eagle-Beacon* aus Wichita und der *Blade* aus Toledo, die *Gazette* aus Little Rock und der *Vindicator* aus Youngstown. Aus dem Ausland hatten der *Star* aus Toronto und *L'Express* aus Paris Korrespondenten da, und ein Fernsehteam des Norddeutschen Rundfunks blieb lange genug, um bemerkt zu werden und, vergnügt, an einem Gepäckkarussell des Flughafens Lambert eine Videokamera auszupacken.

Die Fernsehteams wurden von ihren vor Ort stationierten Mitarbeitern empfangen und betreut. Die Männer und Frauen von den großen Tageszeitungen, die alle schon vorher über die Ereignisse in St. Louis berichtet hatten, forderten die Interviews ein, die ihnen im Voraus zugesichert worden waren, und machten sich daran, ihre Berichte aus vorgefertigter Sicht zu schreiben.

Die weniger bedeutenden Journalisten waren unschlüssig, wie sie verfahren sollten. Sie hatten den Auftrag, über das Geschehen in St. Louis zu informieren. Aber was geschah hier eigentlich? Unstrittig war nur, dass die Polizeichefin indischer Herkunft war und S. Jammu hieß.

Dieses Wissen mit sich herumtragend und in der Hoffnung, mit Jammu sprechen zu können, erschienen Grüppchen von Reportern im düsteren, quaderförmigen Foyer des Polizeipräsidiums, wo ihnen der Wachmann mit strenger Miene den Zutritt zum

Fahrstuhl verwehrte und sie durch einen dunklen Flur nach rechts zum Pressesprecher wies. Nach den ersten zwanzig Anfragen dämmerte dem Pressesprecher, dass für das Wochenende besondere Bedingungen galten; er rief oben an und erhielt Anweisung, die Besucher über die Straße ins PR-Büro des Rathauses zu schicken. Dort gab es Stapel von Pressemitteilungen und Dreifarbdruck-Glanzbroschüren, Gratis-Kaffee und Gratis-Doughnuts, einen zwanzigminütigen Dokumentarfilm über die Reform und die gegenwärtigen Praktiken der Polizei von St. Louis, ungehinderten Zugang zu Jammus Adjutanten Rollie Smith sowie Lotterielose für die Ziehung am Sonntagmorgen, die bestimmen sollte, welche sechsunddreißig Journalisten am Montagmorgen in Zwölfergruppen antreten durften, um die Lady zwanzig Minuten lang zu interviewen.

Als Trostpreis winkten den Übrigen Freikarten für die Pressekonferenz, die Jammu am Montagabend abhalten wollte.

Der PR-Direktor, der hervorhob, wie hinreißend lebendig und abwechslungsreich St. Louis geworden sei, drängte die auswärtigen Besucher, spazieren zu gehen, sich ein Bild von der Stadt zu machen und die Freizeit- und Bildungsangebote zu nutzen, die ihnen zusagten. Interessierte erhielten Auskunft, welche Bars und Restaurants vom lokalen Pressekorps besucht würden. Jüngeren Journalistinnen wurde verraten, dass Chefredakteur Joe Feig vom *Post-Dispatch* am Samstagabend eine Tex-Mex-Fiesta auf seinem Grundstück in Webster Groves veranstalten werde, völlig ungezwungen, ja, kommen Sie, wie Sie sind, aber bringen Sie Getränke mit, ist alles ganz privat, schauen Sie einfach mal vorbei.

Die wahren Nachrichtenjäger konnten sich auf ein drei Seiten umfassendes Sonderveranstaltungsprogramm für die kommenden Tage stützen und frei auswählen, worüber sie berichten wollten. Hingewiesen wurde auf die feierliche Eröffnung einer Einkaufspassage mit Boutiquen und Bistros im Umkreis der reizvollen Dampferanlegestelle Laclede's Landing, auf eine Nonstop-Laser-

Show im Planetarium mit dem Titel «Die Stadt und die Sterne», ein Estradenkonzert im wunderschönen Allzweckstadion mit Werken von Komponisten aus Missouri, die Jungfernfahrt des von Grund auf überholten Mississippikreuzers *Admiral*, des einzigen und gigantischen, aluminiumverkleideten schwimmenden Vergnügungspalasts von St. Louis am Sonntag, außerdem die dritte und abschließende Redeschlacht zwischen Bürgermeister Peter D. Wesley und dem Bürger John Holmes aus Anlass des Referendums, die Eröffnung des Abstimmungs-Infozentrums im Kiel-Auditorium am Dienstag, 15 Uhr, freier Eintritt für alle Inhaber von Pressekarten, und, zu guter Letzt, «St. Louis bei Nacht».

«St. Louis bei Nacht» hieß die Spitzengala, die am Dienstag um achtzehn Uhr beginnen und bis Mitternacht dauern sollte. Die ganze Innenstadt von St. Louis werde, zur Feier ihrer selbst, erleuchtet sein. Drei Freilichtbühnen würden kontinuierlich für Livemusik und Unterhaltung sorgen, mit Stars wie Bob Hope, Dionne Warwick und der Popgruppe Crosby, Stills & Nash. Eine Dixie-Band und ein Blasorchester würden durch die Straßen ziehen und gute Laune verbreiten. Beliebte Sportler von den Cardinals, Blues und Big Reds würden Autogramme geben. Fünfzehn Toprestaurants würden Straßencafés eröffnen und Buden aufstellen, an denen man ihre Spezialitäten mit dem Löffel oder der Tasse werde kosten können. Um Mitternacht werde ein Grucci-Family-Feuerwerk den Festivitäten die Krone aufsetzen. «St. Louis bei Nacht» werde sich ungeachtet des Abstimmungsausgangs in aller Pracht entfalten. Bei schlechtem Wetter werde man Zelte auf der Mall errichten.

Die Höhepunkte, Ergebnisse und Analysen der Abstimmung würden ab Mittwoch, zehn Uhr, in gedruckter Form im Infozentrum erhältlich sein.

Für Eingeweihte war der Hintersinn dieser Veranstaltungen kaum zu übersehen. Die für den Dienstag angesetzte Abstimmung versprach, eine Lachnummer zu werden. Selbst die konservativsten Umfragen prophezeiten, dass die Bewohner der Stadt mit vierfacher Mehrheit, die Bewohner der County mit dreifacher Mehrheit für die Fusion stimmen würden – wenn die Mehrheit nicht sogar noch ausgeprägter war, je nachdem, wie sich die vielen noch unschlüssigen Wähler entscheiden würden. Jetzt, bei diesem Stand der Dinge, konnte nur noch eine PR-Katastrophe ersten Ranges etwas an diesem Ausgang ändern.

Doch ein müßiger Verstand ist der Tummelplatz des Teufels. Schon wenige Stunden nach ihrer Ankunft hatten alle Reporter ihren Bericht über das St.-Louis-Äquivalent zu den Amsterdamer Bordellen oder der Berliner Mauer an ihre Redaktionen geschickt. *Polizeichefin Jammu ist eine Besessene* und *Polizeichefin Jammu ist eine Frau mit Visionen*, so lauteten die zwei häufigsten Eröffnungssätze, mit denen sie die Zeitungsleser am nächsten Tag überraschen wollten, und als Beleg dafür boten sie ihre persönliche Auswahl aus den Sprüchen und Bekenntnissen Jammus dar, die im Bulletin Nr. 24 des Rathauses versammelt waren. Aber nachdem sie diese journalistische Fingerübung im Kasten hatten, konnten die gelangweilteren Reporter unter ihnen ihre eigenen Fühler ausstrecken, unzufriedene Zeitungsvolontäre ansprechen oder alte Lokalzeitungen nach kritischen Stimmen durchforsten. Wenn ein Provinzreporter, vom Fresnoer *Bee* vielleicht, irgendetwas herausfand, würde das natürlich keine große Verbreitung finden. Aber wenn zum Beispiel Erik Tannenberg von der *New York Times* anfing, im Schmutz zu stochern, und Hässliches oder einfach nur Seltsames zutage förderte, konnte das für Jammu, die Pro-Fusionskampagne oder die Stadt insgesamt äußerst schmerzhafte Konsequenzen haben.

Da war die kleine Kalamität der neun schwarzen Familien, die illegal ein paar Reihenhäuser in Chesterfield besetzt hielten. Eine Räumungsfirma im Auftrag von «Hoffnung Stadt» hatte sie ohne viel Aufhebens oder gar Mitgefühl aus ihren Häusern in der North Side herausgeworfen. Und wie es ruhelose, geknechtete Amerikaner seit zweihundert Jahren taten, waren sie westwärts gezogen.

Die besetzten Häuser in Chesterfield waren Rohbauten gewesen, als der Bauherr Pleite machte, und die Baustelle ging automatisch in den Besitz der Bank über, deren Direktor Chuck Meisner war. Zum Glück waren die Häuser in einem abgeschiedenen Winkel der West County gelegen, erreichbar nur über den Fern Hill Drive, eine neu gebaute Straße. Da an ihren Rändern noch niemand wohnte und da Meisner in aller Hast einen 2,40-Meter-Zaun um die gesamte Baustelle hatte hochziehen lassen, war die Anwesenheit der Familien noch nicht publik geworden. Sie hatten die Fenster mit Brettern vernagelt und die Türen verbarrikadiert. Sie schienen genug Wasser zu haben, um mehrere Wochen auszuharren. Auch mit ausreichend Nahrung waren sie versorgt, in Form von Mehl- und Reissäcken, die die Allied Food Corporation in East St. Louis in aller Stille und zum Billigpreis verkauft hatte, weil ihr Inhalt in unzulässig hohem Maß mit Äthylenbromid kontaminiert war. Bewaffnet mit Pistolen, Karabinern und einer kleinen Kanone, wurden die Besetzer diskret von Polizeikräften aus Missouri und St. Louis in Schach gehalten, Letztere durch ausdrücklichen Befehl des Gouverneurs von Missouri. Verhandlungen waren ohne Ergebnis geblieben. Den Familien wurden erstklassige Wohnungen in einem öffentlichen Bauprojekt, Straffreiheit und ein ansehnlicher Schadenersatz in Aussicht gestellt. Aus unbegreiflichen Gründen lehnten sie ab. Ihr führender Kopf, wie sich herauskristallisierte, war Benjamin Brown, langjähriger Nachfolgekandidat der Sozialistischen Arbeiterpartei für einen Stadtratsposten des 21. Bezirks. Er lehnte alle Verhandlungen ab, bevor er nicht Gelegenheit bekäme, mit der Presse zu sprechen. Die Belagerer erbaten sich Bedenkzeit. Es schien wahrscheinlich, dass es bis zum Mittwoch zu keiner Entscheidung kommen würde. Meisner verbrachte das Wochenende damit, neue Kanäle für die unhandlich großen Spenden aufzutun, mit denen seine Banken eine letzte die Fusion unterstützende Werbekampagne im Fernsehen finanzieren wollten.

Da war auch die kleine Kalamität in East St. Louis, Illinois. Die

Kriminalität auf dieser Seite des Mississippi war außer Kontrolle geraten. Es hatte sich mittlerweile herumgesprochen, dass die Stadt St. Louis unter Jammus Herrschaft ein ungastlicher Ort für Buchmacher, Zuhälter, Dealer und deren Opfer geworden war und dass einige dieser Individuen ihr Lager im Osten aufgeschlagen hatten. Der *Globe-Democrat* hatte in einem Leitartikel den Verfall von Recht und Ordnung in East St. Louis beklagt (als ob Recht und Ordnung jemals die stärksten Tugenden dieser Gegend gewesen wären) und der Hoffnung Ausdruck verliehen, dass die Menschen dort endlich den Mut finden würden, ihre wirklich sehr schweren Probleme zu lösen. Kein *Globe*-Reporter aber hatte sich jemals selbst ein Bild von der Lage gemacht. Auch andere Reporter nicht. Wer nach East St. Louis fuhr, lief Gefahr, erschossen zu werden, und dieses Risiko gingen die in Missouri ansässigen Vertreter der journalistischen Zunft nicht allzu begierig ein. Illinois war ein anderer Staat, das durfte man schließlich nicht vergessen. Die Recherchen konnten warten, bis das Ergebnis der Abstimmung auf der westlichen Seite des Flusses in Worte gefasst und analysiert worden war.

Und es gab noch weitere Kalamitäten. Dem Tipp eines Juraprofessors der Washington University folgend, hatte ein Mitarbeiter von KSLX-TV ein verfassungsrechtliches Problem an der Besteuerung von Grundstücksverkäufen aufgedeckt, einer Steuer, die im November die Zustimmung der städtischen Wähler gefunden hatte. Das Steuergesetz konnte offenbar, wenn man es infrage stellte, von einem übel wollenden Gericht zu Fall gebracht werden – vom konservativen Obersten Gericht des Staates Missouri etwa. Aber kein Journalist bei KSLX-TV hatte Lust, aus der Information eine Story zu verfertigen. Und als sich der Mitarbeiter daraufhin selbst an die Arbeit machte, verschoben die Weisungsbefugten aus dem Dunstkreis des Generalintendanten James Hutchinson die Ausstrahlung um mehr als eine Woche auf eine Sendezeit am Dienstag nach Schließung der Wahllokale.

Außerdem kursierten Gerüchte, dass eine private Detektei umfangreiches Belastungsmaterial gegen Polizeichefin Jammu und deren Verbündete sammelte – mit Hinweisen darauf, dass sich Jammus Aufstieg nicht nur auf ihre Beliebtheit, sondern in viel größerem Maße als allgemein vermutet auf heimliche Machenschaften gründete.

Stammtisch-Zyniker behaupteten, der unbestechliche Martin Probst habe in der Frage der Fusion nur deshalb die Seiten gewechselt, weil ihm eine gewisse Person, in deren Auto er gesichtet worden sei, sexuelle Gefälligkeiten erwiesen habe.

Und dann gab es noch die Osage-Krieger, die lokal agierenden Terroristen, die es im Herbst und im Winter wiederholt in die überregionalen Nachrichten geschafft hatten. Jetzt hatten ihre Aktionen einfach aufgehört, und Ermittlungen der Polizei und des FBI hatten keine brauchbaren Hinweise zutage gefördert. War schon ihr plötzliches Erscheinen verwunderlich gewesen, dann ihr plötzliches Verschwinden umso mehr. Was hatte das alles zu bedeuten? Die Konservativen der County fragten sich allmählich, was eine bewaffnete revolutionäre Gruppe dazu bewogen haben mochte, ihren Schlachtplan so perfekt auf die politischen Bedürfnisse Jammus und der Fusionsbefürworter zuzuschneiden.

Aber die Vierte Gewalt erfuhr von alldem nichts. Es war Samstag, der 31. März, und auf den Straßen der Stadt hörte man nur den Applaus und die Dampfpfeifenorgeln von den Sonderveranstaltungen und den Lärm der Festivitäten, zu denen die wichtigen Medienvertreter geladen worden waren.

Am späten Samstagnachmittag kam es in einem Pizza-Hut-Lokal in Dallas zu einer Geiselnahme. Ein großer Teil der Reporter brach nach Texas auf. Viele jedoch blieben. Es gab nichts weiter zu tun, als die Sehenswürdigkeiten von St. Louis zu besichtigen und zu preisen. Auf den Straßen, im verführerischen Licht des Frühlingsabends, wisperten aufreizend Phrasen. *Der neue* Spirit of St. Louis ... *Vorbei die Zeiten des Niedergangs ... Der Arch ein Sym-*

bol der Verbundenheit ... Eine große indische Persönlichkeit an der Spitze der Stadt ... Ein klassisches Beispiel durchdachter Stadtplanung ... Die Kardinaltugenden ... Köstliche Mischung aus Alt und Neu ... Die erste wahrhaft moderne Stadt des Mittelwestens ... Und später am Abend drang leidenschaftliches Schreibmaschinengeklapper aus hundert Hotelzimmern. Eine neue Stadt, ein neues nationales Symbol, wurde in dieser Nacht gezeugt.

Warum gerade wir?

Die sich das einmal gefragt haben mochten, in den Trümmern ihrer einstmals so bedeutenden Metropole, sahen jetzt eine bessere Zukunft heraufdämmern, die Überwindung der politischen Spaltung, die den Aufstieg von St. Louis über mehr als ein Jahrhundert hinweg blockiert hatte. St. Louis war ins Rampenlicht getreten. St. Louis hatte seine Gebrechen geheilt. Entgegen allen Erwartungen mauserte es sich.

Die Lokalpropheten waren im siebenundzwanzigsten Himmel.

Aber die Stadt? Ihr sich selbst bemitleidender, sich selbst beweihräuchernder Kern? Der Teil von ihr, der nicht vergaß und *Warum gerade wir* gefragt hatte?

Er war nicht mehr. Aufschwung, Jammu und nationale Aufmerksamkeit hatten ihm den Garaus gemacht. St. Louis war nur mehr eine Erfolgsgeschichte unter vielen, war auf so eindimensionale Weise glücklich, wie es alle prosperierenden Städte sind. Sofern es dem Land jemals etwas Einzigartiges vermittelt hatte, eine Warnung oder eine Anregung, so hielte es ab jetzt den Mund.

Ach, St. Louis. Hast du wirklich geglaubt, Memphis hat keine Geschichte und die Bürger von Omaha halten sich für unbedeutend? Warst du wirklich so blind zu hoffen, New York würde eines Tages einräumen, dass es, trotz seiner Pracht, vor deinem tragischen Ruhm kapitulieren muss?

Wie konntest du nur glauben, dass die Welt an deinem Schicksal Anteil nimmt?

Herb Pokorny hatte alle Hilfskräfte beurlaubt und seine Familie zur Wochenenderholung an den Lake St. Louis gebracht. Er selbst blieb nicht dort. Sam Norris war mit einem ans Handgelenk geketteten Aktenkoffer zum Flughafen Lambert gefahren und hatte eine Maschine nach Washington genommen. Auch er blieb nicht dort. Am Samstag, gegen Mittag, waren sie beide wieder in St. Louis und hatten alle einschlägigen Akten und Gerätschaften in Herbs frisiertem Lieferwagen verstaut, dessen Farbe und Nummernschilder Freitagnacht ausgewechselt worden waren.

Herb hatte die letzte Nuss geknackt, das Geheimnis, wo sich all die Inder verbargen, wo sie ihre Waffen, ihre Empfangsanlagen und ihre Dokumente versteckt hielten. Der Durchbruch war sehr spät gekommen, mit Hilfe eines Ausschlussverfahrens. Nachdem er über vierhundert Arbeitsstunden auf die Überwachung einschlägiger Ausländerunterkünfte und das Beschatten der Hauptverdächtigen verschwendet hatte, war ihm klar geworden, dass des Rätsels Lösung wieder einmal bei Asha Hammaker zu suchen war. Die Inder konnten nur auf Hammaker-Besitzungen untergekommen sein.

Sam und Herb besaßen jetzt eine vollständige Liste dieser Immobilien. Die Liste war lang, aber nicht zu lang. In drei, maximal vier Tagen konnten sie jedes Haus oder Grundstück davon aufgespürt und inspiziert haben.

Sam dachte nicht an Schlaf. Jede Stunde zählte, da Jammu schon angefangen hatte, sich davonzustehlen. Bislang hatte sie fünf ihrer Leute nach Indien zurückgeschickt, bei einer sechsten, dem Mädchen Devi Madan, hatte sie es versucht.

Herb besaß Fotografien der beiden Männer, die mit Madan am Flughafen gewesen waren, und hätte auch eine von dem Mädchen, hätte es ihn nicht, wie er Sam erzählte, mit einer Pistole bedroht.

Sam wusste also, dass Jammu ihre Leute nach Hause schickte. Aber er kannte auch die Psychologie seines Jagdobjekts. Sie war noch nicht so weit, dass sie auf alle Helfer und Mittel verzichten konnte. Vielleicht wäre sie das am Mittwoch. Aber am Mittwoch würde das Spiel vorbei sein. Bis dahin hätten sie die Liste der Immobilien abgearbeitet.

Am Samstagnachmittag machten sie ihren ersten Fund auf einem viereinhalb Hektar großen Grundstück am Ufer des Meramec River in der Jefferson County. Bei der systematischen Durchsuchung der bewaldeten Liegenschaft stießen sie auf die Reste einer alten Straße. Fünfzig Meter vom Flussufer entfernt, am Rand der Straße, entdeckten sie unter einer schweren Plane drei Kisten Kordit und eine Schachtel Zündkapseln. Der Sprengstoff passte zu der Beschreibung dessen, der beim Anschlag auf das Stadion verwendet worden war. Es war eine kalte Spur, immerhin aber eine Spur. Herb vermutete noch andere Beweise auf dem Grundstück, aber dafür hatten sie jetzt keine Zeit.

Die nächste Adresse war in der St. Charles County. Knapp zwei Hektar Land. Bewirtschaftet. Und wirklich, sie fanden ein abgeschiedenes Farmhaus, das an einer Schotterstraße auf einer Anhöhe lag. Die Dämmerung setzte ein, während sie das Haus beobachteten. Binnen einer Stunde fuhr nur ein einziges Fahrzeug vorbei, ein alter Mann auf einem Traktor. Sie näherten sich dem Haus. Sam trug schwer an seinem Außenherz, einer Pistole im Achselhalfter.

Sie entdeckten frische Reifenspuren in der Einfahrt, aber die Garage war leer. Sie brachen ins Haus ein, das nach Kümmel und gerösteten Zwiebeln roch. Einzige Möblierung waren Matratzen und Decken. Der Kühlschrank war eingeschaltet. Gemüse lag darin. Herb zog das Gemüsefach auf und stieß einen untypischen Laut aus. Zwischen der Petersilie lag eine Maschinenpistole.

Ein Auto kam die Einfahrt herauf und richtete blaues Scheinwerferlicht auf die Küchenfenster. Zu spät bemerkten Sam und Herb das blinkende rote Auge im Wohnzimmer-Thermostat, die Alarmanlage.

Sie brauchten zwei Stunden, um sich auf der Polizeistation der

St. Charles County aus der Haftzelle herauszureden, im Tausch gegen einen Gerichtstermin am Donnerstag. Ein Streifenwagen eskortierte sie bis zur County-Grenze. Aber das war nur eine kurze Unterbrechung. Als der Streifenwagen wendete, fuhren sie flugs zum Farmhaus auf der Anhöhe zurück, fanden es unbewacht, kappten das Stromkabel und stiegen erneut ein.

Probst hatte nicht gut geschlafen. Vom schwülen, wechselhaften Wetter angegriffen, hatte er sich im Würgegriff eines Traums herumgeworfen, der ihm wie ein Wachzustand vorkam, nicht enden wollende Variationen zum Thema Meinungsumfragen, bei denen jedem Teil seines Körpers sinnloserweise eine eigene Prozentzahl zugeordnet war, seinen Beinen, die steif waren, achtzig Prozent, seinen Rücken verspannte neunundvierzig Prozent, seine geschwollenen Augen brachten es auf je zweiundzwanzig Prozent, und so ging es weiter, bis von der sich aufribbelnden Nacht nichts mehr übrig war.

Bei Sonnenaufgang hatten die Glocken der Kirche Mary Queen of Peace den Ostersonntag eingeläutet und fuhren den ganzen Morgen über fort, ihre Verkündigung zu wiederholen. Die Bäume schlugen aus und hüllten sich in wolkiges Grün. Außerdem war heute der 1. April. Die Blasphemie dieses Zusammentreffens katapultierte ihm Witze wie eingespeichelte Papierkügelchen direkt ins Hirn. Das Grab ist leer? April, April!

Er war kein Kirchgänger, natürlich nicht, aber lange Zeit hatte er der Auferstehung eine gewisse Glaubhaftigkeit eingeräumt, bei einer Zufallserhebung seiner Bewusstseinskonstituenten vielleicht von siebenunddreißig Prozent. Der Glaube war ein «Kuchen», und er teilte seinen auf. Ein Vorgang wie die Erschaffung des Paradieses kam auf null Prozent, während es die Teilung des Roten Meers auf ansehnliche sechzig brachte, und das mit Leichtigkeit. Das Meer hatte sich für Moses geteilt, aber die Streitwagen verschlungen. Die Vorstellung eines auserwählten Volkes schlug den hellen Ton der Wahrheit an, wie auch das gesamte Alte Testament, während das Neue etwas von dem dumpfen Geschepper der roboterhaften jungen Männer und Frauen an sich hatte, die mit ihren Handzetteln die Passanten in der Innenstadt belästigten. Probst glaubte nicht an Gott. Ein diesbezügliches Schweigen, das er als wohltuend empfand, umgab ihn, seit er erwachsen war. Die Männer bei Probst & Company diskutierten vielleicht über Politik, niemals aber über Religion. Zu Hause war Barbara die Wächterin des Schweigens. «Gott?» So etwas würde sie nicht sagen. «Sei nicht albern!», fügte sie auch nicht hinzu.

Er hörte die Toilettenspülung und das Klappen der Badezimmertür. Jammu erschien im Flur vor der Küche und blieb dort, bevor sie eintrat, stehen. Eine halbe Stunde lang hatte sie in Türen gelungert und sich an Wände gedrückt, wie ein kleines Tier, das aus Angst vor Feinden das Offene meidet. Sie war schüchtern heute und ziemlich schön, in neuen Jeans und einer lavendelfarbenen Kaschmirstrickjacke mit Perlmuttknöpfen, unter der sie nur einen BH trug, dessen Träger feine Grenzzäune zwischen den Wiesen ihres Rückens und den steilen Abhängen ihrer Schultern zogen. Sie musterte die Notizzettel und Ansichtskarten auf der Kühlschranktür weder gelangweilt noch neugierig. Probst, der sich am Spülbecken die Hände wusch, sah es unbesorgt. Die sichtbaren Spuren Barbaras hatte er aus allen Parterreräumen entfernt. Und aus dem Schlafzimmer auch.

«Soll ich dir helfen?», fragte Jammu.

Er schob die Kasserolle mit Lammkoteletts unter den Ofengrill und blickte auf die Uhr: 14:38. Selbst an Feiertagen widerstrebte es ihm, so früh etwas Warmes zu essen, aber Jammu hatte am Abend Verpflichtungen zu erfüllen. «Nein», sagte er. «Danke. Setz dich doch hin.»

Sie schlenderte ins Frühstückszimmer und verwandelte es dadurch, denn sie strahlte ein Licht ab, dessen Wellenlänge nur für Probst wahrnehmbar war, ein Licht, das die Kraftlinien in den Möbeln offenbarte und das Blau der Vorhangborten noch satter werden ließ. Er trat zu ihr ans Fenster. In der Einfahrt stand das Zivilfahrzeug, mit dem sie gekommen war, und verlor seinen Glanz an den Dunst. Mohnwirbel war über den Feiertag nach Illinois gefahren. Probst vermutete, dass er dort eine Frau traf.

«Wir haben das Haus wegen des Gartens gekauft», sagte er. «Noch ein paar Wochen, und du wirst sehen, warum.»

Jammu blickte kühl auf das Blumenbeet hinaus, auf dem Norris und Pokorny vor einem Monat plötzlich aufgetaucht waren. Eine Lücke zwischen den Osterglocken markierte die Stelle. Während sein Blick auf dem still daliegenden Garten ruhte, dachte Probst an die ein, zwei glücklichen Sonntagnachmittage im Jahr, an denen Ginny und seine Eltern zufällig alle unterwegs gewesen waren und er, damals ein Teenager, ihr kleines Haus für sich allein hatte. Himmel und Welt schwappten heran. An jedem Fenster blieb er stehen und starrte in einer Erwartung hinaus, die größer als Langeweile, auch geheimnisvoller war und nach einem Ziel verlangte. War es das, was Barbara empfunden hatte, an jedem Wochentag ihrer Ehe? War es das, wo sich John Nissing hatte einschleichen können?

Jammus Arm streifte seinen. Aus ihrem Haar stieg ein frischer Duft nach Kokosshampoo. Genau in dem Moment, wo er sich ungezwungen zu ihr hin lehnte und die Arme unter ihre Achseln schob, blickte sie zu ihm auf. Sie schüttelte ihr Haar zurück und sah in der einzigen Sekunde, die ihr dafür blieb, an ihm vorbei, denn schon drückte er seine Lippen auf ihren Mund und stellte fest, dass er sie küsste.

Sie ruckte mit dem Kopf hin und her, bot seinen Lippen Nase, Stirn und Augen dar, und ihre durch sein Haar fahrenden Finger zogen ihn noch näher zu ihr herab. Die Kaschmirwolle war warm und verrutschte auf ihrer Haut, staute sich an den BH-Trägern. Ihre Brüste pressten sich durch die Kaschmirwolle sanft an seinen Oberkörper, während ihr Mund, eine geschäftige Metapher des

Hungers, sich öffnete und schloss. Er hob eine Hand und füllte sie mit ihrem Haar, *ihrem* Haar. Er drehte ihren Kopf ein wenig zur Seite, um ihr Gesicht zu sehen. Sie schluckte und stieß, nach Luft schnappend, einen Seufzer aus, und irgendetwas knackte. Es war das Lamm im Herd. Probst löste sich von ihr.

Jammu lachte lautlos, ein wenig vorgebeugt. «Habe ich einen Hunger.» Sie lachte erneut. Es war ein gehauchtes Lächeln. «Und ich habe dir etwas mitgebracht.»

Er machte sich auf den Weg zum Herd. «Was denn?»

«Eine Überraschung. Du wirst sehen.»

Er wendete die Koteletts und nahm den Salat aus dem Kühlschrank. Er wollte ihr die Teakholzschüssel reichen, aber sie ging um die Schüssel herum und drückte ihn gegen den Kühlschrank, der noch offen stand. Das Licht darin, das nach Essiggurken roch, blendete ihn. Ihre Zunge schob sich zwischen seine Lippen und brachte die nach nichts schmeckende Süße ihres Mundes mit. Wollte sie es direkt hier tun, auf dem Fußboden, unter den Augen von Ketchup und Mayonnaise? Er war bereit. Aber sie trat einen Schritt zurück, mit einem Seitenblick auf den Backofen. «Bei dir wird nochmal ein Feuer ausbrechen.»

Sie aßen im Esszimmer. Das Essen war gut, aber nicht so gut wie das Gefühl der Macht, das er jetzt hatte: Sie würde nicht aus dem Haus gehen, ohne mit ihm geschlafen zu haben. Auch sie wusste es. Ihre Gabeln klapperten züchtig und beherrscht. Getrennt durch eine Tischecke, konnten ihre Körper nicht spüren, was ihr Verstand bereits wusste, nämlich wohin die Liebe sie führen würde, wenn sich eine neue Berührung ergab.

Sie erzählte ihm, mit welchen wirtschaftlichen Schritten sie die zentrumsnahen Vororte wie Maplewood, Affton, Richmond Heights und University City, Ferguson, Bellefontaine Neighbors, Jennings und andere zwingen wollte, die faktische Annexion durch St. Louis zu akzeptieren, sowie die Fusion den Weg dazu frei gemacht hätte. «Denn das Referendum als solches hilft der

Landknappheit der Stadt nicht ab», sagte sie. «Der Mangel ist schon jetzt kritisch.»

«Also machst du Webster Groves zu einem halbautonomen Teil von St. Louis.» Probst füllte ihr Weinglas. «Die St.-Louis-Familie.» Er zog eine Grimasse. «Ich höre schon Pete Wesley mit so einem Slogan hantieren.»

«Du magst ihn wohl gar nicht, oder?»

«Ich kann ihn nicht ausstehen.»

Jammu nickte vieldeutig.

«Auf welcher Basis geht ihr denn miteinander um?», fragte er.

Sie wandte sich zum Fenster. «Du meinst, was für eine Frau ich bin?»

«Eher wollte ich ...»

«Wesley hat mich nicht attraktiv gefunden.»

«Dümmer noch, als ich dachte.»

«Aber wenn das anders gewesen wäre und ich es für nötig gehalten hätte, hätte ich mit ihm geschlafen.»

Probst war entsetzt.

Sie schien das zufrieden zur Kenntnis zu nehmen. «Ich hab dir gleich gesagt, dass ich kein Engel bin.»

«Mit wem hast du's denn gemacht?» Seine Stimme klang belegt.

«Mit keinem. Aber das war reiner Zufall.»

Probst legte seine Gabel hin und starrte in die pfeffrigen Soßenpfützen auf seinem Teller.

«Werd nicht theatralisch, Martin. Der Verheiratete bist schließlich du.»

«Du willst, dass ich meine Frau in die Sache mit reinziehe.»

«Natürlich.»

«Du willst, dass ich mich scheiden lasse.»

«Du etwa nicht?»

«Doch.»

Sie kippelte mit dem Stuhl. «Oh, ich weiß schon. Das ist grässlich unanständig von mir.»

«Nein, es ist nur zu verständlich.»

«Gut. Wo ist sie?»

«In New York», sagte er tonlos. «Mit einem, den du kennst. Erinnerst du dich an John Nissing?»

Sie zog die Stirn kraus. «Wen?»

«John Nissing. Der Kosmopolit. Bekannt aus dem Sonntagsmagazin des *Post-Dispatch*.»

«Ach der.» Ihr Blick fiel auf irgendetwas Unangenehmes. «Aber davon hast du nichts gesagt.»

«Willst du mir das vorwerfen? Wir sind erst ... Was ist?»

Ihre Miene verfinsterte sich. Draußen auf der nassen Straße fuhr ein Auto vorbei. «Nissing ist homosexuell», sagte sie.

Probst musste kichern. «Das bezweifle ich.»

«Du warst ja auch nicht essen mit ihm und seinem schwulen Liebhaber.»

«Wie bitte?»

«Stehst du in Verbindung mit ihr? Ruft sie dich an? Hast du sie mal mit ihm gesehen?»

«Ja», sagte er. «Wir telefonieren. Sie scheint glücklich zu sein. Glücklich und immer unterwegs.»

Jammu zuckte die Schultern. «Na ja. Man kann nie wissen. Nach allem, was ich von dem Mann mitbekommen habe, wäre ich überrascht, wenn eine längere Geschichte daraus werden würde.» Sie schüttelte den Kopf, verwirrt. «Seltsam. Kommt nicht oft vor, dass ich mich so sehr in einem Menschen irre.»

«Vielleicht reden wir von zwei verschiedenen Nissings.»

«Vielleicht. Oder von zwei verschiedenen Seiten derselben Person.»

Probst glaubte nicht, dass Barbara in Schwierigkeiten war, aber allein schon die Möglichkeit gönnte er ihr nicht. Er wollte keine Katastrophe, die sein Leben komplizierte, er wollte nicht, dass Barbara in Tränen aufgelöst und voller Reue nach Hause zurückkam und ihm Schuldgefühle einflößte, weil er sie aufgegeben hatte, was schließlich auch der Fall war, mochte da kommen, was wolle. Das Kapitel Schuld hatte er hinter sich gebracht. Er hatte ihr vergeben. Er hatte sie aus seinem Leben entfernt.

Jammu zwirbelte bedrückt am Stiel ihres Weinglases. Probst wünschte, er könnte ihr auf irgendeine Weise zusichern, dass er sein Bekenntnis zu ihr nicht widerrufen würde. Aber das ging nicht. Er konnte es nicht beweisen, bevor die Zeit gekommen war. Er langte quer über den Tisch und hob ihr Kinn mit dem Daumen an, eine Geste, die er im Kino gesehen hatte. «Manchmal klingst du so hart», sagte er.

«Ich bin hart.» Sie lächelte alarmiert, lächelte die Wand an. «Ich bin hier nur nicht in meinem Element. Ich habe noch nie ... oh.»

«Nie was?», bohrte er.

«Ich fühle mich großartig, Martin. Wirklich großartig.»

Sie hätte nicht viel anders geklungen, hätte sie gesagt, sie fühle sich schlecht, Martin, wirklich schlecht. Auch ihm war ein wenig schlecht. Sich der Liebe hinzugeben, in seinem Alter, beanspruchte gewisse Muskeln im Bauch und im Nacken, Muskeln, die den Willen an den Körper banden, weil noch eine andere, endgültigere Art der Hingabe existierte, der es, wie sie bereits übereingekommen waren, zu widerstehen galt.

Er räumte den Tisch ab. In der Küche schaltete er die Kaffeemaschine ein und holte das Schokoladenei aus dem Schrank. Er nahm es mit an den Tisch.

«Frohe Ostern», sagte er.

«Frohe Ostern auch dir.» Sie schob einen großen braunen Umschlag über den Tisch zu ihm hin. Sie wog das Osterei in der Hand.

«Echtes Vollmilchschokoladenaroma», sagte er. Er hielt den Umschlag hoch. Er war nicht zugeklebt. «Ist das die Überraschung?»

«Ja.»

Er lugte hinein und sah Unterschriften, Hunderte von Unterschriften und seinen Namen in großen Lettern.

«Die gehören alle dir, wenn du willst», sagte sie. «Die Frist fürs Einreichen endet Freitagmittag. Ich finde, du solltest kandidieren.»

Eine Glückswoge überschwemmte ihn, eine Woge reinen, ungetrübten Glücks, als er die Petition aus dem Umschlag zog und die Namen las, Hunderte von Namen in Hunderten von Handschriften, und einen Namen, seinen eigenen, oben auf jeder Seite sah. FÜR DAS AMT DES SUPERVISOR DER ST. LOUIS COUNTY. Die Frau in der lavendelfarbenen Strickjacke pellte Silberfolie vom Ei. Er verschlang sie mit den Augen. Er würde kandidieren. Mit ihrer Hilfe würde er gewinnen. Er würde sie heiraten. Und dann sehen, was Brett Stone dazu zu sagen hatte.

Nach der zweiten Tasse Kaffee jedoch stand Jammu auf und sagte, schon in der Tür, sie müsse gehen.

Es war vier Uhr. Regen klopfte an die Sturmfenster.

«Ich kann nicht, Martin», sagte sie. «Wirklich, lieber nicht. Du weißt doch, wie mein Terminkalender aussieht.»

Sie holte ihren Trenchcoat eigenhändig aus dem Schrank. Sie zog ihn an. Sie stand im Wohnzimmer, sprach aus irgendeinem Grund sehr laut. Probst hatte den Tisch nicht verlassen. Fünfzig Jahre rechtschaffenen, unbescholtenen Lebens lasteten schwer auf seinen Gliedern, seinen Schultern, seinen Händen. So also fühlte es sich an, auf dem schweren Jupiter zu sitzen. Wo war die Frau, bei der er diese Last abwerfen konnte?

Sie beugte sich vor, um ihn zum Abschied zu küssen.

Um sechs, in einer Telefonzelle, gegen die unablässig der Regen prasselte, tätigte Jammu einen Anruf. «Ich bin's», sagte sie.

«Ja.»

«Hast du mitgehört?»

«Nein. Ich sagte doch, es hat keinen Zweck. Dieses Mikro hat eine Reichweite von zwei Metern.»

«Nun ja: Das subjektive Korrelat kannst du vergessen.»

«Du Arme.»

«Ich rufe nur an, weil ich dachte, es könnte dich interessieren. Aus Gründen der Vollständigkeit. Was die Fusion betrifft, hat er die Fronten gewechselt. Was Barbara betrifft, nicht. Er kandidiert für den Posten des County Supervisor, aber mich rührt er nicht an.»

«Dann hast du dir keine Mühe gegeben.»

«Und ob ich mir Mühe gegeben habe. So, jetzt weißt du's. Es geht nur noch um ihre Freilassung.»

«Ja. Dienstag nach Sonnenuntergang. Ich fahre sie nach New York. Irgendwann am Donnerstagmorgen dürfte die Welt von ihr erfahren.»

«Du Armer.»

Jammu legte auf. Martins Samen sickerte in ihre Unterwäsche. Der Autoverkehr auf der Manchester Road wälzte sich vorbei, Rücklichter verschwammen im Glas der Telefonzelle. Der Plan war perfekt. Sie hatte sich entschlossen, alles selbst zu erledigen. Sie gab Singh den besten Grund, den er je hatte, aus einem Land zu fliehen. Und vielleicht war es der Frevel, das, was er über die Probsts zusammengetragen hatte, zu verfälschen, vielleicht war es der plötzliche Verrat an ihrem lebenslangen Komplizen und Freund; aber wer sie so in der Telefonzelle stehen sah, zitternd und sich die Haare raufend, hätte fast meinen können, dass sie noch nie jemanden getötet hatte.

23

Dienstagmorgen, acht Uhr. RC saß auf dem Wohnzimmersofa und sah, Cheerios-Flocken essend, die *Today*-Nachrichten. Annie kam in einer gelben Regenjacke aus der Küche. Robbie trug einen Big-Red-Poncho. Sie gaben RC einen Abschiedskuss.

Today berichtete live aus St. Louis, sogar aus Webster Groves. Ins Bild kam ein kastenartiger Lincoln, der neben anderen Autos auf dem Hof einer roten Backsteinschule einparkte. Ein Regenschirm zeigte sich, gefolgt von Martin Probst. *Today* zoomte sich näher heran. Rings um Probst schaukelten große Ja- und Nein-Pappschilder auf Stöcken. Offenbar hatte er jemand von *Today* bemerkt und schwenkte zur Seite, hin zu ihm. Weniger bedeutende Männer und Frauen mit Kameras blieben hinter Probst zurück, die Pros und Kontras reckten die steifen Hälse, und gehalten von einer Hand mit Schmirgelhaut und lila Knöcheln, streckte *Today* ein Allwettermikrophon heraus. Probst machte eine witzige Bemerkung. Gelächel formte sich im Regen. Und was sagen Sie zu diesem Regen? Probst glaubte nicht, dass das Wetter dic Abstimmung sonderlich beeinflussen werde. Er entschuldigte sich; er müsse seiner patriotischen Pflicht nachkommen. Die Menge teilte sich für ihn und seinen Schirm, und *Today* blickte ihm einen Moment nach, bevor, unterbrochen durch einen kurzen, närrischen Einschub weißen Rauschens, auf ein landesweit bekanntes Gesicht umgeschaltet wurde. Dem schwarzen Arch hinter ihr war der Scheitel im niedrig hängenden Gewölk verloren gegangen. Was sagen Sie zu diesem Regen? Die Bemerkung der Polizeichefin war noch witziger als die von Probst. Und nun zurück nach New York.

RC stellte den Fernseher aus und starrte auf die Mattscheibe, bemüht, die Trostlosigkeit von *Today* abzuschütteln. Schon zwei Wochen fühlte er sich einsam und wie gelähmt, seit nämlich Clarence und Kate und die Jungs St. Louis verlassen hatten. Nach über vierzig Jahren hatten sie plötzlich ihre Zelte abgebrochen und waren nach Minneapolis gezogen, einfach so. Clarence' Cousin Jerome hatte ihm vorgeschlagen, doch in den Norden zu ziehen und sich in seine Baufirma einzukaufen, und bevor Clarence auch nur die Gelegenheit hatte, Nein oder Hm, vielleicht zu sagen, hatte ihm sein Hauptkonkurrent in der South Side, die Gallo Company, angeboten, seine Firma zu vorteilhaften Bedingungen komplett aufzukaufen. Nach nur sechs Stunden auf dem Wohnungsmarkt war sein geräumiges Haus an eine dreiköpfige weiße Familie gegangen, und am Tag zwischen dem dritten und vierten Schulquartal nahm er seine Jungs in St. Louis aus der Schule und schickte sie nordwärts in einen Vorort von Edina. Das reimte sich auf China. RC konnte noch immer nicht glauben, dass sie für immer fort waren.

Er stand auf und wusch das Geschirr ab, putzte seinen Revolver, zog sich an und aß eine Scheibe rohen Speck (eine schlechte, richtig schlechte Angewohnheit) mit ein paar Townhouse Crackers. Dann ging er zur Abstimmung. Um zwei Uhr hatte er einen Termin, um sich einen Leberfleck vom Rücken entfernen zu lassen, und um drei fing sein Streifendienst an. Auf dem Bürgersteig vor seinem Haus kam er an einem blonden jungen Mann mit Kamera vorbei, der ihm von irgendwoher bekannt war. RC hatte sein «Hallo» gerade einmal zur Hälfte zu Ende gebracht, da war ihm das «Wie geht's?» des anderen schon ins Wort gefallen.

Den ganzen Sonntag, den ganzen Montag waren sie, Schlösser knackend, über Mauern kletternd, überall auf dasselbe Phänomen gestoßen: frische Fährten, aber das Objekt ihrer Jagd hatte sich in Luft aufgelöst. Sie nahmen Fingerabdrücke, doch mit Fingerabdrücken allein würden sie Jammu nicht überführen können. Sie fanden Waffen, Essbares, Kleidung, Haarfärbemittel, Gasmasken, Einbruchswerkzeuge, Spuren verbotener Substanzen, Kisten mit Radioteilen, eine Miniatur-Schmiedewerkstatt und ein paar gefälschte Ausweise – hundertprozentigen Mumpitz. Sie schlugen die halbe Sonntagnacht damit tot, ein im Ranchhausstil erbautes Gebäude am Highway 141 zu observieren, hinter dessen Vorhängen Lichter an- und ausgingen und ein Fernseher flackerte, und als sie schließlich einbrachen, stellte sich heraus, dass das Haus außer Zeitschaltern und einem Fernsehapparat nichts enthielt. *Die Leute waren da gewesen.* Aber jetzt waren sie weg, als hätte sie jemand vor dem Auftauchen von Sam und Herb gewarnt. Es schien nichts zu helfen, dass Herbs Auto wanzenfrei war. Es schien nichts zu helfen, dass sie sich nach Zufallsprinzip durch ihre Liste arbeiteten, kreuz und quer durch drei Countys fuhren, doppelt so viel wie nötig Ausweichmanöver machten, sich einigen Grundstücken aus ungewöhnlichen Richtungen zu Fuß näherten, abrupt die Route änderten und dorthin zurückkehrten, wo sie bereits gewesen waren. Trotz all dieser Vorkehrungen gingen die Inder ihnen nicht ins Netz.

In der Morgendämmerung am Montag stiegen sie in eine Eigentumswohnung in Brentwood ein, in der sie eine für die Entwicklung von Mikrofilmen ausgerüstete Dunkelkammer vorfanden, ein Bett, in dem die Laken unter der Decke noch warm waren, doch nicht die Spur stichhaltiger, schlagender Beweise. Hätten sie das Domizil anstelle des anderen in der St. Charles County am Samstag durchsucht oder anstelle der vier Häuser und zwei Bürogebäude in benachbarten Orten am Sonntag oder wären sie zumindest eine Stunde früher gekommen, hätten sie womöglich einen Volltreffer gelandet. Wie kam es, dass die Inder ihnen ständig entwischten? Wie kam es, dass die Verschwörung mit dieser teuflischen zeitlichen Präzision beendet wurde? Wie konnte sie überhaupt beendet werden, von einer Minute auf die nächste, wo sie es doch mit einer Frau zu tun hatten, die ganze acht Monate lang keinen einzigen Tag ohne die Hilfe ihrer Agenten ausgekommen war? Sam war kurz vorm Durchdrehen. Er hätte nie auf Herb hören dürfen. Sie hätten jeden verfügbaren Mann einsetzen sollen, um alle Orte auf der Liste gleichzeitig abzudecken, und zwar schon am Samstag. Jetzt war es zu spät. Jetzt mussten sie weitermachen wie bisher.

Am Dienstagmorgen war ihre Liste auf drei Gewerbeimmobilien geschrumpft, zwei in der County und eins auf der anderen Seite vom Fluss. Das erste war in der Beschreibung als unerschlossen gekennzeichnet, aber als sie dort eintrafen, sahen sie ein zweistöckiges Lagerhaus hinter einem Zaun vor einem Nebengleis der Missouri Pacific Railroad und einem rostigen Abstellgleis. Graue verwitterte Sperrholzplatten bogen sich von den Nägeln weg, mit denen sie an Fenstern und Türen des Hauses befestigt waren; auf dem Dach standen, aluminium- und bronzefarben, drei funkelnagelneue Sendeantennen. Herb warf Sam einen Blick zu. Sam warf Herb einen Blick zu. Das war die Nachrichtenzentrale, nach der sie gesucht hatten.

Buzz Wismer traf am späten Vormittag in seinem Firmensitz ein und fand seine Angestellten merkwürdig verändert. Er sagte guten Morgen zu der hübschen Empfangsdame, und sie lächelte schwach. Er sagte guten Morgen zu zwei plaudernden Wachmännern, die plötzlich verstummten und Blicke wechselten, als hätte den Raum gerade ein Gespenst durchquert. Im Lift versuchte er es mit ein paar netten Worten bei seinem Freund Ed Smetana, doch Ed drückte auf den Knopf zur Buchhaltungsetage, in der er fast nie zu tun hatte, und stieg aus. Buzz sagte guten Morgen zu seiner Sekretärin, und sie kroch unter den Schreibtisch, um irgendwo in der Nähe vom Diktaphonpedal etwas zu richten. Er machte einen Abstecher in seine Privattoilette und schaute in den Spiegel. Derselbe alte Buzz. Seine Nase war ein bisschen gerötet vom nasskalten Wind, aber mehr oder weniger war sie das immer. Er betrat sein Büro. Ein großer, blauorangefarbener Federal-Express-Umschlag lag auf seinem Schreibtisch. Er enthielt ein einziges Blatt Papier.

AN: Edmund C. Wismer, Vorstandsvorsitzender
VON: Steven Howard Bennett u. a., Aktionäre

Buzz überflog den Inhalt.

Beschlossen 2. April außerordentliche Versammlung Anwesende einschließlich Bevollmächtigte Einschreiben 26. März 54% mit tiefem Bedauern lange Zeit der Zusammenarbeit gegenwärtigen Entscheidungen Verlegung des Firmensitzes fragwürdig Beschluss widersprochen steuerlich unrealistisch ohne Konsultation Verletzung Paragraph 25 Unternehmenssatzung Aufgaben entbunden Freitag 6. April Vollversammlung Bevollmächtigte 16. April Wahl des neuen Vorstandsvorsitzenden und der Vorstandsmitglieder …

Buzz sackte in seinen Sessel und war wieder jung, ein mittelloser Himmelsstürmer, und er spürte den Ruck des goldenen Fallschirms, der eine großzügige Entlassungsabfindung war, das Sichstraffen der Gurte über seiner Brust. Seine Sekretärin brachte ihm ein Glas Wasser.

Die Fährte war so frisch, dass der Regen nicht einmal die Reifenspuren aufgeweicht oder den Matsch der Schuhsohlen von der Laderampe gespült hatte. Wieder einmal stammten die Fußabdrücke von einer Frau. Herb fotografierte sie und sprach in seinen Taschenrecorder. «Elf Uhr fünftschehn, alscho schiebenundschwanschig Schtunden nachdem wir frische männliche Fuschabdrücke gefunden haben, Tür der Laderampe weit geöffnet, aber offenbar war schie gerade geschloschen, nach dem Beton schu urteilen. Wir dringen mit Taschenlampen ein …»

Herbs ständiges Kommentieren ging Sam auf die Nerven. Mehr und mehr fragte er sich, ob er wirklich den besten Detektiv angeheuert hatte, der in St. Louis zu haben war.

Wer immer die Fußabdrücke hinterlassen hatte, war darauf bedacht gewesen, dass das Lagerhaus jetzt leer stand. Im Büro, das im Obergeschoss lag, baumelten Koaxialkabel von der Decke und zeigten auf zwei Papppaletten Orangensaftbüchsen, auf gelbliche Fastfood-Krümel, einen Stapel Maxell- und Memorex-Tonbandkartons und -Diskettenschachteln, ein paar Aluminiumklapptische und Stahlrohrgartenstühle.

«Ich verschtehe dasch nicht.»

Sam versetzte den Saftbüchsen einen deftigen Tritt und verstreute sie im Raum. «Also. Wenn das Zeug nicht hier ist, ist es nirgends, vermute ich. Aber wir haben noch zwei Adressen vor uns. Mal sehen, ob wir nicht doch noch ein paar von denen erwischen.»

Zu Hause in ihrer Wohnung zog Jammu die von den Interviews verschwitzten Sachen aus. Sie schlüpfte in einen weißen Leinenrock mit weißer Bluse, passend zu ihrer Stimmung, die hell und freundlich war. Sie hatte sogar ein paar Stunden geschlafen; Devi Madan war außer Landes.

Gopals Helfer Suresh hatte sie am Sonntagnachmittag aufgespürt. Unter dem Namen Barbara Probst war sie im Ramada Inn an der Interstate 44 in der Nähe von Peerless Park, draußen am Flughafen Weiss, abgestiegen. Sie war nicht im Zimmer, als Gopal eintraf, also wartete er mit Suresh im Bad auf sie. Endlich fuhr sie mit einem Mietwagen vor. Sie betrat die Lobby des Motels und verließ sie fluchtartig wieder. Durch das Badezimmerfenster schoss Gopal mit der schallgedämpften Selbstladepistole auf die Reifen ihres Autos, aber der Schusswinkel war ungünstig, und der Wagen fuhr davon. Als die beiden Männer ihr folgten, wurden sie durch starken Feiertagsverkehr auf der Insterstate 270 daran gehindert, Devi von der Fahrbahn abzudrängen. An einem Autobahnkleeblatt wechselte sie die Richtung, fuhr zehn Meilen südwärts, wechselte die Richtung noch einmal und noch einmal und erreichte den Flughafen Lambert gerade noch rechtzeitig, um sich für einen der internationalen Flüge einzuchecken und eine Maschine der British Airways nach London zu besteigen, kurz bevor diese abhob. Mit dem Befehl, sie überallhin zu verfolgen, flogen Gopal und Suresh nach Washington, ergatterten dort durch Zufall zwei Sitzplätze in der Concorde und kamen nur fünfunddreißig Minuten nach Devi in London an. An diesem Morgen war sie noch in England. Gopal und Suresh wollten sie, sofort wenn sie sie fanden, töten und selbst nach Bombay weiterfliegen.

Die Mission vollendete sich wie die wundersame Heilung einer offenen Wunde. Von den einundzwanzig Männern und Frauen, die Jammus Befehlen in St. Louis unterstanden hatten, waren nur noch Singh und Asha da, und Asha würde bleiben. In den vergangenen drei Tagen hatten sie und ihr Dienstmädchen alle Gegenstände und Unterlagen aus den Häusern und Lagerräumen und Sendestationen fortgeschafft. In diesem Moment fuhren sie in einem geliehenen Pevely-Milchtransporter nach Süden, ins Ozark-Gebirge, um die besonders belastenden Nebenprodukte der Mission in einer stillgelegten Bleimine in die Luft zu sprengen. Asha war an körperliche Arbeit gewöhnt; sie hatte mit Waffen gehandelt, als Jammu sie in Bombay kennen lernte.

Jammu glättete ihre weißen Manschetten und teilte den Vorhang vor ihrem Schlafzimmerfenster. Singh musste jeden Moment mit einem Karton Rechnungsbelege erscheinen, den einzigen noch nicht in ihrer Wohnung befindlichen schriftlichen Überresten der Mission. Alle Papiere und Tonbänder passten nun bequem in zwei Aktenschränke mit je vier Schubladen. Getroffene Vorkehrungen für eine Zukunft, die sich erfüllt hatte, hieß es vernichten.

Ein dicker Mann mit Sonnenbrille schleppte einen nassen Pappkarton durch die Seitengasse. Jammu ging an die Tür.

Singh trat ein, stierend, keuchend, tropfend. Er hatte drei Jacken und zwei Hosen übereinander gezogen und sorgfältig unter übergroßer Garderobe versteckt; es sah aus, als hätte er sich außerdem ein Kissen unters Hemd gestopft. Getrockneter Speichel war in seinen Mundwinkeln zur Kruste geworden: der leidende Mensch.

Jammu nahm ihm den Karton ab und stellte ihn auf den Boden. «Fährst du jetzt zurück und räumst das Apartment?»

«Steht schon fast leer», sagte er. «Ich hab ein paar Sachen abgewandelt.»

«Im Apartment?»

«Auch am Plan. Ich bin kein Psychopath und auch kein Iraner mehr. Das konnte ich nicht durchhalten.»

«Jetzt aber raus mit der Sprache!» Jammu drehte sich auf ihren Absätzen einmal im Kreis. «Wie lang geht das schon so?»

«Eine ganze Weile. Sie glaubt, dass ich jetzt offen zu ihr bin. Sie fühlt eine Verbundenheit –»

«Eine Zuneigung, eine Anziehung, eine Zärtlichkeit –»

«Sie wird Probst, wenn sie freikommt, nicht die Wahrheit sagen. Sie wird sagen, dass sie bei John Nissing in New York gewohnt hat. Sie hat ihren Stolz. Und es stimmt, da ist Zuneigung.»

Jammu starrte auf seine Sonnenbrille. Er musste verrückt sein zu glauben, dass ihr so ein Plan gefallen würde. Sie hatte Barbara nie gesprochen, aber sie kannte sie. Barbara würde alles verderben. Was geschehen musste, war klarer denn je.

«Das erschien mir umso sinnvoller zu sein», fuhr Singh fort, «als sich herausstellte, dass Probst sexuell nichts mit dir zu tun haben will. Es gibt keine andere Frau in seinem Leben, nichts, was sie verärgern könnte, und ganz bestimmt keine Inderin, die sie misstrauisch machen würde.»

«Mir gefällt das nicht.»

«Ich versichere dir, das war die einzig mögliche Art, mit ihr umzugehen.»

«Mir gefällt das nicht.»

«Dann hättest du Bombay nicht verlassen sollen.»

«Du hättest sie nicht entführen sollen.»

«Dann würdest du diese Abstimmung möglicherweise nicht gewinnen.»

«Na schön.» Es gab nichts mehr zu sagen. Jammu hob die

Hände zu einer Art Abschiedsgeste, einer Umarmung oder einem Händedruck, aber er ließ sie stehen. Er humpelte die Treppe hinab, schnaufend und fett.

Probst verbrachte den Tag im Büro, um sich von der Abstimmung abzulenken und die Firma wissen zu lassen, dass er noch ihr Chef und Spiritus Rector war. Er prüfte die Zeitpläne für seinen ersten behutsamen Vorstoß ins innerstädtische Bauvergnügen, ein paar Bürokomplexe in der North Side, deren erster Spatenstich im Mai sein sollte. Carmen saß hastig tippend an ihrem Schreibtisch.

Es gefiel ihm, in den Zeitplänen eine Reihe von Doppelungen und vermeidbaren Verzögerungen aufzudecken, die selbst Cal Markham übersehen hatte; das bewies, dass er immer noch eine wichtige Funktion in der Firma innehatte, und zeigte auch, weshalb: Er war überaus intelligent und erfahren. Wie leicht konnte ein Mann das aus den Augen verlieren. Wie leicht konnte er, wenn seine Familie und seine Welt auseinander brachen, die Tröstungen der eigentlichen Arbeit, des eigentlichen Betriebsamseins, den Segen einer körperlichen und organisatorischen Struktur verschmähen.

Natürlich sah er auch, dass er dreißig Jahre lang zu viel gearbeitet hatte, sah sich im Rückblick als Monstrum mit Händen groß wie Baggerschaufeln, Beinen wie Bulldozerreifen, und über allem seinen Kopf, den wahren Hort der Seele, eine winzige schwarze Rosine. Als Vater und Ehemann hatte er versagt. Aber jeden, der es wagen würde, ihm das ins Gesicht zu sagen, hätte er niedergebrüllt, denn im Büro hatte seine Liebe zu Barbara und Luisa nie gewankt. Er hatte ein Herz. Alles, was er nicht hatte über Bord werfen können, all die Andenken und Dinge, die zu gebrauchen oder reparieren waren, die Gegenstände und Annalen der Kindheit und der Flitterwochen, der ersten und späteren Jahre der Elternschaft – er hatte sie in der Hoffnung aufbewahrt, an den Lebensphasen, die sie verkörperten, eines Tages mit mehr Zeit und deshalb intensiver teilzuhaben.

Aber er würde sich nicht ändern. Er liebte Jammu, weil sie etwas erreichte. Mit ihr würde er einen neuen Anfang machen, klug genug, nie auf eine Gelegenheit zu warten, in der sich die Vergangenheit wiederaufleben ließ. Ein Jahr noch, und sie würden zusammenleben, nicht in einem Haus (was bedeuteten ihm Gärten schon?), sondern in einer geräumigen modernen Eigentumswohnung an der Hanley Road oder dem Kingshighway Boulevard, in die sie beide spätabends zurückkehren würden und in der überflüssiger Krempel keinen Platz hätte.

In den Augen der Fluggesellschaften waren alle Frauen gleich, außer vielleicht solche mit Babys oder Rollstühlen. Schwebte sie über der Erde, brachten ihr die Stewardessen Kissen, Decken, Getränke. Lästig waren nur die Zeiten zwischen den Flügen, wenn sie ihren Sitz nicht nach hinten klappen konnte und ihr vom festen Boden die Knie schlotterten. Aber alles, was sie brauchte, um wieder in die Luft abzuheben, war Geld, und Geld war kein Problem, da sie einen Großteil ihrer Kraft an den Freund des Zimmermädchens im Marriott verkauft hatte, bis sie sich plötzlich in Edinburgh wiederfand, mit Reserven, die höchstens noch fürs Wochenende reichten, und zu wenig englischen Pfunden und zwei verrückten Freunden, die sie umbringen wollten. Diese ganze Fliegerei von ihnen allen war doch ein einziges Missverständnis. Sie flog zum Spaß und wegen der Mahlzeiten auf den übersichtlichen Plastiktabletts, während ihre Freunde das Fliegen für eine Jagd hielten. Soweit sie das beurteilen konnte, hatten sich deren Mordabsichten allerdings bisher nur auf ihre Flugroute ausgewirkt.

Jetzt war sie wieder zu Hause und verblüffte den Passbeamten, indem sie einfach durch die Sperre fegte und davonrannte, und sie enttäuschte den Taxifahrer, weil sie keine Koffer dabeihatte, für die er ein Extratrinkgeld kassieren konnte. Verblüffung und Enttäuschung hatte auch im Blick ihres Freundes in der Edinburgher Damentoilette gelegen, als er die Kabine öffnete, in der sie ihre

Stiefel hinterlassen hatte, und sich genau auf die Klinge zu drehte,
die sie, auf bloßen Füßen, ihm an die Kehle hielt. Er hatte trotz-
dem abgedrückt, und man konnte ihr das gurgelnde Geräusch sei-
ner Luftröhre nicht vorwerfen, auch nicht das komische Plopp, das
die Pistole machte, als der andere Freund hereinkam und auf dem
Fußboden, der schmutzig war, zusammenbrach. Es waren Terroris-
ten gewesen. Wenn Rolf hätte sehen können, wie sie ihr Leben ge-
rettet hatte, ihr kaltblütiges Zupacken, er wäre stolz auf sie gewe-
sen und hätte ihr auf Knien die Hände abgeküsst. Aber faktisch
wusste sie, dass sie alles verlor. Wenn sie sich einen Schuss setzte,
döste sie schlaflos vor sich hin, und obwohl ihr die beiden nichts
mehr taten, ließen sie das Gurgeln und das Ploppen nicht mehr los.
Sie warteten nur darauf, dass ihre Kraft versiegte. Wie viel Leid
konnte eine lebendige Frau ertragen, bis der Wille dazu in ihr er-
starb? Sie erinnerte sich an die dreizehnjährige Devi und eine auf-
regende Ferienreise mit ihren Eltern, auf der sie einem Schönheits-
salon in Paris und der Alhambra in Spanien und den Pyramiden in
Ägypten einen Besuch abgestattet hatten. So etwas Wuchtiges wie
diese große, von Sklaven erbaute Cheops-Pyramide hatte sie noch
nie gesehen. Jetzt hielt der Taxifahrer an, damit sie sich an der Un-
terschrift auf dem Scheck der Webster Groves Trust versuchen
konnte, bei der es hoffentlich ein gefülltes Konto für sie gab und
Leute, die sie kannten oder ihr zumindest über den Weg trauten.
Mehr wollte sie ja gar nicht: Menschen, die sie richtig behandelten.
Denn das machte keiner. Alles war wie die große Pyramide, nur
dass sie umgedreht war und mit der Spitze auf sie niederdrückte.

Fünf Stockwerke unter den Fenstern von Buzz Wismers Büro, auf
der Zufahrt zum Haupteingang, lachten Reporter in Dreier- und
Vierergrüppchen, machten aus ihrer Belagerung ein geselliges Er-
eignis. Buzz hatte alle Telefonnummern, die er von Asha erhalten
hatte, durchprobiert. Keiner wusste, wo sie war. In seiner Stunde
der größten Not war sie unerreichbar. Er verlor die Nerven und

die Besonnenheit und versuchte, Bev anzurufen. Sie nahm nicht ab, obwohl sie gesagt hatte, dass sie den ganzen Tag zu Hause sei, da Miriam Smetana das gemeinsame Essen aus noch unklaren Gründen abgesagt habe. Vielleicht war die Presse auch Bev auf den Leib gerückt, und sie hatte einfach den Stecker rausgezogen.

«Wir müssen uns auf Donnerstag vertagen», sagte Jammu zu ihren Revierchefs. Mit steifen Bewegungen stellten die neun Polizeibeamten die schmalen Stühle an die Wand zurück und gingen, sich wie Murmeln in einem Trichter stauend, einzeln durch die Tür.

Wie erwartet, war Singh in der Nähe des Telefons, als sie ihn in seiner Bleibe jenseits des Flusses anrief. «Was jetzt?», fragte er.

«Gopal hat gerade aus London angerufen. Sie haben sich um Devi gekümmert, aber vorher noch zum Reden gebracht, und es klang, als hätte sie vor ihrer Abreise noch einen Brief an Probst geschickt. Bei Probst war alles in Ordnung heute Morgen, aber ich fürchte, der Brief steckt in seinem Briefkasten in Webster Groves.»

Sie wartete. An der Stille in der Leitung merkte sie, dass Singh nachdachte, ihre Geschichte abwog und überlegte, ob er ihr glauben sollte.

«Was könnte sie geschrieben haben?»

«Jede Art von Brief ist schlecht», sagte Jammu. «Du kannst Barbara nur dann freilassen, wenn da kein Haken ist, nicht der Hauch eines Verdachts.»

«Das ist der letzte Gefallen, den ich dir tue.»

«Schon mal danke. Aber ruf mich um drei an.»

In ihrer Handtasche steckten ein Hammer für die Tat und für den Fall, dass Singh ihr nicht geglaubt hatte und in der Wohnung geblieben war, ein Revolver. Sie informierte Mrs. Peabody, sie sei mit Mrs. Hammaker zum Mittagessen verabredet. Mrs. Peabody erwiderte, sie müsse ja schon halb verhungert sein. Sie ging in den Nieselregen hinaus, schloss Dienstwagen Nr. eins auf und fuhr nach Süden zur Brauerei, wo Asha einen Sentra für sie abgestellt hatte, ohne zu wissen, zu welchem Zweck. Kaum saß sie im Sentra, setzte sie sich eine rote Lockenperücke auf. Die Tarnung war nur symbolisch; Singhs Haus stand in einer Gegend, in der sie bei Tag und Nacht nie eine andere Menschenseele gesehen hatte.

Um 14.45 Uhr gelangten Sam und Herb nach East St. Louis. Fünf Minuten später hatten sie die letzte Adresse auf ihrer Liste gefunden, ein brandgesichertes Lagerhaus. Es hatte keine Fenster, dafür Dachluken, in denen sie, vor dem Hintergrund dunkler Regenwolken, aus der Distanz Licht sehen konnten.

Als sie näher kamen, sahen sie jemanden im Haus verschwinden.

«Das ist er!», sagte Sam. «Das ist Nissing. Die sind da drin.»

Herb parkte den Lieferwagen hinter einer stillgelegten Tankstelle auf der anderen Straßenseite, etwa hundert Meter entfernt. Es war die einzige Deckung weit und breit, und auch ein Fluchtweg zu den umliegenden Schnellstraßen bot sich an. Mit einer Brechstange verschafften sie sich Zutritt zum Tankstellenhäuschen und ließen das graue Tageslicht ein, das auf Mörtelschutt, heruntergefallene Deckenplatten, Schaben, Glassplitter, Aufkleber der Motorölfirmen Fram und STP, einen Pennzoil-Werbekalender von 1977 fiel. Sie trugen zwei Klappstühle hinein. Sie montierten die Videokamera und den Infrarotstrahler, richteten beides durch einen Spalt in den Brettern vor dem fehlenden Fenster aus, und während Herb die Thermosflasche und das Funktelefon holen ging, spähte Sam quer über die Straße zum Zielobjekt, einem hohen und schlanken Gebäude, einer Festung in dieser barbarischen Wildnis. Er stellte die Kamera scharf und machte sich aufs Warten gefasst. Irgendwo anders mussten sie nicht mehr hin.

Nach einem späten Mittagessen mit Bob Montgomery in einem nahe gelegenen Grillrestaurant war Probst wieder bei seinen Mitarbeitern im Büro, den Konstrukteuren, den Sachbearbeitern und Sekretärinnen, die, gestärkt durch die Nachmittagskaffeepausen, den letzten Teil ihres Arbeitstags gerade in Angriff nahmen. Er ließ sie heute dreißig Minuten früher gehen, damit sie es noch kurz vor Schließung der Wahllokale an die Urnen schafften, und da kein Gelächter, ja nicht einmal Gespräche bis in den Flur vor seinem Zimmer drangen, vermutete er, dass sie sein Entgegenkommen mit einem besonderen Arbeitseifer belohnten. Metallschubladen rumpelten in der Stille, als Carmen die Ablage erledigte. Probst korrigierte und unterschrieb die Briefe, die sie am Vormittag getippt hatte. Schreibmaschinenglöckchen klingelten leise in den Flur, das Trommeln der Tasten und Regentropfen mischte sich darunter. Jemand auf spitzen Absätzen näherte sich eiligen Schritts. Die Absätze erreichten den Teppich des Vorzimmers und verstummten.

«Oh, Mrs. Probst», sagte Carmen.

Probsts Arme wurden taub. Er starrte durch die offene Tür ins Vorzimmer und sah ihren Schatten, den Zipfel eines vertrauten Rocks.

«Hallo. Ist er da?»

«Ja. Gehen Sie nur hinein. Mr. Probst ...?», flötete Carmen.

«Danke», sagte Barbara.

Er drehte sich mit seinem Sessel zum Fenster, und gespiegelt in der Scheibe sah er, wie seine Frau hinter sich die Tür zumachte, einen geschlossenen Regenschirm an die Wand lehnte und, die Hände in den Hüften, ihn anschaute. «Martin?»

Ihre Stimme klang anders als am Telefon, eher nasal und abgehackt. Er hatte sich nicht mehr an seine Frau erinnert. Es war ein Fehler gewesen zu glauben, dass sie keine Macht mehr über ihn haben würde, wenn sie zurückkehrte.

«Martin, hilf mir.»

Er drehte sich um.

Es war nicht Barbara. Es war eine Frau mit Barbaras blondem Haar, ihrer Figur, ihrer Kleidung, ihrer Frisur und Haltung und irgendwie auch ihrer hellen Haut, außer an den Stellen, wo Regentropfen sie weggefressen hatten. Ihre Hände waren dunkel.

Sie lächelte ihn erwartungsvoll an. «Ich bin wieder da», sagte sie und warf ihren Regenmantel über den Haken. Er wich vor ihr zurück. Sie setzte sich seitlich auf seinen Schoß und schlang ihm die Arme um den Hals. Die Arme waren versehrt, violett und schwarz, verschorft und voller Geschwüre und mit langen grünlichen Spinnenfingern unter der dunklen Haut. Sie roch nach fauligem Schweiß. Ihre Lippen berührten die seinen wie Eis. Das war Barbaras Leiche.

«Wer sind Sie?» Er wollte aufstehen, stieß sie von seinem Schoß. Sie landete geduckt auf dem Boden.

«Ich gehöre dir», sagte sie.

«Raus. Raus hier.»

«Ich war mit Rolf zusammen», erklärte sie.

Ungelenk zog er seinen Mantel über. Devi Madan. Er öffnete die Tür und schritt an Carmen vorbei, und Devi Madan folgte ihm.

«Wohin gehen wir?» Sie legte den Arm um seine Taille.

Jammu drehte eine erste Runde um Singhs Haus und sah, dass sein Wagen nicht auf dem abgezäunten Parkplatz stand. Er war nach Webster Groves gefahren. Hatte er Barbara vielleicht mitgenommen? Kaum wahrscheinlich. Sie war dort in diesem Gebäude, schutzlos, und Jammu hatte Zeit, den Block noch einmal zu umfahren, ihre kriminelle Energie sich entfalten zu lassen, die Szene noch einmal durchzuspielen. Sie würde Barbara die Chance zum Reden geben. Einen Satz, ein paar Worte, genug, um die Ohren ihrer Mörderin mit der eleganten, sensiblen Intelligenz zu beleidigen, die sie so sehr hasste, und dann wäre es ein Beatles-Song. *Bang, bang* –

Nein.

Ein Country Squire, umgespritzt, aber eindeutig der von Pokorny, parkte hinter dem vernagelten Flachbau auf der anderen Straßenseite. Jammu kuppelte und gab Gas. Sie hätte es getan, aber nicht jetzt. Sie fuhr zurück an ihren Schreibtisch in der Clark Avenue.

«Fassen Sie mich nicht an.»

«Martin.»

«Fassen Sie mich nicht an.»

Auf dem Firmenparkplatz, den weißen Football-Markierungen der Stellplätze, die für Probsts Bauleiter reserviert waren – sie hatten alle noch draußen zu tun –, gingen sie in die Offensive. Devi Madan beugte sich vor, ihre Augen weit aufgerissen und erwartungsvoller denn je, mit der Übererregtheit eines harmlosen Hundes, der kurz davor ist, die Beherrschung zu verlieren, zu kläffen, zu beißen. *«Martin.»*

Regen fiel auf sein Haar und sickerte bis auf seine Kopfhaut durch. Er wusste nicht, was er tun sollte, nur dass es schnell gehen musste, das wusste er. Die Gegenwart dieses indischen Mädchens prasselte auf ihn ein, suchte Löcher in seinem Schutzschild, wollte in ihn eindringen und ihn von innen überschwemmen. Er drehte sich weg und schloss seinen Wagen auf.

Sie rannte um den Wagen herum zur Beifahrertür. «Wohin fahren wir?»

«Verschwinden Sie.»

«Wie meinst du das?»

«Verschwinden Sie, los», sagte er. «Hier können Sie nicht bleiben.»

Es war zu spät. Jedes Wort, das sie wechselten, bekräftigte ihr Recht, mit ihm zu sprechen und Forderungen zu stellen. Er konnte ihr nicht einmal sagen, dass sie verschwinden solle, ohne selbst in die Sache verwickelt zu werden. Sie war in sein Leben eingetreten.

Sie blickte verärgert in den Himmel, in den Regen, der auf ihre Brille fiel. «Ich werd richtig nass.» Sie war ihm so vertraut. Sie ist wahnsinnig, dachte er. Aber das änderte nichts.

«Benutzen Sie Ihren Schirm», sagte er.

«Den hab ich in deinem Büro vergessen.»

Seiner war auch da oben im Büro geblieben.

«Mach schon», sagte sie. «Steig ein.»

Sie kannte ihn. Sie kannte ihn so genau, als hätte ein Hyde-ähnlicher zweiter Probst mit ihr zusammengelebt, wovon der erste nur nichts wusste. Er stieg ein und lehnte sich über den Beifahrersitz, um ihr die Tür zu öffnen. Sie sprang hinein und zitterte. «Wohin?»

Nasse Kleider, nasse Haut. Parfüm und Schweiß und kalter Plastikarmaturengeruch. Feuchte Abgase vorbeifahrender Autos. Er ließ sich in den Sitz fallen und schloss die Augen, sich nur halb darüber im Klaren, dass es ein Fehler gewesen war, sie einsteigen zu lassen. Sie umfasste mit der einen Hand seinen Hals, legte die andere auf seinen Schenkel und drückte die Lippen auf seinen Mund. Würde er sie küssen? Er tat es bereits. Der Geschmack eines neuen Mundes überraschte ihn nicht mehr. Barbara, Barbara, Barbara, Barbara.

Auf der Straße öffnete sich eine Wagentür.

Es war die Polizei. Barbara löste sich von Probst, und durch die Windschutzscheibe sahen sie beide einen Polizisten über die Straße zum Polizeirevier gehen. Sein Kollege blieb im Streifenwagen sitzen und musterte sie ohne Neugier. Probst lächelte töricht zu ihm hinüber. Barbaras Gesicht hatte die Ausdruckslosigkeit einer leidlich unbescholtenen Bürgerin angenommen. Der Polizist schaute weg.

Jammu hatte gesagt, Devi Madan sei ein unschuldiges Mädchen, das vor Wochen schon die Rückreise nach Bombay angetreten habe. Jammu hatte ihn belogen. Aber Probst liebte Jammu. Er würde die Ruhe bewahren. Er würde versuchen zu helfen.

Er startete den Motor, parkte rückwärts aus und bog nach rechts auf die Gravois Road ein. Zwei Straßen weiter hielt er am Taxistand vor dem National-Supermarkt. Alte Frauen rollten gefüllte Einkaufskäfige aus den Automatiktüren heraus. Er zog die Handbremse an. «Sie brauchen Geld.»

«Ja.»

Er klappte seine Brieftasche auf und zählte Scheine. «Hier sind zweihundertzwanzig.» Das reichte nicht. Er nahm sein Scheckheft heraus. Sie faltete die Scheine zusammen und steckte sie in ihr Täschchen: und schon wieder eine vertraute Geste.

«Gleich da drüben ist die Boatmen's Bank», sagte er. «Reichen tausend?»

Sie nickte.

Er schrieb die Summe in Zahlen, dann in Worten. Er zögerte. Nach Barbaras Weggang hatte er das gemeinsame Konto nicht mehr benutzt. «Auf wen soll ich ihn ausstellen?»

Sie schaute einem vorbeifahrenden Taxi nach. Sie antwortete nicht. Er fügte den Namen *Barbara Probst* hinzu.

Singh war nicht nach Webster Groves gefahren. Er hatte sein Auto nur umgestellt, auf einen Parkplatz in der Nähe vom Fluss, und war zu Fuß in die Wohnung zurückgekehrt. Er hatte keine Sekunde geglaubt, dass ein Brief von Devi in Probsts Briefkasten lag. Jammu, vermutete er, würde nach East St. Louis kommen und sehen, dass sein Auto verschwunden war. Sie würde mit der Absicht, Barbara zu ermorden und ihm die Schuld anzuhängen, das Haus betreten.

Aber Jammu war nicht gekommen. Er fragte sich allmählich, ob er ihr zu wenig vertraut hatte, ob sie vielleicht doch nichts gegen das Experiment, Barbara auf seine eigene Weise freizulassen, einzuwenden hatte. Vielleicht hatte Devi tatsächlich einen Brief geschrieben. Dann klingelte das Telefon.

«Ich bin's.»

«Ich hab um drei Uhr angerufen», sagte Singh.

«Ich war drüben vor deinem Haus. Hast du den Brief?»

«Es war kein Brief da.»

«Weißt du, wer dein Haus beobachtet?»

«Klar.» Singh riet aufs Geratewohl. «Unser Lieblingsdetektiv.»

«Du weißt, was das bedeutet?»

«Das bedeutet, es wird schwieriger, Barbara hier herauszubringen.»

«Nein. Es bedeutet, dass du sie umbringst.»

Singh lachte hell. «Ach wirklich?»

«Ja. Wie willst du sie dort rausschaffen?»

«Durch die Hintertür. In der Nacht.»

«Kommt nicht infrage, Singh. Tut mir Leid. Sie haben die ganze Umgebung in Infrarot getaucht, und ein paar Leute bewachen die Rückseite des Gebäudes. Sie wissen, dass du da drin bist. Sie werden dich stoppen, wenn du mit mehr als dem bloßen Hemd auf dem Leib verschwinden willst. Du kommst da nur mit leeren Händen raus.»

«Aber sie werden mich trotzdem beschatten.»

«Und du kannst sie nicht abschütteln? Sei nicht so bescheiden!»

Singh schluckte. Hatte sie schon vorher gewusst, dass Pokorny das Gebäude ausfindig gemacht hatte? Nein. Sie wäre nicht hergekommen, wenn sie von Pokornys Anwesenheit gewusst hätte. Das Einzige, was sie ganz sicher gewusst hatte, war das: Sie wollte, dass Barbara starb.

«Ist ja großartig», sagte er.

«Glaubst du, ich wollte, dass du Pokorny im Nacken hast? Glaubst du, ich wollte, dass die Leiche dieser Frau da drüben auftaucht? Dreieinhalb Kilometer von meinem Büro entfernt? Ich sage dir, das ist die einzige Möglichkeit, unseren Kopf zu retten –»

Deinen und Probsts Kopf, dachte Singh.

«Du machst den Job, du nimmst die Sache auf dich und verschwindest aus dem Land.»

«Ich könnte sie einfach hier zurücklassen.»

«Meinst du das im Ernst? Dein Plan war miserabel genug, da muss sie nicht noch erfahren, dass sie die ganze Zeit in East St. Louis gewesen ist. Du kannst sie nirgendwo lebend rauslassen außer in New York. Und das geht jetzt nicht mehr.»

«Der Tod macht Dreck, Susan. Du wirst es bereuen.»

Als sie die lange Einfahrt hinaufschritt, sah sie im Fenster der Garage hinter dem Haus, im Obergeschoss, einen rotgesichtigen und hageren Mann stehen. Er winkte ihr zu und lächelte freundlich. Sie winkte zurück. Ein freundliches Lächeln! Sie fühlte sich gleich besser, aber sie ging hinüber zum Seiteneingang des Hauses, damit der Mann sie nicht sehen konnte. Sie zerbrach mit der behandschuhten Hand die Scheibe in der Tür. Die herumfliegenden Glassplitter überraschten sie, was ziemlich albern war, weil sie doch die Scheibe mit Absicht zerbrochen hatte. Sie griff durch das Loch und schob den Riegel zurück. Sie hatten einen Zaun, um Einbrecher fern zu halten, doch das Tor ließen sie weit offen. Das musste sie bald in Ordnung bringen.

Probst fuhr ziellos durch die Gegend, dem Weg des geringsten Widerstandes folgend – geradeaus bei Grün, rechts bei Rot, links, wenn die Linksabbiegerspur frei war –, auf dass sich der Aufruhr in seinem Kopf zu Umsicht und Entschlossenheit verflüchtigte. Das Frontscheibengebläse wirbelte einen seltsamen Geruch im Auto herum. Ein Gefühl des abgrundtief Bösen hatte sich seiner bemächtigt, sobald er den Namen seiner Frau auf den Scheck geschrieben hatte. Das Gefühl verstärkte seine Sehnsucht nach Jammu. Er war ihr Komplize, und er vermisste sie. Er war beglückt darüber, dass sie ihn, was Devi Madan betraf, belogen hatte, denn das bedeutete, dass sie das Böse mit ihm teilen wollte. Zugleich fragte er sich, ob sie ihn wirklich belogen hatte. Vielleicht war ihr entgangen, wie sehr das Mädchen von Rolf verdorben worden war. Ja. Rolf hatte das Mädchen verdorben. Genau. Und wenn Jammu unschuldig war, liebte er sie auch. Liebte sie für ihre kindliche Reinheit.

Auf dem Weg nach Norden, auf dem Riverview Drive, wo Regen wie blauer Sand vom flachen Mississippi herüberwehte und sich in Pfützen auf dem leeren Fahrradweg sammelte, schaltete er das Radio an. Die vielen Stimmen der Stadt zogen ihn zurück nach

Süden. Er war schuldig geworden. Er hatte seine Stadt betrogen. Mit gutem Grund hatte Jack DuChamp am Gründonnerstag den Hörer aufgelegt. Jetzt endlich spürte er die Notwendigkeit, zu ihm zu fahren, den lange aufgeschobenen Besuch nachzuholen, sich von Jack die Meinung sagen zu lassen und zu sehen, ob er bei dieser Meinung blieb. Beinahe hoffte er, dass Jack ihm nicht vergeben würde.

Eine Frau gehörte an den Herd. Ein grauer Dienstagnachmittag, die Dachrinnen gluckten leise, schluckten Regen. Zigaretten brannten in diversen Aschenbechern. Ein Kochbuch klappte bei einem Backrezept auf, alles an seinem Platz. Martin würde zum Abendessen völlig erschöpft nach Hause kommen. Männer hielten Frauen einerseits für eine Last, andererseits für etwas Besonderes. Jetzt ging es darum, ihm etwas Besonderes zu backen. Für das restliche Abendbrot war noch Zeit. Beim Nachhausekommen mochten Männer es, wenn sie den Duft von etwas Backendem in der Nase hatten und aus dem Badezimmer sanftes Plätschern hörten, mochten ein sinnliches Frauchen in der Wanne.

Sie öffnete alle Küchenschränke und nahm die Gewürze heraus und die silbernen Teelöffel und Servierlöffel und ein Durchschlagsieb. Sie fand einen Beutel Kartoffeln. Sie waren von weißen Sprossen überwuchert. Typisch Mann, sie konnten nicht anders – sie *mussten* einfach so handeln –, trotzdem konnte es ekelhaft sein. In allen Schränken suchte sie nach dem Mehl. Konnte man auch Weizenkeime nehmen? Sie schraubte den Deckel der Dose ab und schnupperte und entdeckte ein paar winzige bleiche Maden in den Weizenkeimen. Von Keimen wurde man krank. Sie stellte die Dose zurück und suchte weiter. In welcher Verpackung gab es Mehl? Jede Minute zählte, wenn der Kuchen bei seiner Heimkehr fertig sein sollte.

Sie rannte in den Keller, wo sie anscheinend viele Vorräte aufbewahrte, aber all die Kaffeebüchsen waren leer. Es gab Berge von

Kartons, die sich über Plastiksäcke, Blechschränke, hölzerne Aktenschränke ergossen. An den Wänden gediehen Spinnen, reglos wie Stockflecken. Es gab so vieles zu verdauen!

Sie öffnete einen Karton voller Fotos, auf denen sie ganz schön streng aussah. Sie machte ein strenges Gesicht. Die Bilder waren eine Anleitung dafür, wie man sich benahm, wenn man in Webster Groves lebte. Wie man den Kopf hielt, wenn man aus dem Auto stieg. Wie man kniete, wenn man im Garten frische Rosen schnitt. Wie man eine perfekte Hausfrau war. Wie man badete! Wie man angestrengt die Stirn runzelte, wenn man einen Kuchen backte. Wie man Zigaretten rauchte. Das musste sie sofort üben. Sie rannte hinauf und kam mit einer Schachtel zurück. Sie schüttete alle Zigaretten aus und schaute in einen Spiegel.

Nach der Schule sah Luisa ihre Freunde Edgar Voss und Sara Perkins auf der Selma Avenue Richtung Süden gehen, so wie jeden Tag. Sie beeilte sich, um die beiden einzuholen. Sie wollte in die Clark School, um ihre Stimme abzugeben.

«He, richtig!», sagte Sara. «Du bist ja schon volljährig.»

Sara und Edgar waren noch siebzehn, und um ihre Unreife zu beweisen, fingen sie an, sich abzufragen. Was Afghanistan sei, fragte Sara. Ein Feld beim Brettspiel Risk, olivgrün oder so, sagte Edgar. Wer der State Senator von Webster Groves sei?, fragte er Sara. Sie konnte nicht einmal eine wohl begründete Vermutung vom Stapel lassen. Edgar wusste es selbst nicht. Auch nicht Luisa. Aber ein Neuntklässler mit Kupferbrille, der auf dem Gehweg an ihnen vorbeikam, sagte «Joyce Freehan» und wuchtete verlegen seine Bücher hoch.

Das konnte stimmen. «Das ist der Sohn von der», sagte Edgar Luisa mit einem Souffleusewispern. Der Junge rannte ein paar Schritte, um zwischen sich und sie ein wenig Abstand zu legen.

Sie wollten, dass Luisa sie zu Edgar nach Hause begleitete, um die Serie *Gilligan's Island* zu sehen und dabei Kool-Aid Zitrone zu trinken, zwei Beschäftigungen, die offenbar in Mode gekommen waren, seit Luisa ihre Zeit nicht mehr mit ihnen verbrachte. Sie fragte sich, was wohl sonst noch in Mode war. Gruppensex? Schießübungen? Die beiden zeigten nicht den Anflug einer Enttäuschung, als sie von der Glendale Road in eine Seitenstraße abbogen und Luisa weiter in Richtung Clark Avenue ging. Sie schaute den beiden hinterher, die sich schubsten, über Pfützen sprangen und sich nicht umsahen. Es war wie am Tag zuvor, als niemand in der Schule auf ihren Haarschnitt reagiert hatte, nicht einmal Stacy. Am Samstag, in einer düsteren Stimmung, hatte sie sich die Haare ganz kurz schneiden lassen, so kurz wie nie zuvor. Sie war überzeugt, dass alle es gemerkt hatten – sie, die drei Tage vorher noch wie eine Stanford-Anwärterin ausgesehen hatte, sah jetzt aus wie ein Punk –, und es tat ihr weh, dass alle so komisch waren und über so etwas nicht ein einziges Wort verloren. Vielleicht hielten sie sich auch zurück, weil sie glaubten, sie sei in Schwierigkeiten. Aber wenn sie sich das da zutraute, konnte sie doch eigentlich in keinen sein.

Zigaretten brannten auch bei Regenwetter. In Kriegsfilmen rauchten die Soldaten selbst dann, wenn sie im tiefsten Schlamm steckten. Luisa fragte sich, ob Leute, die vorbeifuhren, Bekannte ihrer Mutter zum Beispiel, sie mit der Brille und der Frisur und der Zigarette erkennen würden. Dabei waren es gar nicht so sehr ihre Freunde, die ihr wehtaten. Als sie am Samstag nach Hause gekommen war und sich ins Badezimmer eingeschlossen hatte, hätte sie bei dem Anblick fast geheult. Ihre weiße Kopfhaut schien überall durch. Ihre Augen hatten eine seifig schillernde Oberfläche. Sie sah so fremd und alt und unglücklich aus. Aber was richtig wehtat, war, dass ihr neues Äußeres genau zu ihrem Inneren passte. So sähe sie auch innen aus, wenn jemand in sie hineinschauen könnte.

Am schlimmsten war, dass Duane, als er mit seinen Kameras nach Hause kam, gesagt hatte, sie sehe toll aus. Sie stimmte ihm mehr oder weniger zu. Sie war schließlich nicht blöd. Sie würde sich keine Frisur schneiden lassen, die ihr nicht stand. Es war nur irgendwie unfair, dass sie mit dem Menschen, der am meisten zu ihr hielt, am wenigsten zurechtkam.

«Es fällt ein leichter Regen», sagte Nissing mit ruhiger, umgänglicher Stimme. «Wir sitzen in diesem Zimmer wie zwei uralte Freunde, die zum letzten Mal miteinander sprechen.»

Zum letzten Mal? Barbara stützte sich auf beide Ellbogen. «Was ist los?»

«Ich werde es dir sagen, aber du müsstest es längst wissen. Spürst du nichts? In diesem Zimmer, das bei Regen und trübem Nachmittagslicht überall auf der Welt sein könnte? Das hast du selbst gesagt. Du bist immer noch so einsam wie an dem Tag, als du deinen Mann verlassen hast. Manche Sachen kann man nicht ändern, und anscheinend gehörst auch du dazu. Als du dich befreit hattest und alles neu war, das Leben in Manhattan oder wo auch immer, das Leben mit einem Mann, der dich verstand, da hielt der schöne Traum nur ein Weilchen vor. Das Ganze machte Spaß, solange es ein Traum war, bis sich das Problem der Originalität stellte und du wurdest, was du im Prinzip von Anfang an gewesen warst: eine von vielen Dreiundvierzigjährigen, die ihren Mann eines Jüngeren wegen verlassen haben und sich selbst verwirklichen wollen. Eins von vielen Opfern des Älterwerdens, die nicht mehr jung genug sind, um ihre Vergangenheit als eine Art Vorspiel zu betrachten und ein neues Leben anzufangen. Vielleicht sind andere Frauen mutiger als du, vielleicht sind ihre Geschichten an diesem Punkt die Geschichten derer, die einer ungewissen und schwierigen Zukunft tapfer entgegensehen. Aber diese Frauen sind nicht Barbara Probst, und du willst nicht so sein wie sie. Und wenn du etwas begriffen hast, dann das: Das scheinbar Neue daran, sich mit mir zusammenzutun und Webster Groves zu verlassen, ist nicht im Geringsten neu gewesen. Die Emanzipation fängt damit an, dass du nach Hause zurückkehrst. Du eröffnest mir, während wir hier sitzen, dass du beschlossen hast, wieder nach St. Louis zu gehen. Gib es zu. Genau das willst du schon lange.»

«Aber nicht aus solchen Gründen.»

Er sprach noch langsamer als vorher. «Willst du damit etwa sagen, dass du deinen Mann und deine Tochter nicht vermisst?»

Sie schüttelte den Kopf. «Ich hasse dieses Spiel. Aber wenn ich all die Dinge getan hätte, die du mir unterstellst, glaube ich nicht, dass ich mich jetzt so entscheiden würde.»

«Wohingegen ich dir sage, es ist die leichteste Entscheidung, die du je getroffen hast.»

«Weil du sie für mich triffst.»

«Lass mich außen vor. Das alles sind Gedanken, die du haben könntest. Wenn das, wie ich es darstelle, nicht ganz und gar zutrifft, dann solltest du es darauf zurückführen, dass ich nicht in deinem Kopf stecke. Ich glaube nicht, dass ich so weit danebenliege.» Er stand auf und wühlte in den Taschen seiner Sportjacke. Er brachte eine Spritze und eine Ampulle mit Metallverschluss zum Vorschein.

«Was ist das», sagte sie dumpf.

«Das existiert nicht wirklich. Wir reden weiter miteinander in unserem stillen Zimmer.» Er kniete sich neben ihre Matratze und legte die Spritze und die Ampulle auf den Teppich. Er riss ein kleines Päckchen auf, griff nach ihrem linken Unterarm und wischte mit einem antiseptischen Tupfer über eine Stelle Haut. Sie wehrte sich nicht – aber sie erinnerte sich, dass sie früher, vor ihrer Zeit in dieser Zelle, um sich getreten und gebissen hätte, hätte jemand versucht, ihr eine unbekannte Substanz zu spritzen. Hatte sie nicht weglaufen wollen, als er sie entführte? Hatte sie nicht geschrien, als er sie betäubte?

Hatte sie das etwa nicht getan?

«Jeder hat seine Geheimnisse», sagte er und stieß die Nadel durch die Metallkappe der Ampulle. «Geheimnisse tun der Seele gut. Sie sind eine Art Nahrung für schlechte Zeiten. Ich habe das

Gefühl, dass du aus Stolz nur an die schönen Stunden denken wirst, die wir zusammen verbracht haben, und Martin glauben lässt, dass es dir so gut ging, wie es einer Frau nur gehen kann.»

Sie spürte den Nadelstich. «Du lässt mich frei?»

«Stimmt.» Er hielt ihre Hand so merkwürdig. «Ich schenke dir die Freiheit, obwohl es uns beide schmerzt. Zu Hause ist es am schönsten. Ist das nicht eine komische Vorstellung? Zu Hause ist es am schönsten. Genau, wie du immer sagst.»

Ihr Blut gefror ihr in den Adern. «Was machst du da mit mir?»

«Zu Hause ist es am schönsten.»

Schon drehte sich der Raum. Zu Hause ist es am schönsten. Er sprach von weit weg, von der anderen Seite, und je stärker das Herz pocht, umso schneller verteilt sich Gift. Das war ihr letzter Gedanke.

«... Jack Strom. Wir freuen uns, Dr. Sagan als Studiogast bei uns zu haben, und er spricht über das Thema Nuklearwinter. Ein paar Anrufe von unseren Hörern können wir noch entgegennehmen. Hallo, Sie sind auf Sendung –»

«Danke, Jack. Ich möchte Dr. Sagan fragen, ob er es für möglich hält, dass die öffentliche Diskussion über diese Dinge die USA und Russland nicht vielleicht zwingen könnte, noch stärker in Waffen wie die, die Neutronenbombe zu investieren. Das heißt, ob Ihre Forschung, statt den Krieg unvorstellbar zu machen, die Entwicklung von Waffen, die ausschließlich Lebewesen vernichten, statt, Sie wissen schon, Brände auszulösen, nicht vielleicht sogar fördert. Hm?»

«Vielen Dank. Dr. Sagan?»

«Nun. Zuerst einmal –»

«Nächtliche Tiefsttemperatur bei fünf Grad. Morgen überwiegend heiter und deutlich wärmer, mit Temperaturen zwischen fünfzehn und achtzehn Grad. Die Aussichten für Donnerstag und das Wochenende lassen –»

«K-A-K-A, Musikradio, wir nähern uns den Sechzehnuhrnachrichten an einem *öööden* Dienstagnachmittag mit den Moody Blues und ihrem gleichnamigen Song. Verkehrsmeldungen dann kurz nach vier, und unsere Gewinnspieler merken sich die Zahl *Tausend*sechshundertdrei Dollar und achtzehn Cent, ich wiederhole: *Tausend*–»

«Kann nicht gleichzeitig die Zahl der Gefechtsköpfe reduzieren und eine neue Militärdoktrin einführen, wie der Anrufer –»

«Jesus hat sich *nicht* von diesen Menschen abgewandt. Jesus sagte –»

Die Turnhalle war winzig. Im Eingang, auf jeder Seite der Innentür, stand ein Volleyballpfosten auf einer umgedrehten Metallschale mit einer Aussparung für zwei Räder. Der linke Pfosten war mit dem Netz umwickelt, der rechte nur mit einem Seil. Luisa strich die Schuhe auf der Gummimatte ab.

Die amerikanische Flagge steckte in einem beschwerten Holzfuß, der Luisa früher, als sie hier noch ein und aus gegangen war, an die Holzscheiben in ihrem Tinkertoy-Baukasten erinnert hatte. Die mit Vorhängen versehenen Wahlkabinen standen vor der Bühne, vor den niedrigen Gittertüren vielmehr, die sich, wollte man die Gestelle voller Klappstühle herausrollen, nach außen aufschwingen ließen. Die Wahlbeobachter saßen an Tischen aus der Cafeteria, Puppentischen. Dicke Kletterseile wanden sich in einer Höhe, die nicht mehr Schwindel erregend war, von Balken zu Balken; Drähte, an Kurbelvorrichtungen vor den blassgrünen Turnhallenwänden befestigt, hielten die verknoteten Enden in der Luft.

Die Wahlhelfer lächelten, als Luisa zu ihnen an die Tische trat. Sie war die Einzige, die in der Turnhalle ihre Stimme abgeben wollte. Als die Helfer die Listen durchblätterten und ihren Namen fanden, konnte sie sehen, dass ihr Vater als Wähler abgehakt war, ihre Mutter natürlich nicht.

Kuchen konnten einen schon verwirren. Das Rezept verlangte Sahne, aber die stand weder auf der Liste der Zutaten noch im Kühlschrank. Und sie wusste nicht, wie sie die Butterstücke mit dem Zucker, den Gewürzen und den Weizenkeimen verrühren sollte. Sie beschloss, die Butter im Ofen zu schmelzen, allerdings in ihrem Papier, damit sie nicht hinuntertropfte. Sie konnte einfach nicht klar denken. Sie fing wieder an, unruhig zu werden. Sie musste einen kleinen Ausflug zur Damentoilette machen. Sie musste hier einen Moment raus. Sich eine Sekunde nur entschuldigen. Kurz mal wo anrufen. Ein bisschen frische Luft würde ihr gut tun. Sie musste ihr Make-up erneuern. Sie brauchte eine Weile, um sich zu sammeln. Das Rezept verlangte Sahne, aber die stand weder auf der Liste der Zutaten noch im Kühlschrank. Sie ging die Treppe hinauf.

Überall im Haus ein Rascheln wie von Hunden im Herbstlaub. Sie klappte ihre Handtasche auf und suchte eine Vene und bereute schon, den Kuchen angefangen zu haben, wenn auch nur, weil es so qualmte. Aber eine Minute noch, und alles wäre vergessen. Sie würde ein herrliches Bad nehmen. Plätscher, plätscher. Wenn Martin nach Hause kam. Plätscher, plätscher. Die vielen Flaschen mit den bunten Flüssigkeiten verhießen besondere Düfte, Orangenblüte, Moschus, naturreiner Honig. Das sinnliche Frauchen wusste, wie es seinen Mann erfreuen konnte, wenn er von der Arbeit nach Hause kam. Sie hatte es in einem Buch gesehen. Ein Negligé konnte sehr verführerisch sein.

Als Jack DuChamp von der Arbeit nach Hause kam, saß Elaine im Wohnzimmer und lernte. «Hast du deine Stimme abgegeben?», fragte sie.

«Nein.»

«Oh, um Himmels willen.»

«Es ist zu voll dort.»

«Bei mir war es überhaupt nicht voll», sagte sie. «Geh lieber noch hin.»

Jack öffnete den Schrank und lächelte bitter. «Du meinst, wegen Martin?»

«Jack! Warum musst du alles so persönlich nehmen?»

Singh ließ Barbara in der Ecke liegen, während er die Kommode und die Stühle ins Zimmer brachte und Kleidung und Schmuck von ihr verteilte. Das Einschussloch hatte er schon vor einem Monat gekittet und übermalt. Vor einer Woche hatte er das Schloss und das Guckloch von der Tür entfernt. Übrig geblieben war nur noch das Kabel neben der Matratze. Mit dem Schraubenzieher löste er das Kabel von dem Stromkasten, an den es montiert gewesen war, und setzte die Originalsteckdose wieder ein, die er, während blaue Funken an den Drahtenden knisterten, nervös verschraubte. Er hob das Hosenbein und befestigte die Fußfessel an seiner Wade; außer dem Spritzbesteck war es das Einzige, was er mitnehmen musste. Das Kabel legte er zusammengerollt zu den Werkzeugen in den Schrank.

Er dachte darüber nach, welches Glück Jammu hatte. Auf der ganzen Welt gab es sicher nicht einmal fünftausend Leute, die das Apartment genauso gewissenhaft zur Räumung vorbereiten konnten wie er.

Während er mit Barbara einen langsamen Rundgang durch die drei Zimmer und die Küche machte, hinterließ er ihre Fingerabdrücke an Wänden, Geschirr, Einbauten, Aschenbechern, Armaturen. Er zupfte ihr Haare aus und verstreute sie. Mit ihrem zweiten Paar Schuhe übersäte er den Teppich mit ihren Fußabdrücken. Ade, Junggesellenbude. Gerade legte er Barbara auf die Matratze zurück, auf sein eigenes Kissen, als Indira anrief. «Nun?», fragte sie.

«Erwürgt. Eindeutig von einem kräftigen und leidenschaftlichen Mann.»

Er hörte einen Seufzer der Erleichterung.

Das Feuer war im Keller ausgebrochen, als eine vergessene Zigarette, ihre Asche verlierend, aus dem Gleichgewicht kam und in die Holzwolle fiel, in die ein weihnachtlicher Früchtekuchen früher einmal verpackt gewesen war. Die Kiefernspäne und das Packpapier brannten lichterloh und entzündeten benachbarte Kartons. Es waren kräftige, stabile Kartons. Manche von ihnen waren älter als zehn Jahre.

Gestärkt von einer Nahrung aus Zeitschriften, Büchern und Kleidern, war das Feuer an der Holzverkleidung der Wände hochgeklettert und hatte ein Kellerfenster ausgebrannt, sodass Rauch an der Vorderfront des Hauses aufsteigen konnte. Mit frischer Luft versorgt, breiteten sich die Flammen in alle Richtungen aus, erfassten die Treppenstufen und binnen Minuten die Decke des Kellers, brachen durch zur Treppe ins Obergeschoss und entwickelten daraufhin einen heftigen zirkulären Sog, der sie bis in die Räume des Dachgeschosses hinaufbeförderte. Bis zu diesem Punkt war das Feuer merkwürdig wählerisch verfahren, hatte mit Probsts Abstellflächen begonnen und war auf kürzestem Weg zu weiteren seiner Abstellflächen übergesprungen. Schachtel für Schachtel unbeschrifteter Kodak-Dias fütterten die Flammen. Seine Sammlung von Speisekarten aus all den Ländern, die er die Ehre gehabt hatte zu besuchen, Berge von Handtüchern und Bettwäsche, zum Geschenk erhalten und abgenutzt, aber nicht weggeworfen, Brettspiele und Bücher, für die Luisa zu alt geworden war, abgerissene Eintrittskarten zu Pokalspielen und Weltausstellungen, Glückwunschkarten zu zwanzig Hochzeitstagen, kleine Halloween-Kostüme, Papierrosen von der Heilsarmee – was zuerst brannte, war die leichte organische Materie, das Ephemere.

Doch ungefähr zu der Zeit, als Betsy LeMaster die Feuerwehr rief, wurde der Brand zum Feuersturm, wahllos und nicht zu stoppen. Probsts Ausweis verbrannte im Bruchteil einer Sekunde. Flammen umhüllten Luisas Bett, fraßen die Staubborten weg und verschlangen die Matratze mit einem gefräßigen Laut. Barbaras

Briefe an Probst vergingen in einem gelben Lichtblitz. Familienfotos lächelten bis zum letzten Moment, als eine Asche-auf-Vormarsch-Woge die Gesichter überrollte. Ölgemälde schlugen Blasen wie Marshmallows und blieben ausgelöscht hängen, bis sich die Drähte von den brennenden Rahmen lösten. Luisas alte Zahnspangenbehälter schmolzen zu rosafarbenen Pfützen, die brodelten und Feuer fingen, darin die Drähte weiß vor Hitze. Barbaras Unterwäsche brannte, Probsts Lieblingspyjama, zwei Festtagskleider von Luisa, das Toilettenpapier im Badezimmer, die Zahnbürsten und Badematten, *Paterson* und *Ein Wintermärchen*, eine Anthologie erotischer Gedichte, versteckt und vergessen in Luisas Nachttisch, die Farbbänder in den Familienschreibmaschinen, die Nudeln in der Küche, die Schnappgummis und Kassenzettel unter den Sofakissen. In einem Fenster des Dachgeschosses schrie eine Inderin mit einer tiefen unnatürlichen Stimme (einem Alt) ein Wort, das begann und nicht aufhörte. Mohnwirbel kam betrunken von der Garage herübergestolpert und glaubte, Barbara zu sehen.

Luisa hörte die Martinshörner, während sie durch die Rock Hill Road zur Bushaltestelle lief. Als sie die Frisco-Schienen überquerte, tönten sie schon aus allen Richtungen. Noch nie hatte sie so viele auf einmal gehört. Sie stiegen von irgendwo hinter dem Horizont herauf und hallten von den Häusern wider, in schrillen Tonarten und Tempi, rhythmisiert vom beschwerlichen Rasen der Feuerwehren. Zwei Löschfahrzeuge donnerten an ihr vorbei und in die Baker Avenue hinein.

Rechts neben der Haustür befand sich ein ovaler, geriffelter Klingelknopf. Probst drückte ihn in der Hoffnung, das richtige Haus gefunden zu haben. Seit fast fünfzehn Jahren war er nicht mehr hier gewesen.

Eine Frau mit ergrauendem Haar und winzigen geplatzten

Äderchen auf den Wangen öffnete ihm. Er identifizierte sie versuchsweise als Elaine DuChamp. «Martin?» Es dämmerte ihr. «Wieso, komm herein!»

Sie umklammerten Hände und streiften Wangen, eine Art, sich zu begrüßen, für die sie beide nach fünfzehn Jahren jetzt das Alter hatten. Probst sah ein Mädchen durch den Flur rennen, eine Tür fiel hart ins Schloss. Rindergehacktes mit Zwiebeln garte in der Küche und bescherte dem Wohnzimmer, wo Notizbücher und Karteikarten auf dem Boden verstreut waren, einen leichte Übelkeit bereitenden Geruch. Elaine drückte sich, ihre Schürze aufknotend, an ihm vorbei. «Das ist ja vielleicht eine Überraschung», sagte sie nicht unfreundlich. Sie ging in die Knie und raffte mit ein paar flinken Handbewegungen die Notizblätter zu einem Stapel zusammen.

«Ich war gerade in der Gegend», sagte Probst. «Ich dachte, ich schau mal nach Jack – nach euch allen. Eure Einladungen in letzter Zeit musste ich leider absagen, aber jetzt, wo die Kampagne vorbei ist, da –»

«Er wird begeistert sein.» Elaine schob den Stapel in ein Fach in der Schrankwand. «Er hatte vergessen, ins Wahllokal zu gehen, aber er ist nur kurz um den Block. Kann ich dir was anbieten?»

«Nein, danke.»

Sie verließ den Raum, um sich um das Essen zu kümmern, und Probst, wie von einer Zeitmaschine aufs Sofa versetzt, kratzte sich am Kopf und blickte sich um. Die Polstermöbel hatten neue Bezüge, doch die Form der Sitzgruppe, der Couch und der drei Sessel, war unverändert, seit er das letzte Mal bei den DuChamps im Wohnzimmer gesessen hatte. Das Einzige, was da an pflanzliches Leben erinnerte, war ein riesiger, handgeblasener Cognacschwenker, der zur Hälfte mit wächsernen Plastikfrüchten gefüllt war. Auf einer Konsole über dem Fernseher ragten kleine Computerspieljoysticks in kecken Winkeln auf.

Er drehte sich zur Wand und studierte die drei Pastellporträts in Messingrahmen, die dort über ihm hingen. Sie mussten mindestens sieben Jahre alt sein, weil das kleinere Mädchen nicht älter aussah als zehn. Ein weißer Kreidetupfer in jedem Auge ließ es strahlen. Der Junge hatte dem Künstler mit blauem Blazer, weißem Hemd und roter Krawatte Modell gesessen, und jedes dieser Kleidungsstücke löste sich am unteren Rand der Zeichnung, dicht über den schwarzen Initialen des Künstlers, in wirre Kreidestriche auf. Das ältere Mädchen hatte ein blassrosa Kleid mit hohem Spitzenkragen getragen; vor sieben Jahren hatte sie schon ein wenig Busen gehabt, und der Glanz von ihrem Lippenstift war gelborange. Probst fiel ein, dass große Kaufhäuser wie Sears irgendwann einmal Porträtmaler beschäftigt hatten, die in einem bestimmten Turnus durch die Filialen zogen und zu sehr vernünftigen Preisen zeichneten. Ihm schien, dass diese Wanderkünstler etwas Wesentliches hervorgebracht hatten: dass diese drei Kinder immer so leben würden, wie sie dort aussahen, auf ewig glücklich.

«Das ist ja eine tolle Zangenbewegung. Zur Hälfte nur Zange und keiner da, um ihn in die Zange zu nehmen.»

«Aber schumindescht Nisching schitscht in der Falle.»

Herbs Bruder Roy parkte auf der anderen Seite des Zielobjekts, bereit, dort alles zu beobachten und jeden zu verfolgen, der zu entkommen suchte. Für den Fall, dass sich in Missouri noch etwas tat, hatte Herb drei Mitarbeiter zu den indischen Stützpunkten geschickt, die so ausgesehen hatten, als würden sie am ehesten genutzt. Ein vierter war beauftragt, Jammu im Auge zu behalten.

«Klar», sagte Sam und lugte in die spiegelnden Tiefen der Thermosflasche. «Nachdem wir den anderen ganze vier Tage Zeit gelassen haben, alle Spuren zu verwischen und zurück nach Katmandu zu fliegen.»

«Bedaure, Scham. Schie können unschere Betschiehung jedertscheit beenden.»

«Oh, nichts für ungut.» Sam tätschelte dem kleinen Detektiv

den Rücken. «Wir haben immer noch gute Chancen, Jammu zu überführen, wenn wir hier sofort verschwinden. Aber ich stelle mir immer vor, wie die da drinnen ihre Schredder füttern.»

«Schie können jedertscheit Schlusch machen.»

«Nu weinen Sie man nicht, Herb. Gibt es hier irgendwo einen Schnapsladen, der geöffnet hat?»

«Pscht!»

Sam hörte den Zoom von Herbs Videokamera. «Was ist?»

«Nisching!»

Voller Erwartung drückte Sam das Auge an den Spalt. Nissing stand unter einem rotweißen Golfschirm auf der Straße und schaute nach links und rechts, wie um zu prüfen, ob die Luft rein war. Sam hob das Teleobjektiv vor den Spalt, blickte durch den Sucher und löste aus. Während der Motor des automatischen Filmtransports summte, lief Nissing zielstrebig westwärts in Richtung Fluss. Im Kopf verfasste Sam bereits die Bildunterschriften: *John Nissing, enger Komplize von Jammu, beim Verlassen eines Hammaker-Gebäudes. Im Gebäude befindet sich ...* Was befand sich im Gebäude? Sam schaute auf die Uhr; es war 17.15 Uhr. Eine Bande schwer bewaffneter Ausländer? Was auch immer, in wiederum vier Stunden würde er mit Herb in das Gebäude eindringen.

Früher oder später hatte es so kommen müssen. Der Vorstandsvorsitzende einer Aktiengesellschaft konnte nicht erwarten, dass er auf ewig am Ruder blieb. Buzz bedauerte nur, dass er der Absetzung nicht durch seinen Rücktritt zuvorgekommen war. Dass er das Profitprinzip aus den Augen verloren hatte, hätte ihm eine Warnung sein sollen. Warum hatte er zugelassen, dass sich seine freundschaftlichen Gefühle für Asha und Martin auf seine Geschäftsentscheidungen auswirken konnten? Was hatte er sich in diesem Frühjahr nur *gedacht*? Zu der Zeit war ihm das, was er getan hatte, jedenfalls vernünftig vorgekommen. Und nun spielte es keine Rolle mehr. Am Freitag würde er aus der Firma ausscheiden. Als Hauptaktionär wäre ihm sicher gestattet, auch in Zukunft die Projekte zu verfolgen, die ihm am Herzen lagen. Wenn es sein musste, könnte er ein paar Anteile verkaufen und die Forschung aus eigener Tasche finanzieren. Er war froh, nun mehr Zeit für seine lieben Freunde zu haben oder besser noch, gewissermaßen, für die absonderliche Gruppierung, die seine Familie war. Wenn die oberste Priorität wegbrach, rückten alle nachfolgenden Prioritäten einen Platz nach oben.

Im Dienstwagen stahl er sich vom Firmensitz, ohne von der Presse belangt zu werden. Regen übersäte den Boden mit Forsythienblüten. Seit langem hatte er sich den Tag, an dem er in den Ruhestand gehen würde, ganz anders ausgemalt, als einen klaren, blauen Novembertag, der mit warmem Kaminfeuer und Brandy ausklang. Der Frühling war eher eine Jahreszeit, in der bedeutende Männer starben.

Zuerst fuhr er zur Hammaker-Zentrale, um nach Asha zu fragen. Sie war den ganzen Tag im Büro nicht gesehen worden. Er rief ein weiteres Mal im Anwesen der Hammakers an und sprach mit demselben ausweichend antwortenden Diener, mit dem er seit neun Uhr morgens mehrfach gesprochen hatte: Nein, auch dort sei Asha nicht. Sie sei mit ihrem Dienstmädchen weggefahren. Zum Einkaufen? Buzz fuhr nach Hause.

Als er Bevs Cadillac am Torhaus parken sah, lächelte er ein kleines Lächeln der Dankbarkeit, seine Lippen taten sich wie ein Glückskeks auf. Wenn alles schief ging, konnte er auf Bev rechnen. Er ging hinein, rief nach ihr, stieg die Treppe hoch und sah sie auf dem Bett liegen. Auf ihrem Nachttisch standen ein leeres Fläschchen Schlaftabletten und eine leere Dreiviertelliterflasche Harvey's Bristol Cream.

Sobald sie sah, dass der Wagen ihres Vaters nicht in der Garage stand, verlor Luisa das Interesse. Sie bahnte sich einen Weg zurück durch die Menge. In dem schlechten Licht erkannte sie keiner von den Nachbarn, nicht einmal Mrs. LeMaster. Obwohl Mrs. LeMaster etwas Vertrautes und Bezeichnendes in Luisas Gesicht entdeckte, obwohl sie zu ihr herüberstarrte und, als wollte sie gleich in Tränen ausbrechen, die Augen verdrehte, war sie sich so unsicher, ob Luisa es wirklich war, dass sie sich nicht dazu durchringen konnte, einen Polizisten zu holen und zu sagen: Das ist keine, die nur zum Gaffen gekommen ist, das ist Luisa Probst, sie hat hier gewohnt. Luisa wandte sich ab und lief die Baker Avenue hinauf. Ihre Katastrophe war das nicht.

Sie schätzte sich glücklich, dass sie all ihre Lieblingssachen in Duanes Wohnung geschafft hatte, bevor das passiert war. Sie dachte an verschiedene Kleider und Handtaschen in ihrem Schrank, die ruhig verbrennen konnten. Wie wäre es, fragte sie sich, wenn sie in eine andere Stadt zöge und sich als jemand anders ausgäbe? Ihr Vorname würde George sein, ihr Nachname Smith. Sie versuchte, sich vorzustellen, welche Art von Anstellung sie finden würde, und dann dachte sie aus irgendeinem Grund an die *National Geographic*-Hefte ihres Vaters.

Sie blieb auf dem Gehweg stehen und setzte ihre Tasche ab, ging zu einer Eiche und schlug, so kräftig sie konnte, gegen den Stamm. Sie biss sich auf die Lippe und betrachtete ihre Knöchel. Zitternde Fetzen weißer Haut bauschten sich an den Rändern der kleinen Krater, in die Blut zu sickern begann. Sie schlug den Baum, mit derselben Hand, erneut. Es schmerzte noch mehr, tat aber, alles in allem, weniger weh. Sie schlug den Baum zwei weitere Male, und bei jedem Fausthieb merkte sie, wie stabil er war, wie zuverlässig ihn seine tief gehenden Wurzeln aufrecht hielten. Der Geruch verbrannten Holzes stach ihr in die Nase.

An der Lockwood Avenue wartete sie sitzend auf den Bus, während Autos vorüberrollten, pendelnde Männer schemenhaft darin. Auto auf Auto, Mann auf Mann, immer nur einer, und jeder war an der Rock-Hill-Kreuzung gerade angefahren. Fasste man alle Männer in Webster Groves in der Fünf-Uhr-Dunkelheit ihrer Autos zusammen, addierten sie sich zu einem Mysterium mit der Wucht einer Menge, wenn auch zersplittert und eher geheim, einem Mysterium wie dem Wirtschaftsteil der Zeitung und dessen esoterischen Themen, *futures and options*, die sich die Männer täglich und ganz im Stillen einverleibten. Verstanden sie etwas davon? In Bibliotheken hatte Luisa in Literatur zu fast allen Wissensgebieten, und sei es nur kurz, hineingelesen, in eine Fachzeitschrift für Psychotherapie, in ein Mitteilungsblatt der Historischen Gesellschaft von Missouri, in etwas über die Morphologie der Wirbellosen und so weiter, aber die einzige Art zu denken, die sich ihr von Anfang an verschloss, waren die Gedanken, denen diese Männer mit den gelockerten Krawatten und in den teuren Autos vermutlich nachhingen, während sie selbst sie vorbeifahren sah.

Der Bus kam. Sie warf eine Zigarette, die sie gerade erst angezündet hatte, in eine Pfütze – man war ein geborener Verschmutzer – und stieg, ihre Münzen in die Zahlbox steckend, ein. Sie setzte sich auf einen Sitz gegenüber der hinteren Tür und blickte zu den schwarzen Putzfrauen hinüber, die auf den Plätzen für Behinderte und Gebrechliche saßen und zu ihren Familien nach Hause fuhren. Eine von ihnen beugte sich vor, Kinn und Hände auf den Griff ihres Schirms gestützt, und sprach mit leiser Stimme zu den anderen, die mit gesenkten Köpfen auf den rutschfesten Bodenbelag und ihre zusammengeklappten, wie gelehrige, patschnasse Hündchen am Boden liegenden Schirme sahen. Lichter in den Schaufenstern am Big Bend Boulevard zogen vorbei, einzeln und qualvoll, leuchteten in der undurchdringlich gewordenen Dunkelheit.

Dreihundert Beamte waren als Fußstreifen im Einsatz, um den geordneten Verlauf von «St. Louis bei Nacht» sicherzustellen, denn zu den Festlichkeiten in der Innenstadt wurden mehr als fünfhunderttausend Besucher erwartet. Bei gutem Wetter wäre der Dienst auf dem Bürgersteig nicht weiter schlimm gewesen, aber es regnete noch immer, und ein scharfer Wind kam auf. RC und Sergeant Dom Luzzi saßen mollig und frohgemut in ihrem Streifenwagen und umkurvten Radio hörend den zentralen Schauplatz des Geschehens: die zwischen Zulieferer-Parkplätzen und Veranstaltungsorten hin und her pendelnden Gabelstapler und Transporter, die weißen Festzelte auf der Mall, die mit Planen überdachten Stände und Tische. Die Hochhäuser von St. Louis waren hier und dort erhellt, die Stockwerke beleuchtete Aquarien auf Regalbrettern in einem abgedunkelten Raum. Aber die Fische, wo waren die?

Um 17.25 Uhr erhielten RC und Luzzi einen Anruf aus den Büros des Senders KSLX, wo Angestellte, die nach Hause gehen wollten, beim Verlassen des Gebäudes von Randalierern belästigt wurden. Luzzi umfuhr die Polizeisperre auf den stadteinwärts führenden Fahrbahnen der Olive Street und raste zum Sendehaus. Ihre Ankunft sprengte die Gruppe der Randalierer auseinander. Sie sahen die Sohlen von Schuhen in die Seitenstraße stieben. Eine Schar KSLX-Angestellte, von denen RC viele wieder erkannte, strebten dem Parkplatz zu. Wer immer den jetzt bewachte, würde eine Weile lang zu tun haben. RC reckte den Kopf und stellte fest, dass jetzt eine Frau dafür zuständig war.

Luzzi sprach mit dem Mann vom Wachschutz und stieg wieder ein. «Irgendwas mit einem Benjamin Brown», sagte er.

«Ach.»

«Kennst du die Person?»

«Den Namen hab ich schon gehört.»

«Wenn diese Leute heute Abend Krawall machen, werden sie einzeln festgesetzt. Die sind nicht von hier.»

«Nein?»

Luzzi schüttelte den Kopf und schrieb etwas in sein Notizbuch. «East St. Louis.»

«Die Wurzel alles Bösen.»

«Deine Witze hab ich gründlich satt, White.»

Als Gopals Anruf trotz Vereinbarung um 16 Uhr ausblieb und eine weitere Stunde verging, ohne dass ihr Telefon klingelte, begann sich Jammu, wenn auch routiniert, zu sorgen. Sie fragte sich, was in den letzten vierundzwanzig Stunden in England passiert war. Sie fragte sich, was gerade in St. Louis passierte. Wenn ihr Telefon nicht klingelte, war sie von allen Informationen abgeschnitten. Sie rief in der Hammaker-Residenz an und erfuhr nichts, sie rief bei Singh an, und keiner nahm ab. Sie versuchte es bei Martin im Büro.

«Nein», sagte seine Sekretärin. «Er ist vor einer Weile mit Mrs. Probst weggegangen.»

Jammu brauchte einen Moment, bis sie ihre Sprache wieder fand. «Wann war das?»

«Oh, gegen drei oder so.»

«Gut. Vielen Dank.»

Alles war zu ruhig geblieben.

Entweder hatte Singh Barbara freigelassen, um die Mission zu torpedieren, oder Devi war zurückgekommen. Wohl wissend, dass Devi gewieft und Gopal pünktlich und Singh wenn nicht ihr, dann immerhin der Mission gegenüber loyal war, schlussfolgerte Jammu, dass es sich bei Mrs. Probst um Devi handelte und Gopal, ihr Mann fürs Grobe, wahrscheinlich tot war.

Wie stand es jetzt um ihre Autorität?

Jack kam zur Haustür herein und schüttelte den Schirm ab. Sein Mantel war ein wollener Rückenpanzer, eine große graue Kleiderglocke ohne Abnäher oder Schöße. Probst blickte lächelnd vom Sofa auf, sich darüber im Klaren, dass sein Besuch überraschen musste. Jack aber nickte nur. «Hallo, Martin.» Seine Stimme überschlug sich auf der letzten Silbe. Tränen der Wut deuteten sich an.

Probst ging auf ihn zu und streckte ihm eine Hand entgegen. «Grüß dich, Jack.»

«Schön, dich zu sehen.» Jacks Händedruck war schwach. «Was gibt's?»

«Nichts gibt's. Ich dachte nur, ich schau mal vorbei.»

Jack sah ihm nicht in die Augen. «Toll. Entschuldige mich einen Moment.» Er wandte sich ab, und mit einem Schwung, der wie das Wischen eines über eine Windschutzscheibe glitschenden Schwamms von einem leichten Stocken unterminiert war, ging er in die Küche. Offensichtlich hegte er einen Groll. Aber vielleicht würde er ihn ablegen. Probst setzte sich wieder aufs Sofa. Warten zu müssen machte ihm nichts aus. Wartezimmer waren Räume, in denen das Denken unmöglich war.

Aus der Küche, wo sich geschmolzener Käse zu Hackbraten und Zwiebeln gesellt hatte, drang gedämpfter Wortwechsel. Probst hatte Elaines Einladung zum Essen bereits angenommen, und Elaines Geflüster war beschwichtigend. Jacks war aufbrausend. Dann wurde ihrs hitziger und Jacks kleinlauter. Als er zurück ins Wohnzimmer kam, strich er sich übers Haar und krempelte die Ärmel seines babyblauen Pullovers säuberlich um. «Willst du ein Bier, Martin?»

Erneut überschlug sich seine Stimme und kippte auf der letzten Silbe nach oben weg.

«Danke, gern», sagte Probst. «Ich störe doch nicht?»

Jack gab keine Antwort. Er ging in die Küche und kehrte mit einer Büchse Hammaker zurück, stellte sie vor Probst auf den Couchtisch, schaltete den Fernseher ein und marschierte wieder in die Küche. Probst staunte. Mit Schweigen strafte ihn außer Barbara und Luisa sonst keiner.

«Also wirklich, Jack, um Himmels willen!» Elaine ärgerte sich.

«... Abend, während Feuerwehren aus drei Gemeinden die Löscharbeiten an seinem dreistöckigen Haus fortsetzen, das am späten Nachmittag bis auf die Grundmauern niedergebrannt ist. Cliff Quinlan hat einen Camcorder-Livebericht für uns.»

«Don, niemand weiß, wie das Feuer ausgebrochen ist. Kirk McGraw, Hauptmann der Feuerwehr von Webster Groves, hat gesagt, es sei noch zu früh, über Brandstiftung zu spekulieren; hier denkt, glaube ich, niemand, dass das Feuer mit Probsts aktuellen politischen Aktivitäten in Verbindung zu bringen ist, aber es hat Todesopfer gefordert. Als die Feuerwehrleute von Webster Groves eintrafen, sahen sie einen Mann, vermutlich den, äh, Gärtner von Probst, in das brennende Haus eindringen. Er kam nicht wieder heraus. Die starke Hitze verhindert bis jetzt die Bergung seiner Leiche, und es kann noch bis zu drei Stunden dauern, bis geklärt ist, ob sich zur Brandzeit noch andere Personen im Haus befanden. Das einzige Opfer, von dem wir wissen, ist der, äh, Gärtner, der auf dem Grundstück wohnte und von keinem mehr gesehen worden ist. Nachbarn bezeugen jedoch, dass Probsts Auto nicht auf dem Grundstück steht, weshalb einiges dagegen spricht, dass auch er im Haus war. Ich habe Hauptmann McGraw gefragt, warum das Feuer mitten in einem Wohngebiet so lange unbemerkt bleiben konnte.»

«Nun, Cliff, als Erstes muss ich auf die abgeschirmte Lage des Hauses verweisen. Sie sehen die Hecken und den Zaun, das Haus liegt weitab von der Straße, und zum fraglichen Zeitpunkt, nämlich am späten Nachmittag, mit Sichtverhältnissen, die –»

Im Haus klingelten die Telefone.

«Ja, er ist hier», sagte Jack in der Küche. Er erschien in der Tür. «Martin, für dich.» Er zeigte – stieß – mit dem Finger in Richtung Telefontischchen im Flur. Dann zog er sich erneut in die Küche zurück.

Probst holte seinen Mantel aus dem Garderobenschrank und ging aus der Haustür in den Regen. Den Schauplatz des Geschehens hatte er in den Nachrichten kaum erkannt. Den Anruf hingegen wusste er sofort zu deuten. Es war die Botschaft, auf die er gewartet hatte. Nur Jammu konnte auf die Idee kommen, ihn hier zu suchen. Er hatte Jack einmal erwähnt, und einmal, das begriff er jetzt, reichte ihr aus.

Sie wachte mit Kopfschmerzen und leichter Benommenheit auf, aber alles in allem war die Substanz, die er ihr gespritzt hatte, genauso sanft gewesen wie er selbst. Eine Weile blieb sie liegen; sie atmete probehalber, gewöhnte sich ans Wachsein, erwartete das Essen. Doch als sie ihre Beine bewegte und die Augen aufschlug, sah sie, dass sich alles verändert hatte. Die Fußfessel war weg, die Laken waren sauber, eine große Lampe mit Schirm stand auf einer Kommode neben einem Stuhl, auf dem ihre Sachen –

Fast wäre sie ohnmächtig geworden. Beim nächsten Versuch erhob sie sich allmählich, indem sie ihren Kopf Zentimeter für Zentimeter aufrichtete, als wollte sie ihn oben auf die Statue ihres Körpers setzen. Sie durchquerte das Zimmer und öffnete die Tür. Das Schloss, das sie so viele Male schnappen gehört hatte, war verschwunden. Und dort, wo sie auf ihren Wegen zum Badezimmer Woche für Woche das unmissverständliche Hallen der Leere vernommen hatte, lief sie nun durch eine Wohnung, die sehr viel Ähnlichkeit mit dem New Yorker Apartment besaß, in das sie sich, gezwungen von John, hatte hineinphantasieren müssen.

Bücher, die ihr gehörten, lagen auf den Armlehnen skandinavischer Sessel. Im Badezimmer hatte sie Dessous zum Trocknen aufgehängt. In einem Sekretär im Esszimmer, über einer Packung ihrer Winstons und einem schmutzigen Aschenbecher, hatte sie die Briefe von Luisa und Audrey in kleine Fächer einsortiert. Den Kühlschrank hatte sie mit ihren bevorzugten Sorten Joghurt, Diät-Schokobrause und Martini-Oliven gefüllt. (Es verlangte sie nach richtigem Essen, aber sie rührte nichts an.) Sie hatte eine Einkaufsliste geschrieben und auf dem Küchenbuffet abgelegt. Auf dem Fußboden vor der Wohnungstür fand sie einen weißen Zettel.

Bhimrao Ambedkar
Rechtsanwalt
Chowpatty, Bombay

Die Schwestern, Hilfskräfte und Praktikantinnen machten um Buzz einen großen Bogen. Zusammengekrümmt und zitternd saß er, ein kleiner, hungriger alter Mann, im Wartebereich der Intensivstation vom Barnes-Hospital. Seit seinem Reuben-Sandwich zu Mittag hatte er nichts mehr gegessen. Was die Sprechanlage verlauten ließ, verstand er nicht. Eine Schwester hantierte mit Riesenkarteikarten, und ein Telefon schrillte elektronisch. Eine dünne, ebenmäßige Schicht aus Narbengewebe bedeckte Wände und Fußböden, Rückstand des künstlichen Lichts, das seit zwanzig Jahren vierundzwanzig Stunden am Tag brannte.

Der Chefneurologe hatte Buzz gesagt, ein möglicher Gehirnschaden zeige sich erst, wenn Bev das Bewusstsein wiedererlangt habe, aber er solle schon einmal damit beginnen, sich auf eine lange und aufwendige Genesungsphase einzustellen. Asha, als er sie schließlich erreichte, hatte ihm gesagt, sie sei am Abend verhindert, weil sie sich bereit erklärt habe, auf den Wahlpartys in der Innenstadt zu erscheinen. Und Martins Telefon funktionierte nicht.

Ein Druckgefühl baute sich in seinem Hals und hinter seiner Nase auf, als er eine ihm bekannte Stimme hörte. Er unterdrückte einen Seufzer, blickte hoch und sah seinen Urologen mit einem anderen Arzt gemessenen Konversationsschrittes vorbeigehen. Beide nahmen grüne Hauben ab und massierten ihre Kopfhaut. Buzz reckte das Kinn in die Höhe und löste die Verschränkung seiner Arme, damit er gesehen und angesprochen wurde. Sie sprachen ihn nicht an. «Kinder kriegen seitliche Schmerzen», sagte Dr. Thompson.

Der andere sagte: «Kinder essen Süßigkeiten.»

Dr. Thompson sagte: «Süßigkeiten erzeugen seitliche Schmerzen.»

Sie lachten beide und betraten den Fahrstuhl, der sich vor ihnen aufgetan hatte.

Des Fahrens, nicht aber der Fortbewegung müde, parkte Probst den Lincoln in einem der Parkhäuser des Convention Center, zählte auf dem gesamten Limonen-Parkdeck fünf weitere Autos und machte sich von dort zu Fuß auf den Weg. Es war neun. Er hatte zwei Stunden im Polizeirevier von Webster Groves verbracht und mit der Allstate-Versicherung gesprochen, sich bei Feuerwehrleuten bedankt, Kaffee und Zuspruch von Chief Harrison entgegengenommen und mehreren rangniederen Beamten Auskünfte gegeben, die diese auf gepunkteten Linien verzeichneten. Man sagte ihm, es gebe bald eine Leiche zu identifizieren. Zum Warten wurde er in einen Korridor geschickt und, dankbar, auf einer geschnitzten Walnussbank sich selbst überlassen. Dann rief ein Beamter seinen Namen auf: Er wurde am Telefon verlangt. Es war die zweite Aufforderung, und wieder lief er davon, stieg in seinen Wagen und fuhr ostwärts.

Rockmusik, so laut, dass sie nur live sein konnte, schallte im Convention Center und durch die Mauern über den Platz. Der Refrain des Songs klang wie *You love you won you win*. Vielleicht war das Center voll von Jugendlichen, die tanzten und die Arme über den Köpfen schwenkten, vielleicht auch nicht; der Platz und die umliegenden Straßen gähnten vor Leere. Polizistenduos in Regenmänteln wendeten mit abweisender Miene ihre Köpfe hin und her. Sie stampften mit den Füßen und bliesen in die Hände. Probst überquerte die Washington Street zwischen zwei Kreuzungen und sah in beiden Richtungen kein einziges Auto. Die Straßen der Innenstadt waren heute Abend natürlich für den Privatverkehr gesperrt. Fußgänger sollten die Party in jeden Winkel dieses Viertels tragen. Es waren jedoch weniger Fußgänger in Sicht als an einem gewöhnlichen Dienstagabend.

Eine Dixieland-Band spielte unter einer Plastikplane vor dem Mercantile Tower, direkt neben der Chromskulptur, die billig glänzte, ein extrem vergrößerter Küchen-Schnickschnack. Drei Teenager in Skijacken standen da und hörten zu. Der Waschbrett-

Spieler bot ein kurzes Solo, indem er sich über sein Instrument beugte und auf den Blechrippen eifrig herumrubbelte. Er zwinkerte den Halbwüchsigen zu.

In den leeren Straßencafés der 8th Street saßen die Kellner rauchend, dösend, Karten spielend. Regen prasselte auf die Markisen, die bei jedem Windstoß zitterten wie vor die Tür gejagte Hunde. Probst trat an den Probierstand des Jardin des Plantes und bestellte ein Stück Quiche bei einem kleinen Mann mit einem projektilförmigen Kopf.

«Fünf.»

«Fünf Dollar?»

«Für wohltätige Zwecke.»

Probst verschlang die Quiche, bevor sie kalt und widerlich wurde, zerkaute die Sojasprossen und Miniaturkrabben, die im Teig eingeschlossen waren, zwängte die öligen Bestandteile durch den Gaumen hinunter in den Hals.

An einem anderen Stand, über einem Wasserbecken und auf einem Sitz, der durch Spiralfedern mit einer Zielscheibe verbunden war, die Passanten gegen Geld mit Tennisbällen bewerfen konnten, saß Sal Russo und las den *Post-Dispatch*. Sal war Bezirksobmann des Stadtteils, in dem die Firma Probst & Company ihre Niederlassung hatte. Eingerahmt von zwei Heizstrahlern, mit trockenem und gut frisiertem Haar, sah er wie ein Toast aus. «He, Martin.»

«Hallo, Sal.» Probst wandte sich an den Helfer. «Wie viel?»

Der Helfer zeigte auf ein Schild. «Fünf Dollar der Wurf, Sir. Oder drei Würfe zehn. Für wohltätige Zwecke.»

Er bezahlte für sechs Bälle, dann für sechs weitere. Noch bevor Sal aus dem Becken auftauchen konnte, war Probst schon um die Ecke zur Market Street geeilt. Wie angewurzelt blieb er stehen, schockiert über den Arch.

Bunte Scheinwerfer umspielten den rostfreien Stahl, sprenkelten ihn mit grellen Farben. Sie wanderten, und all das Rot und Grün und Gelb flimmerte auf den glatten, ganzheitlichen Flächen durcheinander. Es war nicht mehr Probsts Arch. Es war der des National Park Service.

Spiele und deutsche Würste, Clowns und Einradfahrer, Losbuden, Akkordeonspieler und gewählte Volksvertreter warteten auf Besuchermassen, die, da sie bis neun Uhr abends ausgeblieben waren, ganz bestimmt nicht mehr kommen würden. Probst selber war nur erschienen, um wie auf höheren Befehl zu Jammu geleitet zu werden. Der Arch errötete und verfärbte sich lila. Probst lief ostwärts, quer über die Mall, unter den Augen einsamer Polizisten mit Schlagstöcken.

Im größten Festzelt an der Mall sprach Bob Hope zu einer kümmerlichen Menschenmenge von merkwürdigem demographischem Profil. Sie bestand ausschließlich aus jüngeren Männern. Probst sah keine einzige Frau, auch keinen Mann unter zwanzig oder über vierzig. Zweihundert eher untersetzte junge Männer in London-Fog- oder Burberry-Jacken, in weißen Hemden mit Normkragen und Krawatten mittlerer Breite, in braunen Halbschuhen, die Kreppsohlen hatten, lachten aufs Stichwort. Pete Wesley und Quentin Spiegelman und andere Prominente bildeten auf der Bühne eine Phalanx hinter Hope, der gerade sagte: «Nein, im Ernst, Leute, ich glaube, es ist ganz toll zu sehen, was in St. Louis alles geleistet wurde. Bedenkt nur mal, wie es hier vor dreißig Jahren aussah – natürlich, ich kenn das nur von Bildern. Ich war ja noch ein Teenager in Kalifornien.»

Die Zuschauer brachen in Gelächter aus, klatschten in die Hände und nickten sich gegenseitig zu.

«Wisst ihr, neulich war ich in Washington, und da –»

Barbara hatte gar nicht fortgehen wollen. Sie hatte den Zettel mit der Adresse in Bombay vom Fußboden aufgehoben und war in den Hausflur hinausgetreten, um das Gebäude zu erkunden, ein Fenster zu finden und sich ein Bild darüber zu machen, wo sie war, und dann hatte sie in die Wohnung zurückkehren und ein paar andere Nummern wählen wollen, denn mit ihrer eigenen schien irgendetwas nicht zu stimmen. Sie musste erst die Adresse in Erfahrung bringen, bevor sie jemand abholen konnte. Aber die Wohnungstür war hinter ihr zugeklappt, ins Schloss gefallen.

Auch im Hausflur gab es keine Fenster, nur Ziegelwände und Stahl, die Ziegel waren grau gestrichen, die Stahlträger mennigrot, und das Ganze wurde von vergitterten Glühbirnen beleuchtet. Sie bestieg einen Lift, indem sie den ausgetretenen Holzfußboden nervös mit ihren Füßen prüfte, fuhr ins Parterre und trat auf einen Flur, der genauso aussah wie der im Obergeschoss. Die Luft war kühl und abgestanden, das Gebäude völlig still. Sie ging zum einen Ende des Flurs und stieß eine schwere Tür auf, verharrte auf der Schwelle und blickte hinaus.

Hinter einer nassen, leeren Fahrbahn war eine Hochstraße. Sattelschlepper, deren Konturen von bernsteingelben Lämpchen umrissen waren, fuhren im Regen vorbei. Die Wolken über der Hochstraße fingen die hellen Lichter einer Großstadt ein, aber welche Skyline sich dort abzeichnete, war nicht zu sehen.

Nur mit Hose und Pullover bekleidet, zitterte sie, als die geruchsneutrale Luft hereindrang. Am Boden lag ein zerbrochener Schlackenstein. Mit dem Fuß schob sie ihn gegen den Türrahmen auf die Schwelle, trat ins Freie und lehnte die Tür behutsam an. Sie blickte die Straße rauf und runter. Das Viertel erinnerte an Hiroshima im Frühjahr 1946, so öde und unbelebt war es, dass ein gefahrloses Durchqueren möglich schien. In der Ferne sah Barbara Straßenlampen, Verkehrsampeln, Fahrzeuglichter, noch weiter entfernt erleuchtete Bürofenster, aber kein Firmensignet, keine Neonbuchstaben. Sie überlegte, eine Auffahrt zur Hochstraße zu suchen und ein Auto anzuhalten. Doch sie zögerte. Irgendwo in dem Lagerhaus gab es vielleicht ein anderes Telefon oder wenigstens ein Werkzeug, mit dem sich die Tür zum Apartment aufbrechen ließ. Sie könnte dann das Fernamt anrufen und ihren Anruf lokalisieren lassen. Sie wollte nicht von hier fort.

Hundert Meter weiter ging ein dünner Mann in einem schlichten dunklen Mantel schräg über die Straße. Er kam stetig, unerbittlich näher, mit den hypnotischen Schritten eines Froschfängers, der seine Beute «geortet» hat. Sie machte einen Schritt weg von der Tür, rang ihre Hände. Es war eine Frage des Gleichgewichts. Sie wandte sich in die Richtung, in die sie sich geneigt hatte – weg von der Tür. Der Mann ging schneller, und sie floh an der Vorderseite des Gebäudes entlang, weg von den Lichtern der Stadt. Er hatte dasselbe Schritttempo wie sie. Sie fing an zu rennen. Er fing an zu rennen.

«Misch Madan!», rief er.

Ihre Turnschuhe trafen klatschend auf rissigen Asphalt, wölbten sich über Unebenheiten, um sie auszugleichen und zu überwinden. Sie dehnte Muskeln, die sie seit Januar nicht mehr beansprucht hatte. Sie lief sogar weiter, als sie hörte, dass der Mann, weit hinter ihr, mit scharrenden Ledersohlen stehen blieb. Sich umdrehend, sah sie ihn aufs Lagerhaus zugehen. Sie rannte zwischen die Betonpfeiler der Hochstraße, durch einen stockdunklen Zwischenraum, und plötzlich ins Licht.

Das Licht kam von Feuern, Flammen, die aus Fässern züngelten, und Lagerfeuern auf dem Fußweg einer schmalen Straße, Flammen, die vom Regen unterdrückt, aber nicht erstickt worden waren und sich seitwärts, festgeklammert an den Brettern, die sie nährten, fortfraßen. Am Ende der Straße beschien ein einzelner Glühfaden die Einmündung einer offenbar ähnlichen Straße. Und dazwischen, in Zelten und provisorischen Behausungen auf dem Fußweg, in Wracks von viertürigen Limousinen und Lieferwagen ohne Räder, in hohlen Fensterlöchern rußgeschwärzter Häuser, sah Barbara mehr Menschen, als sie zählen konnte. Es waren Hunderte.

Sie hörte ein paar vereinzelte Stimmen, die meisten Menschen aber saßen oder standen stumm, mal mit Beinen über Kreuz, mal mit erhobenem Arm, als wären sie tief in Gedanken. Sie blickte zum

Lagerhaus zurück. Ein Paar Autoscheinwerfer waren im Dämmerlicht aufgetaucht, ausdruckslose Lichtscheiben, deren Abstand voneinander sich langsam vergrößerte, während das Auto schnell näher kam. Sie bog in die Straße ein, die vor ihr lag, und mit einer Erleichterung, die sie im Mund schmecken und in der Brust spüren konnte, stellte sie fest, dass die meisten Menschen Frauen waren. Sie wandte sich zur Gruppe, die ihr am nächsten stand, einem Trio an der Ecke, doch das Auto hatte sie fast erreicht. Es war ein Lieferwagen. Sie duckte sich in einen Durchgang, in dem mehr Frauen standen und sich die Hände an einer Tonne wärmten. Dem Rauch fehlte das frische, vielschichtige Naturaroma; er roch nach altem Holz, nach Bauholz, nicht nach Scheiten. Die Frauen verloren sich in ihrer Kleidung. Sie trugen Netzstrümpfe, lackierte, funkelnde Plateauschuhe, Stiefel aus mattschwarzem Leder, die sich eng an Knöchel und Waden schmiegten, lederne Miniröcke und Polyester-Hotpants und kurze, schultergepolsterte Jacken. Die Gesichter, manche schwarz, manche weiß, lugten zwischen hochtoupiertem Haar und flauschigem Kunstpelzkragen hervor. Ein Augenpaar nach dem anderen richtete sich auf Barbara. Sie drückte sich an die Ziegelwand und hielt den Atem an, als der Lieferwagen auf der Straße vorbeifuhr.

Nur für Mitglieder, Schwester!

Das Gelächter war laut und traf sie wie ein Steinhagel, fiel erstorben zu Boden. Zwei Frauen warfen Zigaretten in die Tonne, eine rituelle Handlung. Alle blickten sie Barbara an.

«Wo bin ich hier?», fragte sie.

Jammuville.

Niemand lachte.

Ihr Atem normalisierte sich. «Ich meine, in welchem Bundesstaat bin ich?»

Im selbn wie wir!

Suchste 'n Job?

Nur für Mitglieder. Nur für Mitglieder.

Sie verstummten.

«Ich suche die Polizei», sagte sie.

Polizei? Die sucht die Bullerei? Ho, ho!

Eine zeigte nach oben.

Siehste die Straße? Immer gradaus über die Brücke.

Sie lachten wieder. Irgendwo in Jammuville wurde geschossen. Barbara lief eine Querstraße hinauf, die noch belebter war als die, aus der sie gerade herausgetreten war. Marionetten schritten die Gehwege ab, ihre Lockrufe knarrend vor Kälte, ihre Kehrtwendungen steif und die Pirouetten einstudiert, während in dunklen Nischen Männeraugen glommen. Kein Wort wurde hier gesprochen. Barbara sah entzündet wirkende, dem Wetter preisgegebene Brüste, Verzückungen, an denen nur das Qualvolle echt war, einen Rock, der über einer nichtssagenden, von schwarzen Strapsen eingerahmten Vulva angehoben wurde. Sie trat vom Rinnstein auf die Straße, wo Autos in trägem Strom, Stoßstange auf Stoßstange, vorbeifuhren. Eins hielt neben ihr an. Durch das geöffnete Fahrerfenster fiel ihr Blick auf einen pausbäckigen Weißen in rotem Blazer, zwischen dessen Zähnen eine unangezündete Zigarre steckte. Er nahm die Zigarre aus dem Mund und taxierte Barbara.

«Hören Sie», sagte sie. «Ich bin –»

Er schüttelte den Kopf. *«Titten.»* Das Wort war endgültig, die Stimme prophetisch. «Ich brauche Riesentitten.» Er hatte genaue Vorstellungen davon. «Monstertitten.»

Das nächste Auto hupte sie aus dem Weg, aber das darauf folgende hielt, und sie klopfte an die Scheibe. Ein unterwürfig blickender Mann runzelte die Stirn und schüttelte den Kopf. Sie schaute auf seinen Schoß. Auch er schaute hin, schüchtern lächelnd über seine Blöße.

Kurz vor dem Ende der Straße erkannte sie die Stadt. Es war St. Louis. Der Arch ragte riesenhaft und starr vor einer Kulisse aus grellbunten Dunstwolken in die Höhe. Es war St. Louis. Es war die Stadt, in der sich ihr ganzes Leben lang ihre Träume abgespielt hatten, auch in den letzten zweieinhalb Monaten, die Stadt, die sie immer, wenn John aus dem Zimmer gegangen war, mit ihrer Familie und ihren Freunden bevölkert, an die sie immerzu, sich erinnernd, sich etwas ausmalend, gedacht hatte: Hier nun war die Stadt selbst, und sie war, wenn auch identisch im Detail, von der Stadt in ihrem Kopf völlig verschieden, war völlig eigen und sie selbst, und ihre reale Gegenwart wirkte stärker auf Barbara als jedes Wahrzeichen. Aber sogar jetzt konnte – und wollte – sie nicht das Gefühl abschütteln, dass sie gleich in Johns Armen erwachen würde.

Unter dem Arch stehend, blickte Probst auf den Fluss und die Antikonstellation der städtischen Gestirne, die in Illinois funkelten. Ein gen Norden fahrender Lastkahn maß unsichtbare vierhundert Meter zwischen seiner beleuchteten Kabine und seinem beleuchteten Bug. Autos fuhren mit fast hundert Stundenkilometern über die Poplar Street Bridge, und dennoch sah es aus, als kämen sie nur quälend langsam voran. In den Tiefen der Innenstadt bellte eine blecherne Männerstimme zu gedämpften Jubelrufen.

Eine lange, breite Betontreppe durchstach die Deichmauer und führte hinab zur Wharf Street. Probst setzte sich auf die oberste Stufe. Er beobachtete, wie eine ihm bekannte Limousine unten die Straße entlangfuhr, hielt und in eine Parklücke auf halbem Weg zwischen ihm und den Flussdampfern *Huck Finn* und *Tom Sawyer* zurücksetzte, die beide an ihren Landungsstegen vertäut waren. Der Wagenschlag öffnete sich. Jammu stieg aus.

Zu Ostern hatte sie auf ihm gelegen, Hüftknochen auf Hüftknochen, Knie auf Knie, er hatte die Arme um ihren schmächtigen Leib geschlungen, nicht so sehr, um ihr Zittern zu stoppen, sondern um es seinem eigenen anzupassen. Das Zittern war stetig, gleich bleibend, eine brownsche Bewegung. Sie lächelten wissend, aber es hörte nicht auf. Es schloss sie beide aus, warf sie zurück, machte sie einander ebenbürtig in ihrer gegenseitigen Unterwerfung, und das war ideal, denn in einem idealen Bett, in einem Zwielicht, das besonders Schlafzimmer erfüllte, wollte man sich nur noch unterwerfen.

Sage keiner, das ist nur eine Midlife-Narretei. Sage keiner, dass die Sonne immer nur woanders scheint.

Auf halber Treppe blieb Jammu stehen und setzte sich auf das Mäuerchen am rechten Geländer. Probst spürte, wie Regenwasser durch seinen Hosenboden drang. Sie zog ihren Trenchcoat fester um sich, verschränkte die Arme und führte eine Hand an ihren Mund. Probst sah sie an ihrem Daumennagel kauen. Das Einzige, wonach es ihn noch verlangte, war sie. Und er begriff, wie sich dieses eine Jahr entwickelt hatte, wie ein Mann im besten Alter, der von aller Welt beneidet wurde, alles verlieren konnte, ohne auch nur eine Sekunde darum zu kämpfen: Er hatte an das, was ihm gehörte, nicht geglaubt. Irgendetwas hatte immer gefehlt oder zwischen Besitz und Ruhm eine Frage geschoben: Warum ich?

Hätte er gewusst, dass all die Dinge rings um ihn, die er liebte, einfach so verschwinden konnten, wäre es ihm vielleicht gelungen, sich zu zügeln und diese Dinge weiter zu lieben oder aber die Zügel fahren zu lassen und seinem Bauch zu vertrauen. Aber wie konnte man vorhersehen, wann das Ende kam?

Was ihm blieb, war ein Raum in seinem Kopf, um den herum sich die Welt, hinwegbrechend, in eine pfeifende galaktische Entfernung hin verflüchtigt hatte. Eine Woche nachdem die Bombe geplatzt war, war das Auge der Kamera von einem Kreißsaal im Dezember umgeschwenkt zu einem Drehort an der Main Street, erfasste nun die Trümmer, in denen sich Martin und Susan lebendigen Leibs in Wasserdampf verwandelt hatten, und beamte das Bild zurück in den Raum, wo sich die Welt, in ihnen, liebte. Er würde die erinnerten Ansichten einer Stadt durchwandern können, aber die einzige Zukunft, die sich noch ereignen würde, ereignete sich in diesem Raum.

Sie wollte darauf warten, dass er die Treppe herunterkam. Niemals, nicht einmal für einen Nachmittag, hätte sie ihn rumgekriegt, wenn da nicht eine grundlegende Bereitschaft auf seiner Seite gewesen wäre, eine Übereinstimmung zwischen der von ihr geplanten und ausgeführten Zerstörung seines Lebens und seiner Hinnahme jedes einzelnen Stadiums der Zerstörung. In ihrer reinsten Form war die Krise eine tief greifende Schicksalserfahrung. Aber sie, die Barbaras Tod angeordnet, die diesen einen kleinen Regelverstoß begangen hatte, konnte an Probsts Schicksal nicht teilhaben. Sie hatte geglaubt, sie würde diese Treppe bis nach oben hinaufsteigen und ihn umarmen. Aber so funktionierte das nicht.

Der Abstimmungsdienstag, das Unterwassergetöse der Schleppermotoren, das flache Schlürfen des Flusses an den Ufern, das Gellen der Lastwagen, das Ächzen der Reifen am Himmel, das dumpfe Grollen von «St. Louis bei Nacht» – all das war nicht laut genug, um das Geschöpf zu übertönen, das in ihr wuchs, ein Geschöpf, das sie gelegentlich in Spiegeln gesehen oder im Fieber gehört hatte, ein kleines, trauriges Kind. Das Kind sprach laut bei seinem Tun, war, wie Jammu, zu nichts anderem in der Lage, als zu planen und zu besprechen und darauf hinzuarbeiten, ein Leben zu konstruieren. Wer von beiden war der eigentliche Schrecken? Offenkundig war das Kind genauso ein Produkt der Frau, wie die Frau ein Produkt des Kindes war. Beide waren sie taiwanesische Billigprodukte, wie alles, was sie je gedacht oder getan hatte, das Kind aber wenigstens hatte einen Namen: Susan.

Fusselfäden aus den Winkeln ihrer Manteltaschen zusammenklaubend und immer wieder zu Martin hinaufsehend, der wie die Geduld persönlich, über sich den Arch, ganz oben auf der Treppe saß, begann sie zu weinen. Sie bedauerte das Kind. Ihr fehlte die Fähigkeit, die Grundausstattung, das Material, um Martin so zu lieben, wie er sie liebte. Doch obwohl die Berechnung ihre Gefühle für immer ersetzt hatte, schmiedete das Kind Pläne – *ich hatte keine Ahnung, dass Devi zurückgekommen war, sie hatte mir aus*

Bombay geschrieben, sehr theatralisch, du musst mir glauben, ich sehe doch, dass du mir glaubst –, nur weil es die Gefühle noch nicht erlernt hatte.

Irgendwie hatte Probst gedacht, dass es leicht sein würde, ihrem Ruf zu folgen und sie hier zu treffen, ihrem Blick zu begegnen und mit ihr der süßen Sünde des selbstbezogenen Daseins zu frönen – genauso leicht, wie es gewesen war, sich ihr im Bett zuzuwenden, genauso ungehemmt durch Scham und Verlegenheit, genauso triebbedingt. Aber als er sie weinen sah und begriff, dass ganz spezielle, schlichte Trostworte erwartet wurden, wusste er, dass die Affäre vorüber war.

Er wurde ungeduldig. Der Wind vom Fluss frischte wieder auf, und er merkte, dass er kalte Hände, nasse Füße, einen wunden Hintern, eine volle Blase hatte. Er merkte, wo er war. Er hob sein Gesicht zu dem Umriss über ihm, zu den Strahlen aus gelbem, blauem und violettem Licht, die dort hineinströmten und, von dem riesigen schwarzen Bogen abgeschnitten, endeten. Der Umriss stand einfach nur da. Regentropfen fielen Probst in die Augen – während in dem Raum in seinem Kopf die Lust nicht nachlassen durfte, weil sich andernfalls die Frage stellte, was, wenn alles vorüber wäre, aus ihr werden würde. Sex war kein lebensverlängerndes Bedürfnis wie das Essen, und in ihrem Alter ließ sich die Lust auch nicht durch das Motiv der Fortpflanzung begründen. Nur die Wiederholung konnte das. Schließlich saßen er und sie in diesem Raum am äußersten Rand des Universums nicht bloß herum. Sie trieben es in alle Ewigkeit. In einem östlichen, orientalischen Raum, in einer Art und Weise zu existieren, in der das gegenwärtige Leben, das fortwährende Problem der Identität, von Bezügen auf vergangene und zukünftige Inkarnationen umspielt wurde. Aber in Missouri lebte man nur einmal.

Er stand auf, die Steife seiner Schultern als Fingerzeig verstehend, dass er letztlich doch kein böser Mensch war. Sein Körper war in der Lage, ihn abzulenken. Er selbst besaß die Gabe der Ungeduld. Er war kein Getriebener. Taten verloren ihre Bedeutung, Gefühle hörten auf, wichtig zu sein. Die Geschichte seines Lebens konnte nicht nur aus Ausrufezeichen bestehen. Er musste eine Toilette aufsuchen oder wenigstens ein abgelegenes Gebüsch, und mit dieser situationsbedingten Hast schrie er zu der Frau, die unterhalb von ihm auf dem Begrenzungsmäuerchen kauerte, als wäre sie vom Himmel gefallen und zu einem Häufchen zusammengesackt: «Adieu!»

Ohne aufzublicken, hob sie den Arm und warf einen unsichtbaren Stein.

Angst ergriff von Barbara Besitz, als in den Straßen um sie herum Reifen quietschten und Menschen in dunklen Häusern stritten. Sie wollte zügig gehen, zielstrebig, selbstbewusst, aber Gehen erforderte Muskelbeherrschung, damit der Schwung erhalten blieb. Sie fiel in einen Dauerlauf. Zum Lagerhaus, von dem aus sie aufgebrochen war, würde sie nie zurückfinden, aber sie konnte den Arch und einen Teil der Skyline von St. Louis im Auge behalten, und sie bewegte sich darauf zu. Erst als sie in einer Straße Männer sah, die ihr nicht geheuer waren, wechselte sie die Richtung und rannte ziellos nach Süden. Jammuville. Vergeblich wartete sie, dass ein Streifenwagen vorbeikam oder ein Polizeirevier aus der Dunkelheit heraustrat.

Hätte sie eine Vorstellung gehabt, wo sich das Lagerhaus befand, wäre sie schneller dorthin gerannt als nach St. Louis. Über zwei Monate hatte sie dort in Sicherheit gelebt, eine Sicherheit, die sie erst jetzt, da sie das Umfeld sah, zu schätzen wusste. Zu Hause ist's am schönsten. John hat ihr die Mahlzeiten gebracht. Oh, sie war verrückt, aber sie konnte nichts dagegen tun. Sie hatte sich am Schauplatz ihrer Albträume verlaufen, der Albträume eines jeden Bürgers von Webster Groves, in einem Abbruchlabyrinth wie ein Skelett, wo jedes Kind eine Pistole und jede Frau ein Messer hatte und ein weißes Frauengesicht eine Aufforderung zu Überfall und Mehrfachvergewaltigung war, sofern sie ihre Angst nicht verbergen konnte. Barbara war ein gutherziger Mensch und hatte solchen Geschichten nie Glauben schenken wollen. Wer würde sich schon an einer wehrlosen Frau ohne Handtasche vergreifen? Aber die Bedrohung war körperlich zu spüren, und sie war überall.

Nach wie vor den durchgeweichten Zettel mit Johns neuer Adresse umklammernd, lief sie auf die Interstate zu, von einer Straßenecke zur nächsten, und dachte *Zurück, zurück nach Hause*, immerzu. Fast am Ende der Straße, das hellgrüne Schild mit dem Pfeil Richtung St. Louis war schon deutlich zu erkennen, hundert Schritte vor dem Drahtzaun, den sie überklettern würde, um den Vorsprung zu erreichen, wo sie ein Auto anhalten wollte, sah sie die vier herumlungernden Schwarzen. *Einfach weiterrennen, weiter*. Es ging nicht. Sie machte den entscheidenden Fehler, sie konnte nichts dagegen tun. Sie drehte sich um und rannte vor ihnen davon, zeigte ihre Angst und hörte schon das Klatschen von Füßen auf Beton, die schnell näher kamen.

«He, hallo –»

«He –»

Ein klappriger schwarzer Continental fuhr über die Kreuzung. Sie rannte ihm direkt vor die Scheinwerfer. Er scherte aus, Bremsen kreischten. Sie warf einen Blick über die Schulter. Die vier Schwarzen standen wie aufgereiht, starrten sie mit ausdruckslosen Gesichtern an. Der Wagen wollte schon weiterfahren, da packte sie den Rückspiegel auf der Fahrerseite. Das Seitenfenster senkte sich. Zwei Weiße in Polyesterjacketts und pastellfarbenen Sporthemden saßen vorn. Der Fahrer blickte aus dem Fenster auf die Männer hinter ihr. «Willst du mit, Süße?» Die Stimme klang gelassen, selbstbewusst.

«Ja, bitte.»

Der Fahrer beriet sich mit seinem Begleiter; der musterte sie, zuckte die Schultern und entriegelte die hintere Tür. Als Barbara einstieg, sah sie ein Stück weiter hinten einen Lieferwagen abbremsen und halten. Es war derselbe Lieferwagen, der ihr schon in der Nähe von Johns Haus gefolgt war. Die vier Männer liefen über die Kreuzung, winkten ihr durchs Rückfenster zu und zogen sich rasch zurück.

«Wohin?», sagte der Fahrer.

Nashville-Musik rieselte aus den Lautsprechern hinter ihr. «Irgendwohin», keuchte sie. «Ich habe mich verlaufen. Zur Polizei.»

«Wüsste nicht, wo das sein soll. Nicht lieber zu dir nach Hause?»

«Haben die Nigger Stress gemacht?», fragte sein Begleiter.

«Ich hatte nur Angst», murmelte sie. Es roch nach Rasierwasser und heißgelaufenem Motor. Zu ihren Füßen lagen Burger-King-Tüten und zwei Aluminiumkoffer. Um Platz für ihre Beine zu schaffen, wollte sie einen der Koffer beiseite schieben.

«Finger weg», sagte der Begleiter.

Der Fahrer lenkte nachlässig, Hand über Hand, und blickte über die Kopfstütze nach hinten. «Wir sind nette Jungs, Süße, aber gib's zu. Du schuldest uns 'ne Nummer, denk ich mal. Die Nigger hätten dich hart rangenommen.»

Er schaute wieder nach vorn. Sie fuhren schnell, Barbara langte trotzdem nach dem Türgriff. Der Fahrer tastete nach hinten und schlug mit der Kante seiner Hand auf den Verriegelungsknopf, wobei seine Fingerspitzen über die Scheibe schmierten. Sein Begleiter kniete sich auf den Beifahrersitz, strich mit beiden Händen sein glattes Haar zurück. Er packte Barbara beim Handgelenk, als sie sich zur anderen Tür hinüberwarf. Schon wollte er zu ihr auf den Rücksitz klettern, da senkte er den Kopf, um aus dem Heckfenster zu spähen. Er runzelte die Stirn. «Gehör'n die da zu dir?»

Der Fahrer drehte sich um. Seine Miene versteinerte sich. «Du Schlampe, was geht hier vor?»

«Ich weiß nicht. Ich weiß nicht. Lasst mich raus.»

Rotes Licht füllte den Wagen. Sie schaute nach hinten. Der Lieferwagen folgte ihr noch immer. Auf dem Dach, oberhalb vom Fahrerfenster, war auf einmal ein Blinklicht zu sehen.

Die Lufthansa-Angestellte in Chicago setzte die Finger auf die Computertastatur. *«Mit Film oder ohne, Herr St. John?»*

«Was für ein Film?»

Your attention, ladys and gentlemen, Flight 619 nonstop service to Frankfurt will begin boarding in –

«Ein Clint Eastwood.»

«Ohne.»

«Ja, dann haben Sie mehr Ruhe. Gepäck?»

«Die Aktentasche nur.»

RC und Sergeant Luzzi standen die letzte halbe Stunde ihrer Schicht mit ihren Streifenwagen unter der Interstate-70-Überführung an der Auffahrt zur Martin-Luther-King-Brücke und hörten über Polizeifunk den Lagebericht zum Spektakel. «St. Louis bei Nacht». Eine Grillbude an der Chestnut Street brannte. Unbefugte versuchten, den Referendums-Ball zu stören, zu dem nur geladene Gäste Zutritt hatten. Eine Eskorte für Bob Hopes Limousine. Ein Polizeiaufgebot, um Neugierige, falls sie sich einfinden sollten, vom Feuerwerksschiff fern zu halten.

Das Großereignis würde in zwanzig Minuten beginnen, und RC und Luzzi hatten einen erstklassigen Blick auf Laclede's Landing und die Eads-Brücke. RC verstand nicht, warum so wenig Leute ans Flussufer kamen. Am 4. Juli wimmelte diese Kreuzung immer von Fußgängern, die zum Arch pilgerten. Heute Abend war der Verkehr, wenn man ihn überhaupt so nennen konnte, auf Autos beschränkt, hauptsächlich die der VIPs, die zum Ball unterwegs waren. Sie hatten Ronald Struthers über den Broadway fahren sehen, in einem Cadillac, der wie ein Hochzeitsauto dekoriert war, mit Krepppapier und Blechbüchsen und einem durchgeweichten *Frisch verheiratet*-Pappschild, das sich auf die Fusion von Stadt und County bezog. RC vermutete, dass die Polizeichefin bereits auf dem Ball war und die Gastgeberin spielte. Luzzi hatte trocken prophezeit, dass sie ihnen nicht mehr lange erhalten bleiben werde, worauf RC erwidert hatte, das sei schon möglich, aber immerhin werde sie nie vergessen, wo ihr Aufstieg einmal begonnen habe. Wenn es um Jammu ging, gelang es sogar RC und Luzzi, vernünftig miteinander zu reden.

Da drüben über dem Mississippi, auf der Martin-Luther-King-Brücke, kamen zwei Autos auf sie zu. Eins hatte ein Blinklicht, was darauf schließen ließ, dass es die Polizei von East St. Louis war, denn der Dispatcher hatte keine Verfolgungen durchgegeben, und hin und her über den Fluss gab es Verfolgungen sowieso kaum. RC wandte sich an Luzzi, der das eigene Blinklicht bereits eingeschaltet hatte und gerade den Dispatcher kontaktierte. «... über die MLK. Wir veranlassen das Nötige, um das Fahrzeug zu stoppen.»

Sie stellten sich quer auf die Fahrbahn und warfen sich, im Lichtschein der Seagram's-Reklame am Hotel Embassy Suites, einen Blick zu. «Besser, wir ziehen die Waffen», sagte Luzzi. Er griff nach seinem Gewehr, stieg aus und duckte sich hinter den linken vorderen Kotflügel. RC holte seinen Revolver aus dem Halfter. Plötzlich, zum ersten Mal für ihn, sah es nach einem richtigen Vorfall aus. Das Fluchtauto auf der Brücke hatte sie bemerkt und pendelte in der Spur, als könnte es sich nicht entscheiden. Das Verfolgerauto dagegen bremste und blieb mitten auf der Brücke stehen. Ein Lieferwagen. Nichts kennzeichnete ihn als ein Behördenfahrzeug.

Das Fluchtauto brach aus. Reifen quietschten, und es machte einen Satz über den Randstein, der die Fahrbahnen trennte, landete unmittelbar vor RC. Luzzi stand jetzt aufrecht. Doppeltes Mündungsfeuer kam aus dem Auto, als es seitlich am Trennstreifen entlangschleuderte.

«Die Reifen, schieß auf die Reifen», brüllte Luzzi und tauchte ins Auto zurück. Er hatte sich eine Kugel in die rechte Schulter eingefangen. RC stieg aus und hastete zum rechten Kotflügel. Das Fluchtauto war zum Stillstand gekommen, kaum mehr als sechs Meter von ihm entfernt. Es waren drei Leute darin, zwei von ihnen im Handgemenge auf dem Rücksitz. RC feuerte zweimal auf den Hinterreifen und traf jeweils die Radkappe. Luzzis Stimme knackte im Lautsprecher: «Rauskommen mit erhobenen Händen!»

Reifen knirschten auf Asphalt. RC legte erneut an, hob die Waffe und senkte sie aufs Ziel, während das Auto an Tempo und Abstand gewann, acht, zehn, zwölf Meter Richtung Third Street. Die hintere Wagentür ging auf, und eine weibliche Person sprang, im selben Moment, als er abdrückte, kopfüber hinaus. Er sah deutlich ihren Kopf zucken, als das Geschoss einschlug. Luzzi schrie unartikuliert. RC ließ den Revolver sinken und heulte.

Jammu wollte, vom Arch kommend, gerade in die Lucas Avenue einbiegen, da hörte sie Luzzis Stimme über Funk. Sie riss das Steuer an der Ecke herum und sah Autos, die sich auf der Third Street stauten. Ein schwarzer Beamter kniete und hielt sich den Kopf. Luzzi lehnte mit verschränkten Armen am Streifenfahrzeug Nr. 217, eine Hand an die verletzte Schulter gepresst, in der anderen Hand ein Mikrophon an einer lang gezogenen Spiralschnur. In der Mitte der Third Street, ganz allein, lag eine Frau im trüben Autoscheinwerferlicht.

Jammu hörte sich gehen. Ihre Knie schoben sich in ihr Blickfeld, als sie neben der Frau, deren Augen weit geöffnet waren, in die Hocke ging. Ein zusammengeknüllter Zettel war ihr aus der Hand gefallen, und aus einem ovalen, klaffenden Loch, dort, wo sich ihre Nasenlöcher befunden hatten, floss Blut in mehreren Bahnen über ihre Wange und sammelte sich, orangerot und ölig, auf dem verwitterten Weiß der Fahrbahnmarkierung. Leute sammelten sich um sie und hielten respektvoll Abstand. Presseabzeichen wurden an viele Revers und Taschen geheftet. «O Gott», sagte eine Frau. Hinter sich hörte Jammu den schwarzen Polizisten schluchzen, offenbar war er es, der den Schuss abgegeben hatte. Er hatte sich gerade eine ganze Reihe von Beförderungen verdient. Sie steckte den Zettel ein. Mit dem Zeigefinger berührte sie das warme Blut, das der Frau aus der Nase lief. «Treten Sie zurück», sagte sie zu den Reportern. Weitere Beamte kamen aus allen Richtungen. Sie drängten die Menge zurück, und niemandem fiel auf, dass Jammu, als sie sich umwandte, um sich mit ihnen zu beraten, den blutigen Finger in den Mund steckte und sauber wieder herauszog.

24

Nach Mitternacht, als die Partygäste der Ein-Meter-achtzig-Leinwand außerhalb des Ballsaals zustrebten, begann sich das Wesen ihres Trinkens zu verändern: Es überschritt die Grenze zwischen Gurgel-Ölen und Narkose. Barmixer wurden übergangen. Champagnerflaschen wurden erbeutet. Männer tanzten mit Männern, Frauen mit ihren Drinks. Unbeteiligte Gäste und auswärtige Prominente zogen sich diskret zurück und überließen es dem harten Kern der Pro-Fusionskampagne, der Struthers-Meisner-Wesley-Achse, dem Bildschirm schimpfend die Fäuste entgegenzuschütteln, bis irgendwann auf *His Girl Friday* umgeschaltet wurde, den Spätfilmklassiker auf KPLR-TV St. Louis.

Das Referendum hatte in Stadt und County jeweils die einfache Mehrheit erfordert. In der Stadt, wo weniger als 17 Prozent der eingetragenen Wähler abgestimmt hatten, war es knapp gescheitert. In der County, bei einer Wahlbeteiligung von kaum 14 Prozent, hatten sich die Gegner mit einem Verhältnis von vier zu eins durchgesetzt. Im Ganzen hatten gerade einmal 20 Prozent aller Wähler für die Fusion gestimmt. Aber selbst der «Sag nein e.V.» lehnte es ab, seinen Sieg als Erdrutsch zu bezeichnen. Wenn kaum mehr als jeder siebente wahlberechtigte Bürger zu den Urnen gegangen war, hatte der Erdrutsch nichts weiter zutage gebracht als eine allgemeine Apathie.

Apathie? Die Analysten runzelten die Stirn. Schließlich hatte die Kampagne ein außergewöhnliches Medienecho erzeugt. Beide Seiten hatten gewichtige Argumente vorgebracht, und weder die einen noch die anderen waren davor zurückgeschreckt, auch unschönere Emotionen zu schüren, Rassismus, Neid und Gier, die Wähler in Scharen mobilisieren konnten. Die strahlendsten Gestirne am Himmel von St. Louis, die Jammus und Probsts, die Wesleys und Hammakers, hatten die Kampagne angeführt. Niemand, der den Lokalnachrichten auch nur die geringste Aufmerksamkeit widmete, hatte die Tragweite der Entscheidung darüber, ob Stadt und County zu einer einzigen neuen County wiedervereint werden sollten, verkennen können. Und trotzdem war, praktisch gesehen, niemand zur Abstimmung gegangen.

Es war eine Nacht, in der Männer und Frauen, die dafür bezahlt wurden, der Öffentlichkeit gegenüberzutreten, einiges dafür gezahlt hätten, um zu Hause ins Bett kriechen zu dürfen. Die Abstimmung war ein Riesenflop, ein Komet Kohoutek, eine Footballniederlage vom Schlage eines Super Bowl XVIII. Die Lokaljournalisten, die nachts um eins oder zwei beim Eintreffen der Ergebnisse offenbar noch immer glaubten, mit ihren Kommentaren auf Gehör zu stoßen, spürten, dass sie für den übertriebenen Rummel selbst verantwortlich waren, doch sie dachten nicht daran, sich zu entschuldigen. Ihre Augen huschten hin und her wie aufgeschreckte Bergsteiger an den Flanken des Mount Rushmore, flehten ihre Mitstreiter um Beistand an und ließen sich erst dann wieder auf die Kamera ein, wenn sie es geschafft hatten, ihn zu bekommen.

Don, äh, haben Sie vielleicht eine Erklärung dafür?

Wollen Sie nicht was dazu sagen, Mary?

Bill, wie würden Sie das bewerten?

Für die Medien mit ihrem kämpferischen Geist war St. Louis plötzlich und unerklärlich zu einem Ort des Jammers geworden. Das Wahlvolk, durch die Aufforderung zu eigenständigem Denken und Entscheiden eingeschüchtert, hatte kapituliert. Das machte die Kommentatoren verlegen – aber nur, weil es ihnen nicht gelang, die Abstimmung in einen größeren Kontext einzuordnen. An ihrer Scham ließ sich das Ausmaß ihrer Obsoleszenz erkennen. Sie begriffen nicht, dass Amerika dem Zeitalter des Handelns allmählich entwuchs.

Mit einer Reife, die auf bitterer Erfahrung beruhte, wusste das neue Amerika, dass gewisse Kämpfe nicht den glücklichen Ausgang nahmen, den man einst erträumt hatte, sondern dazu verurteilt waren, ewig fortzubestehen, in immer neuer metamorphotischer Gestalt alle Lösungsversuche zu vereiteln. Ungeachtet aller regionalen Besonderheiten würden besser gestellte Weiße nie zulassen, dass ihre Kinder gemeinsam mit gefährlichen schwarzen Kindern in eine Schule gingen. In jedem System, das Sterbliche unter dem Druck von Lobbys ersinnen mochten, würden die Steuern die Unterprivilegierten härter treffen als die Privilegierten, wobei die genaue Ausprägung der Ungerechtigkeit lediglich davon bestimmt wurde, wer zum gegebenen Zeitpunkt zufällig zu den Privilegierten zu zählen war. Die Welt würde in einem atomaren Holocaust oder auch nicht in einem atomaren Holocaust enden. Washington würde Unterdrückungsregimes im Ausland stützen, sofern es sich nicht dagegen entschied, was dann dem Kommunismus zugute käme, oder auch nicht. Und so weiter. Alle politischen Plattformen glichen sich darin, dass sie weder geeignet noch in der Lage waren, die kosmische Ordnung zu ändern.

Aufgeklärte Amerikaner akzeptierten die Welt so, wie sie war. Sie waren bereit, für die Nahrung, die sie zu sich nahmen – hochgradig sahniges Speiseeis, frische Nudeln, Schokoladentrüffel, entbeinte Hähnchenbrüste –, einiges hinzublättern, weil hochwertige Nahrungsmittel gut verdaulich waren und dem Denken philosophische Höhenflüge gestatteten. Aus demselben Grund kam die sexuelle Promiskuität aus der Mode. Die Bedrohung durch Aids stellte sicher, dass der Geist nicht länger der Sklave der Leidenschaften war. Statt miteinander ins Bett zu gehen, statt in den Krieg zu ziehen, bezähmten junge Menschen ihre niederen Instinkte und besuchten Hochschulen. Die Wirtschaft des Landes reizte ihre Rolle in diesem Trend bis zum Gehtnichtmehr aus. Sie half auch den Investoren, die nicht wussten, was sie in Zeiten der Unsicherheit mit ihrem Geld am besten anfangen sollte – Zeiten, die zu mehr Innerlichkeit veranlassten, zur Bevorzugung von Arbitragen und steuerfreien Fonds und fremdfinanzierten Firmenaufkäufen,

Profiten, die reiner Mathematik entsprangen, Sphärenmusik. Unternehmertum war seelisch und finanziell von Übel. Amerikaner auf der Suche nach Unbescholtenheit waren klug beraten, wenn sie Giftmüll und Kundenbeschwerden und Arbeitskämpfe und Pleiten anderen Ländern oder aber den letzten Vertretern der alten Händlerkaste überließen. Der Weg zur Erleuchtung führte über die Erkenntnis, dass alle gesellschaftlichen Probleme aus Fürsorge und Verlangen hervorgegangene Illusionen waren. Er führte über Handlungsverzicht, Nichteinmischung und individuelle Rentenfonds. Die neue Generation hatte der Welt abgeschworen und im Gegenzug Einfachheit und Selbstgenügsamkeit erlangt. Es winkte das Nirwana.

Im Morgengrauen versammelte sich der enge Beraterkreis zur Schadensschätzung in Jammus Büro. Als erfahrene Wahlkämpfer an Rückschläge gewöhnt, dachten sie in langen Zeiträumen und vermieden kindische Wutausbrüche. Sie schritten in Hemdsärmeln auf und ab. Sie rauchten Zigaretten. Sie blickten aus den Ostfenstern auf graue Straßen und den von Nebel umwaberten Arch. Nur ihre Betulichkeit gegenüber Jammu verriet, dass sie um das Ausmaß der Katastrophe wussten.

Pete Wesley hatte Kaffee gekocht; er war von der 30-Tassen-Maschine einen Schritt zurückgetreten und hatte die Schalter knurrend betrachtet, hatte sich auf einem Gebiet, das ihm nicht allzu sehr vertraut war, Kompetenz erzwungen. Jetzt brachte er den begierigen, ausnüchternden Händen um ihn herum dampfende konische Becher in Plastikeinsätzen, immer zweimal zwei. Er zeigte auf Jammu. «Wollen Sie, äh», er schluckte, seine Frage nahezu verstümmelnd, «Kaffee?»

Sie schüttelte den Kopf.

Die Männer schwärmten mit ihren Bechern aus, tranken. Jeder, der an die große Kanne trat, um sich nachzuschenken, warf einen Seitenblick auf Jammu. Kaffee?

Sie schüttelte den Kopf.

Ihre ausländische Herkunft und ihr Geschlecht verstärkten das Pathos, das dieser Szene innewohnte, komplizierten das unwillkommene Gefühl des Triumphs, das die meisten Untergebenen empfinden, wenn ihr Vorgesetzter eine Schlappe erlitten hat, durch väterliche Zärtlichkeit. Weil es Jammus erstes Referendum in Amerika war und sie es als eine Abstimmung über ihre Person verstehen musste, hatten sie Angst, sie könnte alle Schuld auf die eigenen Schultern laden. Aber noch mehr Angst hatten sie davor, dem entgegenzuwirken, denn die Intimität von Trostworten und Beschwichtigungen galt in diesen Kreisen als schlechter Stil. Sie warteten auf den Moment, wo sie die Initiative ergreifen und erneut daran erinnern würde, dass die Meinungsumfragen ihr bis zur letzten Minute hohe Zustimmungsraten sowohl in der Stadt als auch in der County bescheinigt hatten. Wären alle Bürger zur Wahl *genötigt* worden oder hätte die Sonne ihnen den Gefallen getan, am Dienstag zu scheinen, oder hätte die Kampagne zu weniger Langeweile und mehr Bürgerbeteiligung geführt, dann wäre die Fusion mühelos vonstatten gegangen, allein schon deshalb, weil Jammu sie unterstützte. Auch in praktischer Hinsicht war das Referendum keine Abstimmung über Jammu gewesen, denn ihre Stärke hatte nie darauf beruht, mit welchem Erfolg sie daraus hervorgehen würde. Das Scheitern der Fusion änderte nichts an den Motiven, die Jammus diverse Anhänger dazu bewogen, ihr die Treue zu halten. Sie bildete immer noch das Bindeglied zwischen Industriellen wie Chet Murphy und Demokraten wie Pete Wesley, zwischen Bankiers wie Spiegelman und Medienleuten wie Jim Hutchinson, zwischen den Stadtplanern und den Schwarzen: zwischen privaten Machenschaften und öffentlicher Meinung. Im September hatte sich nur ein in die Jahre kommender Exliebhaber namens Singh bereit gefunden, ihre frühmorgendlichen Depressionen zu lindern. Jetzt lag ihr die Creme von St. Louis zu Füßen, sorgsam darauf bedacht, dass ein jeder den Takt wahrte, solange sie in düsterer Stimmung war, und noch immer war sie eine Frau von Format, versonnen und charismatisch, die diese Aufmerksamkeiten verdiente. Die Ruhmreichsten hätten keinen Ruhm erlangt, wären sie vorschnell mit sich zufrieden gewesen.

«He!» Ronald Struthers blieb mitten im Raum stehen und breitete, sich ihr zuwendend, die Arme aus. «Nur noch dreizehn Jahre!»

Die anderen schauten weg. Sie hob den Kopf. «Noch dreizehn Jahre?»

«Na, bis Sie für das Amt des US-Präsidenten kandidieren können.»

Ihr müdes Lächeln vertiefte die Falten, die ihren Mund, ihren zarten Schnabel, von den Wangen trennten. Die anderen zuckten zusammen und wünschten, Struthers hätte das nicht gesagt.

Da kam Asha Hammaker hereingeschwebt, gab Jammu einen Kuss und legte eine große beschichtete Tüte mit Croissants und Pains au chocolat auf ihren Schreibtisch. Wesley kippte den Kaffeesatz fort und setzte, mit deutlich gewachsenem Selbstvertrauen, eine neue Kanne Kaffee auf. Die Gesellschaft erwachte zum Leben, jeder Einzelne kam zu neuen Kräften, als das Licht des anbrechenden Tages durch die Bürofenster fiel. Alle scharten sich plaudend um Jammu. Asha hatte eine Spur von ihrem Lippenstift auf der Stirn der Polizeichefin hinterlassen, eine kleine rote Feder. An diesem Morgen reichte die grau werdende Stelle über ihrem linken Ohr weiter um ihren Hinterkopf herum als an irgendeinem Morgen zuvor.

Sie versuchte sich an unangemessenen Gesichtsausdrücken, blinzelte, riss die Augen auf, spitzte die Lippen und verzog sie zur Seite, runzelte heftig die Stirn, blähte die Wangen und schielte – und all das in einer Weise, die eindringlich an ihre Mutter erinnerte, denn ihre Mutter machte oft, wenn sie sich mit Anwälten oder gesprächigen Parlamentariern beriet, Grimassen, die nicht das Geringste mit der jeweiligen Angelegenheit zu tun hatten. Es war eine durch Schläfrigkeit bedingte Unaufmerksamkeit, aber auch Senilität, die unverhohlene Weltverachtung eines Menschen, der nur noch wenige Jahre zu leben hat. Ihre Freunde sahen nach Möglichkeit darüber hinweg.

«Verloren hat nicht unsereins, sondern die County.»

«Wo ist Ripley?»

«Wir kaufen uns einfach ein paar von diesen Städten. Mit allem Drum und Dran.»

«Und fangen mit der Polizei auf County-Ebene an, im Juli, das Ganze Schritt für Schritt.»

«Er ist mit seiner Frau weg. Ich glaube, gegen elf.»

«Ich würde gern ein paar von diesen Stadtverwaltungen auf Trab bringen.»

«Vorsicht, Vorsicht.»

«Die Hebel dazu haben wir.»

«Das sagen Sie heute, an diesem Morgen?»

«Haben Sie gehört? Probsts Haus?»

«Nach dem zweiten Quartal werden sie uns glauben.»

«Bis auf die Grundmauer. Das Finale.»

«Kaffee, Ess?»

«Das kann man doch kaum noch als Demokratie bezeichnen.»

«Wie ein Baby, Jim.»

«Was?»

«Habe ich mir die Zunge verbrannt.»

«Jetzt brauche ich erst mal eine heiße Dusche. Unbedingt.»

«In Frankreich schmecken die besser.»

Alle stimmten nun die Marseillaise an. Nur Asha kannte den Text. Die anderen füllten die Lücken mit Lali und Dadum, legten sich, ganz Franzosen, die Hand aufs Herz. Jammu stand auf und verließ den Raum. Singend schauten sie ihr nach und merkten, dass sie vielleicht ein bisschen zu weit gegangen waren. Sie öffnete einen Schrank im Vorzimmer. Sie nahm eine schwarze Lederjacke heraus, ihr Halfter und eine zusammengefaltete blaue Uniformhose. Hatte sie etwa vor, ihren Arbeitstag als Polizeichefin zu beginnen? Sie gönnte sich keine Pause.

Auf der Toilette machte sie Halt, drückte auf den Metallknopf über dem Waschbecken, bis der Seifenspender einen rosigen Tropfen produzierte, und wusch sich die Hände.

Sie war sauber. Barbara und Devi waren tot, die Schwachstelle der Mission war ausgebessert und der Flicken nur schwach zu sehen. Jammu hatte ein paar Fehler gemacht, gut möglich. Zum allermindesten hätte sie Singh befehlen müssen, Barbara aus dem Gebäude fortzuschaffen. Ihr Versäumnis hatte zu einem Mord geführt, der alles andere als perfekt war. Aber nach den Maßstäben der Mission war der Mord harmlos. Auf ihre Bitte hin hatte die Polizei von East St. Louis bereits eine richterlich genehmigte Durchsuchung des Gebäudes durchgeführt und sie darüber informiert, dass nichts Auffälliges gefunden worden sei, nur eine Loftwohnung, in der ein Mann und eine Frau, offenbar in unehelicher Beziehung, zusammengelebt hätten. Nichts deutete auf Freiheitsberaubung hin, alles auf normalstädtisches Leben. Singh hatte eine Version der Geschichte angeboten, die nun zur Anwendung kam: Barbara hatte Nissing gelegentlich auf seinen Reisen nach St. Louis begleitet und dann in dem Apartment gewohnt, ohne ihrem Ehemann das mitzuteilen. Eines Abends, während Nissing unterwegs war, verließ sie das Haus, bekam es mit der Angst zu tun, wurde belästigt und rannte los. Sicher, ihr Verhalten war sonderbar, aber Jammu hatte Probst ja bereits darüber aufgeklärt, dass Nissing ein sonderbarer Mensch war. Es spielte keine Rolle, dass die Geschichte voller Leerstellen war. Wenn niemand sie in Zweifel zog, hatte die Polizei keinen Grund, sie zu überprüfen. Alle am Mord Beteiligten befanden sich in Gewahrsam. Der Beamte, der den Todesschuss abgegeben hatte, würde einen Kurzurlaub antreten, um eine möglicherweise notwendige Betreuung in Anspruch zu nehmen; Brian Deere und Bobby Dean Judd, die beiden Kleindealer, die Barbara aufgelesen hatten, wurden des Totschlags infolge Aus-

lösung polizeilicher Maßnahmen angeklagt. Solange es eine Erklärung für Barbaras Aufenthalt in East St. Louis gab, auch wenn sie fadenscheinig war, brauchten die Ermittler ihre Phantasie nicht zu bemühen. Dasselbe galt für die Anwesenheit von Devi Madan in Probsts Haus zur Zeit des Brandes. Hier konnte Rolf Ripley als Erklärung herhalten. Und Ripley würde nicht als Zeuge in einem Gerichtsverfahren vorgeladen werden, weil es zu keinem Gerichtsverfahren käme, denn die Brandstifterin war tot. Jammu glaubte zudem, dass Probst keine schlafenden Hunde wecken wollen und auf eine Zivilklage oder einen öffentlichen Feldzug gegen sie verzichten würde. Um eine plausible Anklage zu fabrizieren, müsste er einräumen, dass sie sexuelle Beziehungen unterhalten hätten, und dann die mehr oder weniger phantastische Hypothese aufstellen, sie habe die Erschießung seiner Frau aus persönlichen Gründen arrangiert. Entweder das oder die ganze Geschichte der Mission, die sie inzwischen ein für alle Mal ins Reich der Fiktion verwiesen hatte.

Die materielle Basis der Mission war vernichtet worden. Dasselbe galt für alle finanziellen Unterlagen, zu denen sich amerikanische Ermittler Zugang verschaffen mochten. Jammus Agenten waren entweder tot oder in Indien, wo sie, falls ihre Loyalität jemals ins Wanken geriet, leicht zum Schweigen gebracht werden konnten. Die Beweise, die Pokorny und Norris gesammelt hatten, waren reine Indizienbeweise – zugegeben, die Indizien waren bei oberflächlicher Betrachtung manchmal recht belastend, aber Jammu hatte ein komplettes Arsenal an plausiblen Erklärungen zur Hand, mit denen sie alles abdecken konnte, von den Treffen mit Devi bis zu den Grundstücksgeschäften, die ihre Mutter über Asha abgewickelt hatte, und, wichtiger noch, sie wusste, wie sich eine paranoide öffentliche Untersuchung zu ihren Gunsten manipulieren ließ, indem sie nämlich die Gespenster des McCarthyismus, Sexismus, Rassismus und dergleichen heraufbeschwor. Was ihr im Moment mehr Sorgen bereitete, war die schlechte Presse, die Barbaras

Tod für East St. Louis bedeutete. Theoretisch konnte man einer Stadt mit einer vorbildlichen Polizeitruppe nicht vorwerfen, dass sie die unerwünschten Elemente in die Nachbarstadt vertrieben hatte. Aber Jammu stützte ihren Ruf als Problemlöserin zu einem großen Teil auf die scheinbare Befähigung, die Straßenkriminalität schlichtweg zum Verschwinden zu bringen. Die wahre Geschichte würde ihr Ansehen in den Augen der Öffentlichkeit beschädigen. Sie war natürlich bereit, ein neues Bild von sich zu präsentieren, das Bild einer Frau, die in Zeiten der Gefahr die Ruhe bewahrte und die volle, wenn auch indirekte Verantwortung für Barbaras Tod und die Lage in Illinois übernahm. Ein kleiner Skandal machte sie doch nur menschlicher; die Aura der Unbesiegbarkeit hatte sie an diesem Morgen ohnehin schon verloren. Das öffentliche Leben erforderte, dass beliebte Persönlichkeiten manchmal die Rolle des Opferlamms spielten. Das war ein Part, den sie bewältigen und überleben konnte. War nicht auch Indira gestärkt aus der Notstandsregierung hervorgegangen? Was das Scheitern der Fusion und die Besetzer in Chesterfield und all die anderen kleinen Vorfälle betraf – nun ja, von ihr als Polizeichefin konnte man natürlich nicht erwarten, dass sie sich für alles und jedes verantwortlich erklärte. Vielleicht gestand man ihr sogar zu, dass sie politisches Kapital daraus schlug, in diesen und anderen Krisen als Stimme der Mäßigung in Erscheinung zu treten. Niemand würde sie daran hindern, ihr Amt in dieser Weise zu nutzen, ja ihre Kompetenzen zu überschreiten, um weit abgelegene Probleme zu lösen und sich, wenn es brenzlig wurde, auf ihre bescheidene Dienststellung zurückzuziehen, zumindest solange sie wendig genug war, Vorwürfe der Heuchelei und des Opportunismus zurückzuweisen, und sich in einem Maße erfolgreich zeigte, dass sie die Zuneigung der ganzen Region und den Dank für ihre Bemühungen würde ernten können …

Die Stimme in ihr, der Druck der Rechtfertigung, die Apologie, fanden kein Ende. Sie entnahm dem Spender zwei Papierhandtücher und trocknete sich die Hände ab. Dann zog sie sich um, immer wieder in den Spiegel blickend, in ihr zweites Gesicht.

... Wenn die Reporter kamen, würde sie die Fakten präsentieren, die Barbaras Erschießung betrafen, die Anklage gegen Deere und Judd erläutern und das Kriminalitätsproblem in East St. Louis aus eigenem Antrieb zur Debatte stellen. Sie würde Barbaras Fall als Beleg heranziehen, ohne ihn explizit zu erwähnen, und dem Publikum damit in Erinnerung rufen, wie eng ihre Bindung zu Barbaras Ehemann geworden war, ja wie sehr sie diese Tragödie persönlich berührte. Und dann würde sie eine neue Stimmung verbreiten, einen beherzten Witz über den Ausgang des Referendums machen. Aber zuerst, bevor sie den Journalisten gegenübertreten könnte, würde sie ein Glas Wodka und ein wenig Schlaf brauchen. Sie musste unbedingt ein bisschen ausruhen an diesem Morgen. Mrs. Peabody würde die Journalisten mit Freuden darüber in Kenntnis setzen, dass sie schlief. Diese Vorstellung würde alle bezaubern ... Polizeipräsidentin Jammu schläft ... einen Kinderschlaf ... süßen, unschuldigen Schlaf ...

Der Schuss fraß sich durch Mauern und Kabinenwände und verhallte, hinterließ nichts als Blut. Wo sich eben noch zwei Individuen im Spiegel betrachtet hatten, war im nächsten Moment keines mehr. Wesley und die anderen warfen ihr Gebäck zu Boden. Sie kamen angerannt.

Zwei Monate vor dem geplanten Hochzeitstermin, an einem warmen Sonntagnachmittag im April, waren Probst und Barbara in seinem silberfarbenen Valiant auf der Big Bend Road der Sonne im Westen entgegengefahren, über Twin Oaks, Valley Park und Fern Glen, wo die Rasenflächen struppig und steil zu den Briefkästen hin abfielen und ein vorbeikommendes Auto für die Anwohner ein kleines Ereignis war und die Straßen seit dem zwanzig oder dreißig Jahre zurückliegenden Wechsel von Sand zu Asphalt ihren ursprünglichen, noch nie erneuerten Betonbelag behalten hatten.

Barbara saß seitlich auf dem Beifahrersitz, den Rücken an der Tür, die eine Hand im halb offenen Fenster, ihre Zigarette rauchte der Wind. Das rechte Knie hatte sie gegen das Handschuhfach gestemmt, um Halt zu finden, während das Auto, das sich in einem zermürbenden Rhythmus, ein bisschen schneller als der Atem, ein bisschen langsamer als der Herzschlag, nach rechts und links neigte, über die aufgequollenen Plattenfugen holperte; die Stöße, ähnlich Bildsprüngen im Film, schufen den Eindruck großer Geschwindigkeit, und dementsprechend verlangsamte Barbara ihre eigenen Bewegungen. Unter einem grauen Rund-Ausschnitt-Pullover trug sie eine weiße Bluse, dazu Bluejeans, die bis zum Saum ihrer Argyle-Karo-Söckchen hochgekrempelt waren. Der getönte Streifen auf der Windschutzscheibe färbte ihre Stirnpartie grün. Einer der bestrumpften Füße ruhte auf Probsts rechtem Oberschenkel, und durch seine Hose, an dem kleinen Feuchtigkeitsunterschied, nahm er die Verschwitztheit ihrer Fußsohle wahr. Ihre Zehen wackelten träge; sie wackelten aus eigenem Antrieb, dem Reflex eines an Schuhwerk gewöhnten Fußes.

In jenem Jahr wollte sie immer nur spazieren fahren. Rückblickend tendierte er dazu, in diesem Drang eine ausgeklügelte Methode des gemeinsamen Zeitvertreibs zu sehen, schließlich hatten sie noch nicht den Stamm an gemeinsamen Freunden ausgebildet, deren Schwächen in späteren Jahren zum Hauptgesprächsstoff ihrer Unterhaltungen werden sollten, und gerade erst begonnen, um manches einen großen Bogen zu machen: um die bautechnischen Vorträge, bei denen ihr Gesicht länger und länger wurde, und ebenso um die französische Literatur und deutsche Wissenschaft, Themen, auf die er, weil er um aufklärende Worte noch nicht zu bitten wagte, stets mit gespielter Ignoranz oder aufrichtiger Skepsis reagierte. Für ein Paar, das durch Alter und Herkunft eher uneins war und keine Lust hatte, für Freizeitaktivitäten Geld auszugeben, gab es kaum eine andere Alternative zu albernen Spielchen und Liebesgeflüster als Herumfahren oder Spazierengehen oder

Sex. Aber zu jener Zeit schienen Barbaras Tourenvorschläge positiver motiviert zu sein. Sie schienen einem Hunger zu entspringen, der Probst abging. Es waren Versprechungen – als ob sie, wann immer sie ein Fahrtziel vorschlug, schon dort gewesen wäre und für dessen Schönheit oder Reize bürgen könnte und, wenn sie es dann erreicht hatten, aus ihren zweiundzwanzig Lebensjahren Eindrücke gewähren würde, die tief in ihr verborgen lagen: von der Herbstfärbung im Algonquin Country Club, vom Creve-Cœur-See, der tatsächlich zugefroren war und auf dem man Schlittschuh laufen konnte, von Eierkuchen und Eisbein im Negerrestaurant unweit der North Jefferson Avenue. Die Welt, die sie ihm versprach, war in Barbaras Aussehen bereits angedeutet, dreidimensional und lebensgroß, ins Sitzpolster gedrückt und dessen karierten Bezugsstoff dehnend, wie Planeten, sagte sie, den Weltraum dehnten, eine Frau in seinem Auto, die durch das Wirken von so etwas wie Gnade über ihn gekommen war, als wäre es die Ausnahme und nicht die Regel gewesen, dass sich junge Menschen verliebten und zusammen ausgingen, und als ruhte auf ihm, Probst, ein besonderer Segen. Das kam daher, dass sie sich nicht anmerken ließ, ob sie sich selbst als eine Art Belohnung verstand. Sie lächelte nicht grundlos, sagte nichts zu der Fahrtroute, die er zum Rockwood-Reservat eingeschlagen hatte, sondern saß in seinem Auto, wie sie auch im Auto ihres Vaters gesessen haben mochte, beschäftigt mit sich und ohne jeden Bezug zu ihm, präsent nur in der Erwartung anzukommen. Ihre Gleichgültigkeit war die eines fremden Landes gegenüber einem Einwanderer: Er durfte bleiben, aber alles andere lag bei ihm. Umgekehrt konnte er sich nicht vorstellen, dass er sich je an sie gewöhnen würde, obwohl er im universellen und destruktiven Eifer der Jungverliebten alles über sie wissen wollte. Er war neugierig auf Streit mit ihr, er wollte die rosa Zornesadern ihres Willens sehen.

Kurvend und bremsend, vorbei an einer kleinen, von knospenden Eichen gesäumten Ozark-Ranch, gelangten sie zum Abzweig der Route 109, der Straße nach Rockwood. Probst blickte nach beiden Seiten, bevor er den linken Blinker setzte. Von rechts, auf der Spur, die er befahren wollte, sah er einen Kleinlaster schnell näher kommen, aber aus Gründen, die er nie begreifen würde, sah er ihn nicht wirklich. Er rollte auf die Kreuzung, seines Fehlers gerade so bewusst, dass er das Gaspedal durchtrat. Der Kleinlaster hielt genau auf die Beifahrertür zu. Barbara sog Luft ein. Die Hupe lärmte. Probst, ans Steuer gekrallt, beschleunigte. Der Kleinlaster machte einen Schlenker, prallte auf hinteren Kotflügel und Kofferraum und geriet auf die Gegenfahrbahn. Der Valiant, halb demoliert, landete im Graben. Barbaras Oberlippe platzte auf, ein Schneidezahn zerbrach am Armaturenbrett.

Nachdem die Polizei eingetroffen und der Valiant abgeschleppt war und Barbaras Bruder sie aufgelesen und im Krankenhaus abgeliefert hatte und sie nach der Entlassung auf ein paar Drinks in eine Bar gegangen waren, hatte Probst sie gebeten, ihn nicht zu heiraten. Und für eine Weile hatten an diesem Abend sichtlich zwei Persönlichkeiten in ihr gerungen, eine, die ihm mit der Beflissenheit einer schüchternen Frau, der der Tischnachbar gerade das Kleid mit Soße bekleckert hat, versicherte, es sei alles in Ordnung und nichts anders als zuvor, und eine andere, die ihn wie ein Mädchen, das zu jung war, um sich irgendjemandem außer sich selbst verpflichtet zu fühlen, mit Abscheu musterte und daran dachte, dass dieser Mann sie beinahe umgebracht hätte.

Er stellte fest, dass irgendwann in den letzten zwanzig Jahren die County eine Ampel an der Kreuzung installiert hatte. Die Morgensonne schien auf die länglichen Pfützen in den Gräben, auf die silbernen Propangastanks vor den Häusern in der Ferne, auf seine linke Schulter, während er auf der 109 nach Süden fuhr. Der Asphalt hatte keine Fugen. Er war die ganze Nacht gefahren, bis auf die zwei oder drei Stunden, die er parkend vor einem Schnucks verbracht hatte, nachdem um Mitternacht der Nachrichtenüberblick auf KSLX gesendet worden war. Er hatte geglaubt, der vier

Jahre zurückliegende Tod seiner Mutter hätte ein für alle Mal bewiesen, dass er, außer im Zorn, nicht so leicht zum Weinen zu bringen war. Aber mit seiner Mutter war er nicht verheiratet gewesen. Die Intervalle zwischen den Kontraktionen der Trauer waren allerdings immer größer geworden, und zwar in dem Maße, wie die persönlichen Erinnerungen, die die Kontraktionen ausgelöst hatten, zu einer über ihn selbst hinausweisenden Geschichte verschmolzen, zu einem traurigen Roman, der nun zu Ende ging. Als er beobachtet hatte, wie die Sonne über dem Chrysler-Werk an der Interstate 44 aufging, fühlte er sich kräftig genug, den Tag zu überstehen – auch wenn das Gefühl mit Furcht verbunden war, der Angst vor der Ernüchterung, denn wenn die Trauer nachließ, begannen die Fragen.

Highways halfen nicht. Landschaften beleidigten das Auge auf passive Weise, indem sie es enttäuschten; die Hoffnung des Fahrenden, das Erschließen eines Landes könnte, wie es für die Straßen in England oder Afrika galt, viel sagende Spuren der dem Land innewohnenden Geisteshaltung offenbaren, ging nicht in Erfüllung. Da gab es zum Beispiel die verzinkten Pfosten der Ausfahrts- und Temposchilder – Doppel-T-Eisen, deren Scharten und Unebenheiten Billigproduktion verrieten, großzügig bemessene Spielräume, vage US-Regierungsbestimmungen. Die Bauart jedes Schilds war so robust und das Design so ansprechend, dass sich die Autofahrer mit der quälenden Möglichkeit konfrontiert sahen, die Schilder könnten mehr bezeichnen als nur den Ort, auf den sie hinwiesen. Ihre Zweckmäßigkeit sprach jedoch gegen diese Annahme, zumindest in den Augen der Einheimischen. Vielleicht fanden Ausländer, wenn sie an einem dieser Ortsschilder vorbeikamen, den Namen «Fenton» genauso exotisch und bedeutsam, wie es für Probst auf seinen Reisen «Oberammergau» und «Oaxaca» gewesen waren, oder sie freuten sich an der Meile als einem überdimensionierten Längenmaß oder am giftigen Grün des Schilds, das sich so sehr von den gelben oder weißen Ortsschildern in ihrer Heimat unterschied, oder gar an den sperrigen Proportionen der Doppel-T-Eisen. Vielleicht aber auch nicht.

Probst, der in anderen Ländern und in seiner Jugend denkwürdige Reiseerfahrungen gesammelt hatte, wollte solche Erfahrungen auch in Zukunft machen, ja er sehnte sich danach, wieder ein Fremder zu sein – so fremd, wie er durch Jammu in seiner eigenen Stadt geworden war. Um jung zu sein, um in der Welt zu leben, statt sie nur zu besiedeln, musste man fremd bleiben. Aber auf dem Land gab es bloß Hügel, die von Straßen und Viehweiden verunstaltet waren, von Reklametafeln für preiswerten Whisky und preiswerte Hotels und preiswerte Restaurants, deren Speisekarten von New York Strip Steak und überbackenen Riesengarnelen mit Cocktailsauce angeführt wurden, den jeweils teuersten Gerichten. Nummernschilder trugen unnütze Zeichenkombinationen, Buchstabenketten, die für Wortspiele nicht lang genug waren, Zahlenfolgen, zu kurz, um Bezüge herzustellen. Die Bäche waren schlammig. Nichts hob oder senkte den Horizont um mehr als ein paar Grad. Alle Autos hatten vier Räder, alle Lastwagen hatten Schutzbleche hinter den Reifen, alle Windungen der Straße übersetzten sich in einen einzigen Vorgang, das Drehen des Lenkrads. Die interessante Architektur – Neubaukirchen mit bohrturmartigem Kampanile oder nautischer Form, Firmensitze mit schiefwinkligem Grundriss oder geodätischen Atrien – war hässlich. Die uninteressante Architektur war uninteressant. Die Entfernung schwächte die Farben der Wiesenblumen ab. Wenn berühmte Frauen oder kriminelle Männer die Highways entlangfuhren, waren die Fenster ihrer Autos getönt, und wenn nicht, spielte es keine Rolle, so wie es auch keine Rolle spielte, ob ein Lastwagen ungewöhnliche Fracht geladen hatte, giftiges Chlorgas oder Schafe, weil alles vorbeiraste. Probst war kein Ästhet. Es gab keinen Grund zu hassen. Aber als er der Stadt näher kam, vermittelte ihm die Landschaft das Gefühl, betrogen worden zu sein, und der Schmerz war so intensiv, dass er seine Angst aufwog und Probst die Fragen zu beantworten begann. Er lebte. Traurig, zornig, in einer Welt, die er, wie er erst jetzt begriff, nicht mochte, lebte er.

Vor einem Laden aus der Big Bend Road steckte er einen Quarter in ein Münztelefon.

Audreys Stimme war vorwurfsvoll, sachlich. «Wo warst du?»

«Ich bin rumgefahren.»

«Komm doch lieber her. Luisa ist da. Alle sind da.»

Probst sagte nichts. Neben der Telefonzelle hielt ein Hostess-Lkw, und aus dem Hörer quoll das Innere des Ripley-Hauses – der Geruch des kalten Kamins, das Klappern der Tassen in der Küche und das rhythmische Sauggeräusch der Kaffeekanne, die unterdrückten Stimmen in jedem Zimmer einschließlich des Zimmers, in dem der Ehemann der toten Frau schon hätte sitzen können, Probst, dessen Gesicht die Verwandten zwischen Schlückchen wie Computerzubehör erforschten. Ihre Erwartungen würden ihm keine Ruhe lassen. Sie zerrten an seinen Zügen, riefen die Trauermimik der vergangenen Nacht wieder herauf, löschten darin das bereits Erlebte und erzwangen ein Wiederholen – die Zimmer füllten die Telefonzelle, und Probst erhob sich schnell vom Sofa, rannte durch den Flur, vorbei an Audrey und ihrem Tablett voller Tassen, und erreichte die Toilette gerade noch rechtzeitig, um die Tür schließen zu können, bevor ihn die Weinkrämpfe überwältigten.

«Martin?»

Ein Mann mit einem pinkfarbenen Eiskarton stieg aus dem Hostess-Lkw.

«Kommst du?», fragte Audrey.

Er schluckte. «Ja.»

Bei Central Hardware öffneten orange gekleidete Experten den Haupteingang. Neun Uhr. Probst fuhr auf dem Lindbergh Boulevard nach Norden, und fünfzehn Minuten später hielt er vor dem Ripley-Anwesen, wo er den Volvo von Barbaras Eltern und Duanes Nova stehen sah. Alle Vorhänge der großen Villa waren zugezogen. Der östliche Schornstein tröpfelte weißen Holzrauch in den blassblauen Himmel.

Hinter der Lichtglasur der Windfangtür, deren sanfte Konkavität die gespiegelten Bäume zu einem einzigen, sternförmigen Baum mit in alle Richtungen abstrahlenden Ästen zusammenfasste, öffnete sich die Haustür, und eine Gestalt schaute aus dem Dunkel heraus. Es lag ein Tadel in ihrem Verborgenbleiben, in ihrem Sehen, ohne dass sie selbst zu sehen war. Dann öffnete sich die Windfangtür, und eine große junge Frau mit Brille trat ins Freie. Sie zögerte kurz und entschied dann, zur Seite blickend, noch immer widerstrebend, ihm auf dem Weg entgegenzugehen. Dass es Luisa war, machte das Erkennen zu einem freudigen: Sie war eine Fremde für ihn.

Als Singh in Chicago an Bord gegangen war, hatte er im mittleren Teil der ausgebuchten 747 nach seinem Platz gesucht, der, wie man ihm gesagt hatte, an einem Gang lag. Passagiere verstauten die letzten Habseligkeiten und sanken in ihre Sitze, probierten sie aus, um sicherzustellen, dass aller Komfort, für den sie bezahlt hatten, auch wirklich verfügbar war, und trafen, bereits gähnend, schon im nächsten Moment ihre Vorbereitungen für den Schlaf. Noch bevor er sich durch das Geschiebe gezwängt und seine Reihe gefunden hatte, war er überzeugt, dass ein bestimmter Sitz weiter hinten der seine war, weil auf ihm gerade ein Baby gewickelt wurde.

«Entschuldigung.»

Die Mutter, eine junge Südstaatlerin mit kompliziert geschichteter Frisur, beeilte sich, das Kind zu Ende zu wickeln und vom Sitz zu nehmen. Sie gestand Singh, dass sie irgendwie gehofft habe, der Platz würde leer bleiben.

Das Baby war auf dem Flug zu seinem Vater, einem Lieutenant auf einem US-Stützpunkt bei Frankfurt. Offenbar schloss dieses Vorhaben jede Art von Schlaf aus, obwohl die Mutter unter der Wirkung einer kleinen Flasche Moselwein sofort nach dem späten

Abendbrot ins Koma fiel. Das Baby strampelte und trat Singh die Brille von der Nase und stieß ihm seine speichelbedeckte Faust ins linke Auge. Singh weckte die Mutter. Sie sammelte die Arme und Beine des Babys zu einem Bündel zusammen und schlief wieder ein. Singh drückte sich tief ins Polster. Er öffnete ein Auge, um Übergriffe auf sein Revier abzuwehren, und sah, dass das Baby ihn anstarrte, sabbernd aus lächelndem Mund, mit hochgezogenen Brauen. Singh fletschte die Zähne. Das Baby quietschte vor Lachen. Er schloss die Augen, aber das Lachen hielt an. Er öffnete sie. Rings um ihn gingen die Leselampen an. Die Mutter, es war kaum zu glauben, schnarchte. Ein müder Geschäftsmann beugte sich über den Gang und fragte, ob das Baby zu Singh gehöre (seinen Lenden entsprungen, die Frucht seines Samens sei). Er schüttelte den Kopf und weckte die Mutter erneut. Sie machte mit dem Baby einen Rundgang durch das Flugzeug, kam zurück und schlief ein. Das Baby fing an zu schreien. Die Mutter wachte auf und gab ihm die Flasche. Das Baby nahm einen tiefen Zug, drehte sich zu Singh und spuckte.

«Clifford.»

Fäulnisgeruch stieg auf und führte zu einem weiteren Ausflug für Clifford, der, als er zurückkehrte, Singhs bereits ordentlich mit Saft bekleckerter Brille einen letzten Schlag versetzte.

Über Neufundland erbrach sich Clifford auf die Knie von Singhs Wollhose. Über England warf Clifford mit einer Präzision, die den künftigen Artilleristen erkennen ließ, einen glitzernden Klumpen Rührei in Singhs geöffneten Hemdkragen. Das Rührei rutschte hinab bis zu Singhs Gürtel. Entschlossen, den restlichen Flug fern von seinem Sitz zu verbringen, erhob er sich und floh auf die Toilette. Er zog sein Hemd aus, warf das Rührei ins Toilettenbecken, und während er sich gelbe Krümel aus dem Brusthaar zupfte, geriet das Flugzeug in Turbulenzen, sodass er das Gleichgewicht verlor. Eine Manschette seines weißen Pierre-Cardin-Frackhemds tauchte in die blaue Flüssigkeit des Toilettenbeckens ein. Über Lautsprecher forderten die Flugbegleiter alle Passagiere auf, zu ihren Plätzen zurückzukehren und sich anzuschnallen. Er spülte die durchnässte Manschette im Waschbecken aus und wrang sie trocken. Die nächste Turbulenz, im Verein mit dem glatten Toilettenfußboden, ließ ihn hintenüber kippen. Er streckte einen Arm aus, um sich abzustützen, und landete mit der Hand mitten im Toilettenbecken, auf der Stahlschüssel, die die blaue Flüssigkeit enthielt. Die Schüssel hatte eine Klappvorrichtung; durch das Gewicht seiner Hand tat sie sich auf und aktivierte den Spülmechanismus.

Als er endlich aus der Toilette trat, streng nach dem Bonbonaroma der Toilettenspülung riechend, hatte das Flugzeug, das jetzt ruhiger flog, den deutschen Luftraum erreicht und bereitete sich auf die Landung in Frankfurt vor. Der Pilot, ein entspannter und pädagogischer Flugkapitän, kommentierte die letzten Momente vor dem Aufsetzen der Maschine.

«*Ten meters …*

Five meters …

We are over se runway now.

Two meters. One meter. We lend every second now …

Sere!»

Im Frankfurter Riesenterminal wechselte Singh fünfzig Dollar und kaufte sich ein neues Hemd. Seine Genossen würden ihn auslachen, ihm jede Stunde, die er in Amerika verschwendet hatte, mit mindestens einer Minute Peinlichkeit vergelten, und außerdem würden sie enttäuscht sein, wenn er nicht als ihr weit gereister Kampfgefährte, wie aus dem Ei gepellt, nach Hause kam.

Gegen zwölf Uhr Ortszeit war er wieder in der Luft, auf einem Direktflug nach Bombay. Von seinem Fensterplatz aus verfolgte er das Auftanken in Istanbul und schlief ein. Als er aufwachte, befand er sich über dem Indischen Ozean, eine Flugstunde westlich von Bombay.

Und dann war er da; er verließ den Santa-Cruz-Flughafen im Motortaxi, das Radfahrer, kleine dürre Männer in Turban und

Dhoti, die aus dem Morgendunst auftauchten, auf der Jawaharlal Nehru Road aus dem Weg hupend überholte und mit fünfzehn Stundenkilometern einem grauen Lastwagen folgte, auf dessen Ladefläche drei Teenager saßen und mit den Beinen baumelten. Es war Frühling, merkte Singh. Das Alte war neu. Er bat den Fahrer anzuhalten und drückte ihm einen roten Hundertrupienschein in die Hand. In seinen rutschigen Halbschuhen rannte er los, um den Lastwagen einzuholen. Einer der drei Jungen, ein rundäugiger Schüler mit University-of-Wisconsin-T-Shirt und kupferfarbenen Schlaghosen, rückte beiseite, um ihm Platz zu machen. Er sprang, drehte sich noch in der Luft und landete sitzend auf der Ladefläche, von der aus er zurück in den leeren westlichen Himmel blickte, während ihn der Lastwagen ostwärts brachte, in die Freiheit mitten unter anderen dreißig Millionen Indern namens Singh.